Susie Yang

Die kleinen Lügen der Ivy Lin

Roman

Aus dem Amerikanischen
von Kristina Lake-Zapp

 PENGUIN VERLAG

Die Originalausgabe erschien 2020
unter dem Titel *White Ivy*
bei Simon & Schuster.

Penguin Random House Verlagsgruppe FSC® N001967

1. Auflage
Copyright © 2020 der Originalausgabe by Susie Yang
Copyright © 2023 der deutschsprachigen Ausgabe
by Penguin Verlag
in der Penguin Random House Verlagsgruppe GmbH,
Neumarkter Straße 28, 81673 München
Redaktion: Claudia Wuttke
Covergestaltung: FAVORITBUERO, München, nach einem
Entwurf von Grace Han of Heeyah Design
Umschlagabbildung: © Yuji Karaki / Getty Images
Satz: Uhl + Massopust, Aalen
Druck und Bindung: GGP Media GmbH, Pößneck
Printed in Germany 2023
ISBN 978-3-328-60320-7

www.penguin-verlag.de

Für Alex, in jedem Leben

Die Schneegans muss nicht baden,
um sich weißzuwaschen.

Chinesisches Sprichwort

Teil eins

I

Ivy Lin war eine Diebin, aber darauf würde man niemals kommen, wenn man sie sah. Vielleicht war genau das das Problem. Keiner ahnte etwas, und das machte sie leichtsinnig. Ihre Gesichtszüge waren so durchschnittlich und unscheinbar, dass das Gehirn nur den Bruchteil einer Sekunde brauchte, um sich ein vollständiges Bild von ihr zu machen: dünnes, asiatisches Mädchen, ruhig, übermäßig fügsam in Gegenwart von Erwachsenen in Uniform. Sie hatte einen bestimmten Gang, der sie für ahnungslose Dummköpfe und Hausmeister unsichtbar machte: die Schultern nach vorne gebeugt, das Kinn eingezogen, die Arme kaum schwingend.

Ivy hätte ihre äußere Erscheinung liebend gern gegen die blauäugige, blonde Version der Satterfield-Zwillinge eingetauscht; auch die roten Haare und Sommersprossen von Liza Johnson hätten ihr gefallen – nur nicht ihr eigenes, chinesisches Aussehen mit den zu schmalen Lippen, der unerhört hohen Stirn und den fleischigen Wangen, die an reife Äpfel vor der Herbsternte erinnerten. Wegen dieser Wangen wurde sie mit ihren vierzehn Jahren oft für eine Fünft- oder Sechstklässlerin gehalten – ein unglückliches Hindernis bei allem, außer beim Stehlen. Dabei war ihr kindliches Aussehen eine nützliche Tarnung.

Ivys einziger Quell der Eitelkeit waren ihre Augen – ansprechend rund, symmetrisch angeordnet und braun wie Kakao. An den äußeren Winkeln liefen sie halbmondförmig zusammen wie die Kanten einer gefüllten Teigtasche. Als sie ein Baby war, hatte ihre Großmutter ihre Wimpern gekürzt, um »das Wachstum zu stimulieren«. Es schien funktioniert zu haben, denn nun war sie mit einem dichten schwarzen Wimpernkranz gesegnet, für den andere Mädchen schichtenweise Mascara benötigten – und meistens schafften sie es nicht einmal damit. Auf jeden Fall hatte sie schöne Augen – vor allem für ein chinesisches Mädchen –, und die bewahrten sie vor einem sonst eher reizlosen Gesicht.

Wie genau war dieses bescheidene, großäugige Mädchen also zur Diebin geworden? So wie steter Tropfen selbst den härtesten Stein höhlt, hatte die Ausbildung ihrer Persönlichkeit unter der Knute ihrer chinesischen Erziehung teils absonderliche Wege genommen.

Als Ivy zwei Jahre alt war, waren ihre Eltern in die Vereinigten Staaten immigriert und hatten sie in der Obhut von Meifeng, Ivys Großmutter mütterlicherseits, in ihrer Heimatstadt Chongqing zurückgelassen. An die nächsten drei Jahre in China erinnerte sie sich kaum, nur eines hatte sie noch sehr lebhaft vor Augen: dass sie ihr Gesicht in den kratzigen Mantel ihrer Großmutter gedrückt und immer wieder gerufen hatte: »Du hast mich reingelegt! Du hast mich reingelegt!«, als Meifeng sie bei einer Nachbarin abgeben wollte, um eine zusätzliche Büroschicht zu übernehmen. Schon damals hatte Ivy nichts von der unkritischen Freundlichkeit anderer Kinder; ihre Liebe war leidenschaftlich und extrem: völlige Ergebenheit oder gar keine.

Als Ivy fünf wurde, hatten Nan und Shen Lin endlich genug Geld gespart, um ihre Tochter nachkommen zu lassen. »Du wirst von hier fortgehen und in einem wundervollen Bundesstaat in Amerika leben«, teilte Meifeng ihr mit. »In

Ma-sa-zhu-sai.« Ivy hatte die Fotos gesehen, die ihre Eltern nach Hause schickten: ländlich-idyllische Orte mit Teichen, quadratischen Rasenflächen, blauem Himmel und Bäumen, die leuchtend rosa- und fuchsienfarbige Blüten austrieben und deren Zweige Ivy an die Stäbchen mit den gezuckerten Pflaumen erinnerten, die sie an Neujahr aß. Auf den Bildern hielt ihre blasswangige Mutter, an die sie sich nicht mehr erinnern konnte, stets solche Zweige in den Händen. All das sorgte für viel Aufregung, die bevorstehende Reise betreffend – Ivy liebte es, Ausflüge mit ihrer Großmutter zu machen –, doch in letzter Minute, nachdem diese ihre Enkelin einer elegant gekleideten Flugbegleiterin mit faszinierenden Goldknöpfen an der Weste übergeben hatte, verschwand Meifeng in der Menge am Flughafen.

Ivy erbrach sich im Flieger und weinte beinahe den ganzen Flug über. Sie heulte bei der Landung auf dem Logan Airport, und sie heulte, als die Flugbegleiterin sie auf zwei asiatische Fremde zuschob, die auf sie warteten, mit einem schreienden Baby, das nicht größer war als der Daikon-Rettich, den Ivy mit Meifeng aus der Erde gezogen hatte. Die weißen, zu Fäusten geballten Händchen des Babys waren voller verkrusteter Schlieren. Ivy schlurfte auf sie zu, stolperte über einen Schnürsenkel und landete auf den Knien.

»Steh auf«, sagte der Mann und streckte ihr die Hand entgegen. Die Frau wiegte das Baby auf dem Arm. Mit müder Stimme wandte sie sich an ihren Ehemann: »Wo sind ihre Koffer?«

Ivy wischte sich das Gesicht ab und nahm die Hand des Mannes. Sie hatte bereits geahnt, dass Tränen keinen Platz haben würden bei diesen Menschen mit den versteinerten Gesichtern, die so anders waren als die geselligen Tanten in

China, die sie mit einer neuen Schachtel Kreide oder White-Rabbit-Toffees aufheiterten, sobald sie das leiseste Anzeichen von Unmut bekundete.

Und so verankerte sich Ivys früheste Erinnerung an ihre Familie in ihrem Gedächtnis: Shen Lins kräftige, schwielige Finger, die sich um ihre schlossen; sein ganz spezieller Geruch nach Tabak und Zahnpasta mit Minze; das helle Winterlicht, das durch die vom Boden bis zur Decke reichenden Fenster der Ankunftshalle hereinfiel, hinter denen Flugzeuge abhoben und landeten; ihr Bruder Austin, nicht mehr als ein kleines Bündel in übel riechenden Windeln auf Nans Arm. Mit ihnen zu gehen, ohne zu ihnen zu gehören, löste ein seltsames Gefühl der Dissoziation in Ivy aus. Sie hatte den Eindruck, als tauchte sie in einer Badewanne unter, und alles um sie herum wäre unermesslich weit und gleichzeitig verdichtet. In den folgenden Jahren beschwor sie jedes Mal, wenn ihr nach Weinen zumute war, dieses Gefühl des Untergetaucht-Seins herauf, und die Tränen überzogen ihre Augen mit einem dünnen, glänzenden Film, der im Badewasser verschwand.

Nans und Shens Erziehung war mehr auf körperliche Strafen ausgerichtet als auf die Erledigung häuslicher Pflichten. Das bedeutete, dass Ivy zwar nie ein Bett machen musste, doch dafür eine hohe Schmerztoleranz entwickelte. Wie viele Immigranten hatten auch Nan und Shen für ihre Tochter nur einen einzigen Wunsch: Sie sollte Ärztin werden. Ivy musste nur behaupten: »Ich möchte Ärztin werden!«, und schon leuchteten die Gesichter ihrer Eltern voller Anerkennung auf, was Liebe gleichkam, die im Hause Lin nur selten gezeigt wurde.

Meifeng war eine liebevolle, wenngleich barsche Großmutter gewesen, doch Nan war nicht so. Ivy bekam mütterliche Wärme nur dann zu spüren, wenn Gesellschaft zugegen war. Für gewöhnlich handelte es sich dabei um Nans jüngere Schwester Ping und deren Ehemann oder einen von Shens chinesischen Kollegen bei der kleinen IT-Firma, für die er arbeitete. Während dieser fröhlichen Samstagnachmittage mit Sonnenblumenkernen und Litschis richteten sich Nans nach unten gezogene Mundwinkel auf wie Segel im Wind, und sie verwandelte sich in eine gütigere, entspanntere Mutter, eine Mutter ohne diese kleine Falte zwischen den Augenbrauen. Ivy wartete den ganzen Nachmittag auf den einen Moment, in dem sie auf dem Sofa an Nan heranrücken konnte … näher … näher …, um sich dann mit einer winzigen Bewegung auf deren Schoß zu schieben.

Manchmal legte Nan ihre Hände um Ivys Taille. Andere Male strich sie ihr abwesend über den Kopf, mechanisch, als sei sie sich dessen gar nicht bewusst. Ivy gab sich Mühe, sich so still wie möglich zu verhalten. Es war ein schockierendes, gestohlenes Vergnügen, aber sie sehnte sich so sehr nach der Berührung einer weiblichen Brust, eines weichen Schoßes, auf dem sie sich ausruhen konnte. Sie hielt sich für ausgesprochen clever, dachte, ihre Mutter habe keinen blassen Schimmer, was sie da trieb. Doch als sie sechs war und zum gleichen Manöver ansetzte, versteifte sich Nans Körper. »Bist du jetzt nicht ein bisschen zu alt dafür?«

Ivy erstarrte. Die Erwachsenen um sie herum kicherten. »Sieh nur, wie *ni-ah* deine Tochter ist!«, riefen sie. *Ni-ah* bedeutete im Sichuan-Dialekt so viel wie »anhänglich«. Ivy zwang sich, die Augen so weit aufzureißen, wie sie sich öffnen ließen. Es war zwecklos. Sie konnte das Salz auf ihren Lippen spüren.

»Aber, aber«, schimpfte Nan. »Sie necken dich nur! Ich kann nicht glauben, wie dünnhäutig du bist. Du bist eine große Schwester, du solltest tapferer sein. Jetzt sei brav und *ting hua*. Putz dir die Nase.«

Bis zu ihrem Tod würde sich Ivy an dieses Gefühl erinnern: Scham, Verwirrung, Schmerz, Trotz und eine schreckliche Einsamkeit, die dazu führte, dass sie sich völlig in sich selbst zurückzog. Als Meifeng ihr später erzählte, was für ein zugängliches, vertrauensvolles Baby sie gewesen war, dachte sie, ihre Großmutter würde sie mit Austin verwechseln.

Ivy wurde zu einem verschlossenen Kind, das sein Innenleben mit niemandem teilte, außer gelegentlich mit Austin, dessen Zuneigung im Gegensatz zu der der anderen Familienmitglieder bedingungslos war.

Es genügt zu sagen, dass weder ihre Mutter noch ihr Vater als Quell für Ivys ausgeprägte Fantasie herangezogen werden konnten. Ivy fragte sich oft, welches Leben sie später führen, ob sie Liebe erfahren würde. Was würde ihr die Zukunft Spannendes bringen? Da ihr der Blick auf Nan und Shen keine Antwort bot, ergänzte sie die subtileren Details aus Büchern.

Sie lernte leicht Englisch – tatsächlich konnte sie sich gar nicht mehr vorstellen, dass sie irgendwann kein Englisch verstanden hatte –, und sie wurde eine frühreife Leserin. Die winzige, vernachlässigte West Maple Library, geleitet von einer halb tauben Bibliothekarin, war Nans Variante einer kostenlosen Kinderbetreuung und Ivys absoluter Lieblingsort. Sie fühlte sich von düsteren Büchern angezogen, von Büchern über Waisen, unglücklich Verliebte, Gefangene von lüsternen Onkeln und bösen Stiefmüttern, magersüchtige Cheerleader,

Außenseiter. In jeder Geschichte sah sie sich selbst. Doch all diese Heldinnen hatten eines gemeinsam, und das war ihre Schönheit. Ivy gewann den Eindruck, dass äußerliche Schönheit als Ursprung aller anderen wünschenswerten Eigenschaften galt: Intelligenz, Mut, Willenskraft, Herzensreinheit.

Sie durchlief die Grundschule, zählte weder zu den Besten noch zu den Schlechtesten, auch wenn Nan sie gern bei den Besten gesehen hätte, war weder beliebt noch unbeliebt. Als sie nach der fünften Klasse an die Grove Preparatory Day School wechselte – ihr Vater war dort nun als Computertechniker angestellt, weshalb sie auf dieser gehobenen weiterführenden Privatschule kein Schulgeld bezahlen musste –, stieß sie endlich auf das zentrale Objekt ihrer Sehnsucht: einen bestimmten Jungen-Typ, der ihr bis dahin unbekannt gewesen war, adrett, durch und durch amerikanisch. Der Typ Junge, der die Sonntagsschule besuchte und am Muttertag Gänseblümchen für seine Mama pflückte. Sein Name war Gideon Speyer.

Ivy begriff bald, dass ein kolossales Wunder vonnöten war, damit jemand wie Gideon sie bemerkte. Er war freundlich zu ihr, sie hatten sogar ihre Telefonnummern wegen eines Projekts in Amerikanischer Literatur ausgetauscht, aber die anderen Mädchen an der Grove, die Gideon umschwärmten, trugen braune Collegeschuhe mit weißen Baumwollkniestrümpfen, während Ivy eine altmodische schwarze Strumpfhose und Nans klobige Schnürstiefel mit Gummisohle anziehen musste. Sie versuchte, den Kleidungsstil und das Verhalten ihrer Klassenkameradinnen mit ihren begrenzten Mitteln so gut wie möglich nachzuahmen, hielt ihre Haare mit einem Stirnband zurück, das sie aus einem alten Seidenschal genäht hatte, warf Kupferpennys auf die efeubewachsene Statue des heiligen Markus auf dem Schulhof, aß im Frühling ihren fettarmen Joghurt und Skittles unter den Pappeln – und gehörte trotzdem nicht dazu.

Wie sollte sie jemals bekommen, was sie sich vom Leben erhoffte, wenn sie schüchtern, arm und hässlich war?

Sie dachte an das Mantra ihrer Eltern: Je härter man arbeitet, desto glücklicher ist man.

Sie dachte an das Mantra ihrer Lehrer: Behandle die anderen stets so, wie du selbst behandelt werden möchtest.

Der einzige Mensch, der ihr je praktische Fertigkeiten vermittelt hatte, war Meifeng.

Als Ivy sieben wurde, erhielt ihre geliebte Großmutter endlich die US Greencard. Doch was in der Kindheit zwei Jahre sind, kommt bei Erwachsenen einer Dekade gleich. Ivy liebte Meifeng noch immer, aber die Liebe war zu einer Art Abstraktum geworden, geboren aus nostalgischen Erinnerungen, tränendurchtränkten Kissen und Sehnsucht. Die reale Meifeng wirkte einschüchternd auf Ivy, brüsk und laut, zu laut. Da sie viel von ihrem chinesischen Vokabular vergessen hatte, antwortete Ivy langsam und unbeholfen auf die unablässigen Fragen ihrer Großmutter; wenn sie nicht in der Bibliothek war, rollte sich wie eine Schnecke auf dem Sofa ein und las, ein Auge auf die alte Chinesin geheftet.

Meifeng erkannte, dass sie keine Zeit zu verlieren hatte. Sie betrachtete es als ihre Pflicht, ihrer Enkelin die beiden Eigenschaften zu vermitteln, die zum Überleben notwendig waren: Eigenständigkeit und Opportunismus.

Zu Hause in China hatte das bedeutet, bei ihrer Arbeit als kaufmännische Angestellte bei einem gut situierten Händler für Lederschuhe und -handschuhe die Bücher zu frisieren. Der Händler betrog seine Kunden, indem er für seine Artikel einen Aufpreis verlangte, sogar für die Kunstlederprodukte; seine Kunden glichen die Differenz mit Falschgeld und Taschenspielertricks aus. Selbst die Ehefrau des Händlers stibitzte Geld aus der Ladenkasse, das sie ihren Eltern und Geschwistern zusteckte. Es war Meifeng, die all diese Zahlen aufschrieb, die vierstellige Summen im Kopf so schnell addierte wie andere mit einem Taschenrechner, und bei jeder Transaktion wanderten ein, zwei Münzen in ihre eigene Tasche.

In Massachusetts angekommen, fand Meifeng keine Arbeit, doch sie war voller Tatendrang und wandte dieselben Fertigkeiten an, die ihr als kaufmännische Angestellte zu Geld verholfen hatten. Sie klaute in den Geschäften, vertauschte Preisschilder und verlangte Nachlässe für Dinge, die sie selbst beschädigt hatte. Sie versteckte mehrere Produkte in einer großen Packung und bezahlte nur diese.

Das erste Mal rekrutierte Meifeng ihre Enkelin im örtlichen Goodwill für eine dieser Aufgaben, dem günstigsten Discounter der Stadt. Ivy kramte in einer Holzkiste mit Modeschmuck und Blumenbroschen, als ihre Großmutter sie mit ihrem Kosenamen »Baobao« zu sich rief und ihr einen Wollpulli reichte, der nach Mottenkugeln roch. »Hilf mir, den Preisaufkleber zu entfernen«, wies Meifeng ihre Enkelin an. »Achte drauf, dass du ihn nicht kaputt machst.« Sie warf Ivy einen strengen Blick zu.

Ivy schob den Fingernagel unter eine Ecke des weißen 2,99 $-Aufklebers auf dem Preisschild. Mit winzigen Bewegungen arbeitete sie sich weiter vor, bis sie ein Stück abgelöst hatte, das groß genug war, um es mit Daumen und Zeigefinger zu fassen zu bekommen. Anschließend zog sie den Aufkleber ab, ungemein langsam, sorgfältig darauf bedacht, dass nicht das kleinste Fitzelchen kleben blieb. Sie reichte ihn Meifeng, die ihn auf ein hässliches gelbes T-Shirt klebte. Dasselbe wiederholte Ivy bei dem 0,25 $-Aufkleber auf dem T-Shirt. Sie drückte ihn auf das Preisschild für den Pulli und achtete darauf, dass auch die Kanten gut hafteten.

Meifeng war zufrieden. Ivy wusste es, weil ihre Großmutter das Gesicht zu einer schiefen Grimasse verzog – das einzige Lächeln, das sie jemals aufsetzte. »Auf dem Heimweg kaufe ich dir einen Donut«, versprach Meifeng.

Ivy stieß einen Freudenschrei aus und drehte sich übermütig im Kreis. Vor Aufregung warf sie einen Ständer mit Schals um. Blitzschnell schnappte sich Meifeng einen davon und stopfte ihn in ihren linken Ärmel. »Steck dir einen in die Jacke – egal, welchen. Schnell!«

Ivy schnappte sich einen Schal mit Rosenmuster (denselben, den sie Jahre später zerschnitt, um sich daraus das Haarband zu nähen), knäuelte ihn hastig zusammen und ließ ihn in ihrer Tasche verschwinden. »Ist der für mich?«

»Pass auf, dass er nicht rausschaut«, mahnte Meifeng und zog Ivy am Arm zur Kasse, einen glänzenden Vierteldollar in der Hand, mit dem sie den Wollpullover bezahlte. »Versteh das als deine erste Lektion: Du musst mit einer Hand geben und mit der anderen nehmen. Niemand wird auf beides gleichzeitig achten.«

Der Goodwill-Discounter schloss ein Jahr später, aber bis dahin hatte Meifeng etwas entdeckt, was sogar noch besser war: eine Veranstaltung, die die Amerikaner »Garagenverkauf« oder »Flohmarkt« nannten – einen Privatverkauf im Vorgarten, der mit handgemalten, an den Bäumen im Viertel befestigten Pappschildern angekündigt wurde. Jedes Wochenende suchte Meifeng die Bäume entlang der Gehsteige nach diesen handgemalten Schildern ab, schleppte ihre Enkel zu Häusern mit weißen Zäunen, aus deren Fenstern amerikanische Flaggen wehten und deren Rasenflächen von Holzapfelbäumen gesäumt waren. Meifeng handelte in gebrochenem Englisch, hielt ihre arthritischen Finger in die Höhe, um die Beträge anzuzeigen, während sie unablässig »Billiger, billiger!« forderte, bis die Besitzer, zu genervt, um dem etwas entgegenzusetzen, mit einem Kopfnicken zustimmten. Dann griff sie in ihre Hosentasche und zog Münzen und zerknitterte Dollarnoten aus einem Stoffbeutel, den sie mit einem Band an ihrer Unterwäsche befestigt hatte.

Andere, wertvollere Gegenstände, die bei solchen Flohmärkten zum Kauf angeboten wurden, reichte Meifeng heimlich Ivy, die sie in ihrem rosa Nylonrucksack verschwinden ließ. Tafelsilber. Gürtel. Eine Timex-Uhr, die noch funktionierte. Niemand achtete auf die Kinder, die durch den Vorgarten rannten, und wenn der Besitzer später feststellte, dass ein, zwei Dinge unbezahlt verschwunden waren, würde er dies schlichtweg seinem nachlassenden Gedächtnis zuschreiben.

Als sie nach einer dieser Exkursionen an dem kleinen Fluss entlang nach Hause gingen, setzte Meifeng Ivy darüber in Kenntnis, dass alle Amerikaner dumm und bequem waren. »Sie sind sogar zu faul, auf ihre eigenen Sachen aufzupassen. Sie *ai shi* ihren Besitz nicht. Nichts ist für sie wertvoll.« Sie legte eine Hand auf Ivys Kopf. »Denk daran, Baobao: Wenn der Wind der Veränderung weht, bauen manche Mauern. Andere bauen Windmühlen.«

Ivy wiederholte das Sprichwort. *Ich bin eine Windmühle,*

dachte sie und stellte sich vor, wie sie sich am Himmel drehte, während eine milde Brise über ihre glänzenden, mechanischen Arme strich.

Austin drängte sich zwischen sie. »Darf ich etwas Süßes haben?«

»Was hast du mit dem Lutscher gemacht, den deine Schwester dir gegeben hat?«, fragte Meifeng unwirsch. »Hast du ihn wieder fallen gelassen?«

Und Austin, an seinen Verlust erinnert, verzog das Gesicht und fing an zu weinen.

Ivy wusste, dass ihr Bruder die Wochenenden mit ihrer Großmutter hasste. Mit seinen fünf Jahren hatte Austin nichts von der klugen Zurückhaltung, die seine Schwester in diesem Alter an den Tag gelegt hatte. Er brüllte sich die Lunge aus dem Leib und trommelte mit seinen dicken Fäustchen auf den Boden, bis Meifeng ihn mit dem Versprechen besänftigte, ihm ein Spielzeug – »Für *einen* Dollar?« – zu kaufen oder zu McDonald's zu gehen, was sie nur zu ganz besonderen Gelegenheiten taten. Ein derartiges Benehmen hätte Meifeng bei Ivy niemals geduldet, doch alle im Haushalt der Lins hatten Nachsicht mit Austin, dem jüngeren Kind, das noch dazu ein Junge war. Ivy wünschte sich, sie wäre ebenfalls als Junge zur Welt gekommen. Nie wünschte sie sich das sehnlicher als mit zwölf, an dem Morgen, an dem sie aufwachte und feststellte, dass ihre Unterwäsche mit einer matten rostroten Farbe verschmiert war.

Das Frau-Sein war genauso unangenehm, wie sie befürchtet hatte. Nan besaß weder Make-up noch Hautpflegeprodukte. Sie schnitt sich die Haare selbst und wusch ihr Gesicht jeden Morgen mit Wasser und einem ganz normalen

Waschlappen. Einmal im Monat trug sie eine Stoffvorlage – verstärkt mit Papiertüchern, wenn ihre Tage am stärksten waren –, die sie jede Nacht im Waschbecken auswusch und auf dem Balkon zum Trocknen aufhängte. Damit unterschied sie sich erheblich von den amerikanischen Frauen, die nach Wegwerfbinden, Tampons, BHs, Rasierern und Pinzetten verlangten. Für Ivy war es undenkbar, um diese Dinge zu *bitten*. Die Vorstellung, sich die Haare an den Beinen oder unter den Armen aus ästhetischen Gründen zu entfernen, hätte ihre Mutter ähnlich entsetzt wie die Vorstellung, sich die Haut aufzuschneiden. In dieser Hinsicht waren Nan und Meifeng einer Meinung. Ivy wusste, dass sie sich nur auf sich selbst verlassen konnte, wollte sie so etwas besitzen. Das war der Zeitpunkt, an dem sie von Flohmärkten zu den beiden großen Kaufhäusern in der Stadt wechselte: Kmart und T. J. Maxx.

Zu ihren ersten Errungenschaften zählten Tampons, Lipgloss, eine Schachtel mit Valentinskarten und ein Beutel Einwegrasierer. Später, als sie dreister wurde, kamen Gummisandalen, ein Sport-BH, Wimperntusche, ein aquamarinfarbener Stimmungsring und ein ledergebundenes Tagebuch mit goldenem Schnappverschluss hinzu – ihr bisher wertvollstes Diebesgut. Diese verbotenen Dinge versteckte sie in den hintersten Winkeln ihrer Kommode, fernab der sittenstrengen Augen ihrer Familie. Nachts holte Ivy ihr Tagebuch hervor und schrieb wunderschöne Sätze aus ihren Romanen hinein – *Denn was man sieht, das vergeht; was aber unsichtbar ist, das bleibt ewig* –, und in der siebten und achten Jahrgangsstufe verfasste sie Liebesbriefe an Gideon Speyer: *Ich hatte heute Morgen einen lebhaften Traum, der so leidenschaftlich war, dass ich voller schmerzlicher Sehnsucht erwachte … Ich hielt*

*dein Gesicht in meinen Händen und zitterte … hätte ich doch
nur nicht so große Furcht, dir nahezukommen … wärst du
doch nur nicht ganz so perfekt …*

Und so wuchs Ivy wie ein eigenwilliger Ast. Versehen mit
denselben Wurzeln wie ihre Familie, doch nach etwas grei-
fend, was außerhalb ihrer Reichweite lag. Das jahrelange
Bemühen, die Lehren ihrer Großmutter mit ihren amerikanischen Werten zu vereinbaren, gipfelte in der konfusen, aber
festen Überzeugung, dass sie »clevere« Methoden anwenden
musste, um den Erwartungen der anderen gerecht zu werden
und ein »gutes«, ein folgsames *ting hua*-Mädchen zu sein.
Allerdings gestand sie sich nie ein, wie viel Freude ihr diese
Methoden bereiteten und wie perfekt sie sie bald beherrschte.
Sie wurde nie zu gierig. Sie wurde nie nachlässig. Und – das
Wichtigste: Sie wurde nie erwischt. Der Gedanke, dass ihr
Wort gegen das ihres Beschuldigers stehen würde, sollte man
ihr jemals irgendein Fehlverhalten vorwerfen, beruhigte sie.
Es gab nur eine Sache, die sie noch stolzer machte, als eine
Diebin zu sein: Die Tatsache, dass sie eine erstklassige Lüg-
nerin war.

2

Außer Meifeng wusste nur Roux Roman, ein Junge aus dem
Viertel, von Ivys Diebstählen. Er war siebzehn und gebaut
wie ein Telefonmast, hatte schwarze Haare und graublaue
Augen, die er stets leicht verengte, wenn er all die Idioten
um ihn herum voller Verachtung musterte: die lärmenden
Latinos, die auf den Stufen vor den Hauseingängen lunger-
ten (schwule Wichser); die Arbeitsunfähigen, die Lebensmit-
telmarken sammelten (faule Schmarotzer); seine nutzlosen
Lehrer in der Schule, die ein meritokratisches Weltbild vermittelten, das sie noch dazu für gerecht hielten; und allen
voran seine eigene unverheiratete Mutter, die allgemein als
Hure verschrien war, obwohl es niemand wagte, dieses Wort
in Roux' Hörweite zu benutzen.

Sie hatten sich vor vier Jahren kennengelernt, als Ivy ihn
dabei erwischt hatte, wie er in Ernesto Morettis Schuppen
einbrach. Die Morettis machten jeden Sommer auf Cape Cod
Urlaub, ein Ereignis, mit dem Ernesto schon Monate im Voraus prahlte. Die glänzende rote Limousine der Morettis war
bereits aus der Zufahrt verschwunden, als Ivy auf Roux stieß,
der die Schrauben aus dem Scharnier des dicken schwarzen
Vorhängeschlosses an der Holztür herausdrehte. Anstatt sich
um ihre eigenen Angelegenheiten zu kümmern, wie Meifeng
es ihr beigebracht hatte *(Der geradeste Baum wird als Erster
gefällt)*, rief sie laut: »Was machst du da?«

Roux fluchte, als er sie sah, aber er leugnete nicht, dass

sie ihn auf frischer Tat ertappt hatte. Das gefiel ihr auf Anhieb an ihm. Sie war schon lange fasziniert von Roux Roman, spürte, dass sich hinter der rauen Schale eine verwandte, geschäftstüchtige Seele verbarg. Er ging immer um den Block und versuchte, sich ein paar Münzen zu verdienen, indem er den Leuten die Lebensmittel hereintrug oder die Autos von Schnee befreite – auch wenn er nie versucht hatte, den alten Ford der Lins freizuschaufeln. Offenbar wusste er, wann ein Unterfangen aussichtslos war. Und tatsächlich: Sein Blick wurde trotzig, und er grinste schief, als wollte er sagen: *Wonach sieht es denn aus?*

Ivy überlegte, das Wort »Polizei« fallen zu lassen, aber niemand in Fox Hill, einschließlich der Lins, vertraute darauf, dass die Behörden ihre Probleme lösen konnten. »Ich kann für dich Schmiere stehen«, schlug sie stattdessen vor.

Roux zog die schwarzen Augenbrauen bis zum Haaransatz in die Höhe. »Wer bist du noch mal?«

Sie nannte ihm ihren Namen. »Wir sind Nachbarn«, fügte sie hinzu.

»Stell dich da drüben hin, und gib mir Bescheid, wenn ein Auto kommt.«

Ivy setzte sich ins Gras und tat so, als würde sie in ihrem *Der Babysitter-Club*-Sammelalbum blättern, das sie von zu Hause mitgebracht hatte. Sie hatte an dem Nachmittag eigentlich in dem kleinen Wäldchen hinter dem Grundstück der Morettis »picknicken« wollen, um sich ungestört damit beschäftigen zu können. Verstohlen schweifte ihr Blick die kurvenreiche Straße hoch und runter, auf der Suche nach Autos, die doch nie erschienen. Fünf Minuten später kam Roux mit den Reifen von Ernestos Fahrrad aus dem Schuppen – »aus Rache«, behauptete er, aber als sie ihn fragte, was Ernesto ihm denn getan habe, wollte Roux es ihr nicht erzählen. Sie sah zu, wie er das Vorhängeschloss wieder befestigte und seine Fingerabdrücke abwischte (ein Detail, das sie beeindruckte, da es ihn wie einen erfahrenen Kriminellen erscheinen ließ). Anschließend riss er ihr unvermittelt das Sammelalbum aus den Händen und blätterte durch die abgegriffenen Seiten, bevor er sie spöttisch und ein wenig mitleidig anblickte. »Mein Gott, du bist echt unheimlich.« Unter die aus Hochglanzmagazinen ausgeschnittenen Fotos von den Mitgliedern des Babysitter-Clubs – Kristy, Stacey, Mary Anne, Dawn und Mallory –, hatte Ivy ein anderes gemischt: Sie hatte die einzige Asiatin, ein japanisches Mädchen namens Claudia Kishi, durch eine Aufnahme von sich selbst in ihrem blauen Lieblingskleid ersetzt. Das Kleid hatte Spitzenärmel und eine Schärpe, die so breit war wie ihre Handflächen.

»Das ist nur ein Scherz«, behauptete sie.

»Klar«, erwiderte Roux. »Und ich bin Santa Claus.«

Ivy kam an jenem Tag nicht dazu, ein Lager im Wäldchen hinter dem Grundstück der Morettis aufzuschlagen und sich mit ihrem Sammelalbum zu beschäftigen. Roux und sie verbrachten den Rest des Nachmittags auf dem heruntergekommenen Spielplatz von Fox Hill mit seiner Plastikrutsche und der rostigen Schaukel, wo sie Ivys Picknick, bestehend aus Fleischwurst in Kartoffelbrot, an die Tauben verfütterten. Den restlichen Sommer über trafen sie sich täglich, als hätten sie sich wortlos abgesprochen. Sie trafen sich im Park. In der Bibliothek. Im 7-Eleven. Am Fluss. Am Fox-Hill-Spielplatz, wo sie viele träge Stunden damit verbrachten, Brombeeren in sich hineinzustopfen, die sie direkt von den Sträuchern auf der anderen Seite des Maschendrahts pflückten. Eines Nachmittags zeigte Roux ihr sein schäbiges Ringbuch mit

Tuschezeichnungen von Häusern mit Propellern; Fahrrädern, die auf Seifenblasen trieben; Autos, denen riesige schwarze Flügel wuchsen, die Ivy an die Flügel einer Fledermaus erinnerten. Ivy wusste, dass das seine Art war, sich ihr gegenüber zu öffnen. Im Gegenzug lieh sie ihm ihre Lieblingsbücher aus der Bücherei und übertrug sogar ein Gedicht von Sylvia Plath, das sie besonders gern mochte, auf einen rosa Bogen Papier, den sie ihm mit großer Geste reichte. Mit einer Hand geben und mit der anderen nehmen. Über die Launen ihrer Mutter, die chinesische Lebensweise ihrer Familie, ihre Diebstähle schwieg sie vorerst. Es war dumm, Wissen – genau wie Geld – einfach so wegzugeben, denn womöglich bekam man nie etwas zurück.

Im darauffolgenden Sommer entdeckte Ivy ein weiteres von Roux' Geheimnissen. Als sie in Morettis Deli die üblichen fünf Pfund Fleischwurst für Austins und ihre Schulmahlzeit kaufte, ließ sie bei den Limonaden versehentlich einen Vierteldollar fallen. Er rollte durch den Gang zu einer rot lackierten Tür mit einem Messinggriff, die ein kleines Stück offenstand. Dahinter waren Leute. Sie hörte drängendes Flüstern, gefolgt von einem Keuchen, dann das tiefe Stöhnen eines Mannes. Ivy, die die Geräusche mit Schmerzlauten verwechselte, spähte durch den Spalt. Vor einem massiven schwarzen Schreibtisch sah sie Roux' Mutter, die vor Ernestos Vater kniete. Mrs. Roman hatte ihre knochigen Arme um seine ausladende Mitte geschlungen und die Wange gegen seinen Oberschenkel gepresst.

Zunächst dachte Ivy, sie würden miteinander kämpfen – sie bäumten sich auf, stießen und rempelten und schnaubten wie zwei chinesische Ochsen, die sich mit ineinander verkeilten Hörnern das kärgliche Weideland streitig machten –, doch dann wurde ihr klar, dass diese Geräusche der Entrückung geschuldet waren. Mr. Morettis Bauch war gebräunt und vorgewölbt, eine Linie aus schwarzen Haaren zog sich über die dunkle Haut wie eine Baumreihe auf einem ansonsten kahlen Berg, und wenn er schauderte, wogten alle Bäume in der sanften Brise. Sie musste den beiden minutenlang zugesehen haben, gebannt von einer Mischung aus Furcht und heimlicher Neugier, die sie wie angewurzelt an Ort und Stelle verharren ließ. Mrs. Roman brachte zu Ende, was immer sie da tat. Mr. Moretti stieß einen tiefen Seufzer aus. Dann schaute er auf und begegnete direkt Ivys Blick. Langsam, ohne den Kopf zu bewegen, griff er nach unten und tätschelte Roux' Mutter die Wange, fast so, als würde er sie ohrfeigen, aber Ivy sah nicht, was als Nächstes passierte, denn da hatte sie sich schon umgedreht und war geflüchtet.

Draußen stand Roux und rauchte eine Zigarette. Er trug noch immer seine Badehose, weil sie den Nachmittag am Fluss verbracht hatten. Er hatte sich geweigert, das Deli zu betreten, hatte behauptet, dort lauerten überall Schlangen. Außer sich vor Aufregung platzte sie durch die Tür, fasste ihn am Arm und versuchte, ihn wegzuzerren – »Lass uns abhauen! Komm schon!« –, aber es war zu spät. Sekunden später eilte Mrs. Roman zur Tür hinaus und strich sich die dunklen Haare glatt. Zwei tiefe Falten verliefen von ihren inneren Augenwinkeln seitlich nach außen, was ihr einen Ausdruck permanenter Erschöpfung verlieh. Sie sagte etwas in schnellem Rumänisch. Roux sah seine Mutter an. Er sah Ivy an, warf seine Zigarette auf den Asphalt und trat sie mit dem Absatz aus. »Lass uns gehen.« Sein Ton war ausdruckslos, sein Gesicht starr. Mrs. Roman zeterte auch dann noch, als sie schon um die Ecke gebogen waren. Ivy fand es seltsam, wie ähnlich Mrs. Roman und Nan klangen, wenn sie jemanden anschrien, obwohl Mrs. Roman Rumänisch sprach und Nan Chinesisch. Sie klangen wie ein wütender Krähenschwarm, die Konsonanten abgehackt und hart vor Zorn. Vielleicht war Zorn die einzige allgemeingültige Sprache.

Auf dem Weg zurück nach Fox Hill war Roux äußerst schweigsam. Ivy fühlte sich beschmutzt von dem, was sie gesehen hatte, doch ein Teil von ihr war gleichzeitig erregt. Es rührte etwas in ihr an, das in ihr aufstieg wie ein leiser Seufzer. Sie blickte auf ihre Hand, die noch immer die gekühlte, mit Kondenswasser beschlagene Plastikflasche umklammert hielt. »Oh! Ich habe vergessen, meine Limo zu bezahlen!«

»*Darüber* machst du dir Gedanken?«, fragte Roux abschätzig.

Ivy öffnete den Mund – um was zu sagen? Dass sie genauso verlegen war wie er? Dass ihre Mütter klangen wie zornige Krähen? Stattdessen erzählte sie ihm von den Diebstählen.

Roux' Miene hellte sich auf. »Ich *wusste*, dass du mir etwas verheimlichst. Ich *wusste*, dass ich bei dir richtiglag.«

»Okay, aber ...«

»Und deine *Großmutter*?«

»Sie hat nur ...«

»Aber *in welchen Häusern*?«

Ivy versuchte, ihm zu erklären, dass sie nicht wirklich stahlen, dass sie nur Kleinigkeiten einsteckten, die die Amerikaner nicht wertschätzten. Roux war das gleich. Er betrachtete sie bereits mit neuem Respekt – und noch etwas flackerte in seinen Augen auf, etwas Eindringliches, Begieriges. Sie bemerkte ein Grübchen in seiner rechten Wange, wie ein

Komma auf einer ansonsten leeren Buchseite, und sie fragte sich, warum er sich so wenig für sein Äußeres interessierte. Mit etwas Mühe würde er bestimmt süß aussehen. Er müsste nur die richtigen Klamotten tragen, sich die Haare schneiden lassen, ab und an lächeln – *bam!*, schon wäre er wie verwandelt, sähe aus wie ein typisch amerikanischer Junge, doch das schien er gar nicht zu wollen. Sie hingegen konnte sich noch so quälen mit ihrer Kleidung und dem richtigen Auftreten – sie würde immer gelbe Haut und schwarze Haare und eine platte Nase haben. Ihr äußeres Ich verbarg die Tatsache, dass sie Amerikanerin war. Amerikanerin! Amerikanerin! Diese Ungerechtigkeit machte ihr schwer zu schaffen.

»Dieser russische Junge ist kein guter Umgang für dich«, sagte Nan eines Tages aus heiterem Himmel.

Ivy wusste sofort, von wem Nan sprach. »Er ist Rumäne«, stellte sie richtig.

»Der Junge ist dumm. Wie könnte es auch anders sein ohne Vater? Und was tut seine Mutter für ihn? Nichts. Ich sehe, wie sie morgens nach Hause kommt mit ihren hochgesteckten Haaren. Lächerlich. Wo treibt sie sich die ganze Nacht lang rum? Und dann lässt sie auch noch ihren Sohn allein … Nachts sind nur zwei Sorten von Menschen unterwegs: Einbrecher und leichte Frauen. Du hältst dich von ihm fern, hast du mich verstanden?«

Ivy stocherte in ihrem Reis.

»Außerdem sind sie arm«, fügte Nan hinzu. »Sonst würden sie wohl kaum hier leben.«

»Genau wie wir.«

»Wir sind anders«, entgegnete Nan scharf. »Baba hat einen Master-Abschluss.«

Ivy wies darauf hin, dass Roux' Vater genauso gut einen Doktortitel haben könnte.

»Hör auf, solchen Unsinn zu reden. Hilf deiner Großmutter lieber mit dem Abendessen. Ich muss lernen.« Jede Stunde, die Nan nicht mit dem Einpacken von Lebensmitteln im Hong-Kong-Markt an der Route 9 verbrachte, brütete sie nach einem selbst ausgearbeiteten Lehrplan, den nur sie verstand, über ihrem kleinen blauen Chinesisch/Englisch-Wörterbuch. Einmal hatte Ivy beim Abendessen gescherzt, dass Nan vielleicht schneller Englisch lernen würde, wenn sie Lebensmittel in einem amerikanischen Supermarkt einpackte. Es war das einzige Mal gewesen, dass ihr Vater sie geschlagen hatte – auf den Hinterkopf, wortlos, fest genug, dass Ivys Ohren noch Stunden danach klingelten.

In jenem Herbst fing Shen seinen neuen Job als Computertechniker an der Grove an, und Ivy wechselte auf ihre neue Schule. Ihre Eltern sagten nicht, dass es wegen Roux war, aber natürlich konnte sich Ivy ihren Teil denken.

»Was hast du denn *da* an?«, spottete Roux, als er sie zum ersten Mal in ihrer Uniform sah, die so frisch aus der Einschweißfolie kam, dass sie noch nach Plastik roch. »Ist das eine Clipkrawatte?« Er griff nach ihrem Hals – er schnappte sich immer alles von ihr, was er haben wollte –, und Ivy war nicht schnell genug, um seinen fettigen Fingern zu entkommen, mit denen er sich gerade noch ein Stück Pizza in den Mund geschoben hatte. Schon hatte sie einen Fleck auf ihrem blütenweißen Kragen.

»Sieh, was du angestellt hast!«, rief sie, doch er grinste nur auf seine übliche herablassende Art. Sie leckte an ihrem Daumen und wischte über den Fleck. »Das ist die Uniform von der Grove«, teilte sie ihm schnippisch mit. Instinktiv wusste sie, dass sie ihn damit verletzen würde. »Ich gehe jetzt dort zur Schule, drüben, in Andover.«

»Hat deine Familie im Lotto gewonnen?«

»Ich habe ein Stipendium bekommen«, log sie. Sie hatte jede Menge Romane über Stipendiaten an schicken Internaten gelesen, die die soziale Kluft mittels einer Mischung aus Schneid, Charme und Schönheit (in erster Linie Schönheit) überwanden, um inmitten von Heidekraut und Pferdeställen die Liebe zu finden. Bis dahin war sie absolut zufrieden damit gewesen, die örtliche öffentliche Schule zu besuchen, so wie die anderen Kinder in Fox Hill. Nun allerdings war das unter ihrer Würde.

Danach gab sich Ivy alle Mühe, Roux aus dem Weg zu gehen. Sie spürte die breiter werdende Kluft zwischen ihnen, doch er, der so geschickt war, wenn es darum ging, herauszufinden, wofür sie sich schämte, war erstaunlich unsensibel, was ihn selbst betraf, und verwechselte ihre Zurückhaltung mit Schüchternheit. Er kapierte es nicht, bis er sie eines Tages zum fünften Mal fragte, ob sie nicht Lust habe, mit »seinen Jungs« abzuhängen – denselben Jungs, die er einst »schwule Wichser« genannt hatte.

»Ich würde mich niemals mit *solchen Leuten* abgeben!«, entgegnete Ivy, entrüstet über seinen Vorschlag.

»Ach, so angsteinflößend sind die nun auch nicht.«

»Sie sind mittelloser Abschaum.« Nans Worte. So weit war Ivy schon gekommen.

Sämtliche Farbe wich aus Roux' Gesicht, nur seine Ohren wurden glühend rot. Sie konnte den Schweißfilm auf seiner Oberlippe sehen, dort, wo sich ein erster Bartschatten zeigte.

»Seit wann bist du so ein eingebildetes Miststück?«

»Seit wann bist du so ein Loser?«

Er hob die Hand – Ivy zuckte instinktiv zurück –, aber er griff nur in seine Hosentasche, zog etwas Kleines, Gelbes daraus hervor und warf es nach ihr. Es traf sie mitten auf die Brust und fiel vor ihre Füße. Sie hob es auf. Es war ein altes Foto von ihr, in einem abgetragenen blauen Kleid – definitiv eines von Meifengs Flohmarktschnäppchen – mit weißen Spitzenärmeln und einer breiten Schärpe. Es war ihr schleierhaft, woher Roux das Foto hatte, bis sie es umdrehte und die getrockneten Klebeflecken sah. Sie erinnerte sich an ihr altes *Der Babysitter-Club*-Sammelalbum mit den aus Hochglanzmagazinen ausgeschnittenen Fotos und an die Lücke zwischen Stacey und Kristy. Sie hatte angenommen, dass sich das Bild von ihr irgendwie gelöst haben und verloren gegangen sein musste.

Ohne Roux hatte Ivy gar keinen Freund mehr. Sie war einsam, aber das, wonach sie sich sehnte, war keine Freundschaft. Mädchen und Jungs hingen zwar in den Pausen zusammen ab, doch richtig zur Sache ging es außerhalb der Schule, auf Partys. Ivy wurde nie zu einer Party eingeladen. Sie hatte gelernt (theoretisch), wie die beliebten Spiele gingen: Kartenkuss, Flaschendrehen, Sieben Minuten im Himmel, Apfelbeißen, Mord im Dunkeln oder das klassische Wahrheit oder Pflicht. Sie hatte auch andere Dinge gelernt – keine Spiele, sondern das echte Leben betreffend. In der Mädchenumkleide bekam sie mit, wie Liza Johnson den anderen mit gespieltem Entsetzen berichtete, dass Tom Cross seinen Reißverschluss geöffnet und ihre Hand in seinen Schritt geschoben hatte – »während mein Dad vorne am Steuer saß«. Ivy fragte sich, ob auch Gideon solche Dinge tat. Tom und er waren beste Freunde, sie machten alles zusammen. Was würde sie tun, wenn Gideon ihre Hand nähme und sie auf die mysteriöse, leicht groteske Männlichkeit unter seinen Shorts legte, oder wenn er sich zu ihr beugen und ihr die Zunge in den Mund schieben würde – so wie Henry Fitzgerald, der Nikki Satterfield in ihrer Cheerleader-Uniform vor der letzten Sportveranstaltung geküsst hatte. Die herabhängenden Puschel in ihren Händen hatten ausgesehen wie ein blau-weißer Konfettiregen.

Ivy hatte nie die Hand eines Jungen gehalten und erst recht keinen geküsst. Sie hatte sich nur ein einziges Mal begehrenswert gefühlt: als sie das Foto von sich selbst in dem kindischen blauen Kleid mit den Spitzenärmeln betrachtete (Warum hatte Roux es die ganze Zeit über behalten?) und anschließend ein sehnsüchtiges Verlangen in ihrem Körper spürte, das sie in der Nacht lange wach gehalten hatte, sodass sie mit tiefen Rändern unter den Augen aufgewacht war und Meifeng in der Früh ihre Stirn fühlte, um festzustellen, ob sie Fieber hatte.

Und dann rief eines Morgens, zwei Wochen nach Beginn der Sommerferien, Gideon Speyer an und lud sie zu seinem vierzehnten Geburtstag ein – »bloß eine kleine Feier, eine Übernachtungsparty mit Freunden« –, und obwohl sie nur stammelte und kicherte, gelang es Ivy irgendwie, herauszubringen, dass sie kommen würde. Nachdem sie aufgelegt hatte, stürmte sie in das Zimmer, das sie sich mit Meifeng teilte (»Wohin willst du denn so eilig?«), und vergrub ihr Gesicht im Kissen, bis ihr Mund voller Baumwolle war, die ihre panischen Glücksschreie erstickte. In jener Nacht schrieb sie in ihr Tagebuch: *Von jetzt an wird alles anders.*

Doch da war das Problem, Nans Erlaubnis einzuholen. Ivy erzählte ihrer Mutter, sie sei bei ihrer Klassenkameradin

Una Kim zum Übernachten eingeladen. Sie benutzte sogar den Satz, den sie sich als Druckmittel für Notfälle aufgehoben hatte: *Wenn ihr nicht wollt, dass ich Freundinnen finde, warum habt ihr mich dann auf diese Schule für Reiche geschickt?* Es war pures Glück, dass Una drei Blocks von Gideon entfernt in der neuen Siedlung in Andover wohnte. Nans Gesicht verfinsterte sich, und sie sagte weder Ja noch Nein – ein schlechtes Zeichen, da Nan mit der Zeit immer paranoider wurde.

Vor der Party (Ivy hatte beschlossen, sich notfalls aus dem Haus zu schleichen, was durchaus klappen konnte, da sich Meifeng eines tiefen Schlafs erfreute) durchstach Ivy ihre Ohrläppchen mit einer Nähnadel. Einige Tage zuvor hatte sie ein Paar Ohrhänger mit Herzen daran gestohlen und sie unter dem Wäschestapel in der untersten Schublade ihrer Kommode versteckt. Es war schwierig, den Bügel durch das neue Ohrloch zu stecken, und sie zuckte vor Schmerz zusammen, als sie das Metall hierhin und dorthin schob, um die Öffnung auf der Rückseite des Ohrläppchens zu finden. Als endlich beide Ohrhänger an Ort und Stelle waren, war das Fleisch rund um die Löcher heiß und tat weh, wenn man es auch nur berührte. Aber Ivy war glücklich.

Zu ihrem Pech hatte sich das Schloss an der Badezimmertür ausgerechnet an jenem Nachmittag gelockert, und Nan platzte mitten in Ivys Vorbereitungen hinein. Als sie ihre Tochter sah, die mit einem Kussmund in den Spiegel blickte, die Nähnadel noch in der Hand, wurde Nan fuchsteufelswild. Sie schlug Ivy ins Gesicht, einmal, zweimal, dann versuchte sie, Ivy die Ohrringe aus den frisch durchstochenen Ohrläppchen zu reißen – woraufhin Meifeng ins Badezimmer stürmte und sich mit der Fliegenklatsche auf Nan stürzte, während sie durchdringend kreischte: »Du reißt ihr ja die Ohren ab! Du reißt ihr ja die Ohren ab!« Der Kampf dauerte eine gefühlte Ewigkeit. Austin und Shen – der eine verängstigt, der andere stoisch, da an diese Art von Darbietung gewöhnt – suchten unterdessen Schutz im Schlafzimmer.

Nach dieser Attacke verlor Nan kein Wort mehr über die durchstochenen Ohrläppchen. Außerdem war sie an den darauffolgenden vier Tagen weitaus nachsichtiger mit ihrer Tochter. Das war die chinesische Art: körperliche Züchtigung, gefolgt von einem Übermaß an Freundlichkeit. Nan schlug Shen andauernd, und dann kochte sie ihm seine Lieblingssuppe oder veranstaltete einen großen Wirbel um seine Gesundheit. Wenn sie es zu weit trieb, schlug Shen auch Nan. Anschließend versprach er ihr, mit dem Rauchen aufzuhören. Meifeng schlug Ivy nie, aber sie schlug Austin fast täglich, was angeblich nur zu seinem Besten war. Er könne dankbar sein, behauptete sie, dass sie sich die Mühe mache, ihn, ihren Enkel, zu disziplinieren. Die bedauernswerten amerikanischen Kids mit ihren bequemen Großeltern wüchsen allesamt zu Hooligans heran, ungezügelt und ungeliebt. Danach nahm sie ihn mit zu McDonald's und kaufte ihm ein Happy Meal. Im Haushalt der Lins wurde man dafür belohnt, bestraft zu werden. Und so erhielt Ivy die Erlaubnis, bei Una Kim zu übernachten.

Sie ging zu Kmart, um ein Geburtstagsgeschenk für Gideon »abzuholen«. Die große Mall in West Maplebury wäre ihr lieber gewesen, aber dann hätte sie Shen bitten müssen, ihr Geld zu geben und sie zu fahren, und er hätte wissen wollen, welches Geschenk ihr für »Una« vorschwebte. Daher drückte sie sich stattdessen bei Kmart in dem Gang mit Elektroartikeln herum und beobachtete die Kassiererin, die in der *People* blätterte. Fünf Kunden gingen an ihr vorbei, ohne dass sie auch nur ein einziges Mal aufsah. Ermutigt trat Ivy ans Regal und nahm das wasserfeste Fernglas, das sie ins Auge gefasst hatte, in die Hand. Daran war eine Bedienungsanleitung befestigt, aus der hervorging, dass es mit beschlagfreien Gläsern ausgestattet und aufgrund einer speziellen Gummiarmierung stoßsicher war; außerdem hatte es mehrfach beschichtete Linsen für die optimale Lichtdurchlässigkeit. Es war das perfekte Geschenk für einen Jungen, der gern segelte. Ivy hatte gesehen, dass Gideon Fotos von Segelbooten in seinen Spind geklebt hatte und das Segelmagazin *Yachting World* verschlang wie andere Jungen den *Playboy*. Gerade als sie das Fernglas in ihrem Rucksack verschwinden lassen wollte, entdeckte sie Roux. Die Überraschung beruhte auf Gegenseitigkeit. Seit dem Vorfall mit dem Foto vor fast einem Jahr hatten sie nicht mehr miteinander gesprochen. Roux trug ein rotes Polohemd mit dem Kmart-Logo, an seiner Brusttasche war ein weißes Namensschild befestigt. Wie alle Uniformen verdrängte es seine Individualität, während es gleichzeitig sein wahres, essenzielles Selbst zu enthüllen schien.

Ohne Eile schlenderte er auf sie zu. »Was hast du da?«

»Ich hab versucht zu erkennen, was die Kassiererin liest.« Ivy hielt sich das Fernglas wie ein Spion vor die Augen, dann stellte sie es mit gespielter Gleichgültigkeit zurück ins Regal.

Roux verzog die Lippen zu einem ironischen Grinsen. »Ich arbeite jetzt hier – nur für den Fall, dass du es nicht bemerkt hast –, du solltest also besser nichts mitgehen lassen.«

»Entspann dich. Ich schaue mich bloß um.« Damit machte sie auf dem Absatz kehrt und marschierte aus dem Laden.

Vor Enttäuschung bildete sich ein Kloß in ihrer Kehle, hart und zäh wie halb garer Reis.

Am nächsten Morgen um Punkt neun Uhr war sie erneut im Kmart.

»Schaust du dich wieder bloß um?«

Ivy fuhr zusammen. Da stand er, in demselben billigen roten Polohemd, wie ein hartnäckiger, lautloser Schatten. Es war bizarr, wie schnell er sie entdeckt hatte. Das Problem war, dass sie im selben Gang stand wie gestern, dasselbe Fernglas in den Händen. Und tatsächlich fragte Roux nur einen winzigen Moment später: »Warum willst du das Ding eigentlich haben?«

»Verfolgst du mich etwa?«

»Na klar. Du bist schließlich eine Diebin.«

»Das ist nicht für mich. Es ist ein Geburtsgeschenk für meinen Freund.«

Roux nahm das Fernglas und warf einen Blick auf das Preisschild – 38,99 $. Ein Vermögen. Er reichte es ihr zurück. »Muss ja ein toller Freund sein.«

Das Fernglas in der Hand, schlenderte Ivy in Richtung Ausgang. Ihr Herz hämmerte. Hatte sie wirklich die Nerven, einfach aus dem Laden zu spazieren und auf Roux' Wohlwollen zu vertrauen, oder sollte sie das Fernglas neben dem Zeitschriftenständer abstellen, als hätte sie es sich anders überlegt und wollte es nun doch nicht kaufen? Sie sah den Kassierer an. »Ich bin noch nicht so weit«, sagte sie mit überheblicher Stimme. Der alte Mann, der heute an der Kasse saß, warf ihr einen abschätzigen Blick zu. *Zu teuer, hm?*

Eine Hand griff über Ivys Schulter und hielt ihr zwei zerknüllte Zwanziger hin. Sie drehte sich um.

»Was ist das?«

»Geld«, antwortete Roux verächtlich. »Für das Geschenk für deinen *Freund*.«

»Leihweise?« In der Familie Lin waren Schulden gleichbedeutend mit Sklaverei.

Roux' finsterer Gesichtsausdruck wurde noch finsterer. »Du musst es mir nicht zurückgeben.«

Ivy war sprachlos. Abgesehen von Nan, war Roux der geizigste Mensch, den sie kannte; sie hatte gesehen, wie er seine eigene Mülltonnen nach abgelaufenen Mikrowellenmahlzeiten durchforstete – vorzugsweise Hot Pockets mit verschiedenen Füllungen –, die selbst Mrs. Roman für ungenießbar erachtet hatte; und auf dem Gehsteig entging kein Fünf-Cent-Stück seinem scharfen Blick.

Roux wedelte mit den Scheinen vor ihrem Gesicht herum. »Nimmst du das Geld jetzt oder nicht?« Als sie sich noch immer nicht rührte, blaffte er: »Herrgott, dann eben nicht …«

Ivy schnappte sich die Dollarnoten und reichte sie dem alten Kassierer, der das kurze Gespräch mitbekommen hatte.

»Mensch, Mädchen, heute ist dein Glückstag. Wenn mal nicht jeder Tag ein Glückstag für dich ist. Wie alt bist du eigentlich? Du siehst nicht älter aus als meine Enkelin, und die lernt gerade das Multiplizieren.«

Du kleiner Saukerl, dachte Ivy und sah dem Alten direkt in die Knopfaugen. Du hast vermutlich dein ganzes Leben hier verbracht und wirst auch noch hier sterben, in deiner Kmart-Uniform. Auf deinem Grabstein wird stehen: *Hier ruht ein glücklicher Mann.*

»Was ist denn so komisch?«, fragte Roux.

Ivy fing an zu grinsen. »Ich hatte keine Ahnung, dass du so nett sein kannst.« Meifeng pflegte zu sagen, dass ein Tiger einem Kaninchen nicht aus lauter Herzensgüte Karotten gibt, doch als der Kassierer ihr das Fernglas einpackte, dämmerte es Ivy, dass es ein noch besseres Gefühl war, etwas ganz offen mit Geld zu bezahlen, als etwas heimlich mitgehen zu lassen.

Roux verdrehte die Augen und sagte, er müsse sich wieder an die Arbeit machen. Doch sie sah, dass er sich über ihr Kompliment freute – seine leuchtend roten Ohren verrieten ihn.

3

Shen setzte sie vor Una Kims Haus ab. Ivy wartete, bis sein Wagen aus der Siedlung verschwunden war, dann machte sie sich auf den Weg zu Gideon. Das Haus der Speyers lag in einer breiten Sackgasse – ein schöner Bau aus Glas und Stein. Draußen zirpten die Grillen.

Gideon öffnete die Tür. Freude explodierte in Ivy wie ein Feuerwerk. Er trug ein weinrotes T-Shirt, dessen Ärmel Bizeps umspannten, die noch vier Wochen zuvor nur Haut und Knochen gewesen waren. Der ordentlich gestutzte Bürstenschnitt war verschwunden; federweiches Haar ergoss sich über seine Schläfen und bedeckte den oberen Teil seiner Ohrmuscheln.

»Herzlichen Glückwunsch zum Geburtstag«, sagte sie mit leiser, belegter Stimme.

»Du schaust anders aus.«

»Anders? Inwiefern?« *Ja! Ja! Ja!*

»Ich glaube, ich habe dich noch nie außerhalb der Schule gesehen.« Einer von Gideons Schneidezähnen stand etwas schief und höher als der andere, was ihm etwas Verschmitztes verlieh, wenn er lächelte, obwohl er gar kein verschmitzter Mensch war. Er nahm das Geschenk, das sie ihm überreichte, mit verlegener Überraschung entgegen. »Du hättest mir doch nichts mitbringen müssen.«

Beschämte Röte breitete sich in ihrem Gesicht aus wie Ausschlag.

Gideon sagte, sie würden unten im Keller abhängen, und

bat sie herein, er bot ihr sogar an, ihr den Rucksack abzunehmen, so kultiviert, so *dressiert*, und das mit vierzehn. Sie zog ihre Schuhe aus – »Lass sie ruhig an«, sagte er in demselben verlegenen Ton –, und sie folgte ihm durch einen Flur mit elektrischen Wandfackeln. Die steifen Fasern des Teppichs mit Leopardenmuster knirschten unter ihren Zehen. »Was ist das für ein Zimmer?« Ivy deutete auf einen Raum und konnte nicht widerstehen, sich in alle Richtungen umzublicken. Sie wollte versuchen, sich sämtliche Details von Gideons Haus einzuprägen, um sie sich zu Hause in ihrem Zimmer noch einmal ins Gedächtnis zu rufen.

»Das ist das Arbeitszimmer.« Gideon, der ihren erwartungsvollen Blick bemerkte, zeigte ihr den Raum, dann folgten das Wohnzimmer, die Küche und das Familienzimmer mit der wuchtigen Standuhr, die jede einzelne ihrer Bewegungen mit ihrem Glasauge zu verfolgen schien.

Ihre eigene Wohnung in Fox Hill hatte Ivy stets für einen Ort gehalten, an dem sie aß und schlief, ein Ort, der niemandem gehörte, nicht ihr, nicht ihrer Familie. Gideon schien diese Sichtweise nicht zu teilen. Sämtliche Zimmer, die Möbel, der Krimskrams, den die Familie von ihren Urlaubsreisen mitgebracht hatte, waren »meins« oder »unser«. Alles schien sein Eigentum zu sein. Besitz, dachte Ivy, hatte einen ganz speziellen Klang. Man konnte einer Person die Respekt einflößende Eigenschaft von Besitz an der Stimme anhören, und sie hörte sie in Gideons gleichmäßig modulierten Sätzen und seiner deutlichen Aussprache. Als sie in der Schule das letzte Mal Gedichte vorgetragen hatten, hatte Mr. Markle, der gleichzeitig den Debattierklub leitete, Gideon bei der Benotung für seine Vortragskunst gelobt, und Gideon hatte vor der ganzen Klasse erklärt, dass er früher gestottert hatte und zehn Jahre lang in logopädischer Behandlung gewesen war. »Dann sollten wir uns wohl alle mal bei einem Logopäden anmelden!«, hatte Mr. Markle gescherzt, und während die anderen lachten, hatte Ivy verblüfft geschwiegen, weil sie einfach nicht begriff, wie etwas so Einfaches wie Sprechen so viel Fleiß und Mühe erfordern konnte – genauso viel Fleiß und Mühe, wie Nan in ihr kleines blaues Wörterbuch investierte.

In der Diele begegneten sie Gideons älterer Schwester Sylvia, die ebenfalls an der Grove war, aber schon in der Abschlussklasse. Sylvia war auf dem Weg nach oben, ein Tablett mit einem Becher Häagen-Dazs-Eiscreme, einem Starbucks-Kaffee und einem kleinen Tumbler mit Eiswürfeln und einer gelblichen Flüssigkeit in den Händen.

»Wo hast du den Schlüssel zum Spirituosenschrank gefunden?«, fragte Gideon.

»In Dads Stifteköcher. Willst du auch was?«

»Nein.«

Sylvia bemerkte, dass Ivy sie anstarrte, und Ivy wandte rasch den Blick ab und tat so, als würde sie ein Foto an der Wand bei der Treppe betrachten, das die Geschwister in Badesachen zeigte. Sie fläzten sich auf Liegestühlen und blickten lachend in den Sonnenuntergang.

»Das ist Finn Oaks«, sagte Sylvia, die Ivys Blick bemerkt hatte.

»Und was ist das?«

»Unser Sommerhaus in Cattahasset.«

Sommerhaus, fügte Ivy ihrem Sprachrepertoire hinzu.

»Warst du schon mal dort?«

»Nein«, antwortete Ivy. Sie konnte Sylvia nicht direkt ansehen, ihre Schönheit war zu blendend.

»Nun, Giddy bringt im Sommer immer seine Freunde mit.«
Diese angedeutete Einladung, so sorglos dahingeworfen, ließ Ivys Herz vor Sehnsucht rasen, so heftig, dass ihr schwindelig wurde. »Ich bin Ivy«, flüsterte sie.

»Wie die Pflanze«, stellte Sylvia fest.

»Dad wird bald heimkommen und selbst einen Whiskey trinken wollen«, sagte Gideon. »Du solltest den Schlüssel also schleunigst zurücklegen.«

Sylvia verdrehte die Augen. »Entspann dich. Er wird schon nichts mitbekommen.« Sie schwebte geräuschlos die Treppe hinauf. Zurück blieb ihr Parfum: ein herber Duft nach Zitrone und dem Ozean.

Niemand begrüßte Ivy, als sie den Keller betrat, zumindest nicht offen; sie musste sich mit Seitenblicken und coolem Lächeln begnügen. Ein Zeichen des Willkommens. Größerer Wirbel hätte bedeutet, dass sie nicht dazugehörte. Gideon zeigte Ivy den Platz für die Schlafsäcke und bot ihr an, ihre Sachen dort abzustellen. Tom Cross schnappte ihm die Geschenktüte aus den Händen – »Was ist das?« –, und las in gedehntem Ton Ivys Karte vor: *Ich hoffe, wir haben im nächsten Jahr ein paar Kurse zusammen, Gideon …* Tom war der geborene Performer: kastanienbraune Locken, so viele Sommersprossen, dass er aussah, als wäre er das ganze Jahr über gebräunt, stets umgeben von Publikum, das er unterhalten konnte. Als er zu Ende gelesen hatte, zog er das Fernglas aus der Tüte und warf es auf einen Berg Kissen. »Hat dein Dad nicht auch so eins?«

»Ja, aber ich nicht«, antwortete Gideon.

»Und wo ist mein Geburtstagsgeschenk?«, wollte Tom von Ivy wissen.

»Wann hast du denn Geburtstag?«

Tom riss die Augen auf. »Sie spricht!«

Nur Una Kim wirkte aufgebracht, Ivy zu sehen. Die beiden Mädchen waren tatsächlich einmal so etwas wie Freundinnen gewesen: zwei asiatische Eigenbrötlerinnen, Ivy still und arm, Una reich und mopsig. Dann verbrachte Una den Sommer vor der siebten Klasse in Korea und kehrte fünfzehn Pfund leichter zurück, die Haare gelockt, mit Kontaktlinsen und höherem Nasenrücken. Sie verlor keine Zeit, Ivy in die Wüste zu schicken, die dämliche Schnepfe. Liza Johnson gegenüber behauptete sie, Ivy habe sie eine »dumme Kuh« genannt (gelogen), die »kein Wort mit mehr als fünf Buchstaben aussprechen könne« (wahr). Das Ärgerlichste an der ganzen Sache war jedoch, dass Ivy überlegt hatte, *Una* in die Wüste zu schicken. Sie hatte sich sogar schon einen Platz überlegt, an dem sie zu Mittag essen würde (am Springbrunnen, wo sie sich in ihre Lektüre vertiefen wollte, umgeben von einer Aura kultivierter Rätselhaftigkeit), aber Una war ihr zuvorgekommen. Diese Erfahrung erteilte Ivy eine wichtige Lektion: Es kam einzig und allein auf das richtige Timing an.

Liza und die Zwillinge ließen die Jungs stehen und schlenderten zu Ivy. Una folgte ihnen zögernd. Sie setzten sich in einen Kreis. Violet Satterfield bot Ivy an, ihr die Haare zu kreppen. Ivy stellte fest, dass die anderen Mädchen tatsächlich so krisselige Locken hatten, als hätten sie einen Stromschlag bekommen. »Okay«, willigte sie mutig ein. Jetzt war sicher der Zeitpunkt, an dem Violet ihr Haar in Brand stecken oder ihr den Kopf kahl scheren würde. Sie verbarg das leichte Zittern ihrer Unterlippe, indem sie Blasen mit ihrem Kaugummi machte, das nach gar nichts mehr schmeckte.

Violet kehrte mit dem Kreppeisen zurück und blaffte

Una an, sie solle ein Stück rüberrutschen. Una gab zurück: »Rutsch du doch rüber«, aber sie tat, was ihr gesagt wurde, und rückte nach links, bis sie leicht außerhalb des Kreises saß. Ivy sah, dass Una unter ihrem Kleid keinen BH trug. Ihre Nippel, groß wie Vierteldollar-Münzen, zeichneten sich unter dem dünnen Baumwollstoff ab. Henry Fitzgerald und Blake Whitney versuchten herauszufinden, ob Una kitzelig war. Sie stürzten sich abwechselnd auf ihre Rippen, wie hypnotisiert von ihren üppigen Brüsten, die wie Wasserbomben wabbelten.

»Wie nennt man noch gleich diesen Affen?«, fragte Liza in die Runde. »Den mit dem knallrosa Gesicht?«

»Einen Mandrill?«, schlug Henry vor.

»Ja, genau den meine ich! Una sieht aus wie ein riesiger, draller Mandrill.« In diesem Moment sah Una mit ihrem vor Scham geröteten Gesicht tatsächlich so aus. Und plötzlich verstand Ivy, warum Liza und die Zwillinge so freundlich zu ihr waren: Sie bestraften Una, weil sie Brüste hatte. Diese Erkenntnis erfüllte Ivy mit Hoffnung. Es war das älteste physikalische Gesetz: Das System selbst kann sich nicht ändern, es kann nur umgestaltet werden.

Nachdem sie die Hände mit der nach Pfefferminz duftenden Seife der Speyers gewaschen hatte, nahm sich Ivy Zeit, durch ihre Haare zu wuscheln, ihre Bluse zurechtzuzupfen und sich in die Wangen zu kneifen, damit sie leicht gerötet wirkten. Nebenbei öffnete sie den Spiegelschrank und betrachtete den Inhalt: Schmerztabletten, Wattebäusche, Seife mit Peeling-Funktion. In der Ecke entdeckte sie eine halb leere Flasche mit französischem Parfum. Sie gab einen Spritzer auf ihren Hals und auf die Handgelenke. Anschließend schob sie eine

Packung Pflaster zur Seite und entdeckte weiter hinten ein altes Haarband; silbrig-goldene Haare hatten sich um das schwarze Gummi geknotet. Ivy schob es über ihr Handgelenk. »He, Gideon«, flüsterte sie, bemüht, Sylvias ätherische Erscheinung nachzuahmen. Dann schloss sie die Schranktür und ging wieder nach unten.

Um einundzwanzig Uhr kamen Gideons Eltern mit vier Pizzakartons, frisch gebackenen Schokosplitterkeksen und zwei Bechern Vanilleeis in den Keller. Man weiß alles über einen Menschen, sobald man seine Familie sieht, und Ivy meinte, gerade eben den Schlüssel zu der Person Gideon Speyer entdeckt zu haben: Da war seine jugendliche Mom mit der abgeschnittenen Baumwollhose und der grünen, ärmellosen Bluse, die zwei leuchtend weiße Arme freigab; da war sein Dad, ein würdevoller, ansehnlicher Mann, Senator des Bundesstaats Massachusetts, der alle Freunde von Gideon mit Namen kannte – »Ich glaube, wir haben uns noch nicht kennengelernt«, sagte er und drückte ihr herzlich die Hand. Auf Ivys bewundernden Blick hin fügte er hinzu, dass sie jederzeit in ihrem Haus willkommen sei.

Gegen ein Uhr morgens dimmte Gideon die Lichter und legte *Die Rache des Kettensägenmörders* in den Videorekorder ein. Ivy wartete, bis er sich auf dem Sofa niedergelassen hatte, dann beeilte sie sich, den Platz neben ihm einzunehmen. Die Welt jenseits des Sofas löste sich in Luft auf. Alles, was sie noch wahrnahm, waren Gideons Atem, die kleinen Bewegungen, wenn er sein Gewicht verlagerte, das sanfte Kaleidoskop aus Farben, das die flackernden Bilder auf sein nach oben gewandtes Gesicht warfen. Während einer ganz besonders grausamen Metzelszene tat sie so, als würde sie sich die Ohren zuhalten, wobei sie absichtlich gegen seinen

Ellbogen stieß. Er sagte: »Ups!«, und platzierte seinen Arm auf der Sofalehne. Wenn sie den Kopf zurücklegte, streiften die Haare auf seinem Unterarm ihren Nacken.

»Gefällt dir der Film bisher?«, flüsterte sie und schloss die Lücke zwischen ihren Köpfen so weit, dass sie das Popcorn in seinem Atem riechen konnte.

»Er ist ziemlich vorhersehbar«, flüsterte er zurück.

Der Film plätscherte vor sich hin – dunkler Wald, verlassene Schuppen, Blut, das aus der Badewanne tropfte. Liza, Una und die Zwillinge fanden enormes Vergnügen daran, sich jedes Mal an die Jungs im Zimmer zu klammern, sobald der Mann mit der Kettensäge auftauchte. Ivy wagte es nicht, sich an Gideon zu klammern, doch sie rutschte unauffällig an ihn heran, bis sich ihre Knie berührten. Ein heißer Stromstoß durchfuhr ihren Körper. Gideon reagierte, indem er sein Bein gegen ihres drückte, warm und schwer, vom Schenkel bis zum Knöchel. Jetzt war er gekommen, der Moment, von dem sie drei Jahre lang geträumt hatte. Sie hielt die Augen auf den Bildschirm gerichtet, entschlossen, lässig zu wirken und ihn nicht mit einem Seitenblick in Verlegenheit zu bringen. Ab und zu spürte sie, wie sein Bein leicht zuckte und sich dann wieder gegen ihres drückte, als wolle er sie an seine Anwesenheit erinnern. Sie erwiderte den Druck, um zu zeigen, dass sie verstand. So blieben sie während der letzten Stunde des Films sitzen.

Als der Abspann lief, schaute Ivy mit rotem Gesicht vorsichtig zu Gideon hinüber, gespannt, was er nun sagen würde. Sie hätte das lieber nicht tun sollen. Gideons Kopf lag auf der Sofalehne, seine Augen waren geschlossen, sein Mund stand leicht offen. Er schlief tief und fest.

Nan war eine ängstliche Frau. Eine leichte Schläferin, wenn sie überhaupt ein Auge zutat. Ihre beiden Obsessionen waren Geld und die Gesundheit ihrer Familie. Die ganze Nacht über wurde sie von Sorgen gequält, dass Ivy Keime von schmutzigen Essstäbchen ableckte, Bauchweh von zu viel Eiscreme bekam oder unter einer zu dünnen Bettdecke in einem zu stark klimatisierten Haus bibberte. Ivy wäre schockiert gewesen, hätte sie gewusst, dass sie ihre übermäßige Fantasie wohl doch von ihrer Mutter geerbt hatte.

Bei Sonnenaufgang rüttelte Nan ihren Ehemann wach. »Ich glaube, wir sollten sie früh von diesem koreanischen Mädchen abholen«, drängte sie. »Ich wette, sie lag die ganze Nacht wach. Wir hätten sie nicht gehen lassen sollen.«

Sie zwang Shen, bei den Kims anzurufen – sie hatten Mrs. Kims Nummer von einer Orchesteraufführung in der siebten Klasse, nach der sie überlegt hatten, Ivy eine Geige zu kaufen (was sie nie getan hatten). Während des Telefonats wurde Shens Miene zunächst verwundert, dann verärgert und danach grimmig. Als er auflegte, teilte er Nan mit, Unas Mutter habe gesagt, Ivy sei gar nicht bei ihnen gewesen. Sie habe Una zu einer Übernachtungsparty gebracht, vermutlich sei Ivy ebenfalls eingeladen. »Sie hat mir die Adresse des Jungen gegeben«, beendete Shen seinen Bericht.

»*Ein Junge?*«, fragte Nan, schwach vor Furcht. »Deine Tochter ist ein hundsgemeines Miststück, Shen! Steh auf! Wir müssen sofort los! Nun mach schon, du nutzloser Bastard! Was, wenn ihr etwas zustößt? Was, wenn es *zu spät* ist?«

»Zu spät? Wofür?«, fragte Shen.

Mr. Speyer gab Pfannkuchenteig in eine zischende Pfanne, als es an der Haustür klingelte. Ivy saß am sonnenbeschienenen

Küchentisch der Speyers und lauschte dem Gespräch über das nächste Spiel der Red Sox. Als Gideon sie fragte, ob sie auch kommen könne, wurde ihr Grinsen so breit, dass ihr Gesicht schmerzte. Die ganze Nacht über hatte sie nicht aufhören können zu grinsen. Vermutlich hatte sie noch im Schlaf die Lippen verzogen wie eine Idiotin. Bevor sie etwas erwidern konnte, kehrte Sylvia Speyer, die an die Tür gegangen war, in die Küche zurück und verkündete mit misstrauischer Stimme: »Diese Leute behaupten, sie seien auf der Suche nach ihrer Tochter.«

Ivy drehte sich auf ihrem Stuhl um. Sofort wurde ihr klar, dass es vorbei war.

Mr. Speyer musste zweimal hinsehen. Doch genau wie bei Gideon war sein gutes Benehmen so tief verankert, dass es ihm selbst in unerwarteten Situationen gelang, ein höfliches Hallo hervorzubringen. Während seine Augen über alle vier Lins schweiften – Nan, Shen, Meifeng und Austin –, fügte er hinzu: »Großer Gott, sind Sie alle gekommen, um Ivy abzuholen?«

Ivy sprang auf, jede Zelle in ihrem Körper explodierte vor Panik. Sie öffnete den Mund, doch sie konnte sich gerade noch bremsen. Sie konnte unmöglich vor so vielen Zeugen Chinesisch sprechen.

»Hol deine Sachen«, befahl Nan in ihrem Heimatdialekt. Ihre Augen huschten über Ivys nackte Beine, den dünnen Träger ihres Pyjamaoberteils, der über die Schulter gerutscht war, das ungekämmte Haar.

Gebannt beobachtete Ivy die Nasenflügel ihrer Mutter, die bei jedem Atemzug auf und zu gingen wie zwei Klapptüren.

»Sofort!«

»Ich habe Hunger«, sagte Austin mit zaghafter Stimme

in das darauf folgende Schweigen hinein. Das Gleiche hatte er schon zu Hause behauptet, um den Zorn auf Ivy zu entschärfen. »Darf ich ein paar Pfannkuchen haben?«, fragte er, diesmal lauter. Meifeng nahm ihn an die Hand. Mr. Speyer schlug vor, dass sie im Wohnzimmer auf Ivy warten sollten.

Ivy ging in den Keller, suchte ihre Sachen zusammen und kam wieder nach oben. Sie hörte, wie ihre Klassenkameraden in der Küche über sie tuschelten. *Ihre Mom ist total durchgeknallt ... braucht mit Sicherheit jede Menge Antidepressiva ... die Alte stinkt nach Zwiebeln ... ich hab ihren Dad schon mal gesehen, er arbeitet an unserer Schule ... NEIN! ... Doch! So hat sie ja den Platz bekommen ... Pst! ... Was für ein Psycho! ...* Sie hörte Gideons Stimme heraus: »Mir tut sie irgendwie leid.« Tom lachte ausgelassen. »Deshalb rennt sie dir nach, Gideon. Sie denkt, du bist in sie verknallt. Du bist ja so nett und so süüüß ...«

Ivy wich zurück. Ihr Herz pochte, ihr Mund wurde trocken.

Im Wohnzimmer setzte sich der verwirrende Albtraum fort. Austin hatte sich im Schneidersitz auf dem Teppich niedergelassen. Das Gesicht vor Freude gerötet, verspeiste er die Pfannkuchen, die Mr. Speyer ihm auf dem Couchtisch servierte. Die restlichen Lins saßen Seite an Seite auf dem cognacfarbenen Ledersofa, die Rücken so gerade wie Schilfgras. Als sie Ivy sahen, standen sie alle gleichzeitig auf. Shen fasste Ivy am Unterarm und führte sie zur Haustür.

»Wir gehen, Austin«, sagte Nan scharf.

»Aber ich habe noch nicht aufgegessen!«

»Eins, zwei, *dr...*«

Mit Tränen in den Augen sprang Austin auf und lief zu ihnen.

»Danke, dass du gekommen bist, Ivy«, sagte Gideon an der Tür.

»Mach's gut, Mädchen«, sagte Mr. Speyer. »Ich hoffe, wir sehen dich bald wieder.«

Ivy konnte weder Vater noch Sohn ansehen. *Das ist nicht real*, dachte sie. *Ich bin in dieser Badewanne.* Und tatsächlich: Als sie zum Auto ihres Vaters ging, nahm alles eine träge Unterwasserbeschaffenheit an: das metronomische Ticken des Rasensprengers, das leuchtend smaragdgrüne Gras unter ihren Flipflops, der Duft des Geißblatts, der ihre Träume während der nächsten Jahre durchdringen würde.

In derselben Sekunde, in der sich zu Hause die Eingangstür hinter ihnen schloss, versuchte Meifeng, Nan daran zu hindern, nach Ivys Ohr zu greifen. »Los. Beeil dich. *Hau ab!*«, doch der Versuch schlug fehl, denn Nan, die Ivy nicht direkt zu fassen bekam, weil Meifeng sich zwischen sie beide drängte, schnappte sich eine Orange aus der Obstschale und schleuderte sie auf ihre zurückweichende Tochter. Ivy drehte sich in der falschen Sekunde um, und die Orange traf sie mitten auf die Stirn. Etwas Kaltes tropfte auf ihre Nase. Im ersten Moment dachte sie, es wäre Blut, doch als sie ihre Haut betastete und anschließend auf ihre Finger sah, stellte sie fest, dass es sich um eine klare Flüssigkeit handelte. Die Orange war geplatzt.

»Ich werde dir eine Lektion erteilen!«, tobte Nan.

Ivy wappnete sich. Sie spürte einen Luftzug, als ihre Mutter durch den Flur zu dem Zimmer stapfte, das sie sich mit Meifeng teilte, und die Tür aufstieß. Ivy begriff im Nu. »Nein! Nicht!« Sie sprang auf und stellte sich schützend vor ihre Kommode, doch Nan stieß sie zur Seite und riss sämtliche

Schubladen auf, um Arme voll Kleidung herauszuschaufeln. Sie streckte die Hand aus und zerrte einen schwarzen Walkman hervor, die abgenutzten Kopfhörer steckten noch in der Buchse. Wutschnaubend wirbelte sie zu Meifeng herum. »Hast du ihr den gekauft?«

Meifeng senkte loyal den Kopf, mitschuldige Lügnerin, mitschuldige Diebin. »Ja.«

Nans Hand schnellte erneut vor. Ihre Bewegungen nahmen Fahrt auf. Ein Bikini. Eine schwarze Strumpfhose. Zerrissene Jeansshorts. Silberringe. Ein Federmäppchen mit verschmiertem, benutztem Make-up. Drei überfällige Leihbücher. Ein Stapel Kassetten. Das Kleid mit den Spaghettiträgern, das Ivy für eine zukünftige Tanzveranstaltung an der Schule aufgehoben hatte, blieb an der Kommodenkante hängen, als Nan es zu Boden warf, in der Mitte vorstehend, als hätte man es auf Höhe des Herzens gepfählt.

»Ich wusste schon immer, dass du ein verschlagenes Kind bist«, keuchte Nan, »aber ich hätte mir nicht träumen lassen, dass du *so* viel vor uns versteckst ...« Sie verstummte, anscheinend war sie zu überwältigt, um weiterzusprechen. Sogar Shen, der mit verhaltener Tapferkeit ins Zimmer geschlüpft war, konnte den Beutezug seiner Frau nicht stoppen. Als Nan das ledergebundene Tagebuch entdeckte und ihre insektenartigen Finger über den Umschlag krabbelten, erwachte Ivy aus ihrer Trance.

»*Stopp! Das ist privat!*« Sie stürzte vor und versuchte, Nan das Tagebuch zu entreißen. Ihre Fingernägel gruben sich in weiches Fleisch, als Nan blitzschnell zurückwich.

»Sieh, was du getan hast!«, brüllte Shen und packte Ivys Oberarm. »Du – wirst – deiner – Mutter – nie – mehr – widersprechen!«

Durch den Schleier der Wut konnte Ivy kaum die gezackte rote Linie auf der Haut ihrer Mutter erkennen, die aussah wie ein Zeigefinger, der anklagend in ihre Richtung deutete.

Nan drehte sich um und verließ den Raum. Kurz darauf kehrte sie mit einer großen Mülltüte zurück. Voller Angst und gleichzeitig erleichtert, stellte Ivy fest, dass das Tagebuch nicht darin war. Nan durchquerte das Zimmer, nahm die Sachen von Bett und Fußboden und packte sie methodisch und geordnet in die Tüte.

»Nan?«, fragte Shen nach einer Weile vorsichtig.

»Steh nicht rum, hilf mir. Bring die Tüte zum Müllcontainer. Nimm Austin mit.«

Shen gehorchte.

»Hat dich irgendein Junge … gestern Nacht angefasst?«, wollte Nan wissen, als er weg war.

»Nein«, sagte Ivy.

»Sie ist doch noch ein Kind«, wandte Meifeng ein.

»Sie ist eine Hure«, hielt Nan dagegen.

»Es war bloß eine Party«, sagte Ivy.

»Obwohl ich dir vieles zutraue, kann ich mir nicht vorstellen, dass *du* ihr diesen abstoßenden Krempel gekauft hast.« Nan sah Meifeng durchdringend an. »Sie muss sich die Sachen selbst besorgt haben. Ich hatte dir doch gesagt, dass du ihr kein Geld mehr geben sollst!«

»Sie kommt bald auf die Highschool.« Meifeng hielt Nans Blick stand. »Sie sollte Taschengeld bekommen, damit sie lernt, hauszuhalten. Es würde ihr helfen, reif zu werden.«

Nan schnaubte. »*Reif?* Du hast ein Mädchen großgezogen, das eitel und frivol ist. Ein Mädchen, das uns nach Strich und Faden belügt …«

Ivy kniff die Augen zu und simulierte mit geschlossenem

Mund ein Gähnen – ein Trick, den sie oft anwandte, um Nans schrilles Geschrei auszublenden. Doch es war schwer, dieses Beinahe-Gähnen über längere Zeit aufrechtzuerhalten, und jedes Mal, wenn sie ihre Muskeln entspannte, hörte sie Nans Vorwürfe, die durch das stille Zimmer schallten: … *spaziert halb nackt durch das Haus dieses amerikanischen Jungen, vor seinen Eltern! … Sie vergöttert sie … Uns dagegen hasst sie …* Nan leerte auch die letzte Schublade, dann wischte sie sich die Augen ab und ging hinüber ins Wohnzimmer.

Meifeng, die immer das letzte Wort haben musste, folgte ihr und warf ihr Beleidigungen an den Hinterkopf: *Oh, JETZT willst du die Verantwortung übernehmen? … Du warst zu arm, um deine eigenen Kinder großzuziehen … Sieh dich doch an, zu dumm, um Englisch zu lernen … Pah! Von welchem Geld denn? … Es ist kein Wunder, dass sie nicht auf dich hört, dich nicht respektiert …*

»Ich habe doch gar nichts gemacht«, wisperte Ivy in das leere Zimmer hinein. Welche Sünde hatte sie begangen, dass sie eine solche Strafe verdiente?

Kein einziger überflüssiger Gegenstand war von dem monströsen Müllsack verschont geblieben, in den ihre Mutter ihr ganzes Leben gesteckt hatte. Sie hatte einst Roux und seinen Freunden vorgeworfen, mittelloser Abschaum zu sein. Und wer war nun der Abschaum? Sie hatte nichts. Sie *war* nichts. Obwohl …

Etwas hatte sie doch. Etwas sehr Kostbares.

Sie konnte den Sog spüren: den Sog der Zerstörung. Ein herrliches Gefühl, wie die Vorfreude auf eine opulente, köstliche Mahlzeit. Sie hatte geglaubt, niemand habe ihre Verknalltheit in Gideon bemerkt, doch Tom hatte es gewusst. Tom hatte behauptet, sie sei Gideon nachgelaufen. War sie das? Wussten alle an der Grove, dass sie auf Gideon stand? Gideon hatte behauptet, er habe Mitleid mit ihr ... Hatte er sie nur aus Mitleid zu seiner Party eingeladen? ... Mitleid war tausendmal schlimmer als Hass.

Ivy lehnte sich gegen die Wand. Ihr Kopf schmerzte vom Aufprall der Orange. Sie hörte das zornige Gekeife von Meifeng und Nan im Wohnzimmer. Die zwei zankten sich immer noch um sie, als wäre sie ein kostbarer Kadaver, den nur eine von ihnen fressen konnte – eine nicht enden wollende Kakofonie, dieser Soundtrack ihres Lebens. Dann wurde es still. Auch Ivys Kopf kam zur Ruhe. Der Schmerz über die ihr widerfahrenen Ungerechtigkeiten löste sich auf im stimulierenden Rausch eines rücksichtslosen Plans. Die Welt war nicht fair. Aus heiterem Himmel hagelte es Bestrafungen, Sünden dagegen wurden belohnt. Es kam eben alles auf das richtige Timing an.

Sie nahm eine alte Baseballkappe aus ihrer Kommode und zog sie tief in die Stirn, um die Beule zu verbergen. Dann ging sie ins Wohnzimmer. Nan schrubbte die eingebrannten Verkrustungen vom Herd. Meifeng saß in ihrem Sessel und strickte einen Pullover. Die Luft war so stickig, dass man den Mund öffnen und die giftigen Rückstände schmecken konnte. Ivy fragte, ob sie in die Bücherei gehen dürfe.

»Zum Abendessen bist du zurück«, antwortete Meifeng. Ihre Augen schossen zu Nan, als warte sie nur darauf, dass diese widersprach. Aber Nan blickte nicht einmal auf.

Ivy band ihre Schnürsenkel. Noch immer kein Einwand. Dann also Bestrafung mit Schweigen. Ein neuer Tiefpunkt. Draußen wandte sie sich nach rechts und ging auf das Gebäude am Rand von Fox Hill zu. Die Wohnung der Romans befand sich im Erdgeschoss, die Fenster lagen knapp über Augenhöhe. Die Rollläden waren herabgelassen. Sie quetschte sich zwischen zwei Büschen hindurch und klopfte an eine staubige Scheibe. Nichts regte sich. Sie klopfte fester. Der Rollladen wurde hochgezogen. Anscheinend hatte Roux geschlafen. Er trug nichts außer karierten Boxershorts, auf seiner Wange war ein Kissenabdruck zu sehen. Genervt schob er das Fenster hoch und fragte sie, was sie wolle.

Ivy betrachtete ihn mit sachlich-kühler Neugier. Die tiefen Ringe unter den meerschaumblauen Augen, das Grübchen, das so selten zum Vorschein kam. Er spürte, dass sie ihn beobachtete. Ihr Blick flackerte, ihr Kinn zuckte. Flackern. Zucken. Mehr brauchte er nicht, um die Absichten im glühend roten Gesicht eines Mädchens zu erkennen.

Er trat zur Seite. »Willst du reinkommen, oder was?«

* * *

Sie hievte sich über die staubige Fensterbank. Im Zimmer gab es keine Sitzgelegenheit. Sämtliche Oberflächen waren mit Papier oder Zeichnungen und Stiften bedeckt. Sie schob das zerknitterte, graue Laken zur Seite und ließ sich auf die quietschende Matratze sinken. Sie roch erdig und intensiv, wie ein Dschungel oder wie ungewaschene Haare.

»Ist deine Mom zu Hause?«, fragte sie.

»Sie hat Nachtschicht.« Wieder das ironische Grinsen. »Warum?«

Ivy zuckte die Achseln. Nans Stimme hallte in ihrem Kopf wider: *Nachts sind nur zwei Sorten von Menschen unterwegs: Einbrecher und leichte Frauen.* Sie verspürte einen Anflug von Mitleid mit Roux, wenn auch nur kurz, gefolgt von Abscheu. Eilig versuchte sie, sich auf das Schöne an ihm zu konzentrieren: seine Augen, die glatte Haut seiner Hände.

»Ich hatte einen heftigen Streit mit meiner Mom«, sagte sie. »Meine Eltern haben das mit der Party rausgekriegt und mich weggeschleppt, vor all meinen ...« Sie brachte es nicht über sich, das Wort »Freunde« auszusprechen. »Wie dem auch sei – alle hassen mich.«

»Deine Mom hasst dich nicht.«

»Sie nicht. Die anderen, meine ich. Die Partygäste. Sie behaupten, dass ... ich ...«

Roux setzte sich neben sie. Sie fühlte seine Hand in ihrem Rücken. Vorsichtig. Sanft. »Scheiße. Das tut mir leid. Aber wen interessiert's, was sie sagen? Reiche Arschlöcher sind die schlimmsten.«

Ivy drehte sich zu ihm und drückte ihr Gesicht irgendwo zwischen seine Schulter und seine Brust. Vor ihren Klassenkameraden hatte sie nicht geweint, als diese über ihre Familie tuschelten, und sie hatte auch nicht geweint, als ihre Eltern sie aus Gideons Haus schleiften, doch es war eine Erleichterung, jetzt vor Roux zu weinen – der einzigen Person, an die sie sich in einer Situation wie dieser wenden konnte. Diese Erkenntnis ließ sie umso heftiger schluchzen.

Roux reichte ihr ein Taschentuch. Sie rückte von ihm ab, um sich das Gesicht abzuwischen und die Nase zu putzen. Er legte den Arm um ihre Schultern. Sie blickte auf und sah ihn durch den feuchten Schleier ihrer Wimpern an. Die blassblauen Einsprengsel in Roux' blaugrauen Augen sahen aus wie Fischschuppen. Sie beugte sich abrupt vor und stieß ihm den Schirm ihrer Baseballkappe gegen die Stirn.

»Autsch!«

»Entschuldige.« Sie setzte die Kappe ab. Diesmal war er derjenige, der sich vorbeugte. Ihre Lippen verpassten sich. Roux war absolut still. Vor Verlegenheit? Abneigung?, fragte sie sich verunsichert und hätte beinahe einen Rückzieher gemacht. Doch einen Moment später umschloss er ihr Gesicht mit den Händen und führte es zu seinem, bis sich ihre Lippen begegneten. Die Intimität war unerträglich, das Schmatzen und Saugen, das schwere Atmen, die winzigen Schweißperlen, die in den Härchen auf Roux' Oberlippe hingen. Seine Augen waren wie ihre weit aufgerissen. Sie war überrascht, als sie die Zärtlichkeit darin erkannte. Sie lösten sich voneinander und schnappten nach Luft.

»Du bist schön«, sagte Roux.

Das Wort schnitt tief in Ivys Herz.

»Noch einmal«, sagte sie.

Roux hob ihr Kinn an … wieder … und wieder … und wieder … Jeder Kuss, jede Liebkosung füllte das leere Behältnis in ihrem Innern schaufelweise mit Mut. Als es voll war, griff Ivy mit fester Hand nach unten und löste die Kordel an ihren Frotteeshorts.

Ivy konnte sich nur wenige Dinge vorstellen, die niederträchtiger und *verkommener* (ihr neuestes Lieblingsadjektiv) waren, als die eigene Jungfräulichkeit zu verlieren, um der Mutter eins auszuwischen. Doch diese Erfahrung anschließend für sich zu behalten, vor der Mutter und allen anderen zu beschützen, als gelte es, das eigene Leben zu schützen, warf die Frage nach dem Sinn des Ganzen auf. Sie konnte es sich selbst nicht erklären, außer vielleicht damit, dass sie ihren ganz eigenen Krieg führten.

Es gefiel ihr nicht, dass Roux sie entjungfert hatte, sie hätte

Gideon vorgezogen. Selbst ein Fremder wäre eine bessere Wahl gewesen, ein Fremder, der keinerlei Bedingungen stellte, bei dem keinerlei Verlegenheit aufkam – ein einmaliger Fehler, den man aus dem Gedächtnis streichen konnte. Doch am Ende spielte es keine Rolle. Alles, woran sie sich erinnerte, war der immense Druck, als würde jemand versuchen, ein Loch in ihr zu stopfen, von dem sie gar nicht gewusst hatte, dass es existierte, und das Gefühl von schweißnasser Haut auf schweißnasser Haut. Und an einen scharfen, stechenden Schmerz. In der Schule hatte man ihnen beigebracht, dass es in solchen Momenten zu einer Blutung kommen könne, aber sie hatte nicht geblutet. Selbst dieser Beweis ihrer Unschuld war ihr verwehrt geblieben.

Anschließend wollte Roux wissen, ob sie das schon einmal gemacht hatte.

»Ja«, log sie.

»Mit wem?«

»Mit jemandem von der Schule.« Bevor er weiterbohren konnte, fragte sie: »Und du?«

»Du kannst stolz sein: Ich habe dir meine Jungfräulichkeit geschenkt.«

»Lügner.«

»Im Ernst.« Er nahm eine Schachtel Camel Blau aus der Schreibtischschublade, ging ans Fenster und steckte sich eine Zigarette an.

»Darf ich auch eine haben?«, fragte sie.

Er reichte ihr wortlos die Schachtel. Sie zog eine Zigarette heraus, klemmte sie zwischen Zeige- und Mittelfinger, wie sie es bei ihrem Vater gesehen hatte, und zündete sie an. Sie inhalierte. Beinahe sofort wurde ihr schwindelig, und sie musste sich in Roux' zerknautschte, graue Kissen zurücklegen, während sich der Raum um sie herum drehte und drehte.

»Was ist eigentlich mit deiner Stirn passiert?«, fragte Roux. »Sieht übel aus.«

»Ich bin gegen eine Stange gelaufen.«

Ihre Augen begegneten sich. Roux sah sie wissend an. In diesem Moment hasste sie ihn. Er wandte den Blick ab. »Hast du Hunger? Im Kühlschrank sind Hot Pockets für die Mikrowelle. Ich habe auch Wodka da. Wodka-Orange, das wird dir schmecken.«

Und da hörte sie sie: die unverkennbare Stimme des Besitzes.

Warum hatte sie bei Gideon etwas so Bewundernswertes, Würdevolles, während sie bei Roux schmutzig klang, wie etwas, das er nicht verdiente? Aber das war nicht fair, denn genau das Gegenteil war der Fall: Gideon war reich und umsorgt zur Welt gekommen; er hatte nichts getan, um sich sein großes Haus, die Privatschule, die zehn Jahre Logopädie zu verdienen, wohingegen Roux eine Hure zur Mutter hatte und einen Vater in Rumänien, der womöglich tot war oder im Gefängnis saß, und einen Teilzeitjob bei Kmart. Gideon hatte nichts getan, um ihre Liebe zu verdienen. Roux hatte ihr vierzig Dollar geschenkt. So viel war ihre Jungfräulichkeit wert. Vierzig Dollar.

Ivy warf die Kippe in eine halb leere Dr-Pepper-Dose. Der Impuls, etwas zu zerstören, war verflogen, abgelöst von Reue.

»Wohin gehst du?«, fragte Roux.

»Nach Hause.«

»Kommst du später wieder?«

»Weiß ich noch nicht.« Sie krabbelte wieder aus dem Fenster, obwohl sie genauso gut die Tür hätte benutzen können.

Als Ivy in die Wohnung huschte, briet Meifeng Fleisch im Wok. In der Luft hing der Geruch von Knoblauch und Frühlingszwiebeln in blubberndem Öl.

»Wie war es in der Bibliothek?«, erkundigte sich Meifeng.

»Schön«, antwortete Ivy. Sie drückte sich an der Tür herum, bis Meifeng in ihre Richtung sah. Auf eine verdrehte, reumütige Art wollte Ivy auffliegen. Sie war sich sicher, dass ihre gewitzte Großmutter sie durchschauen würde, dass sie spürte, dass ihre Enkelin nicht mehr derselbe Mensch war wie zuvor. Doch Meifeng trug ihr lediglich auf, sich vor dem Abendessen zu waschen und die alberne Kappe abzusetzen.

Im Flur sah Ivy Licht unter der geschlossenen Tür von Nans und Shens Schlafzimmer. Sie hörte ihre gedämpften Stimmen, aber bei dem lauten Brummen des Ventilators konnte sie nicht verstehen, was sie sagten, daher ging sie direkt ins Badezimmer.

Sie nahm sich Zeit, sich im Spiegel zu betrachten, und fand, dass ihre Lippen schön aussahen, so geschwollen. Dann kam der Ekel. Sie schlug nach ihrem Spiegelbild, um zu zeigen, wie erbärmlich sie sich fühlte. Doch als sie ihrem klaren, unverzagten Blick begegnete, verwandelte sich ihre Abscheu in Erstaunen. Auf ihren Armen bildete sich eine Gänsehaut. Sie war weiter gegangen, als sie gedacht hatte.

Nachdem sie geduscht hatte, hörte sie aus dem Fernseher die Geräusche eines Basketballspiels. Ihre Eltern waren also ins Wohnzimmer gegangen. Ivy ging in das Zimmer, das sie sich mit Meifeng teilte. Bevor sie die Tür schloss, hörte sie Austin fragen, ob Ivy schon zurück sei. »Lass deine Schwester in Ruhe«, lautete Nans Antwort. »Sie fühlt sich nicht wohl.«

»Sie sah doch gut aus heute Morgen«, entgegnete Austin.

»Sie ist innen drin krank«, erklärte Nan.

Ivy trat in den Flur, winkte ihren Bruder zu sich und legte einen Finger auf die Lippen. »Kannst du in Moms und Dads Schlafzimmer gehen und etwas für mich suchen? Ich habe keine Ahnung, wo es liegt, du musst dich also gründlich umsehen.«

»Was soll ich denn suchen?«

Sie beschrieb das Tagebuch mit dem braunen Ledereinband mit dem kleinen goldenen Schnappverschluss. »Du hast gesehen, wie ich hineingeschrieben habe – erinnerst du dich?«

Austin nickte und schlich davon. Ivy legte sich aufs Bett und wartete. Es dauerte nur ein paar Minuten, bis ihr Bruder zurückkehrte. »Es lag auf dem Nachttisch«, tönte er und reichte ihr das Tagebuch. »Es war nicht einmal versteckt.«

Sie zupfte voller Zuneigung an seinem Ohrläppchen und riet ihm, zu gehen, bevor ihre Mutter sah, dass er mit ihr redete. Als sie allein war, betrachtete sie das Tagebuch, das einst ihr wertvollster Besitz gewesen war. Jetzt war es nur noch eine Belastung.

Sie schnitt den Buchrücken auf und breitete die Seiten auf dem Teppich aus. Dann riss sie eine nach der anderen in dünne Streifen und warf sie in die große Plastikschüssel, in der Meifeng jeden Abend ihre Füße badete. Sie füllte die Schüssel mit heißem Wasser. Der Haufen Konfetti verwandelte sich in einen grauen Papierbrei, der aussah wie altes Kartoffelpüree.

Sie würde wiedergeboren werden. Die Highschool war ein großer Ort. Im September würde sie all ihren Mut zusammennehmen, sich bei den Cheerleaderinnen bewerben oder versuchen, in die Damen-Lacrosse-Mannschaft zu kommen. Sie würde ihre Haare zu einem Franzosenzopf flechten und eine Schleife darum binden, würde frisch und süß duften, wie

Herbstblätter. Sie würde aufhören zu stehlen. Außerdem ... würde sie nie wieder mit Roux sprechen. Beides war nicht bloß ein Quell der Schande, sondern auch eine Belastung, vor allem die Sache mit Roux. Sie würde die Erinnerung daran aus ihrem Kopf verbannen, hinter Wänden aus Stahl verschließen, damit sie sich nie wieder damit auseinandersetzen musste.

Wenn sie es später während ihrer Highschool- oder Studienzeit auf der Rückbank von Mittelklassewagen treiben würde, in den beengten Röhrenrutschen auf Spielplätzen oder lautlos in ihrem Zimmer im College, während ihre Mitbewohnerinnen den Blick auf die bierbespritzten Wände hefteten und so taten, als würden sie schlafen, würde sie den Jungs stets das Gegenteil der Lüge erzählen, die sie einst Roux aufgetischt hatte: *Es ist mein erstes Mal, ich bin Jungfrau, ich habe das noch nie gemacht.* Jeder würde ihr glauben. Sie hatte vor langer Zeit begriffen, dass die Wahrheit nicht zählte – es war nur wichtig, welchen Anschein die Dinge hatten.

Trübes Wasser, das man stehen lässt, wird klar.

Teil zwei

4

»Wir denken, es würde dir guttun, deine Verwandten in Chongqing zu besuchen«, verkündete Shen vier Tage nach Gideons Geburtstagsparty beim Abendessen. Die Beule auf Ivys Stirn war zu einem hellgrünen Fleck verblasst und sah aus wie eine verschimmelte Limette. Sie steckte ihre Stirnfransen mit einer Klammer zur Seite und setzte sich ihrer Mutter gegenüber. Sie lächelte nie. Wann immer jemand sie ansprach, sah sie ihm direkt in die Augen, drückte den Rücken durch und antwortete höflich und würdevoll. Sie kaute jeden Bissen dreißig Mal, bevor sie schluckte.

»Deine Tante Hong vermisst dich«, fuhr Shen fort. »Sie hat vorgeschlagen, dass du sie besuchst. So kannst du deine Chinesischkenntnisse auffrischen und deine Cousins und Cousinen kennenlernen. Meine Cousine Sunrin möchte dich auf eine Reise mitnehmen. Sie ist sehr gebildet, du wirst sie mögen. Du kannst den Rest des Sommers dort verbringen, bis die Schule wieder beginnt.«

Obwohl sie erst dreiundzwanzig Mal gekaut hatte, hielt Ivy inne. Ein Hauch von Panik durchdrang den Nebel des Stoizismus.

»Ich halte das für keine gute Idee«, sagte sie.

»Dein Flug geht übermorgen«, sagte Nan.

»Darf ich mit?«, fragte Austin.

»Nein.«

»Das ist nicht fair!«

»Du wirst nicht ins Exil geschickt«, sagte Ivy.

»Wir haben nicht genügend Geld«, sagte Nan.

Ivy erinnerte sich kaum noch an ihre Kindheit in Chongqing, aber aufgrund von Meifengs Geschichten hatte sie über die Jahre hinweg ein lebhaftes Bild von dem Staat gewonnen, in dem sie zur Welt gekommen war: ein schreckliches Land voller Kommunisten, Bauern, kleiner Schlammhütten, Verfolgung. Damit hatten ihre Eltern Austin und ihr stets gedroht, wenn sie ungezogen waren: »Wir schicken euch zurück nach China«, oder: »Ihr würdet keine Woche in China mit echten chinesischen Kindern überleben.«

Am Abend vor ihrem Abflug brachte Meifeng Ivy ein heißes Handtuch, das sie in einer Schüssel mit kochendem Wasser und getrockneten Kräutern eingeweicht hatte. Meifengs Lösung für alles im Leben war ein heißes Handtuch fürs Gesicht und eine Wärmflasche für die Füße.

»Was ist bloß neuerdings mit dir los?«, fragte sie und legte das Handtuch auf Ivys Stirn.

Ivy schwieg, doch sie verspürte einen Anflug unbändiger Freude darüber, dass ihre Großmutter die Veränderung bemerkt hatte.

»Gute Medizin schmeckt bitter. Hör auf, dich zu benehmen wie die tragische Heldin eines Theaterstücks. Inzwischen bin ich schon genervt, wenn ich dich nur ansehe.«

Schmerz rollte in heißen Wogen über Ivy hinweg.

»Weißt du eigentlich, wie viel Geld deine Eltern für deine Reise ausgeben? Deine Mutter spart seit Jahren darauf, Hong zu besuchen, und jetzt schickt sie stattdessen dich. Sie liebt dich so sehr, dass sie es sogar in Kauf nimmt, dich zu verletzen, wenn es zu deinem Besten ist und selbst wenn es bedeutet, dass du sie dafür hasst.« Sie folgte dem grüblerischen

Blick ihrer Enkelin zur Kommode, auf der sich früher ein Stapel mit CDs befunden hatte, und fügte hinzu: »Du hättest diesen ganzen Mist sowieso nicht haben sollen.«

»Das war kein Mist.«

»Es war falsch, wie du daran gekommen bist.«

»Das hast *du* getan.«

»Ich bin eine alte, ignorante Chinesin, die nicht mehr lange zu leben hat. Was habe ich zu verlieren? Du bist eine amerikanische Staatsbürgerin.«

Ivy spürte, wie der heiße Dampf des Handtuchs über Augenlider, Nase und Mund waberte. Sie stellte sich den Blick aus dem Kunstraum der Grove vor. Man schaute auf einen Hof mit Pappeln, deren Blätter sich im Herbst weizengelb verfärbten. Ivy konnte förmlich das Platschen eines Vierteldollars hören, den jemand unter der friedlichen Weite des kühlen blauen Himmels ins Wasser des St.-Markus-Springbrunnens warf.

Meifeng seufzte so schwer, dass das ganze Bett quietschte. Dann fing sie an zu erzählen. Ivy rechnete mit einer weiteren nostalgischen Schimpftirade über China, Messerstechereien in feuchten Gassen, Hunger, den köstlichen Geschmack eines Spiegeleis an Neujahr, die Armut – und in gewisser Weise war es das auch. Doch gleichzeitig war es eine Geschichte, die Meifeng noch nie zuvor jemandem anvertraut hatte, das Geheimnis, das sie drei Jahrzehnte lang für sich behalten hatte.

Vor vierundvierzig Jahren wurde Nan Miao in dem Dorf Xing Chang im bergigen Becken der Provinz Sichuan geboren, welches von drei Flüssen an der Mündung des Jangtse durchzogen wird. Es war ein fruchtbares Tal, mit langen, heißen Sommern und feuchten, gemäßigten Wintern. Die Regenzeit begann im Juni und dauerte bis zum nächsten Frühling. Dann kamen die Nebel und schufen eine diffuse Schönheit, an der sich viele Landschaftsaquarellmaler versuchten. Dank der das ganze Jahr über währenden hohen Luftfeuchtigkeit und einer Ernährung, die auf Berggemüse, gekocht in großen Töpfen mit blubberndem Chiliöl, basierte, wuchsen die Mädchen mit einer makellosen, perlmuttfarben schimmernden Haut auf, auf der kein einziges trockenes Fleckchen zu sehen war. Wegen dieses perfekten Teints wurde die Schönheit der Frauen aus Sichuan in ganz China berühmt – man bezeichnete sie allgemein als *la mei nü*, »würzige Schönheiten«.

Von all den hübschen jungen Geschöpfen in Xing Chang konnte keines Nan das Wasser reichen. Sie wurde während des Monsuns im Juli als zweite von vier Töchtern geboren. Als die Hebamme sie herauszog, spiegelte sich Enttäuschung in Meifengs Zügen: Das Baby hatte gelbe Haut und einen dürren Körper, nichts deutete auf die spätere Schönheit des Kindes hin – und, noch tragischer, es war ein Mädchen. Meifeng und ihr Ehemann Yin nannten sie Nan, das chinesische Wort für »Mann«, in der Hoffnung, dass sie für sie sorgen würde, wie man es von einem Sohn erwartete.

Yin züchtete Schweine und Hühner auf einem kleinen Fleck Land; Meifeng war eine unterbezahlte Bürokraft, die die Bücher eines Kaufmanns führte. Die beiden besaßen außerdem einen Verkaufsstand – nicht mehr als ein Glaskasten auf Rädern –, an dem sie Kleinkram wie Zigaretten, Zeitungen und Kaugummi verkauften. Eine Woche nach der Geburt schnallte sich Meifeng einen Strohkorb auf den Rücken und ging wieder zur Arbeit. Niemand ahnte, dass ein Baby darin lag.

Über die Jahre bekamen Meifeng und Yin zwei weitere Kinder, beides Mädchen, und gaben die Hoffnung auf einen Jungen auf. Vier Töchter waren mehr, als sie sich leisten konnten. Die Miaos lebten von dem, was sie anbauten. Das wenige, was übrig blieb, verkauften sie, doch es reichte kaum, um damit die lebensnotwendigen Dinge zu erwerben, die sie selbst nicht herstellen konnten. Hinzu kam Meifengs bescheidener Lohn, doch es reichte nie. Eines der Kinder war immer krank. Arzneien und Krankenhausbesuche ließen den Stapel Geldnoten, der unter einer losen Bettlatte versteckt war, rapide schrumpfen. Nan verließ die Schule, um ihren Vater bei der Landwirtschaft zu unterstützen, während ihre ältere Schwester Arbeit in einer Fabrik fand, in der Kaninchen geschlachtet wurden. Die jüngeren Mädchen waren noch zu klein, um zum Lebenserwerb beizutragen. Geld und Essen. Essen und Geld. Das waren die essenziellen Dinge des Lebens.

Als Shen Lin Nan zum ersten Mal sah, verkaufte sie Gemüse aus einem Korb, der an ihrer Armbeuge baumelte. Ihre beiden dicken, geflochtenen schwarzen Zöpfe schwangen auf dem Rücken hin und her. Shen war dreizehn, sie fünfzehn, und wenn man seiner Version der Geschichte Glauben schenkte, wusste er schon damals, dass sie einmal seine Frau sein würde.

Natürlich nahm Nan keine Notiz von Shen. Er war klein, dunkel und dürr – nicht mehr als ein Kind. Wie alle Mädchen im Dorf verehrte Nan Anming Wu.

Anming war der Goldjunge von Xing Chang. Seine Eltern waren Lehrer, aber eigentlich war es sein Großvater, der die Familie Wu berühmt machte. Er war ein erfolgreicher Schneider. Frauen aus ganz Sichuan kamen zu ihm, um sich ihre *qipaos* und andere feierliche Gewänder zum Neujahrsfest fertigen zu lassen. Anders als die anderen Jungs mit ihren tristen grauen Sachen, trug Anming stets die neueste Mode, kopiert aus Shanghai. Und als wäre das nicht genug, verfügte er zudem über außergewöhnliche schulische und sportliche Talente. So legte er zum Beispiel seinen Schulabschluss als Jahrgangsbester ab, war Stufensprecher und hielt den Rekord im Vierhundert-Meter-Lauf.

Während seines letzten Schuljahrs hatte er für die alljährliche Theateraufführung vorgesprochen und prompt die Hauptrolle ergattert. Er spielte einen einfachen Bauern, der sich in die Mondgöttin, gespielt von Nan, verliebte. Anming hatte bereits von Nan gehört, doch als er ihre Schönheit mit eigenen Augen sah – die unglaublich langen Wimpern, die blütenzarte Haut mit der leicht geröteten Wangenpartie –, hielt er es für angebracht, um sie zu werben. Während der Proben zu dem Stück verliebten sich die beiden ineinander, so rein und hingebungsvoll wie die sagenhaften Figuren, die sie darstellten. Anming machte Nan den Hof, und obwohl amouröse Avancen unter den Schülern ganz und gar nicht gern gesehen wurden, waren doch alle der Ansicht, dass es sich hier um eine für beide Seiten zufriedenstellende Partie handelte.

Alle, außer Meifeng.

Es war 1967, als Mao auf dem Rücken der verfolgten Gesellschaftselite an die Macht in China zurückkehrte. Anmings Familie mit ihrem von mehreren Generationen geschäftstüchtiger Vorfahren angehäuften Wohlstand zählte unbestreitbar zur Bourgeoisie, und Meifeng wusste, dass die Roten Garden die Wus früher oder später abholen würden. Sie würden Anming zusammen mit seinen Geschwistern, Cousins und Cousinen für viele Jahre aufs Land schicken, wo sie in Knechtschaft leben und schwere Arbeit verrichten mussten, was nicht selten tödlich endete. Die Familie würde ihr Vermögen, den Besitz und sämtliche Titel verlieren. Ganz gleich, wie klug Anming war oder wie gut er aussah, er war ein gebürtiger Wu. Meifeng würde nicht zulassen, dass ihre Tochter als seine zukünftige Ehefrau ein solches Schicksal ereilte.

Sie verbot Nan, weiter bei dem Stück mitzumachen (die Zweitbesetzung, ein schlichtes Mädchen mit einem Schönheitsfleck in Form eines Sterns am Kinn sollte später eine berühmte Schauspielerin werden), und untersagte ihr außerdem, sich noch einmal mit Anming zu treffen. Um sicherzugehen, dass Nan sich daran hielt, schickte sie sie zu ihrer Tante ins Nachbardorf Neijiang. Alle Liebesbriefe, Haarnadeln und den roten Stoffbeutel mit zerkleinertem Hibiskus, den sie unter Nans Bett fand, warf sie weg. Anschließend stattete sie der Familie Wu einen Besuch ab, wo sie sich mit Anmings Mutter anlegte und sie anbrüllte, ihr nichtsnutziger Sohn möge sich von Nan fernhalten. Das ganze Dorf kam zusammen, um diese Auseinandersetzung zu verfolgen. Anmings Mutter hatte keine Chance. Sie war eine kultivierte Frau.

Nan kam nicht dazu, sich von ihrer Liebe zu verabschieden. Sie traf mit einer Stofftasche, in der zwei Baumwollhemdchen und eine lockere, marineblaue Hose steckten, in Neijiang ein. Andere Kleidungsstücke besaß sie nicht. Ihre Tante und ihre Mutter hatten heimlich beschlossen, ihr die Briefe vorzuenthalten, die aus dem Hause Wu abgeschickt wurden.

Im darauffolgenden Monat verließ Anming Xing Chang, um nach Chongqing zu gehen – der erste Dorfbewohner, der ein College besuchte. Doch er sollte sein Studium nie aufnehmen. Noch bevor er dazu kam, im Schlafsaal seine Sachen auszupacken, wurde er von den Roten Garden abgeholt und in ein Arbeitslager verfrachtet, wo er ein Jahr später starb – zu Tode geprügelt von einem anderen Jungen, dessen Süßkartoffelration er geklaut hatte.

Nan brach zusammen, als sie davon erfuhr. Als sie von ihrer Mutter nach Neijiang geschickt wurde, ertrug sie das Leid, aufrecht gehalten von der Überzeugung, dass Anming nach seinem College-Abschluss ins Dorf zurückkehren würde. In der kurzen Zeit, die sie während des Schultheaters zusammen gewesen waren, hatte er ihr versprochen, sie eines Tages zu heiraten und niemals eine andere zu lieben. Ihre Liebe war genau wie die zwischen dem Bauern und der Mondgöttin – nicht einmal der Himmel konnte sie auseinanderbringen.

Doch dann starb Anming. Da Nans Liebe nie zur vollen Reife gelangen konnte, blieb ihr Herz eine offene Wunde, schockgefroren vor Schuld und Entsetzen. Sie fürchtete, dass Anming nicht gewusst hatte, warum sie ihn und die Stadt so plötzlich und auf so grausame Weise verlassen hatte. Wahrscheinlich hatte sich ihre Mutter eine praktische Lüge ausgedacht, um ihn davon zu überzeugen, dass sie sich nicht mehr für ihn interessierte oder – schlimmer noch – mit einem anderen verlobt war.

Besorgt wegen Nans rapide nachlassender Gesundheit schickte die Tante sie zu Meifeng zurück. Ein Blick auf ihre Tochter genügte, um Meifeng dazu zu bringen, schleunigst den zwanzig Kilometer langen Fußmarsch zum Wuling-Tempel am Berg Jinfoshan anzutreten, wo eine Wahrsagerin in einer Holzhütte residierte. Die alte Frau machte ein Vermögen mit Pilgern wie Meifeng, die von weither kamen, um sich von ihr die Zukunft vorhersagen zu lassen. Meifeng bat die Wahrsagerin, das Schicksalsband zwischen Anming und Nan zu durchtrennen. Sogar im Tod, so glaubten die Chinesen, konnte dieses rote Band zwei Seelen zusammenhalten. Meifeng hatte sich gerüstet und einen alten Zeitungsartikel mitgebracht, in dem Anmings Zulassung am Chongqing College verkündet wurde. Die Wahrsagerin warf einen Blick auf das verblasste graue Foto und verkündete, dass Anmings Einfluss auf Nan aus der anderen Welt nach wie vor groß war, genau wie Meifeng befürchtet hatte. Gleichzeitig versicherte sie Meifeng, dass sie diese Verbindung ein für alle Mal kappen könne – für zusätzliche fünf Yuan, die Meifeng pflichtschuldig aus dem Bündel Geldnoten zog, das sie in ihrer Unterwäsche versteckt hatte.

Die Wahrsagerin führte ein Trennungsritual durch, indem sie einen Faden zwischen zwei Gesteinsbrocken spannte, von denen jeder eine Partei repräsentierte. Anschließend hielt sie eine brennende Kerze unter den Faden, bis dieser in zwei Teile zerfiel. Das Ganze dauerte zwei Minuten – die Götter waren flink und entscheidungsfreudig.

Erst als sie den durchgeschmorten Faden und die winzigen Rauchschwaden sah, die in einen farblosen Himmel aufstiegen, war Meifeng überzeugt, dass ihre Tochter gerettet war. Mit neu erwachter Kraft kehrte sie ins Dorf zurück. Dann wartete sie.

Jahre vergingen. Yin starb im Schlaf an einer Lungenentzündung, im Tod so unspektakulär, wie er im Leben gewesen war. Meifeng kümmerte sich um die Ausbildung und die Arbeit ihrer vier Töchter und schulterte unterdessen die häuslichen Pflichten und das, was von der Landwirtschaft übrig geblieben war. Mit dreiundfünfzig wuchtete sie sich noch immer die achtzehn Kilo schweren Reissäcke auf die Schultern und schleppte sie von den Reisfeldern nach Hause, erledigte die Arbeit, die sonst von Frauen erledigt wurde, die halb so alt waren wie sie. »Du wirst noch hundert«, riefen ihre Freundinnen voller Bewunderung aus, »weil du so sorglos bist!«

Wovon ihre Freundinnen nichts wussten, waren die schlaflosen Nächte, in denen sich Meifeng voller Sorge um das Schicksal ihrer zweitältesten Tochter im Bett wälzte. Nan arbeitete in einer Näherei. Nach Yins Tod hatte sie zwar die Schule beendet, war aber nicht am College angenommen worden, weil sie bei der Aufnahmeprüfung aufgrund von Blutarmut und Erschöpfung in Ohnmacht gefallen war. Sie wohnte weiterhin bei Meifeng und kümmerte sich um ihre Schwestern, doch jeder konnte sehen, dass sie unglücklich war. Sie hatte weder Freundinnen noch Verehrer, hatte zahllose Heiratsanträge abgelehnt und verbrachte die Wochenenden damit, bei Kerzenschein alte Kleider zu flicken. Ihre Schönheit war mit den Jahren verblasst: Dunkle Augenringe ließen ihr Gesicht aufgedunsen wirken, und sie war so dünn, dass die Knochen ihrer Handgelenke hervortraten wie spitze Steine. Meifeng verfluchte die Wahrsagerin – diese Hexe, eine Betrügerin, die aus den Hoffnungen der armen Leute Kapital schlug –, und sie schwor sich, noch einmal zum Berg Jinfoshan zu wandern, um der alten Schachtel die Meinung zu sagen. Sie plante das Unterfangen mit derselben Sorgfalt, die sie allem angedeihen ließ, was sie in Angriff nahm: Sie staubte ihre Schuhe ab, packte ihr Mittagessen ein, holte ihren Wanderstab hervor. Am nächsten Morgen jedoch – ein Wintermorgen mit eisigem Niederschlag und heulendem Wind – erschien ein junger Mann auf Meifengs Türschwelle.

»Ich bin gekommen, weil ich dich um die Hand deiner Tochter bitten möchte.« Er sprach mit ihr, als wären sie alte Bekannte.

Meifeng sah ihn verwirrt an. »Ping?«, fragte sie in der Annahme, er meine ihre flatterhafte dritte Tochter, die ständig kicherte und mit Männern flirtete, die doppelt so alt waren wie sie.

»Nein ... Nan.«

Selbst nach all der Zeit hatte Shen Lin das Mädchen mit dem Korb und den beiden Zöpfen auf dem Rücken nicht vergessen. Als Nan in Neijiang bei ihrer Tante gewesen war, hatte er sie gelegentlich die Straße entlanggehen sehen, den Kopf gesenkt vor Traurigkeit – ein Zeichen von Charaktertiefe, die sich zu ihrer überschäumenden Schönheit hinzugesellte. Er war ihr heimlich gefolgt, hatte sie voller Sehnsucht beobachtet, während er dem Klatsch und Tratsch lauschte, der über ihr gebrochenes Herz wegen eines Jungen aus ihrem Dorf kursierte. Shen machte es nichts aus, dass es einst einem anderen gehört hatte. Ihn interessierte nur, dass Nan die begehrenswerteste Frau war, die er kannte, und er wusste, dass er alles tun würde, damit sie ihn heiratete.

Die Lins waren klug und entschlossen, aber ohne einen Funken des natürlichen Charmes, den die Wus besaßen. Obwohl sie für gewöhnlich ein ruhiges, vernünftiges Verhalten an den Tag legten, waren sie Spieler – und sie spielten ab und an auf Risiko. So kam es mitunter vor, dass sie ihre akribisch aufrechterhaltene Routine plötzlich zugunsten von irrationalen Handlungen unterbrachen. Shen war noch nie ein Risiko eingegangen oder hatte etwas Irrationales getan, aber jetzt setzte er seine Zukunft aufs Spiel, um die Frau zu gewinnen, die er haben wollte.

Zum Leidwesen seiner Eltern, die gedacht hatten, er würde an einer großen Universität Medizin studieren, um Arzt zu werden – einer der letzten prestigeträchtigen und gleichzeitig sicheren Berufe in China –, ging Shen stattdessen ans öffentliche College und schrieb sich für Englisch und Physik ein. In seinem Abschlussjahr legte er mit fast voller Punktzahl den TOEFL-Test ab und bewarb sich an einer Graduiertenfakultät in den Vereinigten Staaten. Er kannte keinen einzigen Menschen in Amerika, und genauso wenig kannte er jemanden, der sich an einer Hochschule im Ausland beworben hatte, aber er wusste, dass er außergewöhnlich sein musste, wenn er Nans verschlossenes Herz gewinnen wollte.

Nachdem er das Annahmeschreiben von der Suffolk University in Massachusetts erhalten hatte, bewaffnete er sich mit seinem neuen Studentenvisum und kreuzte an jenem schicksalhaften Wintermorgen vor Meifengs Tür auf, wo er sie um die Erlaubnis bat, ihre Tochter zu heiraten.

Meifengs Erleichterung war so groß, dass sie mit zitternder Hand nach dem hölzernen Türrahmen greifen musste. Sie wusste, dass sie eine schreckliche Mutter war, weil die Hoffnung, jemand würde ihr Nan abnehmen, so große Freude in ihr hervorrief. Ihre bedauernswerte, unbeugsame Nan.

»Ich werde niemanden heiraten«, sagte eine leise Stimme hinter Meifeng.

Meifeng drehte sich um und sah ihre Tochter im Flur stehen, im Schlafanzug, die Haare nass von der Dusche, das Gesicht gespenstisch blass. Nans Augen brannten so sehr vor Trauer, dass Meifeng das Gefühl hatte, ein Schraubstock schließe sich um ihr Herz – ein Gefühl, das sie bis in ihr nächstes Leben begleiten würde.

»Hau ab!«, fauchte sie Shen an, wütend auf sich selbst, weil sie eine so alberne Hoffnung genährt hatte, und schlug ihm die Tür vor der Nase zu.

Ein paar Tage später, als Nan in der Näherei war, stand er erneut vor ihrer Tür.

»Ich werde nach Amerika gehen«, teilte er Meifeng nüchtern und ohne jegliche Überheblichkeit mit. »Ich möchte Nan mitnehmen. Im Gegenzug werde ich deine anderen Töchter finanziell unterstützen, falls sie das College abschließen und ebenfalls in die USA auswandern möchten.«

Meifengs Herz flatterte in ihrem Brustkorb wie ein eingesperrter Vogel. Amerika! Das Land der Freiheit! Das Land mit Nahrung und Wasser im Überfluss, mit funktionierender Stromversorgung und wunderbaren Häusern mit zwanzig Zimmern. Sie hätte sich nie träumen lassen, dass ihre Töchter einst die Gelegenheit bekämen, einen solchen Ort mit eigenen Augen zu sehen. Alles, was außerhalb von Sichuan lag, war so abstrakt für sie wie der Himmel.

»Warum tust du das?«, fragte sie. »Denkst du, Nan ist leicht zu haben? Weil sie in ihrem Alter noch allein ist und so jeden Abschaum akzeptieren wird? Nur damit du's weißt: Ich werde nicht zulassen, dass mir ein mittelloser Halunke meine Tochter wegnimmt.«

»Ich liebe sie«, entgegnete Shen unbeeindruckt. »Ich habe immer gewusst, dass sie einst meine Frau sein wird.«

Meifeng musterte ihn prüfend. Sie fragte sich, ob er die üblichen männlichen Tricks anwandte, um lustvolle Sehnsüchte unter dem Deckmantel von Liebe und Verantwortung zu verbergen, doch vor ihr stand ein ehrlicher, kompetenter Mann – vielleicht ein wenig ungeschliffen, aber aufrichtig.

»Nan wird niemals einwilligen, dich zu heiraten«, sagte sie, um seine Hartnäckigkeit auf die Probe zu stellen. »Keiner ist ihr gut genug. Sie wird niemals einen hässlichen, armen Mann wie dich lieben.«

»Dann musst du sie eben überzeugen.«

»*Ich* kann sie von gar nichts überzeugen.« Meifeng wollte

ihm erneut die Tür vor der Nase zuknallen, obwohl ihre Arme zuckten, so gern hätte sie ihn ins Haus gezogen.

Shen hielt ihrem Blick mit unerschütterlicher Beharrlichkeit stand. »Ich bin mir sicher, du schaffst das«, sagte er.

Tränen traten in Meifengs Augen. »Sie hasst mich«, murmelte sie, unsicher, warum sie das, wofür sie sich insgeheim am meisten schämte, vor diesem Fremden mit der hohen, wulstigen Stirn und der knolligen Nase ausbreitete, der da vor ihrer Tür stand. Aber was konnte eine Mutter tun? Es gab im Dorf keine Zukunft für Nan. Ihre ältere Schwester hatte geheiratet und war mit ihrem spielsüchtigen Ehemann nach Chongqing gezogen. Nans jüngere Schwestern gingen noch zur Schule, hatten immer noch das Potenzial, ihre College-Träume zu verwirklichen; Meifeng verbrachte ihre ganze Zeit damit, Geld für ihre Studiengebühren zu hamstern und anderen Leuten Gefallen zu erweisen, die sie später bei der Jobsuche ihrer Töchter wieder einfordern wollte. Nur Nan steckte irgendwie fest, konnte nicht vor und auch nicht zurück.

Meifeng schloss die Augen. »Sei gut zu ihr. Sie hat ein bisschen Glück verdient.«

»Das werde ich«, versprach Shen. »Ich danke dir.« Er hatte das Spiel gewonnen. Mit ruhiger Hand zog er eine Schachtel Zigaretten aus der Tasche, zündete eine auf den Stufen vor Meifengs Tür an und reichte sie ihr. Sie nahm ihm die Zigarette aus den Fingern und zog daran. So besiegelten sie ihr Geschäft.

»Und kurz darauf«, beendete Meifeng ihre Erzählung, »heirateten deine Eltern.«

»Ich dachte, Mama hätte gesagt, sie wolle niemals heiraten«, sagte Ivy verwundert. »Wieso hat sie ihre Meinung geändert?«

Meifeng wedelte mit der Hand. »Sie ist zur Vernunft gekommen und hat festgestellt, dass dein Vater ein guter Mann ist. Noch in China ist sie mit dir schwanger geworden. Nach deiner Geburt sind die zwei nach Amerika gegangen. Dort haben sie Geld gespart, dann haben sie dich zu sich und Austin nach Massachusetts geholt. Weil deine Eltern sie unterstützt haben, lebt mittlerweile auch deine Tante Ping mit ihrer Familie in Pennsylvania. Und ich habe vor meinem Tod Amerika gesehen. Das ist es, was ich dir ständig vor Augen führe: Eine erfolgreiche Ehe kann drei Generationen satt machen.« Sogar eine tragische Liebesgeschichte, aus Meifengs Perspektive geschildert, lief auf Essen und Geld hinaus.

Noch lange, nachdem das Schnarchen ihrer Großmutter den Raum erfüllte, lag Ivy wach im Bett und dachte an Anming Wu. An den schönen, aristokratischen Anming Wu. Zu Tode geprügelt, weil er eine Süßkartoffel geklaut hatte. Gab es eine erbärmlichere Art zu sterben?

Zum ersten Mal erschauderte Ivys Seele aus Furcht vor der Zukunft. War nicht ihre Mutter der Beweis dafür, dass die erste Liebe keineswegs leichtfertig und vergänglich war? Dass der Verlust dieser Liebe eine Frau so weit zerstören konnte, dass nur die verbitterte Hülle übrig blieb, die ihrem Ehemann und ihren Kindern grollte, weil diese nicht die Familie waren, die sie hätte haben sollen?

Möglicherweise war Ivy entschlossen, Nans Schicksal zu teilen. Doch zeigte nicht die Tatsache, dass sie mit Roux Sex hatte, ohne anschließend Reue zu empfinden, dass sie stärker war als ihre Mutter, die sich vermutlich vor lauter Schande das Leben genommen hätte? Sie dagegen war tatsächlich ein unmoralisches Mädchen, bereit zu gewaltigen Grenzüberschreitungen aus reinem Impuls heraus. Meifeng behauptete, Nan sei zwar unbeugsam, doch wie ein morscher Baum, der bei der ersten starken Böe umkippte. Ivy dagegen war eine Windmühle; sie mochte vielleicht lieben und verlieren, aber sie hätte sich nie mit einem Shen Lin mit seiner wulstigen Stirn und der Knubbelnase zufriedengegeben. Sie wollte keine sinnlose Existenz führen, die von Meifengs Dogmen bestimmt wurde. Liebe existierte um ihrer selbst willen, und nicht, damit man Schwester und Mutter eine Greencard für die Vereinigten Staaten besorgte.

5

Das Erste, was Ivy entgegenschlug, war der Gestank: ein dumpfer, abgestandener Cocktail aus Schweiß, Öl und gekochtem Kohl. Binnen Sekunden setzte er sich in ihrer Kleidung und in den Haaren fest wie Sägespäne, und als sie ihren Pferdeschwanz anhob, hatte sie das Gefühl, der Geruch ströme aus ihren eigenen Poren. Shens Cousine Sunrin Zhao sollte sie am Gepäckband abholen, nur hatte Ivy keinen blassen Schimmer, wie Sunrin Zhao aussah. Die Menge verschmolz zu einer homogenen Masse aus Menschen mit rabenschwarzen Haaren, die wie Käfer um mit Seilen umwickelte Koffer herumwuselten, was es Ivy unmöglich machte, ein Gesicht vom anderen zu unterscheiden. Sie blickte zu der Reihe von schwitzenden, beleibten Männern in schwarzen Anzügen hinüber, die weiße Plakate mit den Namen der vom Flughafen abzuholenden Gäste in die Höhe hielten, und suchte nach ihrem chinesischen Namen: Lin Jiyuan. Plötzlich hörte sie jemanden »Ivy!« rufen.

Ivy drehte sich um. Eine große Frau kam auf sie zu, ganz in Weiß gekleidet: weißes Poloshirt, weiße Baumwollhose, weiße Riemchensandalen. Sie hatte eine ziemlich lange Nase und trug eine Sonnenbrille mit Strasssteinchen auf dem weißen Gestell. »Du bist erwachsen geworden«, stellte sie in perfektem Englisch fest. Ihre Lippen waren leuchtend rot in Form einer Erdbeere geschminkt. Mit ihren sanft ondulierten Haaren sah sie aus wie eines der alten Hollywood-Sternchen, deren Fotos Liza Johnson und die Zwillinge in ihre Spinde geklebt hatten.

»Woher wusstest du, dass ich es bin?«, fragte Ivy.

»Shen hat mir ein Foto von dir geschickt. Sieh dich nur an – selbst die Verkäuferinnen können die amerikanischen Chinesen von den Einheimischen unterscheiden. Du musst aufpassen, dass sie dich nicht übers Ohr hauen.« Sunrin nahm ihre Sonnenbrille ab. Ihre Augen verzogen sich zu Halbmonden. »Du bist Shen aber gar nicht ähnlich. Was für große Augen du hast! Du siehst aus wie deine Mutter, als sie jung war.«

Sie bat Ivy, sie Sunrin zu nennen, erkundigte sich nach Ivys Flug, der Gesundheit der Lins und entschuldigte sich für die fürchterliche Hitze. Während sie redete, führte sie Ivy zum Parkplatz, wo ein Mitarbeiter des Parkservice einen grauen Mercedes vorfuhr. Die kompakten Rundungen erinnerten an eine aufgeblasene Version der Modellautos, mit denen Austin früher gespielt hatte. Der Mann reichte Sunrin die Schlüssel und machte eine Bemerkung über importierte Fahrzeuge, worauf Sunrin freundlich erwiderte: »Der kommt aus Deutschland.«

Sunrin fuhr wie ein Mann. Die manikürten Hände mit den im satten Orangerot einer Grapefruit lackierten Nägeln um das Lederlenkrad geschlossen, drängelte sie sich schnell und ungeduldig auf nicht existenten Fahrspuren zwischen staubigen Autos und Motorrollern hindurch, auf deren Sitzen sich bis zu vier Personen quetschten. Es lief Folk-Musik. Sunrin erzählte Ivy, dass sie die Kassette während ihrer Studienzeit in Dublin einem Straßenmusiker abgekauft hatte. Die lebhaften Klänge von Geige und Flöten ließen Ivy an rotwangige Bauernmädchen in gestärkten karierten Kittelkleidern und flachen braunen Schuhen denken, ein absurder Kontrast zu der grauen, versmogten Autobahn um sie herum, auf der sie einen klapprigen Bus nach dem anderen überholten, die Fenster schwarz vor Schmutz, wie das Gesicht einer Frau, der Wimperntusche über die verschmierten Wangen läuft.

»Oh, bevor ich es vergesse – ich habe ein Geschenk für dich.« Sunrin griff nach hinten auf den Rücksitz, dann reichte sie Ivy eine bunte Tüte. Sie ähnelte der, die Ivy Gideon zum Geburtstag geschenkt hatte. Ivy zog eine samtweiche rosa Schachtel heraus, die sich anfühlte wie die Haut eines Pfirsichs.

»Meine Kinder lieben sie«, sagte Sunrin. »Japanische Pralinen. Probier eine. Wenn sie dir schmecken, können wir in Hongkong mehr davon besorgen. Auf dem Festland bekommt man sie nicht.«

Ivy nahm den Deckel ab. Jede Praline war in rosa Stanniolpapier gewickelt. Sie biss in eine hinein. Sogar die Füllung war zartrosa. In der Siebten hatte Gideon der Klasse am Valentinstag zwei Dutzend von Mrs. Speyers berühmten Erdbeer-Sahne-Cupcakes mitgebracht. Als Ivy sich bis zum Kuchen vorgearbeitet hatte, stieß sie auf einen Kern aus warmem, geschmolzenem Zartbitterschokotrüffel. Sunrins Praline schmeckte genauso. Sie schmeckte nach Geld.

Sunrin wohnte in einem eingezäunten Wohnviertel, das von zwei dunkelhäutigen Männern mit Tarnjacken, hochglanzpolierten braunen Stiefeln und grünen Armeekappen bewacht wurde. Sobald sich die schweren Tore hinter ihnen geschlossen hatten, verschwand der tosende Verkehrslärm der Stadt, Stille legte sich wie eine dicke Decke auf die Kopfsteinpflasterstraßen und terrakottafarbenen Häuser. Sunrins Ehemann begrüßte Ivy mit einem Händedruck. Er war ein untersetzter, fröhlicher Mann mit einem Doppelkinn und dünnen Haaren, die er sich seitlich über die Stirn frisierte. Ihre beiden Kinder – ein Junge und ein Mädchen, vier und zwei Jahre alt, mit Onkel Wangs pummeliger Statur und Tante Sunrins halbmondförmigen Augen –, wurden ins Wohnzimmer geführt, um die Cousine aus Amerika zu begrüßen. Das Mädchen versteckte sich hinter den Beinen seiner Mutter, der Junge flitzte herum und schwang einen Plastiksäbel. Die unerbittliche Klinge streifte das Sofa, den Tisch, die Stühle, die Pflanzen und führte schließlich einen entschiedenen Streich gegen eine hilflose Orchidee aus, die ihren Stiel tragisch über den Rand der Vase fallen ließ. Ivy musste an einen toten Schwan denken. Die Vorstellung, welche Strafe den kleinen Jungen ereilen mochte, ließ sie erzittern. Doch Sunrin runzelte nur die Stirn und rief die *ayi* der Kinder, eine alte Frau in Meifengs Alter, die gerade mit einer Schüssel gekochter Nudeln aus der Küche kam. Die *ayi* stellte die Nudeln auf den Tisch und eilte herbei, um die Kinder nach oben zu bringen.

»Unser Lei Lei sprudelt über vor Energie«, sagte Sunrin. »Er hat seine letzten drei Kinderfrauen verschlissen. Eine war gerade mal vierzig.«

»Aber, aber«, ließ sich Onkel Wang mit zärtlicher Stimme vernehmen. »Sprich nicht so über unseren kleinen Wildfang.«

Sunrin ging ihnen voran zum Tisch. Neben der Schüssel mit dampfenden Nudeln standen die Würzmittel: schwarzer Essig, Sojasoße, fein gehackter Knoblauch, geschnittene Frühlingszwiebeln, Ingwerscheiben, scharfes Pfefferöl, Erdnusssoße, Sesamöl und ein beigefarbenes Pulver, bei dem es sich laut Onkel Wang um Mononatriumglutamat handelte. Während sie aßen, beschrieb Sunrin die Route der zweiwöchigen Reise, die sie geplant hatte: Nach einer historischen Tour durch die Verbotene Stadt und über die Große Mauer in Peking wollten sie es in Shanghai ruhig angehen lassen. Abends würden sie in den berühmten Entenrestaurants in der Altstadt essen, eine Jazz-Performance in einer der vielen Bars in der Hengshan Road besuchen und die Eindrücke auf dem Bund, der langen Uferpromenade am Huangpu-Fluss, in sich aufnehmen. Den Abschluss ihrer Reise sollte ein Abstecher in die internationalen Einkaufszentren von Hongkong bilden, wo sie nach Herzenslust europäische Modelabel und japanische Kosmetik shoppen könnten.

»Welche Hautpflege benutzt du?«, wollte Sunrin wissen.

Ivy tastete nach einem trockenen Fleck auf ihrer Wange und antwortete verlegen: »Eigentlich gar keine.«

Sunrins Augen wurden kreisrund. Jetzt sah sie aus wie eine russische Matroschka. »Aber du musst! Das Wichtigste bei der Schönheitspflege eines Mädchens ist die Haut.« Sie fing an, die verschiedenen Produkte aufzuzählen, die sie für Ivys neues Hautpflegeprogramm dringend brauchten. »Wir besorgen zunächst die grundlegenden Dinge. Darauf bauen wir auf. Magst du Make-up?«

Ob sie Make-up mochte? Was gab es da noch zu sagen? »Ich *liebe* Make-up.«

Endlich war ihre gute Fee gekommen.

Onkel Wang entschied sich, in Chongqing zu bleiben. Er war der Leiter einer koreanisch-chinesischen Investmentgesellschaft und organisierte ein Golfturnier mit ausländischen Partnern. Als Ivy sich bei ihrer Tante dafür bedankte, dass sie sich freigenommen hatte, um sie als Gast bei sich aufzunehmen, lachte Sunrin – sie schien über alles zu lachen – und sagte, sie habe ihren Job gekündigt, als Lei Lei zur Welt gekommen war.

Die *ayi* begleitete sie ebenfalls auf der Reise. Ihre Aufgabe war es, Sunrins Kinder zu versorgen und zu bespaßen, während Ivy und Sunrin durch die Straßen von Peking schlenderten, Schafmilchjoghurt aus Glasflaschen schlürften oder in ihre diversen Fünfsternehotels eincheckten, allesamt Häuser mit Geschichte. Ivy tat so, als wäre Sunrin ihre Mutter und sie beide auf einem Mutter-Tochter-Trip, während ihr Vater, ein Geschäftstycoon, zu Hause geblieben war, um seine Firma zu leiten. *Aber, aber,* flüsterte sie, während sie sich vor dem Frisierspiegel die Ponyfransen aus der Stirn strich. *Sprich nicht so über unseren kleinen Wildfang.* Sie glühte vor Freude, als der Hotelportier Sunrin zu einer so hübschen Tochter gratulierte.

Sunrin war stets sehr höflich zum Servicepersonal, sagte *Bitte* und *Danke,* obwohl sich der normale chinesische Gast nicht mit solchen Förmlichkeiten aufhielt. Trotz ihrer Gelassenheit schaffte sie es, ein Gefühl von Autorität zu vermitteln, das jeden, vom Kellner bis zum Pagen, um sie herumtanzen ließ, damit sie zufrieden war. Einmal – sie waren auf dem Weg zum Tanzhe-Tempel – bekam ein Taxifahrer mit, dass sie sich auf Englisch unterhielten, und verdoppelte prompt den ausgemachten Preis. Als er damit drohte, sie nicht »für ein bisschen Kleingeld« zu ihrem Ziel zu befördern, forderte Sunrin ihn auf, rechts ranzufahren und sie aussteigen zu lassen. Als er ihre Anweisung nicht befolgte und stattdessen etwas von Betrug murmelte, sagte sie: »Ich meine es ernst. Lassen Sie uns raus.« Sie befanden sich auf einer zweispurigen Autobahn in Peking, irgendwo auf dem zweiten Ring, wo die Fahrzeuge mit hundert Stundenkilometern rücksichtslos über die Fahrbahnen rasten und die Motorräder anhupten, die wie Fliegen um sie herumschwirrten.

Der Fahrer ließ sie nicht aussteigen. Erstens gab es nirgendwo eine Stelle, an der er hätte rechts ranfahren können. Zweitens war er nicht so dumm, unbezahlt durch die halbe Stadt zu kutschieren. Den Rest der Fahrt über schwieg er. Als sie ihr Ziel erreicht hatten und Sunrin ihm die vereinbarte Summe gab, wich er ihrem Blick aus und bedankte sich verlegen. Nachdem sie ausgestiegen waren, streckte er sogar den Kopf aus dem Fenster und rief ihnen »Passen Sie auf sich auf!« hinterher, als wäre er ein entfernter Verwandter, der sie dort abgesetzt hatte.

Die Sache hinterließ einen tiefen Eindruck bei Ivy. Sie spürte, dass jeder andere vom Fahrer ausgenommen oder zumindest in einen lautstarken Streit verwickelt worden wäre, aber Sunrin hatte nur ein paar Sätze sagen müssen, um den Taxifahrer in die Schranken zu weisen. Am Ende der Fahrt hatte sie ihn allein mit ihrem Auftreten gezähmt, als wäre er ein durchtriebener Esel. Ivy fragte sich, warum ihr Vater Sunrin und Onkel Wang nie erwähnt hatte, zumal die beiden Shen in den höchsten Tönen lobten. Sie kam zu dem Schluss, dass ihr Vater, anders als Nan, zu viel Anstand besaß, um mit wohlhabenden Verwandten zu prahlen. Ihr Respekt vor ihm nahm ein klein wenig zu.

Und erst das Shopping! Oh, das wundervolle Shopping! Als Ivy die riesigen, zehn Stockwerke hohen Einkaufszentren an der Oriental Plaza betrat, hatte sie das schwindelerregende Gefühl, in einem glamourösen Tollhaus gelandet zu sein, in dem es nur so wimmelte vor spindeldürren Hausfrauen, eleganten Verkäufern, Geschäftsmännern in maßgeschneiderten

Anzügen und alten Damen in pastellfarbenen Pumps, deren teuer frisiertes Haar so hoch und fluffig aufgetürmt war wie Zuckerwatte. Sämtliche Boutiquen waren dezent beleuchtet und dufteten exquisit und extravagant, rehäugige Schönheiten in schwarzen Röcken, hautfarbenen Strümpfen und Stilettos umsorgten die Kunden. Als Sunrin Ivy zum ersten Mal in ein solches Geschäft in einer der Malls mitnahm und eine Verkäuferin höflich fragte: »Darf ich Ihnen bei der Auswahl behilflich sein, Miss?«, war Ivy so verlegen, dass sie eine Entschuldigung stammelte, als müsse sie ihre Anwesenheit an diesem Ort rechtfertigen. Eilig huschte sie in eine Ecke, wo man sie hoffentlich in Ruhe lassen würde.

»Wir würden gern das hier anprobieren, das hier … das da ist wirklich hübsch … Deine Kleidung ist etwas schlicht, Ivy, ich denke, ein bisschen Farbe würde dir guttun … Ich möchte, dass du mehr strahlst, schwungvoller wirkst …« Sunrin sah sich um. »Wo bist du eigentlich?«

Ivy nahm das weiße Kleid aus einem schweren Baumwollstoff mit in die Umkleidekabine. Sie zog es an, schlüpfte in die bereitstehenden Schuhe mit hohen Absätzen und betrachtete ihr Spiegelbild. Sie wagte kaum zu glauben, dass sie das Mädchen war, das ihr entgegenblickte. Feine Babyhärchen umrahmten ein glattes, ovales Gesicht mit fein gewölbten dunklen Brauen und schimmernder Haut – Resultat all der aufpolsternden Feuchtigkeitscremes, die sie in der vergangenen Woche benutzt hatte. Das Kleid hatte eine klare, strenge Linie. Sie selbst hätte es sich niemals ausgesucht, trotzdem ließ genau diese Strenge ihre Weiblichkeit und Jugend noch stärker hervortreten.

Sie warf einen Blick auf das Preisschild. Ihr Kinn zitterte vor Verzweiflung. Mit munterer Stimme fragte sie: »Findest

du nicht, dass ich darin zu … altmodisch aussehe?« Die viertausend Renminbi, die Nan ihr für den Sommer mitgegeben
hatte, deckten kaum die Kosten für die Schuhe.

»Ganz und gar nicht«, flöteten Sunrin und die Verkäuferin. »Du siehst aus wie ein Vogel – ein Fischreiher! Nein, du
siehst aus wie eine Tänzerin!«, rief Sunrin aus und betonte,
nur Mädchen mit besonders schöner Haut könnten Weiß tragen. »Wir nehmen alles«, entschied sie und zog ihre Amex-
Karte aus einer Designer-Micky-Maus-Brieftasche.

Ivy setzte zu einem kraftlosen Protest an, aber Sunrin
lachte bloß ihr wundervolles, kehliges Lachen und wedelte
wegwerfend mit der Hand.

Zunächst versuchte Ivy, an dem festzuhalten, was ihre
Großmutter sie gelehrt hatte *(Umsonst gibt es keine Karotten)*. Sie redete sich ein, sie stände in Sunrins Schuld, dürfte
die Großzügigkeit ihrer Tante nicht ausnutzen – nicht dass
Sunrin ihrer Gastfreundschaft überdrüssig wurde und Ivy für
ein undankbares Gör der Unterschicht hielt. Doch während
die Tage mit köstlichen, zwei Stunden dauernden Menüs, privaten Führungen und Einkaufszentrum um Einkaufszentrum
um Einkaufszentrum dahinplätscherten und Sunrins Micky-
Maus-Brieftasche mit den niedlichen schwarzen Öhrchen
unablässig aus der Handtasche hervorgekramt wurde und
wieder darin verschwand, löste sich Ivys vages Gefühl der
Vorsicht auf wie Nebel in Sunrins blendendem Sonnenschein.
Sie fühlte sich nach wie vor peinlich berührt beim Anblick
der goldenen American-Express-Karte, die für ihre verschiedenen Einkäufe durch die Kasse gezogen wurde, aber sie tat
nicht länger so, als wolle sie ihre mageren viertausend Renminbi, die sie noch immer nicht angerührt hatte, dafür ausgeben. Außerdem schraubte sie ihre überschwänglichen Dan-

kesbekundungen zurück, weil sie nicht wollte, dass Sunrin sie für unaufrichtig, oder, schlimmer noch, für bemitleidenswert hielt in ihrer überwältigenden Dankbarkeit für etwas, das Sunrin für unbedeutend erachtete.

»Du gehörst zur Familie«, sagte Sunrin eines Tages, nachdem Ivy sich wieder einmal stammelnd bei ihr bedankt hatte. »Wie oft kommst du nach China? Und außerdem: Wozu verdient man Geld, wenn man es nicht ausgibt?«

Dieser Logik konnte Ivy nichts entgegensetzen. Für den gleichen Betrag, den Sunrin für Ivy ausgab, kaufte sie Kleidung für ihre beiden Kinder, für ihren Ehemann und für sich selbst. Die einzige Person, der sie nie etwas schenkte, war die *ayi*. Anfangs verspürte Ivy Mitleid mit der angestellten Kinderfrau, die ständig damit beschäftigt war, ein schreiendes Kind zu beschwichtigen oder einzufangen, ein dreiköpfiger Schatten in beigefarbener Baumwollhose und weißen Turnschuhen. Doch eines Abends in Hongkong sah Ivy, wie Sunrin der *ayi* einen Umschlag mit Bargeld als »Reisebonus« in die Hand drückte, und verstand: Nicht alle Formen von Geld waren gleich.

Eines Tages sah sie ein Paar wunderschöne blaue Veloursledersturnschuhe und stellte sich vor, wie hübsch sie wohl an Austin aussehen würden. Sunrin, die Ivys Blick bemerkte, bat ihre Nichte um Hilfe, Mitbringsel für die Lins auszusuchen. Sie behauptete, sie habe ohnehin Geschenke für sie besorgen wollen, aber Ivy wisse besser als sie, was ihnen gefiel. Ivy suchte Kaschmirpullover, Sommerpyjamas und Lederhandschuhe mit Pelzbesatz für Nan und Meifeng aus; batteriebetriebene Spielzeuge, Süßigkeiten und die blauen Veloursledersturnschuhe für Austin. Shen, der laut Sunrin wie ein Bruder für sie war, bekam eine kleine Karaoke-Anlage. Auf die Frage, welche Hobbys ihr Vater pflege, hatte Ivy mit »Gar keine« geantwortet, und Sunrin hatte gelacht und behauptet: »Oh, als Kind hat er es geliebt zu singen.«

Es bereitete Ivy genauso viel Freude – wenn nicht gar noch mehr –, Geschenke für ihre Familie auszusuchen wie für sich selbst. Ihre stotternde Verlegenheit im Umgang mit aalglatten Verkäufern verschwand. Sunrin hatte ihr Autorität verliehen, als wäre Ivy eine Schatzmeisterin, deren Aufgabe es war, die Gelder der Königin zu verteilen. Sie kommandierte die Verkaufskräfte mit einer Überheblichkeit, die mit falsch ausgelegten Besitzansprüchen einherging, und sie errötete nur leicht, als sie Sunrin an ihrem letzten gemeinsamen Abend um einen extra Koffer für all ihre Neuerwerbungen bat. Im peripheren Glanz des Geldes ihrer Tante hatte Ivy das Gefühl, dass sie und Sunrin einander ähnelten, dass sie denselben Geschmack, dieselben Meinungen und Erwartungen hatten, dass Sunrins Großzügigkeit ihrer eigenen entsprach und dass es eigentlich kaum einen Unterschied zwischen ihnen gab.

An einem drückend heißen Augustsamstag fuhr Sunrin Ivy in einen völlig anderen Teil von Chongqing. Hier gab es baufällige graue und braune Häuser, auf deren Betonbalkonen Wäsche über Plastikwaschzubern flatterte. Tante Hong kam heraus, um sie zu begrüßen, eine breitere, ältere Version von Nan in geblümter Bluse und karierter Hose. »*Vielen Dank*, dass du mir unsere Jiyuan bringst«, sagte sie zu Sunrin und verneigte sich mehrmals. »Ich hoffe, sie war dir keine allzu große Last! Nan sagt, sie hat einen schwachen Magen, sie war ja schon immer ein kränkliches Kind … Und erst einmal die Mühe, die du dir gemacht hast, um mit ihr auf Reisen zu gehen …« Tante Hong hörte gar nicht mehr auf zu reden.

Nachdem sie zwei Wochen lang Sunrins wohlklingendem, »richtigem« Mandarin gelauscht hatte, schmerzte Tante Hongs vulgärer Dialekt in Ivys Ohren.

Sunrin winkte ein letztes Mal fröhlich und lachte kehlig, dann fuhr sie in ihrem grauen deutschen Wagen davon, und die gute Fee kehrte zurück ins Feenland und ließ Ivy einsam und verlassen in der realen Welt stehen.

Alles an diesem neuen Viertel stieß sie ab. Alte Männer spuckten auf die Gehsteige, kleine Jungs pinkelten an Straßenecken, vor den Geschäften hing gammeliges Fleisch an großen Haken; überall herrschten Gedrängel, Geschiebe und immer wieder scheinbar willkürliche Gewalt: Faustkämpfe, Messerstechereien, Frauen zogen einander an den Haaren, während eine Gruppe Schaulustiger die Widersacher anfeuerte. Jeden Morgen wurde Ivy vom Lärm der Straßenverkäufer geweckt, die frisches Fleisch vom Schlachthof, handverlesenes Gemüse, getrocknete Kräuter, Tee, frisches Obst, getrocknete Früchte und Nüsse feilboten. Von früh bis spät ertönte eine ohrenbetäubende Kakofonie, dann gingen die Lebensmittelverkäufer nach Hause. Sie wurden ersetzt durch die Unterhaltungsanbieter, die Raubkopien von amerikanischen Filmen, Baumwollschlafanzüge, Hausschlappen aus Plastik und billige, batteriebetriebene Spielzeuge verkauften. Das hier war Meifengs China, das China, das sie bei ihrer Tochter schlechtgemacht hatte, um zu entkommen.

Tante Hongs ältere Tochter Yingying war Ende zwanzig und mit einem Mann mittleren Alters verlobt, der eine Autowerkstatt betrieb. Die jüngere Tochter hieß Wang Yan Jiu, aber alle nannten sie Jojo. Sie war nur neun Monate älter als Ivy, trotzdem sagte sie *meimei* zu ihr – ein Kosewort für »jüngere Schwester«. Jojo war klein und untersetzt und trug meistens Basketballshorts und enge, grellbunte T-Shirts. Ihre Haare waren zu einem lockeren Bob geschnitten. Ihre Augen mit den wunderschönen Wimpern sahen aus wie Ivys. Jojo sagte immer, was sie dachte, selbst wenn sie das in Schwierigkeiten brachte, was es ständig tat. Ivy rief sich Nans alte Geschichten über Jojos Verfehlungen ins Gedächtnis: dass sie bei sämtlichen Prüfungen durchgefallen war, dass sie den Unterricht geschwänzt hatte, dass sie wegen wiederholter Übergriffe auf ihre Mitschülerinnen von der Schule geflogen war, dass sie rauchte und trank und sich im Alter von neun Jahren das chinesische Schriftzeichen für »Freiheit« auf den Bizeps hatte tätowieren lassen, dass sie nie auf ihre Mutter hörte und Schläge wegen ihres unkontrollierbaren Temperaments kassierte. Geschichten wie diese endeten stets mit: »Die arme Jojo. Sie hatte ja auch nie einen Vater.« Es war nicht ihre Schuld. Ihr fehlte bei der Erziehung einfach eine feste Hand.

In den ersten Tagen bei Tante Hong war Ivy still, gleichgültig gegenüber all den Speisen und den Vergnügungen, mit denen ihre Tante und Cousine sie erfreuen wollten; ihr Teint wurde stumpf. Beim Abendessen saßen Tante Hong und Jojo an dem Tisch mit der klebrigen, ölverschmierten Plastiktischdecke und lachten über die Fernsehsendung, die sie sich anschauten. Sie kauten mit offenem Mund und schmatzten, und Ivy fragte sich voller Verzweiflung, wie um alles in der Welt es sein konnte, dass sie mit diesen Menschen verwandt war. Nachts drückte sie sich gegen die Wand, damit ihr neuer Pyjama, der noch immer schwach nach dem Parfum aus den Malls an der Oriental Plaza duftete, nicht versehentlich Jojo streifte, die sich neben sie auf die Pritsche im Wohnzimmer gequetscht hatte. Es lagen noch drei Wochen in China vor ihr. Ivy zählte jeden einzelnen Tag, bis sie endlich nach West Maplebury, an die Grove, zurückkehren konnte. Ihre Klassenkameraden würden sich die Hälse verrenken, wenn sie mit ihrer neuen, butterweichen Lammledertasche mit den silbernen Schnallen den Gang entlangschlenderte, in ihren cognacfarbenen, vorne schmal zulaufenden Collegeschuhen mit dem kleinen Holzabsatz, die ihre Beine so lang und anmutig erscheinen ließen wie die von Violet und Nikki Satterfield. Die Erfahrung von Wohlstand, wenn auch nur aus zweiter Hand, hatte unauslöschliche Spuren in ihrem Herzen hinterlassen. Noch lange, nachdem die Details von Sunrins Haus und Auto aus ihrem Gedächtnis verschwunden waren, erinnerte sie sich daran, wie es sich anfühlte, wenn die Verkäuferinnen um einen herumschwirrten, voller Achtung und Respekt. Sie sah sich selbst, furchtlos, im Besitz von etwas, was ihr niemand wegnehmen konnte.

Nach und nach wurde es besser in Tante Hongs Haus. Hauptsächlich deswegen, weil ihre Cousine und ihre Tante ihr unablässig sagten, was für ein Schatz sie doch sei. Ihre Haut war so hell und zart wie Eiweiß, ihre äußere Erscheinung schlank und stylish, ihr inneres *qìzhì* kultiviert und gebildet. Sie liebte es, *Bücher* zu lesen – »Wann hast *du* das letzte Mal ein Buch gelesen?«, fragte Tante Hong Jojo ungehalten. Außerdem war Ivy *Amerikanerin*. Ivy hatte schnell begriffen, dass es in China fast so gut war, eine Amerikanerin zu sein, wie dem Königshaus anzugehören. Wegen ihrer Staatsangehörigkeit war sie den Chinesen überlegen, und alle bewunderten ihr fließendes Englisch, das sie bei jeder sich bietenden Gelegenheit den Nachbarn vorführen musste.

Zunächst begegnete sie diesen überschwänglichen Lobliedern mit skeptischer Ablehnung, stolz auf ihre Gleichgültigkeit gegenüber der Meinung dieser minderbemittelten Verwandten, doch als sie merkte, dass die Komplimente mit ihrem Bild von sich selbst übereinstimmten – sie *war* anders, sie *las* mehr Bücher, ihre Augen *waren* groß und umwerfend –, erwärmte sich ihr Herz für diese Menschen. Sie sprach ihnen sogar Eigenschaften wie Ehrlichkeit, gesunden Menschenverstand und Bescheidenheit zu, damit ihre Meinung mehr Gewicht hatte und dadurch Ivys Selbstachtung hob.

Es waren nicht bloß ihre Verwandten. Als sie am Riesenrad anstand, flüsterte der Betreiber: »Du hast die schönsten Augen, die ich je gesehen habe«; nachdem sie in einem Nudel-Imbiss gegessen hatte, verlangte der Kassierer anstelle von Geld ihr Haargummi; beim Einkaufen in einer Ladenpassage wurde sie von einem Talentscout für eine Haarwerbung angeworben; auf einem Ruderboot auf dem Changshou-See riefen ihr die Jungs vom Nachbarboot zu: »He, *mei nü*, komm rüber, komm zu uns an Bord!« *Mei nü* bedeutete so viel wie »schönes Mädchen«.

Von den sechs Jungs auf dem Boot auf dem Changshou-See gefiel Ivy der sportlich wirkende Wuling am besten. Er redete nicht viel, doch er hatte intelligente, dunkle Augen und strahlte etwas schwer Definierbares aus – ganz ähnlich wie Gideon, zu dem sie sich sofort hingezogen gefühlt hatte.

Jojo vertraute ihr an, dass sie auf Kai stand, einen schmächtigen Jungen mit Wangen wie ein Backenhörnchen und einer Schmollunterlippe. Jojo flirtete mit ihm auf die typische Chongqing-Art: Sie riss Witze über seine Klamotten, teilte ihm mit, wie armselig er aussah, wie schmutzig seine Hände waren, wie ungehobelt sein Dialekt. Doch dann fragte Kai überraschenderweise *Ivy*, ob sie seine Freundin sein wolle. Er sagte, sie hätten das untereinander besprochen, und die

Gruppe habe entschieden, dass er das Vorrecht hätte, weil er sie am meisten mögen würde. Ivy nahm an, dass das die kommunistische Mentalität war, von der sie so viel gehört hatte: Sogar das Recht, ein Mädchen um ein Date zu bitten, musste von der Gruppe bewilligt werden.

Jojo stand da und versuchte zu kichern, nur ihr Blick war etwas traurig. Als sie Ivys Zögern bemerkte, sagte sie: »Ihr zwei passt perfekt zusammen!«, nahm Ivys Hand und drückte sie in Kais.

Ivy war Kai so gleichgültig wie ein Blatt an einem Baum, doch sie fürchtete, dass alle Jungen, einschließlich Wuling, für sie verloren wären, wenn sie ihn abwies. »Ich bin bereit, es zu versuchen«, sagte sie daher. Kai grinste von einem Ohr zum anderen. Als das geklärt war, schlenderten Ivy und Jojo mit den Jungen um den See herum, bis der Mond hervorkam.

»Ihr solltet Händchen halten«, wies Jojo sie an. Kai warf ihr einen dankbaren Blick zu. Er nahm Ivys Hand und verschränkte seine Finger mit ihren. Sie verspürte einen Anflug von Abneigung, doch als sie bemerkte, wie Jojo ihn voller Sehnsucht anstarrte, drängte sie rasch ihre eigenen unschönen Gefühle zurück. Während des Spaziergangs sagte Kai: »Ich möchte dir etwas zeigen.« Er führte Ivy ein paar Meter weg, sodass sie außer Sichtweite der anderen waren. Dann blieb er stehen, beugte sich ohne Vorwarnung vor und küsste sie hektisch.

Es fühlte sich ganz anders an, als Roux zu küssen. Ivy hatte die Erinnerungen daran inzwischen weitgehend verdrängt, nur gelegentlich tauchten sie noch in ihren Träumen auf – die Details vage und verschwommen. An Kais Knoblauch-Frühlingszwiebel-Geschmack vom Abendessen dagegen war nichts vage. Ivy musste dem Drang widerstehen, sich von seinem feuchten Mund zu lösen. Sie nahm an, dass das der Preis war, den sie bezahlen musste, um einen Freund zu haben.

Eine Woche später gestand er ihr an einem schwülwarmen Nachmittag seine Liebe. Sie lagen nebeneinander auf dem Bett im Haus eines seiner Freunde – ein muffiger, fensterloser Raum unter dem Dach, der Ivy an einen Pferdestall erinnerte. »*Wo ai ni*«, wisperte er mit dem Blick eines scheuen Kaninchens, der Jojos Herz hätte dahinschmelzen lassen, Ivy aber nur wenig Zuneigung entlockte. Sie erwiderte seine Worte, wobei sie nichts spürte außer einem kleinen Stich der Trostlosigkeit. Es beunruhigte sie – mehr, als dass es sie enttäuschte –, dass sie nicht verstehen konnte, warum die Tatsache, geliebt zu werden, so wenig ihren Erwartungen entsprach. Sie kam zu dem Schluss, dass Kai die Ursache für diese eigenartige Emotionslosigkeit sein musste. Er war einfach nicht der richtige Junge. Beinahe sofort schweiften ihre Gedanken zu Wuling, dem distanzierten, aufmerksamen Freund, der kaum ein Dutzend Worte mit ihr gewechselt hatte, dessen Schweigen ihr jedoch mehr Schauer den Rücken hinabjagte als Kais mitteilsame Küsse.

An ihrem letzten Abend in Chongqing gingen Jojo und sie mit Kai und Wuling zum Jangtse, um unter der Dongshuimen-Brücke Steine über den Fluss titschen zu lassen. Jojo rollte ihre Hosenbeine auf und watete ins Wasser. Die kleinen Wellen, hervorgerufen von den vorbeiziehenden Booten, schwappten um ihre Knöchel, dann, als sie weiter hineinging, um ihre Waden. Sie riefen, sie solle wieder herauskommen – es sei gefährlich, sich zu weit vorzuwagen, außerdem sei es zu dunkel, um zu sehen, wo das Wasser tief wurde. Jojo ignorierte sie. Den Kopf tragisch nach vorn geneigt, watete sie tiefer und tiefer hinein, bis sie ihre Silhouette in der Dunkelheit kaum noch erkennen konnten.

»Los, geh ihr nach!«, schrie Ivy Kai hysterisch an. »Deinetwegen hat sie ein gebrochenes Herz.«

»Und was soll ich tun?«

»Geh einfach! Oder willst du, dass sie sich ertränkt?«

Verwirrt, aber gehorsam, zog Kai leise fluchend seine Schuhe aus, krempelte die Hose hoch und folgte Jojo ins Wasser. Ivy sah die beiden ein paar Meter vom Ufer entfernt, Kais Hand am Handgelenk ihrer Cousine.

Während Kai und Jojo im Fluss waren, drehte sich Ivy zu Wuling um, die Füße fest in den Sand gestemmt, die Schultern gestrafft. Eine herausfordernde Pose. Er fing als Erster an zu sprechen.

»Hast du schon einen Freund in Amerika?«

»Nein.«

»Das glaube ich dir nicht. Ein Mädchen wie du trachtet doch danach, verhätschelt zu werden.« Er zerdrückte seine Bierdose mit einer Hand und schleuderte sie in die Büsche. Seine dunklen Augen näherten sich ihrem Gesicht.

Sie küssten sich, verborgen im laubreichen Schutz eines Banyanbaumes. Seine langen, rauen Finger umschlossen ihren Nacken, ihre Hand glitt unter sein Hemd. Sie spürte, wie sich sein Bauch wellenförmig hob und senkte wie bei einer Mauer, aus der Ziegelsteine hervortraten. Vielleicht, dachte Ivy verträumt, kann Leidenschaft nur an verbotenen Orten erblühen. Vielleicht war das der Grund, warum die einzige leidenschaftliche Begegnung, die sie je erlebt hatte, die zwischen Roux' Mutter und Ernestos Vater gewesen war und warum Nan und Meifeng sie permanent vor den schmutzigen bösen Jungs mit den schmutzigen bösen Gedanken und Absichten gewarnt hatten. Was implizierte, dass alle Mädchen diesen bösen Jungs zum Opfer fielen, und ein Mädchen, das die Gesellschaft und Zuneigung eines solchen Jungen genoss, war das, was Nan sie bei Gideons Übernachtungsparty geschimpft hatte – eine Hure.

Als sie an jenem Abend in Tante Hongs Wohnzimmer zurückkehrte, die Lippen noch brennend von Wulings Küssen, die Wangen klebrig von Kais Abschiedstränen, fielen Ivy die viertausend Renminbi ein, die Nan ihr mitgegeben hatte und die in der Gesäßtasche ihrer Shorts steckten. Sie schenkte Jojo das komplette Bündel. »Ich liebe dich, *meimei*«, kreischte Jojo, dann fing sie an zu weinen. »Du bist die Einzige, die sich je etwas aus mir gemacht hat.«

Ivy packte ihre Sachen und führte ihre allabendliche Inspektion im Badezimmerspiegel durch. Sie fand, dass sie aussah wie ein Mädchen, das bereit war. Ihr Leben in Amerika, das ihr während der vergangenen fünf Wochen so weit entfernt erschienen war, kehrte so automatisch zu ihr zurück, dass ihr das Stahlgitter vor Tante Hongs Badezimmerfenster, der heiße Dampf, der die Scheibe beschlug, das Geräusch eines Mannes, der draußen auf den Gehsteig spuckte, vorkam wie ein Traum. Ihr Herz schlug schnell. Sie drückte die Hand auf die Augen. Alles ist jetzt anders, tröstete sie sich. Der Sommer war vorbei. Sie hatte mit einem Jungen geschlafen, einen anderen geküsst, »Ich liebe dich« zu einem dritten gesagt, ohne es zu meinen. Trotzdem, *trotz allem*, war das Bild eines ganz bestimmten blonden Jungen in einem marineblauen Blazer, der ihr für immer den Rücken gekehrt hatte, das Leuchtfeuer, auf das all ihre aufgewühlten Gefühle, Wünsche und Hoffnungen Kurs nahmen.

Tante Hong klopfte an die Tür. »Deine Mama ist am Telefon.«

Ivy verließ das Bad und nahm den Hörer entgegen.

»Baba kann morgen nicht rechtzeitig am Flughafen sein«, sagte Nan unvermittelt. »Der Umzugswagen verspätet sich und kommt jetzt um dieselbe Zeit an wie du.«

»Was für ein Umzugswagen?«

»Hat Tante Hong dir nichts erzählt?«

»*Was soll sie mir erzählt haben?*«

»Wir ziehen nach New Jersey.«

6

Nachdem Nan und Shen ihre Tochter aus dem Land geschafft hatten, nahmen sie ihre erste Hypothek auf, um ein altes, zweigeschossiges Kolonialhaus in Clarksville, New Jersey, zu erwerben. Ivy war erschüttert über diese einschneidende Veränderung in ihrem Leben. Sie würde Gideon nie wiedersehen! Nach ihrer Rückkehr weinte sie eine Woche lang. Dann schlug die Trauer um in Abscheu. Das Haus, das ihre Eltern immer wieder in überheblichen, selbstgefälligen Tönen lobten, war schrecklich. Die Teller drohten vom Tisch zu rutschen, so schief war der Boden, die mit Wasser vollgesaugten Fensterrahmen waren verzogen, die Scheiben schmierig, Küchen- und Badezimmerfliesen gelb und rau vor Kalk. Das Haus war unter Marktpreis verkauft worden. Die Vorbesitzer, ein polnisches Ehepaar, hatten im Hinterhof ihre eigene Hühnerzucht betrieben, und jedes Mal, wenn Meifeng darauf bestand, die Fenster zu öffnen, um zu »lüften«, machte der stechende Geruch nach getrockneten Fäkalien, fauliger Erde und regenverklebten Federn das Atmen unmöglich, vom Essen ganz zu schweigen. Und *das* war der Inbegriff von Nans und Shens Träumen? Dieser Hühnerstall? Der einzige Vorteil war, dass Austin und sie zum ersten Mal ihre eigenen Zimmer bekamen. Das Esszimmer im Erdgeschoss wurde zu Meifengs Schlafzimmer umfunktioniert.

Nan hatte Clarksville wegen des hohen chinesischen Bevölkerungsanteils ausgewählt. Ihre Schwester Ping, die in Pennsylvania lebte, hatte ihre beiden Kinder kürzlich an einer Chinesischen Schule angemeldet. Ping behauptete, Feifei und Tong noch nie zuvor so wohlerzogen erlebt zu haben, was eindeutig dem vorbildlichen Verhalten der chinesischen Klassenkameraden geschuldet sei. Ihrer Meinung nach hätte Nan Ivy in Massachusetts niemals auf diese religiöse Schule mit privilegierten Amerikanern schicken sollen. Nan fühlte, dass Ping recht hatte: Ivy sollte unter ihresgleichen sein – chinesische Schüler, die schulische Arbeit und häusliche Pflichten wertschätzten. »Eine Mutter kennt ihre eigene Tochter am besten«, teilte Nan ihrem Ehemann mit. »Ivy lässt sich leicht von anderen beeinflussen. Wenn sie Ärztin werden soll, muss sie Freundschaft mit anderen chinesischen Kindern schließen, die dieselben Ziele verfolgen wie sie. Sie können sie dazu bringen, mehr zu lernen.«

Alles an Clarksville erfüllte Nans Kriterien. An Ivys erstem Tag in der Highschool hatte sie den Eindruck, der gesamte Flur bestehe aus einem Meer aus schwarzen Haaren. An der Grove hatte sie sich so sehr bemüht, sich der Mehrheit anzupassen, aber hier in Clarksville wollte sie nichts zu tun haben mit ihren asiatischen Klassenkameraden und deren Obsession bezüglich Noten, Aufbaukursen und Zusatzaufgaben. Wollte sich nicht den immer gleichen Cliquen anschließen, die durch die Schule eilten, Rucksäcke voller Mathe- und Naturwissenschafts-Lehrbücher sowie mustergültig bestückte Federmäppchen auf dem Rücken. Ab und an lud eine freundliche Seele sie dazu ein, sich beim Mittagessen zu ihnen zu setzen. Ivy warf einen Blick auf die Tupperboxen mit kaltem Reis, Rindfleisch und Sellerie, *lo mein* mit Shrimps und ab und an einem gekochten Ei oder süßem Congee aus der Dose – Variationen ihrer eigenen täglichen Mittagsmahlzeiten. Die Vorstellung, dass andere sie als Teil dieser Gruppe und damit als ihresgleichen betrachten könnten, ließ sie innerlich erschaudern. Sie zog sich immer mehr zurück, ihr Blick schweifte zu den Lacrosse-Spielern und ihren Freundinnen, die im Flur hinter den Musikräumen lachten, und sie fürchtete, sie lachten über sie.

In der zweiten Schulwoche freundete sich Ivy mit dem einzigen weißen Mädchen in ihrem Chemiekurs an, Sarah Wilson. Sarahs Bruder Brett spielte im Nachwuchs-Lacrosse-Team der Universitätsmannschaft.

Um Thanksgiving herum vergnügten sich Ivy und Brett in einem der Musikräume, und Ivy fand heraus, warum der Ort an der Schule so beliebt war: Man konnte die Türen abschließen und das Licht ausmachen, sodass niemand etwas durch die kleine Glasscheibe erkennen konnte. Außerdem waren die Wände schallisoliert.

Um Weihnachten herum hatte der Kitzel, die Freundin eines Lacrosse-Spielers zu sein, seinen Reiz verloren; Ivy sehnte sich nach einem kultivierteren Freund, der Französisch sprach, in Europa gelebt hatte, Gedichte las oder – besser noch – Gedichte schrieb. Ein Freund, der zumindest Songs komponierte, der ihr die Schönheit verborgener Orte offenbarte und ihr eine neue Art zu leben zeigte.

Im Frühling fing sie etwas mit einem dünnen, sensiblen Jungen aus der Theater-AG an, der ganze Monologe des *Hamlet* auswendig gelernt hatte und der mit seinem Zeigefinger Nerven aktivieren konnte, von deren Existenz Ivy bis dato gar nichts gewusst hatte. Schnell fand sie heraus, dass es weitaus prickelnder war, in den dunklen, staubigen Seitenkulissen der Aula Sex zu haben, wenn das grobe Seil des Flaschenzugs an ihrem Rücken scheuerte und leuchtend rote

Spuren auf ihrem Rücken hinterließ wie bei einer Verbrennung, als in dem schalldichten Kokon des Musikraums. Anschließend schlichen sie durch die Seitentür hinaus und teilten sich eine Zigarette unter einem aufgepinselten blauen Himmel. Während er sich über seine langjährige Freundin ausließ – eine Erstsemesterin an einem College in Texas –, zeichnete sie durch das Loch in seiner zerrissenen Jeans Flügel auf sein Knie.

Dann bat Sarah Wilson um eine neue Laborpartnerin. Ivy musste nicht lange überlegen, um sich einzugestehen, dass es Sarah gewesen war, die ihre Berichte geschrieben, die Diagramme gezeichnet und während des Unterrichts laut, Zeile für Zeile, die verwirrenden Anweisungen vorgelesen hatte. Ivy schloss das Schuljahr mit einer mittelprächtigen Durchschnittsnote ab, in Algebra lag sie sogar unter dem Durchschnitt.

Nan war außer sich. Sogar Meifeng ergriff keine Partei für ihre Enkelin. Stattdessen sagte sie scheinheilig: »Deine Mutter ist für deine Bildung zuständig.« Es folgten Beschimpfungen, Drohungen und unzählige Abstecher in die Bibliothek, um zusätzliche Lehrbücher zu besorgen. Ivy setzte dem wenig entgegen. Auch sie war bedrückt wegen ihrer mittelmäßigen Noten. Sie wollte so gern der mühelos-intelligente Typ sein wie Sunrin, doch stattdessen fand sie sich beim asiatischen Bodensatz wieder, wie Jojo. Nan predigte ihr stets, sie möge noch härter arbeiten, aber Ivy hatte den Eindruck, dass sie das bereits tat, zumindest gab sie sich alle Mühe. Allerdings machte es ihr die Furcht vor einer bestimmten Abfrage oder Prüfung mitunter schwer, sich zu konzentrieren. Sie beging den Fehler, dies eines Nachmittags in Nans Gegenwart zu erwähnen. Ihre Mutter blähte die Nasenflügel und kreischte:

»Du weißt doch gar nicht, was harte Arbeit bedeutet! Ihr amerikanischen Kinder kennt keine Verantwortung. Ihr seid faul! Denkt ihr, ihr könnt ewig in diesem Haus leben?«

»Ich hasse dieses Haus«, sagte Austin zwischen zwei Bissen gebratenem Schweinefleisch. »Es stinkt nach Scheiße.«

»Du dummer Junge«, blaffte Nan. »Du bist doch gar nicht fähig, dein eigenes Leben zu führen. Deine Noten sind noch schlechter als die deiner Schwester. Wenn du es nicht aufs College schaffst, endest du auf der Straße, sobald Mama und Baba tot sind.« Das war stets das unausweichliche Ende, das die Lin-Kinder erwartete, sollten sie versagen: Obdachlosigkeit und Hunger.

Am ersten Morgen der Sommerferien platzte Nan morgens um halb sieben in Ivys Zimmer. »Deine Cousine Feifei hat deiner Tante Ping schon mit elf geholfen, die Rechnungen zu bezahlen.« Sie legte einen turmhohen Stapel Post auf Ivys Nachttisch ab. »Sieh die Briefe durch. Deine Großmutter hat recht. Ich muss dir mehr Aufgaben im Haushalt geben. Von jetzt an verwaltest *du* unser Geld.«

Ivy war inzwischen an diese listigen Attacken gewöhnt, trotzdem öffnete sie die Umschläge umständlich langsam und innerlich schäumend. Kontoauszüge, Telefon-, Gas- und Stromrechnungen, Rechnungen für die Autoversicherung. Unmengen an Dollarzeichen und Zahlen.

»Vergiss die hier nicht.« Nan deutete auf die bunten Couponhefte ganz oben auf dem Stapel. »Such nach einem Wasserfilter für unseren Kühlschrank. Du kannst auch anfangen, mich zum Lebensmitteleinkaufen zu begleiten, dann lernst du, wie viel es kostet, diese Familie satt zu bekommen. Das hier« – sie zog einen dicken, quadratischen Umschlag hervor – »ist der Gehaltsscheck deines Vaters. Er kommt zweimal pro Monat. Und hier drin kannst du alles nachverfolgen.« Sie reichte Ivy einen Hauswirtschaftsordner und ein Scheckheft in einer transparenten Hülle, an der ein kleiner Plastiktaschenrechner befestigt war. »Nur zu!«, forderte Nan sie auf.

Doch Ivy fasste den Taschenrechner nicht an. Wie mickrig er aussah, wie eines der billigen Spielzeuge, die selbst Austin nicht haben wollte, wie traurig die abblätternden Ziffern auf den Gummitasten. Die 6 wurde zur 0, die 4 fehlte ganz.

»Es ist nicht leicht, Verantwortung zu übernehmen«, räumte Nan ein. »Mathematik ist in sämtlichen Lebensbereichen wichtig, nicht nur in der Schule.« Sie warf Ivy einen langen, bedeutungsschweren Seitenblick zu, bevor sie sich abwandte.

Es war der schlimmste Sommer in Ivys Leben. Sie war gezwungen, Nan in den China-Star-Supermarkt zu begleiten, zur Bank, zur Tankstelle, zur Post. Sie erstattete Bericht über die wöchentlichen Angebote beim Metzger, rief Telefonanbieter an, um sich wegen eines zusätzlich berechneten Dollars zu beschweren, bat an Kundenserviceschaltern um Rückerstattungen, übersetzte Nans empörte Anschuldigungen in höfliche, auf Englisch gestellte Fragen. Jeden Abend trug sie unter dem wachsamen Auge ihrer Mutter die Quittungen zusammen und heftete sie im Hauswirtschaftsordner ab. Samstagsmorgens bezahlte sie die Rechnungen, die während der Woche per Post eintrudelten. Ihre Mutter überprüfte alles gleich drei Mal, glich mit dem Zeigefinger Ziffer um Ziffer, Buchstaben um Buchstaben ab, als könnten sie sich auf magische Weise neu anordnen, wenn Nan nicht aufpasste.

Befeuert von der Entschlossenheit, nie wieder bei ihrer

Mutter »in die Lehre gehen« zu müssen, schrieb Ivy in der zehnten Klasse gute Noten. Sie lernte mehr als im letzten Jahr, aber nicht so viel, wie Nan annahm. Eine Fehleinschätzung, die Ivy sofort zu ihrem Vorteil ausnutzte. Als sie stundenlang mit ihrem Freund telefonierte, machte sie ihrer Mutter weis, sie müsse mit ihrer Lerngruppe reden. Nan wusste nichts von Brett Wilson oder dem sensiblen Jungen aus der Theater-AG oder dem grünäugigen Klassensprecher oder einem der anderen. Sie sah nur, dass Ivy ständig in ihrem Zimmer war und las – Schulbücher, vermutete Nan – oder Seite um Seite zu Papier brachte – Hausaufgaben, vermutete Nan. Wie Ivy richtig erkannt hatte, verfügte Nan weder über die Mittel noch über das Selbstvertrauen, Ivys schulisches Engagement zu kontrollieren. Auch Meifeng, in ein anderes Stockwerk verbannt, war nicht länger mit Ivys Gepflogenheiten vertraut. Shen war ebenfalls keine Hilfe. Er war von der Versicherungs-gesellschaft, bei der er nach ihrem Umzug nach New Jersey gearbeitet hatte, entlassen worden und verbrachte nun Tag für Tag in der Bücherei, wo er die Stellenangebote in den Ta-geszeitungen durchforstete und »Go« im kostenlosen WLAN spielte. Nan hatte noch keine Arbeit gefunden. Meifeng ging mit Austin nicht mehr zu McDonald's, ganz gleich, wie sehr er sich über die neue Schule beschwerte, die er so hasste, und darüber, dass er in New Jersey keine Freunde hatte und dass die fiesen Kerle aus der Nachbarschaft ihn *fatso* nannten und sein Fahrrad in einen Müllcontainer geschmissen hatten. Jetzt waren die Speichen verbogen, behauptete Austin, und die Rä-der hatten eine Acht.

»Kann ich ein anderes Rad bekommen, bitte?«, fragte er seine Mutter beim Abendessen.

»Nein«, sagte Nan.

»Warum nicht?«.

»Baba hat seinen Job verloren.«

»Freddie Abernathys Vater wurde auch gefeuert, und *er* hatte schon nach einer Woche eine neue Arbeit.«

Shen drehte sich um und schlug Austin mit dem Handrücken ins Gesicht.

»Baba!«, schrie Ivy.

»Lass den Jungen essen«, sagte Meifeng.

Mit zitterndem Kinn schaufelte sich Austin Löffel für Löffel Reis in den Mund. Mit zusammengeschnürter Kehle sagte Shen: »Seht ihn euch an. Ein chinesischer Junge, der nicht einmal weiß, wie man mit Stäbchen isst.«

Für den Rest ihres Lebens würde Ivy an den schrecklichen Frühling in der zehnten Klasse denken, in dem ihre Eltern grau und ausgelaugt wurden, in dem Nan um acht Uhr abends die Lichter ausschaltete und Meifeng anfing, leere Seifen- und Shampooflaschen mit Wasser zu füllen. Die Speisen auf dem Tisch beschränkten sich auf gebratenen Reis, Nudeln und Mehlpfannkuchen; das köstliche fette Fleisch, das frische Gemüse und die gelegentliche Packung Eiscreme – Luxuslebensmittel, von denen Ivy bis jetzt nicht einmal gewusst hatte, wie gern sie sie mochte, waren verschwunden. Eines Nachmittags kam sie nach Hause und verkündete leichthin, dass sie einen Job als Einpackhilfe bei Price Rite an der Route 1 bekommen hatte. Sie hatte großes Lob erwartet – »Was haben wir doch für eine *ting hua*-Tochter!« –, stattdessen aber drehte Shen sich zu Nan um und brüllte: »Wie kannst du es zulassen, dass unsere Kinder arbeiten? Bist du so … so …« – er suchte verzweifelt nach dem richtigen Wort – »… *geldgierig?*«

»Ich wusste nichts davon!«, schrie Nan. In ihren Augen

zitterten stecknadelkopfgroße Tränen. Sie wirbelte zu Ivy herum. »Wenn du deine Zeit an diesem schmutzigen Ort verbringst, anstatt für die Schule zu lernen, breche ich dir die Beine!«

Durch ihre Bekanntschaft mit anderen chinesischen Groß-müttern, die sich im Park des Viertels trafen, hatte Meifeng eine Stelle als *ayi* bei einer taiwanesischen Familie gefunden, die vor Kurzem nach Clarksville gezogen war. Meifeng war dort, noch bevor die Familie wach wurde, um ein warmes Frühstück mit Congee – einer Art Reisschleim –, Eintopf und gedämpften Eiern zuzubereiten. Während die beiden Jungen im Alter von sechs und zehn Jahren in der Schule waren, wischte sie Staub, fegte und saugte jeden Winkel des Hauses mit den vier Schlafzimmern. Nachmittags um vier fing sie an, das Abendessen zu kochen. Als die Familie sich beschwerte, dass ihre Speisen zu würzig und zu fettig seien, bemühte sich Meifeng, ihre Küche an deren feinere Geschmacksknospen anzupassen. Als auch das fehlschlug, gab sie braunen Zucker und Ketchup hinzu, und das schien zu funktionieren. Shen holte sie um sieben Uhr abends ab. Für gewöhnlich war Mei-feng so müde, dass sie es kaum schaffte, ohne Hilfe die vier Stufen bis zur Haustür hinaufzusteigen.

Obwohl Ivy nur noch selten Zeit mit ihrer Großmutter ver-brachte, spürte sie doch deren Abwesenheit. Sie ärgerte sich über die beiden Jungen, die sie sich genauso vorstellte wie Sunrins Kinder, wenn sie die arme *ayi* malträtierten. Auch Meifeng konnte nichts anderes tun, als zu flehen und zu be-stechen. Ivy übernahm die Hausarbeit. Nan bereitete die Mahlzeiten zu. Sie kochte noch sehr viel schlechter als Mei-feng, aber selbst Austin wagte es nicht, sich zu beschweren. Nachdem sie das Geschirr gespült hatte, saß Ivy in ihrem

Zimmer am offenen Fenster und hoffte, dass der Gestank nach Hühnerkacke den Rauch ihrer Zigaretten überdecken würde. Durch die dünnen Wände lauschte sie den endlosen Streitereien ihrer Eltern, in denen lauter ominöse Fachausdrücke aus dem Bankwesen vorkamen, die sie nicht verstand. Nicht einmal Nan hatte noch die Kraft, ihre Tochter in diesen Dingen zu unterweisen, der Druck war einfach zu groß. Ivy begann wieder zu stehlen, aber anders als damals bereitete es ihr keine Freude mehr. Damals hatte Stehlen für sie bedeutet, das System zu überlisten, einfallsreich und eigenständig, wie Meifeng es ihr beigebracht hatte. Jetzt wusste sie, dass Einfallsreichtum und Eigenständigkeit Eigenschaften waren, die aus der Not geboren wurden. Meifeng war einfallsreich und eigenständig. Und jetzt war Meifeng eine *ayi*. Ivy war die Enkelin einer *ayi*.

Der Mangel ließ Ivy vom Überfluss träumen. Sie fantasierte von Kleiderschränken, groß wie ihr Schlafzimmer, von goldenen Amex-Kreditkarten, von Schuhen, die sich bis zur Decke stapelten, von Zigaretten in langen goldenen Zigarettenhaltern, von Juwelen an jedem Finger und einer dreireihigen Perlenkette, von Tellern voller köstlicher Speisen, von denen sie jeweils nur einen Bissen nahm. Sie sehnte sich danach, so vermögend zu sein, dass andere zu ihr aufschauten und dachten: *Was für eine wohlbehütete junge Dame, diese Ivy Lin. Sie hat in ihrem Leben vermutlich niemals einen Finger krumm machen müssen.* Es heißt, Selbstbeherrschung sei eine endliche Quelle, und Ivy kam es nach ihrem sechzehnten Geburtstag so vor, als habe sie bereits für den Rest ihres Lebens sämtliche Disziplin und Mäßigung aufgebraucht und könne sich deshalb keine einzige Sache mehr versagen, nicht einmal eine Tasse Kaffee.

Irgendwann endete jener grauenhafte Frühling. Shen fand keinen Job. Stattdessen stieß Nan auf eine neue Möglichkeit, den Lebensunterhalt zu sichern: Sie klapperte Flohmärkte ab, auf denen sie billige Haushaltswaren erstand, die sie im Internet verkaufte. Eine ihrer ehemaligen Kolleginnen aus der Kloßfabrik – Nan hatte schon eine Weile vor ihrem Umzug nach New Jersey die Stelle gewechselt, weil sie in der Kloßfabrik mehr verdiente als bei ihrem Job als Einpackhilfe – brachte sie auf die Idee, als sie anrief und sich erkundigte, ob Nan schon eine Arbeit gefunden habe. Die Frau berichtete, ihr Neffe schicke ihr gefälschte Designertaschen aus Hunan, die sie mit fünfhundert Prozent Gewinn verkaufte. Mittlerweile habe sie ihr Angebot um Produkte wie Schmuck und Antiquitäten erweitert. Sie behauptete, man könne sogar mit billigen Artikeln allein über die Versandkosten Geld verdienen. Nan äußerte sich dazu eher unverbindlich – sie war eine stolze Frau –, aber in ihrer Verzweiflung erschien ihr jede Idee, die Geld einbringen konnte, wie ein Sechser im Lotto. Fünfhundert Prozent Gewinn – das war eine Rechnung, für die selbst Nan keinen Taschenrechner brauchte. Die Ironie, dass ausgerechnet Nan die Lins zu Haushaltsauflösungen, Garagenverkäufen und Flohmärkten schleppte, entging Ivy nicht. Binnen sechs Monaten entsprach der Gewinn, den die Lins erzielten, Shens ehemaligem Gehalt. Meifeng kündigte ihre Stelle als *ayi*. Sie humpelte jetzt permanent. Jeden Abend massierte sie ihre Knie mit chinesischem Heilkräuteröl, weshalb es im ganzen Haus nach Terpentin roch.

An Weihnachten ging Shen zu Best Buy und kehrte mit einem neuen Dell-Computer zurück. Ivy und Austin kämpften um die Ehre, ihn auszupacken. Meifeng bereitete ein chi-

nesisches Festmahl zu: einen ganzen gedämpften Fisch mit
Essiggemüse, doppelt gekochtes Schweinefleisch, Schüssel
um Schüssel mit geschnittenem Rindfleisch, kalten Nudeln,
gedämpften Schweinerippchen mit Süßkartoffeln und Ivys
Lieblingsgericht: köstliche Schweinebauchscheiben, zuckersüß geschmort und ummantelt mit einer Paste aus roten Bohnen. Nach dem Essen saß Nan auf dem Sofa, den Kopf zurückgelegt, beide Hände im Schoß, die Gesichtszüge weich,
die Lippen zu einem milden Lächeln verzogen. Der Anblick
genügte, um jeden im Haus in einen Zustand unbändiger Euphorie zu versetzen, da sich keiner von ihnen erinnern konnte,
wann er Nan das letzte Mal so entspannt erlebt hatte. Der
Dell-Karton war mit Schaumstoffchips gefüllt gewesen, und
während sich Shen nach dem Genuss von sechs Bier daran
machte, den Computer einzurichten, rannten Ivy und Austin
durchs Wohnzimmer und versuchten, sich die Chips in ihre
Unterwäsche zu stecken.

Ivy sehnte sich danach, in den Norden zurückzukehren, nach
Massachusetts oder Vermont oder Maine – Orte, an denen in
ihrem Kopf stets Herbst war, an denen es nach Kastanien und
Regen duftete, an denen orangerote Blätter unter ihren Leder-
sohlen knisterten. Manchmal war es auch Winter. Sie stellte
sich Blockhäuser vor, seidiges Haar unter flauschigen weißen Ohrenschützern, frischen Schnee, der auf Spitzdächern
und Buntglasfenstern schimmerte. Während all der Jahre in
Clarksville hielt sie Massachusetts für ihr wahres Zuhause,
und sie erzählte ihren Freunden oft von der Grove – »eine
kleine Privatschule, so spießig, dass wir diese unbequemen
Uniformen tragen mussten ...« –, und zwar mit einer ver-
meintlichen Bescheidenheit, die ihren heimlichen Stolz verriet.

»Ich komme aus Massachusetts«, sagte sie. »Und ich habe immer noch Heimweh.« Natürlich kamen ihr nie die Worte *West Maplebury* oder *Fox Hill* über die Lippen. Stattdessen beschrieb sie die ruhigen, von Bäumen gesäumten Straßen, das verträumte Zirpen der Grillen, die Ferien am Meer, wo schaumige weiße Wellen an den Kiessträanden leckten und es in den aus Stein erbauten Landhäusern nach Geißblatt duftete, so lebhaft, dass sie am Ende wirklich glaubte, dies sei die Welt, aus der sie kam und nach der sie sich so leidenschaftlich zurücksehnte.

Ihre Noten reichten für die Aufnahme an einem staatlichen College mit Teilstipendium. Shen und Nan machten ihren Frieden mit dieser Lösung. »Eine Mutter kennt ihre eigene Tochter am besten«, teilte Nan ihrem Ehemann wieder einmal mit. »Das Lernen ist nicht Ivys Stärke. Sie ist gut in *sozialen* Dingen. Hängt ständig am Telefon. Hat so viele Freundinnen. Ping sagt, soziale Kompetenzen sind in Amerika wichtiger als Noten.« Mit »sozialen Kompetenzen« meinte Nan Ivys Fähigkeiten im Umgang mit Jungs. Sie war nicht so blind, wie ihre Tochter dachte. Den Wunsch, Ivy möge Ärztin werden, hatte sie längst aufgegeben. Ihre neue Hoffnung bestand darin, dass Ivy einen Arzt heiratete. Ein chinesischer Doktor würde im Jahr eine sechsstellige Summe verdienen und könnte Ivy ein Haus und zwei Kinder bieten – einen Jungen und ein Mädchen. Sie würden sich in New Jersey niederlassen und ein Gästezimmer für die Großeltern einrichten, die abwechselnd babysitten könnten.

Ivy jedoch hatte andere Pläne. Sie bewarb sich und wurde an einem kleinen Frauen-College in der Nähe von Boston zugelassen. Wie die meisten Mädchen, deren Leben sich um Jungs drehte, verklärte sie die Keuschheit und verpflichtete sich selbst zu strikter Enthaltsamkeit (zumindest tat sie so), da sie dies für das einzige Mittel hielt, sich von ihren leichtsinnigen Entscheidungen reinzuwaschen. Die Studiengebühren an diesem privaten College waren exorbitant. Da sie die letzten beiden Jahre Nans Einkünfte verwaltet hatte, wusste sie, dass ihre Eltern so viel Geld nicht aufbringen konnten, und nahm einen Studienkredit auf.

Als sie ihrer Familie die Nachricht überbrachte, dass sie nun doch nicht zu Hause wohnen und das öffentliche College besuchen würde und – noch katastrophaler – außerdem *Schulden* gemacht hatte, entbrannte der bislang größte Streit zwischen Mutter und Tochter. Ivy war mittlerweile zu kräftig für Nans körperliche Attacken, aber ihre Mutter drohte ihr mit allem, was sie sonst noch zu bieten hatte. »Ich werde mich umbringen, wenn du nicht *ting hua* bist!«, schrie Nan am Ende. Der Tod war ihr letzter Trumpf.

»Du bist doch längst tot!«, brüllte Ivy zurück. »Du bist damals zusammen mit deinem Freund in China gestorben. Wir sind bloß deine Ersatzfamilie!«

Nans Gesicht erschlaffte. Ihr Mund öffnete sich, schloss sich, öffnete sich wieder. »Du hältst mich für tot? Du willst keine Mutter? Schön. Geh. Es wird nichts ändern. Du wirst schon sehen. Ich bin nicht diejenige, die du hasst.«

»Ich habe nichts Falsches getan«, sagte Ivy zu Meifeng. Unter der blau-silbernen Robe für ihre Highschool-Abschlusszeremonie floss der Schweiß. Nan hatte entschieden, nicht teilzunehmen. Die Zeremonie fand im Footballstadion statt, vier Stunden in brütend heißer Sonne. Ivy versuchte, den Arm um Austins dicke Schultern zu legen, aber sie zog ihn schnell wieder zurück, erschrocken über die Feststellung, dass er inzwischen größer war als sie. Die Geschwister grinsten in Shens Kamera.

»Deine Mutter befürchtet, dass du dir deine Zukunft verbaust«, sagte Meifeng zum x-ten Male. »Weißt du eigentlich, wie viele Zinsen diese elenden Banken von dummen Studentinnen wie dir verlangen? Schulden sind wie ein Berg Steine auf dem Rücken einer Schildkröte ...«

»Ich hatte immer schon Schulden«, blaffte Ivy. »Bei *ihr*. Von Anfang an stand ich in ihrer Schuld, genau wie Austin. Sie hält uns für ihre Sklaven, nur weil sie uns zur Welt gebracht hat.«

Meifeng seufzte. Sie reichte Ivy eine Karte, die sie in einem Ein-Dollar-Laden gekauft hatte. Über den Aufdruck *Glückwunsch, Abschlussjahrgang 2000* hatte sie einen Hundert-Dollar-Schein geklebt.

Im August packte Ivy zwei alte Koffer und mehrere Tischlampen in den Kofferraum von Shens Wagen. Austin verabschiedete sich missmutig. Meifeng drückte Ivy einen Gegenstand in die Hand, eingewickelt in Zeitungspapier. Es war ein kleiner Glashund, der auf seinen Hinterbeinen saß. Ivy war im Jahr des Hundes geboren. »Denk dran, gelegentlich mal anzurufen«, sagte Meifeng schroff, bevor sie sich abwandte.

Shen fuhr Ivy nach Boston, sieben Stunden bei stockendem Verkehr. Regen prasselte auf sie herab. Ihr Vater stellte ihre Sachen in ein karges Mehrbettzimmer, das mit braunem Teppichboden ausgelegt war. »Ich habe nie viel zu deiner Erziehung beigetragen«, sagte er zum Abschied, aber wenn ich dir einen Rat mitgeben kann, dann diesen: Sei bescheiden und dankbar für das, was du hast. Erwarte nicht zu viel vom

Leben. Wenn du dich umsiehst, wirst du immer Menschen finden, die besser sind als du.«

Ivys Haut kribbelte vor Groll. Ruhig sagte sie: »Ja, Baba.«

»Deine Mutter wird dir vergeben«, fügte er hinzu. »Mach dir keine Sorgen.«

Aber Ivy machte sich keine Sorgen. Sie war *frei*. Ihre Entschlossenheit, eine alte Verbündete, kam wieder zum Vorschein. Ihr Abschlussspruch im Highschool-Jahrbuch lautete: *Das Beste kommt noch*. Sie glaubte fest daran.

Teil drei

7

Um fünfzehn Uhr vierzig, zwanzig Minuten nach der Abhol-
zeit, stand die sechs Jahre alte Arabella Whitaker immer noch
unter dem efeubewachsenen Vordach und riss ihre Buntstift-
zeichnung von den Rentieren des Weihnachtsmanns in kleine
Fetzen.

»Arabella? Ich rufe schnell Leonine an.«

»Sib holt mich ab.«

»Wer?«

»Meine Cousine.«

Ivy warf einen Blick auf ihr Handy. Da war sie – Ellen
Whitakers E-Mail, dass heute Sylvia, ihre Nichte, Arabella
von der Schule abholen würde, nicht das Au-pair-Mädchen.
Einen Grund dafür nannte sie nicht, aber basierend auf Ellens
Erfolgsbilanz war Ivy überzeugt, dass die schüchterne, kleine
Leonine von Bord gegangen und zurück nach Frankreich ge-
flüchtet war, nachdem sie gerade lange genug durchgehalten
hatte, um ihr »Weihnachtsgeschenk« in Empfang zu nehmen.

Zusammen mit Arabella wartete sie noch fast zwanzig
Minuten, bis ein weißer Sportwagen am Bordstein anhielt,
aus dem eine dünne Blondine stieg. Die Metallspitzen ihrer
Stiefel glänzten im Schnee.

»Sind Sie Arabellas Cousine?«, erkundigte sich Ivy und
straffte die Schultern. Sie hatte sich »Sib« als plumpe Irin
vorgestellt, so wie die auf der Butterpackung in ihrem Lieb-
lings-Co-op.

»Das ist richtig«, sagte die Frau. »Sylvia Speyer. Ellen hat Ihnen eine E-Mail geschickt?«

Der Name wirbelte durch Ivys Kopf wie Staub, der von einem alten Buch aus der Leihbücherei gepustet wurde. Sie tat so, als würde sie einen Blick auf ihr Handy werfen, während sie verstohlen den Kamelhaarmantel der Frau, den schwarzen Schal, der ihr bis auf die Oberschenkel reichte, und das wohlgeformte Profil mit den geschürzten Lippen und der dunklen Pilotenbrille betrachtete. Es wäre möglich, dachte Ivy mit rasendem Herzen.

»Ach, da steht es ja«, sagte sie und schaute auf. »Alles okay.«

»Großartig.« Die Frau bedeutete Arabella, auf den Beifahrersitz zu steigen.

»Kann es sein, dass wir uns schon mal begegnet sind?«, fragte Ivy.

Ein unverbindliches, sympathisches Lächeln trat auf Sylvias Gesicht, das perfekte Lächeln einer Politikerin, die daran gewöhnt war, erkannt zu werden. »Waren wir zusammen in Yale?«

»Nein«, sagte Ivy. »Aber ... Könnte es sein, dass Sie Gideon Speyers Schwester sind?«

Sylvia nickte.

»Ich bin mit Gideon in die Grove gegangen!«, ergänzte Ivy.

»Sie sind Giddys Freundin«, stellte Sylvia fest, einen Fuß bereits im Wagen. »Mach die Heizung an, Belly«, sagte sie in Richtung ihrer Nichte, bevor sie sich wieder Ivy zuwandte. »Ich werde ihm erzählen, dass ich Ihnen begegnet bin, Miss ...«

»Lin. Ivy Lin. Ich bin nach der achten Klasse umgezogen, und wir haben den Kontakt verloren.«

»Nach der achten?« Sylvia trommelte mit den Fingern auf ihre Handtasche. »Wahnsinn.«

Ivy erklärte hastig, dass sie sich nur daran erinnerte, weil sie damals fürchterlich in Gideon verknallt gewesen sei. »Wir sind uns am Abend von Gideons Geburtstagsfeier ebenfalls begegnet. Ich habe die fantastischen Urlaubsfotos an der Wand bewundert ... und Ihren Dad! Er war so lustig. Ist er noch im Amt?«

Arabella rief, dass sie zu spät zum Ballettunterricht kämen.

»Deine Mommy sagt, du darfst heute schwänzen«, gab Sylvia über die Schulter zurück. »Wir machen ein paar Fotos für die Zeitschrift von meiner Freundin. Du liebst es, zu modeln, nicht wahr, Kätzchen?« Sie hatte den Fuß zurück auf den Gehsteig gestellt.

»Wenn Sie es eilig haben ...«, murmelte Ivy.

»Ganz und gar nicht.« Sylvia setzte ihre Pilotenbrille ab. Ihre Augen waren bernsteinfarben und erinnerten im kalten Dezemberlicht an Bienenwaben. Eine Hand leicht auf das Wagendach gestützt, erzählte sie, dass ihr Vater mittlerweile im Ruhestand und mit ihrer Mom nach Beacon Hill gezogen sei. Gideon habe gerade promoviert und arbeite in Boston bei einer Firma im Gesundheitssektor. »Irgendwas mit Thermometern, aber das solltest du ihn besser selbst fragen.« Sie hielt kurz inne. »Soll ich dir seine Nummer geben? Wir sagen doch Du, oder?«

»Ja, klar.« Ivy nickte. »Aber was seine Nummer angeht – lieber nicht. Vielleicht erinnert er sich gar nicht mehr an mich.«

»Er erinnert sich an jeden.«

Ivy erwiderte nichts.

Abwesend, als rufe sie sich eine weitere Erinnerung ins Gedächtnis, fuhr Sylvia fort: »Was für ein Zufall, jemandem von der Grove zu begegnen ... Hat es dir dort gefallen?«

»Ähm ... nein.«

»Ich habe die Schule ebenfalls gehasst«, pflichtete Sylvia ihr bei. »Ein klaustrophobischer Ort – wie in diesem Song von Radiohead über die Plastikbäume. Ich konnte es kaum erwarten, von dort wegzukommen, und ich habe mir geschworen, nie mehr zurückzukehren. Doch jetzt sind wir hier, weniger als eine Autostunde entfernt.« Sie stieß einen kleinen Seufzer aus. »Wir konnten nicht entkommen.«

»Trotzdem ist es nicht dasselbe«, wandte Ivy ein.

»Nein, vermutlich nicht.« Das darauf folgende Schweigen war der erste echte Moment zwischen ihnen. Der kleinen Falte zwischen Sylvias Augen, dem verwirrten Stirnrunzeln entnahm Ivy, dass sie genauso verwundert dreinschaute wie Gideons Schwester.

Arabella drückte auf die Hupe.

»Ich würde liebend gern ...«, begann Ivy, genau im selben Moment, in dem Sylvia sagte: »Wenn du ...« Sie lachten.

Sylvia kramte in ihrer überquellenden Umhängetasche und zog ihr Handy heraus. »Gib mir deine Nummer ... Wenn du am Einunddreißigsten noch nichts vorhast – ich schmeiße bei mir zu Hause eine kleine Silvesterparty. Würde mich freuen, wenn du kommst. Gideon wird ebenfalls da sein, dann könnt ihr zwei euch auf den neuesten Stand bringen, was in der Zwischenzeit so alles passiert ist. Du kannst auch gern einen Freund oder Partner einladen.«

Ivy nannte Sylvia ihre Telefonnummer, dann fügte sie voller Bedauern hinzu, dass sie allein kommen werde.

»Ich habe dir meine Adresse geschickt.« Sylvia sah von ihrem Handy auf. »Die Party beginnt um zwanzig Uhr dreißig. Ich hoffe wirklich, dich wiederzusehen.« Sie beugte sich vor. Ivy dachte, Gideons Schwester wolle sie umarmen, aber Sylvia drückte nur freundschaftlich ihren Arm. Dann stieg sie ins Auto. Die Wagentür fiel zu. Zurück blieb ein Duft, an den sich Ivy nur allzu gut erinnerte: Zitrone und der Ozean.

Ihre Augen füllten sich mit Tränen.

Trotz eines ausgiebigen Bads fühlte sich Ivy aufgewühlt und unbehaglich. Ihre Wangen glühten vom heißen Wasser. Sie hatte vergessen, ihre Hausschuhe mitzunehmen. Ihre nassen Fußabdrücke auf dem Holzboden sahen irgendwie unheimlich aus. Sie wünschte sich inständig, sie könnte mit jemandem reden, aber Andrea, ihre Mitbewohnerin, war noch nicht von der Probe zurück. Warum habe ich keine Freundinnen?, fragte sie sich verzweifelt und zog die Rollläden hoch, um das letzte bisschen Tageslicht hineinzulassen. Ihr Selbstmitleid verflüchtigte sich mit dem eisigen Luftzug, der von der Fensterbank hereinblies. Sie hatte sich nie nach Freundinnen gesehnt, und sie glaubte nicht an platonische Freundschaften mit Männern.

Jetzt kroch sie unter die Bettdecke und drückte sich an die lauwarme Heizung. »Gideon Speyer«, murmelte sie in ihr Kissen. Sie hatte den Namen seit über einem Jahrzehnt nicht mehr ausgesprochen. Er brachte all die hoffnungsvollen Gefühle zurück, von denen sie geglaubt hatte, sie würde sie nach der Trennung von Daniel Sullivan nie wieder empfinden. Erst gestern hatte sie mit Magenschmerzen im Bett bleiben müssen, weil sie eine Postkarte von Daniel erhalten hatte – von einer Bergkette. Ein Mann mit Flanellhemd und russischer Biberpelzmütze stand mit dem Rücken zur Kamera auf dem Gipfel, neben sich einen Bernhardiner. *Frohes Fest!*, hatte er geschrieben – ohne Absender. Zwei Jahre ihres Lebens, und sie war ihm nicht einmal eine Adresse wert.

Daniel hatte sie eine Woche vor Thanksgiving verlassen, unmittelbar vor ihrer Fahrt nach Vermont. Andrea war sich sicher gewesen, dass er ihr einen Antrag machen wollte. Warum sonst hätte er sie über die Feiertage zu seiner Familie einladen sollen? »Ich weiß, dass du dir nichts aus solchen Dingen machst«, hatte sie gesagt, »aber ich glaube, die Sullivans sind stinkreich.« Ivy war zusammengezuckt. Andrea fing an, die Hinweise auf Daniels heimlichen Wohlstand herunterzurattern – das Blockhaus am See, das Ferienhaus in Florida, die jährlichen Wanderurlaube zum Kilimandscharo und zum Fudschijama, ganz zu schweigen von den häufigen Vier-Tages-Bergtouren in die White Mountains in New Hampshire, für die er sich von der Arbeit beurlauben ließ (er war stellvertretender Leiter für Finanzen in der Schmuckfirma seiner Mutter), scheinbar ohne Konsequenzen –, und Ivy tat so, als habe sie nichts von all dem bemerkt.

Doch es hatte kein Vermont gegeben, keinen überraschenden Antrag, keine Blumen für Mrs. Sullivan. »Ich kann mir einfach nicht vorstellen, dich zu heiraten«, hatte Daniel in der erstickenden Hitze seines Wagens verkündet – eine Aussage, die auf ein gewöhnliches Abendessen mit anschließendem, gewöhnlichem Kinobesuch folgte, was den Verrat noch um einiges schlimmer machte. »Wer sagt, dass ich heiraten möchte?«, hatte Ivy erwidert. Daniel drückte das Brillengestell auf seine Nase und atmete langsam aus, wobei er wie ein pfeifender Teekessel klang. »Siehst du? Das ist es ja gerade. Du bist so verhalten. Ich weiß nie, was du denkst.« Eins führte zum anderen, und bevor Ivy wusste, wie ihr geschah, teilte er ihr mit, dass es aus war, und zwar endgültig. Er hielt sie zwei Minuten im Arm, während sie weinte – »Ich bin nicht verhalten, ich bin *absolut ehrlich* zu dir … Ich habe mich noch nie jemandem so geöffnet, wie ich mich dir geöffnet habe …« Als sie wieder zu Hause war, krümmte sie sich vor Schmerz darüber, wie sie vor ihm zu Kreuze gekrochen war.

Um sich nach der Trennung von ihm loszusagen, schlief Ivy im Dezember mit sieben verschiedenen Männern – oder waren es acht? Andrea und sie waren Stammgäste in einer Nobelbar in der Commonwealth Avenue, die sich Dresdan's nannte. Die Männer waren überwiegend Pharmavertreter oder Finanzfuzzis aus anderen M-Staaten – Michigan, Maryland, Minnesota –, und sie trugen alle Uniform: Khaki und Kornblumenblau. Andrea saugte sie an mit der Macht ihrer sinnlichen Lippen, die sie um den Strohhalm in ihrem Cocktail schloss, während Ivy, schlicht und bescheiden im Vergleich zu den üppigen Reizen ihrer Freundin, vom Tisch abrückte und den Blick gelegentlich unruhig durch den Raum schweifen ließ. Nach einer Weile sagte Andrea: »Du bist so still, Ivy! Setz dich doch zu uns«, und Ivy tat so, als habe sie die Anwesenheit des Mannes gerade erst bemerkt. »Was machst du so?«, fragte man sie, und sie antwortete: »Ich bin Grundschullehrerin, an der Kennedy School.« Jeder waschechte Bostoner war auf die Kennedy oder eine der verschiedenen Partnerschulen gegangen, und ganz gleich, ob die Männer sie kannten oder nicht – sie strahlten allesamt wie Halloween-Kürbisse, legten eine Hand auf ihr Knie und sagten: »Du kannst bestimmt gut mit Kindern umgehen. Ich *liebe* Kinder. Meine Nichte …« Es fanden sich Nichten und Neffen in Hülle und Fülle, deren Fotos die Männer auf ihren Handys aufriefen und ihr vor das Gesicht hielten. Ivy empfand oft Verachtung für Andrea, für das offene Vergnügen, das sie aus diesen dreisten Verführungen zog, aber noch mehr verachtete sie sich selbst. Sie spielte dieselben Spiele, verspürte denselben billigen Kick des Eroberns, trotzdem schien es ihr angebracht, ihr Vergnügen zu verbergen. Was sagte das über ihren Sinn für Anstand aus? Ihr Schamgefühl?

Am Tag nach Ivys zufälliger Begegnung mit Sylvia Speyer rief Nan an, um ihr mitzuteilen, dass sie Ivys Scheck über dreihundert Dollar erhalten habe – ein monatliches Schuldopfer, das Ivy ihr schickte, um selbst fernbleiben zu können. Nan erkundigte sich, ob ihr Plan noch stand, Daniel zum Neujahrsfest mit nach Clarksville zu bringen.

»Es hat nicht funktioniert«, teilte Ivy ihr kurz angebunden mit. Sie hatte dieses Eingeständnis seit Wochen vor sich hergeschoben, doch nun erschien es ihr irgendwie erträglich in Anbetracht der Hoffnung, Gideon Speyer wiederzusehen – fast so, als böte er ihr eine Art mentale Rüstung gegen Nans Kritteleien.

»Was ist passiert?«

»Seine Eltern sind geschieden.« Sie dachte, das sei Grund genug, die Verachtung ihrer Mutter zu wecken, aber Nan gab nur ein unverbindliches Grunzen von sich.

»Du bist jetzt fast siebenundzwanzig. Du solltest nicht so wählerisch sein. Die Tochter von Tante Pings Freundin ist in deinem Alter, und es ist bereits das zweite Kind unterwegs. Wer weiß, ob du sofort schwanger wirst. Glaub ja nicht, dass du das Kinderkriegen einfach so aufschieben kannst. Das will sorgfältig geplant sein. Mit jedem Jahr, das verstreicht …« Ivy konnte Meifeng im Hintergrund hören, die ihrer Mutter vehement beipflichtete und anschließend den Hörer verlangte.

»Ich komme nächste Woche auch nicht nach Hause«, sagte Ivy.

»Warum nicht?«

»Ich gehe zu einer Silvesterparty. Vielleicht kann ich dort jemanden überreden, mich zu schwängern.«

Sylvias Apartment lag an einer breiten, lauten Straße mit einer kunterbunten Mischung aus Brownstone-Häusern, Ziegelgebäuden ohne Fahrstuhl, Hipster-Boutiquen, in denen handgefertigte Möbel verkauft wurden, kleinen Läden mit Käse aus Wisconsin, irischen Pubs und graffitibesprühten Wänden mit profunden Botschaften über Gott, Waffen und Gras. Ivy kam an mehreren alten Kirchen und Verwaltungsgebäuden mit schönen Buntglastüren vorbei. Neben einem koscheren Deli stieg sie eine schmale Treppe hinauf und läutete an der Tür.

Sylvia öffnete ihr in schwarzer Seidenwickelbluse und Lederminirock, Strümpfe trug sie keine. Ihre Füße steckten in violetten Samtpantoletten mit Goldquasten. Nur wenige Frauen konnten ein solches Outfit tragen, ohne wie eine Prostituierte auszusehen, und Sylvia zählte dazu. Ivy reichte ihr die Flasche Rotwein, die der Sommelier von der Weinbar ein Stück die Straße hinunter ihr empfohlen hatte. »Tolle Wohnung«, sagte sie und sah sich in dem mit dunklen Holzpaneelen verkleideten Raum um, der auf den ersten Blick unbeleuchtet wirkte. Erst als sich ihre Augen an das Dämmerlicht gewöhnt hatten, bemerkte sie die unzähligen Kerzen, die in den von Wand zu Wand reichenden Bücherregalen zwischen den verschiedenen Hängepflanzen flackerten. Die dichten Ranken wuchsen bis auf den Boden, wo sie einen grünen Teppich bildeten.

Ivy war der erste Gast. Sie hatte gedacht, Sylvia hätte für acht Uhr eingeladen, doch als sie einen diskreten Blick auf die Textnachricht warf, stellte sie fest, dass dort zwanzig Uhr dreißig stand. Jetzt kam sie sich albern vor, weil sie so früh gekommen war.

Sylvia schien großen Wert darauf zu legen, ihr mitzuteilen, dass Gideon sich verspätete, was Ivy ärgerte, denn es unterstellte, dass sie seine Ankunft sehnsüchtig erwartete, was natürlich stimmte. Sie bot an, in der Küche zu helfen, aber Sylvia sagte, es gebe nichts zu tun. Sie zeigte Ivy den Spirituosenwagen, forderte sie auf, sich zu bedienen, und verschwand ohne Erklärung im Flur.

Ivy vertrieb sich die Zeit, indem sie durch ein Fotoalbum auf dem Couchtisch blätterte. Ein alter Plattenspieler auf einem massiven Mahagonischreibtisch spielte klassische Musik. Die Schreibtischplatte war übersät mit seltsamen Dingen. Ivy sah eine Zeichnung, die einen alten Mann zeigte, eingetrocknete Pinsel, halb leere Ölfarben, ein Lexikon, aufgeschlagen bei einer Seite über die Kunst des Rokoko, eine Messinghand, mehrere Stapel mit Dankeskarten und getrocknete gelbe Rosen in einer dickbauchigen blauen Vase mit eingravierten Siamkatzen. Sie nahm eine der mit Blumen verzierten Karten und steckte sie in ihre Manteltasche.

Die Polster des Sessels in der Ecke hatten ein Rosenmuster und sahen aus, als stammten sie direkt aus einem englischen Schloss, genau wie die farblich abgestimmten Holzmöbel, von Ahorn bis Walnuss. Aus reiner Neugier spähte sie unter den Klappecktisch neben dem Sofa. Auf einem Papieretikett an der Rückseite stand: *Machart Nr. 35; Farbton Nr. 14. Bendt Jessen Co. Inc.* Sie holte ihr Handy hervor und tippte *Bendt Jessen* ein. Als erstes Ergebnis erschien der Preis für einen unscheinbaren Holzstuhl: 3950 $.

»Was machst du da?«, fragte Sylvia, die im selben Moment ins Wohnzimmer zurückkehrte.

»Ich dachte, ich hätte meinen Ohrring verloren«, antwortete Ivy.

Um fünf vor neun klopfte jemand an die Tür. Aus dem Badezimmer rief Sylvia, die gerade ihr Make-up auflegte, ob Ivy aufmachen könne.

Ivy glättete ihre Haare, setzte ein Lächeln auf und öffnete mit einem überschwänglichen »Hallo!« die Tür. Ein Pulk von Leuten strömte lärmend und lachend an ihr vorbei. Ein rascher Blick zeigte ihr, dass Gideon nicht darunter war. »Ivy Lin«, stellte sie sich wieder und wieder vor, drückte weiche Finger, küsste samtige Wangen. Die Gäste schienen sich alle untereinander zu kennen, wenn auch nicht immer mit Namen. Jemand tauschte die klassische Symphonie gegen eine Rock-Schallplatte. Der Geräuschpegel schwoll an. Sylvia schwebte aus der Küche, ein Tablett mit Oliven und Käse in der Hand. Alle begrüßten die Gastgeberin, und Ivy schloss sich an, als wäre auch sie gerade erst eingetroffen. Ein Mann mit Melone reichte ihr ein langstieliges Glas. Durstig stürzte sie den Wein hinunter. Die Ankunft so vieler Menschen ließ die Temperatur im Raum ansteigen; an Ivys Haaransatz bildeten sich Schweißperlen. Sie schenkte sich ein weiteres Glas ein und quetschte sich auf ein freies Fleckchen auf dem Sofa, neben einen Franzosen namens Mathéo. Über Mathéos Schulter hinweg hatte sie einen freien Blick auf die Eingangstür. Jedes Mal, wenn die Tür aufschwang, beschleunigte ihr Herzschlag, dann normalisierte er sich wieder, wenn sie sah, dass ein Fremder die Wohnung betrat. Sie fürchtete und freute sich gleichermaßen auf Gideons Ankunft. Furcht und Vorfreude – waren das nicht die zwei Seiten ein und derselben Medaille?

Als Gideon endlich eintraf, kam er ohne zu klopfen herein und machte sich direkt auf die Suche nach Sylvia. Ivy sah nur seinen Hinterkopf, der in der Menge verschwand, dennoch wusste sie mit Bestimmtheit, dass sie soeben nach dreizehn Jahren Gideon Speyer wiedergesehen hatte.

Sie wandte sich Mathéo zu und sah ihn mit sanften, glänzenden Augen an. Es war, als hätte sich ein Schalter umgelegt. Mathéo realisierte, dass er mit einem schönen Mädchen sprach. Ivy legte den Kopf schräg, um die Haarsträhnen, die Kinn und Hals umspielten, nach hinten zu werfen; sie berührte wiederholt ihre Unterlippe, um seine Aufmerksamkeit auf ihr sorgfältig nachgezeichnetes Lippenherz zu ziehen. Sie sprach schnell, mit lebhaften Gesten, beugte sich vor, sodass ihre und Mathéos Gestalt ein umgedrehtes V bildeten. Jemand tippte ihr auf die Schulter. Mitten im Satz blickte sie auf, die Lippen noch zu einem feinen Lächeln verzogen wegen etwas, das Mathéo gesagt hatte.

»Entschuldigung, dass ich unterbreche. Erinnerst du dich an mich, Ivy?«

Für eine verwirrende Sekunde sah sie ihn weiter lächelnd an, dann wechselte sie zu einem Ausdruck überraschten Wiedererkennens. »Natürlich erinnere ich mich an dich! Du bist so groß geworden, Gideon!« Sie stand auf, und sie umarmten einander herzlich. Als er einen Schritt zurück machte und sie ihm ins Gesicht blickte, verspürte sie eine beinahe schmerzhafte Freude bei der Feststellung, wie wenig er sich verändert hatte, abgesehen davon, dass sie ihn *noch* toller fand als in ihrer Erinnerung. Er hatte dasselbe verschmitzte Lächeln wie früher, die intelligenten Augen in einem markanten, nachdenklichen Gesicht, die gerade Nase, die ausgeprägten Wangenknochen. Die Vorstellung, sein Erfolg könnte ihm zu Kopf gestiegen sein, hatte sie schrecklich eingeschüchtert, doch als sie ihn jetzt in Fleisch und Blut vor sich sah, wurde ihr klar, dass er weder kühl noch versnobt war. Wenn überhaupt, schien er weicher geworden zu sein.

Sie blieb stehen, um mit ihm zu reden, was einen verstimmten Mathéo dazu zwang, sich dem Pärchen rechts neben ihm zuzuwenden.

»Wie lange ist das jetzt her?«

»Eine Ewigkeit«, sagte Ivy und steuerte auf eine Ecke des Wohnzimmers zu, wo sie ungestört waren.

»Sylvia hat mir erzählt, du bist Arabellas Lehrerin?«

»Ja! Wie klein die Welt doch ist!«

Sie und Gideon gingen schnell die gemeinsamen Schulbekanntschaften aus ihrer Zeit an der Grove durch, dann sprachen sie über Arabellas Eltern, Gideons Eltern und natürlich auch über Sylvia (Ivy berichtete über ihre überraschende Begegnung mit seiner Schwester, nur dass sie es so aussehen ließ, als sei das Wiedererkennen wechselseitig gewesen). Anschließend kamen sie auf die letzten Jahre zu sprechen. Ivy ließ den Namen des Colleges fallen, das sie besucht hatte, und Gideon stellte überrascht fest: »So nahe! Ich war nur einen Steinwurf entfernt in Harvard ...«

»Wirklich? Ich kann nicht glauben, dass ich dir nie auf einer der Wohnheimpartys über den Weg gelaufen bin!«

»Bei welchen warst du denn?«

»Oh, hauptsächlich im Currier ...«

»Ich war im Eliot ...« Gideon grinste.

»Die Partys im Eliot waren schrecklich.«

»Die *schrecklichsten*, um genau zu sein. Ich habe ein paar davon geschmissen.«

»Und sonst? Wie ist es dir so ergangen?«, fragte Ivy, nachdem das Gelächter verebbt war. »Wohin haben dich deine Abenteuer geführt?«

In unprätentiösem Ton erzählte Gideon, dass er während der letzten zwei Jahre für die Clinton Health Access Initiative gearbeitet hatte, bevor er wegen des Master-Abschlusses nach Kalifornien zurückgekehrt war. Jetzt arbeitete er an der Entwicklung eines medizinischen Thermometers, mit dem sich die Ausbreitung von Krankheiten verfolgen ließ. Ivy war bereits genauestens informiert. Nachdem sie Sylvia begegnet war, hatte sie alles über die Speyers recherchiert – Stammbäume, Abschlussfotos, Hochzeitseinladungen, einen Artikel über den Whitaker-Zeitungskonzern, an dem Poppy Caroline Whitaker beteiligt war, Ted Speyers Ruhestand und sogar eine Einladung zur Taufe, die irgendein entfernt verwandter Speyer als Word-Dokument hochgeladen hatte. Daher wusste sie auch über die Details Bescheid, die Gideon nicht erwähnte: dass er seinen Master in Stanford gemacht hatte, dass er zwei Jahre in Folge vom Magazin *Forbes* auf die 30-Under-30-Liste gewählt worden war.

»Ich wollte immer in Kalifornien leben«, sagte sie, sorgfältig darauf bedacht, Stanford außen vor zu lassen.

»Ach wirklich? Mach das, es ist echt locker.« Sein Ton legte nahe, dass er eher nicht auf »locker« stand. »Ich freue mich, wieder hier zu sein. Die alte Clique ist großteils noch da. Wir sind alle riesige Celtic-Fans, und wann immer wir Zeit haben, gehen wir zusammen zu den Heimspielen.«

Ivy dachte, er würde sie jetzt einladen, zur »alten Clique« zu stoßen, doch seine Augen schweiften durch den Raum, dann legte er ihr die Hand auf die Schulter und entschuldigte sich, um eine Freundin zu begrüßen. Sie hatte kaum Zeit, »Kein Problem – bis später« zu sagen, da war er auch schon verschwunden und sprach mit einer älteren Brünetten in einem moosgrünen Kleid.

Ivy spürte, dass es wichtig war, dies nicht persönlich zu nehmen. Anders als Daniel zogen Männer wie Gideon gelassene, geheimnisvolle, unabhängige Frauen vor; er und seine Freundin wären wie zwei Planeten, die ein und dieselbe Sonne umkreisten – ihre Arbeit. Im Nachhinein betrachtet, war Daniel alles andere als ehrgeizig gewesen.

Beim Abendessen wählte sie einen Platz weit weg von Gideon am anderen Ende des Tisches. Der Mann mit der Melone setzte sich neben sie und stellte sich als Nicolas, Fotograf, vor. Als sie sich erkundigte, was er denn fotografiere, grinste er derart überheblich, dass sie sich fragte, wie sein Ego unter seinen Hut passte. »Das Leben«, antwortete er. Als würde ihm plötzlich klar, dass sie während der gesamten Mahlzeit Konversation betreiben mussten, mäßigte er seinen Ton.

»Woher kennst du Sylvia?«, fragte er.

»Ich bin ihr erst vor Kurzem wiederbegegnet«, sagte Ivy. »Kennst du sie schon lange?«

Er schüttelte den Kopf. »Ich habe sie gerade erst kennengelernt.«

Auf dem Tisch standen lachsfarbene Platzteller, die Leinentischdecke und Servietten in Elfenbein waren perfekt gebügelt, die Kerzen angezündet, im Hintergrund erklang gedämpfte Musik. Der Brotkorb wurde herumgereicht. Ivy biss in ein Mohnbrötchen. Sie spürte, wie ihr Magen gluckerte, als das warme Gebäck durch ihre Speiseröhre rutschte, und sie stellte fest, dass sie auf dem besten Wege war, betrunken zu werden.

Sylvia servierte einen weißen Fisch in zitroniger Soße mit Kartoffeln und fein gehackter Petersilie; als Nächstes kam Lamm, perfekt medium gebraten, der rosa Saft lief in den locker-duftigen Couscous. Das Gespräch plätscherte ohne konkrete Richtung oder Kontext dahin, wie ein Whirlpool, in den beliebige Geschichten und Namen geworfen, durcheinandergewirbelt und vermischt und in veränderter Form wieder ausgespuckt wurden – je obskurer, desto besser. Jede Clique hat ihre eigene soziale Währung, und bei diesem speziellen Zusammentreffen ging es darum, *interessant* zu sein. Als Mousse au chocolat und Kaffee serviert wurden, war Ivy so pappsatt, dass sie die Magensäure schmeckte, die in ihrer Speiseröhre aufstieg.

Während des ganzen Essens hatte Gideon nicht zu ihr herübergesehen.

Um kurz vor Mitternacht drängten sich alle hinaus auf den Balkon. Ivy versuchte, sich zu Gideon durchzuschieben oder zumindest Augenkontakt herzustellen, doch er kehrte ihr den Rücken zu. Sie zählten die Sekunden bis Neujahrsbeginn. Glocken läuteten, Feuerwerk explodierte über der Stadt, so hell, dass sich der Nachthimmel leuchtend saphirblau verfärbte. Ein Joint ging herum, dann ein zweiter. Gideon, bemerkte Ivy, zog nicht daran.

Als sie wieder drinnen waren, setzte Nicolas zu einem wortgewaltigen Vortrag über die Verbreitung von Online-Plattformen an, die massenhaft Kunstdrucke (grauenhafte, kommerzielle Pseudokunst) anboten. Einer der Umstehenden wischte eine der Pflanzenranken auf dem Fußboden zur Seite und rief: »Halt einfach die Klappe, Kumpel.« Genau dieser Satz war Ivy schon den ganzen Abend über durch den Kopf gegangen, und sie lachte, bis ihr die Tränen kamen. Sie konnte Sylvias Blick auf sich spüren, kühl und ablehnend, losgelöst von ihnen allen in ihrer wundervollen Überlegenheit. Doch als sie zu ihr hinübersah, wippte Sylvia mit geschlossenen Augen in ihrem Sessel und schnippte mit den Fingern, voll und ganz in die Musik versunken. Ivy stand auf, um auf den Balkon hinauszugehen und sich der kleinen Gruppe von Rauchern anzuschließen. Sie hörte, wie Gideon zu der Brünetten sagte: »Ich hasse den Gestank von Zigaretten«, die sich daraufhin entschuldigte und ins Bad ging.

Als Ivy ins Wohnzimmer zurückkehrte, zeigte die goldene Uhr auf dem Kaminsims drei Uhr fünfunddreißig. Sylvia hatte sich auf dem Sofa zusammengerollt wie ein geschmeidiger goldener Luchs, umhüllt vom flackernden Kerzenschein. In ihren Händen blitzten zwei Stricknadeln auf, die sich mit unglaublicher Geschwindigkeit bewegten. Was immer sie da strickte, war grau und formlos. Sie hielt inne und winkte Ivy und Gideon zu sich. »Hattet ihr zwei einen schönen Abend?«, fragte sie, als wären sie die Ehrengäste gewesen, die Einzigen, deren Meinung zählte. Ihre Frage hätte Ivy gerührt, hätte sie nicht mitbekommen, dass Sylvia während des Essens auch mit allen anderen Gästen so gesprochen hatte.

»Das Essen war fantastisch«, sagte Ivy.

»Vor allem das Lamm ...«, Gideon drückte die Schultern seiner Schwester. »Sonst bekomme ich ja nie ein selbst gekochtes Essen.« Er grinste Ivy an, als amüsierten sie sich über einen Insider-Witz. Dann warf er einen Blick auf seine Armbanduhr. »Ich muss jetzt los – ich treffe mich mit Tom zum Brunch.«

»Tommy, Tom, Tom«, sagte Sylvia träge. Ihre Stricknadeln blitzten. »Datet er noch immer dieses Mädchen aus Michigan?«

»Ja – Marybeth. Ich habe die beiden seit Thanksgiving nicht mehr gesehen.« Gideon schaute erneut auf die Uhr.

Sein bevorstehender Aufbruch ließ Ivys Entschlossenheit, sich zurückzuhalten, schmelzen. »Sprecht ihr von dem Tom, der mit uns in die Grove gegangen ist?«, erkundigte sie sich. Tom Cross, Gideons bester Schulfreund, war am häufigsten auf Gideons Facebook-Posts zu sehen. Sie wusste, dass es weit hergeholt war, bei dem Namen »Tom« gleich an Tom Cross zu denken, da alle Toms auf der Welt in Boston zu leben schienen, doch es war zu spät. Sie war betrunken, ihre Hemmschwelle ging bedenklich gegen null.

»Du erinnerst dich an ihn?«, fragte Gideon überrascht.

»Sicher.« Ivy zupfte einen Fussel von der Sofalehne. »Ihr Jungs habt Fußball gespielt. Alle Mädchen standen auf ihn.«

»Ja, das ist er.« Gideon lächelte kurz. »Er hat sich nicht sonderlich verändert.«

»Ach, herrjemine, Giddy«, schaltete sich Sylvia ein. »Muss ich denn alles für dich erledigen?« Sie schürzte die Lippen. »Ivy, *bitte* begleite meinen Bruder und Tom zum Brunch. Ich schwöre dir, er ist nicht schwer von Begriff, er ist nur etwas langsam …«

»Oh!«, rief Ivy. Hitze kroch ihr den Hals hinauf. »Ich wollte nicht …«

»Wenn du noch nichts vorhast …«, sagte Gideon freundlich, ohne seine Schwester anzusehen.

»Ich möchte nicht das dritte Rad sein«, sagte Ivy, außerstande, ein nervöses Kichern zu unterdrücken. Sie hatte das Gefühl, emotional überzusprudeln, und rang verzweifelt nach Fassung.

»Du rettest *mich* davor, das dritte Rad zu sein«, entgegnete Gideon. »Tom bringt Marybeth mit.«

»Nun, wenn ich dich *rette* …«, sagte Ivy.

Sie tauschten ihre Telefonnummern aus, und Gideon bestand darauf, sie abzuholen, obwohl sie abwinkte und sagte, sie könnten sich auch vor Ort treffen.

»Es hat Spaß gemacht, wie immer, Sib.« Gideon küsste seine Schwester auf die Wange. Er zögerte kurz, dann beugte er sich vor und küsste auch Ivy. Seine Lippen waren warm und trocken.

Ivy sah zu, wie die Tür hinter ihm zufiel. Sie konnte sich das katzenhafte Lächeln, das ihre Mundwinkel nach oben wandern ließ, nicht verkneifen, und stellte fest, dass Sylvia sie mit einem seltsamen Gesichtsausdruck anstarrte. Ivy brach in Gelächter aus. Es klang künstlich. »Was machst du da?«, fragte sie.

»Einen Pulli. Für meinen Freund.«

Ivy versuchte, sich die gertenschlanken, in Leder gekleideten Männer vorzustellen, die die ganze Nacht über an Sylvias Seite gewesen waren, aber sie war zu abgelenkt gewesen von Gideon, um jemand Speziellen zu bemerken. »War er heute Nacht hier?«

»Er ist diese Woche in Las Vegas. Er hasst meine Dinnerpartys. Das ist so, als wollte man eine Katze in die Badewanne zerren. Genau genommen hasst er alles Kultivierte.« Sylvia runzelte die Stirn, weil sie eine Masche fallen lassen hatte. »Hier, kannst du mal halten?«

Ivy nahm das Knäuel und sah zu, wie Sylvia alles wieder aufribbelte, Masche um Masche, fasziniert von den akkuraten Reihen.

Kurz darauf ging sie durch das enge Treppenhaus, in dem es nach Zimt und Würzmischung roch, dann stand sie draußen auf dem Asphalt, den Mantel über einen Arm gelegt, die Handtasche in der Armbeuge des anderen. Es war kurz nach vier Uhr morgens. Sie stolperte in das Deli an der Ecke und kaufte sich eine Schachtel Zigaretten. Anschließend hielt sie ein Taxi an und fuhr dreißig Minuten quer durch die Stadt, ihr Gesicht mit dem albernen Grinsen gegen die schmutzige Autoscheibe gelehnt.

8

Tom Cross bekam das Älterwerden gar nicht gut. Wässrige Sonnenstrahlen schimmerten auf seinem sorgfältig gekämmten Haar und dem blassen, von zu vielen vergnüglichen Stunden aufgedunsenen Gesicht. Er sah aus wie eine braune Seeanemone mit einem rosa Hemd, umgeschlagenen Chinos und Deckschuhen an den sockenlosen Füßen. Neben Tom saß Marybeth Hamill, die derart vor Gesundheit strotzte – ihre kastanienbraunen Locken sprangen aus dem halbhohen Pferdeschwanz, das tiefgebräunte Gesicht war gut durchblutet, was auf jede Menge Outdoor-Sport hinwies –, dass Ivy sich fragte, wie Tom bei einer Frau wie ihr im Bett mithalten konnte. Marybeths haselnussbraune Augen flogen abschätzend über Ivys Körper, und als sie in ihr eine verwandte Seele erkannte, öffnete sich ihr Gesicht in einer herzlichen Willkommensbekundung wie der Vorhang in einem Theater.

Gideon stellte Ivy als alte Freundin von der Grove vor, die vor dem Abschluss weggezogen sei. Ivy sah, dass Tom sich nicht an sie erinnerte. Tom, Sylvia – Menschen wie sie stellten gern ihre Unfähigkeit zur Schau, sich an Namen und Gesichter zu erinnern. Gideon war nicht so. Er war auf sie zugekommen und hatte gefragt: »Erinnerst du dich an mich, Ivy?« Als wäre sie die Wichtige von ihnen beiden.

»Die gute, alte Grove«, sagte Tom, nachdem Gideon sie vorgestellt hatte. »Mensch, das waren Zeiten! Wir haben vor Kurzem einen Film gesehen – wie hieß er noch gleich,

Schatz ... Ach, egal, ihr würdet vermutlich einschlafen. Es geht darin um zwei Cops, die undercover an ihrer ehemaligen Highschool ermitteln. Was denkst du, Gideon? Wäre das was für uns?«

»Nicht bei deinen Geheimratsecken, *Schatz*«, ließ Marybeth sich vernehmen. Ihre Stimme war tief und heiser, fast wie die eines Mannes. »Selbst mit Toupet würde man dich höchstens für den Sportlehrer halten.«

Gideon lachte leise. Seine Schultern bebten.

»Ich bin lieber erwachsen«, sagte Ivy. »Das gibt mir mehr Freiheit.«

»Oh, du Glückliche«, erwiderte Tom. »Ich habe weniger Freiheit denn je mit der ganzen Arbeit und meinen verfluchten Eltern, die mich ständig drangsalieren.« Er spreizte genervt die Hände. »Meine Mom ruft mich jedes Wochenende an. Ständig soll ich Tennisdoppel spielen, mit ihr zum Brunch gehen oder ihr die Einkaufstaschen hinterhertragen.«

»Was ist los mit Gwen?«, erkundigte sich Gideon.

»Hat sich beim Reiten einen Meniskusriss zugezogen. Apropos Gwen – sie will, dass ich mit ihr die Farbe für einen neuen Anstrich ...«

»Sie ist einsam«, fiel Marybeth ihm ins Wort. »Ich glaube nicht, dass ...«

»... für das Schlafzimmer aussuche«, übertönte Tom seine Freundin. »Aber was zum Teufel verstehe ich schon von Farben? Sie hatte schon Thanksgiving und Weihnachten komplett verplant. Stellt euch mal vor, was passieren würde, sollten Marybeth und ich die Feiertage jemals allein verbringen wollen. Sie fordert noch mehr Aufmerksamkeit als Hunter. Unser Deutscher Schäferhund«, fügte er mit einem Blick auf Ivy hinzu, die mitfühlend lächelte.

»Das letzte Weihnachtsfest bei seinen Eltern hat mich fast umgebracht«, sagte Marybeth.

»Marybeth hat mir vorgeworfen, sie zu vernachlässigen.« Tom legte ihr die Hand auf den Unterarm.

»Ich kann nur ein gewisses Maß an katholischen Gräueln ertragen, bevor ich den Verstand verliere«, erklärte Marybeth. »*Du* weißt, wovon ich spreche, Gideon.« Sie schauderte leicht. »Ich denke da nur an diese schrecklichen Gemälde im Haus: den blutenden Jesus am Kreuz. Einen Heiligen, der enthauptet wird. Die heilige Muttergottes mit nur einer Brust. Ein Cherub, der aus den Augen blutet. Eine nackte Frau, die erdolcht wird. Sie hängen alle im Esszimmer, und wir starren sie an, während wir unsere Lammkeulen verspeisen … Je mehr Blut und Gewalt, desto besser für Toms Dad. Kein Wunder, dass Tom während seiner Kindheit morbide Züge entwickelt hat.«

»Marybeth hat einen Traum, der immer wiederkehrt«, berichtete Tom gespielt nachdenklich. »Sie erschießt mich während einer Safari und hängt meinen Kopf an die Wand.«

»Du kannst gern zu einem dieser katholischen Märtyrer werden«, sagte Marybeth.

»Menschen finden zum Katholizismus, um Frauen zu entkommen«, hielt Tom dagegen.

So ging es eine Weile weiter. Tom und Marybeth wechselten einander ab – er mit kontrollierter Rhetorik, sie mit schlagfertigen, spöttischen Bemerkungen. Ohne einander anzusehen, schossen ihre Blicke zwischen Ivy und Gideon hin und her. Ivy fragte sich, ob sie sich neckten oder ob sich hinter ihrem sardonischen Lächeln tatsächlich Verachtung verbarg. Vielleicht gab es ihnen einen gewissen Kick, auf der schmalen Linie dazwischen zu balancieren.

Endlich kam der Kellner, um ihre Getränkebestellungen aufzunehmen: Sekt mit Orangensaft für die Frauen, eine Bloody Mary für Tom, Kaffee für Gideon.

»Ich weiß, was du meinst«, sagte Ivy und nahm den Faden wieder auf. »Unsere Eltern werden wieder zu Kindern mit ihren verschrobenen Ideen und Trotzanfällen.«

»Ich halte Toms Eltern für mehr als ›verschroben‹«, entgegnete Marybeth trocken.

»Es klingt, als seien sie sehr anhänglich«, befand Ivy.

»Sie sind Monster«, sagte Tom.

»Du bist ein Einzelkind, oder?«, fragte Ivy, den spaßigen Ton der beiden imitierend.

Toms Blick blieb an ihr hängen. »Was soll das denn heißen?«

Sie lachte, aber niemand fiel mit ein. Gideon lächelte nicht mehr.

»Ich will dich nur necken«, sagte sie. Offenbar hatte sie den Subtext missverstanden. Tom und Marybeth hatten keineswegs aufrührerische Sprüche über Toms aufmerksamkeitsheischende Eltern geklopft. Sie waren wirklich verärgert.

»Bist *du* ein Einzelkind, Ivy?«

»Ich habe einen jüngeren Bruder.«

»Und woher kommt deine *Familie*?«

Ivy zögerte kurz, dann antwortete sie: »Aus China.«

»Aber du bist in West Maplebury aufgewachsen, nicht wahr?«, bemerkte Gideon freundlich.

»*Südlich* von Andover?«, fragte Tom.

»Eine Stunde westlich«, erwiderte Ivy. »In *West* Maplebury.«

Marybeth schnaubte.

Der Kellner kehrte mit ihren Getränken zurück. Schweigend vertieften sie sich in die Speisekarte. Ivy war dankbar

für diesen Neustart; hätte das Gespräch noch länger gedau-
ert, hätte ihre humorvolle Fassade einen deutlich gezwunge-
nen Anstrich bekommen.

Sobald Tom bestellt hatte, erkundigte sich Gideon nach
Marybeths und seinem letzten Urlaub auf St. Barth. Tom
lehnte sich leicht abgelenkt auf seinem Stuhl zurück. Bei Gideons Frage setzte er sich langsam auf und verschränkte die
Arme.

»Um ehrlich zu sein, ist auf der Reise etwas passiert.«

»Oh-oh«, sagte Gideon.

»Nun, die Sache ist die …« Tom räusperte sich. »Wir
haben dich gebeten, mit uns zu brunchen, weil wir dir mit-
teilen wollen, dass … Marybeth und ich uns verlobt haben.«

Marybeth hielt ihre Hand hoch, die sie um der Dramatik
des Augenblicks willen im Schoß versteckt hatte: An ihrem
Ringfinger prangte ein dicker Smaragd im Cushion-Schliff in
einer schweren goldenen Klauenfassung.

»O mein Gott!« Ivy schnappte nach Luft.

»Wow!«, rief Gideon. »Herzlichen Glückwunsch, ihr
zwei!« Er grinste bis zu den Ohren, der leicht schiefe Schnei-
dezahn blitzte.

Toms Nacken wurde rot. Mit der bombastischen Auf-
schneiderei, an die sich Ivy von ihrer Zeit an der Grove erinnerte, berichtete er von dem Heiratsantrag. Sie waren auf
einer Helikoptertour, und der Pilot flog über die Nachricht,
die Tom am Strand in den Sand geschrieben hatte: *Willst du
mich heiraten?*

»Ich dachte zuerst, jemand anders sei gemeint«, erzählte
Marybeth weiter. »Ich zeigte darauf und sagte: ›Sieh mal,
Tom, ein Heiratsantrag.‹ Ich hatte kaum ausgesprochen, da
löste er auch schon seinen Gurt und ging auf die Knie. Der

Pilot schrie: ›Setzen Sie sich wieder hin!‹ Ich war noch nie im Leben so fassungslos gewesen.«

Tom zog eine Augenbraue hoch. »Wieso? Du drängst mich doch schon seit Jahren, dir einen Heiratsantrag zu machen.«

»Ich glaube, du verwechselst mich mit deiner Mutter«, schoss Marybeth zurück.

»Sieh's ein, Tom, das nennt man Spiel, Satz, Sieg«, sagte Gideon und lehnte sich über den schmalen Tisch, um Tom auf die Schulter zu klopfen. Seine wohlwollende Frotzelei sorgte dafür, dass das übliche Grinsen auf Marybeths Gesicht zurückkehrte. Sein eigenes Lächeln drohte in sich zusammenzufallen. Er sah aus, als hätte er am liebsten die Flucht ergriffen. Als der Kellner mit dem Essen kam, schlug Gideon vor, eine Flasche Champagner zu köpfen und auf die Verlobung anzustoßen. Alle schienen kollektiv aufzuatmen. Ivy fühlte sich matt, als hätte sie eine gewaltige Gruppenleistung erbracht, deren Sinn ihr entging.

Der Champagner traf ein und mit ihm die Erlaubnis, das überschäumende, lässige Selbst herauszukehren, das der eigentlichen Wirkung des Alkohols zuvorkam. Marybeth erzählte eine Geschichte über Toms Schlafapnoe – er schnarchte so laut, dass er selbst davon aufwachte – und gab ein kurzes Grunzen zum Besten, das an ein Schwein erinnerte. Alle brachen in ausgelassenes Gelächter aus. Ivy bat darum, den Ring noch einmal sehen zu dürfen. »Schrecklich, findest du nicht?«, fragte Marybeth, die sich nicht die Mühe machte, leise zu sprechen. »Ein Erbstück, das seit der Eiszeit in Toms Familie weitergegeben wird – was soll ich machen?«

Nach einer guten Stunde fingen Tom und Gideon an, auf sentimentale, überschwängliche Weise ihre Zuneigung füreinander zu bekunden. Tom deutete auf Gideon und verkündete mit seinem Bostoner Akzent: »Ich kenne diesen Kerl seit der Grundschule, und jetzt werde ich heiraten. Ich dachte immer, du würdest der Erste sein.«

»Ich hab es doch gewusst, dass du schneller sein wirst.« Gideon schüttelte den Kopf.

»Ihr zwei seid göttlich«, sagte Marybeth.

»Noch einen Champagner!«, rief Tom.

Der Kellner kam und zählte das Angebot auf. »Den gleichen wie zuvor«, unterbrach Tom.

»Den Dom Pérignon oder den d'Ambonnay, Sir?«

»Das fragen Sie uns?«, knurrte Tom. »Sie sind doch der Experte!«

Der Kellner verschwand mit hochrotem Kopf. »Worüber lacht ihr?«, fragte Marybeth. Ivy sagte, sie hoffe, dass der Kellner ihnen nicht ins Essen spucke. »So ein Unmensch wird er doch wohl nicht sein.« Marybeth schüttelte den Kopf, doch als das Dessert gereicht wurde, bemerkte Ivy, dass sie ihre Crème brûlée nicht anrührte.

Tom ließ den Löffel links liegen und steckte sich die Biskuitstäbchen von seinem Tiramisu mit den Fingern in den Mund. Anschließend leckte er die Creme von seinem Daumen ab. Es war eine abstoßende Geste, aber alles, was Tom tat, schien ein absichtlicher Schlag gegen das Establishment zu sein, als sei er über alle Konventionen erhaben. »Ich will eine Jacht als Hochzeitsgeschenk«, erklärte er Gideon und die Krümel spritzten aus seinem Mund.

»Geht klar.« Gideon grinste.

»Ich werde sie *Nuaa junior* nennen.«

»Nenn sie *Marybeth*«, schlug Gideon vor.

»Das würde mir gefallen!«, begeisterte sich Marybeth.

»Zeit für deinen Toast, Giddy!«, rief Tom. Leiser fügte er

hinzu: »Dann kannst du schon mal für deine Trauzeugenrede üben.«

»Lasst uns anstoßen auf … ›Und sie lebten glücklich und
zufrieden bis ans Ende ihrer Tage‹«. Gideon hob das Glas.

»Wir müssen los, Tom«, sagte Marybeth, nachdem sie
ihren Champagner hinuntergestürzt hatte. »Wir müssen zu
der Babyparty.«

»Wir müssen zu der Babyparty«, wiederholte Tom.

Gideon bat um die Rechnung. Er wollte für alle bezahlen,
aber Tom winkte ab.

»Die Jacht«, erinnerte er Gideon. »Darauf musst du sparen.«

Ivy warf einen verstohlenen Blick auf die Rechnung. Vor
Schreck blieb ihr beinahe das Herz stehen. Die Cocktails, die
vier Flaschen Champagner, pochierte Eier in Gelee mit Trüf-
fel und Kavier, diverse Kuchen und Süßspeisen hatten sich
auf über zweitausend Dollar summiert.

»Es war wundervoll, dich kennenzulernen«, sagte Marybeth zu Ivy, als ihr Taxi am Gehsteig anhielt. »Gideon muss
dich unbedingt öfter mitbringen. Ach, da fällt mir gerade
ein …« Sie wirbelte herum und sah zu den beiden Männern
hinüber. »Am siebzehnten sind wir in Mont-Tremblant beim
Skifahren. Komm doch auch mit!« Ivy lachte, den Blick abge-
wandt, aber Marybeth insistierte: »Ich meine es ernst: Komm
mit!«

»Mal sehen«, sagte Ivy und schaute verlegen in Gideons
Richtung.

Marybeth hob die Stimme und wiederholte ihren Vorschlag so laut, dass Gideon, der Tom zum Abschied auf den
Rücken klopfte und ein weiteres Mal beglückwünschte, es
hörte. »Was hast du gesagt?«, fragte er.

»Ich sagte, du solltest Ivy mit auf unseren Ski-Trip nehmen. Macht doch eh keinen Spaß, allein zu fahren. Kanada ist echt kalt, wenn einem keiner das Bett wärmt.«

Gideon legte den Arm um Ivys Schulter und zog sie so dicht an sich, dass sie die holzige Note seines Aftershaves riechen konnte. »Stimmt, frieren möchte man nicht«, pflichtete er Marybeth bei.

»Bye, ihr Turteltäubchen!«, zwitscherte Marybeth. »Wir sehen uns auf den Hängen!« Sie winkte hektisch, während das Taxi hinter der Ecke verschwand.

* * *

Vielleicht hatte Gideon ebenfalls das Gefühl, dass es zu riskant wäre, sich direkt auf ein spontanes Ski-Wochenende einzulassen, denn er rief sie ein paar Tage später an und lud sie zu einem Spiel der Celtics ein. Ein weiterer Probelauf vor dem eigentlichen Auftritt. Ivy nahm an, dass Tom und Marybeth oder weitere Mitglieder der »alten Clique« zugegen wären, doch als sie vor dem Stadion eintraf, wartete Gideon allein auf sie. Wie steif und ungraziös sich ihre Arme und Beine anfühlten! Ohne jede Eleganz schlenkerten sie hin und her, während Gideon so beherrscht wirkte, einflussreich und förmlich mit seinem schweren Wollmantel, dem karierten Schal und der sorgfältig gebügelten Hose – elegant von Kopf bis Fuß.

Gideon besaß eine Dauerkarte mit Balkonplätzen. Er merkte schnell, dass Ivy sich nicht für Basketball interessierte, und um ihr das Spiel näherzubringen, wies er auf die Big Three der Boston Celtics hin und verpackte ihren Weg als aufregende Comeback-Story: Sie waren alle drei herausragende Talente in willkürlich zusammengewürfelten Teams, bis sie sich zusammentaten, um ihre Rivalen, die Lakers, zu besiegen. Gleich in ihrem ersten gemeinsamen Jahr gewannen sie die Meisterschaft, womit sie eine jahrzehntelange Durststrecke der Mannschaft beendeten. »Es ist der Beginn einer Dynastie«, erklärte er. »Deshalb sind sämtliche Spiele ausverkauft, selbst während der regulären Saison. Unser Team wird dieses Jahr erneut Meister.«

Ivy nickte und stellte Fragen. Sie liebte es, Gideons Stimme zu hören. Sie hatte noch immer diese Selbstverständlichkeit, diesen Klang von Besitz. Sogar die Celtics gehörten ihm.

Nach der Halbzeit kaufte sie zwei Hotdogs für sie beide und Schokoriegel, weil ihr auffiel, dass sein Gesicht unter dem grünen Käppi blass wirkte. »Du hast gesagt, du hast noch nicht zu Abend gegessen.«

Gideon bedankte sich. »Du bist so aufmerksam«, stellte er fest.

»Nutz das bloß nicht aus«, scherzte sie.

Er lächelte unsicher – ein schiefes, angeschlagenes Lächeln –, und sie beeilte sich zu lachen und ihm zu versichern, dass sie wirklich nur Spaß gemacht hatte, dass er sie so viel ausnutzen könne, wie er wolle, was ihn schließlich ebenfalls zum Lachen brachte.

Die Celtics schlugen die Nets 118 zu 86. Ivy hatte gehofft, dass Gideon sie während der Euphorie nach dem Sieg umarmen oder ihr zumindest den Arm um die Schultern legen würde, so wie er es vor ein paar Tagen nach dem Brunch mit Tom und Marybeth getan hatte. Stattdessen drehte er sich um, nachdem sie ihre Mäntel und Schals genommen hatten und der Menge die Treppen hinunter folgten, und fragte: »Weißt du noch, wie wir uns das erste Mal begegnet sind?«

»Du meinst, an der Grove?«

»Ja.«

»Ähm … Wir hatten Amerikanische Literatur zusammen.« Es überraschte sie, dass sie sich tatsächlich nicht mehr daran erinnerte, wann *exakt* sie Gideon zum ersten Mal gesehen hatte – trotz ihrer schrecklichen Verliebtheit. Erst hatte er für sie gar nicht existiert, und einen Tag später war er ihre ganze Welt gewesen.

»Ich erinnere mich noch genau«, sagte Gideon. »Du warst die Neue. Mrs. Carver hat dich vorgestellt und dich gebeten, etwas Außergewöhnliches über dich zu erzählen. Dir wollte partout nichts einfallen, also hat sie dich gefragt, was du später einmal werden willst.« Er hielt inne und sah sie mit einem schiefen Lächeln an. »Du hast gesagt, du wolltest deinen PhD machen.«

»*Tatsächlich?*« Sie spürte, wie ihr Sex-Appeal auf null schrumpfte. »Woher wusste ich denn damals überhaupt, was ein PhD ist?«

»Ich war so beeindruckt. Ich dachte, du wärst eines dieser Wunderkinder, von denen uns Dad immer aus der Zeitung vorgelesen hat.«

»Glaub mir« – sie schüttelte den Kopf – »ich hatte keine Ahnung, was ich da redete. Das müssen meine Eltern mir eingetrichtert haben, sie wollten unbedingt, dass ich Ärztin werde.«

»Du hast an dem Pult neben meinem gesessen und mich das ganze Schuljahr über ignoriert. Du warst so anders als all die Mädchen, die ich kannte … Ich kann dir gar nicht sagen, wie erfrischend das war.«

Sie lächelte unverbindlich. Gehörte »erfrischend« zu den Adjektiven, die für »aufmerksame« Mädchen reserviert waren?

Endlich schafften sie es aus dem Stadion heraus. Es war ein nebliger Abend mit tintenblauem Himmel und einem feinen, kaum sichtbaren Mond – ein Schattenmond, wie Meifeng ihn einst genannt hatte. Bei Schattenmond wurden Dinge möglich, die zuvor nicht möglich gewesen waren. Ivys Gesicht brannte vom plötzlichen Wind.

»Findest du, ich habe mich seit damals sehr verändert?«, fragte sie.

»Nicht wirklich. Ich dachte gerade, wie wohl ich mich in deiner Gesellschaft fühle. Jetzt, da ich älter werde, denke ich, dass eine gemeinsame Geschichte in einer Freundschaft sehr viel mehr bedeutet als die faktische Zeit, die man miteinander verbracht hat.« Sein Blick schweifte über ihr Gesicht. »Du siehst noch genauso aus wie damals«, sagte er freimütig. »Bist nicht einen Tag gealtert.«

»Und ich war so verknallt in dich. Unglaublich.«

»Tatsächlich?«

Der unablässige Strom von Menschen um sie herum, das Meer aus Grün, die Jubelrufe, das Klirren von Bierflaschen, die auf dem Betonboden zersprangen, verliehen ihr eine Art Hochgefühl, den Eindruck, anonym und in ihrer Anonymität sicher zu sein.

»Ach, komm schon«, sagte sie und zog den Mantel enger um ihren Körper. »Du wusstest das.«

Er widersprach nicht.

»Seltsam, wie das Leben so spielt«, sagte sie leise. »Und jetzt sind wir hier.«

Gideons Augen waren zwei glänzende Kugeln, die ihr eigenes Gesicht reflektierten. »Hier sind wir«, echote er.

Ivy bezahlte den Flug mit ihrer Kreditkarte. Er kostete 575 Dollar – ein überteuerter Last-Minute-Flug von Boston nach Montreal. Weitere Kosten kamen hinzu: Skijacke, Skihose, Helm, Brille, neue Dessous, ein Waxing, Maniküre, Pediküre – alles notwendige Ausgaben, das wusste sie, und doch erschreckte sie die Summe. Sie brachte es nicht über sich, einen Blick auf ihr Bankkonto zu werfen. Kurz entschlossen öffnete sie eines der Spam-Schreiben, in denen die aktuellsten Kreditkarten beworben wurden, und beantragte die mit dem höchsten Verfügungsrahmen. Nur für den Übergang, versprach sie sich selbst.

Die ganze Woche über – in der Schule während der Pausen genau wie während des Unterrichts, zu Hause während ihres ausgiebigen heißen Bads nach der Arbeit und während Andreas endlosen, monotonen Telefonaten über ihre neuesten Abnehmstrategien und Jungsprobleme – stellte sie sich vor, wie sie mit Gideon Sex hatte. Vor allem nachts, wenn ihre Gedanken frei schweiften, schwoll ihre Begierde, die sie tagsüber zügelte und die dennoch permanent spürbar war, zu einem reißenden Strom an. Dann malte sie sich aus, wie sie zusammen unter der schweren Steppdecke in einer kalten Lodge in den Bergen lagen. Seine Hand glitt ihren Oberschenkel hinauf, er vergrub das Gesicht zwischen ihren Brüsten, und seine Lippen – oh, seine Lippen! Ihre Brustwarzen wurden hart wie Eicheln. Nachdem sie sich stundenlang geliebt hatten und schon die Sonne über den schneebedeckten Bergen aufging, würden sie Kaffee trinken, nackt unter ihren Baumwollmorgenmänteln, und er würde über den Brötchenkorb hinweggreifen und ihre Hand auf den dunkelroten Knutschfleck an seinem Hals legen.

Am Tag vor dem Ski-Wochenende schickte Ivy Sylvia eine Dankeskarte für die Silvesterparty. Sylvia schrieb später zurück: *Wie lieb von dir. Schön, dass du da warst. Und wie lustig – ich benutze die gleichen Karten. Du hast einen erlesenen Geschmack!* Ivy amüsierte sich prächtig darüber.

Da sie und die anderen nicht den gleichen Flug gebucht hatten, traf sie Gideon und Marybeth erst am Gepäckband. Tom holte den Mietwagen ab, einen strahlend weißen Range Rover, der gerade genug Platz für ihre Ausrüstung bot. Sie fuhren nach Mont-Tremblant. Da alle noch etwas verschlafen waren, verlief die Fahrt überwiegend schweigend. Tom hatte einen Country-Sender eingestellt und ließ ab und an eine Bemerkung im typischen Südstaaten-Akzent fallen. Er konnte mitunter ganz lustig sein, fand Ivy, milde gestimmt durch das trügerische Gefühl, dieser Gruppe anzugehören, auch wenn das nur vorübergehend der Fall sein würde.

Als sie an der Lodge eintrafen, einer gemütlichen Villa mit drei Schlafzimmern, entnahm Ivy Gideons Gespräch mit dem Portier, dass er anscheinend allein ihretwegen umgebucht hatte. Eine Woge der Enttäuschung schwappte über sie hinweg. Gideon wäre vermutlich entsetzt gewesen, hätte sie angedeutet, dass sie sich gern ein Zimmer mit ihm teilen würde. Daniel hatte gleich bei ihrer ersten Begegnung die Nacht in ihrem Hotelbett verbracht – sie war zu Andreas Geburtstagsparty im Twin-Harbor-Casino eingeladen, und dieser schüchterne, drahtige junge Mann, der den ganzen Abend an ihrem Blackjack-Tisch verbracht hatte, war mit einer Flasche Wein in ihrem Zimmer aufgekreuzt. Männer dachten stets, sie würden die Initiative ergreifen, doch in Wirklichkeit waren es die Frauen, die den ersten, häufig unmerklichen Schritt machten. Gideon war jedoch nicht

Daniel. Was damals funktioniert hatte, funktionierte jetzt nicht.

Keiner blieb lange im Zimmer. Sobald sie ihr Gepäck abgestellt hatten, machten sie sich zum Skifahren bereit. Und so begann für Ivy etwas, das sich anfühlte wie eine Zeitschleife, in der sie ständig ihre Ski anschnallte, mit den Armen fuchtelte, rutschte, fiel, ihre Stöcke einsammelte, sich wieder hochstemmte, abklopfte und wieder von vorn anfing. Rutschen, fallen, Stöcke suchen, aufstehen. Manchmal lösten sich auch ihre Ski, und Gideon musste ihr helfen, sie wieder zu befestigen.

Am frühen Nachmittag fing es an zu schneien. Dicke Schneeflocken brannten auf ihren Wangen. Ivy fing sie mit der Zunge auf und spürte die feuchte Kälte in ihrem Mund. Um sie herum war alles weiß, ein Meer aus Weiß, und jeder Skifahrer auf dem Anfängerhügel kam sich vor wie ein Inselchen des Elends und der Erschöpfung, einzig und allein darauf bedacht, mit niemandem zusammenzustoßen.

»Du hast noch nie Sport getrieben, oder?«, fragte Tom, als Marybeth und er vorbeischauten, um nach Gideon und ihr zu sehen. Ivys Augen hinter der Skibrille füllten sich mit Tränen, aber es gelang ihr, die Lippen zu einem selbstironischen Lachen zu verziehen – zumindest nahm sie an, dass sie lachte, denn sie konnte ihr Gesicht nicht mehr spüren. Am Ende des Tages war sie nass bis auf die Haut, ihre Handschuhe und selbst das weiche Polster ihres Skihelms waren schweißdurchtränkt. Als sie an jenem Abend die Socken auszog, um zu duschen, bemerkte sie eine lila Druckstelle unter dem Nagel ihres linken großen Zehs, die sich bereits schwarz zu verfärben begann.

Nach dem Abendessen schlief Gideon in dem bequemen

Sessel neben dem Kamin ein. Ivy war gezwungen, Toms unablässige Sticheleien über sich ergehen zu lassen, denn ohne Gideon, der ihn in die Schranken wies, war sie nicht in der Lage, sich zu verteidigen, da sie nie ganz sicher war, worauf er abzielte. Selbst Marybeths Sarkasmus konnte seine dem Alkohol geschuldeten »Witzeleien«, die er stets auf die gleiche hinterlistige Art anbrachte, nicht stoppen.

»Es ist zu schade, dass wir diesmal nicht dazu kommen, mit Gideon Ski zu fahren«, ließ er beispielsweise verlauten, zog die Socken aus und reckte seine behaarten Zehen in Richtung Feuer.

»Wir könnten uns den beiden morgen anschließen«, schlug Marybeth vor.

»Und sterben, weil irgendein Schwachkopf auf dem Idiotenhügel in uns reinbrettert? Nein danke.« Er nahm einen großen Schluck Brandy. »Gefällt es dir, Ivy?«, erkundigte er sich freundlich.

»O ja.« Sie nahm ihren Unterrichtsplan zur Hand. »Danke, dass ihr mich eingeladen habt.«

»Du kannst dich bei Gideon dafür bedanken«, sagte Tom. »Vielleicht stattest du ihm einen spätabendlichen Besuch ab.«

Ivy lächelte augenzwinkernd.

»Ich meine es ernst.« Tom beugte sich vor. »Gideon steht auf aggressive Frauen.«

»Läuft eigentlich etwas zwischen euch beiden?«, wollte Marybeth wissen.

»Wir sind bloß Freunde«, sagte Ivy.

»Dann knistert es also nicht?«

»Tja …« Sie errötete und sah reflexartig Gideon an. Plötzlich fürchtete sie, er könne wach sein und zuhören, wie seine Freunde sie testeten. Womöglich hatten sie dies sogar gemeinsam geplant. Mit leiser Stimme fügte sie daher hinzu: »Wir lernen uns ja gerade erst kennen.«

Marybeth musterte sie eindringlich.

»Du gehst die Sache vollkommen falsch an.« Tom runzelte die Stirn. »Er ist einer von der schüchternen Sorte, der es mag, wenn die Mädchen ihn angraben. Je dreister, desto besser. Er ist ein Tier im Bett. Was, du glaubst mir nicht?«

Ivy sah Marybeth an, aber die kam ihr nicht zu Hilfe.

»Du machst Witze«, sagte sie trocken.

»Ich mache Witze? ... *Ich* mache Witze?« Tom verpasste der Armlehne einen Hieb mit der Faust. »Willst du mich verarschen? *Du* machst doch die Witze!«

Ivy zuckte zurück.

»Zeit, schlafen zu gehen«, sagte Marybeth.

Tom blinzelte, dann stellte er sein Glas auf dem Tisch ab und gähnte. »Ich wollte dich nicht bedrängen ... Entschuldige bitte. Ich gehe jetzt schlafen.« Er sah Marybeth an. Marybeth sah Gideon an. Ivy blickte in ihren Schoß. Die Tinte von ihrem Unterrichtsplan hatte auf ihre feuchten Finger abgefärbt.

Am nächsten Morgen überzeugte sie Gideon davon, dass sie Zeit für sich brauche, um zu üben. Nachdem er sich vergewissert hatte, dass sie in der Lage war, selbstständig aus dem Lift auszusteigen, verschwand er, um Tom und Marybeth auf den anspruchsvollen Pisten, Black Diamonds genannt, zu suchen. Ivy ertrug den Schmerz, doch bei ihrer zweiten Abfahrt gaben ihre Beine nach, sie stürzte schwer, rutschte den Hügel hinunter und schlitterte in das abgegrenzte Terrain seitlich der Piste. Danach schnallte sie ihre Ski ab und legte den ganzen Weg ins Tal zu Fuß zurück. Als sie in der Lodge ankam, war es gerade mal neun. Viele Leute saßen noch beim Frühstück. Sie bestellte einen Kaffee, einen Teller mit Eiern, Schinken, Bohnen auf Toast und ein riesiges Stück Apfelkuchen, das sie mit großen, gierigen Bissen restlos verschlang. Sie kaute kaum und verbrannte sich den Mund mit einem riesigen Schluck heißem Kaffee. Um sie herum lärmten die Gäste in ihren schweren Stiefeln; die Snowboarder trugen extravagante, knallbunte Skikleidung, die Skifahrer elegante, glänzende Jacken mit Pelzbesatz.

Als sie aufgegessen hatte, zog sie in einen gerade frei gewordenen Sessel am Fenster um. Sie machte es sich bequem, betrachtete die Pisten und wartete. Sie hatte weder ein Buch noch eine Zeitschrift mitgebracht, und ihr Handy hatte keinen Empfang. Es gab nichts, womit sie sich ablenken konnte, bis die Leute, mit denen sie hier war, wieder da waren. Sollten sie beschlossen haben, sie allein zurückzulassen, gab es nichts, was sie dagegen tun konnte. Wirklich lächerlich, wie man sich Fremden ausliefern und dann auch noch so tun konnte, als wäre das normal. *Willst du mich verarschen? Du machst doch die Witze!*

Witze, immer nur Witze … Bin ich für die ein Witz?, fragte sie sich. Waren die drei jetzt zusammen und lachten über sie? Sie betrachtete die Landschaft draußen vor dem Fenster. Der Anblick der braunen Flecken unter den verschneiten Ästen der Bäume ließ eine Welle der Einsamkeit über sie hinwegrollen.

Als Gideon zum Mittagessen erschien, winkte sie ihn zu sich und tat so, als sei sie gerade erst zurückgekommen.

»Wie war es?«, erkundigte er sich. Seine Wangen waren gerötet, er strahlte pure Lebensfreude aus.

»Prima«, antwortete sie mit einem angespannten Lächeln.

»Ich bin ein paarmal hingefallen und habe Blasen, daher habe ich für heute Schluss gemacht. Wo sind Tom und Marybeth?«

Gideon zuckte die Achseln. »Keine Ahnung … Ich war den ganzen Vormittag allein unterwegs. Sie sind wahrscheinlich auf den Buckelpisten, aber das schaffen die alten Dinger nicht mehr.« Er klopfte auf seine Knie.

Er war den ganzen Morgen allein gewesen! Was gab es Besseres, um sich beschwingt und ausgelassen zu fühlen, als die Auflösung einer Paranoia? Am liebsten hätte Ivy gelacht und gejubelt und allerlei alberne Dinge gesagt. Gideon, der die Veränderung spürte, verkündete grinsend: »Ich denke, ich bleibe nach dem Mittagessen hier bei dir.«

»Gönnen wir uns einen Nachtisch!«, rief Ivy fröhlich.

Sie entdeckten zwei freie Sessel in dem kleineren Speiseraum. In der Ecke baute eine Band ihr Equipment auf. Gideon bestellte heißen Grog. »Du kennst keinen Grog?«, fragte er ungläubig, als Ivy wissen wollte, was das sei. »Nie davon gehört«, sagte sie. Sie trank drei. Sie schmeckten so köstlich, dass sie am liebsten geweint hätte.

Am Abend entspannten sie zu viert im heißen Whirlpool auf dem Balkon ihrer Villa. Die Temperatur war auf eisige neun Grad minus gesunken, Millionen Sterne funkelten am tiefschwarzen Himmel. In der Ferne blinkten die Lichter des kleinen Skidorfs, in dem sie zu Abend gegessen hatten: Käsefondue und Poutine. Diesmal behielt Ivy die Tatsache, dass sie so etwas noch nie probiert hatte, für sich.

Tom und Marybeth, die ihre Aggressionen offenbar beim Skifahren abgebaut hatten, waren umgänglich gestimmt und küssten sich im Wasser. Der grüne Träger von Marybeths Bikini hatte sich gelöst und trieb hinter ihrem Rücken wie ein Grashalm. Am anderen Ende des Halbkreises saß Gideon.

Der Dampf umwaberte sein schönes Gesicht, sein Blick war auf die Berge geheftet. Ivy glitt zu ihm.

»Woran denkst du?«

Er lächelte sie an. »Es gibt zwei Orte auf der Welt, die ich am meisten liebe – den hier und unser Strandhaus in Cattahasset. Gib mir Berge und Wasser, und ich bin ein glücklicher Mann.«

Sie dankte ihm dafür, dass er ihr heute Gesellschaft geleistet hatte.

»Ich habe mich gut amüsiert.« Seine Zehen unter Wasser berührten ihre. Ihre Blicke fielen unwillkürlich auf Marybeth und Tom.

»Ivy?«

»Hmm?«

»Ich werde dich jetzt küssen«, sagte er. Und das tat er.

Wie es sich anfühlte? So leicht und beschwingt wie die Sterne am Himmel, die in ihrer kalten, fernen Pracht über sie wachten.

9

In diesem Winter waren die vier regelmäßig in den besten Brunch- und Meeresfrüchtelokalen von Boston zu Gast. Sie verspeisten ganze Platten voller Austern mit Sriracha-Soße und Zitronen, sämige Muschelsuppen in Schalen aus Sauerteigbrot und süßes, zartes Hummerfleisch, das vor Butter tropfte. Wie schön die Stadt im Winter aussah! Verträumt unter ihrer glitzernden Decke aus frischem Schnee in der kalten Mittagssonne, wenn der Geruch nach Erde, frischen Trieben und einem Hauch von Frühling in der frostigen Luft lag. Nie zuvor hatte Ivy ihre Schüler, ganz besonders Arabella, als so angenehm und liebenswert empfunden – eine endlose Quelle für Geschichten, die sie Gideon erzählen konnte. Sie alle hatten ihre Rolle in der neuen Gruppe: Gideon war die Stimme der Vernunft, Marybeth die treibende Kraft, Tom der Schwätzer, dessen Launen sie alle umschifften, und Ivy die Außenseiterin, vor der sie sich wichtig taten. Ivy war für sie ein Zeitvertreib. Eine vorübergehende Erscheinung.

Nur, dass sie das nicht war. Sie blieb.

Sie wartete einen Monat, bevor sie mit Gideon schlief. Es passierte am Valentinstag. Sie waren auf einen Drink im Hotel Commonwealth gewesen, und er nahm sie anschließend mit in seine Atelierwohnung. Nackte Backsteinwände, Erkerfenster, dunkelblaue Badezimmerfliesen, so kühl und glänzend, dass sie zu fluoreszieren schienen wie in einem Aquarium. »T-t-tschuldige die U-u-unordnung.« Er sah sich unsicher im Raum um und nahm einen Stapel Bücher vom Sofa, damit sie sich setzen konnten. Ivys Herz wurde weich. Das war der echte Gideon, dachte sie. Der Gideon, der stotterte, wenn er nervös war. Der ihr nicht in die Augen sehen konnte. Sie war stets auf der Suche nach dem echten Gideon gewesen, und sie hatte nie aufgehört, sich zu fragen, was passieren würde, wenn sie ihn eines Tages fand. »Es ist wunderbar«, sagte sie, ließ sich aufs Sofa sinken und zog ihn auf sich.

Danach wickelte er sie in den Mantel, so sorgfältig, als würde er ein Geschenk einwickeln, küsste sie auf die Wange und setzte sie in ein Taxi nach Hause. Es regnete. Ein trüber grauer Himmel überzog alles mit einem kalten Schatten. *Was siehst du, wenn du die Welt betrachtest, Gideon?* Sie versuchte, die dunklen Gassen der Stadt mit seiner würdevollen Gelassenheit zu durchstreifen, aber das gelang ihr nicht. Wenn er nicht bei ihr war, hatte sie Angst vor den Menschen, die sich in ihrer Gegend herumdrückten, schreckte vor den dünnen Plastiktüten zurück, die der Wind vor sich her trieb. Das war das Problem, wenn man zu viel Glück auf einmal erfuhr. Ohne die Zeit, sich darauf einzustellen, wurde der Schmerz, es nicht mehr zu haben, plötzlich unerträglich.

Eine Woche später besuchte Gideon sie das erste Mal in ihrem alten viktorianischen Haus. Vorher schrubbte Ivy die Toilette und entfernte gammelige Zwiebeln und Knoblauch aus dem Kühlschrank, außerdem abgelaufene Joghurtbecher, Andreas halb aufgegessene Süßkartoffeln und leere Eierkartons. Sie wusch ihr Bettzeug, saugte den Teppich und kaufte so viele langstielige Schwertlilien, dass die lila und gelben Blüten im Kerzenlicht schimmerten und die Wände aussehen ließen wie eine Lavalampe. Gegen das schäbige Viertel konnte sie nichts tun, aber sie nahm sogar den Garten in Angriff, rechte die abgefallenen Blätter im Vorgarten zusammen, die größtenteils schon zu einer schleimigen braunen Masse verrottet waren, und zerrte die hässliche Reihe von Mülltonnen hinters Haus.

Gideon wirkte fahrig, als er bei ihr ankam. Einer der Big Three hatte sich am Knie verletzt, erzählte er ihr, und plötzlich schien es nicht mehr sicher, dass die Boston Celtics die Meisterschaft gewannen. Das gab auch Ivy einen Dämpfer. Sie hatte Spaghetti Bolognese gekocht, Knoblauchbrot getoastet, einen Salat mit gefüllten Oliven zubereitet und eine Flasche Sancerre geöffnet, aber Gideon aß kaum etwas. *Er muss wirklich fertig sein wegen dieser Basketballsache.* Eine Woge der Zärtlichkeit durchflutete sie – wegen seiner Leidenschaften und Sorgen, die in ihren Augen die eines Kindes waren.

Nach dem Essen gingen sie auf ein paar Drinks ins Dresdan's, damit Gideon Andrea kennenlernen konnte. Ivy hatte ihn vorbereitet, indem sie Andrea als »meine Freundin, die beim Boston Symphony Orchestra Violine spielt« bezeichnet hatte. »Sie ist ein bisschen eigen, aber sie ist nett«, hatte sie hinzugefügt, da sie nicht wollte, dass Gideon dachte, sie würde schlecht über eine Freundin reden. »Sie ist die Erste, die sich in einer schwierigen Situation hinter dich stellt.«

»Das ist das Einzige, was zählt«, pflichtete Gideon ihr bei.

Als sie die Bar betraten, bereitete ein Jazz-Quartett gerade seinen Auftritt vor. Es war schon ziemlich voll. Eine fröhliche Gruppe von Büroangestellten kabbelte sich lautstark darum, wer dem Geburtstagskind eine weitere Runde spendieren durfte, auf dessen Arm mit wasserfestem Stift notiert war, wie viele Kurze er bereits getrunken hatte. Gerade als Gideon ihre Getränke bestellte, traf Andrea ein, in hautengen

Kunstleder-Leggins und genauso engem Leopardenpulli – ihr Markenzeichen. Der übliche tiefrote Lippenstift hatte heute die intensive Farbe von Sangria. »Der Verkehr war grauenhaft!«, stieß sie hervor und schaffte es irgendwie, Ivy und Gideon gleichzeitig zu umarmen. Ihre Diät aus Süßkartoffeln und hart gekochten Eiern zeigte Erfolg. Sie hatte gute sieben Kilo abgenommen, und in ihren Augen lag der angespannte, dunkle Blick der Hungrigen. Heute Abend strahlte sie förmlich; die Verheißung auf billigen Sex, die sie für gewöhnlich unterschwellig verströmte, hatte etwas Tiefes, Geheimnisvolles gewonnen. Das war die Macht der Schönheit.

Es war unmöglich, ein längeres Gespräch zu führen, aber Andrea versuchte es trotzdem. Sie beugte sich so vor, dass der Ausschnitt ihre Pullovers verrutschte und den Blick auf ihr Dekolleté mit den kastanienbraunen Sommersprossen und den sanften Wölbungen freigab, die glänzten wie reife Birnen.

»Entschuldige, was hast du gesagt, *wie bitte?*«, fragte Gideon.

Ivy beobachtete ihn, aber es war schwer zu sagen, was er wirklich von Andrea hielt. Auf gewisse Weise erinnerte er Ivy mit seinen tadellosen Manieren an ihre Tante Sunrin. Doch während Sunrins Schliff Überlegenheit ausdrückte – ihre Andersartigkeit hob sie von den übrigen Menschen ab –, implizierte Gideons Wohlerzogenheit Nähe und Vertrautheit. Er kam ihr vor wie ein einfühlsamer Lehrer, der einem die Antworten ins Ohr flüsterte, sodass man sich sehr klug vorkam, wenn man die richtigen Worte sagte. Ivy konnte Andrea den Zauber vom glühenden Gesicht ablesen – *wie besonders und schön ich doch bin*, spiegelte sich darin. Ivy fragte sich, ob sie auch so aussah, wenn sie mit Gideon sprach. Jedes Zucken seiner Augenbrauen, jedes Kopfschütteln und jedes Kräuseln seiner Lippen signalisierten ihr Begierde, Skepsis, Verachtung. Sie nahm an, dass Gideon diese Gefühle hegte, denn das waren eben die Emotionen, die sie selbst fühlte.

»Hast du irgendwelche männlichen Freunde, die Single sind?«, fragte Andrea Gideon nach dem zweiten Glas Limonade. Sie trank keinen Alkohol, aber Ivy konnte kaum einen Unterschied zwischen einer betrunkenen und einer nüchternen Andrea erkennen. Vermutlich war Alkohol bei ihrer Diät nicht erlaubt.

»Da wäre Roland, mein Kompagnon«, sagte Gideon.

»Wie alt ist er?«

»Siebenundzwanzig. Nein, warte. Sechsundzwanzig.«

Andrea schüttelte den Kopf. »Ich bin dreiunddreißig.«

»Wie bitte?«

»Sie ist dreiunddreißig«, wiederholte Ivy.

»Mit sechsundzwanzig ist man doch noch ein Baby«, sagte Andrea. »Ich brauche einen Mann zum Heiraten.« Sie tippte auf ihren Ringfinger.

Gideon nickte verständnisvoll.

»Andrea denkt mittlerweile sehr praktisch«, ließ Ivy verlauten.

»Alles, was Männer heutzutage wollen, ist Sex. Wisst ihr, was Chris neulich zu mir gesagt hat? Er sagte: ›Warum sollte ich jetzt heiraten wollen? Je länger ich warte, desto mehr steigt mein Marktwert.‹ Und er hat recht!« Andrea schüttelte hilflos den Kopf. »Mir läuft die Zeit davon, und er steht noch nicht mal in voller Blüte! Warum sollte er eine Dreiunddreißigjährige mit nicht mehr ganz frischen Eiern haben wollen, wenn er auch eine zweiundzwanzigjährige College-Absolventin heiraten kann?« Sie drohte Gideon spielerisch mit dem Finger. »Du solltest besser nicht Ivys Zeit verschwenden.

Zwei Jahre mit Daniel! Sie sollte gerade seine Mom kennenlernen. Was für ein Feigling!«

Ivy zog Andrea zur Toilette. Sie hörte, wie ihre Mitbewohnerin mit dem Reißverschluss ihrer Hose kämpfte, und betrat die Kabine, um ihr zu helfen.

»Du bist die Beste«, sagte Andrea und lehnte ihre heiße Stirn gegen Ivys Schulter. »Gideon soll wissen, dass er mit meiner besten Freundin nicht umspringen kann, wie er will.«

Mit einer besten Freundin wie dir braucht man keine Feinde, dachte Ivy und strich Andrea die Ponyfransen aus der Stirn.

»Du musst dafür sorgen, dass er sich Mühe gibt«, fuhr Andrea fort. »Frag ihn, ob er sich noch mit anderen Frauen trifft … Verlang eine Antwort! Männer brauchen ein Ultimatum. Gideon scheint mir ein guter Kerl zu sein, aber man kann nicht immer nach den Klamotten gehen … Erinnerst du dich an den Südafrikaner, mit dem ich letztes Jahr zusammen war? Den mit der Python? Er hat mich gefragt, ob er's mir mit einem Umschnalldildo besorgen kann, und ich habe geantwortet: ›Nein, Süßer, du darfst diese Rakete nicht durch meine Rosette schießen‹, und dann hat er mich am nächsten Tag abserviert. Das war derselbe Mann, der kurz davor behauptete, er wolle zwei Kinder mit mir haben und ein drittes adoptieren, weil es so viele Babys gibt, die eine gute Familie brauchen. Ich habe geweint, als er das gesagt hat!« Andrea sah Ivy mitleidig an, als sei Ivy diejenige, mit der er drei Kinder wollte. »Du wirkst so unschuldig, was Männer liebend gern ausnutzen. Wenn Gideon dich um irgendetwas bittet, was du nicht tun möchtest, dann sagst du's mir, und ich werde ihm gründlich die Meinung geigen. Wenn er dich respektiert, dann respektiert er auch die Grenzen, die du setzt.«

Ivy betrachtete die Frau vor ihr nachdenklich. Der empörte Gesichtsausdruck sollte weibliche Loyalität ausdrücken, der schwelende Zorn schien in allen alleinstehenden Frauen über dreißig zu glimmen. Weder die Loyalität noch der Zorn hatte etwas mit Ivy zu tun; sie war einfach eine Art Sammellinse, die Andreas Vorstellungen vom Leben brach.

Sie verließ die Kabine, wusch sich die Hände und ging hinaus.

Die Band spielte die schwülstige Interpretation eines Billie-Holiday-Songs. Gideon beobachtete den Saxofonisten. Der Mann wiegte sich bei jedem samtigen Vibrato hin und her, während er mit brachialer Kraft in das Mundstück blies. Schweißperlen traten auf seine Stirn, lösten sich zitternd und rollten ihm über die Schläfen. Gideon schloss die Augen. Er nahm seinen Drink und stürzte ihn in einem Zug hinunter. Beim Schlucken hüpfte sein Adamsapfel.

Ivy trat an den Tisch, beugte sich vor und küsste Gideon seitlich auf den Hals, dorthin, wo sie seinen Pulsschlag sah. Schnell stellte er das Glas ab, bevor es ihm aus den Fingern glitt.

»Amüsierst du dich?«, fragte sie.

»Ja!« Er warf einen Blick über die Schulter. »Geht es Andrea gut?«

»Sie macht sich nur ein wenig frisch.« Ivy zog ihren Stuhl näher an seinen heran, sodass ihre Knie gegen seine stießen, als sie sich setzte. »Es tut mir leid, dass sie dich vorhin so gegrillt hat.«

»Ganz und gar nicht. Sie scheint eine großartige Freundin zu sein. Sehr beschützend.«

»Ihre Therapeutin hat ihr gesagt, sie neige dazu, ihre eigenen Emotionen auf andere zu übertragen.«

»Das ist mir nicht entgangen.« Er fügte etwas hinzu, das sie nicht verstand.

»Was hast du gesagt?«

»Ich sagte, nicht alle Menschen geben so ehrlich zu, was sie wollen.«

Das Jazz-Quartett spielte eine schnelle Rock-Nummer. Andrea kam zurück. Sie wirkte aufgeregt, beinahe hektisch.

»Jippie! Ich habe fast zwei Minuten lang gepinkelt, und ratet mal, was? Ich habe meine Periode bekommen! Ich war fast eine Woche überfällig ... das muss an meiner Diät liegen. Stellt euch vor, ich wäre tatsächlich schwanger! ... Chris und ich sind *alles andere* als bereit, Eltern zu werden! Mein Gott, ist das heiß hier ... Ich brauche etwas zu trinken!« Sie bestellte einen Martini Extra Dry, zog einen großen japanischen Fächer aus ihrer Handtasche und wedelte damit wie verrückt vor ihrem verzerrten Gesicht herum. Ivy und Gideon wandten ihre Augen ab. Selbst die ehrliche Andrea konnte nicht bei allem ehrlich sein.

Ivy lag auf ihrem Bett und wartete darauf, dass die Lins eintrafen. Bald würde die Abenddämmerung anbrechen. Schattenspielfiguren huschten im hereinwehenden Zugwind hin und her, der süße Duft der verblühenden Schwertlilien und der Teelichter – Weißer Jasmin –, die in sämtlichen Ecken und Winkeln ihres Zimmers brannten, beförderte sie zurück in Sylvias bohemehaftes Apartment. Waren wirklich erst drei Monate seit der Party vergangen? All ihre Erinnerungen daran hatten einen schillernden Glanz angenommen, genau wie die Gesichter, spöttisch und schön, das Lärmen der verschiedenen Stimmen war zu einer einzigen sonoren Stimme verschmolzen. Sie hatte sich auf der Party nicht amüsiert, trotzdem war es eine der besten Nächte ihres Lebens gewesen – was nicht unbedingt ein Widerspruch sein musste.

Heute hatte sie Geburtstag. Sie war jetzt seit siebenundzwanzig Jahren auf der Welt. Was hatte sie mit ihrer Zeit angefangen? Ich bin Grundschullehrerin, dachte sie. Es kam ihr unglaublich vor. Meifeng behauptete, im Rückblick habe jeder eine großartige Zukunft vor sich gehabt. Wie hatte ihr ihre Zukunft entgleiten können?

Nach dem College hatte sie ein Jahr lang gegrübelt, ob sie ein Jurastudium beginnen sollte, hatte sogar als Sekretärin in einer Kanzlei gearbeitet, doch als ihr klar wurde, dass sie es niemals bis zur Anwältin bringen würde, war es ihr ganz natürlich vorgekommen, den einfacheren Weg einzuschlagen und eine Lehrerausbildung zu absolvieren. Viele Mädchen aus ihrer Studentinnenverbindung wurden Lehrerin. Ivy mochte keine Kinder, aber das spielte keine Rolle. Beim Lehrberuf ging es nicht unbedingt ums Unterrichten. Die meisten Jobs hatten nichts zu tun mit der täglichen Routine, sondern viel mehr mit dem, was man darin repräsentierte. Lehrerinnen gaben gute Vorzeigefrauen ab. Warum sollte man sich die Karriereleiter emporkämpfen, wenn man sich nach der Hochzeit ehrenamtlich im Tierschutz engagieren oder seine Pulloverfächer farblich sortieren konnte? Eine ihrer Kolleginnen, Christine Masterman, hatte am Tag ihrer Verlobung einen Koch-Blog erstellt. Jetzt schlenderte Christine in ihren Fünfzigerjahre-Röcken und Ballerinas durch die Schule und drängte allen anderen Lehrerinnen glutenfreie Brownies auf, die wie vertrocknete Avocados schmeckten – was sie vermutlich auch waren. Sie verströmte eine solche Mary-Poppins-Selbstgefälligkeit, dass Ivy ihr am liebsten einen Schlag auf den Hinterkopf verpasst hätte, so wie Shen sie und Austin geschlagen hatte, wenn sie über die Stränge schlugen. Nur ihre Geduld hatte ihren Groll gemildert, denn eines Tages, dachte sie, würde ihre Zeit kommen. Allerdings hatte sie erst später realisiert, dass die anderen Lehrerinnen an der Kennedy School im Gegensatz zu ihr über einen ganzen Pool voller zukünftiger Ehemänner verfügten, aus dem sie sich einen herausfischen konnten: Freunde der Familie, Spielkameraden aus der Kindheit, Mitglieder ihrer Kirchengemeinde, die besten Freunde ihrer großen Brüder, die Neffen von Daddys Golfpartnern. Für die Christines und Sylvias und Arabellas dieser Welt war ein annehmbarer Job nur ein weiterer abzuhakender Punkt auf der Liste des Lebens, im Grunde ähnlich herausfordernd, wie den richtigen Hut für ein Polospiel in Newport auszuwählen. Bei Ivy war das anders: Sie hatte keine Familie im Rücken und damit auch keinen Pool voller potenzieller Ehemänner.

Gideon hatte letzte Woche im Dresdan's behauptet, nicht jeder könne seine Karten offen auf den Tisch legen. Deutete er damit an, dass sie nicht ehrlich war? Dass sie sich »zurücknahm«, dass er sich nicht vorstellen konnte, sie zu heiraten?

Ivy streckte den Arm aus, zog eine Zigarette aus der Packung auf ihrem Nachttisch und steckte sie an einer der Kerzen an, dann blies sie Rauchringe in Richtung Decke und sah zu, wie sie sich auflösten. Ihre Träume waren wie diese Rauchringe: Einer nach dem anderen stieg auf und verpuffte, noch bevor er Form angenommen hatte.

Die Türklingel schrillte. Ivy stand auf, im Zeitlupentempo, und sah aus dem Fenster. Ein glänzender nickelgrauer Van parkte am Gehsteig. Nans neuer Wagen. Ivy vermutete, dass ihre Mutter sich schuldig fühlte wegen der immensen Anschaffungskosten, denn Nan hatte während ihrer letzten Telefonate von nichts anderem geredet. Ein Van war sicher, geräumig, und weil sie ihn im Voraus in bar bezahlt hatte, hatte sie ein gutes Geschäft machen können. »Nimm immer Bargeld mit, wenn du ein Auto kaufst«, hatte Nan ihr geraten. Als würden bei Ivy Tausende Dollar für neue Autos herumliegen! Sie konnte ja kaum die Reparaturen für ihren elenden Camry bezahlen. Ich sollte aufhören, ihnen jeden Monat Geld zu schicken, dachte sie voller Groll.

»Oh, was bist du mager geworden!«, begrüßte Nan ihre Tochter. Sie drängte sich an Ivy vorbei, mehrere Tragetaschen mit Lebensmitteln in den Händen. »Die müssen gleich in den Kühlschrank ...« Nan verschwand in der Küche.

»Wo ist das Bad?«, fragte Austin. Sein Gesicht war schweißüberströmt, und als Ivy ihn umarmte, nahm sie einen moschusartigen, sauren Geruch an ihm wahr – wie bei Kleidungsstücken, die zu lange im Koffer gelegen hatten.

»Da drüben sind Gangster«, sagte Shen und deutete über die Straße auf ein paar tätowierte Männer, die vor zwei parkenden SUVs standen, Tabak kauten und den Saft auf die Straße spuckten. »Warum wohnst du hier? Warum? Wenn du Geld brauchst ...«

Meifeng klopfte mit ihrem Gehstock auf Ivys Bein. »Du solltest dir mehr Mühe mit deinem Aussehen geben. Selbst dein Vater trägt hochwertigere Hosen als du. Der Schritt hängt dir bis in die Knie!«

Ivy ignorierte die Schmähungen und beäugte stattdessen den fünften Gast, einen stämmigen Mann im Bombermantel, der auf ihrer Fußmatte stand und die Schnürsenkel seiner wasserfesten Stiefel löste.

»Wer ist das?«, zischte sie ihrer Großmutter zu.

»Komm rein, Kevin!«, rief Meifeng. »Nimm Platz, nimm

Platz. Bitte entschuldige die Unordnung.« Direkt im Anschluss flüsterte sie Ivy zu, dass Kevin Zhao der Sohn von Pings Freundin war. Er studierte Medizin in New Jersey. Seine Eltern lebten in China und hatten die Lins gebeten, an den Wochenenden ein Auge auf ihn zu haben. »Wir haben ihm erzählt, dass wir dich in Boston besuchen. Kevin war noch nie in Boston. Er ist erst seit fünf Jahren in den USA.«

»Ihr habt einen Fremden zu mir eingeladen?«, fragte Ivy ungläubig.

»Sei nicht so kindisch.« Meifeng hob die Nase und schnupperte. »Ich dachte, Shen hätte im Wagen nicht geraucht.«

Kevin legte seinen Mantel ab. Darunter trug er ein schwarzes Sweatshirt, auf dem in weißen Blockbuchstaben COUTURE stand. Er stellte sich Ivy mit starkem chinesischem Akzent als »KZed« vor. »Ich habe viel von dir gehört«, fügte er hinzu.

»Was zum Beispiel?«

»Deine Mutter hat mir erzählt, dass du eine großartige Schriftstellerin bist. Sie hat mir dein Zimmer gezeigt. So viele Bücher. Du musst ein wahres Wunderkind gewesen sein! Sind deine Notizbücher alle voll? Darf ich eine von deinen Geschichten lesen?«

Ivy sagte, dass sie keine Geschichten schrieb.

»Artikel?«

»Nein.«

»Mein Freund bewirbt sich an der Wirtschaftshochschule«, sagte Kevin. »Kannst du dir seine Unterlagen anschauen, wenn du Zeit hast?«

Zum Abendessen lud Ivy Kevin Zhao und die Lins ins Shangri-La ein, ein chinesisches Restaurant in Belmont. Während des ersten Besuchs ihrer Familie in Boston hatte sie den Fehler gemacht, sie in ein schickes italienisches Restaurant im North End auszuführen. Carbonara sei ein Pastagericht mit rohen Eiern, hatte sie einer entsetzten Nan erklärt. Meifeng aß zu viel Braciola – Rindsroulade – und beschwerte sich über eine Magenverstimmung. Sie war davon ausgegangen, dass Austin das Essen genießen würde, doch er saß zusammengesackt auf seinem Stuhl und weigerte sich, auch nur eine Vorspeise zu bestellen, weil er angeblich keinen Appetit hatte. Daraufhin setzte Shen zu einer Schimpfkanonade über Austins Sturheit an, die bis zum Abschied andauerte.

Bei diesem Besuch hatte Ivy mit eigenen Augen gesehen, wie weit es mit Austin gekommen war. Einst ein energiegeladener, eifriger – mitunter sogar zu eifriger – Junge, hatte ihn auf der Highschool eine gewisse Miesepetrigkeit befallen, die sie seinen Teenagerhormonen und einer negativen Grundeinstellung zugeschrieben hatten. Auf dem College wurde es nicht besser – im Gegenteil: Austin wurde nahezu unansprechbar. Er legte enorm an Gewicht zu, hockte die ganze Nacht über vor seinem Computer und zockte, wechselte von einem Hauptfach zum nächsten und musste häufig Seminare wiederholen, weil er zu selten anwesend war. Im letzten Sommer schmiss er schließlich endgültig hin. (»Er setzt ein Jahr lang aus, um sich zu erholen«, erklärte Nan entschuldigend.) Nan brachte ihn zu ihrer Hausärztin, einer Chinesin aus Suzhou, die einen Vitaminmangel diagnostizierte und ihm jede Menge Nahrungsergänzungsmittel verschrieb. »Ich hatte in seinem Alter die gleichen gesundheitlichen Probleme«, verteidigte Nan ihren Sohn der Familie gegenüber. »Blutarmut. Ich habe die ganze Zeit über geschlafen. Ich konnte mich nicht einmal fürs College bewerben, so schwach war ich. Unterernährt. Anscheinend hat Austin meine schwache Konstitution geerbt.« Niemand wies sie darauf hin, dass Austin weder anämisch noch unterernährt war. Im Gegenteil – er verschlang Unmengen. Es war leichter zu glauben, dass gute Noten, Eifer, Intelligenz und Motivation mit Vitamin-D-Tabletten herbeigezaubert werden konnten.

»Zumindest um dich muss ich mir keine Sorgen mehr machen«, hatte Nan nach einer ihrer Endlostiraden geseufzt. Verärgert über ihre Scheinheiligkeit hielt Ivy dagegen: »Warst du nicht diejenige, die mit Selbstmord drohte, sollte ich nach Boston gehen?« Zu Ivys Überraschung gab Nan ihr recht. Ja, räumte sie ein, ihre Tochter sei stark und klug, klüger als sie selbst, eine dumme, ungebildete Frau vom Land. Diese schamlose Zurschaustellung von Bescheidenheit hatte Ivy nur noch misstrauischer gemacht. Die Zustimmung ihrer Mutter zu ertragen, war womöglich noch schlimmer als ihre Enttäuschung.

Ivy wusste jetzt, warum ihre Eltern Kevin Zhao so freundlich gesinnt waren: Sie versuchten, sie zu verkuppeln.

Das hätte ihr eigentlich von Anfang an klar sein müssen, doch leider war sie nicht auf der Hut gewesen. Sie hatte gedacht, Austins Probleme würden ihren Eltern genügend Angriffsfläche bieten, sodass ihr eigenes Leben ausgespart bliebe.

Gedemütigt saß sie am Tisch, kämpfte sich durch die kostenlosen Erdnüsse und Gewürzgürkchen, durch die zwölf Gerichte, die Shen bestellt hatte und die die Kellnerin auf einem Extratisch platzieren musste, weil ihrer nicht groß genug war. Endlich kam das Dessert, eine kochend heiß servierte Kürbisspezialität, so heiß, dass sie sich den Gaumen verbrannte, in dem Wunsch, die Mahlzeit so schnell wie möglich hinter sich zu bringen. Das Gespräch war eine Farce. Nan stellte Kevin Fragen wie: »Wie oft telefonierst du mit deiner Mutter?«, woraufhin Kevin Ivy ansah und seine Unreife mit den Worten »Einmal die Woche« zu überspielen versuchte.

»Ping sagt, du rufst jeden Tag zu Hause an«, korrigierte ihn Nan. »Sie hat mir erzählt, dass du dein ganzes Geld sparst, um deine Eltern in China zu besuchen. Ivy wohnt nur ein paar Stunden von uns entfernt, und sie besucht uns nie.«

Ab und an flötete Meifeng: »Unsere Ivy ist eben kein *ting hua*-Kind wie du.«

Dann ging es wieder von vorn los: »Ping sagt, du treibst jeden Tag Sport?«

»Ich spiele manchmal Basketball.«

»Ich habe gehört, dass du auch schwimmst! Gesund, gesund ... Ivy schwimmt auch gern, nicht wahr? ... Nicht, Ivy? Nun, dafür liebst du es, an der frischen Luft zu sein. Denk nur an deine Camping-Touren. Ich finde es ja nicht sehr angenehm, draußen zu übernachten, aber unsere Ivy ist robust ...«

Und noch einmal: »Kevin, was machst du so, wenn du nicht studierst?«

»Ich reise gern. In den Semesterferien im Frühjahr habe ich einen Freund in Berlin besucht.«

»Berlin! Wo ist das? ... In Deutschland! Ivy war noch nie in Europa ... Ivy, ich hoffe, du lernst von Kevin. Mit Bücherlesen allein kommt man nicht durchs Leben ... Kevin, habe ich dir schon erzählt, dass Ivy eine große Schriftstellerin ist? Sie sprudelt förmlich über vor neuen Ideen ... Unsere Ivy ist eine sehr unabhängige Frau ...«

Es war eine bizarre Form von Kuppelei. Nan schien sich nicht entscheiden zu können, ob sie versuchte, Ivy von Kevin zu überzeugen oder Ivy als besseren Menschen dastehen zu lassen. Vielleicht gingen Liebe und Täuschung immer Hand in Hand, selbst in einer romantischen Beziehung.

Endlich bestellte Shen die Rechnung. Kevin ging zur Toilette. Alle fünf Lins sahen ihm nach.

»Was hältst du von ihm?«, fragte Nan.

»Mama – *nein.*«

»Er studiert Medizin – ihr könntet Freunde werden …«

»*Nein.*« Ivy sah Meifeng vorwurfsvoll an, die mit einem Zahnstocher zwischen ihren Zähnen herumprokelte.

»Wie willst du einen Mann kennenlernen, wenn du den ganzen Tag lang von Lehrerinnen umgeben bist?«, brauste Nan auf, die jetzt nicht länger die Unschuldige spielte. »Hör mir gut zu, Ivy: Kevins Vater ist zu Hause in China ein wohlhabender Geschäftsmann – eine *da fang*-Familie. Nicht hochnäsig oder geizig wie die Shanghainesen. Ich habe Kevin bereits gefragt, ob er dich hübsch findet …«

»*Wann?*«

»Deine Tante Ping hat herausgefunden, dass er keine Freundin hat. Das ist deine Chance!«

»Ich habe einen Freund«, sagte Ivy.

»Du hast mir erzählt, dass seine Eltern geschieden sind.«

»Das ist ein anderer Freund.«

Nan sah sie misstrauisch an. »Chinese?«

»Amerikaner.«

»Das wird nicht lange halten. Hast du denn immer noch nicht gelernt?«

Ivy knallte ihre Teetasse auf den Tisch.

Kevin kam von der Toilette zurück und teilte ihnen mit, dass er ein paar Freunde in Boston habe, mit denen er sich vor dem Restaurant treffen wolle. Nan bestand darauf, dass sie mit ihm zusammen auf dem Gehsteig warteten, bis seine

Freunde eintrafen. Ivy wusste, dass ihre Mutter herausfinden wollte, ob diese »Freunde« weiblich waren. Zehn Minuten später hielt ein mattschwarzer Acura am Bordstein. Als Kevin die Tür öffnete, durchbrach ein Schwall lauter Hip-Hop-Musik – *shake, shake, shake your money maker* – die abendliche Stille.

»Mach's gut, KZed.« Ivy winkte.

»Herzlichen Glückwunsch zum Geburtstag, Ivy!«, rief Kevin fröhlich, bevor er auf den Beifahrersitz glitt. Die Lins blinzelten überrascht. Sie hatten allesamt vergessen, dass heute ihr Geburtstag war.

Ihre Familie reiste am nächsten Morgen wieder ab. Nan hatte einen Zahnarzttermin – sie hatte gerade eine Zusatzversicherung abgeschlossen –, und Shen wollte sich mit jemandem treffen, der in Teilzeit beim Verpacken und Inventarisieren aushelfen würde. Ivy unterbrach ihn, bevor er ins Detail gehen konnte. Sie hasste es, etwas über das Familienunternehmen zu hören. Es erinnerte sie an die finsteren Jahre nach ihrem Umzug nach New Jersey. Andreas Therapeutin würde vermutlich auf eine posttraumatische Belastungsstörung tippen.

Beim Abschied umarmte Ivy Austin ungelenk. »Bleib cool«, sagte sie. Er blickte auf seine Schuhe.

»Dein Bruder wollte dich an deinem Geburtstag unbedingt sehen«, sagte Nan. Ihre erstickte Stimme brachte Ivy dazu, sich abzuwenden.

Shen klopfte Austin übertrieben herzlich auf den Rücken. »Bald lebst du auch allein in einer anderen Stadt, und wir fahren zu dir, um dich zu besuchen, so wie wir deine Schwester besuchen.«

»Das bezweifle ich«, sagte Austin. Es waren die ersten Worte, die er seit dem Restaurantbesuch gesprochen hatte.

Bei jedem dieser Besuche nahm sich Ivy vor, ein langes, privates Gespräch unter Geschwistern mit Austin zu führen, aber es ergab sich nie die passende Gelegenheit, und sobald er weg war, reagierte er weder auf ihre E-Mails noch auf ihre Anrufe. Sie verspürte den plötzlichen Impuls, ihm etwas zu schenken, um ihm sowohl ihre Zuneigung als auch ihre eigene Unzulänglichkeit zu vermitteln, also nahm sie ihren Schal ab und schlang ihn um seinen Hals. »Der ist ziemlich teuer«, sagte sie. »Eine Mischung aus Kaschmir und Seide.«

Sie hielt Meifeng die Tür des Vans auf, die erst ein Bein ins Auto zog, dann das andere. »Seit wir hier sind, tun mir die Knie weh«, sagte sie.

Mit einem Anflug von schlechtem Gewissen dachte Ivy, dass sie öfter nach Clarksville fahren sollte, zumindest, um Meifeng zu besuchen, die sie immerhin großgezogen hatte. Und Austin, der abschaltete wie ein überlasteter Computer ...

Meifeng winkte sie zu sich. »Hast du wirklich einen Freund oder wolltest du deiner Mutter nur etwas vormachen?«

»Ich habe einen Freund.«

»Kevin ist gar nicht so schlecht. Ich weiß, dass du ihn hässlich findest, aber Äußerlichkeiten sind nicht alles. Sieh dir deinen Vater an. Schönheit ist die Weisheit der Frauen; Weisheit ist die Schönheit der Männer. Jojos Sohn ist schon drei ...«

Ivy knallte die Beifahrertür zu. Ich werde Boston niemals verlassen, schwor sie sich.

In den nächsten Wochen waren Nans Anrufe gespickt mit Hinweisen auf Kevin. Er hatte Meifeng einen teuren Ginseng gebracht. Er hatte sich nach Shens Erkältung erkundigt. Er nahm Austin mit zum Basketballspielen beim Christlichen Verein Junger Menschen.

Ivy dachte an den schwarzen Acura, an das Wummern der Bässe und die quietschenden Reifen, als der Wagen in der Dunkelheit des Abends verschwand. Bei der Vorstellung, dass selbst der infantile Musterknabe Kevin ein wilderes Leben führte als sie, stieg Bitterkeit in ihr auf. Zehnmal am Tag warf sie einen Blick auf die kleine Plastikuhr, die über dem Kalender im Klassenzimmer hing und quälte sich von Minute zu Minute ... Dennoch fragte sie sich am Ende eines jeden verstrichenen Monats, wo die Zeit geblieben war.

Nur an den Wochenenden mit Gideon fühlte sie sich wirklich lebendig. Alles pulsierte vor unverfälschter, aufregender Sinnesfreude. Ivy dachte daran, wie sie geschmolzene Butter von der Gabel leckte, wie sie Trauben unter den nackten Zehen zerquetschte – die roten Kugeln platzten wie Fischrogen. Während einer Weintour außerhalb der Stadt hatte sie beim Traubenstampfen mitgemacht – ein spaßiges Erlebnis. Im April und Mai fanden viele Exkursionen zu Weingütern statt – auf dem Programm standen Weinproben, Weinabfüllungen und Weinverkäufe. Manchmal fuhren Gideon und sie allein hin, mal mit Tom und Marybeth. Die Wochenenden waren ein Nebel aus dunklen Kellern, Gelächter, das durch die feuchte Luft hallte, Gideons Hand auf ihrem Arm – »Still jetzt!«, sagte er lächelnd. Sein schiefer Zahn sah wunderschön aus, und sie biss ihm in die Wange, ermutigt durch die Dämpfe, und schmeckte Salz und Seife.

Dann waren da noch die Clubs: der Jachtclub, der Tennisclub, der Algonquin Club, der University Club. Tom war bei allen Mitglied und schleppte die Gruppe oft zu einem morgendlichen Squash- oder Tennismatch. Mittags wurde mit dem Trinken begonnen. Später erzählte Ivy Andrea, wie pompös diese Clubs waren – goldgerahmte Gemälde von Cocker Spaniels, alte Dokumente, ausgestellt in Glaskästen, verschiedene Rüstungen, die am Fuße von mit lateinischen Wappensprüchen versehenen Wendeltreppen Wache standen – es war leicht, auf Mittelschichtgefühle zurückzugreifen und sich über die Verschwendungssucht der Reichen lustig zu machen, während man mit Andrea an einem Buffet in Quincy anstand. Für Ivy war es unmöglich, etwas anderes als linkische Unbeholfenheit zu empfinden, wenn sie sich unter diese alten, wohlhabenden *Mayflower*-Familien mischte, für die die Aufrechterhaltung der Tradition das oberste Gebot im Leben war. Tom Cross konnte über seine eigenen Ansprüche lachen, aber Ivy konnte das nicht. Sie kannte den Unterschied zwischen Tradition und Anmaßung nicht. Darüber zu lachen, hätte nur ihre eigene Begrenztheit verraten.

Doch solange sie sich aufgeschlossen und angetan zeigte, konnte sie viele neue Erfahrungen sammeln.

Am letzten Samstag im Mai fuhren Gideon und sie mit Tom und Marybeth zu dem Gestüt von Marybeths Tante in New Hampshire. Ivy flog – flog im wahrsten Sinne des Wortes durch die Luft, klammerte sich an der Mähne fest, als ginge es um ihr nacktes Überleben, aber sie schaffte es, auf dem Rücken einer kastanienbraunen Stute ihr erstes Hindernis zu überwinden. Die Zeit verlangsamte sich: Die glänzenden Strähnen von Marybeths Pferdeschwanz flackerten vor Ivys Augen wie eine Fackel, Tom und Gideon standen am Rand des Reitplatzes und jubelten ihnen zu, die Gesichter verschwommen, das Gras duftete, Vögel sangen. Als die Stute sprang, sah sie sich selbst vor sich, eine elegante Erscheinung in Reithose und Reitstiefeln.

»Was für ein perfekter Tag«, schwärmte sie, als Gideon und sie sich später bei ihm zu Hause bettfertig machten.

»Es war so mutig von dir, über das Hindernis zu springen«, sagte er. »Dieser Ausdruck absoluter Entschlossenheit – ich habe so etwas noch nie gesehen.«

Jetzt konnte Ivy sich nicht länger zurückhalten. »Die Sache mit uns ist doch ernst, oder?«, fragte sie.

Er sah sie überrascht an. »Selbstverständlich. Entschuldige, aber müssen wir dieses Gespräch wirklich führen?«

»Reden ist etwas für Loser.« Sie schwang ihr Bein über seinen Schoß. Er hatte seine Kontaktlinsen gegen eine schwarzgerahmte Lesebrille ausgetauscht, und als sie sie ihm abnahm, sah sie die Abdrücke, die die Nasenpads auf seiner Haut hinterlassen hatten. Sie erinnerten an kleine Fußabdrücke. Beinahe wäre ihr bei diesem unerwarteten Anblick völliger Nacktheit vor Liebe das Herz gebrochen.

Er griff in ihre Haare und ließ sie durch seine Finger gleiten. »Ich gehe kurz duschen.«

Ivy lauschte dem Plätschern des fließenden Wassers. Ihr ganzer Körper schmerzte vom Reiten, doch sie fühlte sich rastlos. Seit dem Valentinstag hatten Gideon und sie elf Mal miteinander geschlafen – alles nüchterner, ernster Magst-du-dieses-oder-jenes-Sex –, und wenn sie intensiv nachdachte, konnte sie sich an jeden einzelnen Kuss erinnern. Schließlich hatte sie die meisten davon initiiert. Gideon war in der Öffentlichkeit zurückhaltend mit körperlichen Zuneigungsbekundungen, doch ihrer Erfahrung nach entpuppten sich genau solche Männer im Bett als wilde Liebhaber. Allerdings schien sich Gideon aus irgendeinem Grund zu bremsen. Manchmal, wie heute Abend, sah er sie mit verschleiertem Blick an, die Arme verschränkt, den Mund verkniffen vor Selbstbeherrschung. Sie war überzeugt, dass er sein Verlangen nach ihr unterdrückte, aber sie wusste nicht, warum. Mitunter fragte sie sich, ob Gideon derart bizarre Vorlieben hatte, dass er sich nicht traute, sie vor ihr auszuleben. Seine Rücksichtnahme, seine Höflichkeit, seine Etikette – Verhaltensmerkmale, die sie einst an ihm geliebt hatte – standen ihr jetzt im Weg, Nähe zu ihm aufzubauen.

Sie ging zum Fenster hinüber und öffnete es. Die kühle Luft fühlte sich gut an auf ihrer Haut. Der Mond war voll und blassorange, wie ein Tischtennisball, der zwischen zwei mit Türmen versehenen Dächern tief am Himmel hing. Gideons Straße war um einiges ruhiger als ihre eigene, und abgesehen von dem gelegentlichen Geräusch eines vorbeifahrenden Fahrzeugs oder dem Rascheln von Blättern, war es still. Sie hätte überall sein können, in jeder Stadt, in jedem Vorort oder auf dem Land. Sie sehnte sich nach einer Zigarette, einem Drink, nach etwas, was sie zerbrechen, nach jemandem, den sie anschreien konnte.

Gideon kam zurück und rubbelte sich die Haare mit einem Handtuch trocken. Er trug seinen Lieblingspyjama – den hellblauen mit seinen gestickten Initialen auf der Brusttasche. Zuerst hatte sie ihn gnadenlos damit geneckt. »Aber er ist so bequem«, hatte er verlegen dagegengehalten. Außerdem war der Schlafanzug ein Weihnachtsgeschenk von Grandma Cuffy, der Mutter seiner Mom; Sylvia hatte das dazu passende Damenmodell bekommen.

»Alles in Ordnung?«, fragte er.

Sie lächelte.

»Ich bin fix und fertig. Sollen wir für heute Schluss machen?« Er legte sich hin.

Sie stieg zu ihm ins Bett. Binnen Minuten war er eingeschlafen, aber sie lag noch lange wach.

10

»Die Karte funktioniert nicht«, sagte der Kassierer im Co-op.

»Ich übernehme das«, bot Andrea an und griff nach ihrer Geldbörse. Ivy schüttelte den Kopf, zog ihre zweite Kreditkarte hervor – die, die sie für den Skiausflug im Januar beantragt hatte – und reichte sie dem Kassierer. Er wirkte verlegen. Der Unmut trieb Ivy die Röte in die Wangen. Was war schon dabei? Das ganze Land hatte Schulden.

Doch als sie nach Hause kam, bereute sie es, die Trauben gekauft zu haben – wer hätte gedacht, dass eine so kleine Tüte so teuer sein würde? Auch die Bio-Milch hätte nicht sein müssen, sie hätte die normale nehmen sollen. Sie wappnete sich, um den Kontostand ihrer Kreditkarte zu überprüfen, doch dann verließ sie der Mut. Stattdessen verbrachte sie den Abend damit, sich die Fingernägel zu maniküren und zu lackieren. Der Nagellack war alt, und das Ergebnis war so grauenvoll, dass sie am nächsten Morgen das Nagelstudio an der Ecke aufsuchte. Die junge Koreanerin leistete so gute Arbeit, dass Ivy sich verpflichtet fühlte, ihr ein großzügiges Trinkgeld zu geben. Vor Angst drehte sich ihr der Magen um. Sie wusste nicht, wie sie noch mehr sparen konnte – sie hatte ihre Kinobesuche bereits eingestellt, und auf Bücher, Kaffee oder Lieferdienste von Restaurants verzichtete sie ebenfalls. Ihre Zigaretten waren ein Luxus, den sie sich noch gönnte, denn jedes Mal, wenn sie versuchte, mit dem Rauchen aufzuhören, schnellten ihre Ausgaben nur noch mehr in die Höhe, da sie eine fast volle Schachtel wegwarf und sich kurz darauf eine neue kaufte. All die schönen Zigaretten, die im Abfall landeten, nur weil sie sich nicht beherrschen konnte! Sie hatte die Trauben wegen der Vitamine gekauft, doch von nun an würde sie Obst von ihrer Einkaufsliste streichen.

Seit Beginn der Sommerferien fühlte sie sich antriebslos und benommen, sie hatte auch keinen Appetit mehr. Wenn sie zu schnell aufstand, wurde ihr schwindelig, und sie musste sich hinlegen. Ihre Mahlzeiten bestanden aus Andreas Pralinenreserven, die sie im Liegen in sich hineinstopfte, die Schachtel auf der Brust, und kalten italienischen Panini aus dem Diner ein Stück die Straße hinunter. Um die Mahlzeit aufzustocken, riss sie kleine Stücke von dem alten Brot ab, tauchte sie in Instant-Kaffee und ließ den Teig in ihrem Mund aufquellen, bis er zerfiel. Jede Woche erhielt sie eine weitere E-Mail von einer übereifrigen Kollegin, die Gutmensch-Aktionen wie das Streichen der Turnhalle oder ehrenamtliche Lernprogramme organisierte. Sie antwortete nie darauf.

Andrea sagte, sie würde zu dünn, und wies Ivy an, auf die Waage zu gehen. Sie hatte drei Kilo abgenommen.

»Iss das, jetzt sofort«, sagte Andrea und schob ihr die letzten Bissen von einem Stück Käsekuchen zu. Krümel klebten an ihren Lippen; eine feuchte Zunge, bedeckt mit Keksbröseln, schoss hervor, um sie abzulecken.

Ivy schüttelte den Kopf.

»Wie schaffst du es bloß, so viel Selbstbeherrschung aufzubringen?«, jammerte Andrea.

Ivy ging hinaus, um eine zu rauchen.

Die Gangster standen wieder einmal zusammen und bewachten die kostbare Fracht in ihren unzerstörbaren Jeeps –

worum auch immer es sich dabei handeln mochte. Ivy dachte
an den glänzenden neuen Van ihrer Mutter. Jeder brauchte
etwas, wofür es sich zu leben lohnte.

Sie hatte den Tag damit verbracht, in ihren Lieblingsbou-
tiquen zu shoppen, und aus einer plötzlichen Laune heraus
eine Digitalkamera für Austin gekauft. Ihre Mutter sagte, es
gehe ihm besser, und Ivy wollte ihn belohnen, indem sie ihm
etwas Gutes tat. Er hatte seine Vitamine genommen, berichtete Nan, und Shen habe ihn zur Gartenarbeit verdonnert,
damit er jeden Tag an die frische Luft kam. Er würde die
Kurse am örtlichen College wiederaufnehmen – so konnten
sie ihn im Auge behalten und morgens aus dem Bett werfen, damit er pünktlich war. Austin wollte nicht weiterlernen,
aber schließlich hatten sie ihn überredet. Shen hatte sich mit
ihm hingesetzt, und gemeinsam hatten sie einen Zeitplan ent-
worfen: wann Austin aufstehen, wann er lernen und wann
er essen, schlafen und zur Toilette gehen würde. »Er braucht
einfach etwas Disziplin«, erklärte Nan. »Selbst mir kommen
mitunter seltsame Gedanken, wenn ich mich den ganzen Tag
lang in meinem Zimmer verkrieche. Das ist unnatürlich.«
Zum Zeitpunkt des Telefonats hatte Ivy das Haus seit vier
Tagen nicht mehr verlassen. Sie fühlte, dass es sinnlos wäre,
ihre Mutter darauf hinzuweisen.

Die Digitalkamera hatte jeden Rahmen gesprengt, aber
Ivy rechtfertigte die Ausgabe, indem sie sich fragte, wann sie
Austin das letzte Mal ein hübsches Geschenk gemacht hatte.

In diesem Monat schickte sie Nan nicht den üblichen
Scheck über dreihundert Dollar und ließ bei Anrufen von zu
Hause den Anrufbeantworter laufen.

An einem brütend heißen Nachmittag im Juli schaute sie zum ersten Mal in Gideons Büro vorbei. Seine Firma hatte eine Eckeinheit im zehnten Stock gemietet – ein Co-Working-Space mit Tischtennisplatten, Sekretärinnen mit Hornbrillen und bunten, eiförmigen Stühlen. Sie lernte Roland Wellington, Gideons Kompagnon, kennen, einen blassen Mann mit einer schmalen Nase und nasaler Stimme, außerdem die zehn Angestellten – jugendlich-frische Jungs, direkt von den Elitehochschulen im Nordosten der Vereinigten Staaten – und die einzige weibliche Kraft, eine hübsche Inderin in einem senffarbenen Rollkragenpullover, die gerade ihren Abschluss in Oxford gemacht hatte. Hauptgesprächsthema war das Barbecue, das einer der Investoren, Dave Finley, am nächsten Tag in seinem Haus in Wellesley veranstaltete. Es ging das Gerücht, dass Mark Zuckerberg auftauchen würde.

Gideon lud Ivy ein, ihn zu begleiten, doch er warnte sie, dass sie sich möglicherweise langweilen würde, da die Mehrzahl der Gäste schon älter war.

»Ich freue mich darauf, mitzukommen«, sagte sie.

»Du wirst Dave und Liana lieben«, versicherte ihr Roland.

»Alle lieben Dave und Liana«, sagte Gideon. Etwas an seinem Ton ließ Ivy aufhorchen. Diese Menschen, die er nie erwähnt hatte, waren für Gideon in irgendeiner Hinsicht etwas Besonderes. Jedes neue Mitglied seines sozialen Umfelds war ein potenzieller Schlüssel, der es ihr erlaubte, tiefer in sein Seelenleben vorzudringen. Sie stellte sich sein Inneres als eine Reihe von Räumen entlang eines langen Korridors vor. Bislang hatte sie nur die vordersten betreten. Sie hatte gedacht, sie würde sich sicherer fühlen, seit sie ihre Beziehung vor sechs Wochen offiziell gemacht hatten, doch tatsächlich war das Gegenteil der Fall. Ihre Vertrautheit wuchs nicht, sie wurden eher noch unsicherer im Umgang miteinander, da sie beide den Druck verspürten, Nähe aufzubauen. In einem entsetzlichen Moment hatte sie ihn vergangene Woche in beschwipstem Zustand »Giddy-Bär« genannt und förmlich sehen können, wie er zurückschreckte. »J-j-ja?«, hatte er gestammelt. Sie war verlegen gewesen, er war verlegen gewesen, und sie hatte ihn weiterhin mit seinem richtigen Namen angesprochen. In Gegenwart von Tom und Marybeth oder Andrea war es leichter, Leidenschaft vorzuspielen. Wenn sie ins Stocken gerieten, konnten sie einfach auf die vertraute Gruppendynamik zurückgreifen. Allerdings gab es nichts, was die tiefgehende Unbeholfenheit entschärft hätte. Wie zwei Schauspieler in einem Theaterstück versuchten sie, den anderen an den richtigen Text zu erinnern, obwohl ihre Rollenhefte leicht voneinander abwichen.

Ivy war froh, dass sie einen verschwenderischen Aufwand für Dave Finleys Barbecue-Party betrieben hatte. Sie hatte eine quälende Stunde mit sich gehadert, dann war sie in die Innenstadt gefahren und hatte sich in einem schicken Salon eine teure Föhnfrisur geleistet, außerdem ein neues, plissiertes Midikleid mit hohem Rüschenkragen. Eine makellose Trophäenfrau. Sie hatte sich von Gideon inspirieren lassen – er war bei ihr zu Hause in einem gekreppten Leinenanzug erschienen, dessen ganz spezieller blautürkiser Farbton seine Haare zu einem sahnigen Mandelblond aufhellte, sodass sie am liebsten daran geleckt hätte.

Auf dem Weg zum Haus der Finleys setzte Gideon sie über das Grundlegendste ins Bild: Dave war sein langjähriger Mentor und einer der Partner bei dem größten Risikokapitalunternehmen in Boston; seine Frau Liana war Menschenrechtsanwältin und Philanthropin; sie hatten eine fünf Jahre alte

Tochter namens Coco. Wegen Cocos Alter nahm Ivy an, dass Dave Finley Ende dreißig oder Anfang vierzig war, kräftig gebaut, mit durchtriebenem Blick und dunklem Bartschatten im Kinngrübchen. Als jedoch ein schlanker, weißhaariger Gentleman über den Rasen auf sie zu eilte, um sie willkommen zu heißen, wurde Ivy klar, dass sie sich den Dave Finley von vor zwanzig Jahren vorgestellt hatte. Dieser Dave trug Jeans, gestreifte Espadrilles und ein sportliches Hemd aus Frottee. Kein anderer auf der Party war so lässig gekleidet. Es war eine Möglichkeit, Macht zu zeigen: zu betonen, dass man sich für niemanden zurechtmachen musste. Ein Wirrwarr aus Lachfältchen überzog sein tiefgebräuntes Gesicht, die Art Gesicht, die man umgehend mit Bootskatalogen oder Werbung für Seniorenresidenzen in Florida in Verbindung brachte.

»Sie sehen großartig aus, meine Liebe«, sagte er. Seine blauen Augen strahlten bewundernd, als er Ivys Hand in seine eigene nahm. Als er sich vorbeugte, konnte sie den Alkohol in seinem Atem riechen, zusammen mit irgendetwas Medizinischem. Binnen Minuten gelang es ihm mit demselben mühelosen Charme, Ivy sämtliche Details über ihr Alter, ihre Ausbildung, ihren Job und ihre Gehaltsklasse zu entlocken, ohne dabei aufdringlich oder neugierig zu erscheinen.

»Lehren ist eine noble Berufung«, sagte Dave und entblößte sehr weiße, sehr gerade Zähne. »Ich wünschte nur, Lehrer wären nicht so unterbezahlt und überarbeitet. Erst letzten Monat war ich in Korea. Die Lehrer dort sind *Gottheiten*. Die Eltern bombardieren sie mit Geschenken – Elektronikartikeln, Urlaub, mitunter sogar mit gutem, altem Bargeld – und bitten sie, die Paten ihrer Kinder zu werden. Vergessen Sie die Festanstellung – dort herrscht absoluter Mangel an qualifizierten Lehrkräften. Die guten können arbeiten, wo immer sie wollen. Hier hingegen sind Lehrer arm wie Kirchenmäuse, leben vom Bodensatz der öffentlichen Kassen und sind gezwungen, schlampige Forschungsarbeiten zu plagiieren, um sich einen Namen zu machen.«

»Das ist wohl wahr«, pflichtete Ivy ihm bei. Er schien davon auszugehen, dass sie Professorin war. »Meine Erstklässler bestechen mich manchmal mit selbst gebackenen Plätzchen«, scherzte sie.

Er schien sie nicht zu hören.

»Die meisten Lehrer hier sind ziemlich dumm. In Utah erzählen sie ihren Schülern zum Beispiel, die Evolutionstheorie sei eine Erfindung des Teufels, die dazu diene, Jesus zu diskreditieren. Werfen Sie bloß einen Blick auf unsere naturwissenschaftlichen MINT-Fächer im Vergleich mit anderen Ländern. Eine Schande ist das!«

»Nun, nicht alle …«

»Selbstverständlich nicht. Wie ich schon sagte – eine noble Berufung. Sie haben ein goldenes Herz, meine Liebe, ich sehe es schlagen, während wir sprechen.« Daves Blick schweifte über den Rasen. »Wo ist Liana?«

Es erschien Ivy unmöglich, dass Dave seine Frau im Gedränge all der Gäste in aufwendig gearbeiteten Blazern und Sommerkleidern entdecken würde, die von Gruppe zu Gruppe flatterten wie Schmetterlinge, die systematisch jede Blume im Garten bestäubten, während das Catering-Personal in den strengen schwarzen Westen und weißen Handschuhen wie riesige Motten mit Tabletts voller Canapés und kalten Getränken in verschiedenen Sorbet-Farben um sie herumschwirrte.

»Da ist sie ja!« Dave rief eine große Asiatin zu sich, die auf der Terrasse stand, ein Kind auf dem Arm.

Ach du Schande, dachte Ivy.

Liana Finley hatte eines der hässlichsten Gesichter, die sie je gesehen hatte. Breiter als lang und völlig asymmetrisch. Ein Wangenknochen war höher als der andere, die Kinnlinie weder rund noch eckig. Ein rosa-weißer Seiden-*qipao* umschmeichelte ihre hochgewachsene Statur, der bis zur Hüfte reichende Schlitz enthüllte ein muskulöses, bronzefarbenes Bein. Bräunungsspray? Nein, das war Liana Finleys Hautfarbe. Kein Wunder, dass Dave sie in der Menge entdeckt hatte – diese chinesische Amazone wäre überall herausgestochen.

Liana kam auf sie zu, das kleine Mädchen auf der Hüfte. Sie begrüßte Gideon herzlich mit einem Kuss, dann schüttelte sie Ivys Hand. Ivy konnte unmöglich Lianas Alter oder Akzent bestimmen, der abgehackt und entfernt nach deutscher Sprache klang.

»Wie alt bist du jetzt, Coco?«, fragte Gideon.

Das kleine Mädchen hielt fünf Finger hoch. Es trug ein limettengrünes Tutu und eine weiße Strumpfhose. Die Erwachsenen machten viel Aufhebens um ihre Pausbäckchen, auf denen Libellen aus grünem Glitzer prangten.

»Wie heißt Libelle auf Chinesisch, Coco?«, fragte Dave.

Keine Antwort.

»Das hast du doch heute Morgen gelernt.«

Alle warteten.

Coco flüsterte etwas. Ivy war sich ziemlich sicher, dass es nicht »Libelle« bedeutete.

»Du bist so klug, meine Süße«, lobte Liana.

Dave gab seiner Tochter drei überschwängliche Schmatzer. Seine Lippen glitzerten.

Ich war fünf, dachte Ivy, als mich die Flugbegleiterin am Logan Airport allein gelassen hat.

»Neulich habe ich gelesen, dass Kleinkinder ohne große Mühe bis zu vier Sprachen erlernen können«, sagte Liana zu Ivy und überließ das kleine Mädchen der Kinderfrau. »Unsere Coco hinkt also ein klein wenig hinterher.«

»Sie kommt mir klüger vor als viele meiner Sechsjährigen«, hielt Ivy dagegen.

»Sie *ist* ein echter Schatz«, räumte Liana ein, »aber vielleicht empfindet jeder so, wenn es sich um das eigene Kind handelt.«

Ein Kellner kam mit einem Tablett voller Mojitos. Ivy und Liana nahmen sich einen. Liana rührte die Pfefferminzblätter in ihrem Glas um, bis der Rum trüb wurde. »Vor Coco«, sagte sie, »dachte ich, es wäre lästig, Kinder zu haben. Ich fürchtete, ich wäre zu gebunden, würde alles verlieren, wofür ich gearbeitet hatte. Doch tatsächlich ist das Gegenteil der Fall – sie hat dem, was ich tue, eine Bedeutung verliehen. Sie werden das verstehen, wenn Sie selbst Kinder haben.«

Ivy nickte ernst. Dann war das also Lianas Hauptthema. Eine einflussreiche Anwältin für Menschenrechte, die alles für den Zauber der Mutterschaft aufgegeben hatte. Nicht gerade eine neue Geschichte, und doch würde sich Liana für den Rest ihres Lebens gezwungen sehen, zu demonstrieren, dass sie nichts bereute, dass sie ihrem uralten, weißhaarigen Ehemann in keinster Weise nachstand, auch wenn alle insgeheim glaubten, dass sie ihn nur wegen seines Geldes geheiratet hatte (*hatte* er sie denn während des Jurastudiums unterstützt?). Alle Frauen, begriff Ivy, hatten irgendein spezielles Thema. Eine Geschichte, die sie sich permanent selbst einredeten. Eine innere Wunde.

Als Liana aufhörte zu reden, machte Ivy ihr ein Kompliment zu ihren Satinschläppchen – »Wie fein gearbeitet sie sind, und sie passen so gut zu Ihrem Kleid« –, obwohl sie in Wirklichkeit dachte, dass sie aussahen wie die Billigschlappen, die man in Chinatown an Touristen verkaufte, rot und glänzend, mit schwarzer Plastiksohle und bestickt mit Kirschblüten.

Liana lächelte freundlich, doch die Freundlichkeit wirkte herablassend. Damit wären wir also wieder genauso weit wie vorher, schien das Lächeln zu sagen.

»Sie sind von diesem großartigen Designer, Ralph Li-Ping. Ich bemühe mich, asiatische Designer und Künstler zu unterstützen.«

Ivy lächelte. Beide Frauen nahmen einen Schluck von ihrem Mojito.

»Dave, was schaust du dir da an?«, fragte Liana, die offenbar genug davon hatte, die Mentorin zu spielen. Ivy kam sich vor wie ein neues Spielzeug, das von Dave an Liana weitergereicht wurde, da keiner von beiden großes Interesse daran hatte, damit zu spielen. Allerdings fühlten sie sich verpflichtet, um Gideons willen ein Minimum an Begeisterung vorzutäuschen.

Dave zeigte Gideon etwas auf seinem Handy. »Wir dürfen es eigentlich noch niemandem verraten, aber Liana wird das Gesicht der Herbstkampagne von Christopher Zhu. Das ist ein Video von Liana auf der Fashion Week in Tokio. Er hofft, dass es mir nichts ausmacht, sie zu teilen – er hat sie seine Muse genannt.«

Gideon und Ivy beugten die Köpfe über das kleine Display. Da saß Liana, das Gesicht wie eine gleißende Sonne unter Monden, in der ersten Reihe zwischen zwei gertenschlanken Models. Ihre tiefe Stimme übertönte das Geplapper der anderen im Raum. Sie sagte etwas auf Chinesisch zu der schwarzhaarigen Begleiterin links neben ihr, aber sie sprach nicht gut, artikulierte sogar noch schlechter als Austin.

Dave strahlte sie erwartungsvoll an. Ivy murmelte ein Kompliment.

»Es fällt mir erst jetzt auf«, sagte Dave und sah von Ivy zu Liana, »aber ich finde, ihr zwei könntet Schwestern sein.«

»Wir sehen uns ganz und gar nicht ähnlich, Liebling«, widersprach Liana. »Ich bin mindestens zehn Jahre älter als Ivy.«

Gideon klickte das Video noch einmal an und lauschte erstaunt. »Ich wusste gar nicht, dass du Chinesisch sprichst, Liana.«

»Kindergartenlevel«, erwiderte sie. Sie erzählte, dass sie zweimal pro Woche Unterricht in Mandarin nahm. Man erwartete von ihr, dass sie eine fünfminütige Rede für ihre Wohltätigkeitsstiftung hielt, die auf CCTV ausgestrahlt werden sollte.

»Gibt es schon einen Sendetermin?«, erkundigte sich Gideon.

»Im September.«

»Dann hast du ja noch Zeit. Wird die Rede aufgezeichnet? Ich würde sie mir liebend gern ansehen.«

Liana sagte, sie würde versuchen, jemanden zu finden, der sie filmte. Gideon und sie lächelten sich an.

Liana wandte sich an Ivy. »Sprechen Sie Mandarin?«

»Nicht gut.«

»Sagen Sie doch mal etwas«, forderte Dave sie auf.

»Was denn zum Beispiel?«, fragte Ivy und verspürte neuerliches Mitgefühl mit Coco Finley.

»Sagen Sie: ›Die Temperatur heute beträgt einundzwanzig Grad Celsius.‹«

Ivy sagte den Satz auf Chinesisch.

»Ihre Aussprache ist gut!«, stellte Liana überrascht fest – zu überrascht, dachte Ivy gekränkt. »Vielleicht könnten Sie meine Rede mit mir durchgehen. Mein Chinesischlehrer war in letzter Zeit unausstehlich; ich wäre froh, endlich einmal richtige Fortschritte zu machen.«

»Wenn ich Ihnen damit helfen kann«, sagte Ivy und musste sich alle Mühe geben, Liana nicht zu unverhohlen anzustarren. Sie konnte sich einfach nicht vorstellen, dass irgendein Mann, geschweige denn Gideon, ein solches Gesicht attraktiv finden konnte – und trotzdem hatte Liana einen Designer zu künstlerischen Hochleistungen inspiriert. Er hatte sie seine Muse genannt!

»Waren *Sie* jemals in China, Ivy?«, wollte Dave wissen.

»Ich bin dort geboren«, antwortete sie. »Mit fünf bin ich in die Vereinigten Staaten gekommen. Als ich vierzehn war, bin ich noch einmal dorthin zurückgekehrt.« Sie schilderte kurz ihre einzige Reise nach Chongqing, doch als sie bemerkte, dass sie zum ersten Mal die Aufmerksamkeit der beiden hatte – Daves und Lianas Interesse schien aufrichtig zu sein –, fing sie an, diesen einen Sommer zu vielen Sommern auszuschmücken. Sie erzählte von einer Kindheit, die sie in kleinen Dörfern auf dem Land und in glitzernden Metropolen verbracht hatte, von der Kluft zwischen Arm und Reich, von bitterer Armut und pompösem Exzess, von Familien, die sich zu viert auf ein Motorrad quetschten, und unendlich vielen Reisfeldern. Sie beschrieb Jojo, Tante Hong, Sunrin und Sunrins *ayi* – wo sie lebten, wo sie arbeiteten, wie sie die Menschen aus Amerika betrachteten – und reduzierte ihre Verwandten auf Stellvertreter für die Armen, die Reichen, die Chinesen. Während sie sprach, nahm Gideon ihr das Glas aus der Hand und bedeutete dem Kellner, ein neues zu bringen.

»Was Sie über die Klassen- und Geschlechterdiskrepanzen erzählt haben, hat mich wirklich berührt«, sagte Liana, als sie geendet hatte. »Meine Urgroßmutter wurde von ihren Eltern an einen fliegenden Händler verkauft, damit diese ihre Brüder durchfüttern konnten. Sie gehörte noch der Generation von Frauen an, denen man die Füße band, doch sie brachte sich selbst das Lesen bei. Sie schaffte es, meine Großmutter als erste Frau an einer ausschließlich von Männern besuchten Ingenieurschule in Peking unterzubringen. Wenn es Sie interessiert, habe ich da dieses Buch über chinesische Frauen, die in der Prä-Mao-Ära die Klassenbarrieren überwanden. Ich könnte es Ihnen leihen.«

Ivy sagte, sie würde es liebend gern lesen. Liana schlug vor, dass Ivy zur nächsten Versammlung ihres Buchclubs kommen möge.

»Bin ich auch eingeladen?«, scherzte Gideon.

»Nur für Frauen«, verneinte Liana.

»Selbst ich darf nicht teilnehmen«, sagte Dave und schüttelte seine weißen Locken. »Sie verbarrikadieren sich stundenlang hinter verschlossenen Türen, und ich höre nichts als unablässiges Gekicher. Sie müssen unser Maulwurf sein, Ivy. Verraten Sie uns, was da vor sich geht.«

Liana legte einen Arm um Ivys Taille. »Sie würde ihre Geschlechtsgenossinnen niemals verraten.«

Ivy spürte, dass Lianas warme Hand etwas Loyales, Beschützendes ausstrahlte, etwas, was sie in Lianas inneren Kreis einführte, auch wenn sie kaum eine Idee hatte, wie man sich in einem solchen Kreis bewegte. In einem Kreis, in dem ihre chinesische Herkunft nicht wie ein hässlicher

Hund unter dem Tisch versteckt werden musste, sondern in einem prächtigen *qipao* mit einem Schlitz bis zum Oberschenkel zur Schau gestellt wurde. Sie hätte Lianas Leben, das Leben ihrer Verwandten, nicht derart vereinfachen sollen. Plötzlich schämte sie sich dafür. Vielleicht ging es gar nicht um die Geschichten der anderen, sondern lediglich um ihre eigene. Doch was zählte die Wahrheit, wenn die meisten Leute einen doch nur nach dem beurteilten, was offensichtlich war?

Nachdem sie Jakobsmuschel-Ceviche und Pistazientapenade gegessen hatten, schlug Dave vor, dass Liana Ivy die Rosen zeigte. »In diesem Jahr blühen sie ganz wundervoll« – er tätschelte Lianas Hüfte –, »dank dir, meine Liebe.«

»Dank Francisco«, stellte Liana richtig und nahm Ivys Arm. »Ich stelle bloß die Schecks aus.«

Ohne viel zu reden, schlenderten sie durch den gepflegten Garten nahe dem kleinen Pavillon. Gelegentlich winkte Liana einer Freundin oder zeigte Ivy das Gemüse, auf das sie besonders stolz war: die leuchtend roten Tomaten, die so prall waren, dass sie gleich zu platzen schienen, die armlangen, dicken Zucchini. »Wir hatten so viele Probleme mit Schädlingen und Kaninchen, aber seit wir Francisco eingestellt haben, kommt fast alles, was wir essen, aus dem eigenen Garten.«

»Was für ein Aufwand«, staunte Ivy. »Dabei sind Sie ohnehin so beschäftigt mit Coco und Ihren Wohltätigkeitsprojekten.«

»Mit Geld löst man alle Probleme«, sagte Liana, runzelte die Stirn und bückte sich, um eine Winde zu entfernen, die sich um den Stiel einer roten Rose geschlungen hatte. Als sie sich wieder aufrichtete, tauchte wie aus dem Nichts ein Faktotum in schwarzer Weste auf, nahm das zarte Unkraut aus

Lianas manikürten Fingern und reichte ihr ein feuchtes Tuch, mit dem sie ihre Hand reinigen konnte.

»Ich mag dich, Ivy«, sagte Liana frei heraus. »Ich darf doch Du sagen, oder? Ich verstehe, warum du für Gideon etwas Besonderes bist. Ihr zwei gebt ein schönes Paar ab. Lass mich wissen, wenn ich dich irgendwie unterstützen kann ...«

Es war fast Mitternacht, als Ivy und Gideon die Barbecue-Party verließen. Die Villa war noch hell erleuchtet. Dave und seine Freunde spielten im Foyer Bridge; Liana saß auf der Terrasse, umgeben von Frauen aus ihrem Buchclub, und debattierte so leidenschaftlich über die Ölkrise, als würde der Präsident höchstpersönlich atemlos auf ihren Anruf warten, damit sie ihm mitteilte, was genau zu tun war.

Woraus genau bestand dieser Mantel, der sich Privileg nannte, und wie konnte er einen schützen? War er sichtbar für den Träger, oder konnten ihn nur Außenstehende erkennen?

»Irgendwann gehen wir mit den beiden essen«, sagte Gideon im Auto. Sein Lächeln im Scheinwerferlicht eines entgegenkommenden LKWs sah besonders süß aus. »Liana ist toll, findest du nicht? Ihr zwei habt vieles gemeinsam.«

»Tatsächlich?«, murmelte Ivy.

»Ich habe sie einmal vor Gericht erlebt«, sagte Gideon. »Damals war ich noch Student. Wie sie die Geschworenen für sich eingenommen hat ... ›Wenn wir es nicht wagen, wer dann?‹ Diesen Satz werde ich nie vergessen. Er hat in mir den Wunsch geweckt, die Welt zu verändern.« Er schüttelte den Kopf. »Sie war etwas Besonderes.«

»Ja«, sagte Ivy. »Ich mag Liana und Dave sehr. Wer wäre nicht gern wie sie?«

Sie schwiegen. Das Radio spielte die Top-Ten-Lovesongs,

jeder fünfzigste Anrufer bekam Konzerttickets geschenkt. Jetzt lief ein langsames Stück ... *and you know ... for you I'd bleed myself dry* ... Im sanften Timbre der Männerstimme hörte Ivy ihre eigene Sehnsucht.

Als Gideon vor ihrem Haus anhielt, hatte sie einen Entschluss gefasst: Sie würde den Lehrberuf an den Nagel hängen und Anwältin werden.

11

In den Wochen nach dem Barbecue bei den Finleys kam und
ging Ivys Zuversicht wie Ebbe und Flut. Sie kaufte sich ein
Buch zur Vorbereitung des Aufnahmetests an der juristischen
Fakultät und verbrachte ihre Tage damit, verworrene Logik-
aufgaben zu lösen – *Es gibt genau drei Wertstoffhöfe, exakt
fünf verschiedene Materialien werden in diesen Wertstoff-
höfen recycelt, jeder Wertstoffhof recycelt mindestens zwei,
aber nicht mehr als drei dieser Materialien. Die folgenden
Bedingungen gelten* ... Sie fühlte sich genauso frustriert und
unzulänglich wie früher auf der Highschool, als sie sich vor
Nans Gekeife wegen ihrer mittelmäßigen Noten gefürchtet
hatte. Nachts, wenn Gideon schlafend neben ihr lag, spulte
Ivy die Ereignisse des Tages wie einen Film vor ihrem inneren
Auge ab: Sie sah den breitschultrigen Gideon in seinen weichen Rundhalspullovern und den doppelreihigen Blazern vor
sich, mit seinen goldbraunen Augen und dem unwiderstehli-
chen Grinsen, das ihr vorkam wie ein Geschenk; Gideon mit
den sauberen, rechteckigen Handflächen, dem apfelförmi-
gen Muttermal auf der Schulter und den blaugrünen Venen
an den Armen, die hervortraten, wenn er sie an sich drückte.
All das genügte, um ihre Knie weich werden zu lassen. Sie
sah aber auch den Gideon mit dem aufgesetzten Lächeln, den
Gideon, der tagelang nicht anrief, der sich im Büro beinahe
totarbeitete, ohne Erklärung und ohne sich zu beschweren,
mit der stillen Entschlossenheit, die ihm schon als Kind zu

eigen gewesen war. Die Celtics hatten die Play-offs verloren. Im Juni hatte er sie zu einem der Endspiele mitgenommen, und sie hatten sich heiser geschrien, hatten gebetet, gejubelt, geklatscht, doch es hatte nicht genügt: Die ganze Arena ging bedrückt nach Hause, viele weinten, was Ivy vorkam wie ein schlechtes Omen. Jeden Morgen, wenn sie in den Spiegel blickte, waren die Schatten unter ihren Augen dunkler. Sie jammerte, weil ihre schwer verdiente Schönheit schwand; ihr Herz wurde unruhig.

Eines Nachmittags im August schickte Sylvia ihr aus heiterem Himmel eine Textnachricht. *Lass uns mal wieder treffen! Sollen wir heute Abend essen gehen?* Ivy sagte sofort zu. Sie hatte schon eine ganze Weile auf ein Zeichen wie dieses gewartet und wurde langsam nervös, da sie sich fragte, ob das Schweigen von Gideons Schwester einer Zurückweisung gleichkam.

Es hatte schon den ganzen Tag geregnet. Der Verkehr war so dicht, dass die Fahrt zu dem Restaurant, das Sylvia vorgeschlagen hatte, nicht fünfzehn Minuten, sondern eine geschlagene Stunde dauerte. Ivys Camry war wieder einmal in der Werkstatt, diesmal mussten die Bremsen erneuert werden, also rief sie ein Taxi. Vier Blocks vom Lokal entfernt blieben sie wegen eines Unfalls im Stau stecken, und Ivy sprang hinaus und rannte los. Sylvia war nicht da. Ivy wartete fünfzehn Minuten, bis Gideons Schwester eintraf. Sie trug einen marineblauen Trenchcoat über einem tief ausgeschnittenen schwarzen Kleid, dazu eine Perlenkette. Die Blicke der Männer folgten Sylvia, als sie den Raum durchquerte, aber sie waren anders als die, die sie Andrea zuwarfen. Es war ein Unterschied, das Greifbare oder etwas Unerreichbares zu begehren.

»Das Haymakers Theater liegt am Ende der Welt«, entschuldigte sich Sylvia. Auf ihren goldblonden Haaren schimmerten Regentropfen wie ein Heiligenschein. »Ich musste ewig warten, bis der Taxifahrer mich endlich gefunden hatte. Er musste erst die ganze Strecke bis *Amherst* fahren ...« Sie streifte ihre High Heels unter dem Tisch ab und winkte dem Kellner, um einen Chiang Mai zu bestellen. »Einen starken, bitte. Hast du schon bestellt, Ivy?«

»Noch nicht.«

»Die Curry-Gerichte sind hier ausgezeichnet. Ich nehme das Kaeng Masaman.«

Nachdem sie ihre Bestellung aufgegeben hatten, erklärte Sylvia, was sie zu dem Theater geführt hatte: Sie war bei einer Konzertprobe ihres engen Freunds Victor Sokolov – ein Komponist – gewesen. Er war ein moderner Strawinsky, lebhafter als dieser, aber mit den gleichen wunderschönen Themen. Sie hatte Victor kennengelernt, als er noch in die Juilliard School ging, anschließend hatte er an die Vienna Music School gewechselt. Er war brillant, er war das einzig Wahre.

»Meine Freundin Andrea ist Violinistin«, sagte Ivy. »Sie spielt im Boston Symphony Orchestra.« Sylvias Gesichtsausdruck verriet weder Bewunderung noch Neugier. »Wenn du eine Aufnahme seiner Stücke hast, kann ich sie ihr geben«, fügte Ivy schnell hinzu. »Ich bin mir sicher, sie wird seine Musik *lieben*.«

»Victor ist sehr experimentell, ich bin mir nicht sicher, ob ein reiner Klassikliebhaber seine Stücke genießt. Nun, ich denke, seine Arrangements ...« Genau wie Gideon war sie derart geübt im Small Talk, dass Ivy fast glaubte, Sylvia habe sie eingeladen, um mit ihr über klassische Musik zu reden. Der Kellner brachte ihre Curry-Gerichte. Sylvia wartete, bis

Ivy die Serviette über ihren Schoß gebreitet hatte, dann stieß sie etwas atemlos hervor: »Also! Du und Gideon!«

Ivy lächelte. »Du hältst deine Stäbchen genau richtig.« Selbst dieser winzige Ausdruck von Macht – eine Information, die Sylvia haben wollte, eine Sekunde länger zurückzuhalten – fühlte sich an wie ein Sieg. Ihr Kommentar führte zu einem Diskurs darüber, wo Sylvia den Umgang mit Stäbchen erlernt hatte – sie liebte Sushi – und welche ihre Lieblingsjapaner in der Umgebung von Boston waren.

»Kommen wir zurück zu Gideon«, sagte Sylvia. »Er wollte mir nichts über euch verraten! Ich habe erst herausgefunden, dass ihr zwei euch immer noch trefft, als ich die Cupcakes entdeckte, die du in seinen Kühlschrank gestellt hast. ›Die hat Ivy vorbeigebracht‹, hat er gesagt. Mehr nicht. Sie sind übrigens köstlich, du *musst* mir das Rezept geben. Typisch Giddy ... diese ständige Heimlichtuerei. Ich wette, du bist der Grund dafür, dass er in der letzten Zeit nicht zum Essen bei unseren Eltern aufgekreuzt ist. Er wollte sie nicht belügen, wenn sie sich nach seinem Liebesleben erkundigen. Aber sie hätten es ohnehin an seinem Stottern gemerkt.«

»Wir halten uns lieber etwas bedeckt«, sagte Ivy. »Wir sind beide eher zurückgezogene Menschen ... so fühlt sich alles noch umso besonderer an.« Sie meinte es fast ernst. Seit sie im Mai »Das-Gespräch-das-kein-Gespräch-war« geführt hatten, hatte sie verhalten optimistisch darauf gewartet, dass Gideon sie zum Sonntagsessen zu seinen Eltern nach Beacon Hill einladen würde, auch ein gewöhnliches Abendessen während der Woche hätte ihr genügt. Doch wenn sie sich sonntagnachmittags den Mantel anzog, um sich auf den Heimweg zu machen, wartete sie vergeblich auf seinen Vorschlag zu bleiben; er hatte sie auch nicht eingeladen, ihn zu der Hochzeit einer Cousine im Juni zu begleiten. Das hatte ihr zunächst zu schaffen gemacht, aber sie wusste, dass sie ihn nicht unter Druck setzen durfte. Druck funktionierte nur bei leicht zu manipulierenden Männern, und sie hatte leicht manipulierbare Männer noch nie respektiert.

»Da haben wir's«, sagte Sylvia und lehnte sich auf ihrem Stuhl zurück, die Arme auf dem Tisch. Sie sah aus wie eine Katze, die sich mit einem zufriedenen Gähnen streckte. »Ihr zwei seid perfekt füreinander.«

Ivy sah auf.

»Findest du nicht?«

Ihr verlegenes Zögern trieb ein verschmitztes Schimmern in Sylvias Augen.

»Du bist süß und schööön *und* klug. Ich hätte dir schon auf der Silvesterparty sagen können, dass Gideon auf dich steht. Wie er sich an jenem Abend darum bemüht hat, dir aus dem Weg zu gehen! … Ich will dir ein Geheimnis verraten: Giddy ist übervorsichtig bei Leuten, die er mag. Hast du manchmal das Gefühl, dass er dich auf Distanz hält?«

Ivy schnappte leicht nach Luft. »Das ist ein Schutzmechanismus«, erklärte Sylvia mit einem feinen Lächeln. »Und es ist der Grund, warum er dich im Moment ganz für sich haben möchte. Es ist genau, wie du vermutest – er will nicht, dass Mom und Dad sich einmischen.«

»Hat er gesagt …«

»Und Arabella! Sie hat während Ellens Oster-Brunch unablässig von dir geredet. Tante Ellen ist das jüngste von sieben Kindern, also wird sie von allen verwöhnt. Sie beansprucht die großen Feiertage für sich, Mom muss sich mit den Resten begnügen, dem Memorial-Day-Wochenende und dem Labor Day. Die beiden sind die einzigen Mädchen des Whitaker-

Clans – du glaubst nicht, wie viele Onkel und Cousins zweiten Grades ich habe –, aber ihre Beziehung erinnert eher an die von zerstrittenen Eheleuten, die um das Sorgerecht für den Rest von uns kämpfen. Wir sind eine riesige Familie, auch von Dads Seite her … Jetzt schau nicht so verängstigt! Gideon wird dir einen Überblick geben, bevor du sie alle kennenlernst. Ich denke, du wirst gut mit Onkel Jack klarkommen. Er ist gern von interessanten Leuten umgeben, und er wird dich *lieben*.«

Ivy lächelte weiter und nickte. Einfach allem beipflichten. Allerdings schmierte normalerweise die Freundin der Schwester Honig ums Maul, nicht umgekehrt, was sie verunsicherte.

Sylvias Handy summte leise. »Entschuldige – ich habe ganz vergessen, dass ich mich heute mit meiner Mom treffen sollte …«

Ivy schaute höflich zur Seite, während Sylvia telefonierte. Sie nahm einen Bissen von ihrem Kabocha-Kürbis, der kalt geworden war. Sie konnte Mrs. Speyers trällernde Stimme hören, und es war fast so, als würde sie zwei Zaunkönigen lauschen, die gemeinsam zwitscherten.

»So – wo waren wir stehen geblieben?«, fragte Sylvia, nachdem sie aufgelegt hatte.

»Beim Oster-Brunch.«

»Richtig.«

Sie tauschten abwechselnd Geschichten über Gideon aus. Jedes Wort, jedes Lachen, jeder verschwörerische Witz wurde gefiltert durch das Wissen, dass alles, was sie sagten, von der anderen an Gideon weitergeleitet würde. *Sylvia hat mir erzählt … Ivy hat behauptet …*

Ungefähr nach der Hälfte des Essens sagte Sylvia: »Da ist sie ja«, und winkte jemandem an der Tür. Ivy drehte sich um und wurde blass.

Mrs. Speyer stand am Empfangstisch und strich sich die Regentropfen vom Mantel. Ihre Haltung war ausgesprochen elegant, genau wie die ihrer Kinder, ihre Statur so schmal wie die eines jungen Mädchens. Ihre vollen aschblonden Haare waren im Nacken zu einem Chignon frisiert. »Warum um alles in der Welt treffen wir uns hier?«, fragte sie Sylvia, als sie an ihren Tisch trat. »Die Show beginnt in fünfzehn Minuten.«

»Mom«, sagte Sylvia, »das ist Ivy Lin.«

Ivy stand halb auf, die Stäbchen mit der tropfenden Soße noch zwischen den Fingern.

Zwei rosige Flecken traten auf Mrs. Speyers fast durchsichtige Wangen, wie Rosenblätter, die unter einem zugefrorenen Teich trieben. »Ja, natürlich! Gideons Freundin von der Grove! Natürlich erinnere ich mich an dich, meine Liebe. Wie geht es dir?« Anstatt ihr die Hand zu schütteln, beugte sie sich vor und zog Ivy an ihre Brust. Ihr Griff war überraschend kräftig.

Ivy sagte, es gehe ihr gut, danke. »Und Ihnen? Wie geht es Ihnen – Mrs. Speyer?« Von allen möglichen Szenarien, die sie sich für das erste Treffen mit Gideons Mutter ausgemalt hatte, war ihr diese überraschende Begegnung ohne Gideon nie in den Sinn gekommen.

»Oh, bitte. Nenn mich Poppy, sonst fühle ich mich so alt.«

»Welche Show wollt ihr zwei denn heute Abend besuchen?«

»*Tausend und eine Nacht* – eine *wunderschöne* Inszenierung –, ich habe sie mir bereits zweimal angesehen. Magst du Ballett, Ivy?«

»Ich habe noch nie eins gesehen«, gab Ivy zu.

»Oh, dann solltest du das unbedingt nachholen!«

Da sie sich auf unsicherem Terrain bewegten, überbrückten sie die darauf folgende Pause mit strahlendem Lächeln.

»Wir sollten jetzt lieber aufbrechen«, sagte Sylvia schließlich und zog ihr Portemonnaie aus der Handtasche.

Plötzlich hellte sich Poppys Gesicht auf. »Möchtest du uns begleiten, Ivy? Ich bin mir sicher, wir bekommen noch ein Ticket für dich.«

Ivy zögerte.

»Ich denke, Ivy hat Besseres zu tun«, wehrte Sylvia ab und sah Ivy um Bestätigung heischend an.

»Das war ja nur ein *Vorschlag*.« Poppy hob beschwichtigend die Hände. »Ach ja, und sind jetzt nicht Sommerferien?«

»Können wir das bitte direkt entscheiden?«, drängte Sylvia beinahe unwirsch. Ivy spürte, dass diese Grobheit gegen sie gerichtet war.

Sie murmelte, dass sie wirklich liebend gern mitgekommen wäre, doch leider habe sie etwas anderes vor. Hätte man sie vorher gefragt, hätte sie bestimmt zugesagt, aber Poppy und Sylvia wirkten angespannt, erwartungsvoll und ablehnend zugleich, als hätten sie einen ausgesprochen interessanten Tag hinter sich, der weitere Pläne unumgänglich, aber auch anstrengend machte. Die Speyers nickten unisono, ihr Lächeln drückte exakt dasselbe Maß an verständnisvollem Bedauern aus. Nur, wer wusste was und wie viel?

Am Wochenende kam Ivy auf die Begegnung mit Poppy zu sprechen, um Gideon auf die Probe zu stellen.

»Richtig! Ja, sie hat mir davon erzählt«, sagte er.

»Sylvia hat dir davon erzählt?«, vergewisserte sich Ivy.

»Nun, beide.«

»Deine Mom ist seit deiner Geburtstagsparty damals keinen Tag älter geworden«, sagte Ivy.

Gideon lachte. »Sie würde sich freuen, das zu hören.«

»*Ich* habe vermutlich ausgesehen wie ein ertrunkener Hund ... Wir sollten das nächste Mal ein richtiges Treffen vereinbaren, damit sie nicht denkt, du wärst mit einer Verrückten zusammen ...«

»Das wäre schön«, pflichtete er ihr bei, aber er machte keinen Vorschlag, wann oder wo dieses nächste Treffen stattfinden sollte. Ivy wechselte das Thema, um zu zeigen, wie belanglos ihr Vorschlag gewesen war.

»Übrigens – ich überlege jetzt schon eine ganze Weile, ob ich mich an der juristischen Fakultät bewerben soll.« Das erregte seine Aufmerksamkeit. Noch nie hatte er sie mit so großen, neugierigen Augen über den Rand seines Weinglases hinweg angeschaut.

»Tatsächlich? Was hat den Anstoß dazu gegeben?«

Selbstbewusster Stolz führte dazu, dass ihre Stimme einen drolligen Ton annahm, als sie ihm erklärte, dass sie sich immer gefragt hatte, warum sie den eingeschlagenen Weg nicht zu Ende gegangen sei – »Wie du weißt, habe ich nach dem Studium kurz für eine Kanzlei gearbeitet, und es hat mir dort unglaublich gut gefallen« –, und dass sie vor Kurzem entschieden habe, dass es noch nicht zu spät für einen Berufswechsel sei. Das Gespräch mit Liana habe ihr Mut gemacht. Gideon wollte wissen, wie sicher sie sich bei ihrer Entscheidung sei.

»Auf einer Skala von eins bis zehn«, sagte sie, schnitt ihr Steak an und sah zu, wie der rosige Saft auf ihren Porzellanteller floss, »ist es eine Zehn.« Wie warm sich seine Finger auf ihren anfühlten! Wie breit sein Lächeln war, wie ermutigend, wie bewundernd! »Noch habe ich die Aufnahmeprüfung nicht bestanden«, sagte sie.

»Das wirst du«, versicherte er ihr, als gehörte ihm auch die Jurafakultät. »Außer an Liana könntest du dich auch an meinen Onkel Bobby wenden. Er ist Partner bei Fenton & Heath. Soweit ich weiß, liegt ihr Schwerpunkt auf Internationalem Recht. Möchtest du, dass ich dir einen Kontakt herstelle?«

»Das wäre *wundervoll*, danke.«

»Ich nehme an, du wirst der Kennedy School Bescheid geben müssen.«

»Wie meinst du das?«

»Nun, du wirst die Zeit brauchen, um verschiedene Optionen auszuloten und dich auf die Aufnahmeprüfung vorzubereiten ... Aber natürlich kannst du nicht einfach so deinen Job kündigen«, fügte er eilig hinzu, als er ihren fassungslosen Gesichtsausdruck bemerkte. »Du kannst an den Abenden und Wochenenden lernen. Es ist ja noch Zeit genug.«

Ivy hätte ihm nicht widersprochen, hätte sich nicht die leichte Röte auf seinem Gesicht ausgebreitet – eine Röte, die seine Verlegenheit verriet, *sie* in Verlegenheit gebracht zu haben. Offenbar war er davon ausgegangen, dass sie über die Mittel verfügte, zu tun, was immer sie wollte, jetzt, da sie ein Ziel hatte. Als hätte sie die ganze Zeit über nicht aus Notwendigkeit gearbeitet, sondern allein zu dem Zweck, sich so lange zu beschäftigen, bis ihr Leben in die natürlichen, unausweichlichen Bahnen gelenkt wurde.

»Nein, du hast absolut recht«, sagte sie, ohne recht zu begreifen, worauf sie sich da einließ. Sie wusste nur, dass sie dabei war, etwas sehr, sehr Dummes zu sagen. Doch es half nichts. Sie musste das Gesicht wahren, koste es, was es wolle. »Das Timing ist gut, wenn ich jetzt kündige«, sagte sie und zählte die Monate an den Fingern ab. »Bis zur Prüfung im Februar bleiben mir noch fünf Monate.«

»Ach ja?«

»Im September findet ein Vorbereitungskurs statt, für den ich mich gern anmelden würde.«

Gideon füllte ihr Weinglas nach und richtete den Blick auf die kleine Blumenvase in der Mitte des Tisches.

»Wenn du … eine Auszeit brauchst, um die Dinge zu klären …«, sagte er und verstummte. »Ich bin mir sicher, meine Eltern würden sich freuen, dir unter die Arme zu greifen …«, fuhr er kurz darauf fort. »Die Zinsen, die die Banken heutzutage verlangen, sind ja geradezu kriminell.« Ihre Augen begegneten sich.

Ivy würde sich das verzerrte Grinsen wohl nie verzeihen, das automatisch auf ihr Gesicht trat – aus reinem Schock darüber, was er ihr da anbot.

»Wow … das ist …«

Er wartete, den Kopf leicht gesenkt. So sah Gideon also aus, wenn er log, dachte sie. Nein, er log nicht. Er meinte es so. Er würde seine Eltern bitten, ihr Geld zu leihen. Geld, das er selber nicht hatte oder das er ihr nicht geben wollte. Vielleicht bot er es ihr auch nur an, weil er wusste, dass sie ablehnen würde.

»… verrückt«, beendete sie ihren Satz halb lachend, halb abschlägig, als wäre das Ganze nur ein Scherz. »Deine Eltern wären Heilige, wenn sie ihr Geld jemandem geben würden, den sie kaum kennen, noch dazu einfach so. Das ist ein netter Gedanke, aber völlig unnötig.«

Jetzt, da er sich sicher war, dass sie seinen Vorschlag ablehnte, fuhr er fort, ihr Wege aufzuzeigen, wie er sie unterstützen konnte – das perfekte Bild von Aufmerksamkeit und Gelassenheit.

Als der Kellner an ihren Tisch trat, um ihre Dessertbestellung aufzunehmen, lehnte sich Gideon auf seinem Stuhl zurück und streckte sich wie ein Autofahrer, der zu lange hinter dem Steuer gesessen hatte. Ivy tat es ihm nach und sah sich um, wobei sie vorgab, das großartige Ambiente des Restaurants mit seinen ochsenblutroten Wänden, den Stuckdecken und den Frack tragenden Kellnern zu bewundern. Gideon und sie waren vermutlich zwei Jahrzehnte jünger als die übrigen Gäste.

»Ivy?«

Sie wandte sich mit einem strahlenden Lächeln zu ihm um. »Ja?«

Beinahe unterwürfig fragte er, ob sie Lust habe, ihn und seine Familie in zwei Wochen in ihr Sommerhaus in Cattahasset zu begleiten.

»*Wei?*«

»Hi, Grandma.«

»Warum hast du unsere Anrufe nicht entgegengenommen?«

»Ich wollte euch die Sache mit den Schecks erklären. Ich habe kein Geld mehr nach Hause geschickt, weil ich beschlossen habe, im nächsten Jahr ein Studium an der juristischen Fakultät zu beginnen. Ich muss Rücklagen bilden.«

Ungläubiges Schnaufen drang aus dem Hörer. »Du willst jetzt Anwältin werden?«

»Ja.«

»Hast du das nicht schon mal versucht?«

»Das war etwas anderes. In der Kanzlei damals war ich bloß Sekretärin.«

»Wann hörst du endlich auf, wie ein kopfloses Kaninchen

durch die Gegend zu hoppeln? Man muss sich im Leben auf eine bestimmte Sache konzentrieren. Du wirst bald dreißig! Als ich in deinem Alter war, hatte ich bereits Hong und Nan zur Welt gebracht, schleppte jeden Tag vierzig Kilo schwere Reissäcke und war stark wie ein Pferd. Sieh dich doch an, euch beide … Austin und du, ihr habt die Gene eurer Mutter, ihr seid weich!«

»Du sagst immer wieder dasselbe.«

»Glaubst du, das macht mir Spaß?«

»Ich habe jetzt keine Zeit dafür. Ich habe angerufen, weil …«, sie wappnete sich, »… weil ich Baba bitten möchte, mir Geld zu leihen. Ich habe vor, meinen Job zu kündigen, weil ich Zeit zum Lernen für die Aufnahmeprüfung brauche und eine Praktikumsstelle suche, um mehr Erfahrung zu sammeln. Ich brauche sein Darlehen auch nur für ein Jahr. Es ist nicht schlimm, wenn Baba mir das Geld nicht geben kann. Ich dachte nur, ich frage ihn zuerst, denn die Zinsen, die die Banken heutzutage verlangen, sind ja geradezu kriminell.«

Es lief nicht so schlecht, wie Ivy befürchtet hatte. Meifeng schnalzte nur mit der Zunge, ließ ein paar ihrer alten Sprichwörter über die Wertschätzung der Eltern in Zeiten der Not vom Stapel und erkundigte sich, wie viel sie brauche. Ivy addierte spontan fünftausend Dollar zu der Summe, die sie sich überlegt hatte. Die Schuldgefühle machten sie hart. »Ich werde von jetzt an sehr beschäftigt sein«, sagte sie, »also richte Mama bitte aus, sie soll aufhören, mich wegen dieses Kevins anzurufen.« Meifeng erhob Protest, aber Ivy schnitt ihr das Wort ab. »Wenn eine von euch ihn noch einmal erwähnt«, drohte sie, »brenne ich mit dem erstbesten Mann durch, den ich auf der Straße treffe.« Dann legte sie auf.

Die Küste Neuenglands rief stets ein Gefühl der Nostalgie in Ivy hervor, als würde sie das Leben auf einem Polaroidfoto betrachten. Die schlanken Buchen, die Schindelhäuser mit den Steildächern und die helle Sonne, die alles in einem strahlenden Weiß verblassen ließ. Vor einem Jahr war sie mit Daniel in einem ähnlich verschlafenen Städtchen in Rhode Island gewesen. Sie hatte die King Suite in einem erstklassigen Bed & Breakfast für sie gebucht, das von Condé Nast als eines der romantischsten Ziele in ganz Amerika bezeichnet wurde. Tagsüber hatte sie einen Vintage Shop nach dem anderen aufgesucht, Daniel im Schlepptau, hatte Windspiele in Form von Tauben und Ketten aus Gebetsperlen bewundert, während er ihren kleinen Strohkorb voller Aprikosen und Nektarinen trug, die sie auf dem Bauernmarkt gekauft hatten. Am dritten Tag hatten sie sich nach dem Brunch so gelangweilt, dass sie gegen drei Uhr beschlossen, ein spätes Mittagessen aus knusprig gebratenen Austern und einem Eis zum Nachtisch zu sich zu nehmen. Sie saßen essend auf einer Bank in dem kleinen Park im Stadtzentrum und beobachteten zwei Jungs, die auf Rollschuhen um eine Eiche herumfuhren. Ivy hatte versucht, Fröhlichkeit zu heucheln – *Sieh dir nur diese Wolken an! Wie schmeckt dein Eis?* –, aber Daniel klopfte mit dem Fuß aufs Gras und fragte: »Und nun?« Ivy hatte ihm keine Antwort gegeben, denn sie hatten bereits alles abgehakt, was auf ihrer Liste stand. Der Zauber, so hatte sie in dem Augenblick festgestellt, wohnte nicht einem bestimmten Ort inne, er ging von der Person aus, die ihn betrachtete.

Diese Reise würde anders sein, würde etwas ganz Besonderes werden und wunderschön, denn Gideon ging davon aus, dass sie ganz besonders und wunderschön werden würde, und sie nahm sich fest vor, die Welt mit seinen Augen zu betrachten. Auf der Fahrt nach Cattahasset lenkte Gideon mit einer Hand. Mit der anderen deutete er auf verschiedene Orientierungspunkte und Wahrzeichen, dabei sprach er über das schöne Wetter und die Orte, die er ihr zeigen wollte. »Sieh mal einer an«, sagte er, als sie in die Zufahrt einbogen, »die Walds sind auch da. Ich sollte schnell rausspringen und Hallo sagen!« Ivy hatte ihn noch nie so schwungvoll erlebt, was ihr beinahe Sorgen bereitete. War er in Boston die ganze Zeit über unglücklich gewesen?

Das Sommerhaus der Speyers, Finn Oaks, war ein typisches Strand-Cottage mit grünen Fensterläden und Zierleisten sowie einem schmalen Kiesweg, der zu einer Haustür mit runden, vergitterten Fenstern führte wie auf einem Boot. Niemand war da, als sie ankamen. Poppy hatte mit einem muschelförmigen Magneten eine Nachricht am Kühlschrank befestigt. *Sind in die Stadt gefahren. Im Kühlschrank stehen Fleischklößchen für euch, wenn ihr hungrig von der Fahrt seid. Bis bald, ihr Lieben. Xx Mom.* Sie aßen die Fleischklößchen mit dem knusprigen Baguette, das jemand auf die Anrichte gelegt hatte, und spülten sie mit Bier hinunter.

Als Ivy sich nach der Herkunft des Cottage-Namens erkundigte, erklärte Gideon, der Hund seines Großvaters habe Finn geheißen. Als Finn starb, begruben sie ihn unter der Eiche im Vorgarten. »Ist er das, dein Großvater?«, erkundigte sich Ivy und betrachtete das gerahmte Schwarz-Weiß-Foto eines gut aussehenden Mannes mit einem breitkrempigen Hut, das auf dem Kaminsims stand. Gideon nickte, dann zeigte er ihr weitere Fotos von Großeltern, Urgroßeltern, Tanten, Onkeln, Großonkeln, Hunden, Katzen, Babys. Damals, erzählte er, hatte man das Cottage zum Sommerhaus umfunktioniert. Während ihrer Kindheit hatten Gideon und Sylvia fast alle Sommer hier verbracht, waren mit dem Segelboot zum Angeln hinausgefahren und hatten in dem Gummireifen geschaukelt, der in der Eiche am Strand befestigt war. Ivy hörte den Stolz in Gideons Stimme, doch sie dachte insgeheim, dass man dem Haus ansah, wie alt es war – die Bodendielen hingen durch und wiesen zahlreiche Risse auf, die Fensterfront im Familienzimmer war beeindruckend, allerdings schienen die schweren Samtvorhänge seit Jahrzehnten nicht mehr ausgeklopft worden zu sein. Auch die Einrichtung war seltsam schäbig und provinziell: Stroh- und Filzhüte hingen an Haken an der Wand, zwischen den Rattanstühlen waren geflochtene Körbe und Tontöpfe verstreut, ein indianischer Wandteppich zog alle Blicke auf sich, und wohin Ivy auch schaute, sah sie Holzmobiles mit Muscheln und Kieselsteinen, wie die, die die Kinder in den Feriencamps bastelten. Am Ende des Flurs gelangten sie zu einer gelb gestrichenen Nische mit wackeligen Bücherregalen, in denen sich ledergebundene Bücher mit eingravierten Kursivtiteln zwischen zwei Wasserspeier-Buchstützen drängten. Gideon betrat das hinterste Zimmer und zog an einer riesigen gelben Strickdecke. Staub wirbelte durch die Luft, bevor er sich auf den glänzenden schwarzen Korpus eines Flügels herabsenkte. Gideon nahm auf der Bank Platz und spielte den Flohwalzer. Der Flügel war fürchterlich verstimmt.

»Meine Eltern haben ihn für Sylvia gekauft«, sagte er, »doch sie haben bald herausgefunden, dass ihr das musikalische Gehör fehlt. Also musste ich stattdessen Stunden nehmen. Hierher verirrt sich niemand, außer Dad, wenn er Anrufe erledigen muss.« Jetzt spielte er eine Sonate in Moll. Noten hatte er keine, aber seine Finger huschten behände über die Tasten. Er hatte nie erwähnt, dass er Klavier spielen konnte. Jeden Tag, den sie zusammen verbrachten, erfuhr Ivy etwas Neues über ihn. Es war wirklich fantastisch. Vielleicht war das der Schlüssel zu einer dauerhaften Ehe: sich stets mit einem Hauch von Geheimnis zu umgeben wie mit einem seidenen Schleier. Wäre Shen auch nur ansatzweise geheimnisvoll, würde Nan vielleicht nicht ganz so verächtlich auf ihn hinabblicken.

»Das ist der beste Raum im ganzen Haus«, sagte Gideon, als er ihr das Schlafzimmer im ersten Stock zeigte. Darin standen ein Himmelbett mit einer knittrigen Leinenbettdecke, ein Klappschreibtisch, zwei schlanke Ahornnachttische, ein zierlicher Schminktisch und eine massive Holztruhe am Fußende des Bettes. Der Deckel war aufgeklappt und gab den Blick auf zusammengefaltete Handtücher frei. Überall standen frische Blumen, grünstichige Nelken in Krügen, bunte Sträuße, Töpfe mit Lavendel. Auf einem der Nachttische entdeckte Ivy eine Schale mit Wasser, in der die Köpfe von Pfingstrosen trieben. Sie ging hinüber und tauchte die Hand ins Wasser. Eines der Blütenblätter löste sich durch die Berührung und trieb von den anderen weg. Am liebsten hätte sie die Finger in den Mund gesteckt und die Pfingstrosenwassertropfen abgeleckt.

»Mom liebt es, die Blumen auf das Mobiliar abzustimmen«, erklärte Gideon. »Stimmt etwas nicht?«, fragte er, als er ihren seltsamen Gesichtsausdruck bemerkte.

»Die Pfingstrosen. Ich dachte, sie wären nicht echt. Sie sehen einfach zu perfekt aus.« Ivy betrachtete sie beide im Spiegel des Schminktisches: ein heller Schopf, ein dunkler Schopf. Wir werden wunderschöne Babys bekommen, dachte sie, ging zu ihm und küsste ihn auf die Nasenspitze.

»Manchmal wünsche ich mir, ich könnte die Art, wie du

mich ansiehst, in Flaschen abfüllen. Wenn ich alt und vergesslich bin, kann ich den Verschluss öffnen und den Ausdruck auf deinem Gesicht noch einmal sehen.«

Sie streckte die Hand nach seiner Gürtelschnalle aus und öffnete sie. Er hielt ihre Finger fest. »Sie werden bald zurück sein.«

Sie zog die Hand zurück und trat an die hohe Flügeltür. Sie führte auf einen Balkon, der auf einen schräg abfallenden Rasen hinausging; dahinter leckte die Brandung am Sand.

»Gefällt dir dein Zimmer?«, fragte Gideon.

Sie drehte sich um. »*Mein* Zimmer?«

»Das ist Tradition. Ich schlafe am anderen Ende des Flurs.«

Sie wartete einen Moment, um herauszufinden, ob er sich einen Scherz erlaubte. Tat er nicht. Sie spielte mit einer Vorhangquaste. »Schleichst du dich nachts zu mir?«

»Leider hat Mom Ohren wie eine Fledermaus.« Er sah sie ernst an. »Bist du sauer?«

»Ich werde dich vermissen«, sagte sie und schüttelte den Kopf, doch sie lächelte dabei. »Deine Mom ist ausgesprochen süß und altmodisch. Wir werden eine großartige Woche haben.« Ihre Augen schweiften zurück zu den Pfingstrosen. »Das spüre ich.«

Als Ivy aus der Dusche trat, hörte sie eine helle Frauenstimme nach Gideon rufen. Gideon rief zurück, dass sie gleich nach unten kämen, dann wandte er sich an Ivy und fragte, ob sie fertig sei. Sie trocknete sich ab und schlüpfte in ein wadenlanges Kleid aus einem anschmiegsamen Jerseymaterial. Als sie es im Kaufhaus anprobiert hatte, umgeben von dreiteiligen Spiegeln unter der sanften Deckenbeleuchtung, hatte es ausgesehen wie das perfekte Dinnerkleid, doch hier, in

Poppys Gästezimmer, sah es trist und billig aus. Sie konnte ihre Unterwäsche sehen, die sich unter dem dünnen Material abzeichnete. Als sie den Reißverschluss wieder herunterzog, verfing er sich in ihren Haaren. »Verdammter Mist.«

Gideon wartete. Hinter seinem höflichen Schweigen spürte sie zunehmende Verärgerung. Er saß bereits seit fünfzehn Minuten auf ihrer Bettkante, aber ausnahmsweise konnte sie ihn nicht besänftigen. Die Eitelkeit gewann die Oberhand. Manchmal hatte sie Albträume, richtige, schweißtreibende Albträume, in denen sie zu spät zu einem wichtigen Ereignis kam – zum ersten Arbeitstag zum Beispiel oder zu einem Einstellungsgespräch, nur weil sie in dem Teufelskreis steckte, das richtige Kleidungsstück auszuwählen, das sie doch nie fand. Ivy spürte, wie Panik in ihr aufstieg.

»Das Kleid ist nicht sehr bequem«, erklärte sie Gideon atemlos und zog eine tief sitzende Khaki-Hose mit einem dezent ausgeschnittenen himmelblauen Top an. Es war nicht perfekt, aber es würde genügen müssen. Anschließend setzte sie ein Lächeln auf und wischte sich eine Wimper aus dem Mundwinkel. Ihre Finger waren kalt und klamm.

Gideons Eltern packten in der Küche Lebensmittel aus, als sie herunterkamen. Wie der Rest des Hauses schien auch die Küche einem anderen Zeitalter anzugehören. Die Schränke, der Kühlschrank, sogar die Mikrowelle waren in einem gedeckten Türkis gehalten, was so kitschig aussah wie das Set eines alten Hollywoodfilms. »Ha-lloo, Ivy, wie *wundervoll*, dass du hier bist.« Poppy drückte Ivy zwei Küsse auf die Wangen. Ivy atmete ihren Duft nach Rosenwasser und Talkumpuder ein. Ted Speyer schüttelte Ivy über dem Küchentresen die Hand. Seine Haut war rosig und blass – wie Schinkenspeck, dachte Ivy. Teds Haar war ergraut, unter seinem gestreiften Polohemd zeichnete sich ein kleiner Bauch ab. Die Vitalität, die er einst verströmt hatte, war Charisma gewichen. »Ich erinnere mich an dich, Mädchen«, sagte er. »Ich vergesse nie die Freunde von Gideon. Du bist mal bei uns zu Hause gewesen. Wie geht es deinen Eltern?«

Ivy senkte den Blick und murmelte, ihren Eltern gehe es gut. Sie widerstand dem Drang, »Sir« oder »Mr. Speyer« hinzuzufügen. Es war peinlich, dass Ted sich noch immer an den Zwischenfall bei der Übernachtungsparty erinnerte; sogar Gideon war in ihrer Gegenwart nie wieder darauf zu sprechen gekommen.

»Ist das ein neues Hemd, Liebling?«, fragte Poppy ihren Sohn.

»Sib hat es für mich auf Mallorca gekauft.« Gideon lehnte sich über die Kücheninsel und küsste seine Mutter auf die Wange.

»Brauchst du Hilfe beim Abendessen?«, fragte Ivy.

Poppy schüttelte den Kopf. »*Ganz und gar nicht.*« Alles, was sie sagte, klang wie eine große Verkündigung, doch gleichzeitig war ihre Stimme so mädchenhaft und warm, dass man sie kaum für gekünstelt halten konnte. »Ich werde Gemüse braten, und Ted wird Steaks grillen. Wir essen gegen acht. Sylvia hat angerufen, um mitzuteilen, dass sie sich verspätet und wir ohne sie anfangen sollen.«

Aus der Küche entlassen, zogen Ivy und die Männer ins Familienzimmer um. Ted griff nach der Zeitung und machte es sich auf einem geflochtenen Rattansessel bequem. Gideon öffnete seinen Laptop. Ted und er stellten ihr Bier auf Holzuntersetzer, in die der U-Bahnplan von Boston geschnitzt war. Wie entspannt sie wirkten, wie einträchtig in ihren ordentlich gebügelten Sachen und großen, amerikanischen Körpern – ganz anders als ihr eigener Vater und ihr Bruder, die stets an zwei Pitbulls auf dem Hundekampfplatz erinnerten. Sie versuchte, das Buch zu lesen, das Liana ihr geliehen hatte, aber sie konnte sich nicht konzentrieren. Vielleicht war das eine Nebenwirkung des Nikotinpflasters, das sie sich nach dem Duschen auf die Oberschenkelinnenseite geklebt hatte. Sie hatte noch nie eins benutzt, aber sie hatte nicht das Risiko eingehen wollen, Zigaretten ins Sommerhaus der Speyers mitzunehmen. Das Pflaster hinterließ einen metallisch schmeckenden Belag in ihrem Mund, wie der Rückstand von Hustensaft. Der kleine Finger ihrer rechten Hand zuckte auf der Armlehne des Sofas. Immer wieder schweiften ihre Gedanken in die Vergangenheit zurück. Vielleicht lag es daran, dass in Finn Oaks die Zeit stehen geblieben zu sein schien. Es gab keinerlei fortschrittliche Elektrogeräte, nicht einmal einen Fernseher, und aus jedem verzogenen Bilderrahmen starrten sie die Gesichter längst verstorbener Speyers an. Beinahe hatte sie den Eindruck, sie wäre wieder vierzehn und wartete voller Angst darauf, dass Nan auftauchte und sie zurück nach Fox Hill schleppte, weil sie sich an einem Ort aufhielt, an dem sie nicht sein sollte.

Sie warf einen Blick aufs Handy. Eine Handvoll Textnachrichten von Andrea, vier verpasste Anrufe von zu Hause. Nan machte keinen Unterschied zwischen Mobiltelefonen und dem Festnetz – sie rief einfach so lange an, bis jemand dranging. Vermutlich wollte sie sich vergewissern, dass Ivy das Geld erhalten hatte, dass der Scheck nicht verloren gegangen oder bei der Post gestohlen worden war. Ivy schaltete ihr Handy aus und widmete sich wieder ihrem Buch. Dabei zählte sie insgeheim die Minuten, bis Poppy sie zum Abendessen rufen würde.

Die Tischsets waren aufgelegt, der Wein eingeschenkt, und alle bis auf Sylvia, die Probleme mit ihrem Wagen hatte und sich deshalb verspäten würde, saßen am Tisch. Sie schlossen die Augen und fassten sich bei den Händen, während Ted ein Dankgebet sprach: »Herr, wir danken dir für deine Gaben, die du uns bescheret hast.«

»Amen.«

Und bitte, lieber Gott, mach, dass diese Woche gut läuft und ich in Zukunft ein besserer Mensch und eine gute Tochter bin, fügte Ivy im Stillen hinzu. *Amen.*

Kurz bevor die Uhr zehn schlug, schwang die Cottage-Tür auf, und Sylvias Stimme schallte durch den Flur: »Ich bin daha!«, gefolgt von einem silberhellen Lachen.

»Sylvia ist da«, bemerkte Gideon überflüssigerweise. Die Stimmen unten wurden lauter. »Sollen wir runtergehen und Hallo sagen?«

»Geh du schon mal vor, ich komme gleich nach«, sagte Ivy, die gerade ihre Sachen abgelegt hatte und nur noch ihren ziemlich verführerischen Body trug. Sie war enttäuscht – sie hatte sich auf etwas kostbare Zeit allein mit Gideon gefreut, um mit ihm die Ereignisse des Tages durchzugehen: Was denkst du, wie ist es gelaufen? Glaubst du, deine Eltern mögen mich? Und Ähnliches.

Ivy hörte Poppy liebevoll schelten, während Sylvia sich entschuldigte. Eine Männerstimme begrüßte Poppy und Ted. Jetzt war auch Gideons Stimme zu vernehmen. Dann wieder die Männerstimme – »Schön, dich endlich kennenzulernen« –, und Gideons Erwiderung: »Das wurde aber auch Zeit.« Ivy lauschte mit neu erwachtem Interesse. Es tröstete sie zu wissen, dass sich ein weiteres Nicht-Familienmitglied im Haus aufhielt. Sylvia musste ihren Freund mitgebracht haben.

»Habt ihr das Autohaus angerufen?«, fragte Poppy entrüstet. »Wirklich – ein neues Auto gleich am ersten Tag abschleppen lassen zu müssen!«

»Es handelt sich um einen restaurierten Oldtimer von 1930«, sagte der Freund. »Ich denke, da darf ich ruhig etwas nachsichtiger sein.«

Sylvia erklärte, die Messanzeige sei defekt gewesen, doch weil der Wagen so alt war, habe der Händler keine Ersatzteile auftreiben können. »Roux liebt den Wagen beinahe ebenso sehr, wie Giddy Boote liebt. Aber Roux wird seekrank. Ihr beide werdet euch hassen!«

Höfliches Gelächter.

»Du musst mir beibringen, wie man segelt«, sagte der Freund. Er sagte noch mehr, aber Ivy konnte es nicht mehr verstehen, weil ihr das Herz bis zum Hals schlug. Sie warf ihren Morgenmantel über und huschte zum Treppenabsatz, barfuß, eine Hand auf dem Geländer.

Alle blickten nach oben. Aus dem Meer goldblonder Schöpfe unter dem gleißenden Licht des Kronleuchters ragte ein dunkler heraus. Der Schopf von Roux Roman.

12

In jener Nacht träumte Ivy von einer rot lackierten Tür mit einem goldenen Knauf. Unter dem Türspalt fiel leuchtend orangefarbenes Licht hindurch, als würde auf der anderen Seite ein Feuer wüten. Der Knauf fühlte sich kühl an und ließ sich geräuschlos drehen. Die Tür sprang auf. Der Raum dahinter war dunkel, sie konnte nichts erkennen, trotzdem war sie sich sicher, dass drinnen etwas Außergewöhnliches auf sie wartete und sie beim Namen rief. Sie wachte auf und hörte das Echo einer Männerstimme. Die Uhr auf dem Nachttisch zeigte fünf Minuten vor zehn an.

Heller Sonnenschein strömte in ihr Zimmer. Eine Böe musste in der Nacht die Balkontür aufgestoßen haben, denn nun wehten das muntere Tschilpen der Vögel und das leise Rauschen der an den Strand rollenden Wellen herein, das sich mit ihren Träumen vermischt haben musste. Sie blieb noch einen Moment liegen, bis Rufe und Gelächter sie auf den Balkon hinaus lockten. Die Speyers spielten auf dem Rasen Frisbee. Poppy war ziemlich gut, Ted miserabel. Sylvia fing die Scheibe, dann ließ sie sie mit einem schmerzerfüllten Schrei fallen. Gideon lief zu ihr und untersuchte ihre Hand. Sie steckten die flachsfarbenen Köpfe zusammen – ein Motiv wie in einem Ölgemälde der Romantik: *Picknick im Sommer*. Ein an den Seiten ausfransender schwarzer Fleck fiel Ivy ins Auge: Roux' Haare, vom Wind zerzaust. Er stand direkt unter ihrem Balkon und sah zu ihr hinauf. Er lächelte nicht.

Ihre Blicke trafen sich. Wie lange mochte er dort schon gestanden haben?

Als sie ihn gestern Abend gesehen hatte, war sie so schockiert gewesen, dass sie ihn nur völlig perplex angestarrt und sich gefragt hatte, ob dieser Roux im Schoße von Gideons Familie womöglich der Doppelgänger von ihrem Roux war. Doch dann hatte er diese Wunschvorstellung platzen lassen, indem er sie beim Namen nannte: »Ivy?«

Es folgte ein Hin und Her mit den Speyers – *Ihr kennt euch? Wie klein die Welt doch ist!* –, dann prasselten die unausweichlichen Fragen auf sie herab, *woher* sie einander kannten (sie hatten in derselben Stadt gewohnt) und wie gut (sie waren Nachbarn gewesen). Nach einer Weile hatte Poppy Roux und Sylvia zu einem späten Abendessen überredet, und Ivy hatte sich in ihr Schlafzimmer zurückgezogen.

Sie hatte unruhig geschlafen und sich einerseits gewünscht, Gideon würde sich zu ihr schleichen, doch gleichzeitig war sie erleichtert gewesen, dass er es nicht tat, denn so blieb ihr mehr Zeit, sich eine Geschichte zurechtzulegen. Sie dachte an den Sommertag vor dreizehn Jahren zurück, an die Hitze und die staubige Fensterbank, und fühlte wieder einmal Roux' schweißnasse Haut, sah seine zuckenden schwarzen Wimpern vor sich, den Ausdruck auf seinem Gesicht, verkniffen, als hätte er Schmerzen. Zweifelsohne hätte Roux Sylvia eine interessante Gutenachtgeschichte zu erzählen. Männer liebten es, über ihr erstes Mal zu reden. Bei Frauen war das anders. Ivy hatte ihre Jungfräulichkeit mit vierzehn verloren. Vierzehn war zwei Jahre zu früh. Sex mit vierzehn war verwerflich, mit vierzehn trieb es nur der Abschaum, Mädchen, die sich schwängern ließen und von der Schule flogen. Gideon dachte, sie hätte eine strenge, behütete Kindheit gehabt und ihre Eltern, die mit viel Fleiß zu gut situierten Unternehmern aufgestiegen waren, hätten darauf bestanden, dass sie ein reines Mädchen-College besuchte. Er ging davon aus, dass sie mit achtzehn noch Jungfrau gewesen war.

An diesem Morgen gab sie sich besonders viel Mühe mit ihrer Garderobe: weiße Baumwollshorts, eine Spitzenbluse mit V-Ausschnitt, marineblaue Ballerinas. Sie band ihr Haar im Nacken zu einem Pferdeschwanz zusammen und klemmte ihren Pony mit Haarnadeln zur Seite. Etwas Concealer, Bronzer, Rouge und Lipgloss, und sie sah aus wie aus dem Ei gepellt.

Als sie herunterkam, waren die Speyers nirgendwo zu entdecken. Roux saß mit einer Tasse Kaffee und einer Schachtel Donuts in Teds Sessel. Er trug ein weißes T-Shirt und eine Bluejeans mit Rissen an den Taschen und Knien, als würde er sich bei der Arbeit viel auf die Hände und Knie stützen müssen. Ein Mechaniker. Vielleicht ein Bauarbeiter. Der Kleidung und den Donuts nach zu urteilen definitiv ein Angehöriger der Arbeiterschicht.

»Hallo, Roux«, sagte sie, überrascht, wie selbstverständlich ihr sein Name über die Lippen ging. Er stand auf, als er ihre Stimme hörte, und richtete sich zu voller Größe auf, doch mittlerweile war er alles anders als schlaksig. Die Eigenschaften, die sie an dem jungen Roux nicht gemocht hatte – seine Ungepflegtheit, seine Verachtung, die vertraute Art, mit der er sie anschaute –, waren zu Insignien seiner Männlichkeit geworden, die jede Frau wahrnahm, sobald er einen Raum betrat. Ivy spürte, wie etwas Warmes, Freudiges von seinem Lächeln auf sie übersprang und ihre Haut zum Prickeln brachte. Sie krümmte sich innerlich, hauptsächlich aus Verlegenheit.

»Ich habe meinen Augen nicht getraut, als ich dich gestern

Abend da oben stehen sah«, sagte er. »Ich habe mich gefragt, ob du echt bist, oder ob mich ein Geist aus meiner Vergangenheit heimsucht.«

»Ich bin echt.«

Verlegen standen sie sich gegenüber, bis Ivy irgendwann steif Platz nahm, und er ihrem Beispiel folgte.

»Wie geht es dir? Was machst du hier?« Dann, ohne eine Antwort abzuwarten, fuhr er fort: »Du siehst noch genauso aus wie früher.«

»Du auch«, sagte sie, obwohl das nicht ganz der Wahrheit entsprach. Sie deutete mit dem Kinn auf die Donuts. »Du liebst noch immer deine Dunkins.«

Roux sagte, er habe eine halbe Stunde durch die Gegend kutschieren müssen, um eine Filiale zu finden. »Sie ist in dem alten Backsteingebäude, das vermutlich etwas hermachen soll. Ich meine – wen interessiert's? Es sind bloß Donuts. Schmecken genau wie anderswo. Willst du einen?«

Sie schüttelte den Kopf. Ihr fiel auf, dass Roux' linke Socke ein großes Loch an der Ferse hatte. Dieses Detail tröstete sie. Es überbrückte die Kluft zwischen diesem Roux und dem siebzehnjährigen Roux aus ihren Erinnerungen.

Er erkundigte sich nach ihrem Leben. Sie erzählte ihm von ihrem Umzug nach New Jersey, wo sie an die Highschool gegangen war, und was sie schließlich nach Boston verschlagen hatte.

»Du bist *Lehrerin* geworden?« Er schien das lustig zu finden. »Verdammt, deine Schüler tun mir leid!«

Sie lachte. »Ich habe gerade gekündigt, weil ich mich an der juristischen Fakultät bewerben möchte.« Ich amüsiere mich, stellte sie verblüfft fest.

Sie fingen gerade an, sich zu entspannen, als Sylvia ins

Zimmer kam, die Haare noch nass von der Dusche. Sie duftete stark nach Kokosöl.

»Baby, bist du so weit? Wir müssen dir noch eine Badehose besorgen – oh, hallo, Ivy.« Sie setzte sich auf die Armlehne von Roux' Sessel und schlang den Arm um seine Schulter. »Wie gefällt dir Finn Oaks?«

Ivy bemühte die üblichen Adjektive – wunderschön, süß, gemütlich –, doch ihre Gedanken überschlugen sich bei dem Anblick, der sich ihr bot: Roux Roman und Sylvia Speyer, die Arme und Beine miteinander verschlungen, strahlten einander mit ihren blitzweißen Zähnen an wie ein Pärchen von einer Kitschpostkarte. Gab es irgendwo auf der Welt ein unpassenderes Gespann? Oder war es der klischeehafte Reiz, einen Mann von der falschen Seite der sozioökonomischen Grenze zu daten, der Sylvias Hormone befeuerte? Sylvia fragte Roux, ob er heute Morgen den Wagen abgeholt habe, und sie begannen ein leises Gespräch über Automotoren. Sylvia vergrub den Kopf an Roux' Hals und nannte ihn ihr »kleines Känguru«. Er kniff sie in die Rippen. Sylvia kreischte laut auf. »Das magst du, nicht wahr, das gefällt dir …«, murmelte Roux, als würde er mit einem Hund reden. Manche Formen der Verführung waren vor Publikum noch erregender, und vielleicht standen Roux und Sylvia darauf. Während sie immer weiter gingen … und weiter … und weiter, kam Ivy zu dem Schluss, dass kein Erwachsener mit einem Minimum an Selbstachtung sich mit Absicht derart peinlich benahm. Andere Menschen verstanden es, sich selbst in den größeren Kontext einer objektiven Welt einzubinden, doch für Roux und Sylvia gab es keinen größeren Kontext, keine objektive Welt. Und so waren sie frei von jeglicher Befangenheit.

»Ihr habt gestern gar nicht zu Ende erzählt«, wandte sich

Sylvia schließlich an Ivy. »Wie ihr euch kennengelernt habt. Ihr wart Nachbarn, oder?«

Ivy zögerte. Wollte Sylvia sie auf den Arm nehmen?

»Das gute alte Fox Hill«, sagte Roux. »Warst du jemals wieder da?«

»Nie?«

»In New York?«, fragte Sylvia.

»Nein, in Massachusetts. Im beschissenen West Maplebury. Du hast vermutlich nie davon gehört.«

Sylvia schnitt eine Grimasse. »Sandkastenfreundschaften sind die schönsten«, sagte sie und fing an, eine Geschichte über ihre beste Freundin in der ersten Klasse zu erzählen. Sie weiß es wirklich nicht, dachte Ivy, überwiegend erleichtert, doch gleichzeitig verspürte sie einen kleinen Stich, weil Roux es offenbar nicht für nötig gehalten hatte, sie zu erwähnen.

»Ich bin Natalie seit über zwanzig Jahren nicht mehr begegnet«, sagte Sylvia, »aber jedes Mal, wenn ich ein rosa Fahrrad mit Lenkerfransen sehe, muss ich an sie denken.«

»Jedes Mal, wenn ich einen Kmart sehe«, sagte Roux, »denke ich an Ivy. Sie war früher eine ziemliche …«

»Wie habt ihr zwei euch eigentlich kennengelernt?«, schnitt Ivy ihm atemlos das Wort ab.

Sylvia erzählte etwas von einem Kunstmuseum und italienischen Malern, aber Ivy hörte kaum zu. Das Wort *Kmart* klang in ihren Ohren wie ein Todesurteil, der verhaltene Optimismus, den sie nur wenige Momente zuvor empfunden hatte, wurde durch Roux' wie beiläufigen Verrat auf einen Schlag ausgelöscht – ein Stich mitten ins Herz.

»Roux ist der Hauptmäzen dieser Ausstellung«, berichtete Sylvia. »Er hat einen brillanten Geschmack und einen mörderischen Instinkt für unterschätzte Kunst.«

»Ich habe nicht mehr getan, als einen Haufen Geld zu spenden«, stellte Roux klar. »Dafür bekommt man ein Zertifikat und einen Titel wie ›Museumsfreund‹. Und es spart einem jede Menge Steuern …«

»Roux hat die Sammlung selbst kuratiert«, übertönte ihn Sylvia. Er hat uns sogar geholfen, ein Exponat von einem notorisch geizigen Museum in Florenz auszuleihen. *Ich* habe vorher monatelang dort hingeschrieben …«

»Ich kenne den Direktor. Er kommt in meinem Pizzaladen vorbei, wenn er in New York ist. Ich habe den Laden so eingerichtet, dass er aussieht wie der, in den wir immer gegangen sind, erinnerst du dich?« Er grinste Ivy an. »Wenn wir nach zehn kamen, haben sie uns die übrig gebliebenen Stücke geschenkt. Du hast eine Tupperbox von zu Hause mitgebracht und dir etwas für deinen Bruder einpacken lassen. Mein Gott, konnte der Junge essen!«

Ivy behauptete, sie erinnere sich nicht an den Pizzaladen. Sie schaffte es kaum, Roux anzusehen.

Roux' Grinsen wurde fragend. »Echt nicht? Was ist mit Giovanni und seinem zurückgebliebenen Sohn Vincent? Wir sind losgezogen und haben Peperoni-Pizza an die Betrunkenen im Park verkauft. Wir wollten auf diese aufblasbaren Bretter sparen, um sie im Teich zu benutzen.«

»Tatsächlich? Nun, Kinder machen die absurdesten Dinge. Ich kann mich wirklich nicht mehr erinnern.«

Sein Gesichtsausdruck veränderte sich, wirkte nun leicht angespannt. »Na klar«, sagte er langsam.

»Dann bist jetzt also ein *Kunstsammler*«, zwitscherte Ivy. »*Und* du betreibst einen Pizzaladen? Das ist eine ungewöhnliche Kombination.«

»Nicht nur das«, sagte Roux und beugte sich vor. »Ich besitze außerdem eigene Münzwaschsalons, Ein-Dollar-Läden, Geld- und Verkaufsautomaten. Die bringen echt was ein, diese Automaten. Vor allem die in Motelketten. Die Kunst ist bloß ein Hobby. Es macht mir Spaß, das zu beschaffen, was alle anderen wollen.«

Etwas an der Art und Weise, wie er das sagte, brachte Ivy dazu, in Verteidigungshaltung zu gehen und die Beine übereinanderzuschlagen. Sie hatte sich geirrt. Er war ganz und gar nicht arm. Irgendwie überraschte sie das nicht. Er war schon immer ausgesprochen tough gewesen, wenn es um Geld ging – einer dieser ehrgeizigen Ganoven, die entweder Erfolg hatten oder im Gefängnis landeten. Vermutlich hatte er sogar noch mehr Geld als Sylvia. Ivy ging davon aus, dass Gideons Schwester nur einen Mann mit einem größeren Bankkonto datete. Bei der Jeans hatte sie genauso danebengelegen: Aller Wahrscheinlichkeit kostete jeder einzelne Riss ein Vermögen. Die Hose sollte vortäuschen, dass Roux ein echter Arbeiter war, dabei machte er bestimmt schon lange keinen Finger mehr krumm.

Er erzählte, dass er vorhatte, in die Automobilbranche einzusteigen, und fragte Ivy, ob sie auf Autos stehe.

»Nicht wirklich.«

»Das kommt daher, dass du nie in einem richtig guten Wagen gesessen hast. Lass uns eine Runde im Bugatti drehen. Sylvia hat ihn ausgesucht, weil sie findet, dass die Farbe zu meinen Augen passt. Was hältst du davon?«

Ivy wusste nicht, was sie antworten sollte.

Er deutete auf die Zufahrt. »Sieh doch mal.«

»Ich interessiere mich wirklich nicht für Autos.«

»Jetzt sei nicht so unhöflich.«

Am liebsten hätte Ivy ihn geschlagen.

»Hör auf damit, Roux!« Sylvia runzelte die Stirn. Sie sprach jetzt wieder mit ihrer normalen Stimme.

Ivy stand vom Sofa auf und sagte, sie wolle mal nachsehen, ob sie etwas zum Frühstück finde. Sylvia lud sie ein, mit ihnen Krabbenpuffer im Red Barn zu essen. »Kannst du dir vorstellen, dass Roux noch nie Krabbenpuffer probiert hat?«

»*Du machst Witze*«, sagte Ivy.

Sylvia warf ihr einen unterkühlten Blick zu.

»Beim nächsten Mal«, lehnte Ivy ab.

»Bis später!«, rief Roux auf dem Weg nach draußen. »Es war schön, mal wieder mit einer alten … Nachbarin zu plaudern.«

Ivy nahm ihren Kaffee und ein Croissant mit an den Strand. Sie hielt es keine Sekunde länger im Wohnzimmer aus, gefangen zwischen den Holzwänden, die sich quietschend und ächzend in der Hitze dehnten. Die aus der Mode gekommenen Möbel, die gestreiften Futons und Konsolen mit den runden Beinen vermittelten ihr den Eindruck, in einem Puppenhaus gelandet zu sein. Vielleicht lag es aber auch nur an Roux' Anwesenheit, die so unerwartet und überwältigend war, dass sie sich derart eingeengt fühlte.

Poppy und Ted nahmen unter einem großen gestreiften Schirm ein Sonnenbad. Gideon war im Wasser und sah aus wie ein beigefarbener Seehund. Ein zwitschernder Chor begrüßte Ivy: *Komm zu uns! Setz dich! Hast du gut geschlafen?* »Sie sind nicht so frisch, wie ich sie mag«, sagte Poppy und deutete auf das Croissant in Ivys Serviette. »Ich war heute Morgen ein bisschen später als sonst in der Bäckerei, und die waren noch übrig.« Ivy versicherte ihr, dass die Croissants köstlich schmeckten und dass sie nie besser geschlafen habe.

Sie legte ihr Handtuch neben Poppys und zog ihr Kleid aus. Plötzlich wurde sie sich ihrer kindlichen Proportionen bewusst, der hervortretenden Rippen, der Wirbelsäule und des großen Flecks am Knie, dort, wo sie sich an der Holzkommode in ihrem Zimmer gestoßen hatte. Ted trug ein Harvard-T-Shirt und graue Schwimmshorts, womit er einen dezenten Hintergrund für Poppys leuchtenden Badeanzug bot. Ihre Figur war straff und geschmeidig wie eine frische Banane. Es hieß, Asiatinnen würden kaum altern, doch Ivy fand, dass Amerikanerinnen über fünfzig, die regelmäßig ins Fitnessstudio gingen und auf sich achteten, sehr viel jugendlicher wirkten.

Als Ivy die wundervolle Landschaft lobte, deutete Ted auf einige Sträucher mit runzeligen, fuchsiafarbenen Blütenblättern und gezackten Blättern. Dies seien *Rosa rugosa*, Japanrosen, erklärte er ihr, die in der Mitte des achtzehnten Jahrhunderts von Ostasien nach Amerika gebracht und zum ersten Mal in Nantucket gesichtet worden waren. Ivy brachte ihre Bewunderung über seine eingehenden Kenntnisse der Flora zum Ausdruck.

»Manche unserer Freunde entsetzt die Vorstellung, jedes Jahr die Ferien am selben Fleck zu verbringen«, räumte Ted ein, »aber wir sind nun einmal Gewohnheitstiere. Wir würden das hier gegen nichts auf der Welt eintauschen.«

Ivy sagte, Nan sei genauso. Auch sie ziehe den heimischen Komfort exotischen Zielen vor. Mit »heimischem Komfort« meinte sie Nans Haus, das diese nie verließ, außer um einmal im Jahr Tante Pings Familie in Doylestown, Pennsylvania, oder ab und an ihre Tochter zu besuchen.

»Und wo lebt deine Familie jetzt?«, erkundigte sich Ted und stützte sich auf die Ellbogen.

Und so fing es an. Kontext, Subtext. Clarksville wurde zu *in der Nähe von Princeton, Selbstständigkeit* implizierte steuerliche Abschreibungen, *ein kleiner Laden* stand für Gewerbeimmobilien. Der letzte Teil war nicht gelogen: Shen hatte vor Kurzem ein großes Lager gekauft, in das sie all den gebrauchten Plunder stopfen konnten, für den sich im Haus kein Platz mehr fand. Ivy stellte sich vor, wie ihre Eltern am Küchentisch saßen und Ziffer für Ziffer in Nans kleinen Plastiktaschenrechner tippten – der wegen seiner Langlebigkeit einen Platz im *Guinness-Buch der Rekorde* verdient hatte. Anschließend übertrugen sie die kleinen roten und schwarzen Zahlen ins Geschäftsbuch, Jahr für Jahr, Tag für Tag, bis zu ihrem Tod.

»Wie schön, dass ihr gleich alt seid, Gideon und du«, bemerkte Poppy beiläufig.

»Ich bin drei Monate älter als er«, erwiderte Ivy. Sie konnte sehen, wie Poppy anfing, im Kopf Berechnungen anzustellen. Neunundzwanzig beim ersten Kind, blieben noch zehn Jahre für drei weitere Kinder, bevor sie vierzig wurde.

»Gideon hat uns erzählt, du überlegst, ein Jurastudium zu beginnen«, sagte Ted.

»Ja.«

»Das kostet ziemlich viel Zeit, von der finanziellen Investition ganz zu schweigen.«

Es war schwer zu sagen, ob er ihren Plan guthieß oder nicht. Ivy nickte vage, was, wie sie hoffte, sowohl Zustimmung als auch Optimismus ausdrückte.

Bis Gideon vom Schwimmen kam, unterhielt Poppy sie taktvoll mit Geschichten über ihren ältesten Bruder Bobby, den Onkel, den Gideon erwähnt hatte und der als Anwalt in Kalifornien tätig war.

»Wie ist das Wasser?«, fragte Ted.

»Kalt«, antwortete Gideon und ließ sich bibbernd auf ein großes Handtuch fallen. Ein Windstoß fuhr unter den Sonnenschirm.

»Ivy hat uns von ihren Plänen, Jura zu studieren, erzählt«, sagte Ted.

»Ah«, sagte Gideon.

Ivy hätte gern gewusst, was dieses *Ah* bedeutete.

»Wirst du dich in der Nähe bewerben?«, fragte Poppy unschuldig.

»Unbedingt«, antwortete Ivy. »Ich liebe Boston. Ich kann mir nicht vorstellen, woanders zu leben.«

Poppy legte ihr die Hand auf den Arm. »Es ist *so* schön, dass Gideon dich mitgebracht hat. Wir haben schon seit Jahren keine Freundin von ihm zu Gesicht bekommen. Seit … egal. Er ist immer so *scheu*, wenn es um sein Privatleben geht.«

»Aber, aber, Poppy«, tadelte Ted. »Gideon kann seine eigenen Entscheidungen treffen.«

Gideon sprang wieder auf und erklärte, er sei hungrig und würde zum Haus zurückkehren.

»Lasst uns gemeinsam aufbrechen«, schlug Poppy errötend vor.

Sie suchten schweigend ihre Sachen zusammen. Gideon ging voran, gefolgt von Ivy. Seine Eltern blieben ein paar Schritte hinter ihnen und sprachen gedämpft miteinander.

Nach dem Mittagessen zog sich Gideon mit Kopfschmerzen in sein Zimmer zurück, Poppy und Ted besuchten die Nachbarn. Ivy suchte sich ein schattiges Plätzchen auf der Hollywoodschaukel, um zu lernen. Sie schlug die mit einem Eselsohr markierte Seite in ihrem Vorbereitungsbuch auf und begann zu lesen: *Beweis + Vermutung = Schlussfolgerung, das A und O bei der Entscheidungsfindung. Greifen Sie auf Schlüsselwörter und kritisches Denken zurück, um zu einer logischen Schlussfolgerung zu gelangen. Fragen Sie sich anschließend, warum diese Schlussfolgerung wahr ist, und finden Sie Beweise dafür. Lassen Sie dabei sämtliche Querverweise und jegliches Hintergrundwissen außer Acht. Eine Vermutung ist widerlegbar, wenn nicht gesetzlich die Unwiderruflichkeit angeordnet ist …*

Mit brennenden Wangen wachte sie auf. Die Sonne war über den Himmel gewandert, tief und blendend, und schien ihr nun frontal ins Gesicht. Roux' heiß geliebter Bugatti parkte hinter Gideons Wagen, das Faltdach wölbte sich über die schnittige blaue Karosserie, die Scheinwerfer waren so rund und vorstehend, dass sie wie zwei Augäpfel auf Antennen aussahen. Es war ein Spielzeugauto, und Ivy begriff, dass Roux es genau aus dem Grund gekauft hatte – um zu zeigen, dass es nicht zweckmäßig sein musste, sondern einzig und allein dem Vergnügen diente.

Durch das offene Fenster der Waschküche an der Rückseite des Hauses konnte sie Sylvia hören, die etwas über Klimaanlagen sagte. Ivy hob das Buch auf, das zu Boden gefallen war, und ging hinein.

Alle außer Roux hatten sich um einen schwarz-weißen Kater versammelt, der mit einer Socke auf dem gefliesten Boden spielte – offensichtlich ein Streuner. Eins seiner Ohren war schrumpelig wie ein Pfifferling, der Schwanz schmutzig und verfilzt, ganze Büschel von Haaren fehlten. Sylvia erzählte Poppy, wie sie den Kater in den Sträuchern vor Tom's Market gefunden hatte, als er versuchte, einen Jalapeño zu fressen. »Anscheinend ist er an Menschen gewöhnt, denn er ist so freundlich – ganz und gar nicht verwildert. Er hat sich an meinem Bein gerieben und schnurrend um Futter gebettelt. Morgen bringe ich ihn zum Tierarzt und lasse ihn durchchecken.« Sie schob den Kater in Ivys Richtung, die vorsichtig über die Spitze seines normal geformten Ohrs strich. Er schien Menschen weder zu mögen noch abzulehnen. Als sich ihre Hand seinem Bauch näherte, gab er ein lang gezogenes Fauchen von sich. Ivy zuckte zurück und wischte sich einige durch die Luft fliegende Katzenhaare aus dem Gesicht.

»Komm ihm lieber nicht zu nahe«, warnte Poppy, die sich an der Tür herumdrückte. »Wir sollten ihn zuerst auf Krankheiten untersuchen lassen.«

»Ich habe beschlossen, ihn zu behalten«, verkündete Sylvia. »Ich werde ihn Pepper nennen.«

Poppy legte eine Hand an die Wange. »Bist du sicher, dass du genug Zeit für ein Haustier hast, Sylvia? Die Promotion ist anstrengend genug, da solltest du dir nicht zusätzlich die Verantwortung für eine Katze aufbürden.«

»*Dir* ist das vielleicht zu viel«, entgegnete Sylvia, »aber zum Glück komme ich nach Daddy.«

»Überleg es dir gut, Sib«, schaltete sich Ted ein. »Mom hat recht, du bist ständig unterwegs. Wer passt auf den Kater auf, wenn du weg bist?«

»Aber …«

»Sie schafft das schon«, sagte Gideon und tauschte einen Blick mit seiner Schwester aus. Sie mussten Ted und Poppy unzählige Male auf diese Weise bearbeitet haben, dachte Ivy. Sie lavierten sich an ihren Eltern vorbei wie zwei Akrobaten, deren gegenseitiges Vertrauen so bedingungs- wie kompromisslos war.

Sylvia brachte den Kater ins Wohnzimmer, wo sich Roux

einen Scotch genehmigte und in einem von Poppys Bildbänden über historische, denkmalgeschützte Häuser blätterte, und forderte Pepper mit einem der Holzmobiles zum Spielen auf. Gideon klapperte mit den Muscheln eines zweiten Mobiles, und der Kater sprang auf ihn zu, die Ohren flach an den kugelrunden Kopf gelegt. Der Schwanz zuckte über den Boden wie ein ausgefranster Wischmop. »Ich mochte Katzen schon immer«, sagte Gideon. »Vor allem Toms alten Kater, Beaver. Beaver hat Wasser direkt aus dem Hahn getrunken. Tom hat ihm sogar beigebracht, in die Toilette zu pieseln. Katzen sind ziemlich clevere Tiere.«

»Würdest *du* Pepper nehmen?«, fragte Sylvia.

»Soll ich das?«

»Deine Wohnung ist ziemlich klein ...«, gab Ivy zu bedenken – im selben Moment, in dem Sylvia: »Oh, *unbedingt!*« rief.

»Bist du sicher, dass du genug Zeit für ein Haustier hast?«, fragte Ivy und bemerkte zu spät, dass sie exakt die gleichen Worte verwendet hatte wie Minuten zuvor Poppy. Gideon und Sylvia tauschten einen weiteren Blick aus.

»Ich hasse Katzen«, sagte Roux und schlug das Buch mit einem lauten Knall zu. »Und die da ist potthässlich. Außerdem bin ich mir nicht sicher, ob sie wirklich zahm ist. Macht mir eher den Eindruck, als würde sie einem beim Schlafen die Augäpfel auskratzen.«

Ivy konnte nicht anders – sie lachte.

»Ihr seid herzlos«, sagte Sylvia. »Wie um alles in der Welt haben eure Eltern euch erzogen?«

»Wie Straßenköter«, antwortete Roux.

Da es nicht so aussah, als würden Sylvia und Gideon etwas anderes tun wollen, als auf dem Webteppich zu liegen und die Katze zu streicheln, schlug Ivy vor, an den Strand zu gehen.

»Ich muss noch eine E-Mail fertig machen«, sagte Gideon. »Ich hole schnell meinen Laptop.« Er stand auf und ging.

Kurz darauf trank Roux seinen Drink aus und erhob sich ebenfalls. Er warf Sylvia einen fragenden Blick zu, aber sie blieb auf dem Teppich liegen. Ivy meinte fast, sich ihre vorherigen lasziven Zuneigungsbekundungen nur eingebildet zu haben. Sie fragte sich, was beim Krabbenpuffer-Essen vorgefallen sein mochte. Vielleicht war ein solches Verhalten aber auch normal für Sylvia und Roux, die ihr beide eher flatterhaft erschienen.

»Kannst du bitte deine Sachen aufhängen?«, rief Sylvia Roux nach, dann drehte sie sich mit gerunzelter Stirn zu Ivy um. »Du kannst von Glück sagen, dass Gideon relativ ordentlich ist. Roux hat kaum etwas ausgepackt, und trotzdem liegt unser ganzes Bett voll mit seinem Krempel.«

»Ihr habt ein gemeinsames Schlafzimmer?«, fragte Ivy.

»Warum nicht?«

»Es ist bloß … Ich dachte, deine Mom mag es nicht, wenn …«

Sylvia lachte laut auf, in ihren Wangen bildeten sich Grübchen. »Ivy! Dir kann man aber auch alles erzählen! Mom schaut dezent weg, seit ich in der zehnten Klasse Tucker McDermott durchs Fenster in mein Zimmer geschmuggelt habe. Du musst wirklich sehr streng erzogen worden sein. Kein Wunder, dass Giddy dich liebt.«

Ivy sah Gideon über den Esstisch hinweg an und dachte: Entweder lügt Sylvia, oder Poppy mag es tatsächlich nicht, wenn ihre Kinder in ihrem Haus intim sind, aber Sylvia ist das egal, während Gideon Rücksicht auf sie nimmt. Er würde sich niemals durchs Fenster in ihr Zimmer schleichen. Diese Erklärung erschien ihr durchaus plausibel, doch sie trug nicht dazu bei, den Schmerz der Zurückweisung zu lindern. Sie brachte es nicht über sich, die dritte Möglichkeit in Betracht zu ziehen: dass Gideon ihrer schlichtweg überdrüssig, aber viel zu höflich war, um ihr dies geradeheraus zu sagen. Seit sie in Finn Oaks eingetroffen waren, hatten sie kaum Zeit allein miteinander verbracht, und auch wenn sie mit den anderen zusammen waren, blieb er weder wie ein beschützender Freund an ihrer Seite, noch schien er übermäßig darauf bedacht zu sein, dass sie sich wohlfühlte. Sie hatte gedacht, dies sei ein Zeichen ihrer Verbundenheit mit dem Mann, der gesagt hatte: *Entschuldige, aber müssen wir dieses Gespräch wirklich führen?*, war davon ausgegangen, dass er darauf vertraute, sie würde sich in seiner Familie behaupten, so wie sie es bei Tom und seiner Verlobten oder bei den Finleys getan hatte. Doch vielleicht war die Distanz, die sie zwischen ihnen beiden spürte, genau das: Distanz.

Gedankenverloren saß sie beim Abendessen, schweigsam, und nahm kaum einen Bissen zu sich. Sie fühlte sich, als würde sie eine Erkältung bekommen. Die Zuckungen in ihrem kleinen Finger hatten sich auf ihr Gesicht ausgebreitet, das sich starr anfühlte und kribbelte, als müsste sie jeden Augenblick niesen. Sie waren noch bei der Vorspeise, als Roux zu ihr hinüberschaute und Poppys Bericht über ihre ehrenamtliche Tätigkeit im örtlichen Museum unterbrach. »Ivy«, rief er aus, »deine Augen!«

»Was ist denn damit?«

»O mein Gott.« Poppy schlug die Hand vor den Mund. Alle drehten sich zu ihr um, die Gabeln verharrten in der Luft.

»Sie sind ganz rot – und geschwollen«, sagte Gideon.

Ivy stand auf und ging ins Bad; Gideon und Poppy folgten

ihr. Sie blickte in den Spiegel und stieß einen leisen Schrei aus. Ihre Augenlider waren so dick, dass sie aussahen wie entzündete Blasen. »Was ist das denn?«, jammerte sie, schloss die Lider und rieb darüber, doch das machte es nur noch schlimmer. Die Haut rund um ihre Augen fing an zu jucken, dann zu stechen.

»Sollen wir sie ins Krankenhaus fahren?«, fragte Poppy, die Hand an den Hals gelegt. »Ted, kannst du bitte einmal kommen?«, rief sie über die Schulter. »Wir brauchen dich.«

Ivy sagte, sie tippe auf eine allergische Reaktion. Sie hatte so etwas Ähnliches schon einmal gehabt, als Kind, aber nicht so heftig. Damals war sie von einer Biene gestochen worden. Jetzt fing auch ihr Hals an zu stechen. Sie schluckte, um ihre Reflexe zu überprüfen, die intakt schienen.

»Die Katze!«, stieß Gideon hervor. »Ivy, bist du allergisch auf Katzenhaare?«

»Ich weiß es nicht«, sagte sie. Ihre Lippen fühlten sich an, als wären sie aus Gummi. Sie spürte, wie das Blut darin pulsierte.

»Ist alles in Ordnung?«, fragte Ted und tauschte den Platz mit Gideon, der ein Antihistaminikum holte.

Poppy erklärte ihrem Mann die Lage. »Sollen wir sie in die Notaufnahme bringen? Glaubst du, das ist so etwas wie eine Erdnussallergie? Haben wir einen EpiPen im Haus? Bekommst du genügend Luft, Ivy?«

»Was ist denn hier los?«, fragte Sylvia, die ebenfalls das Bad betrat.

»Ivy ist allergisch gegen deinen Kater«, sagte Poppy. »Sieh dir nur ihre Augen an.«

Sylvia zog die Augenbrauen zusammen. »Du bist allergisch gegen Pepper?«

»Ich weiß es nicht«, sagte Ivy. Sie fühlte sich schuldig, weil sie nicht wusste, worauf sie allergisch reagierte.

Ted wollte wissen, ob sie schon einmal mit Katzen zu tun hatte.

Ivy verneinte.

Gideon kam mit dem Antihistaminikum und einem Glas Wasser zurück. Nachdem Ivy eine Tablette geschluckt hatte, sagte sie: »Ich bleibe besser in meinem Zimmer, nicht, dass es noch schlimmer wird.«

»Das ist sicher gut so«, pflichtete Poppy ihr bei, »zumindest so lange, bis die Katze morgen weg ist.«

»Ich werde Pepper nicht weggeben«, protestierte Sylvia.

»Wir können ihn nicht hierbehalten, wenn er Ivy krank macht.«

»Wir wissen doch noch nicht einmal, ob sie wirklich allergisch auf Katzen reagiert.«

»Eine Lebensmittelvergiftung ist es nicht«, sagte Gideon. »Wir haben nur Salat und Steak gegessen. Hast du dir an die Augen gefasst, nachdem du ihn gestreichelt hast?«

Ivy versuchte, sich zu erinnern, aber sie war sich nicht sicher.

»Vielleicht liegt es ja gar nicht an Pepper«, beharrte Sylvia.

»Also wirklich, Sylvia. Jetzt ist definitiv nicht der richtige Zeitpunkt, darüber zu streiten«, sagte Poppy eine Spur zu schrill.

Sylvias Wangen röteten sich. Sie machte auf dem Absatz kehrt und verschwand im Flur.

Gideon schlug erneut vor, ins Krankenhaus zu fahren.

»Es geht mir gut, wirklich«, versicherte Ivy, verlegen über die Aufmerksamkeit, die ihr zuteilwurde. »Das ist schon einmal passiert, als ich jung war. Mein Hals fühlt sich gut an.

Ich gehe jetzt unter die Dusche und warte darauf, dass das Antihistaminikum wirkt. Bitte esst weiter zu Abend.« Sie versuchte zu lächeln, doch der Effekt war grauenvoll. Mit großer Mühe überzeugte sie die Speyers, an den Tisch zurückzukehren. Roux war nicht von seinem Stuhl aufgestanden. Er musterte ihr Gesicht, als sie die Treppe hinauf floh, und sie hätte schwören können, dass seine Lippen zuckten. Natürlich amüsierte er sich über ihr Pech. Was hatte sie erwartet? Mitgefühl?

Oben angekommen, ging sie zum zweiten Mal an diesem Tag unter die Dusche und seifte sich ein, sorgfältig darauf bedacht, die sonnenverbrannten Stellen an Nase und Wangen auszulassen. Das Wasser linderte den Juckreiz, und als sie aus der Kabine heraustrat, war die Schwellung an ihrer Lippe bereits ein wenig zurückgegangen. Sie warf einen Blick in den Spiegel, sagte: »Ich sehe aus wie ein Troll«, und wandte sich ab.

Ein paar Minuten später erschien Gideon mit einem Tablett. Darauf stand ein Teller mit den Resten ihres Steaks und Kartoffeln, auf einem zweiten lag ein Stück gedeckter Apfelkuchen, dessen Füllung aussah wie bernsteinfarbener Schleim. Ivy dachte daran, wie Poppy am Nachmittag Äpfel klein geschnitten und in Bourbon gekocht, wie sie den Teig ausgerollt und die mustergültige Gitterkruste mit Eigelb eingepinselt hatte. Der wundervolle Duft nach Zimt und Butter hatte Ivy das Wasser im Mund zusammenlaufen lassen. Wie sehr sie sich auf den Kuchen gefreut hatte, doch nun war ihr der Appetit vergangen.

»So viel dazu, einen guten Eindruck zu machen«, frotzelte sie.

»Wovon redest du?«, fragte Gideon.

»Der Abend war ein Albtraum. Was muss deine Familie von mir denken!«

»Aber alle lieben dich!«

»Tatsächlich?« Das war keine rhetorische Frage, sie wollte es wirklich wissen. Doch Gideon tätschelte wie zur Beruhigung nur ihr Bein, und sie spürte, dass er in Gedanken bereits woanders war und nur darauf wartete, sich in sein Zimmer zurückziehen zu können, um sich seiner Pflichten als Freund entledigen und voll und ganz seinem Laptop widmen zu können.

»Morgen ist es bestimmt besser«, tröstete er sie. »Wenn sich dein Zustand nicht verbessert, fahren wir als Erstes ins Krankenhaus.«

Und was ist mit heute Abend?, dachte sie. Aber mit einem Gesicht, das rot war wie ein gekochter Hummer, stand es ihr nicht zu, irgendwelche Forderungen zu stellen. Es gab Frauen, die ihr ganzes Leben darauf verwendeten, dass ihre Männer sie nie ohne Lippenstift und perfekt nachgezogene Augenbrauen zu Gesicht bekamen. Vielleicht war sie zu selbstgefällig geworden. Wenn man einmal etwas gesehen hatte, konnte man es nicht mehr vergessen. Die Menschen waren so oberflächlich, ganz gleich, wie sehr sie sich selbst vom Gegenteil zu überzeugen versuchten.

13

Es regnete die ganze Woche über immer wieder: Trüber Himmel und beständiger Niederschlag hielten sie den ganzen Tag über im Haus, wo sie lasen, tranken, Gideon beim Klavierspielen zuhörten, Poppy halfen, endlos viele Bleche Haferkekse mit Rosinen zu backen, die sie den Nachbarn schenkten. Ivys Allergie wurde so schlimm, dass sie anfing, zwei verschiedene Antihistaminika zu nehmen, woraufhin sie sich fühlte, als würden Gewichte an jeder einzelnen ihrer Wimpern hängen. Gideon bot an, den Kater bei den Walds unterzubringen, aber Ivy wollte nicht noch mehr Unannehmlichkeiten bereiten. Also behielt Sylvia ihn stattdessen in dem Zimmer, das sie sich mit Roux teilte. Bei jeder sich bietenden Gelegenheit brachte Sylvia ihre Zweifel zum Ausdruck, dass Pepper der Grund für Ivys Allergie war. Allerdings wandte sie sich damit nie direkt an Ivy, sondern äußerte sich immer dann, wenn diese in Hörweite war. Die Gefühle kochten bei allen langsam hoch. Jede Geste, jeder Tic, jede normalerweise harmlose Eigenart wurde schnell zu einem kleinen, aber permanent spürbaren Ärgernis.

Roux und Sylvia schienen in einen unterschwelligen Streit verwickelt zu sein. Es fing an, als Sylvia sich über seine morgendlichen Donut-Besorgungen lustig machte. »Andere Männer wären begeistert, drei selbst zubereitete Mahlzeiten am Tag zu bekommen«, sagte sie, »aber du isst ja nichts, weil du auf diesen Mist abfährst.« Roux hörte auf zu kauen und wischte sich mit dem Handrücken den Puderzucker vom Mund. »Des einen Leid, des anderen Freud«, zitierte er das alte Sprichwort. »Vielleicht könntest du endlich mal aufhören, die ganze Zeit über rumzuzicken.« Alle außer Gideon, der trotz des Regens schwimmen gegangen war, saßen noch am Frühstückstisch und tranken die letzten, kalt gewordenen Schlucke Kaffee. Teds Gesicht durchlief eine ulkige Bandbreite von Ausdrücken – von Schock über Verärgerung bis hin zur Resignation –, dann setzte sein jahrzehntelanges Training ein, und er täuschte eine erlösende Taubheit vor. Ivy erwartete, dass Sylvia explodierte, doch Gideons Schwester sagte nur mit matter Stimme: »Ich wollte dir nichts unterstellen.« Poppy presste mit gerunzelter Stirn die Lippen zusammen, anscheinend ihr einziges Ventil für ihre innere Wut, und huschte zu Sylvia, um sie mit übertriebener Mutterliebe zu überschütten. Roux fragte Ted, ob er Zigarren dahabe. Ted erwiderte: »Nein, Roux. Ich habe hier keine Zigarren herumliegen.«

Roux' grobschlächtiges Verhalten erinnerte Ivy an Tom Cross, doch Toms Unhöflichkeit war herablassend und als Statement gedacht, während Roux' Unhöflichkeit keine Verachtung implizierte. Deshalb konnte Roux so mit Sylvia reden, genau wie mit Ted und Poppy (Roux und Gideon sprachen nicht miteinander, außer in der Gruppe, und auch dann war ihre neutrale Höflichkeit nur eine Maske für gegenseitiges Desinteresse). Sie tolerierten ihn – weil er auf niemanden herabsah. Er wusste es eben nicht besser.

Sylvia machte ein bockiges Gesicht und schob ihre Mutter weg. Es war unmöglich, dieses trotzige Mädchen mit der kultivierten, durch nichts aus der Fassung zu bringenden Sylvia auf der Silvesterparty in Einklang zu bringen. Vielleicht verhielt sich jeder im trauten Kreis der Familie zuweilen kindisch.

Es schien, als stünden die Dinge kurz davor, aus dem Ruder zu laufen. Doch wie dem auch sei – am Abend saßen Roux und Sylvia betrunken und ineinander verschlungen auf dem Sessel und gurrten sich mit ihren Babystimmen an.

Am nächsten Tag, als Ivy auf der Suche nach einem ruhigen Plätzchen zum Lernen war, stieß sie in dem Zimmer mit dem Flügel auf die beiden. Sie saßen im Schneidersitz auf dem Fußboden und sahen sich einen italienischen Film auf Sylvias Laptop an. Ivy entschuldigte sich für die Störung, aber Sylvia winkte sie herein. »Ich freue mich, dass du zu uns gestoßen bist. Der Film ist zum Einschlafen. Ich verstehe kein Wort, deshalb muss Roux alles für mich übersetzen, aber ich denke, er erfindet das nur.«

»*Perché sei ignorante*«, sagte Roux. Seine Aussprache klang ganz passabel.

»Woran arbeitet ihr?«, fragte Ivy, die Papier und Stifte auf einem niedrigen Beistelltisch neben dem Sofa bemerkte.

»An meinem Malbuch«, sagte Sylvia und zeigte Ivy die Seiten mit geometrischen Blumen und Schlössern. Genau so ein Malbuch hatte Ivy für ihre Erstklässler im Klassenzimmer. »Roux arbeitet an einer neuen Skizze«, fügte sie hinzu.

Ivy betrachtete die Zeichnung auf dem Tisch. Eine Tankstelle, ein Riesenrad, etwas, das aussah wie eine Frau mit Baseball-Kappe beim Tanken.

»Las Vegas«, sagte Roux.

»Das sehe ich«, sagte Ivy, obwohl sie es nicht gesehen hatte.

»Denk dir nichts. Es ist Mist.«

»Es ist umwerfend«, hielt Sylvia kühl dagegen. »Sag ihm das, Ivy.«

»Es ist umwerfend«, sagte Ivy. Mit wenigen Strichen war es ihm gelungen, eine bestimmte Stimmung, eine bestimmte

Emotion einzufangen: den Moment vor einem Ausbruch von Gewalt. Und dabei hatte sie angenommen, dass sein Interesse für Kunst genau wie das für Oldtimer so ein Neureichen-Status-Ding war, dass es weniger um echte Wertschätzung als vielmehr um das Preisschild ging. Er hatte es am ersten Tag selbst gesagt: Ich genieße es, mir das zu beschaffen, worauf alle anderen scharf sind. »Es gefällt mir, wirklich«, versicherte sie noch einmal.

Roux zuckte die Achseln. »Willst du's haben?« Er riss die Seite heraus und reichte sie ihr.

»Wie großzügig von dir, Känguru«, sagte Sylvia. Zunächst dachte Ivy, sie wäre nur flapsig – wie anmaßend von Roux, zu unterstellen, jemand wolle seine albernen Zeichnungen haben –, doch als sie zu ihr hinübersah, stellte sie fest, dass Sylvia praktisch vor Wut erstarrt war.

Sie hörten, wie Gideon durch den Flur kam. Ivy faltete schnell das Blatt zusammen und steckte es in ihr Buch, dann entschuldigte sie sich und verließ das Zimmer.

Das war am Montagabend gewesen. Jetzt war es Donnerstag, und Ivy fiel auf, dass Sylvia seitdem fast nicht mehr mit ihr gesprochen hatte. Über Nacht schien ein unsichtbares Kraftfeld entstanden zu sein, welches verhinderte, dass sich der Kopf von Gideons Schwester in ihre Richtung drehte. Sylvia war nicht einmal grob; für sie hatte Ivy einfach aufgehört zu existieren. War das die Strafe für ihre Katzenallergie?, fragte sich Ivy. Konnte ein Mensch wirklich so kleinkariert sein? Oder war dies nur ein weiteres, ausgeprägteres Resultat ihres engen Aufeinanderhockens?

Gideon war – wie hätte es auch anders sein sollen? – taub für die Untertöne zwischen seiner Freundin und seiner Schwester. Manchmal hörte Ivy Sylvias gedämpfte Stimme aus dem

Zimmer mit dem Flügel, wo sie mit Gideon über irgendein wichtiges privates Thema sprach. Als wolle sie etwas beweisen, dachte Ivy. Ihr Giddy, seine Sibbie. Und weil Teds einzige Hobbys das Lesen der Zeitung und seiner Golfmagazine sowie seine Fünf-Uhr-Bierchen waren, blieb nur Poppy als Ivys Verbündete übrig. Am Vormittag hatten sie eine fröhliche Stunde damit verbracht, sich Gideons Babyfotos anzusehen – ein Initiationsritus für jede Freundin. Ivy hatte nicht damit gerechnet, dass er so schnell erfolgen würde. Sie liebte vor allem das Foto von Gideon als Kleinkind im rosa Tutu und mit Ballettschläppchen, ein goldenes Krönchen auf dem Kopf. Er saß auf einer Schaukel, angeschubst von einer gleich gekleideten Sylvia. »So ist es, wenn man eine Schwester hat!« Poppy lachte, was sich anhörte, als hätte sie einen leichten Schluckauf. Einige Aufnahmen kamen Ivy allerdings ziemlich seltsam vor, hauptsächlich wegen Poppys Erklärungen.

»Sylvia konnte nie gut schlafen«, sagte Poppy und deutete auf ein Foto von Gideon und Sylvia, die unter einer gestreiften Decke schliefen, Scheitel an Scheitel, Sylvias Arm um Gideons Brust geschlungen. »Sie haben bis zur Highschool in einem Bett geschlafen. Als Sylvia endlich um ein eigenes Zimmer gebeten hat, ist mir beinahe das Herz gebrochen.« Sie deutete auf ein weiteres Foto, das Gideon und Sylvia nackt in einer freistehenden weißen Badewanne zeigte. »Sie haben es *geliebt*, gemeinsam zu baden. Nach jedem Softball-Spiel oder Strandtag haben sie so lange gequengelt, bis sie ihre Gummienten und ein nach Vanille duftendes Schaumbad bekamen.«

Ivy sah weder Schaum noch Badeenten auf dem Foto. Sylvias glatter brauner Rücken, der sehnige Rücken eines Teenagers, wurde von der Wasseroberfläche in zwei Hälften geschnitten. Gideon hatte seine gebräunten Beine in der kleinen Badewanne zwischen die seiner Schwester gesteckt. Eigentlich war die Badewanne gar nicht klein, sondern normal groß, doch sie kam Ivy klein vor im Verhältnis zu den langgliedrigen Geschwistern, die darin saßen. Ivy und Austin hatten niemals Seite an Seite in einem Bett schlafen dürfen, nur Kopf an Fuß, wie Sardinen in der Dose. Nan hatte strikt auf Geschlechtertrennung geachtet und Ivy eingeschärft, dass sie sich niemals einem Vertreter des männlichen Geschlechts nackt zeigen dürfe, auch nicht ihrem eigenen Bruder oder Vater. War diese Freiheit zwischen Gideon und Sylvia pervers oder unschuldig? Aber die Unschuldigen waren oft pervers und die Perversen unschuldig.

Am Nachmittag hatte das Dach zu lecken begonnen; dunkelgraue Bäche ergossen sich auf die alten Bodendielen. Ivy und Gideon hatten einen kalten Nudelsalat gegessen, als sie Poppy rufen hörten: »Oh! Oh! Bringt mir einen Eimer!« Sie eilten ins Wohnzimmer. Sylvia hielt sich den Bildband über den Kopf, in dem Roux am Vortag geschmökert hatte. Roux stand mit nacktem Oberkörper vor einem Blumentopf und wrang sein Shirt aus. Ted kam von oben angelaufen, wo er ein Mittagsschläfchen gehalten hatte, die Haare an einer Seite platt gedrückt. »Einen Eimer, Ted, bring mir einen Eimer!« Ted griff nach einem der geflochtenen Körbe neben dem Kamin. »Ich brauche einen *Eimer*, keinen Korb.« Teds Gesicht wurde so rot wie die Tomaten in der Obstschale. Roux fing an zu lachen. Er legte sich sein nasses T-Shirt wie ein Handtuch um den Nacken. »Du siehst aus wie ein Klempner«, stellte Ivy fest. Es dauerte nicht lange, und alle stimmten in Roux' Gelächter mit ein. Poppy lachte am lautesten, wobei sie ihr zartes Vogelschnäbelchen weit aufsperrte.

Das kleine Leck hatte denselben Effekt wie ein Unwetter, das die stickige Luft reinigt. Sie stellten Schüsseln auf, um das von der Decke tropfende Wasser aufzufangen, und wischten die verbliebenen Pfützen auf. Zum Glück regnete es nur in den an das Wohnzimmer angeschlossenen Wintergarten herein, der nachträglich angebaut worden und als einziger Raum eingeschossig war. »Unser altes Cottage ist wirklich in die Jahre gekommen«, räumte Poppy ein, »aber wir kommen einfach nicht dazu, Reparaturen vorzunehmen.« Sie seufzte bedauernd. Als Roux sagte, er kenne einen Bauunternehmer aus Boston, der sich darum kümmern könne, zwitscherte Poppy: »Was für eine *wundervolle* Idee, die *muss* ich mir durch den Kopf gehen lassen« – ihre Art, unerwünschte Vorschläge abzulehnen. Anschließend saßen sie Eis essend auf der Veranda und lauschten auf den plätschernden Regen, während Poppy und Ted sie mit Geschichten über die Unwetter erfreuten, die ihr »geliebtes Finn Oaks« im Laufe der Jahre überstanden hatte. Die Speyers sprachen über die alten Möbel, angeschlagenen Teetassen, angelaufenen Silberlöffel und das alte Grammofon, das sie auf dem Dachboden gefunden hatten, als wären sie lebendige Kreaturen, was Ivy absurderweise für ausgesprochen charmant hielt. Sylvia saß neben ihr auf dem Zweisitzer. »Mir wird plötzlich so kalt von der Eiscreme«, sagte sie schaudernd und legte den Kopf auf Ivys Schulter. Ivy verspürte einen unerwarteten Kitzel. So ähnlich fühlte es sich an, wenn einem der Junge, der einen in der Schule ständig ärgerte, gestand, dass er das nur getan hatte, weil er einen mochte. Sie schloss die Augen und atmete den Geruch nach Regen, Salz und weiblicher Wärme ein, während sie Sylvias Atem auf ihrem nackten Arm spürte.

Ich muss überreagiert haben, redete sie sich ein. Sylvia hat keinen Grund, auf mich neidisch zu sein.

Die gute Stimmung hielt auch am nächsten Tag an, als sie endlich bei strahlendem Sonnenschein und einem wolkenlosen blauen Himmel erwachten. Die jungen Leute beschlossen, mit dem Boot nach Coven Island überzusetzen und dort Klaffmuscheln fürs Abendessen zu sammeln. Poppy packte ihnen Truthahnsandwiches und eine riesige Tupperdose mit frischen Erdbeeren für das Mittagessen ein, außerdem Maisbrot und alles, was sie für die Zubereitung der Muscheln brauchten. Gideon füllte die Kühltasche mit Bier und Wein.

Es war noch nicht einmal zehn Uhr an diesem Freitagmorgen, trotzdem wimmelte es im Hafen von Familien, frei laufenden Hunden und Anglern, die auf den gelben und orangefarbenen Felsen der Hafeneinfahrt hockten. Direkt an der Wasserkante stand eine graue Schindelhütte, an der ein Plakat klebte: CATTAHASSET JACHTCLUB. Ein Stück die Straße hinauf befand sich der Cattahasset Point Club, ein mehrstöckiges Gebäude mit zwei ausladenden weißen Rundum-Balkonen, auf denen Paare und Grüppchen von Frauen mittleren Alters unter gestreiften Sonnenschirmen brunchten.

»Es wird Jahr für Jahr voller«, stellte Sylvia stirnrunzelnd fest und wich zwei Jungs in aufeinander abgestimmten Segelhemden aus. »Als wir noch Kinder waren, war kaum jemand hier, und jetzt seht euch das an!«

Sie hatte recht, was die Sommertouristen betraf, aber Ivy freute sich eher über die Menschenmengen, als dass sie sich darüber ärgerte. Ihrer Ansicht nach sollten Ferien mitunter ein wenig exzessiv sein – nicht immer nur einsame Strandspaziergänge, Bücher und kultivierte Gespräche beim Abendessen über Politik und Kunst. Die lauten, glücklichen Stimmen von Eiskaffee trinkenden Leuten in Flipflops und mit offenen Hemdkragen kamen ihr vor wie das perfekte Gegenmittel für die gedämpfte Atmosphäre in Finn Oaks. Sie hakte sich bei Gideon unter.

»Hey«, sagte er.

»Hey«, sagte sie.

Sie lächelten einander an. Er ging mit ihr zur Pier, wo die Boote auf dem Wasser tanzten, ununterscheidbar in Ivys Augen.

Das Boot der Speyers war klein und weiß, abgesehen von zwei grünen Streifen an der Seite. Für vier Personen bot es jedoch genügend Platz. Gideon stellte sich hinter das Steuer, Ivy setzte sich auf eine Bank im Cockpit, Roux und Sylvia machten es sich vorn an Deck bequem. Ein paar schmale Stufen führten hinunter in eine winzige Kabine. Bald glitten sie an den anderen Segelbooten vorbei; der kleine Jachtclub, wo Gideon den Wagen geparkt hatte, schrumpfte zu einem flachen Rechteck in der Ferne zusammen. Das Boot schoss schnell und leicht über das Wasser. Gideon deutete auf verschiedene Orientierungspunkte an der Küste. Vorne hatte Roux einen Arm um Sylvias Taille geschlungen. Sie hatte bereits ihr Strandkleid ausgezogen und sonnte sich in einem schwarzen Spitzenbikini.

Nach zwanzig Minuten kletterte Roux, den Handlauf fest umklammernd, zur Rückseite des Boots Er setzte sich auf eine Bank Ivy gegenüber, dann legte er sich auf den Rücken. Kurz darauf erschien auch Sylvia. Sie flüsterte ihm etwas ins Ohr, er schüttelte den Kopf, und sie strich ihm die Haare glatt. Nach einer Weile kam sie zu Ivy hinüber. Ivy erkundigte sich, ob alles in Ordnung sei. »Ihm ist bloß ein bisschen übel«, erwiderte Sylvia. »Er hat heute Morgen ein Mittel gegen Seekrankheit eingenommen, aber es wirkt nicht.«

Sie sahen zu ihm hinüber. Zwei Knöpfe von Roux' Hemd

waren geöffnet, ein Büschel schwarzer Brusthaare bildete einen starken Kontrast zu seiner blassen Haut. Er hatte ein Bein auf die Bank gestellt und den rechten Arm über die Augen geworfen. »Ich hoffe, es geht ihm besser, wenn wir die Insel erreichen«, sagte Ivy. Sie empfand nur wenig Mitleid mit Roux; ihre einzige Sorge war, dass er ihnen nicht den Tag verdarb. Seine schlechte Laune konnte toxisch sein, noch mehr sogar als Sylvias, deren Missmut man ignorieren konnte. Roux dagegen konnte niemand ignorieren, wenn er beschlossen hatte, seine mürrische Seite hervorzukehren.

»Das liegt vermutlich an dem Zucker, den er jeden Morgen in sich hineinschaufelt«, erklärte Sylvia und warf mit einer arroganten Geste ihre Haare über die Schulter. »Manchmal bin ich fast neidisch, wie einfach die Dinge zwischen dir und Gideon laufen. Ihr zwei seid praktisch ein und dieselbe Person. Ihr mögt das gleiche Essen, lest die gleichen Bücher, ihr benutzt sogar das gleiche gestelzte Vokabular. Es wird nicht lange dauern, und ihr tragt aufeinander abgestimmte Outfits.«

Was *ihr zwei* doch längst tut, dachte Ivy und sah die Pyjamas mit den eingestickten Monogrammen vor sich.

»Roux und du scheint mir aber auch sehr eng miteinander zu sein«, erwiderte sie, als sie die Gefahr spürte, die in der Luft lag. »Manchmal sind Gegensätze besser.«

»Das ist vermutlich wahr.« Sylvia nickte besänftigt. »Neulich habe ich herauszufinden versucht, wann wir unseren Jahrestag haben. Es ist ein bisschen verwirrend, weil wir so viele Auszeiten hatten. Ich glaube, nächste Woche sind wir acht Monate zusammen … Mein Gott, erst acht Monate! Bei all den Auseinandersetzungen, die wir hatten, komme ich mir vor, als sei ich Ewigkeiten verheiratet – und schon zweimal geschieden.«

Ivy erkundigte sich, worum es bei ihren Streitereien ging.

»Ach, daran erinnere ich mich anschließend nie. Roux ist ziemlich temperamentvoll. Ich hasse Auseinandersetzungen, also gehe ich einfach weg, bis er sich wieder beruhigt hat. Er nennt mich ›die Eisprinzessin‹. Vermutlich sind wir beide recht stur. Wir können tagelang streiten.«

»Das ist doch normal.«

»Nein, ist es nicht«, sagte Sylvia mit einem gnädigen Lächeln, als hätte Ivy versucht, sie unnötigerweise aufzumuntern. »Meine Eltern haben *nie* gestritten, und es gab einige ernste Themen, das kannst du mir glauben. Dad war hauptsächlich weg, pendelte hin und her zwischen Boston und diesem Haus in Back Bay, das er gemietet hatte – weiße Wände, alles gerade und kantig wie ein Lineal, alles in Kisten verpackt. Jedes Mal, wenn Mom mit uns hinfuhr, war alles in unseren Zimmern – das Bett, der Schreibtisch, die Fensterbank – voller toter Fliegen und Schnaken. Trotzdem weigerte sich Dad, eine Haushälterin einzustellen. Er behauptete, das sei *elitär*.« Sie machte eine Pause, um das Wort *elitär* wirken zu lassen. Es war bei den Reichen eine verbreitete Angewohnheit, über Elitismus und Privilegien zu sprechen, als könnten sie allein durch den Hinweis darauf mögliche Vorwürfe im Vorhinein entschärfen. »Mom gefiel das gar nicht«, fuhr Sylvia fort. »Als sie heirateten, gab sie ihm ihr ganzes Erbe, damit er seine politische Laufbahn vorbereiten konnte, trotzdem schämte er sich immer wegen ihres familiären Hintergrunds … Es gab da einige Skandale, sicher – unser Urgroßvater soll Gerüchten zufolge auf seiner Reise durch Kenia Menschenfleisch gegessen haben –, aber letztendlich ist Dad der eigentliche Heuchler. Unsere Mom ist seine zweite Frau, hat Gideon dir das erzählt?

Ivy schüttelte den Kopf.

»Tja. Nun. Er war schon einmal verheiratet, für ein, zwei Jahre, nach seiner Zeit bei der Navy, aber wir reden nicht darüber … Wie dem auch sei …« Sie lachte auf, ein kurzes, gequältes, ironisches Lachen. »Ich nehme an, du stimmst mit Roux überein, dass ich ein verwöhntes Mädchen bin, das über seine belanglosen Problemchen jammert.« Ivy protestierte ein klein wenig zu spät, weshalb Sylvia enttäuscht hinzufügte: »Egal. Es ist mir schon lange gleich, was die Leute über mich denken.«

»Keine Familie ist perfekt«, sagte Ivy, unsicher, welchen Ton sie anschlagen sollte, um den Schaden einzudämmen und für eine fröhliche Stimmung zu sorgen. »Außerdem seid ihr doch rundherum gelungen, Gideon und du.«

»Du hast keine Ahnung, wie engstirnig Ted und Poppy sein können. Sie haben sich Roux gegenüber schon die ganze Woche wie Monster verhalten. Ja, das haben sie«, beharrte Sylvia, als sie Ivys ungläubigen Blick bemerkte. »Sie finden es furchtbar, dass niemand, den sie kennen, je von Roux gehört hat. Wusstest du, dass sie meinen Cousin Francis dazu bringen wollten, Erkundigungen über ihn einzuholen? Francis arbeitet für Gouverneur Patrick. Immer wieder kommt Mom darauf zu sprechen, dass Roux nie aufs College gegangen ist. Die ganze Woche über hieß es ständig: ›Er legt keinen Wert auf Bildung‹, ›Er behandelt dich nicht anständig, weil er keine Vorbilder hat.‹ Was erwartet sie von ihm – dass er mit seiner Pfadfindermarke durch die Gegend läuft?«

Ivy war fassungslos, was alles sich abgespielt hatte, während sie in ihrem eigenen Stupor aus Antihistaminika und Unsicherheit versunken war.

»Warst du dabei?«, fragte Sylvia.

»Wobei?«

»Roux hat mir erzählt, er habe im letzten Jahr die High-school abgebrochen, um seine Mutter zu unterstützen. Sie war an Krebs erkrankt.«

Ivy antwortete, sie sei vorher nach New Jersey umgezogen. Doch das wusste Sylvia bereits, warum fragte sie dann?

Sylvia nickte.

»Aber er ist inzwischen ausgesprochen erfolgreich«, sagte Ivy nachdenklich. »Poppy muss doch sehen, wie weit er es gebracht hat ...«

»Du hältst Roux für erfolgreich?«

»Ist er das denn nicht?«

Die beiden Frauen sahen einander erstaunt an. Als Sylvia nichts weiter sagte, wandte Ivy sich wieder dem Thema »Familie« zu.

»Ich habe mir immer gewünscht, dass meine Eltern höhere Ansprüche an mich und meinen Bruder hätten. Wir sind ziemlich unterschiedlicher Meinung, was ein gutes Leben ausmacht ... und ich halte Poppy und Ted nicht für engstirnig. Sie haben ... Tradition ...«

Sylvia verdrehte die Augen.

»Im Ernst«, fügte Ivy hinzu. »Bedeutung entsteht durch die Wichtigkeit, die wir den kleinen Dingen beimessen. Wenn es keine Standards gibt, dann gibt es auch keine Kultur – nicht einmal eine Gesellschaft!«

»So kann man es auch betrachten«, sagte Sylvia mit einem neugierigen Lächeln. »Es ist schön, sich mit einer Außenstehenden zu besprechen. Oh, *so* meine ich das nicht«, beeilte sie sich zu versichern. »Ich will nur sagen, dass du eine sehr gute Zuhörerin bist. Du gibst uns allen – eine Perspektive.« Sie strich mit den Fingern über Ivys Handgelenk, um die Kränkung, die mit ihren Worten einherging, abzufangen. Körperlichkeit, so begriff Ivy, war Sylvias Stärke und schien auf Männer und Frauen gleichermaßen zu wirken.

»Eigentlich wollte ich dich um einen Gefallen bitten.« Sylvia senkte die Stimme. »Meine Eltern werden uns alle am Sonntag in die St. Stephen's Chapel scheuchen, und ich weiß jetzt schon, dass Roux nicht mitkommen wird. Er sagt, er weigert sich, jemals den Fuß in eine Kirche zu setzen. Könntest du mit ihm reden und ihn zur Vernunft bringen?«

Ivys Blick schweifte zu Roux. Er hatte sich nicht aus seiner merkwürdigen Verrenkung gelöst und schlief mit leicht geöffnetem Mund. »Warum sollte er auf mich hören?«

»Weil du ebenfalls nicht zur Familie gehörst, außerdem nehme ich an, dass du nicht religiös bist. Wenn er sieht, dass du bereit bist, mitzuspielen, wenn wir ihn uns alle zusammen schnappen und es wie eine Gruppenübung aussehen lassen …«

Entgegen ihren Worten schien Sylvia überraschend empfänglich für die Wünsche ihrer Eltern zu sein. »Geht deine Familie regelmäßig zur Kirche?«, erkundigte sich Ivy. Ted sprach ein Dankgebet vor dem Abendessen, aber das war die einzige religiöse Handlung, die sie bislang bemerkt hatte.

»*Aber ja*«, sagte Sylvia. »Unser Glaube ist sehr wichtig für uns.«

»Ich werde versuchen, mit Roux zu reden.« Sylvia eine Bitte abzuschlagen, war keine Option, das hatte Ivy begriffen. Offenbar akzeptierten die Speyers kein Nein.

Sylvia klatschte mit kindlicher Freude in die Hände. »Habe ich dir schon gesagt, wie sehr ich mich freue, dass du hier bist? Du machst Mom glücklich. Ihr zwei saht aus wie dicke Freundinnen, als ihr euch neulich Giddys Babyfotos angeschaut habt. Sie *vergöttert* dich.«

Ivy lachte mit der verlegenen Dankbarkeit, die von ihr erwartet wurde. Als sie Sylvia schmeichelte, kam sie sich vor wie ein schleimiger Schöntuer, und als Sylvia ihr schmeichelte, fühlte sie sich verpflichtet und irgendwie bevormundet. Sie konnte nicht gewinnen.

Eine Möwe kreiste über ihrem Kopf. Für eine Weile sahen sie zu, wie sie ins Wasser eintauchte, wieder an die Oberfläche kam und versuchte, den Fisch zu schnappen, der aus ihrem großen gelben Schnabel entwischt war. Ich bin der Fisch, dachte Ivy, und Sylvia versucht, mich zu Tode zu picken. Getötet von tausend Schnabelhieben.

»Weißt du«, sagte Sylvia, die immer noch den Vogel beobachtete. »Roux wollte zunächst gar nicht mitkommen, doch als er hörte, dass du da sein würdest, hat er seine Meinung geändert.«

»Das wusste ich nicht.« *Wieso?*

Das Boot wurde zu schnell, Wasser schwappte über die Seiten hinein.

»Giddy ist so ein Raser«, sagte Sylvia und stand auf. »Ich werde ihm sagen, dass er langsamer segeln soll.«

Sie gingen an einem kleinen Strand vor Anker, der an drei Seiten von schroffen Klippen und wilden Gräsern umgeben war. Gideon und Sylvia sprangen sofort ins Wasser und schwammen diagonal zum Ufer; man sah ihre Arme, die synchron ein- und wieder auftauchten. Ivy grub ihre Zehen in den Sand und watete hinein; die Wellen, die ihr bis zur Brust schlugen, waren so kalt, dass ihr Körper protestierend zu bibbern begann und ihr Atem in flachen, abgehackten Stößen ging. Gideons und Sylvias dunkelblonde Köpfe hüpften in den Wogen auf und ab. Ivy sah zu, wie die Geschwister redeten und einander nass spritzten; der Wind trug ihr sorgloses Gelächter zu ihr herüber, doch die Worte, die sie sagten, konnte sie nicht verstehen. Gideon bedeutete ihr, zu ihnen zu kommen. Sylvia und er traten beide Wasser. Der Ozean um sie herum wirkte schwarz und endlos. Ivy schüttelte lachend den Kopf, in der Hoffnung, er würde zu ihr schwimmen. Als er das nicht tat, fürchtete sie, albern zu wirken, da sie weder schwamm noch durchs Wasser tollte, also kehrte sie an den Strand zurück, wo Roux auf der Picknickdecke saß, noch immer voll bekleidet, eine Zigarette im Mundwinkel. Er bot ihr eine an, aber sie lehnte ab. Sie konnte kaum still sitzen. Sylvia hatte behauptet, Roux wusste, dass sie ebenfalls in Finn Oaks sein würde, dabei hatte er am ersten Abend genauso überrascht gewirkt wie sie. Offenbar hatte er Geheimnisse – sowohl vor ihr als auch vor seiner Freundin. Das machte ihn zu einem Risiko – und gleichzeitig unwiderstehlich. Ivy war quälend aufgeregt, wie ein Mädchen vor dem ersten Date, doch gleichzeitig abgestoßen, als erwarte sie nichts Gutes von einem ernsten Gespräch. Sie beschloss, dass Schweigen die beste Option war – wie in den meisten heiklen Situationen.

Sie sahen zu Gideon und Sylvia im Wasser hinüber.

»Unheimlich, nicht wahr?«, fragte Roux. »Wie verknallt sie sind?«

»Du hast eine schmutzige Fantasie.«

»Gibt es da nicht so ein Sprichwort? Wer im Glashaus sitzt ...«

Sie ließ ihn reden. Seit sie in Cattahasset angekommen war, hatte sie kein einziges Mal das Bedürfnis verspürt, nach einer Zigarette zu greifen – sie hatte sich sogar einreden können, diesmal ganz aufgehört zu haben –, doch jetzt den Passivrauch einzuatmen, machte ihr bewusst, dass ihre Gleichgültigkeit nur vorgetäuscht war, dass die lumpige Bestie in ihr sich so heftig nach einer Zigarette sehnte, dass ihre Hände zitterten. Sie stand auf, schlenderte am Strand entlang und malte sich aus, wie sie Roux unbemerkt ein paar Kippen stahl, die sie in ihrem Sonnenbrillenetui verstecken und am Abend heimlich rauchen würde.

Während der nächsten halben Stunde erkundete sie eine kleine Höhle in einer der Felswände, um den Anschein zu erwecken, dass sie sich amüsierte. Als sie zurückkam, waren die Geschwister an Land.

»Wie war dein Spaziergang?«, erkundigte sich Gideon, als sie Poppys Truthahnsandwiches und die Erdbeeren verzehrten.

»Wundervoll. Sieh nur, was ich gefunden habe.« Ivy zeigte ihm die kleinen Muscheln und Schnecken, die sie gesammelt hatte.

Erleichtert stellte sie fest, dass Sylvia und Roux nach dem Essen ihre Handtücher ein Stück abseits der Picknickdecke ausbreiteten. Sylvia legte sich auf den Bauch und kitzelte Roux' Nase mit einer Feder. Ivy wandte den Blick ab, aber sie spürte jede von Sylvias Bewegungen und merkte, wie sie darunter litt.

Sie legte sich zu Gideon auf ihre eigenen Handtücher und schmiegte ihren Kopf in seine Halsbeuge. Sein Haar, für gewöhnlich ordentlich gekämmt, war lockig und voller Sand, seine Nasenspitze dort, wo er nicht genügend Sonnencreme aufgetragen hatte, gerötet. Dann stützte sie sich auf die Ellbogen und beugte sich vor, um ihn zu küssen. Gideon gab ihr einen flüchtigen Kuss, aber sie verlängerte den Kontakt, schob ihren Oberkörper auf seinen und fuhr ihm mit der

Zunge über die Zähne. Sie spürte, wie er sich vor Überraschung versteifte, aber ausnahmsweise hielt sie sich nicht zurück. Warum sollte sie auch? Sie war seine Freundin. Sie hatte Rechte. Bedürfnisse.

Gideon entwand sich ihr mit einem verwirrten Lächeln.

»Ich liebe dich«, sagte Ivy.

Er öffnete den Mund. Eine Sekunde verstrich. Sie hörte das Geräusch der Wellen, die gegen die Klippen schlugen, drehte sich auf den Rücken und ließ den Blick schweifen. Das ist nicht real, dachte sie. Nichts hiervon ist real.

»Du bedeutest mir wirklich viel«, drang Gideons zärtliche Stimme an ihr Ohr. Die Zärtlichkeit galt ihm selbst, das wusste sie, nicht ihr; Zärtlichkeit, die die Position bekräftigen sollte, die er einzunehmen gedachte. Sie spürte seine Hände auf ihren, seine weichen Lippen, die in der Mitte ihrer Handfläche verweilten. Sie regte sich nicht. Dann füllte sein Gesicht ihr Blickfeld, und er lag auf ihr und küsste sie mit ungekannter Leidenschaft auf den Mund. Instinktiv schlang sie die Arme um seinen Hals und wölbte sich ihm entgegen. Seine Hand glitt ihren Rücken hinab und setzte etwas Wildes, Verzweifeltes in ihr frei. Sie schob die Hand unter den kalten, nassen Bund seiner Badehose und griff in seinen Schritt. Er war komplett schlaff. Gideon fuhr fort, sie zu küssen, mit nasser, hungriger Zunge. Plötzlich verdunkelte sich der Himmel – Sylvias Schatten fiel auf sie.

»Tut mir leid, wenn ich die Show unterbreche, aber wir sollten unbedingt ein paar Muscheln sammeln, bevor die Flut kommt.«

Muscheln sammeln – von all den lächerlichen Aktivitäten, die die protestantischen weißen Mittel- und Oberschichtler liebten, schoss diese den Vogel ab. Ivy hatte sich vorgestellt, dass man zum Muschelsammeln ein Boot und Netze brauchte, ähnlich wie beim Hummer- oder Krebsfang, dabei zog man bloß eine Harke durch den Sand, bis man auf etwas stieß, was häufiger ein Kieselstein als eine Klaffmuschel und nur selten essbar war. Sie gelangten zum Great Pond. In den kleineren Gezeitenbecken plantschten Kinder, deren Eltern – ausstaffiert mit großen Sonnenhüten und aufgekrempelten Chinos – nach dem Abendessen suchten. Sie gruben mit einer puritanischen Arbeitsmoral nach Muscheln, die Ivys nach Süßkartoffeln grabende Vorfahren stolz gemacht hätte.

Es war die goldene Stunde, der Himmel strahlend blau, versehen mit einem Kranz aus Sehnsucht erweckendem Orangerosa, der an einen Heiligenschein erinnerte. Hoch oben am Himmel stand eine schmale Mondsichel. Nachdem sie genügend Klaffmuscheln fürs Abendessen zusammenhatten, säuberten sie sie mit Meerwasser, dann gingen sie in einen nahegelegenen Park, um sie zu kochen. Gideon nahm Poppys Aluminiumkochtopf aus der Tasche und stellte ihn auf den mit Treibholz befeuerten Grill, den sie aus dem Boot mitgebracht hatten. Roux und Sylvia füllten die Muscheln in den Topf, fügten ein ganzes Stück Butter und eine halbe Flasche Albariño-Wein hinzu, außerdem ein Bündel Lorbeerzweige. Anschließend ließen sich alle ins Gras fallen und strichen sich den Sand von Knöcheln und Beinen. Ausgehungert, wie sie waren, spürten sie selbst das halbe Glas Wein, das für jeden übrig war, und als sich die fertig gekochten Muscheln öffneten, machten sie sich darüber her, genossen das mitgebrachte portugiesische Maisbrot und öffneten eine weitere Flasche Wein. Es wurde schnell dunkel. Motten umschwirrten die Laternen im Park. Alles verströmte Schönheit, aber die Schönheit hatte eine dunkle Seite, wie die Schönheit venezianischer Masken, die entweder Glorreiches oder Groteskes verbargen. Der Anblick von Roux und Sylvia, die einander küssten, trieb Ivy die Tränen in die Augen. *Du bedeutest mir wirklich viel.* Doch jemandem viel zu bedeuten, hieß nicht, dass man auch geliebt wurde. Jemandem viel zu bedeuten, ohne geliebt zu werden, war mitleiderweckend. Roux sah zu ihr hinüber. Es war zu spät, einen anderen Gesichtsausdruck aufzusetzen. Seine Augen waren dunkel und umwölkt und ehrlich – das einzig Ehrliche um sie herum.

Um zweiundzwanzig Uhr sagte Gideon, dass sie aufbrechen müssten, bevor die Gezeiten wechselten. Auf dem Rückweg zum Segelboot hielt er ihre Hand fest umschlossen. Sie wollte ihm sagen, er solle damit aufhören, er müsse sie nicht auf eine so billige Art beschwichtigen, als sei sie ein solcher Einfaltspinsel wie Andrea – ein naives Mädchen, das an derartige Entschuldigungen glaubte. Er hatte nie einen Grund gehabt, sich zu entschuldigen. Jetzt hatte er einen, und sie war diejenige, der es leidtat.

Kaum waren sie an Bord, ging sie hinunter in die Kabine und legte sich auf das Ausziehbett. Es war hart, beengt und roch nach Seetang. Wenn sie aus dem Fenster blickte, sah sie die schlierigen Pinselstriche der Milchstraße am Himmel: leuchtende Sterne, Millionen Meilen entfernt. Sie wünschte sich, sie könnte dort sein, wünschte sich, als etwas anderes wiedergeboren zu werden. Sie zählte zweihundert Sterne, bis sie in einen tiefen, traumlosen Schlaf fiel. Das Nächste, was sie mitbekam, war, dass Gideon flüsterte: *Wir sind wieder da.* Sie schlug die Augen auf.

14

Am nächsten Morgen stand Ivy in der Küche und bereitete das Frühstück zu, bevor die anderen wach waren. Roux kam als Erster nach unten. Er musterte sie von oben bis unten – perfekt geschminkt, die Haare mit einer Perlmuttklammer zurückgesteckt, eine frische Schürze vor ihren Rock gebunden –, und wollte wissen, was sie ausgefressen hatte. »Hat Gideon es rausgefunden und dich in die Hundehütte verbannt?«, frotzelte er und schenkte sich eine Tasse Kaffee ein. Anstatt sich wie sonst auf den Weg zum Donut-Laden zu machen, setzte er sich auf einen der Barhocker und sah zu, wie sie in konzentrischen Kreisen Himbeeren auf einer Schale mit Joghurt arrangierte. »Du hast ein Fleckchen ausgelassen«, sagte er, schnappte sich eine Himbeere und warf sie sich in den Mund. »Fang lieber noch mal von vorne an.«

Ivy griff nach dem Obstmesser, um eine Kiwi zu vierteln. »Gestern, auf dem Boot …«, sagte sie ruhig, »hat Sylvia mich gebeten, dich zu überreden, morgen mit uns in die Kirche zu gehen.«

»Warum?«

»Weil es ihren Eltern wichtig ist.«

»Nein. Warum hat sich *dich* gebeten, mit mir zu sprechen?«

Ivy warf ihm einen durchdringenden Blick zu, aber er schien wirklich nicht zu wissen, warum seine Freundin davon ausging, Ivy könne Einfluss auf ihn nehmen. Vielleicht war nur sie es gewesen, die auf Zehenspitzen um ihn herumgeschlichen war – wegen ihrer gemeinsamen Geschichte, die er für so belanglos zu halten schien, dass er sie Sylvia gegenüber nicht einmal erwähnt hatte.

»Wie dem auch sei, ich werde nicht mitkommen«, sagte er und nahm sich eine weitere Himbeere.

»Das Gegenteil von dem zu tun, was sich die anderen wünschen, ist nicht lustig, es ist kindisch.«

Er betrachtete sie kalt. »Wer sagt, dass ich lustig sein möchte?«

Sie spürte sein Verlangen, einen Streit vom Zaun zu brechen, und verkniff sich ihren »Lehrerinnenton«, der ihn nur noch mehr aufstacheln würde.

»Wie du meinst. Aber sollte deine Freundin danach fragen – ich habe versucht, dich zu überreden.«

»Du bist so …«

»Ja?«

»Egal. Es ist eh noch viel zu früh für so was.«

»Offenbar möchtest du mir etwas sagen. Es ist ungesund, alles hinunterzuschlucken.«

»Kennst du diese Affen, die klatschen und kreischen, wenn ihr Besitzer mit der Peitsche schnalzt?« Er machte eine entsprechende Handbewegung. »So bist du, wenn es um die Speyers geht. Machst ihnen das Frühstück. Erledigst ihre Besorgungen. Wann bist du eine gottverdammte Arschkriecherin geworden? Es macht mich stinkwütend, wenn ich dich so sehe.«

Sie fragte, ob er fertig sei. War er nicht.

»Sie verkaufen dich für dumm, und du merkst es nicht mal. Glaubst du wirklich, dass du diesen Leuten etwas *bedeutest*? Sie sorgen sich mehr um einen dahergelaufenen Streuner als um dich. Sie wollen nur, dass du klatschst. Klatsch, Affe, klatsch!«

Ivy hob das Messer zum Mund und leckte den Saft ab. »Weißt du, was dein Problem ist?«, fragte sie ruhig. »Du wärst gern derjenige mit der Peitsche.«

Sie kehrte ihm den Rücken zu und trat an den Herd. Ihre Hände zitterten vor Empörung, als sie die Würstchen wendete. Schließlich hörte sie, wie er aufstand und die Küche verließ. Als sie wieder klar denken konnte, waren die Würstchen verbrannt – verkohlt und nicht mehr zu retten.

Die Speyers kamen gegen zehn herunter. Ted und Poppy lobten das Frühstück, als hätte noch nie ein Gast Toast und Rührei für sie gemacht. Ted erkundigte sich wiederholt, wie Ivy die Eier zubereitet hatte, weil sie so ausgesprochen köstlich seien. »Viel Butter«, erklärte sie, überschäumend vor Freude. Sie gab Gideon einen kleinen Kuss auf die Lippen. Er sprach in einem normalen, heiteren Tonfall mit ihr. Gegen die unbesiegbare Kraft des sinnlosen Morgengeplauders kam kein noch so hohes Maß an Unbehagen an. Deshalb war sie so früh aufgestanden und hatte Frühstück gemacht. Sie löffelte etwas Joghurt in eine Schale, träufelte Honig darüber und reichte sie Gideon mit einem breiten Lächeln. Zu zeigen, dass man von der Schlacht verwundet war, bedeutete, den Krieg zu verlieren.

Roux kam ebenfalls zum Frühstückstisch. Er zog Sylvia zur Veranda und redete mit barscher Stimme auf sie ein, während die anderen vorgaben, nicht mitzubekommen, was sich hinter der dünnen Schiebetür abspielte. Sylvia rührte sich nicht, Roux hingegen wanderte ruhelos auf und ab. Dann verließ Sylvia die Veranda. Roux rief ihr mit lauter Stimme hinterher: »Du weißt, wovon ich rede, du machst das doch nur …«

Wortlos lief Sylvia die Treppe hinauf; Roux blieb draußen und zündete sich eine Zigarette an.

»Diese Eier sind wirklich köstlich«, sagte Ted.

»Schluss mit den Eiern«, sagte Poppy.

Nachdem sie Poppy geholfen hatte, die Teller in die Spül-
maschine zu räumen, ging Ivy hoch, um für die juristische
Aufnahmeprüfung zu lernen. Zu ihrer Überraschung sah sie
Sylvia am Fenster ihres Zimmers stehen. Als Sylvia sie erblickte, nahm sie schnell die Hand von Ivys Tisch.

»Pepper ist entwischt. Ich bin auf der Suche nach ihm.«

Ivy sah sich in dem leeren Raum um. »Ist er hier?«

»Nicht dass ich wüsste. Ich habe ins Bad geschaut, aber da
ist er auch nicht.«

Ivy fragte, ob sie auch unter dem Bett nachgesehen habe,
dann ließ sie sich auf die Knie fallen, doch außer Wollmäu-
sen, die über die Bodendielen wuselten, war nichts darunter.

»Ich werfe mal einen Blick auf den Dachboden«, sagte
Sylvia und huschte hinaus in den Flur. »Gib mir Bescheid,
wenn du ihn siehst.«

Irgendetwas stimmte nicht. Ivy trat an ihren Schreibtisch.
Ihr Vorbereitungsbuch war bei einer Seite aufgeschlagen, die
sie nicht kannte. Sie blätterte durch die Seiten, dann hielt sie
es hoch und schüttelte es. Roux' Zeichnung, die sie hinein-
gelegt hatte, damit sie nicht zerknitterte, war verschwunden.

* * *

Ivy fand Gideon vor der Haustür, wo er sich nach dem
Schwimmen einen ruhigen Platz zum Arbeiten gesucht hatte.
Sie fragte ihn, ob er Sylvias Kater gesehen habe. Er verneinte.

»Willst du ihn wirklich mit nach Boston nehmen?«, fragte
sie.

»Ich denke schon.«

»Dann werden wir unsere gemeinsame Zeit von nun an wohl bei mir verbringen müssen …«

Er sah kurz von seinem Laptop auf und versicherte ihr, er werde dafür sorgen, dass seine Wohnung frei von Katzenhaaren sei, sie werde Peppers Anwesenheit kaum bemerken und außerdem gehe es ihr doch sehr viel besser, seit sie die Antihistaminika einnahm. Toms Mutter habe behauptet, dass sich mit der Zeit eine gewisse Toleranz einstellen würde. Während er sprach, tippte er unablässig weiter, als wären seine Finger selbstständige Wesen, die losgelöst von seinem Gehirn agierten.

»Sylvia hat ihn gefunden«, sagte Ivy. »Und sie scheint jetzt schon an ihm zu hängen. Warum behält sie ihn dann nicht?«

»Sie darf in ihrer Wohnung keine Haustiere halten, trotzdem hat sie es sich in den Kopf gesetzt, Pepper zu retten. Es ist richtig, sie zu unterstützen.« Sein bestimmter Tonfall ließ keine weiteren Diskussionen zu.

Ivy spürte, wie sie die Brauen zusammenzog, als würde sie auf etwas blicken, das sich in weiter Ferne befand.

»Solltest du Sylvia wirklich immer um jeden Preis bei Laune halten?«

»Wie meinst du das?«

»Es kommt mir so vor, als würde sie deine Fürsorglichkeit für selbstverständlich halten. Sie erwartet, dass du mit ihr redest, selbst wenn du bis über beide Ohren in Arbeit steckst oder mit mir zusammen bist. Sie sagt jedes Mal, dass sie mehr Zeit mit dir verbringen möchte, dabei unternehmt ihr ohnehin ständig etwas allein miteinander. Sie muss nur Laut geben, und schon springst du.«

»Das würde ich nicht sagen«, entgegnete Gideon und hörte endlich auf zu tippen. »Sylvia und ich haben viel durchgemacht. Das hat uns zusammengeschweißt.«

»Ich habe davon gehört. Es ist sicher schwer, das Kind eines Senators zu sein.« Das war nicht fair, und Ivy wusste das. Gideon hatte sich nicht beklagt.

»Wenn dich Sylvias Verhalten gekränkt hat«, sagte Gideon in gemessenem Ton, »kann ich mit ihr reden …«

»*Ich* bin nicht diejenige, die gekränkt ist, sondern *sie* …« Ivy überlegte, ob sie ihm erzählen sollte, dass sie Sylvia in ihrem Zimmer ertappt hatte und dass seitdem Roux' Zeichnung verschwunden war, doch dann bremste sie sich. So dumm durfte sie nicht sein. Gideon hatte einen Streuner über sie gestellt. Er würde ihr niemals mehr glauben als seiner Schwester.

»So oder so, es stört mich, euch beide streiten zu sehen«, sagte Gideon. Er klang genau wie sein Vater, als dieser Poppy am Strand gemaßregelt hatte: *Aber, aber, Poppy.*

Ivy stand auf. »Wir streiten nicht. Es tut mir leid.« Roux' Stimme hallte in ihren Ohren nach: *Klatsch, Affe, klatsch!*

»Ich bin oben und lege mich vor dem Abendessen noch ein bisschen hin«, sagte sie. Würde er sie aufhalten? Nein. Das Klackern der Tastatur holte sie ein, noch bevor sie die Treppe erreicht hatte.

Sie bog nach links in den Hauswirtschaftsraum ab. Sie wollte Sylvia nicht begegnen oder – schlimmer noch – in Roux' triumphierendes Gesicht blicken. Da hatte er wohl recht behalten, was ihre unterwürfige Beflissenheit betraf, die ihr am Ende doch nichts genützt hatte. Mittlerweile war offensichtlich, dass Gideon sie abservieren würde. Er liebte sie nicht, er begehrte sie nicht, er saß nur die Zeit aus bis morgen. Bald schon wäre sie nur eine weitere Geschichte, die die Speyers im nächsten Sommer am Abendbrottisch erzählten: *Erinnert ihr euch an Ivy Lin? Ein sehr nettes Mädchen.* Dann würden sie sie ungerührt wegstecken wie die Postkarte einer nicht weiter erwähnenswerten Stadt, in der sie irgendwann einmal Urlaub gemacht hatten. Die Freundlichkeit der Speyers hatte Ivy zu der Annahme verleitet, dass sie in gewisser Weise zur Familie zählte, während sie in Wirklichkeit nicht mehr für sie war als ein Ball, der von einer Schaumstoffwand abprallte. Ivy musste an eine von Meifengs Weisheiten denken: *Die Freundschaft eines Gentleman ist fade wie Wasser.* Ja, das traf auf die Speyers zu. Fade. Wischiwaschi. Nicht greifbar. Dinge, die nicht greifbar waren, konnte man definitiv weder verletzen noch durchdringen.

Sie hieb mit der Faust auf die Waschmaschine. Das metallische Geräusch hallte durch den Raum. Sie hörte ein zorniges Fauchen und wich angstvoll zurück.

In einem Wäschekorb saß Sylvias Kater auf einem Haufen schmutziger Kleidung, die Beine zum Sprung angezogen, und funkelte sie an.

»Hast du mich erschreckt«, sagte sie.

Der Kater entspannte sich und gähnte, wobei er seine spitzen Zähne entblößte, dann sprang er aus dem Korb und schlenderte schnurstracks zur Hintertür, die in den Garten führte. Dort angekommen, blieb er stehen, drehte sich um und sah Ivy mit seinen gelben Augen an.

»Willst du raus?«

Er rieb den Kopf an der Tür, dann kam er auf sie zu, die Ohren angelegt, den Schwanz gesenkt, der über den Boden zuckte wie ein Staubwedel.

»Oh, kusch, kusch!« Sie trat nach ihm. Fauchend sprang er zur Seite.

Ivy streckte den Arm aus und stieß die Hintertür auf. Er

regte sich nicht. Sie griff nach dem Besen in der Ecke und schwenkte ihn in seine Richtung. Der Kater machte einen Satz zur Tür hinaus ins Gras. Er sah sich noch einmal nach ihr um, und als sie ihm erneut mit dem Besen drohte, machte er kehrt und flitzte davon.

An diesem Abend aßen sie draußen auf dem Rasen. Poppy hatte den Tisch geschmackvoll dekoriert: frisch geschnittene Rosen in Einmachgläsern, gestärkte weiße Servietten, Champagnerflöten neben geblümten Platztellern. Der Duft nach Butter und Kräutern – Salbei, Rosmarin, Thymian – wehte vom Holzkohlegrill zu ihnen herüber. Poppy hatte den Nachmittag damit verbracht, Champignons und Paprika auf Holzspieße zu stecken, während Ted sich ums Feuer kümmerte. Ivy trug das dunkelblaue wadenlange Kleid, das sie an ihrem ersten Tag in Finn Oaks für zu freizügig gehalten hatte. Mittlerweile war es ihr egal. Sylvia behauptete, es interessiere sie nicht mehr, was die Leute von ihr dachten, doch Ivy wurde klar, dass das nicht stimmte. Es war Sylvia wichtig, dass die Leute dachten, es würde sie nicht interessieren.

Poppy, strahlend schön in einem bodenlangen Blumenrock und ihrem graublonden, zu einem niedrigen Pferdeschwanz zusammengebundenen Haar, sorgte dafür, dass sich alle zu einem Foto vor der Veranda aufstellten, dann bat sie Roux, als Fotograf zu fungieren. Er zuckte gleichgültig die Achseln und stellte den Selbstauslöser ein. Sie nahmen Platz. Ivy saß zwischen Roux und Gideon.

Eins – zwei – drei ... Das Blitzlicht flammte auf.

»Du siehst hübsch aus«, sagte Gideon danach.

»Danke.«

»Möchtest du ein Glas Wein?«

»O ja. Weiß, bitte.«

Als er aufstand, um den Wein zu holen, drehte sich Roux zu Ivy. »Tut mir leid wegen heute Morgen. Ich stand wohl etwas neben mir.«

Seine Worte überrumpelten sie. Sie hatte gedacht, er würde eine weitere bissige Bemerkung machen. Sie öffnete den Mund, um etwas zu erwidern, doch sie konnte nicht sprechen. Unerwartete Freundlichkeit brachte sie oft zum Weinen, Grausamkeit dagegen nie. »Und wie willst du das wieder gutmachen?«, fragte sie, nachdem sie die Fassung zurückgewonnen hatte.

Er blickte sie prüfend an, als wollte er abschätzen, ob ihre Frage ernst gemeint war. »Wie wär's, wenn ich euch morgen mit in diese Kirche begleite? Das scheint dir ja ziemlich wichtig zu sein.«

Durch die Fliegengittertür sah Ivy Sylvia neben Gideon in der Küche stehen, ins Gespräch vertieft. Gideon schüttelte den Kopf. Sylvia legte wie zum Trost eine Hand auf seine Schulter: *Ich weiß, es ist schwer, aber du musst ihr sagen, dass es vorbei ist.*

»Vergiss es«, sagte Ivy, die Augen wieder auf Roux gerichtet. »Es könnte mir nicht gleichgültiger sein.«

Gideon kehrte mit leeren Händen an den Tisch zurück.

»Wo ist mein Wein?«

Er öffnete überrascht den Mund. »Es tut mir leid. Ich bin gleich zurück!«

Sie wandte sich ab. »Halb so wild. Ich nehme den roten.« Sie deutete auf die Flasche auf dem Tisch. »Ted würde gern das Tischgebet sprechen.«

Als Ted fertig war, hob Poppy ihr Champagnerglas. »Ich bin so glücklich, mit euch an diesem besonderen Ort zu sein.

»Ivy« – Ivy blickte auf –, »wir wünschen dir viel Glück für die bevorstehende Aufnahmeprüfung. Danke, dass du dir die Zeit genommen hast, diese ganz besondere Woche mit uns zu verbringen.«

Sie stießen miteinander an.

Poppy hatte Roux mit keinem Wort in ihrer Tischrede erwähnt. Ivy begriff, woher Sylvias Gehässigkeit rührte. Sie schaute zu Roux hinüber, um zu sehen, ob er es bemerkt hatte. Doch sein Ausdruck war wie immer: stoisch, hölzern. In ihr wallte neues Wohlwollen auf – für Roux, den Mit-Außenseiter, dessen Kratzbürstigkeit sie nun als Ausdruck seines Selbstbewusstseins und vielleicht sogar einer gewissen Überlegenheit wertzuschätzen wusste. Seine Verschlossenheit kam ihr vor wie ihre eigene Rache.

Sie schenkte sich ein Glas Wein ein und leerte es in einem Zug. Ted bot ihr an, nachzuschenken. Sie griff nach einer Scheibe Focaccia. Roux reichte ihr den Brotkorb; ihre Fingerknöchel stießen gegeneinander, ein paar Brötchen fielen heraus. Er nahm eins davon vom Tisch und legte es auf seinen Teller. Dann legte er eins aus dem Brotkorb auf ihren. Über seine Schulter hinweg sah Ivy Sylvias Gesicht. Die Fassade der Gleichgültigkeit war verschwunden und eiskaltem Zorn gewichen, wie vor ein paar Tagen, als Roux Ivy die Zeichnung geschenkt hatte. Ein Gefühl von verwundertem Erstaunen blähte Ivys Brust auf wie Sauerstoff. Sylvia Speyer war eifersüchtig. Auf *sie*.

»Das ist *so* schön zu hören, Liebling«, sagte Poppy, nachdem Sylvia ihnen von dem bevorstehenden Projekt mit ihrem Doktorvater erzählt hatte. Sie wollte eine Skulptur aus dem sechzehnten Jahrhundert restaurieren. »Teamwork ist ausgesprochen wichtig, das habe ich während meiner jahrelangen

Wohltätigkeitsarbeit gelernt. Um schnell voranzukommen, heißt es, muss man allein sein, doch um weit zu kommen, muss man sich mit anderen zusammentun.«

»Hast du das auf einem Kühlschrankmagneten gelesen?«, wollte Sylvia wissen.

»Auf einem Lesezeichen, das Cynthia mir geschenkt hat. Es steckt sehr viel Wahrheit darin – ich glaube zu hundert Prozent daran.«

»Weißt du noch, als Mom einmal bei Cynthia war und mit einem Abzieh-Tattoo zurückkam, Giddy? Sie hat behauptet, es sei echt!«

»Eure Mom war damals eine echte Rebellin«, mischte Ted sich ein. »Als ich sie kennengelernt habe, hat sie gegen den Vietnamkrieg demonstriert. Eine Zeit lang war sie in einer Rockband, trug eine Lederjacke und hatte die Haare rosa gefärbt. Ich musste sie davon abhalten, sich ein Tattoo von Led Zeppelin stechen zu lassen.«

»Oh, sei bloß still, Ted!«, wehrte Poppy ab.

»Das kennen wir doch alles schon, Daddy«, sagte Sylvia. Sie lächelte zuckersüß. »Es sind keine Journalisten in der Nähe.«

Teds Strahlen in dem hellrosa Gesicht erlosch wie bei einem Trinker, dem man gerade eben mitgeteilt hatte, dass er die Aufforderung zur letzten Runde versäumt habe.

Eifersucht stand Sylvia gar nicht, fand Ivy. Sie war am schönsten, wenn sie sich herablassend gab.

»Habe ich dir eigentlich schon gesagt, wie gut du aussiehst?«, fragte Ivy Roux mit absichtlich gesenkter Stimme. »Wie ein geschmeidiger schwarzer Panther.«

»Ist das ein Kompliment?«

»Wie sehe ich denn aus?«, wollte sie wissen.

Er betrachtete sie eingehend. »Betrunken.«

»Ich bin ganz und gar nicht betrunken. Außerdem solltest du ein Mädchen nicht damit aufziehen, dass es betrunken ist, selbst wenn es stimmt.«

»Warum nicht?«

»Weil sich so etwas für einen Gentleman nicht gehört.«

»Du möchtest, dass ich mich mehr wie ein Gentleman benehme?«

»Selbstverständlich.«

»Bist du dir sicher?«

Sie flirteten. Es fühlte sich aufregend an, verwirrend, Roux auf diese Art zu begegnen, diesem Menschen, den man damals in ihrer Kindheit für verrucht und moralisch verwerflich gehalten hatte. Dennoch kam es ihr vage vertraut vor, von diesen aufmerksamen blaugrauen Augen gemustert zu werden – wie ein Song, den sie schon einmal gehört, aber vergessen hatte.

»Ich will dich schon die ganze Woche über etwas fragen«, sagte sie.

»Ja?« Er füllte ihr Wasserglas nach. Sie hatten die Köpfe zusammengesteckt und flüsterten miteinander.

»War ich besser im Bett als Sylvia?«

Roux' Blick wurde kalt. »Was ist los mit dir?«

Ivy zuckte zurück. Um ihre Verlegenheit zu überspielen, griff sie nach ihrem Weinglas und leerte es mit großen Schlucken, so gierig, dass etwas aus ihren Mundwinkeln lief. Roux reichte ihr eine Serviette.

»Egal«, knurrte er.

Nach dem Essen holte Ted Gartenstühle aus der Garage und arrangierte sie rund um das knisternde Feuer am Strand, für das Gideon Treibholz aufgeschichtet hatte. Alle trösteten Sylvia wegen des entlaufenen Katers. Bildete Ivy sich das nur ein, oder warf Gideon ihr ein paar fragende Blicke zu? Sie betrachtete den feinen weißen Schaum in Ufernähe, mehr war nicht vom Atlantik zu sehen. So ein großer Ozean, und doch war das meiste davon unsichtbar, verschluckt von der Dunkelheit, die vom Himmel herabdrückte wie ein nasses Handtuch.

Roux verschwand im Haus, um einen Anruf entgegenzunehmen. Ivy verkündete, sie fange an zu frieren und wolle sich daher ebenfalls zurückziehen. »Soll ich dich begleiten?«, fragte Gideon. Sie verneinte. Es sei völlig in Ordnung, wenn er noch bleibe.

Die Lichter im Haus waren aus. Von der Veranda aus wirkte das lodernde Feuer am Strand nicht größer als ein Basketball. Sie ging die Stufen im Dunkeln hinauf. Das einzige Licht im Flur drang durch den Spalt unter Roux' und Sylvias Zimmertür. Sie klopfte vorsichtig an.

Roux öffnete. Er schien nicht überrascht, sie zu sehen, zumindest ließ er sich nichts anmerken.

»Packst du für morgen?«, fragte sie und schloss leise die Tür hinter sich. Auf dem Bett stand eine offene Reisetasche, halb gefüllt mit Roux' wenigen Sachen.

»Ich reise jetzt ab.«

All die Gedanken, die Ivy so sorgfältig sortiert hatte, stoben auseinander wie Asche. »Warum?«

»Ein Stromausfall in einer meiner Fabriken in Brooklyn. Ich muss mir das vor Ort ansehen.«

»Du fährst nach Brooklyn? Nach *New York*?«

»Ja, dort liegt Brooklyn nun einmal.«

»Jetzt sofort?«

»Ja.«

»Und was ist mit Sylvia?«

Roux zuckte die Achseln. »Ich habe ihr gesagt, sie soll bei Gideon und dir mitfahren.« Er wirkte abgelenkt, gehetzt, dabei schien es alles andere als eilig zu haben, denn er schloss seine Reisetasche nur zögerlich und sah sich noch einmal im Zimmer um, bevor sein Blick schließlich auf ihr landete. »Viel Glück mit allem«, sagte er und wartete darauf, dass sie die Tür freigab. Aber sie wollte nicht zur Seite gehen. Wollte sich ihm in den Weg stellen.

»Willst du nicht wissen, warum ich zu dir gekommen bin?«, stieß sie mit rauer Stimme hervor.

»Nein, nicht wirklich.«

»Warum hast du Sylvia nicht gesagt, was zwischen uns war?«

»Was *war* denn zwischen uns?« Seine Gleichgültigkeit war undurchdringlich.

»Sylvia hat mir erzählt, du wusstest, dass ich hier sein würde. Trotzdem hast du überrascht getan, als du mich gesehen hast.«

Er schwieg.

»Bist du meinetwegen hergekommen?«

»Alles dreht sich immer nur um euch«, erwiderte er kühl. »Du und Sylvia habt vieles gemeinsam.«

»Ich habe mich gefreut, dich wiederzusehen«, sagte sie.

»Das ist mir entgangen.«

»Wir waren gute Freunde.«

»*Freunde?*« Er starrte sie mit offenem Mund an, dann ließ er seine Reisetasche fallen. Sein Gesichtsausdruck erinnerte sie an die Wasserspeier-Buchstützen in der Nische im Flur – in Ivys Augen ein vielversprechendes Zeichen.

»Weißt du eigentlich, was passiert ist, nachdem du in jenem Sommer abgehauen bist? Ich bin zu eurem Haus gegangen. Deine Großmutter hat mich verflucht. Deine Mutter hat mir verboten, jemals wieder in deine Nähe zu kommen. Dein Dad war ebenfalls da – er musste übersetzen, aber ich habe die Botschaft auch so verstanden. In ihren Augen war ich ein schlechter Mensch – *ich* hatte *dich* verdorben. Ist das nicht seltsam? Eltern kennen ihre eigenen Kinder nicht.«

Ivy versuchte, sich zu verteidigen – sie sei außer Landes gewesen, ihre Eltern seien ohne ihr Wissen umgezogen –, aber Roux fuhr mit beißender Stimme fort: »Du hättest mir nach deiner Rückkehr wenigstens eine beschissene Postkarte schicken können – *Hallo, hier ist Ivy; ich bin noch am Leben.*«

»Ich dachte nicht, dass dich das interessiert!«, rief sie aus. Was gelogen war. Sie wusste, dass sie ihm etwas bedeutet hatte, aber das war ihr damals gleich gewesen.

»Hast du dich wirklich gefreut, mich hier zu sehen?«

»Selbstverständlich.« Sie zögerte. »Du warst schließlich der Erste für mich. Das habe ich noch nicht einmal Gideon erzählt.«

Er verzog die Lippen. »Damals hast du etwas anderes behauptet.«

»Ich habe gelogen.«

»Ich habe auch gelogen. Ich will es sehr wohl wissen.«

»Was willst du wissen?«

»Warum du heute Abend zu mir gekommen bist.«

Da war sie. Die Stimme aus ihrem Traum. Das Glücksgefühl ließ ihre Beine zittern. Sie sah nun deutlich, dass sich die Menschen in zwei Kategorien einteilen ließen: diejenigen, die handelten, und diejenigen, die auf die Vorgaben der ersten Kategorie reagierten.

Sie ging zu ihm. Roux' Augen, die ihr entgegenblickten, sahen aus wie die Schuppen eines wunderschönen Fisches. Ihr Herz bebte vor Schmerz. Er brachte seine Lippen an ihre Augenlider, küsste erst eins, dann das andere, bevor er eine lange Spur von Küssen von ihrer Schläfe zum Mund hinterließ, zuerst sanft, doch als sie in seine Unterlippe biss, umfasste er ihren Nacken mit beiden Händen und küsste sie so heftig, dass ihre Zähne zusammenstießen. Keiner von beiden atmete, bis einer den anderen an sich riss – näher, näher! Ihre Hände glitten unter sein Shirt. Sie drückte die Handfläche gegen seinen Bauch, spürte, wie sie sich hob und senkte, wenn er atmete. Er umschloss ihre Handgelenke und drückte ihre Hand fester auf seine Haut. Sie spürte seine Rippen. Er gab ein Geräusch von sich, als hätte er Schmerzen, und sie wusste, dass er ihr völlig ergeben war. Der Laut löste etwas in ihr aus: Sie verspürte ein süßes, flammendes Bedürfnis tief im Innern; ihr Rückgrat gab nach, genau wie ihre Beine; ihr Schritt wurde feucht. Er umfasste ihre Pobacken, hob sie hoch und machte zwei Schritte zurück. Sie fielen aufs Bett; sie landete auf ihm.

Mit einer einzigen Bewegung zog er ihr das Kleid aus und warf es auf den Fußboden. Sie setzte sich mit gegrätschten Beinen auf ihn und öffnete ihren BH, den sie neben das Kleid warf. Dass sie einander nicht zum ersten Mal nackt sahen, machte es nur noch aufregender – sie konnten das Vorspiel überspringen. Er setzte sich auf und nahm ihre Brustspitze in den Mund. Sie stöhnte auf und fuhr ihm mit den Fingern durch die Haare, bis er seinen Kopf zurückfallen ließ und sie ihn auf den Mund küsste. Langsam glitten ihre Lippen tiefer. Sie grub die Zähne in seinen Hals. Irgendwie hatte er Hose und Unterhose abgestreift. Ihre Augen begegneten sich. Sie verlagerte ihr Gewicht auf die Knie; er zog sie über seinen Schoß, dann senkte sie sich auf ihn herab. Die Matratze quietschte.

Sie warfen gleichzeitig die Köpfe zurück. Ivy stieß einen zischenden Laut aus, während sie die Hüften kreisen ließ, winzige Bewegungen, die ein Zittern durch ihren ganzen Körper schickten. Sie beugte sich vor und legte ihre Hände auf seine, dann drückte sie die Beine fester um seine Hüften – sie würde jeden Moment kommen –, und fing an, sich vor und zurück zu bewegen. Roux' Mund war zu einem Oval verzogen. Sie war schweißbedeckt. Haut traf auf Haut und löste sich wieder, traf zusammen und löste sich. Jedes Mal, wenn sie ihn in sich versenkte, entlockte sie ihm ein Geräusch, das sie dazu antrieb, schneller zu werden, ihn zum Gipfel des Verlangens und weiter zu bringen. Sie öffnete die Augen. Roux' Kopf war auf das Kissen gesackt; er hatte die Augen geschlossen.

Langsam stieß sie die Luft aus, der Raum um sie herum wurde wieder scharf. Ihr erster Gedanke galt dem Fenster – Gott sei Dank war es geschlossen; niemand am Strand hatte sie hören können. Ihr zweiter Gedanke war der, dass es nicht lange dauern würde, bis die Speyers zurückkamen, um schlafen zu gehen. Trotzdem erlaubte sie es sich, sich neben Roux aufs Bett gleiten zu lassen und die Wange an seine Brust zu legen.

»Hast du noch Zigaretten da?«

Roux deutete auf seine zerknüllte Jeans. Ivy zog eine zerknautschte Schachtel Camel aus der Hosentasche. Er zündete eine für sie an, dann eine für sich. Er hielt die Zigarette in der linken Hand, die rechte hatte er in dem feuchten Tal zwischen ihren Oberschenkeln versenkt. Sie nahm eine Kaffeetasse vom Nachttisch und stellte sie als Aschenbecher aufs Bett. »Ich werde morgen mit Gideon Schluss machen«, sagte sie, als die

Flut der Glückseligkeit, ausgelöst vom Nikotin, ihr Gehirn erreichte. »Bleib heute Nacht hier. Ich habe nächste Woche nichts vor. Ich kann morgen mit dir nach New York fahren.«

Es war verblüffend, Roux ohne den üblichen Spott, ohne jede Ironie oder Verächtlichkeit lächeln zu sehen. Sein Lächeln war einfach nur das – ein Lächeln. Er lächelte, weil er glücklich war. »Du bist schön«, sagte er und strich mit der Hand über ihr Bein. Ihr Herz flatterte vor Freude und Kummer. *Schön* ... Roux war der erste Mensch auf Erden, der sie »schön« genannt hatte.

»Was wirst du Sylvia sagen?«, fragte sie. Seine Hand unterbrach die Liebkosungen, und für eine Sekunde verspürte sie Furcht. Doch dann runzelte er die Stirn und antwortete, er würde ihr die Wahrheit sagen, dass es zwischen ihnen ohnehin nie etwas Ernstes gewesen war. Dass er seine Freundin verlassen wollte, fühlte sich entgegen Ivys Erwartungen enttäuschend an. Ihr wäre es lieber gewesen, wenn Roux sich zwischen ihnen hätte entscheiden müssen. »Warum warst du dann mit ihr zusammen?«, wollte sie wissen.

»Wegen ihres Gesichts, weswegen sonst?«

Ivy sah aus dem Fenster, wo die Schatten der Eiche wie riesige Palmwedel über das Glas strichen. »Ich sollte jetzt besser gehen. Die Speyers können jeden Moment zurückkommen. Wirst du bis morgen auf mich warten?«

Sie hörte das Dröhnen seiner Stimme, das von ihrem Trommelfell widerhallte, als er mit den Lippen über ihre Schläfe strich und sagte: »Natürlich.« Plötzlich begriff Ivy, dass das Leben immer so leicht sein konnte. Eine Zigarette nach dem Sex. Pläne, im Bett geschmiedet. Ehrliche Doppelzüngigkeit anstatt der weitaus anstrengenderen doppelzüngigen Ehrlichkeit.

Denn ich bin überzeugt, dass dieser Zeit Leiden nicht ins Ge-
wicht fallen gegenüber der Herrlichkeit, die an uns offenbart
werden soll. Römer 8, 18. Der Geistliche schloss die Bibel.
Lasset uns beten.

Ivy schloss die Augen, erfasst von Unsicherheit. Hatte sie
vergangene Nacht schon wieder eine Dummheit begangen?
Sie stellte sich Gideons Gesicht vor, wie er mit herabgezo-
genen Mundwinkeln an seinem Laptop saß, distanziert und
ungerührt, blind – oder gleichgültig – gegenüber ihrem Leid.
Ihr Herz wurde hart. Anschließend versuchte sie, sich das
herrliche Leben auszumalen, das sie mit Roux erwartete. Sie
würden Neuengland verlassen, würden die eisigen Winter,
die nervtötenden Verkehrskreisel und die bröckelnden Backsteingebäude hinter sich lassen für … ja, wofür? Sie dachte an
das Loch in Roux' Socke. Die verwaschene Jeans. Wenigstens
hatte er etwas Geld und einen hübschen Wagen. Vielleicht
konnten sie damit quer durchs Land fahren, Burger essen
und Bier trinken, während sie sich wie das verliebte Paar aus
einem Countrysong-Video durch die Glücksspielstädte treiben ließen … Sie würden nach Kalifornien fahren, eine Ranch
kaufen, einen Zitronenhain anpflanzen – was eine mögliche
Version von Erfolg war.

Die Gemeinde um sie herum erhob sich und schlug die Ge-
sangbücher auf. Die Stimmen hallten durch die Kirche: *Sammeln wir am Strom uns alle, wo die Engel warten schon …*
Ivy ließ den Blick über die Kirchenbank schweifen. Die vier
Speyers hatten die Köpfe gesenkt und sangen voller Inbrunst;
die Sonne, die durch die Kirchenfenster hereinfiel, umgab
ihre blonden Schöpfe mit einem Heiligenschein. Wenn du
mich liebst, wirst du mich ansehen, dachte sie, die Augen auf
Gideon geheftet. Wo sonst sollte man Gott um ein Zeichen

bitten, wenn nicht in der Kirche? Er hob nicht den Kopf. Sah sie nicht an.

Als sie wieder in Finn Oaks waren, fragte Gideon, ob sie Lust auf einen letzten Strandspaziergang mit ihm habe. Es gebe da etwas, was er ihr sagen wolle. Sie wünschte sich beinahe, sie könne ihm die Mühe ersparen; er sah so blass und ernst aus in seinem schwarzen Sonntagsanzug und mit den beiden tiefen Falten zwischen den Augenbrauen, als wäre er gerade eben auf einer Beerdigung gewesen. Doch dann begegneten ihre Augen denen von Roux, der sie über die Kücheninsel hinweg ansah. Er nickte unmerklich, und sie lächelte tapfer, um ihm zu zeigen, dass sie verstanden hatte.

Sie folgte Gideon über den Rasen, der ihr während der vergangenen Woche so vertraut geworden war, und den schmalen Pfad mit den leuchtend fuchsiafarbenen Japanrosen und den nach dem Regen der letzten Tage so üppig wuchernden Sträuchern entlang zum Strand. Auf dem Weg hinunter zum Wasser spürte sie den Sand, feucht und weich, zwischen ihren Zehen. Gideon ging barfuß, die Hose aufgekrempelt bis zur Wade. Sie trat in seine Fußstapfen. Obwohl sie ihre Sandalen anbehalten hatte, konnten ihre Füße sie nicht ausfüllen.

Sie sprachen nicht viel miteinander. Gelegentlich deutete Gideon auf eines der Nachbarhäuser: *Siehst du das mit dem Flachdach unserem Haus gegenüber? Die Scollocks leben das ganze Jahr über hier ... Sie haben keine Kinder und bleiben meistens für sich ... Mr. Scollock geht wegen seiner Arthritis jeden Morgen im Meer schwimmen ... Die Clarks wohnen dort drüben ...* Erst der Small Talk, dann das Geschäftliche. Für Leute wie die Speyers folgte alles einer Ordnung.

»Es ist schön, dass ihr so gut mit euren Nachbarn auskommt«, sagte Ivy.

»Das hier« – Gideon machte eine ausladende Armbewegung in Richtung Ozean – »liegt mir im Blut. Ich habe ständig Heimweh nach diesem Ort. Als ich klein war, habe ich meine Eltern überredet, mitten im Winter von Andover hierher zu fahren, damit ich auf die Felsen klettern konnte. Die schönsten Sommer habe ich in Finn Oaks verbracht. Mein erster Kuss, mein erstes … Nun, du weißt schon.« Sie blieben an einem abgelegenen Teil des Strandes stehen, der den Blicken der Clarks und Scollocks verborgen blieb. Ineinander verschlungener Seetang lag ausgebreitet auf einem Stück Treibholz wie ein verrottender Kadaver. Ivy versuchte, sich einen jungen, nackten Gideon auszumalen, der sich auf diesem öden, stinkenden Stück Strand wälzte. Sie konnte sich einfach nicht vorstellen, dass er sich derart gehen ließ. Aber genau das hatte er einst getan. Nur nie bei ihr.

»Das ist lange her«, sagte Gideon, hob einen Kieselstein auf und warf ihn ins Wasser. »Aber ehrlich – ich hätte nichts dagegen, meine Kinder hier großzuziehen. Hat es dir gefallen?«

Das hatten die Speyers Ivy die ganze Woche über gefragt: Gefällt es dir, hast du gut geschlafen, amüsierst du dich? Und ganz gleich, wie sie sich fühlte, hatte sie stets mit ehrlicher Überzeugung geantwortet: Ja, ich liebe es hier. Weil es immer besser war, dazuzugehören, als nicht dazuzugehören.

»Es kommt mir so vor, als hätte ich mein Leben lang darauf gewartet, hierherzukommen«, sagte sie und spürte, wie sich ein Kloß in ihrem Hals bildete. Was brachte es, etwas anderes zu behaupten, wenn es ohnehin gleich enden würde?

Sie schlenderten weiter die Küste entlang bis zu einer Fels

formation, die ein großes Stück ins Wasser hineinreichte und so breit war, dass man darauf ins Meer hinauswandern konnte. Die Sonne war hinter grauen Wolken verschwunden. Eine mächtige Welle krachte gegen die Steine und besprühte sie mit salziger Gischt. Diese Mahnung der See, so schonungslos und gleichgültig gegenüber ihrem Schmerz, trieb Ivys Entschlossenheit an die Oberfläche wie der Seetang, der auf dem Treibholz ausgebreitet lag. Besser, sie selbst war diejenige, die ging. »Da gibt es etwas, was ich dir sagen möchte.« Sie drehte sich um. Gideon war auf ein Knie gegangen.

Die Hand, die ihre jetzt umschloss, war kalt und fest. Obwohl er direkt vor ihr kniete, klang Gideons Stimme wie aus weiter Ferne zu ihr – wie ein Signal, brummend, gesendet von einem weit entfernten Ort. Sie verstand nur einzelne Worte und zusammenhanglose Sätze: »… unerwartet … Du hast gesagt, dass du mich liebst … völlig unvorbereitet … Ich habe einige … Ich möchte dich nicht verlieren …« Am Ende kam seine Stimme zurück: »Ich möchte, dass du meine F-f-frau wirst. W-willst du m-mich heiraten, Ivy?«

Machte er Witze?, fragte sie sich. Nein, nein, nicht Gideon. Er würde niemals einen Scherz dieser Größenordnung machen. Außerdem war sein Gesicht so weiß, seine Lippen so blutleer, dass sie beinahe blau wirkten.

Eine Woge warmen Glücks ergriff sie, durchtränkte sie wie Wasserdampf, der an einem kalten Abend aus einem Eimer mit heißem Wasser aufstieg. Ihre Schultern verkrampften sich, ihr Mund stand offen. Eilig schlug sie die Hand davor. Wie sollte sie ihm danken? Wie ihre überbordende Freude ausdrücken?

»Ivy?«

»Ja! O ja!«

Dann lagen sie sich in den Armen und lachten. Er zog eine schwarze Samtschatulle aus der Tasche und öffnete sie. Der Stein war ein wunderschöner Saphir, umrahmt von kleinen Diamanten. Gideon nahm ihre linke Hand und schob ihr den Ring über den Fingerknochen. Er war zu groß. Sie machte eine Faust, um ihn daran zu hindern, direkt wieder abzurutschen.

»Wir werden ihn kleiner machen lassen«, versprach Gideon.

»Hast du den die ganze Woche über bei dir gehabt?« Hatte sie alles falsch interpretiert?

»Er gehört Grandma Cuffy«, sagte Gideon. »Mom hat ihn für mich aufbewahrt. Ich habe sie heute Morgen darum gebeten.« Ivy saugte jedes Wort in sich auf und gab ein leises Keuchen von sich. »Was Sylvia anbelangt ...«, fuhr Gideon fort, »ich weiß, dass sie dich wirklich mag. Sie hat mir die ganze Woche über gesagt, wie wundervoll du bist, wie gut du in unsere Familie passt. Ich hoffe, du gibst ihr eine Chance.«

»Das spielt doch keine Rolle«, sagte Ivy, und das tat es tatsächlich nicht. »Ich war nur schlecht gelaunt. Habe mir Dinge eingebildet.«

»Sie hat das Herz am rechten Fleck.«

Ivy legte einen Finger auf seine Unterlippe. »Weißt du ... Ich dachte, du würdest mit mir an den Strand gehen, um Schluss zu machen.«

Er zuckte überrascht zurück. »Warum?«

»Als ich dir gestanden habe, dass ich dich liebe, hast du *Du bedeutest mir wirklich viel* gesagt.« Er setzte zu einer Erklärung an, aber Ivy fügte hinzu. »Und dann hatten wir den Streit wegen dieser Katze.«

»War das denn ein richtiger Streit?« Sein Tonfall machte klar, dass er das nicht so empfand.

Ivy versuchte, ihre frühere Gewissheit zu rechtfertigen – warum war sie so wütend gewesen, so sicher, dass Gideon sich zurückzog? –, aber wie jemand, der am Ende eines Zwölf-Gänge-Menüs keinen Hunger mehr hatte, konnte sie sich auf keinen einzigen handfesten Beweis besinnen, dass Gideon oder seine Familie ihr Unrecht getan hatten. Trotzdem flackerte ein kleines Flämmchen der Sturheit in ihr auf, die darauf beharrte, dass sie sich das alles nicht nur eingebildet hatte, doch es wurde erstickt von Gideons liebevoller Umarmung.

»Du hast mich nicht aussprechen lassen«, flüsterte er in ihr Haar. »Ich liebe dich.«

»Du tust *was*?«, wisperte sie.

»Ich liebe dich.« Er legte eine Hand auf ihren Arm. »Beweg dich nicht. Ich glaube, eine Möwe hat gerade auf deine Schulter gemacht.«

»Meine Großmutter sagt, von einem Vogel angekackt zu werden, ist eines der glücklichsten Omen ... Wir sind von den chinesischen Göttern gesegnet, Gideon!«

Sie lachten, bis sie Seitenstechen bekamen.

Poppys ungeschminkte Augen waren groß vor Erwartung. »Seid ihr ...« Ivy hielt die Hand hoch. Poppy gab ein unterdrücktes Jubeln von sich. »Wir werden heiraten!«, rief Gideon.

Alle schnappten nach Luft. »Oh, mein kleiner Junge!«, stammelte Poppy. Ted streichelte seiner Frau den Rücken. »Wusstest du davon, Poppy?«, fragte er. Sylvia lief durchs Wohnzimmer zu Ivy und küsste sie auf die Wange. »Ich freue mich so«, flüsterte sie. Dann zog Poppy Ivy in ihre Arme. Ihre Umarmung hatte nichts Zartes, Ivy spürte, wie ihre Rippen gegen die von Gideons Mutter prallten. Poppys knochige Schultern drückten gegen ihr Brustbein. Gideon und sein Vater umarmten einander. »Ich bin stolz auf dich, Giddy«, sagte Ted, und für den Bruchteil einer Sekunde sah Gideon aus wie der verschmitzte kleine Junge, den Ivy von der Highschool in Erinnerung hatte. In dem Moment wusste sie, dass Sylvia sich getäuscht hatte, was ihre Kindheit betraf, zumindest die ihres Bruders. Gideon war vermutlich stolz auf seinen Vater gewesen, stolz darauf, der Sohn eines Senators zu sein, und darauf bedacht, genauso unerschütterlich den Weg seiner Vorfahren einzuschlagen – jener Leute auf den Schwarz-Weiß-Fotos im Cottage, über die er an ihrem ersten Tag in Finn Oaks voller Bewunderung gesprochen hatte.

Als Poppy sie freigegeben hatte, stand Ivy am Rand des fröhlichen Kreises. Die Speyers drängten sich um Gideon, lachten und weinten und beendeten die Sätze der anderen. In all dem Getümmel entdeckte Ivy Roux, der ein paar Schritte entfernt stand und die Szene in sich aufnahm wie der Zuschauer einer gelungenen Farce. Entschlossen trat sie zu ihm.

»Ich nehme an, du kommst jetzt doch nicht mit mir nach New York«, sagte er.

»Hör mal«, sagte sie leise und sah sich verstohlen um, da sie sichergehen wollte, dass niemand zuhörte. »Wir haben gestern Nacht eine Dummheit begangen. Wir waren beide betrunken. Können wir nicht einfach so tun, als sei nie etwas passiert und die Sache vergessen? Es bringt doch nichts, die anderen zu verletzen und diesen Augenblick zu ruinieren.« Wie alle von ihrem eigenen Glück geblendeten Menschen sah sie ihn in der aufrichtigen Erwartung wohlwollenden Vergebens an – wie hätte man in Anbetracht des bevorstehenden heiligen Bunds der Ehe auch anderes erwarten können?

Roux beugte sich vor. Ivy dachte, er würde sie küssen. Sie trat einen Schritt zurück. Sein Lächeln war angespannt, seine Mundwinkel weiß, und irgendwie war es schockierender, als wäre er wütend gewesen. »Du hast dich kein bisschen verändert«, sagte er mit lauter, deutlicher Stimme.

»Denk an Sylvia«, zischte sie.

»Was ist mit mir?«, rief Sylvia zu ihnen hinüber.

Roux sah seine Freundin an. »Lass uns Schluss machen.« Sylvias Miene erstarrte, dann erschien ein höhnischer Ausdruck auf ihrem Gesicht. Es war das menschlichste Gesicht, das Ivy je an ihr gesehen hatte.

»Es würde niemals funktionieren«, sagte Roux. »Du kannst deine Sachen bei mir abholen, sobald du zurück bist.« Sein verächtlicher Blick schweifte über sie alle, dann verweilte er auf Gideon, der sich vor seine Schwester stellte.

»Ist das wirklich die passende Zeit und der passende Ort, Roux?«, fragte Gideon.

Roux schüttelte den Kopf. »Du armseliger Wichser.« Dann warf er seine Reisetasche über die Schulter und ging. Hinter ihm fiel die Haustür mit einem lauten Knall zu.

Keiner rührte sich. Dann sagte Poppy: »Auf Nimmerwiedersehen!«, und strich sich einen unsichtbaren Fussel vom Rock. »Ich habe dich gewarnt, dass so etwas passieren würde, Sylvia«, sagte sie schroff. »Warum hörst du nie auf mich? Warum hört eigentlich nie irgendwer auf mich?«

Teil vier

15

Die Astor-Towers-Wohnanlage zählte zu den neuen vielge-
schossigen Bauprojekten entlang des Flussufers, hoch aufra-
gend und irgendwie bedrohlich, mit den Annehmlichkeiten
eines Fünfsternehotels – Jacuzzi, Konferenzräume, Reinigung,
Fußbodenheizung –, alles auf den riesigen Plakatwänden beworben, an denen Ivy jeden Tag auf dem Weg zu ihrem Vorbereitungskurs vorbeikam. Und doch war der Aufzug stets
leer, der Teppich in den Gängen des achtundzwanzigsten
Stockwerks perfekt gesaugt, der Flor steif aufgerichtet und
ohne Fußabdrücke, abgesehen von ihren eigenen. Es war
Thanksgiving, bereits Viertel nach drei, und sie hatte den ganzen Tag über noch nichts gegessen. Das Nachmittagslicht fiel
durch die vom Boden bis zur Decke reichenden Fenster auf
die Schieferarbeitsplatte mit der Obstschale aus Holz – Pfirsi-
che, Äpfel, Birnen, genauso verlockend wie die Wachsfrüchte
von einem Stillleben. Sie hatte Durst. Der Kühlschrank mit
Touch-Display verfügte über drei Einstellungen für Wasser:
kochend, Zimmertemperatur, Eis. Sie gab drei Löffel voll
Matcha-Pulver in eine große Tasse und drückte die Taste
für kochendes Wasser. Milch war im Kühlschrank, aber sie
konnte in den Küchenschränken keinen Zucker finden. Sie
nahm ihren Tee mit an den Frühstückstisch und beobachtete
die Fußgänger tief unter ihr, warm verpackt in dunkle Win-
termäntel. Sie sahen aus wie aufgedunsene Ameisen, die ge-
schäftig hin und her wuselten. Der Herbst war gekommen

und gegangen wie ein lebhafter feuchter Traum; drei kurze, prachtvolle Wochen mit orangefarbenem und rotem Laub wichen kahlen Bäumen und tristem, kaltem Novemberregen. Der verhangene Himmel vor dem Fenster erschien so nah, dass man das Gefühl hatte, durch die Linse eines Teleskops zu blicken.

Während sie ihren Tee trank und eine Zigarette rauchte, ging sie im Geiste die Liste mit den nie endenden Hochzeitsvorbereitungen für die nächste Woche durch. Dekoration. Torte. Blumen. Musik. All das hätte sie glücklich machen sollen, aber das tat es nicht. Sie war müde. Versuchte, für die Aufnahmeprüfung an der juristischen Fakultät zu lernen, während sie gleichzeitig eine Hochzeitsfeier für zweihundert Gäste plante. Sie fühlte sich, als balanciere sie mit einem Sack voller Ziegelsteine auf den Schultern über ein Drahtseil. Seit ihrer Verlobung waren drei Monate vergangen, und mit jedem weiteren Tag wuchs ihre Furcht, etwas könne ihr ihr Glück entreißen. Gideon würde seine Meinung ändern und sie nicht länger heiraten wollen. Sylvia würde Gideon überzeugen, dass sie inakzeptabel war. Ihre Familie würde sich vor den Speyers blamieren. Sie würde in einen Autounfall verwickelt und zum Krüppel werden. Gideon würde sterben. Jeden Abend vor dem Schlafengehen breitete sich ein Nesselausschlag von ihrem Bauch und Rücken bis zu ihren Augenlidern aus; sie bekam Sodbrennen, und der Arzt riet ihr, sich nach den Mahlzeiten nicht immer gleich hinzulegen. Doch weil sie die ganze Zeit über so müde war, beschloss sie, vom Essen ganz abzusehen und sich stattdessen lieber auszuruhen.

Die bevorstehende Hochzeit schien Gideon überhaupt nicht zu berühren. In den Wochen nach ihrem Urlaub in

Cattahasset hielt sie Ausschau nach Zeichen einer Veränderung, hoffte, dass er sich jetzt in ihrer Gegenwart endlich entspannen könnte. Sie wusste nicht, wann sie angefangen hatte, Gideon für angespannt oder verunsichert, oder was immer das Gegenteil von entspannt war, zu halten. Als sie ihn das erste Mal wiedergesehen hatte, auf Sylvias Silvesterparty, hatte er einen lockeren Eindruck auf sie gemacht. Lässig. Und dennoch erschien Ivy ebendiese unbeschwerte Lässigkeit, die auf einen unkomplizierten Charakter hinweisen sollte, wie die undurchdringlichen Gitterstäbe eines Gefängnisses, die Gideon von ihr und allen anderen abschirmten. Seit der Verlobung war er noch rücksichtsvoller, noch aufmerksamer ihr gegenüber geworden. Er sagte nie ein scharfes Wort zu ihr.

»Was gefällt dir an mir nicht?«, hatte sie ihn eines Tages gefragt.

»Mir gefällt alles an dir«, hatte seine Antwort gelautet.

Diese Sanftmut hatte Ivy zu einem falschen Gefühl von Sicherheit verleitet. Bei ihrem letzten Date bei einer bekannten Burger-Kette hatte sie den Kassierer um einen Becher gebeten, den sie an einem der Getränkeautomaten mit Wasser füllen wollte. Doch als sie davorstand, hatte sie ihre Meinung geändert und den weißen Plastikbecher anstatt mit Wasser mit Himbeerlimo gefüllt. Als sie an den Tisch zurückkehrte, warf Gideon einen Blick auf ihr Getränk und fragte: »Ist dieser Becher nicht nur für Wasser?« Zunächst wusste sie nicht, wovon er sprach, dann wurde ihr klar, dass sie für die Limo nicht bezahlt hatte. Der weiße Becher für Wasser war umsonst, der blaue für Limonade kostete zwei Dollar. Gideon beruhigte sie, es sei ja keine Absicht gewesen, niemandem sei Schaden entstanden, und ging zur Kasse, um die zwei Dollar zu bezahlen.

Der Vorfall hatte sie zutiefst erschüttert. Sie hatte impulsiv gehandelt, aus der Situation heraus. Es war so, als würde man die falsch ausgelieferten Pakete für den Nachbarn behalten oder dem Kassierer verschweigen, wenn er zu wenig berechnet hatte – niemand würde einen dabei ertappen, geschweige denn darauf hinweisen, dass man etwas Falsches getan hatte; Menschen wie Meifeng würden einen sogar für die geistesgegenwärtige Reaktion loben. Wie viele dieser grenzwertigen Sparmaßnahmen, die sie ihr Leben lang wie selbstverständlich gepflegt hatte, würde sie sich nun abgewöhnen müssen? Gideon ging von einem Versehen aus, doch was würde er beim nächsten Mal denken? Wie lange würde es dauern, bis er herausfand, dass seine Verlobte nicht dieselben Moralvorstellungen vertrat wie er?

Manchmal gewann Ivy den Eindruck, ihr würden zwei verschiedene Personen innewohnen – die freundliche, großzügige, moralisch integre Ivy, die sie in Gideons Gegenwart zu sein versuchte, und ihr unzufriedenes, praktisch denkendes, opportunistisches Ich. Sie hätte alles dafür gegeben, von Natur aus so zu sein wie Gideon – *gut* zu sein –, aber sie war nicht gut. Sie war eifersüchtig, kleinlich, rachsüchtig, auch wenn die Erfahrung sie gelehrt hatte, diese Charaktereigenschaften hinter einer Fassade aus Sanftmut und Bescheidenheit zu verstecken. Je gewissenhafter sie sich in Gegenwart der Speyers gab, desto schwieriger war es, ihre niederen Impulse im Zaum zu halten, wenn sie allein war.

Deprimiert von diesem wenig schmeichelhaften Porträt ihrer selbst drückte Ivy die Zigarette aus, spülte die Teetasse und ging ins Schlafzimmer. Das ganze Apartment war wie eine Kunstgalerie eingerichtet; die Räume wurden nicht durch Wände, sondern durch ein verworrenes Arrangement aus Glas, Stahl, Onyxmarmor, beweglichen Möbeln und einer Handvoll Kunstwerke abgetrennt – eine Rennbahn, Skizzen der menschlichen Anatomie, eine Reihe Schwarz-Weiß-Fotos verschiedener vergrößerter, von Adern durchzogener Hände älterer Menschen. Alles, was eine bestimmte Art selbstgefälliger Junggesellen ansprach. Das Bett stand auf einem erhöhten Glaspodest, ähnlich den Drehtischen, die man in jedem chinesischen Restaurant fand. Daneben stand ein Nachttisch, in dem sich die einzigen persönlichen Dinge in der ganzen Wohnung befanden: ein großer Stapel Papiere, juristische Dokumente, Notizblöcke, ungeöffnete Briefumschläge. Darunter war eine kleine silberne Schatulle versteckt, die Ivy einst geöffnet hatte. Eine kleine Pistole lag darin, sorgfältig in schwarzen Samt gehüllt wie ein kostbares Schmuckstück. Sie zog einen besonders dicken gelben Umschlag heraus und entnahm ihm ein Bündel Geldscheine. Sie zählte zehn Hundert-Dollar-Noten ab und schob den Rest zurück in den Umschlag.

»Roux! Bist du wach? Ich muss gehen.«

Roux öffnete blinzelnd die Augen, dann drehte er sich um und schlief wieder ein.

Sie betrachtete ihn für ein paar Sekunden. Gideon hatte einen leichten Schlaf mit der Neigung zur Schlaflosigkeit, weshalb er jeden Abend ein halbes Milligramm Melatonin einnahm. Roux' Schlaf dagegen machte die Pistole in seinem Nachttisch überflüssig, denn ein Eindringling hätte ihn längst erschossen, bevor er ihn überhaupt bemerkte. »Frohes Thanksgiving«, murmelte sie. Die Absätze ihrer Stiefel klackerten leise auf dem Weg durch den Flur zum Aufzug. Als sie auf die Straße trat, sah sie noch einmal an der hoch aufragenden Fassade empor. Sämtliche Fenster waren dunkel.

Es war Ivy, die die Affäre begonnen hatte.

Im September hatten Gideon und sie sich mit Tom und Marybeth in einem spanischen Tapas-Restaurant zum Essen getroffen, um ihre Verlobung zu verkünden. Sie hatte ein ausgelassenes Gelage wie bei der Verlobung von Tom und Marybeth erwartet, ja, sie hatte sich sogar darauf gefreut und sich Toms zunehmende Wehmut und Marybeths hämischen Triumph ausgemalt. Doch als sie ihren Platz am Tisch einnahm, wusste Ivy sofort, dass etwas nicht stimmte. Tom brachte kaum ein Lächeln zustande, Marybeth wirkte reserviert und zerstreut. Sie schienen nicht überrascht, als Gideon ihnen von der Verlobung berichtete.

»Nun, das ging schnell«, sagte Tom.

»Ich nehme an, ihr zieht zusammen?«, sagte Marybeth.

»Erst nach der Hochzeit«, sagte Gideon. »Ivys Mietvertrag läuft ohnehin aus, und wir wissen noch nicht, wo genau sie studieren wird.«

Alle konzentrierten sich schweigend auf die Speisekarte. Ivy versuchte, die Stille mit lustigen Geschichten von ihrem gemeinsamen Urlaub zu füllen – »Das Dach hat geleckt!«, oder: »Ich war völlig ausgeknockt wegen eines streunenden Katers!« –, doch da sie für ihre Mühe nichts anderes erntete als müdes Lächeln, verstummte sie bald. Sie war sich bewusst, dass ihre Begeisterung so weit entfernt von der vorherrschenden Stimmung war wie eine grölende Menge Fußballfans von der gedämpften Feierlichkeit einer tragischen Oper.

Den restlichen Abend über sprachen Tom und Gideon hauptsächlich über die Arbeit. Tom hatte den Arm auf Gideons Stuhllehne drapiert wie ein glatzköpfiger, sommersprossiger Onkel, der seinem eifrigen Neffen Ratschläge erteilte. Ivy versuchte hin und wieder eine Frage einzuwerfen,

aber ganz gleich, welche Meinung sie äußerte, Tom unter-
grub sie, indem er in arrogantem Ton das Gegenteil behauptete – »Wo hast du das denn gehört?«, oder: »Aber stimmt
es nicht, dass ...«, oder: »Denkst du *wirklich* ...« Also versuchte Ivy stattdessen, ein Gespräch mit Marybeth anzufan-
gen, indem sie sie um Unterstützung bei der Suche nach einer
passenden Hochzeitslocation bat.

»Oh, ich glaube nicht, dass ich dir da eine große Hilfe
sein kann«, erwiderte Marybeth. »Wir haben beschlossen,
auf Kauai zu heiraten, an unserem Jahrestag im März, daher mussten wir irgendein tropisches Ziel anvisieren. Meinen
Eltern wäre es lieber gewesen, wir hätten uns für Palm Beach
entschieden, wo meine Großeltern wohnen, aber Tom und
ich waren letztes Jahr schon auf *drei* Hochzeiten in Florida.
Toms Mutter möchte die Staaten nicht verlassen, deshalb ist
es Hawaii geworden. Als wäre ein Zwölf-Stunden-Flug nach
Hawaii besser als ein Acht-Stunden-Flug nach Italien!«

Ivy bemerkte, wie Toms Augen in ihre Richtung zuckten, als Marybeth seine Mutter erwähnte, aber er sprach
ohne Unterbrechung weiter mit Gideon. Männer mit Männern. Frauen mit Frauen. Genauso war es in der vergangenen Woche bei Dave und Liana gewesen. Ivy war zusammen mit den anderen Hausfrauen zum Treffen des Buchclubs
in die Bibliothek gegangen, wo Darjeeling-Tee, Sandwiches
ohne Kruste und klein geschnittenes Gemüse aus Lianas Garten gereicht wurden, während Dave und Gideon mit einigen
Geschäftspartnern Tennis spielten. Sogar wenn sie mit den
Speyers zusammen waren, bildeten sich mehr und mehr zwei
Grüppchen: Poppy und Ivy, Gideon und Ted. Vielleicht gab
es einen unausgesprochenen Ehekodex, der eine Trennung
nach Geschlechtern vorsah – als würde man einem Verein

beitreten, dessen einziger Sinn darin bestand, einem den Partner abzunehmen.

»Solange wir die komplette katholische Trauzeremonie in der Saint Mary's Cathedral abhalten können und William auf dem Princeville Course golfen kann, sind alle glücklich«, fügte Marybeth hinzu. Sie nahm eine Scheibe von dem gerösteten Tomatenbrot, schnupperte daran und legte sie gleichgültig auf ihren Teller. »Ich möchte keine Nervensäge sein, Gideon«, sagte sie und wischte sich die Finger an ihrer Serviette ab, »aber hast du schon auf die Einladung geantwortet?«

»Noch nicht. Ähm …«

»Es tut mir wirklich leid, dass wir eine so kleine Gästeliste haben«, sagte Marybeth zu Ivy.

»Warum?«, fragte Ivy.

Marybeth sah Gideon an, doch bevor er antworten konnte, fuhr sie fort: »Als wir uns für die neue Location entschieden haben, mussten wir uns abgesehen von den Trauzeugen auf verheiratete Paare beschränken.«

»Oh!«, sagte Ivy, als sie die Andeutung verstand. »Ich verstehe.« Und um die heiße Röte zu überspielen, die ihr in die Wangen schoss, fing sie an, Marybeths Entscheidung zu rechtfertigen, Marybeth zuliebe, der ganzen Gruppe zuliebe. »Ihr habt ja beide auch noch eine große Familie«, sagte sie und nickte Tom verständnisvoll zu. »Außerdem sind Hochzeiten im kleinen Kreis meist ungleich angenehmer als mit vielen Fremden.« Sie sah, wie Marybeths und Gideons Gesichter kaum merklich zuckten.

»Ich wollte es dir erzählen, aber es ist mir total entfallen«, sagte Gideon ruhig.

»Es ist ja auch keine große Sache.« Ivy lachte wieder und griff nach ihrer Sangria.

Tom lächelte. »Sei nicht so gemein, Schatz«, sagte er, an Marybeth gewandt. »Jetzt, da sie verlobt sind, kannst du Ivy auf die Liste setzen, findest du nicht?«

Marybeth zögerte. Ivy spürte ihre Verlegenheit, als klar wurde, dass es ihre Entscheidung gewesen war. Ivy fühlte einen schmerzhaften Stich im Herzen. Sie hatte gedacht, Marybeth und sie wären Freundinnen. Dass Tom der Bösewicht war.

»Das ist nicht nötig«, versicherte sie. Sie schwitzte in ihrem dünnen Baumwollkleid. »*Wirklich.*«

»Lasst uns das Thema nicht unnötig in die Länge ziehen«, sagte Gideon kurz angebunden. »Warum denkt ihr zwei nicht zu Hause in aller Ruhe darüber nach ...«

»Nein, nein, Tom hat recht«, schob Marybeth eilig dazwischen. »Wir würden uns *sehr* freuen, dich dabeizuhaben, Ivy. Ich lasse mir nachher von Gideon deine Adresse geben.«

Ivy überlegte, ob sie Protest erheben sollte, aber sie fühlte sich zu erschöpft.

»Die Bananenblüte im März auf Kauai ist wunderschön«, sagte Tom zu Ivy, »zumindest laut Marybeth. Die Blüten sind nicht gelb, sondern leuchtend rosa – was mir, um ehrlich zu sein, absolut schnuppe ist.«

»*Mir* nicht«, hielt Marybeth dagegen, anscheinend immer noch verärgert, dass Tom sie über die Klinge hatte springen lassen.

»Meine Mom hat ihr Herz an Cattahasset gehängt«, sagte Gideon, als der Kellner ihre Tapas auf den Tisch stellte. »Oder an Martha's Vineyard. Erinnerst du dich noch an den Sommer vor dem College, Tom?«

»Und ob! Euer Finn Oaks ist ein Dinosaurier, verglichen mit unserer Prunkbude.« Wieder wandte er sich einzig und

allein an Ivy. »Wir hatten einen beheizbaren Pool, im Wohnzimmer standen jede Menge Futons. Ich denke nur an Teds
Flasche mit uraltem Whisky – bis zum heutigen Tag meint er,
ein Waschbär wäre nachts ins Haus eingedrungen und hätte
sie umgestoßen. Wir haben Blake Whitney um die Flasche
herumpinkeln lassen, denn aus irgendeinem Grund hatte nur
seine Pisse dieselbe Farbe wie dieser scheißteure Scotch.«

Ivy lachte dankbar und ließ sich von der Unterhaltung mit-
reißen. Dann konnte Tom also durchaus taktvoll sein, stellte
sie überrascht fest.

Sie täuschte sich.

Tom nahm sein Glas. »Ich muss zugeben, ich habe dich
unterschätzt.«

»Wie meinst du das?«, fragte sie und lächelte tapfer in Erwartung einer seiner Scherze.

»Du bist wirklich schnell. Hast Gideon an die Kette gelegt.
Schön für dich.«

»Wie bitte?«

»Du musst gerade reden!« Gideon deutete mit der Gabel
in Toms Richtung. »Marybeth hat dich ruckzuck …«, aber
Tom sprach immer noch mit Ivy und klang dabei zunehmend
beschwipster.

»Jetzt erinnere ich mich an dich. Aus dem Jahrbuch der
achten Klasse. Ivy Lin. Das hat meinem Gedächtnis auf die
Sprünge geholfen. Du bist Gideon schon damals nachgelaufen. Still und leise wie eine graue Maus. Und jetzt sieh dich
an: Du hast den Stier bei den Hörnern gepackt, nicht wahr?
Hast dich hochgeschlafen wie diese – wie heißt diese Chinesin, die den alten Murdoch geheiratet hat? Ich wette, du
kannst es kaum erwarten, dich schwängern zu lassen …«

Gideon stand auf. »Pass auf, was du sagst«, warnte er seinen alten Freund, wobei er jede einzelne Silbe betonte, ohne zu stottern. Er war blass geworden. Der Kellner eilte herbei, um sich zu erkundigen, ob sie etwas brauchten.

Ivy zupfte an Gideons Arm. Gideon blieb stehen.

Tom wischte sich das Gesicht mit seiner Leinenserviette ab und hinterließ einen gelben Streifen von den geräucherten Anchovis mit Meerrettich.

»Komm schon, du weißt, dass ich nur Spaß mache. Ich *freue* mich für euch beide. Du bist mir doch nicht böse, oder, Ivy?« Er hob die Hand.

Offenbar wartete er darauf, dass Ivy ihn abklatschte. Das tat sie, doch sie hasste sich dafür, und Tom hasste sie noch mehr.

»Siehst du, Gideon? Ivy und ich sind beste Freunde. Setz dich, setz dich ... Ich bin bloß so *aufgeregt* ... Ist das Leben nicht herrlich?« Er rieb sich mit der Faust die Augen und brach zu Ivys Entsetzen in Tränen aus.

»Es tut mir leid wegen Tom«, sagte Gideon auf der Heimfahrt. »Er war nicht immer so.«

Doch, das war er, dachte Ivy. »Schon gut«, sagte sie und wechselte eilig das Thema. Hätte Gideon nur eine Sekunde länger darüber gesprochen, hätte sie angefangen zu weinen.

»Erinnerst du dich noch an Henry Fitzgerald von der Grove?«, fragte Gideon. »Er war mit mir und Tom im Lacrosse-Team.«

»Nein.«

»Henrys Dad war CEO bei Biogene Pharmaceuticals.«

»Aha ...«

»Vor einigen Jahren, Dad war damals noch Senator, deckte er einige verdächtige Praktiken bei Biogene auf und schaltete die Federal Trade Commission ein, die wegen Verstößen gegen das Kartellgesetz ermittelte. Langer Rede kurzer Sinn: Mr. Fitzgerald wurde nicht nur gefeuert, sondern außerdem zu einer mehrjährigen Haftstrafe verdonnert, weil er den Medikamentenvertrieb beschränkt hatte, um die Preise in die Höhe zu treiben. Henrys Familie verlor alles. Henry fing an auszuticken. Er verließ das Team, schwänzte die Schule. Wurde beim Abschlussball mit einem Joint auf dem Schulklo erwischt. Die meisten Lehrer sehen bei so etwas weg, aber Henry hatte sich bereits so tief in die Scheiße geritten, dass sie ihn rausschmissen. Die Columbia University zog ihre Zulassung zurück. Eine Woche vor dem Abschluss haben Henry und ein paar andere Jungs versucht, mich vor dem Parkplatz fertigzumachen. Tom hatte gehört, wie sie in der Umkleide darüber sprachen, und er kreuzte mit dem Familienanwalt auf. Der erwirkte eine einstweilige Verfügung gegen Henry und die anderen. Wenn sie sich mir weiter als drei Meter näherten, hätte ich Anzeige erstatten können. Das wäre eine in dem Moment eine schwere Straftat gewesen, denn Henry und die anderen hatten ihre Lacrosse-Schläger mitgebracht – laut Toms Anwalt eine potenziell tödliche Waffe.«

»Wie clever von Toms Anwalt.«

»Tom hat mich immer beschützt. Ich denke, das hat mit den Jahren paranoide Züge angenommen. Er hält jeden, der nicht mit uns aufgewachsen ist, für einen Feind. Es fällt ihm schwer, neuen Leuten und ihren Absichten zu trauen.« Der Wagen hielt vor einer roten Ampel. Ivy spürte Gideons Blick auf ihrem Profil, doch sie blickte weiter geradeaus.

»Natürlich ist das keine Entschuldigung für das, was er gesagt hat. Ich wünschte … Nun, wir suchen uns unsere Freunde nicht nach ihrer Ehrbarkeit aus.«

»Verstehe«, sagte Ivy. Das war Gideon – loyal bis zuletzt. Sie hatte stets gedacht, Loyalität setzte eine gewisse Blindheit voraus, genau wie der Glaube, doch Gideon sah Tom so, wie er war, und entschied sich dennoch dafür, ihn zu verteidigen. War das Liebe? Sie fragte sich, ob und wie Gideon zu gegebener Zeit *sie* verteidigen würde, dann rief sie sich Toms und Marybeths kalte, wenig überraschte Gesichter vor Augen, als Gideon ihre Verlobung verkündete, und ihr wurde klar, dass diese Zeit längst gekommen und an diesem Abend verstrichen war: Bis heute hatte Gideon sie von allem abgeschirmt.

Wenige Augenblicke später spürte sie warme Finger, die ihre Wange streichelten. Die Berührung brach ihr beinahe das Herz. Rasch wandte sie das Gesicht zum Fenster und ballte die Faust, um die Tränen zurückzudrängen. Als sie bei ihr zu Hause ankamen, hatte sie sich wieder gefasst. Ihre Straße war leer; die Gangster hatten sich zurückgezogen – wohin auch immer sich Gangster an einem ruhigen Donnerstagabend zurückziehen mochten. Vielleicht waren sie auch auf einer ihrer Touren durch Boston, raubten Leute aus oder begingen andere Straftaten. Ruhe bedeutete noch lange nicht Frieden.

Drinnen sah sie ihre Post durch, trank ein Glas Wasser und füllte die Vase mit den Casablanca-Lilien nach, die Andreas Verehrer zu ihnen nach Hause hatte liefern lassen. Die großen, sternförmigen Blütenblätter waren gewölbt wie ein entblößter Frauenhals. Endlich gestattete sie es sich, in ihr Zimmer zu gehen. Begleitet von erstickten Schluchzern, schlug sie ihr Kissen auf die Matratze, bis Andrea alarmiert angestürmt kam, das Gesicht zugekleistert mit einer tropfenden Schlammmaske. »Hau ab!«, schrie Ivy ihre Mitbewohnerin an. »Hau ab! Hau ab!«

Andrea verließ das Zimmer.

Es war so unfair, dachte Ivy, brodelnd vor Zorn. *Pass auf, was du sagst.* Von allen Dingen, die Gideon hätte sagen können, hatte er ausgerechnet diesen Satz gewählt. Wahrscheinlich hatte er ihn von Poppy aufgeschnappt. Sylvia hätte mit Sicherheit schärfere Erwiderungen auf Lager gehabt. Sylvia, die Roux' Zeichnung gestohlen hatte. Sylvia, die sich immer das nahm, was sie wollte, die niemals Toms Hand abgeklatscht hätte. Meifeng pflegte zu sagen, dass Männer einen in dem Maße respektierten, wie sie einen fürchteten. Doch Ivy hatte sich vor Gideons Freunden im Grunde selbst zu einer x-beliebigen Person in seinem Leben degradiert. Einer vorübergehenden Bekanntschaft, nicht wert, dass man sie respektierte. Sie selbst hatte sich das angetan.

Es war das erste Mal, dass sie ernsthaft darüber nachdachte, die Verlobung aufzulösen. Das Einzige, was größer war als ihr Verlangen nach Gideon, war ihre Eitelkeit. Also kramte sie Roux' Telefonnummer hervor, die sie in Finn Oaks in ihren Terminplaner eingetragen hatte. Ein Monat war vergangen, seit sie miteinander geschlafen hatten. Sie rief an und fragte ihn, ob er Lust habe, sich mit ihr auf einen Drink zu treffen. »Ich würde dir gern erklären, was im Cottage passiert ist«, sagte sie. Nach einer langen Pause willigte er ein.

Er wählte eine Bar in einem zwielichtigen Stadtteil. Es war schon Mitternacht, als sie dort ankam. Sie erinnerte sich an die Zeit, weil sie auf ihr Handy geblickt hatte, um nachzusehen, ob ein Anruf von Gideon eingegangen war. Erbärmlich. Sie spielte das alte Spiel: Wenn er anruft, mache ich kehrt und gehe nach Hause. Er rief nicht an.

Poster von alten Bands bedeckten jeden Zentimeter der Wände, die Holzoberflächen in der Bar klebten von verschüttetem Bier und Ölrückständen, die man nie mehr wegbekam.

Kräftige Kerle mit langen Bärten und Stahlkappenstiefeln saßen vor ihren Gläsern mit schäumendem Fassbier – die Sorte Männer, zu denen auch Roux zählte, wenn er nicht gerade seinen eine Million Dollar teuren Bugatti mit der an einen Haifisch erinnernden Karosserie und den runden Scheinwerfern fuhr.

Vier Wodka später wusste Ivy nicht mehr, wie sie in Roux' Wohnung gekommen war. Sie erinnerte sich daran, was sie empfunden hatte, als sie die Astor Towers zum ersten Mal sah: verächtliche Bewunderung. *Gut gemacht,* wollte sie sagen, stattdessen zog sie ihr Kleid aus.

In jener Nacht stand sie nicht nur an der Schwelle zu einem fürchterlichen Kater, sondern war noch dazu erfüllt von Selbsthass. »Das ist eine einmalige Sache«, sagte sie kalt.

»Klar.«

Sechs Tage später war sie wieder bei ihm. Diesmal hatte Gideon ihre Verabredung zum Dinner abgesagt, nachdem sie den ganzen Nachmittag damit zugebracht hatte, einen italienischen Cioppino zuzubereiten. Sie dachte an all die Muscheln, die sie gesäubert und dann in den Mülleimer geworfen hatte, weil sie Muscheln hasste und Andrea mal wieder eine ihrer Obst-Diäten machte.

Bei ihrem dritten Treffen machte sie sich nicht einmal mehr die Mühe, so zu tun, als handele es sich um eine flüchtige Affäre. Als sie eintraf, legte Roux seine Hände um ihre Taille, hob sie hoch und warf sie aufs Bett. Als sie versuchte, sich ihm zu entwinden, umfasste er einen ihrer Fußknöchel und biss ihr in die Wade, wobei er zwei gerade Reihen von Zahnabdrücken hinterließ. Sie konnte sich schon gar nicht mehr daran erinnern, wann Gideon und sie das letzte Mal miteinander geschlafen hatten. Sie, der es einst gelungen war, einen Mann mit einem einzigen Zucken ihrer Augenbraue ins Bett zu locken, lag nun hilflos neben ihrem Verlobten in der Dunkelheit und spürte die frostige Brise, die durch das offene Fenster hereinwehte, lauschte seinem gleichmäßigen Atem und wartete darauf, dass sie endlich einschlief, was ihr beinahe das Herz zerriss. Deshalb ging sie mit Roux ins Bett … mit Roux, der ihre Glieder spreizte, ihren nackten Körper bewunderte und flüsterte: »Es gibt nichts, wofür du dich schämen musst. Du bist wunderschön … hier … und hier … und hier …« Ja, sie genoss es, und zwar jede Sekunde. Es war ein niederes Vergnügen, eines, das sie keuchend und erschöpft und leer zurückließ. Aber was war mit der Seele – diesem wankelmütigen Selbst, das nicht so leicht zufriedenzustellen war?

Bei ihrem fünften Treffen mit Roux saßen sie draußen auf seinem Balkon, der den Fluss überblickte, rauchten und tranken warmen Whiskey. Er erzählte ihr von seiner Mutter. »Lungenkrebs«, sagte er, als Ivy fragte, wie Irena Roman gestorben war. Als es passiert war, hatte man ihn gerade aus dem Gefängnis entlassen, und er arbeitete in New Mexico.

»Warte – du warst im *Gefängnis*?«, stieß Ivy hervor.

»Nur für acht Monate. Ich war gerade erst achtzehn geworden, deshalb haben sie das Strafmaß verkürzt.«

Ivy war verblüfft. »Hast du jemanden überfallen?« Aus irgendeinem Grund war das das Erste, was ihr in den Sinn kam.

»Diebstahl. Offenbar war ich nicht so gut wie du.«

»Was hast du denn geklaut?«

»Autos. Meistens in den neueren Siedlungen, die rund um West Maplebury entstanden. Die Leute parkten ihre alten, beschissenen Vans in der Garage, während sie die Ferraris und Porsches in der Einfahrt stehen ließen, um damit vor den Nachbarn anzugeben.« Er schubste ihr seinen Tumbler zu. »Tatsächlich hatte ich die Idee von dir. Erinnerst du dich, wie du mir von den Flohmärkten erzählt hast, auf denen du mit deiner Großmutter warst? Du hast behauptet, die Reichen würden nichts wertschätzen.«

Sie schnaubte, dann schüttelte sie den Kopf. »Wir haben alte Gürtel und verbogene Löffel geklaut. Wie konntest du nur so dumm sein?«

»Ich habe meine Lektion gelernt, glaub mir. Es gibt weitaus effizientere Wege, seinen Lebensunterhalt zu bestreiten.«

»Zum Beispiel mit Pizzaläden?«

»Zum Beispiel mit Einfluss.«

Sie dachte darüber nach. Was war Einfluss überhaupt, wenn nicht ungenutzte Macht? Es war das Potenzial der Macht, das mächtig war. Sie hatte schon immer gewusst, dass Potenzial berauschender war als selbst die triumphalsten Erfolge.

»Wozu brauchst du die Pistole?«, fragte sie. »Sie macht mir Angst. Du könntest mich im Schlaf erschießen.«

Er verdrehte die Augen. »Hör auf, so dramatisch zu sein. Ich behalte sie aus reiner Gewohnheit.«

»Und was für eine kranke Gewohnheit soll das sein?«

»Einfluss. Ein Druckmittel.« Er grinste herablassend, was großspurig wirken sollte, aber sie durchschaute ihn sofort. Er versuchte lediglich, sie zu beeindrucken, ihr zu verstehen zu geben: Siehst du, ich habe Macht über dich.

Plötzlich kam Ivy ein Gedanke. »Wusste Sylvia, dass du im Gefängnis warst?«

»Ich mache kein Geheimnis daraus.«

Sylvia hatte Ivy erzählt, Roux habe die Highschool geschmissen, um seiner todkranken Mutter beizustehen, nicht, weil man ihn verhaftet hatte. Dann war also selbst die unverfrorene Sylvia Speyer zu Scham fähig.

»Du bist doch jetzt nicht mehr in irgendetwas … Illegales verwickelt, oder?«, fragte sie ihn.

»Ach, Ivy … es langweilt mich, über die Arbeit zu reden.«

»Du kannst es mir ruhig verraten, Känguru«, sagte sie mit ihrer Babystimme. »Ich kann Geheimnisse für mich behalten.«

Roux drückte seine Zigarette aus und sah sie mit blitzenden Augen an. Sie dachte, er würde sie nehmen, gleich hier auf dem Balkon.

»Du musst nicht Sylvia sein«, sagte er, stand auf und ging wieder hinein.

Als sie das nächste Mal zu ihm kam, erzählte Roux seine Geschichte weiter. Nach seiner Entlassung aus dem Gefängnis fand er einen Job als Abmister auf einer Pferderanch in New Mexico. Das Geld, das er von seinen Autoverkäufen heimlich zurückgelegt hatte, investierte er nun in eine Firma für Düngemittel, die Pferdemist als Teil einer Rezeptur zur Steigerung der Getreideproduktion verwendete – denselben Pferdemist, den Roux' Ranch produzierte. Anstelle eines festen Lohns hatte der Besitzer Roux zwei Prozent des anfänglich quasi nicht vorhandenen Gewinns der Farm versprochen. Irgendwann verdiente Roux an der Börse mit jeder Schaufel Pferdescheiße um die fünfhundert Dollar. Als Irena ihm schließlich die Nachricht überbrachte, dass sie krank sei, hing sie bereits an einem Sauerstoffgerät und hatte nur noch wenige Wochen zu leben. Die ganze Zeit über war sie Baldassare Morettis Geliebte gewesen, der Hauptgrund für den Disput zwischen Mutter und Sohn. Baldassare hatte ihr eine Wohnung neben seinem Haus mit einer privaten Pflegekraft besorgt; die Wohnung war stets voller Blumen und Kasserollen, die sämtliche Mitglieder der Familie Moretti, einschließlich Baldassares Ehefrau und Sohn, Ernesto, vorbeibrachten. Zu jener Zeit waren sie alle eine große Familie. »Ich werde mich immer an den Geruch erinnern«, sagte Roux. »Blumen.« Er war gerührt gewesen, wie sich Baldassares Familie um Irena gekümmert hatte, auch nach ihrem Tod. Die Morettis hatten die Bestattungszeremonie, das Krematorium und die Urne bezahlt, sie hatten Roux sogar angeboten, in der Wohnung seiner Mutter zu bleiben. Eins führte zum anderen, und schon bald arbeitete Roux als Lohnbuchhalter für Morettis Restaurants. Kurz darauf wurde er zum Geschäftsführer befördert und bekam grünes Licht, seine eigenen Unternehmen zu gründen; die pekuniäre Situation von Roux und den Morettis wurde ebenso undurchsichtig wie ihre Lebenssituation.

»Hört sich an, als wäre er der Pate.« Ivy lachte nervös. Roux nicht. Sie hätte ihn drängen können, weitere Details preiszugeben, aber im Grunde wollte sie gar nicht mehr wissen. So vieles in Roux' Leben kam ihr ominös und anstößig vor. Die Pistole zum Beispiel. Nur Extremisten bewahrten Handfeuerwaffen bei sich zu Hause auf. Ein Gewehr wäre besser gewesen, ausgestellt in einem Glasschrank. Gewehre hatten mehr Klasse, man konnte sie für sportliche Zwecke verwenden, während Pistolen, versteckt in einer Schublade, eher zu den schmutzigen Dingen zählten. Und dann waren da noch die Umschläge mit Bargeld in den Schubladen und, in Wachspapier eingeschlagen, unter der Spüle. Die altmodischen Handys, die an einen Zementblock erinnerten. Außer den Morettis hatte er keine Freunde oder Familie, und Ernesto Moretti konnte man kaum einen Freund nennen. Damals in West Maplebury war er ein zorniger Rüpel mit geringem Selbstwertgefühl gewesen, der nichts anderes konnte als arrogant daherzureden, was ihn zu einem leichten Ziel für Raufbolde, aber auch selbst zu einem Raufbold machte – ein Schwächling, der noch Schwächere terrorisierte. Wenn er von Ernesto sprach, hörte Ivy denselben Spott in Roux' Stimme wie früher. Unter dem Glanz seiner Luxusgüter war Roux' Leben – in der Gegenwart genau wie in der Vergangenheit – ein hässliches schwarzes Loch, von dem sie sich abgestoßen fühlte, genau wie von den Obdachlosen in ihrer Straße.

Doch wenn sie diese unschönen Details ausblendete, konnte sie ihr Arrangement genießen. Roux mochte alles, was modern, bequem und vorzugsweise unerreichbar war. Er wollte den besten Service, das beste Essen, er wollte sich reich fühlen. Ivy bevorzugte die kultivierte Erziehung ihres Verlobten, aber das hielt sie nicht davon ab, in vollen Zügen Roux' hedonistische Verschwendungssucht auszukosten. Nach dem Sex rief Roux einen ausländischen Film auf seinem supermodernen Fernseher auf und bestellte ein Festmahl, bestehend aus Amerikanischem Hummer, Kobe-Steak und Blauflossen-Thunfisch, der am selben Morgen aus Tokyo eingetroffen war. Als es kälter wurde, ließen sie sich zusammen in seiner japanischen Badewanne mit den beheizbaren Salzsteinen einweichen, und danach spülte er ihr Haar mit einer kleinen Holzkelle aus. Er hatte die Kelle einem tibetanischen Mönch abgeschwatzt, dem sie als Messbecher für seine Reisration gedient hatte. Ivy stellte sich Roux und sie als zwei unabhängige Piraten vor, die einander in Freundschaft verbunden waren und sich eine Pause von ihren Raubzügen gönnten. Er hatte seine Spielzeuge, sein Geld, seine Kunst, sein Geschäft – und sie hatte Gideon. Regeln, Gott, die Gesellschaft – nichts galt für sie in der unpersönlichen Unantastbarkeit seines Apartments.

Nach etwa einem Monat begann sie, Geld aus Roux' Umschlägen zu stibitzen – zunächst zwanzig Dollar, dann Hunderte und schließlich Tausende. Sollte er sie jemals danach fragen, würde sie behaupten, sie wolle sich ein paar hübsche Sachen kaufen. Er selbst fand großen Gefallen am typischen Gammlerlook vieler Millionäre: Pullis mit ausgeleiertem Kragen, zerrissene Jeans, weiße T-Shirts, braune Lederstiefel. Er liebte es, sie mit Geschenken zu verwöhnen. Es machte ihn glücklich, wenn sie vor Freude über schöne Ohrringe oder eine ausgefallene Halskette jubelte, auch wenn sie die Schmuckstücke nie außerhalb der Astor Towers trug. Sie wollte nicht, dass Gideon ihre plötzliche Extravaganz bemerkte.

Es war ausgeschlossen, dass Roux ihre Diebstähle nicht bemerkte. Wenn ein Mensch einmal erfahren hat, was Hunger bedeutet, wird er jedes einzelne Reiskorn zählen, pflegte Meifeng zu sagen, aber er erwähnte das fehlende Geld mit keinem einzigen Wort, und zwar deshalb, weil nun Ivy diejenige mit Einfluss war. Sie konnte jederzeit aufhören, zu ihm zu kommen, aber er konnte nicht einfach aufhören, sie zu begehren. Und Begierde zu erwecken, so wusste Ivy, war die stärkste Form von Einflussnahme. Roux würde immer bereit sein, das zu tun, was sie sagte. Sie genoss seine aufrichtige Bewunderung, es gefiel ihr, wie er sie ansah mit seinen sanften grauen Augen, die sie an die See vor einem Sturm denken ließen. Sie liebte es, wenn er den Mund zu einem Lächeln verzog, das so viel sagte wie: *Du bist schön! Du bist schön!* In solchen Momenten fühlte sie, wie Wohlwollen in ihr aufstieg. In jenen Nächten war sie besonders zärtlich zu ihm, besonders leidenschaftlich, um ihm ein wenig von dem zurückzugeben, was sie ihm genommen hatte.

16

Zwei Stunden, nachdem sie Roux verlassen hatte, traf Ivy zusammen mit Gideon vor Ted und Poppys Stadthaus in Beacon Hill ein. Sämtliche Haustüren der Straße waren aus dunkelblau lackiertem Eichenholz mit goldenen Klopfern, was an eine Reihe von Schulmädchen in Uniform erinnerte.

Poppy begrüßte sie von der Küche aus. Sie trug einen blauen Kaschmirpullover und eine dazu passende Baumwollhose, die ihre schmalen Fußknöchel umschmeichelte. Ivy hatte fast das gleiche Outfit gewählt, nur dass ihr Pulli gepunktet und ihre Hose schwarz war. Beide Frauen trugen eine Perlenkette und große Ringe an den Ringfingern.

»Jedes Mal, wenn ich dich sehe, kommst du mir noch dünner vor!«, rief Poppy, strich Ivy über den Rücken und fasste ihren Sohn ins Auge. »Gibt Gideon dir nichts zu essen?«

»Verzeihung, ich bin ein *wunderbarer* Koch.« Gideon stemmte die Hände in die Hüften. »Ich nehme Pizza aus der Schachtel und lege sie auf einen Teller, den ich für drei Minuten in die Mikrowelle stelle, was ausgesprochen mühselig ist. Ivy liebt mein Essen.«

»Ich habe mir letzte Woche eine Erkältung eingefangen«, erklärte Ivy nach einem kurzen Kichern. »Außerdem musste ich Platz lassen für heute Abend, denn ich weiß ganz genau, wie gut *du* kochen kannst, Poppy.«

»Ich wünschte, ich wäre so vorausschauend wie du«, sagte Ted und tätschelte seinen leicht vorgewölbten Bauch, dann ging er um die Kücheninsel herum und umarmte Ivy. »Wie geht es dir, mein Mädchen?«, fragte er herzlich.

»Großartig«, antwortete Ivy genauso fröhlich. »*Vielen Dank* für die heutige Einladung.«

Nun standen sie alle um die Kücheninsel herum, mit geröteten Wangen und zum Scherzen aufgelegt. Dieses langwierige Begrüßungsritual, das Ivy einst wegen seiner überflüssigen Überschwänglichkeit für affektiert gehalten hatte – sie hatten sich doch gerade erst vor ein paar Tagen zum Mittagessen getroffen –, kam ihr nun so selbstverständlich vor wie ein Händedruck. Obwohl Ted und sie einander nie viel mehr zu sagen hatten als diese Standardphrasen, wuchs ihre Zuneigung zu ihm jedes Mal, wenn er sie »mein Mädchen« nannte und sich nach ihrem Befinden erkundigte. Dass die reine Wiederholung oberflächlicher Freundlichkeiten auf eine andere, aber nicht minder bedeutungsvolle Art und Weise sowohl Intimität hervorrufen konnte als auch Schutzlosigkeit, war eine Lektion, die die reichen Leute früh gelernt hatten.

Kurz darauf zogen sich die Männer ins Wohnzimmer zurück, um Fußball zu schauen. Ivy schob die Ärmel hoch, um Poppy bei der Zubereitung des Cranberry-Ziegenkäse-Salats zu helfen. Es fühlte sich an, als sei sie wieder in Finn Oaks. Die Küche duftete nach Butter und gebratenem Fleisch; aus dem Fernseher nebenan drang die gleichförmige Stimme des Sportkommentators zu ihnen herüber – ganz egal, welches Spiel in welcher Sportart ausgestrahlt wurde.

»Ich bin *so* froh, dass wir uns dafür entschieden haben«, sagte Poppy, als sie den Kopfsalat in die Salatschleuder füllte. »Jetzt, da Sylvia mit Jeremy in Belize ist, fühlen Ted und ich uns so verlassen. Wir dachten sogar, wir müssten in letzter Minute die Einladung meiner Schwester Ellen annehmen …

Natürlich würden wir liebend gern die süße, kleine Arabella wiedersehen, aber Ellen gerät während der Feiertage stets *außer Rand und Band*. Du musst wissen, dass John, ihr Ehemann ...« Sie redete unablässig weiter über ihre verschiedenen Familienmitglieder. Ivy wusste nicht, ob Poppy überhaupt erwartete, dass sie ihr zuhörte, was sie jedoch tat, da Poppy sich dazwischen immer wieder nach den Lins und ihren bevorzugten Speisen erkundigte. Unter anderem wollte sie wissen, ob Nan ihren Mais mit Butter mochte.

Ivy hätte nicht sagen könne, ob Nan irgendetwas anderes zu sich nehmen wollte als chinesisches Essen. »Was auch immer du magst, ist in Ordnung«, sagte sie daher ausweichend und warf einen Blick auf ihre Armbanduhr. Zehn vor sieben. Sie betete, dass die Lins nicht im Stau standen. Mindestens drei Mal hatte sie Shen ermahnt, vor dem Mittag aufzubrechen.

»Dann mit einer Extraportion Butter«, entschied Poppy. Nachdem sie den Mais fertig gemacht hatte, öffnete sie den Ofen, aus dem ein Schwall duftender Hitze in die Küche wehte. Ivy sah den gut zehn Kilo schweren Truthahn im eigenen Saft schmoren, auf dem Rost darunter stand eine Kasserolle mit grünen Bohnen.

»Das sieht fantastisch aus, Poppy!« Ivy riss Minzblätter in kleine Stücke, dann sah sie erneut auf die Uhr. »Mein Bruder wird dich anbeten! Er ist ein echter Feinschmecker.«

»Vielen Dank, Liebes. Früher haben Ted und ich immer auswärts gegessen, aber seit er im Ruhestand ist, liebe ich es, für uns zu kochen. Es ist ein ganz besonderes Gefühl, wenn dein Mann das isst, was du für ihn zubereitet hast. Aber das wirst du früh genug selbst erfahren.« Sie zwinkerte Ivy zu, dann half sie ihr mit den Minzblättern. »Wie viele Jahre seid ihr auseinander, du und dein Bruder?«

»Vier.«

»Dann ist er gerade mit dem College fertig.«

»Momentan nimmt er sich eine Auszeit.« Das hatte Ivy Poppy schon einmal erzählt, und Gideons Mutter hatte ein tadelloses Gedächtnis.

Poppy nickte vage. »Sylvia ließ sich in Yale für ein Semester beurlauben, um eine Ausbildung als Siebdruckerin in Florenz zu machen. Dabei stellte sie fest, dass sie ihren Doktor in Kunstgeschichte machen möchte. Weiß Austin schon, was er nach dem Abschluss machen wird?«

»Er mag Computer. Ständig bastelt er in seinem Zimmer an irgendwelchen elektronischen Geräten herum. Er zieht es vor, Dinge zu bauen und durch praktische Erfahrung zu lernen, anstatt in einem Seminarraum zu sitzen.«

»Deine ganze Familie muss *sehr* begabt sein«, staunte Poppy. »Aus Austin wird bestimmt einmal ein hervorragender Ingenieur« – Ivy blinzelte verlegen –, »und du verfolgst *so* tapfer deine Träume, Juristin zu werden.« Ivy errötete nun ernsthaft. »Auch deine Eltern müssen *ungeheuer* clever sein – es gehört schon etwas dazu, ein eigenes Unternehmen aus dem Nichts aufzubauen.«

»Ich denke, es steckt eher harte Arbeit als Talent dahinter«, wandte Ivy vorsichtig ein. Sie konnte nie sagen, ob Gideons Mutter einfach nur überfreundlich war oder ob sie tatsächlich derart enthusiastisch über ihre Freunde und Verwandten dachte. Sollte Letzteres der Fall sein, dann sähe die Welt für Poppy Speyer in der Tat rosig aus.

»Wenn sich Austin für Computer interessiert«, sagte Poppy nachdenklich, »dann kann er vielleicht ein Praktikum bei Spencer's machen, der Firma meines Cousins. Er stellt jede technikaffine Person ein, die er kriegen kann. Aber vielleicht ist Austin das zu langweilig. Nicht, dass er unterfordert ist.«

Ivy sagte, sie würde mit ihrem Bruder darüber reden, doch sie bezweifelte, dass Austin im Augenblick zu viel mehr fähig war als zum Schlafen. Der optimistische Plan der Lins für Austin – das öffentliche College zu besuchen, dreißig Minuten am Tag zu lesen, frühmorgens durch die Gegend zu joggen – war nach zwei Wochen ad acta gelegt worden, als alle begriffen, dass Austin noch immer zu anämisch für ein so straffes Programm war. Die Vitamine, so räumte Nan ein, zeigten keinerlei Wirkung.

Zum Glück klingelte es, bevor Poppy darauf bestehen konnte, ihren Cousin jetzt und gleich zu kontaktieren – es war schwer, Poppy eine Idee auszureden, wenn sie erst einmal länger darüber nachgedacht hatte.

»Oh, das müssen sie sein«, sagte Poppy und strich behutsam ihr Haar glatt. Dann rief sie nach Ted und Gideon.

Schlagartig wurde Ivy nervös. Sie setzte ihr bestes Pokerface auf – Kinn hoch, Mund und Augen zu einem willkommen heißenden Lächeln verzogen – und folgte Poppy zur Tür. Der Geruch nach Butter war überwältigend, zumal sie nichts anderes zu sich genommen hatte als den Matcha-Tee bei Roux. Sie schluckte gegen die aufsteigende Magensäure an.

»Hallo!«, rief Poppy. »Vielen Dank, dass ihr die lange Fahrt hierher auf euch genommen habt! Kommt rein, kommt rein!« Sie führte die vier Lins ins Haus und umarmte sie, was die Lins mit der Unbeholfenheit von Menschen, die nicht an Körperkontakt gewöhnt sind, erwiderten.

Ivy klappte der Kiefer herunter, als ihre Eltern auf sie zukamen: Sie hatten sich von Kopf bis Fuß mit Designerkleidung herausgeputzt. Auf fast jedem Kleidungsstück prangte plakativ ein Markenname: auf der Brust von Shens gemustertem Pullunder, auf den Manschetten seines akkurat gebügelten Button-down-Hemds, auf den großen Silberschnallen an seinen Slippern. Nan trug einen über und über mit Perlen besetzten Blazer, dazu eine rote Seidenbluse; auf ihre Handtasche war ein riesiges Designerlogo in Onyx und Gold gestickt. Zum Glück sah Meifeng nicht anders aus als sonst: eine steife Jacke, zugeknöpft bis zum Hals, graue Hose, praktische schwarze Schuhe. »Ich habe angerufen, um dich vorzuwarnen, aber du bist nicht drangegangen«, murmelte Meifeng und winkte ab, als Ivy ihr mit ihrem Gehstock helfen wollte. »Lass gut sein. Den brauche ich neuerdings, meine Knie bringen mich um.« Sie lächelte die Speyers an und sagte in gebrochenem Englisch: »Hallo! Angenehm!«

»Angenehm«, erwiderte Poppy, und Ted fügte hinzu: »Angenehm, in der Tat.«

»Gefällt dir mein Blazer?«, flüsterte Nan auf Chinesisch. Ivy schnitt eine Grimasse. Als ihre Eltern und Meifeng eingetreten waren, erblickte sie Austin. Er hinkte in einem schlecht sitzenden Tweedjackett und einem schwarzen Rundhalspullover buchstäblich hinterher, hatte stark abgenommen und schwitzte ohne erkennbaren Grund aus jeder Pore. Ivy stellte sich auf die Zehen und küsste seine bleiche Wange. Sie verspürte eine Traurigkeit, die nur Austin in ihr hervorrufen konnte, eine Traurigkeit, die einherging mit Ärger und Schuld. Sie waren bei denselben Eltern aufgewachsen. Warum konnte er sich nicht anpassen, wie sie es tat?

»Gefällt dir die Kamera, die ich dir geschenkt habe?«, erkundigte sie sich.

»Ich habe sie noch nicht benutzt«, erwiderte er.

Gideon lächelte und machte Shen und Nan alle möglichen

Komplimente. Ivy merkte, dass er nervös war, denn er kam mehr als einmal ins Stottern, obwohl sein Gesicht keine Verlegenheit verriet. Shen schien gleichermaßen nervös. Er zog den Kopf ein und nickte eifrig zu allem, was Gideon sagte. Allein Nan blieb ungerührt. Sie musterte Gideon von oben bis unten und gab sich keine Mühe, den abschätzigen Ausdruck in ihren glänzenden, dunklen Augen zu verbergen.

Nach vielem Hin und Her und Unterbrechungen und höflichem Gelächter führte Poppy sie ins Wohnzimmer und servierte Aperitifs, Käsehäppchen und Früchte, die sie »Knabbereien« nannte.

»Ihr habt ein schönes Haus«, bemerkte Nan mit ihrem breiten Akzent und betrachtete den Kronleuchter mit den funkelnden Tropfenkristallen, die an einen Wasserfall erinnerten, die verschnörkelte Fleur-de-lis-Zierleiste, die weiße Marmorbüste aus Griechenland auf einer kleinen Bronzekommode. An ihren Mann gewandt, fügte sie auf Chinesisch hinzu: »Sieh dir nur die Decken an. Wir sollten etwas an unseren Decken tun.«

»Wie lange wohnt ihr hier schon?«, fragte Shen.

»Hm …«, sagte Poppy. »Nun, wir sind vor fast vier Jahren hierhergezogen, richtig, Ted?«

Ted nickte.

»Und wie viel kostet so was?«, wollte Nan wissen.

Poppy blinzelte. »Oh, ähm, das Haus? Die Miete beträgt um die viertausend.« Sie kicherte. »Es ist also absolut erschwinglich.«

»Wir haben unser Anwesen in Andover verkauft«, erklärte Ted, an Shen gewandt. Es schien ihm unmöglich zu sein, den Blick auf Nan zu heften. Er lächelte sie beinahe zaghaft an, nickte kurz und schaute dann wieder zu Shen. »Es wurde uns zu groß, nachdem die Kinder ausgezogen waren. Wir wollten gern in der Stadt leben, und etwas zu mieten, gab uns mehr Freiheit. Wir können jederzeit die Segel streichen und gehen, wohin immer wir möchten.«

»Wie Vagabunden«, schnaubte Meifeng auf Chinesisch. Ihre Fähigkeit, die englische Sprache zu verstehen, hatte sich rapide verbessert, seit sie regelmäßig Reality-TV schaute. Ihre Blicke schossen durchs Speyer'sche Wohnzimmer, bis Poppy sagte: »Ivy, würde deiner Familie eine kleine Hausführung gefallen?«

»Ja«, antwortete Meifeng vernehmlich, stand auf und stützte sich auf ihren Gehstock. Ivy erhob sich ebenfalls, verzweifelt.

Poppy führte die vier Lins plus Gideon von Zimmer zu Zimmer. Ted bevorzugte es, mit Austin auf der Couch sitzen zu bleiben. Nans scharfe Augen nahmen jedes Detail auf – die zwei schlichten, aber geschmackvollen Schlafzimmer, die Eckbibliothek, den ehrwürdigen Salon mit den rostroten Vorhängen. Dann und wann gab sie zustimmende Geräusche von sich, während Meifeng auf einen Tisch oder eine Lampe deutete und einzelne Adjektive in Frageform von sich gab: »Alt?« Oder: »Echt?« Poppy beeilte sich, zu jedem einzelnen Stück eine detaillierte Erklärung abzugeben, die Ivy oder Shen übersetzten. »Alles fällt auseinander«, sagte Meifeng auf Chinesisch zu Ivy. »Alles ist aus Dung gemacht. Unbrauchbar, selbst, wenn man es verteilt.« Sie knibbelte ein Putzklümpchen von der Wand und schnupperte daran. »Das ist ein altes Haus«, zischte Ivy und wünschte sich inständig, Meifeng wäre in Clarksville geblieben. Sie merkte, dass Poppy in nervöser Erwartung zu ihr hinübersah und so aufmerksam lauschte, dass sie sogar den Hals vorreckte. Ivy

lächelte schwach. »Meine Großmutter sagte, sie liebt deine ...
Wandfarbe.«

»Sie heißt *Sherwood-Grün*.« Poppys Miene hellte sich auf.
»Ich kann ihr gern die Farbnummer notieren. Als wir eingezogen sind, sind wir zu Benjamin Moore gegangen ...«

Ivy hatte das Gefühl, als wäre ihr Herz durch einen Pfeil
mit Poppy verbunden. Sie spürte jede ihrer Bewegungen,
und wenn Poppys Brauen ungläubig in die Höhe schossen,
fühlte Ivy einen Ruck im Bauch; wenn Poppy interessiert
die Augen aufriss, tat Ivy es ihr gleich. Sie zitterte jedes Mal,
wenn Poppy verwirrt oder aufgeregt wirkte, und beeilte sich,
sie zu beruhigen. Wenn Nan oder Meifeng zu lange chinesisch sprachen, bat sie die beiden mit zuckersüßer Schärfe,
englisch zu reden.

Als sie endlich ins Wohnzimmer zurückkehrten, fühlte sich
Ivy so zerschlagen, als hätte sie eine riesige Gruppe schlecht
erzogener, ungestümer Erstklässler unterrichtet. Sie sehnte
sich danach, sich im Bad zu verstecken, aber sie hatte zu
große Angst vor dem, was in ihrer Abwesenheit geschehen
könnte.

Die Dinge beruhigten sich etwas, als die Lins bei Poppys
Knabbereien zugriffen. Austin steckte sich einen Käsewür-
fel in den Mund, dann den nächsten. Er aß so schnell, dass
bald nur noch einer übrig war, und als er die Hand danach
ausstreckte, schlug Meifeng blitzschnell mit ihrem Gehstock
darauf.

Poppy zwitscherte mit hoher Stimme: »Es ist noch mehr
im Kühlschrank. Bitte, greift zu!«, dann flog sie förmlich in
die Küche. Ivy warf ihrer Großmutter einen tödlichen Blick
zu, den Meifeng, die ihn genau richtig interpretierte, schlicht
mit der Bemerkung beantwortete: »Der Arzt hat uns mitge-

teilt, dass dein Bruder einen hohen Cholesterinspiegel hat. Er darf nichts Fettes essen.«

»Wir sind an der Grove Freunde geworden«, sagte Gideon zu Shen, der auf dem Sofa saß, die zu Fäusten geballten Hände auf die Knie gelegt. »Hier in Boston war Ivy die Lehrerin meiner kleinen Cousine. Meine Schwester Sylvia hat sie wiedererkannt und dafür gesorgt, dass wir Kontakt aufnehmen.«

»Männer, die mit Schwestern aufwachsen«, sagte Shen, »wissen, wie man Frauen behandeln muss. Genau wie mein Sohn hier. Er hat ein butterweiches Herz.« Er tätschelte Austins Knie und erzählte, wie Austin Ivy überallhin gefolgt war – er hatte in den Geschäften sogar geweint, weil er mit Ivy auf die Damentoilette gehen wollte und nicht mit Shen aufs Herrenklo.

Poppy kehrte mit einem Berg Käse zurück, der dreimal so groß war wie zuvor, und stellte die Platte direkt vor Austin. »Bitte sehr, mein Lieber«, sagte sie munter. Austin errötete bis unter die Haarwurzeln.

»Die Liebesgeschichte von Ivy und Gideon ist ausgesprochen romantisch«, wandte sich Poppy an Nan, sobald sie wieder Platz genommen hatte. »Natürlich war ich überrascht, wie stürmisch sie über die beiden hereinbrach, doch ich spüre, dass ein *Vertrauen* zwischen ihnen herrscht, das wohl darauf zurückzuführen ist, dass sie schon als Kinder Freunde waren. So etwas baut man nicht mit jemandem auf, den man gerade erst kennengelernt hat.«

»Im Chinesischen sagen wir *mìngyùn* …«, erklärte Nan und sah ihren Mann an.

»Schicksal«, übersetzte Shen. »Meine Frau sagt, Gideon und Ivy haben ein gemeinsames Schicksal. Sie sind füreinander bestimmt. Als wir noch in Massachusetts lebten, sind wir einmal zu Ihnen gekommen, um Ivy abzuholen.«

»Richtig!«, rief Ted, als sei es ihm gerade erst wieder eingefallen. Seine Augen huschten zu Nan, dann wandte er sie eilig wieder ab. Er räusperte sich.

»Sie hatte uns damals nichts von Gideon erzählt«, erklärte Shen. »Meine Frau war sehr streng – mehr lernen, keine Jungs. Aber Ivy hat sich aus dem Haus geschlichen und ist zu Ihnen gekommen. Sie war so wütend, als wir aufgekreuzt sind!« Er warf einen liebevollen Blick auf Ivy, deren Wangen vor Demütigung brannten.

»Gideon und ich waren damals nur Freunde«, sagte sie betont freundlich.

»Nun«, Poppy tupfte sich die Augen ab, die feucht waren vor Rührung. »Ich weiß ja nicht, wie es um das Schicksal bestellt ist, aber ich würde es als göttlichen Willen bezeichnen, dass die beiden einander wiederbegegnet sind.«

»Göttlicher Wille«, echote Shen.

»Seid ihr Christen?«, fragte Ted.

»Das sind wir«, bejahte Ivy, bevor ihr Vater eine Antwort geben konnte. »Als wir Kinder waren, sind meine Eltern jede Woche mit uns zur Kirche gegangen.« Den eigentlichen Grund – dass sie ihre Mutter vom Englischunterricht beim chinesischen Gemeindepastor abholen mussten – nannte sie nicht.

Poppy hob ihr Glas. »Auf Ivy und Gideon! Ivy, wir sind *so* glücklich, dich in unsere Familie aufzunehmen, unsere beiden Familien zusammenzuführen und mehr über die jeweilige Kultur zu erfahren.«

»Shen, Nan, Grandma Lin, Austin – danke, dass ihr Thanksgiving in diesem Jahr bei uns verbringt. Wir haben so viel, wofür wir dankbar sein können.« Sie stießen miteinander an. Meifeng rülpste leise, doch alle taten so, als hätten sie nichts gehört.

»Meine Frau und ich sind seit unserer Jugend befreundet«, sagte Shen, nachdem er sein Glas geleert hatte. »Wir haben uns an der Highschool kennengelernt. Sie ist in mein Dorf gekommen, und sie war das schönste Mädchen, das ich je gesehen hatte. Ich wusste immer, dass ich sie eines Tages heiraten würde.«

Nan errötete vor Stolz.

»Ted und ich sind einander im College begegnet.« Poppy kicherte. »Er hat mir zwei Jahre nachgestellt, bevor ich mich bereit erklärt habe, mit ihm auszugehen. Ich fand, er sei zu beliebt bei den Damen.«

»Aber, aber«, wehrte Ted ab. »Ich war doch kein Casanova.«

»Wann wusstest du, dass du Ivy liebst?«, wandte sich Nan an Gideon.

»Ich habe Ivy immer bewundert.« Gideon räusperte sich. »Schon in der Schule war sie das netteste, cleverste Mädchen der ganzen Jahrgangsstufe. Und sie ist zu einer umwerfenden Frau herangewachsen.«

Ivy lächelte dankbar und ergriff seine Hand.

»Ivy ist *sehr* klug.« Nan nickte und wechselte dann ins Chinesische.

Shen übersetzte: »Meine Frau sagt, als Ivy klein war, bettelten all die anderen Kinder ihre Eltern an, dass sie ihnen Spielsachen kauften, aber Ivy schaufelte Schnee und mähte für Geld den Rasen der Nachbarn, um sich das Spielzeugflugzeug kaufen zu können, das sie sich so wünschte. Sie hat uns nie um irgendetwas gebeten. Sie war immer unabhängig.«

»*Das war ich*«, meldete sich Austin unwirsch zu Wort. Überrascht wandten sich ihm die Blicke zu. Er sah zu Boden, anscheinend erschrocken über seinen Ausbruch.

»Ich nehme an, wir alle haben eine unterschiedliche Erinnerung an verschiedene Dinge oder Situationen«, bot ihm Ted freundlich einen Ausweg an. »Du möchtest nicht, dass dir jemand die Lorbeeren nimmt, nicht wahr, mein Junge?«

Austin sank tiefer ins Sofa.

»Dann warst du derjenige, der so hart gearbeitet hat?«, scherzte Shen und gab Austin einen Klaps auf den Hinterkopf. Austin stieß die Hand seines Vaters mit solcher Kraft weg, dass die Speyers den Blick abwandten. Nan wies ihren Sohn auf Chinesisch zurecht. Austin erwiderte nichts.

»Lasst uns ins Esszimmer gehen«, schlug Poppy vor.

* * *

Es wurde viel Aufhebens um die Sitzordnung gemacht. Nach schier endlosem Hin und Her wurde Ivy zwischen Gideon und Austin platziert, ihren Eltern und Meifeng gegenüber; Ted und Poppy nahmen am Kopf- und am Fußende des Tisches Platz. Auf Poppys edelster Tischdecke stand ein Festmahl, das mühelos Eingang in eine *Schöner Essen*-Zeitschrift gefunden hätte: Der mit Birnen und Thymian garnierte Truthahn mit der Apfel-Walnuss-Füllung war perfekt knusprig-braun gebraten, dazu gab es eine Rosmarin-Bourbon-Bratensoße, Rosenkohlgratin, zwei verschiedene Salate, Kartoffelpüree mit gebräunter Butter, französische grüne Bohnen mit Knoblauch und Mandelbrotcroutons. Nan und Austin lehnten Teds Jahrgangs-Cabernet ab, doch alle anderen nahmen ein Glas.

Shen lobte jeden Bissen, den er zu sich nahm, und ließ sich von allem einen Nachschlag geben. Ivy und Gideon erzählten abwechselnd die Geschichte von ihrer Verlobung, hauptsächlich zum Vergnügen der Lins, denn Poppy und Ted kannten sie in- und auswendig. Dann kamen sie auf die Hochzeit zu sprechen. Die Zeremonie sollte in der St. Stephen's Chapel stattfinden, der Empfang im obersten Stockwerk des Millennium Hotels. Ivy hatte im September einen Hochzeitsplaner engagiert, doch das hatte sich als unnötig erwiesen, weil Poppy das Kommando übernommen hatte – wohlwollend, aber unnachgiebig. Sie war diejenige gewesen, die über die Örtlichkeiten, das Datum und die Gästeliste entschieden hatte; sie hatte Ivy die Namen von jedem Whitaker und Speyer in einer riesigen, vierspaltigen Tabelle geschickt, inklusive Alter, Adresse und genauer Verwandtschaftsbeziehung zu Gideon. »Wäre es nicht wunderbar«, hatte sie bei ihrem letzten Kaffeetreff zu Ivy gesagt, »wenn wir einige eurer Traditionen in die Festivitäten miteinbeziehen – zum Beispiel in Form einer kleinen Show oder Zeremonie?« Ivy hatte versprochen, ihr einige Ideen zu liefern. Da sie niemanden hatte, der sie über die Traditionen einer großen amerikanischen Hochzeit aufklären konnte, hatte Ivy bereitwillig Gideons Mutter die Entscheidungen überlassen, die nun offenbar Ivys chinesischem Erbe Tribut zollen wollte, indem sie deren Landestraditionen miteinbezog.

Nan warf Shen einen bedeutungsvollen Blick zu. Shens Gesicht wurde ernst.

»Meine Frau und ich – wir möchten die Hochzeit bezahlen. In der chinesischen Kultur ist es unsere Pflicht, dies für unsere Tochter zu tun. Wir sind für sie verantwortlich, und wir würden uns geehrt fühlen.«

Gideon sah Ivy an. Poppy sah Ted an. Ted sah Gideon an. Ted räusperte sich. »Das ist sehr großzügig von dir, Shen. Es ist nur so, ähm, in unserer Kultur sind Gideon und Ivy finanziell für sich selbst verantwortlich … Es ist selbstverständlich ihre Entscheidung … auch wenn es wirklich sehr großzügig von euch ist …«

»*Sehr* großzügig«, zwitscherte Poppy.

Ivy fühlte sich, als hätte sie einen Schlag in die Magengrube bekommen, deshalb klang sie genauso atemlos wie Ted und Poppy, als sie vorschlug: »Lasst uns später darüber sprechen.« Gideon bedankte sich und sagte, sie würden darüber nachdenken, aber Nan beharrte auf Shens Angebot.

»Was sagst du dazu?«, fragte Gideon daher, an Ivy gewandt.

Sie nickte lächelnd, bemüht, ihre Fassungslosigkeit zu verbergen. »In dem Fall: Danke, Mama. Danke, Baba.« Daraufhin erhob sich Gideon, um Shen die Hand zu schütteln.

Im Hintergrund erklärte Ted, dass seine Erziehungsphilosophie schon immer auf finanzielle Unabhängigkeit ausgerichtet war, doch dass er nur zu gut verstehe – er warf Poppy einen ironischen Blick zu –, dass ein bisschen Großzügigkeit von der älteren Generation nicht schaden könne.

Ivy wusste nicht, was ihr mehr zu schaffen machte – dass ihre Eltern, geizig, wie sie waren, soeben angeboten hatten, die Rechnung für zweihundert Gäste zu übernehmen, oder dass Poppy trotz ihrer dezidierten Vorschläge, wie die Hochzeit gestaltet werden sollte, offenbar nicht vorhatte, einen Beitrag zu leisten. Schon die bisherige Planung der Hochzeit war eine heikle Angelegenheit gewesen, denn Ivy hatte sich nicht dazu durchringen können, klar und deutlich mit den Speyers über die Kosten zu reden. Ganz besonders unangenehm wurde es, wenn sie es mit taktlosen Menschen wie Meifeng zu tun hatte, die sie mindestens einmal die Woche mit der Frage nach Gideons Einkommen löcherte. Ivy gab jedes Mal ausweichende Antworten – in zunehmend gereiztem Ton. In Wahrheit hatte sie keine Ahnung, wie viel er verdiente oder wie hoch sein Treuhandfonds war (wenn er denn einen besaß) – er gab Geld leicht und entschieden aus, sagte oft Nein zu kleineren Ausgaben, während er mit größeren häufig einverstanden war, was nichts über sein tatsächliches Vermögen verriet. Ivy war genervt von Meifengs offensichtlicher Besessenheit, wo doch selbst Nan sich nicht nach derartigen Privatangelegenheiten erkundigte.

»Ich hoffe, der Empfang wird deinen hohen Ansprüchen gerecht, Nan. Du hast einen untadeligen Geschmack. Was für ein *wundervoller* Chanel-Blazer …«

»Die ganzen Schecks, die du uns all die Jahre über geschickt hast«, flüsterte Meifeng Ivy zu. »Deine Mutter hat sie für dich gespart. Und noch mehr.«

Ivy brachte nichts anderes als ein steifes Nicken zustande. Sollte sie sich an dieser Stelle vor Dankbarkeit kastrieren lassen? Zuerst das Darlehen, um für ein Jahr die Miete abzudecken. Jetzt das. Ich werde jeden einzelnen Cent zurückzahlen, sobald ich Anwältin bin, schwor sie sich. Plötzlich fühlte sie sich seltsam leer. Die Gespräche um sie herum setzten sich paarweise fort, alle sahen alt und müde und grau aus, die Haut wie Pappmaché im gedämpften Licht des Kronleuchters. »Die Pisten an der Ostküste sind ziemlich vereist, verglichen mit Colorado – fährst du gern Ski, Nan?«, hörte sie Gideon sagen.

Nan sah ihn verblüfft an. »Nenn mich *Mom*«, bot sie ihm anstelle einer Antwort mit ernstem Blick an. »Du bist jetzt mein Sohn.«

Ein Stuhl wurde scharrend zurückgeschoben. Alle Köpfe drehten sich zu Austin um, der mit großen Schritten das Esszimmer verließ. »Suchst du das Bad?«, rief Ivy ihm nach, aber er war schon fort.

Nan heftete ihre Augen auf Gideon.

»Ah … ja«, sagte Gideon. »Mom.« Er nahm einen großen Mundvoll Ziegenkäse, zuckte zusammen und griff nach seinem Wasserglas.

»Sieh nur, wie er sich windet«, murmelte Meifeng.

Nan wandte sich strahlend an Poppy und beschrieb mit den Händen einen großen Kreis. »Jetzt sind wir alle eine Familie.«

»Ja …« Poppys fast unsichtbare Wimpern flatterten in doppelter Geschwindigkeit.

Ted räusperte sich. »Du kannst mich Dad nennen«, sagte er augenzwinkernd zu Ivy.

»Das wird nicht nötig sein«, hielt Poppy dagegen und sah sich mit entschlossener Heiterkeit um. »Sollen wir den Kuchen servieren?«

Nach fünfzehn Minuten war Austin noch immer nicht an den Tisch zurückgekehrt. Ivy entschuldigte sich und stand auf, um nach ihm zu suchen. Sie fand ihn auf der Treppe, wo er auf den Stufen hockte und lustlos auf seinem Handy scrollte.

»Was machst du da? Komm wieder ins Esszimmer.« Keine Regung. »Komm schon«, sagte sie noch einmal, diesmal mit mehr Nachdruck. Schweigen. Sie nahm ihm das Telefon aus den Händen, doch es entglitt ihr und landete mit lautem Geklapper auf dem Fußboden. Austin machte sich nicht die Mühe, es aufzuheben.

»Es ist besser, wenn ich nicht da bin.« Er schwitzte wieder, sein Gesicht war leichenblass, fahl wie der Bauch eines Fisches. Eine Schweißperle rollte ihm über den Hals und verschwand im engen Ausschnitt seines Pullovers.

»Gehen wir«, sagte sie und zog an seinem Ellbogen, doch er war mittlerweile zu groß, als dass ihr Bemühen irgendeinen Erfolg hätte zeigen können. Aus dem Esszimmer schallte Gelächter; Poppys helles *Hihihi* hallte am längsten nach. »*Austin*«, blaffte Ivy. »Du musst an den Tisch zurückkehren.«

»Wieso?«

»Weil du ein Teil der Familie bist.«

»Ich wünschte, ich wäre es nicht.«

Vertraute Worte stiegen in Ivys Kehle auf. Sie hasste ihn dafür, dass er sie dazu brachte, ihr Leben lang wie eine gesprungene Schallplatte zu klingen. »Bleib einfach …« Sie konnte nicht zu Ende sprechen. Austin verzog das Gesicht, sein Kinn zitterte, er legte eine Hand vor die Augen. *Bleib einfach cool*, hatte sie sagen wollen, denn diese kindische Phrase schien genau der Ratschlag zu sein, der all das ausdrückte, was sie sich für Austin wünschte: Leichtigkeit, Sicherheit und das Wissen, was im Leben zählte und was nicht.

Noch bevor Austin sich wieder fangen konnte, kam Poppy auf sie zu, ihr eifriges Gastgeberinnenlächeln auf den Lippen. »Ist alles in Ordnung bei euch? Ich war mir nicht sicher, ob ihr zwei euch verirrt habt.«

»Es ist alles in Ordnung«, sagte Ivy im selben Moment, in dem Austin »Es tut mir leid« sagte.

Poppy setzte sich neben Austin auf die Stufen. »Bevor ihr eingetroffen seid, habe ich mich mit deiner Schwester unterhalten. Sie hat mir erzählt, dass du dich für Computer interessierst?«

Austin warf Ivy einen Blick zu. Sie nickte.

»Ähm, ich denke schon«, erwiderte er.

»Mein Cousin Spencer sucht einen Praktikanten für seine Software-Firma in New York. Hättest du daran Interesse?«

»Für welchen Bereich ist das Praktikum denn ausgeschrieben?«

»Oh, ich habe mich nie nach Einzelheiten erkundigt, aber ich bin mir sicher, dass er sich sehr gern mit dir unterhalten würde.«

Austin murmelte etwas über »mangelnde Qualifikation«.

»Ach, ich bin mir sicher, du könntest viel lernen. Schließlich erwartet niemand umfassende Vorkenntnisse ... *Ich denke, du wirst fantastisch sein* ...« Als Austin nichts erwiderte, sagte sie: »Nun, das wäre geklärt. Ivy wird mir deine E-Mail geben, damit ich Spencer einige Informationen über dich zukommen lassen kann.« Sie hob sein Handy auf und reichte es ihm, dann legte sie einen Arm um seine massigen Schultern, zunächst zögerlich, dann, als er sich nicht versteifte, sondern stattdessen den Kopf senkte, entschiedener. »Schon gut, schon gut«, sagte sie tröstend. Ivy war verwirrt wegen dieser Bemerkung, bis sie die Tränen sah, die Austin über die Nasenspitze liefen und in seinen Schoß tropften.

»Holst du uns bitte ein paar Taschentücher, Ivy?«, flüsterte Poppy.

Als Ivy zurückkehrte, wischte sich Austin das Gesicht an seinem Pullover ab. Seinen Blazer hatte er über die Knie gelegt. Poppy sprach leise auf ihn ein. Er nickte und wrang die Hände im Schoß. Ivy verstand nur die letzten Sätze: »... zwischen uns ... nichts, worüber du dir Sorgen machen müsstest. Warum machst du dich nicht im Badezimmer frisch, und wir essen das Dessert? Magst du Apfelkuchen?« Austin murmelte ein Ja. Als er aufstand und sich auf den Weg ins Bad machte, konnte Ivy einen Blick in sein Gesicht werfen. Austin sah aus, als wäre in ihm endlich ein Knoten geplatzt. Es gelang ihm sogar, eine Grimasse zustande zu bringen, die ein entschuldigendes Lächeln andeuten sollte.

Ivys Erstaunen war so groß, dass es sämtliche anderen Emotionen auslöschte. All die nicht bestandenen Klassen und Seminare, die minutiösen Pläne, Arztbesuche, Vitaminspritzen, und alles, was Austin brauchte, war eine mütterliche Schulter, an der er sich ausweinen konnte? Poppys butterweiche Hände, die über seinen Rücken streichelten, ihre sanfte Stimme, die flüsterte: *Schon gut, schon gut?* Sie konnte nicht glauben, dass der Respekt, das Verständnis, das ihr Bruder offenbar sein ganzes Leben vermisst hatte, ausgerechnet von Poppy Speyer kam, der Frau, die sich Gedanken darüber machte, wo sie einen seltenen georgianischen Sterlingsilberlöffel aus den 1830ern finden konnte, um ihre Sammlung zu vervollständigen.

Zum ersten Mal in ihrem Leben sah Ivy, wie ihre Verbindung mit Gideon, die sie vor den Lins gehütet hatte wie ein Drachen seinen kostbarsten Schatz, zu einer neuen Identität führen konnte, nicht nur für sich selbst, sondern für ihre Familie. Es war etwas, was Meifeng ihr immer wieder gesagt hatte: *Eine erfolgreiche Ehe kann drei Generationen satt machen.* Jetzt glaubte sie daran.

17

Austin fing gleich nach Silvester mit seinem Praktikum an. Jeden Morgen nahm er den Zug um sieben Uhr vierzig nach Manhattan und kam abends zusammen mit den übrigen Pendlern zurück. Shen fuhr mit ihm zu verschiedenen Outlets, um ihm vier Anzüge in gedämpften Blau- und Grautönen zu kaufen, außerdem gestreifte Seidenkrawatten und dünne Baumwollsocken, die Austin farblich auf die Krawatten abstimmte. Er brauchte auch ein neues Handy, weil ihm sein altes bei den Speyers heruntergefallen war und das Display jetzt einen Sprung hatte. Sein Laptop musste ebenfalls erneuert werden, da der Lüfter seinen Geist aufgegeben hatte. Das Praktikum war unbezahlt, also gab Nan ihm eine Kreditkarte für seine täglichen Ausgaben. Er nahm sich an der Penn Station gern einen Bagel und einen Joghurt-Smoothie zum Frühstück mit und aß in einem beliebten Sushi-Restaurant zu Mittag. Und weil er sich schuldig fühlte, dass er zu Hause wohnte, während seine neuen Freunde in der Firma für ihre Miete aufkommen mussten, lud er sie oft zu Sashimi-Platten ein.

»Du solltest deinen Bruder jetzt mal sehen«, prahlte Nan am Telefon. »Er ist zur Arbeit geboren. Er geht ins Bett, sobald er nach Hause kommt, und stellt sich selbst den Wecker. Er hat sich sogar ein eigenes Bügelbrett gekauft, weil er jeden Abend seine Anzüge bügelt. Und er hat endlich Freunde gefunden. Sie wollen zusammen nach Mexiko reisen. Er ist noch nie zu einer Reise eingeladen worden. Baba macht sich Sorgen, dass Mexiko zu gefährlich sein könnte. Was denkst du?«

Ivy fragte sich, wie sich ihre Eltern all diese zusätzlichen Ausgaben leisten konnten. An Weihnachten hatte Nan ihr das Geld für die Hochzeit geschickt, aufgeteilt auf vier Schecks, mit speziellen Anweisungen für Ivy, sie möge sie im Abstand von einem Monat einlösen, »damit die Banken nicht misstrauisch werden«.

Ivy wollte gar nicht wissen, wieso sie misstrauisch werden sollten. Die Tage, in denen sie Zugang zum Hauswirtschaftsordner und Scheckheft ihrer Mutter gehabt hatte, waren längst vorbei – die Lins hatten wahrscheinlich auf andere Weise gespart. Also schob sie ihr schlechtes Gewissen beiseite und sagte: »Austin wird schon klarkommen in Mexiko … Ich bin froh, dass er sich anscheinend gefangen hat.« In der Tat erwiderte ihr Bruder inzwischen ihre Anrufe und wirkte jedes Mal begeistert, wenn sie über seinen neuen Job sprachen. Er erzählte ihr, dass er Kaffee besorgte, Marktforschung betrieb, zwanzig Seiten lange Berichte schrieb und dass alle ihn für seine großartige Arbeitshaltung lobten. »Allen, mein Manager, sagt, wenn ich mich weiterhin so gut mache, bieten sie mir nach meinem Abschluss eine Vollzeitstelle an.« Ivy riet ihm nicht, keine allzu großen Erwartungen zu hegen. Sie sorgte sich um ihn, sorgte sich darum, dass seine zarte Hoffnung zerbrechen könnte.

Vielleicht konnte sie ihm den Rat nicht geben, weil sie gerade die Ergebnisse ihrer Jura-Aufnahmeprüfung erhalten hatte. Sie hatte so schlecht abgeschnitten, dass sie die E-Mail mit ihrer Punktzahl aus ihrem Postfach gelöscht hatte und dann auch noch aus dem Papierkorb. Als Gideon sich danach erkundigte, teilte sie ihm mit, dass sie gar nicht erfreut darüber war und im September erneut antreten würde. Zum Glück besaß er genügend Feingefühl, um nicht weiter nachzufragen. Stattdessen zog er sie in seine Arme. »Ich bin stolz auf dich, weil du nicht aufgibst«, sagte er.

An jenem Abend gingen sie auf ein paar Drinks ins Dresdan's. Ivy wollte nicht, dass der Abend in eine Selbstmitleidsorgie ausartete, deshalb entschied sie sich für ihr Lieblingskleid aus dunkelbraunem Taft mit langen Ärmeln und einen schwarzen Samt-Choker mit einem kleinen Glöckchen, ähnlich wie an einem Katzenhalsband. Immer wenn sie den Kopf drehte, klingelte das Glöckchen. Ivy schlürfte einen Cocktail nach dem anderen, während Gideon ein Bier trank und ihr lachend riet, den Abend etwas langsamer angehen zu lassen. Seine Stimme kam ihr tiefer vor als sonst. Dieser schöne Mann in dem weißen Button-down-Hemd mit den aufgekrempelten Ärmeln zauberte mit dem glänzenden Zifferblatt seiner Armbanduhr einen Regenbogen an die Wand mit den Schnapsflaschen hinter der Bar und fragte sie unablässig: »Bist du glücklich? Bist du glücklich?«, und sie sagte: »Selbstverständlich. Ich habe doch *dich*.«

Sie erzählte auch Roux, dass sie die Aufnahmeprüfung nicht bestanden hatte. Wie erwartet war seine Reaktion ganz anders als die Gideons.

»Ist doch klar, dass du durchgefallen bist. Du würdest eine grauenvolle Anwältin abgeben.«

»Warum?«

»Dir fehlen die kombinatorischen Fähigkeiten. Dein Handeln wird bestimmt von deinen Launen und Leidenschaften. Außerdem lässt du dich leicht von anderen beeinflussen und fährst total auf Äußerlichkeiten ab. Ich habe nie kapiert, warum du überhaupt Jura studieren willst. Ich meine, du magst vielleicht eine halbwegs gute Lehrerin abgegeben haben, aber eine Anwältin bist du nicht. Glaub mir, ich habe in meinem Leben zahllose Juristen kennengelernt, und sie alle sehen die Welt als eine einzige große Sprengfalle. Du würdest doch nicht einmal einen Güterzug heranrasen sehen, bis er dich mehr oder weniger überrollt.«

Normalerweise hätte sie sich über eine derartige Einschätzung aufgeregt, aber es war eine solche Erleichterung, endlich mit jemandem über Dave und Liana Finley und Gideons andere ambitionierte Freunde zu reden, die auf ihre mangelnden Leistungen herabschauten. Wie sollte sie jemals genügend Punkte zusammenbekommen, um an einer guten Universität zugelassen zu werden?

»Dave Finley?«, fragte Roux und zog ihre Beine auf seinen Schoß, um ihre Waden zu massieren. »Der Risikokapital-Typ?«

»Du kennst ihn?«

»Ich habe ihn bei mehreren Kunstauktionen erlebt.«

Ivy verdrehte die Augen und schmierte sich etwas Kaviar auf ein Stück Bagel. Roux liebte es, hin und wieder auf seinen Zugang zu diesen elitären Kreisen zu verweisen, um sie an seinen neuen sozialen Status zu erinnern. Gideon warf niemals mit Namen um sich. Gideon reagierte allergisch auf jegliche Form der Selbstvermarktung. Die Privatclubs, die Jacht, das Sommerhaus in Cattahasset mit seinem Shabby-Chic-Charme, die Dauerkarte für die Spiele der Celtics – all dies war das Resultat von Gideons natürlichen Vorlieben, Vorlieben, die über Generationen durch Erziehung verfeinert und weitergegeben worden waren, ganz anders als bei Roux, der wissen wollte, was etwas kostete, wie viele Exemplare gedruckt wurden, wie viele Leute auf der Warteliste standen, bevor er sich zum Kauf entschied.

»Überleg doch mal«, sagte Roux und reichte ihr eine Serviette. »Was wolltest du werden, als du klein warst?«

Was sie werden wollte? »Keine Ahnung.« Das Einzige, woran sie sich erinnern konnte, war, dass sie sich gewünscht hatte, berühmt zu sein. Und von ihren Eltern wegzukommen.

»Wie bist du darauf gekommen, Lehrerin zu werden?«

»Oh, das hat sich so ergeben, wie eigentlich alles in meinem Leben. Ich dachte, es wäre ein leichter Job, bis ich mir etwas anderes überlegt hätte.«

Roux sah sie durchdringend an. »Warum tust du nicht einfach das, was alle Frauen tun – kochen, putzen, auf die Kinder aufpassen? Keine Frau, die ich kenne, hat sich je darüber beschwert, dass ihr Mann die Brötchen verdient.«

»Die Frauen, die *du* kennst«, entgegnete Ivy kalt, »sind vermutlich zu dumm für etwas anderes. Glücklicherweise habe ich klügere Freunde.«

»Und ich habe dich für eine findige Frau gehalten ... Wenn du Geld brauchst ... «

»Bietest du mir gerade an, mein *Gönner* zu sein?«

»Das wäre eine Möglichkeit.«

»Aber nicht die, die ich will.« Sie nahm sich eine Olive, steckte sie in den Mund und spuckte sie anschließend in ihre Serviette. Zu salzig.

Roux schob ihre Beine von seinem Schoß. »Weißt du, was dein Problem ist? Du hast nie hart für irgendetwas arbeiten müssen. Du bist mit Lügen und Gerissenheit durchgekommen. Du denkst, du hättest eine schwere Kindheit gehabt, dabei warst du immer privilegiert ... «

Ivy stellte den Fernseher an.

Roux war jetzt schon seit Wochen so: warm, kalt; im einen Moment sanft und zärtlich, im nächsten wütend. Seit sie ihn kannte, war er launisch gewesen, doch seine Stimmungsschwankungen kamen ihr extremer vor als sonst und stellten Ivys Geduld auf die Probe. Mehr und mehr brachte er seine Unzufriedenheit zum Ausdruck, wenn sie sich weigerte, die Nacht bei ihm zu verbringen; er bestand darauf, sie zu Spritztouren in seinem schicken Wagen mitzunehmen, die in der Privatgarage der Astor Towers parkten, und obwohl Ivy jedes Mal ablehnte, weil sie fürchtete, jemandem zu begegnen, den sie kannte, wurde Roux sauer und war so lange beleidigt, bis sie ihn auf andere Weise tröstete, meistens mit Sex. Außerdem schlug er in letzter Zeit andauernd exotische Ziele für kurze Fluchten aus dem Alltag vor. Er beschwerte sich, dass er völlig überarbeitet sei – die Besorgungen, die er für Baldy (den Spitznamen hatte Ivy Baldassare Moretti gegeben) machte, führten ihn oft aus der Stadt hinaus, und er wollte Ivy nach Kuba, in die Toskana oder nach Marrakesch mitnehmen, wo sein Freund Andre Pascal lebte. Andre hatte ihn eingeladen, eine Woche in der Villa seiner Familie zu verbringen. Dann und wann zeigte ihr Roux Fotos von Marrakesch auf seinem Laptop. Ivy lobte pflichtbewusst die Aufnahmen von blauen Sonnenschirmen unter einem dunstigen, sandverschleierten Himmel und zerfallenden orangeroten Häusern, deren Farbe an reife Mangos erinnerte. Andere zeigten Moscheen mit Buntglasfenstern, in denen olivenhäutige Männer betend auf Webteppichen knieten. Sie fühle sich, als sei sie dort, behauptete sie, sie könne die Feigen und Datteln, deren Äste sich über die Gartenmauern bogen, förmlich riechen.

»Ich buche sofort die Tickets«, sagte Roux.

»Nein.«

»Warum nicht?«

»Ich muss lernen, Roux. Ich bin gerade durch die Aufnahmeprüfung gerasselt, schon vergessen?«

»Es ist doch nur für eine Woche.«

»Ich sagte Nein.«

Er umfasste ihr Handgelenk. »Wie lange willst du mich noch warten lassen?«

Sie schlug seine Hand weg. »Ich lasse dich warten, solange ich will.«

Ivy hielt dieses theatralische Getue für das eitle Dominanzgebaren eines Mannes, der die Frau in ihre Schranken weisen wollte, für etwas, worüber sie getrost lachen konnte, anstatt es als das zu sehen, was es in Wirklichkeit war: das verzweifelte Aufbegehren eines Mannes, der nicht länger auf eine Trophäe warten wollte, für die er seinem Ermessen nach ordnungsgemäß bezahlt hatte und die daher ihm gehörte.

Anfang März kündigte eines der Start-ups in Dave Finleys Portfolio – Swingbox – seinen bevorstehenden Börsengang mit einem Marktwert von einer Milliarde Dollar an. Um das gebührend zu feiern, mietete Dave eine Penthouse-Suite im Gonford und lud scheinbar ganz Boston zu dem Spektakel ein. In der E-Mail, die er Gideon schickte, stand wortwörtlich: »Bring deine Ivy und all deine Freunde mit. Schick Nancy die Namen, damit sie sie auf die Gästeliste setzt.« Alle aus Gideons Firma würden hingehen, und er lud außerdem Tom und Marybeth sowie Sylvia und ihren neuen Freund Jeremy Lier ein. Jeremy arbeitete ebenfalls »in der Technikbranche«, obwohl seine Arbeit – zumindest wenn er sie Ivy schilderte – hauptsächlich darin zu bestehen schien, sich selbst beim Spielen von Computergames zu filmen und Dinge vom Dach seines Wohnhauses zu werfen. Er behauptete, er sei ein Dokumentarfilmer.

Ivy hatte nicht vorgehabt, ihre Mitbewohnerin Andrea einzuladen. Es war Gideon, der diesen Vorschlag machte. »Ich denke, das macht ihr Spaß. Es werden auf jeden Fall Scharen von männlichen Singles herumlaufen, die nächste Woche allesamt frisch gebackene Millionäre sein werden.« Sein Ton war humorvoll, aber nicht zynisch. Er interessierte sich nicht für frisch gebackene Millionäre, aber er verstand sehr wohl, dass eine alleinstehende Frau im heiratsfähigen Alter solche Dinge zu schätzen wusste. Ivy unterdrückte ihren instinktiven Widerwillen und versicherte Gideon, sie würde ihre Mitbewohnerin fragen.

Andrea hatte sich die Haare zu einem längeren Bob schneiden lassen, der in fransigen Wellen ihre Kinnlinie umspielte, und ihre übliche hautenge Kleidung gegen High-Waist-Hosen und maskuline Manschettenblusen eingetauscht. Dazu trug sie flache Lederslipper mit Quasten. Sie hatte einen Farbberater konsultiert, der ihr erklärt hatte, sie sei ein »kühler Herbst« und solle daher aufhören, helle Farben und auffällige Muster zu tragen. Ivy war laut Andrea ein »heiterer Frühling«, was bedeutete, dass sie schwarze Kleidung meiden sollte, die ungefähr die Hälfte von Ivys Garderobe ausmachte. Am Abend der Party standen sie Seite an Seite vor dem dreiteiligen Spiegel in Andreas Zimmer. Ivy redete sich ein, dass Andrea diesen Abend verdient habe. Andreas Vater hatte kürzlich einen Herzinfarkt erlitten, und sie war nach Toronto geflogen und hatte sich zwei Wochen lang um ihn gekümmert; und noch dazu steckte sie sich in letzter Zeit nach ihren Fress- und Saufgelagen immer wieder einen Finger in den Hals und kam mit geschwollenem Gesicht und blutunterlaufenen Augen aus dem Badezimmer. Ivy redete sich außerdem ein, dass es nichts machte, wenn sie an diesem Abend neben Andrea verblasste, die umwerfend aussah in ihrem hochgeschlossenen marineblauen Jumpsuit und den locker fallenden, gewellten Haaren; es machte nichts, weil nichts davon echt war – früher oder später würde die richtige Andrea aus ihrer makellosen Hülle schlüpfen und die schöne Illusion zerstören.

Als sie eintrafen, war das Penthouse bereits rappelvoll mit Leuten, die sich Schulter an Schulter drängten, als wären sie auf der Tanzfläche eines Nachtclubs. Ganze Gruppen spärlich bekleideter Frauen quetschten sich an Ivy vorbei und riefen unentwegt »Entschuldigung, *Entschuldigung*!«, während Männer in Sweatshirts und Sneakers gleich vier Drinks balancierten. Ivy und Andrea fassten einander an den Händen und bahnten sich einen Weg durch den Raum zu der riesigen Fahne mit dem Logo des Start-ups (ein viereckiges Prisma), die über ihren Köpfen flatterte wie ein Kriegsbanner. Der Wind kam von einer großen Windmaschine in einer der Ecken der Suite, sah aus wie weißer Rauch und roch nach Wassermelonenbonbons. Gideon hatte ihr getextet, dass er und die anderen unter der Fahne stünden. Ivy entdeckte ihn, Sylvia und Tom an einem kaltweißen Cocktailtisch in Form einer Tulpe. Die Oberfläche war kaum groß genug für mehr als vier Weingläser.

»Hübscher Jumpsuit.« Sylvia nickte Andrea zu, nachdem Gideon sie einander vorgestellt hatte. »Sehr aggressiv.«

Andrea beschloss, dies als Kompliment aufzufassen, und strahlte Sylvia mit freundlichem Eifer an. »*Du* siehst großartig aus! Der Lachston passt perfekt zu deinem Teint.« Sie begann, Sylvia mit Details über ihre lebensverändernde Verabredung mit dem Farbberater zu überschütten. Ivy entnahm Sylvias abwesendem Blick, der nicht einmal auf Andreas Gesicht, sondern auf irgendetwas dahinter gerichtet war, dass Sylvia kein einziges Wort davon mitbekam.

»Andrea ist die Violinistin, von der ich dir erzählt habe«, schaltete Ivy sich ein.

Sylvia lächelte verständnislos.

»Sie spielt beim Boston Symphony Orchestra.«

»Richtig, jetzt erinnere ich mich …«

»Ein Freund von Sylvia hat das Album komponiert, das ich dir geschenkt habe, *Der Uhrmacher*«, sagte Ivy zu Andrea.

»Ooh!«, rief Andrea aus. »Ich *liebe* …«

Ivy wandte sich an Gideon und Tom. »Wo ist Marybeth?«

»Sie hatte keine Zeit«, antwortete Gideon voller Bedauern.

»Sie hasst derartige Veranstaltungen.« Tom grinste abschätzig, um seine eigene Verachtung zu demonstrieren. »Ich habe gerade zwanzig Minuten damit verbracht, einer Gruppe von Idioten zuzuhören, die sich gegenseitig ankacken, weil sie ›nicht groß genug denken‹ und ›das hier aufmischen‹ und ›Gutes tun‹ wollen, um ›die Menschheit zu verbessern‹. Und die ganze Zeit über erzählen sie den Mädels, wie viel Eigenkapital sie in dieses kleine Unternehmen gepumpt haben. Im Bankwesen sagen die Leute wenigstens, was sie meinen: *Ich will Geld machen,* und zwar haufenweise.« Er bemerkte Gideons missbilligendes Stirnrunzeln, und sein Gesichtsausdruck wurde milder. »Ich weiß, ich weiß – ihr seid anders. Gemeinnützige Gesundheitsversorgung … Ich nehme an, ihr habt euch für den Rest eures Lebens der Armut verschrieben wie ein barfüßiger Mönch …«

Neben Tom hatten Sylvia und Andrea aufgehört zu reden,

genauer gesagt, Sylvia schwieg nach wie vor, und Andrea war nicht so schwer von Begriff, dass sie das offensichtliche Desinteresse der anderen Frau nicht bemerkte. Sie lächelte Ivy auf eine vage, strahlende Art über den Cocktailtisch hinweg an, die ihre Nervosität widerspiegelte.

»Wie geht es mit Jeremys Dokumentation voran?«, erkundigte sich Ivy bei Sylvia.

»Seine Vision wird größer«, sagte Sylvia und trommelte mit ihren rot lackierten Fingernägeln auf eines der Tulpenblätter. »Er möchte raus aus dem Start-up-Status und hat vor, auch größere Organisationen mit ihren unterschiedlichen Teams zu filmen. So will er den Streik der Boeing-Maschinisten in Oregon dokumentieren. Wenn er ihn rechtzeitig fertig bekommt, wird der Film im nächsten Jahr auf der Berlinale gezeigt.«

»Das klingt ja fantastisch«, sagte Andrea.

»Er ist brillant«, bestätigte Sylvia. »Ein echter Visionär. Alles, was er macht, ist wohldurchdacht. Er leidet nicht an der Trägheit, die den Rest der Welt befallen hat. Die meisten Menschen sind bloß Schafe, verkleidet als intelligente Wesen, die darauf warten, geschlachtet zu werden.«

Andrea lachte unsicher. »Du hast ja so recht.«

»Das klingt genauso bescheuert wie die Scheiße, von der ich gerade erzählt habe«, warf Tom dazwischen.

Sylvia grinste. Es hätte so oder so ausgehen können, dachte Ivy. Sie hatte angenommen, Sylvia würde fuchsteufelswild werden, aber sie sah an Tom vorbei und winkte einem Mann zu, der mit geeisten Cocktailgläsern, verziert mit verschiedenen Fruchtscheiben, auf sie zukam. Ivy fand, dass Jeremy Lier, abgesehen von seinen grünen Augen, Roux bemerkenswert ähnlich sah – groß, schlank, breite Schultern, schmale

Hüfte. Genau wie Roux kleidete er sich mit ungezwungener Lässigkeit – Turnschuhe, graue Beanies und Umhängetaschen aus Cord –, aber Ivy wusste inzwischen, dass sie Jeremy deshalb keineswegs für einen ums Überleben kämpfenden Künstler halten durfte. Bei diesen Leuten war der Verzicht auf überflüssige Wohlstandsinsignien angesagt – Geld war kein Thema.

»Ups, ich wusste nicht, dass noch zwei kommen«, sagte Jeremy, als er die Cocktails abstellte. Andrea bot an, die Drinks für sie und Ivy zu holen, um Jeremy einen weiteren Gang zu ersparen. »Ich komme mit«, bot Ivy an, doch Andrea wehrte ab, das sei nicht nötig. Sie schien erleichtert, eine Aufgabe zu haben. Noch bevor sie zehn Schritte zurückgelegt hatte, näherte sich ihr ein dürrer junger Mann mit schwarz gerahmter Brille und affektiertem Lächeln. Er trug eins der gelben T-Shirts mit dem Aufdruck SWINGBOX TO YOUR NEW REALITY, die kostenlos in der Lobby verteilt wurden.

»Und tschüss!«, raunte Ivy Gideon zu. »Wir werden sie für den Rest des Abends nicht wiedersehen.«

»Kommt sie klar?«

»Sie ist ein großes Mädchen.« Ivy lächelte angestrengt. »Lass uns keine Spaßbremsen sein.«

Ein berühmter DJ betrat die Bühne, und alle schwärmten Richtung Tanzfläche. Sylvia und Jeremy schlenderten davon, um Ausschau nach dem beheizten Pool zu halten. Tom debattierte mit einem silberhaarigen Mann über die moralischen Grundlagen beim Verkauf von Social-Media-Daten. Gideon war in sein Handy vertieft, vermutlich checkte er seine E-Mails. Er wirkte erschöpft; das Licht, das der kaltweiße Tulpentisch reflektierte, ließ seine hervorstehenden Wangenknochen aussehen wie Marmor. Ivy kuschelte sich an ihn und schlang ihren Arm um seine Taille. In Momenten wie diesen, inmitten einer Menge aus lärmenden Fremden, suchte sie seine Nähe, die für sie eine Art Selbstbestätigung war, am meisten.

Auf einem trapezförmigen Podest auf der anderen Seite des Raumes erblickte sie die hoch aufragende Gestalt von Liana Finley, die in einem aufwendig verarbeiteten Seidenkimono die Hüften schwang. Sie hatte eine Federboa um den Hals geschlungen wie einen blauschwarzen Hermelin. Gideon fasste Ivy am Ellbogen und entschuldigte sich, er müsse einmal zur Toilette. »Kann ich dich kurz allein lassen?«, rief er ihr ins Ohr.

Ivy deutete auf das Podest. »Ich tanze mit Liana.«

»Ich komme dann zu dir«, sagte Gideon und ließ ihren Ellbogen los. Ivy holte sich an der Bar einen Drink und drängte sich durch die schwitzende Menschenmenge. Liana zog sie sofort aufs Podest. Wortlos schlang sie die Federboa um Ivys Hals und umtanzte sie mit erhobenen Armen, den Kopf in den Nacken geworfen. Ivy hörte Pfiffe. Jemand rief: »Yeah, Liana!« Die Musik wurde noch lauter. Ivy lachte, Champagnerdünste kitzelten ihr angenehm in der Nase. Sie fühlte die Blicke Hunderter Gäste auf ihrem sich windenden Körper, der sich an den von Liana schmiegte. Wenn sie sich doch nur immer so fühlen könnte, als würde sie im Traum fliegen! Ihr Blick schweifte wundersam losgelöst durch den Raum und taxierte diejenigen, die sie taxierten – im Ergebnis ein durchaus wohlwollender Austausch. Grelle Neonlichter zuckten, Mädchen kreischten begeistert. In einer dieser Blitzlichtsekunden sah Ivy Roux in der Ecke neben dem Podest stehen, der sie beim Tanzen beobachtete.

Er war es, definitiv. Oder doch nicht? Vielleicht hatte sie

sich geirrt. Die Lichter zuckten weiter, und wieder blitzte Roux' Gesicht auf. Ivy sah seine schwarzen Haare, die blasse, hochgewachsene Gestalt in weißem T-Shirt und schwarzer Jeans.

Sie hörte auf zu tanzen. Liana versetzte ihr einen schmerzhaften Stoß mit der Hüfte, dann umfasste sie Ivys Kinn und drehte ihren Kopf so, dass sie ihr ins Gesicht sehen musste. Seltsam, wie unmenschlich Menschen aussahen, wenn man sie aus der Nähe betrachtete. Sämtliche Kriterien von Attraktivität wurden irrelevant, reduziert auf Formen und Kurven und Linien. Es war, als würde man in das Gesicht eines Nutztieres schauen, für das man keine Verwendung mehr hatte. Ivy versuchte, ihren Körper synchron zu Lianas zu bewegen, doch sie verlor den Fokus und hörte weder die Musik noch das Geschrei der Leute. Roux' Blick hielt sie wie in einer unsichtbaren Box gefangen, isoliert von der Außenwelt. Sie befreite sich von Lianas Federboa und sprang vom Podest. Ein Männerarm schnellte vor, scheinbar um ihr Halt zu geben, doch in Wirklichkeit, um ihr mit der Hand über den Hintern zu streichen. Sie versuchte, Roux über die Köpfe der anderen hinweg zu entdecken, doch sie war zu klein, selbst in ihren Zehn-Zentimeter-Stilettos, um mehr zu sehen als die riesige Fahne, die im künstlichen Wind flatterte. Sie hatte ihn verloren.

Ivy bahnte sich einen Weg durch sämtliche Räume des Penthouse, dann sah sie Jeremy und Sylvia im Jacuzzi. Neben ihnen tobte eine wilde Poolparty.

»Woher habt ihr die Badesachen?«, fragte sie und beugte sich etwas steif in ihrem kurzen Kleid zu den beiden hinunter.

»Sie verteilen sie dort drüben«, sagte Sylvia und deutete auf einen Tisch an einer der Wände, wo zwei Osteuropäerinnen in Hausmädchen-Uniform den Gästen fluoreszierende Badeanzüge und Schwimmshorts reichten. Einige Männer am Ende der Schlange beschlossen, nicht länger zu warten, zogen sich aus und machten splitterfasernackt eine Arschbombe ins Wasser.

»Ekelhaft«, befand Sylvia. »Das ist der Grund, warum wir nicht in den Pool gehen.« Ihre Augen zuckten zu Ivy, die noch immer unbeholfen über ihnen kniete. »Spring rein«, schlug sie vor.

Ivy zögerte. Sie wollte hier keine Wurzeln schlagen, aber sie wollte auch nicht wieder in die Menge eintauchen. Der warme, moschusartige Chlorgeruch erinnerte sie an die Schwimmhalle in der Schule. Sie zog die Schuhe aus, setzte sich an den Rand des Jacuzzi und steckte die Beine ins blubbernde Wasser. Jeremy und Sylvia unterhielten sich miteinander und gaben sich kaum Mühe, Ivy in ihr Gespräch miteinzubeziehen. Es machte ihr nichts aus. Ihre Gedanken schweiften hierhin und dorthin, sie sah Mädchen mit ungesund blass wirkenden jungen Männern in gelben T-Shirts für Fotografen posieren – Männer, die laut Gideon in der nächsten Woche Millionäre würden. Schon jetzt entwickelten sie die Arroganz, die dem Geld vorausging. Man konnte es an der rücksichtslosen Art erkennen, mit der sie einander packten und sich gegenseitig in den Pool warfen, wo sie sich in dem Bewusstsein, beobachtet zu werden, auf Schwimmtieren in Form von Flamingos räkelten. Ivy hörte nur mit halbem Ohr zu, als Sylvia zu Jeremy sagte: »... immerhin war er ein großer Kunstmäzen. Ihr zwei hättet euch gut verstanden.«

»Du meinst diesen italienischen Mafioso?«

»Er ist Rumäne.«

Ivys Kopf schnellte zu Sylvia herum. »Wen meinst du?«

»Den Typen, den ich gedatet habe, Roux Roman. O ja, du hast ihn ja kennengelernt ... Ivy war im letzten Sommer mit in Cattahasset«, erklärte sie Jeremy. Sie schien völlig vergessen zu haben, dass Ivy und Roux einander schon lange gekannt hatten, bevor sie ihm begegnet war. »Übrigens: Mein Cousin Francis arbeitet bei der Drogenbehörde und hat ihn überprüft. Roux ist für mehrere Kredithaie tätig, die zum Schein verschiedene Restaurants betreiben, außerdem einen Käseladen im North End und diverse Sandwich-Shops. Sie besitzen wohl auch einige Casinos in Las Vegas. Zunächst war ich überrascht, dass sie einen Außenseiter wie ihn angeheuert haben, aber ich nehme an, es gibt nicht genügend Familienmitglieder ... Und dann hat er noch diese alten Lagerhäuser gekauft und in Bodegas umgewandelt – oh, Mist, da kommt er wieder ... Glaubt ihr, er stalkt mich?«

Tatsächlich. Sylvias scharfe bernsteinfarbene Augen hatten Roux neben den Trauben von gelben und weißen Luftballons am Rand der Menge entdeckt.

»Denkst du, er ist *deinetwegen* hier?«, fragte Ivy, außerstande, ihre Ungläubigkeit zu verbergen.

»Warum sonst sollte er hier sein?«, fragte Sylvia mit zu Schlitzen verengten Augen zurück. »Ich musste schon öfter einstweilige Verfügungen erwirken.«

»Hat er sich dir genähert?«

»Noch nicht«, gab Sylvia zu. »Ich habe gesehen, wie er vorhin gekommen ist. Er geht sonst nie zu solchen Veranstaltungen – und er *wusste*, dass ich heute Abend hier sein würde, um Gideon zur Seite zu stehen.«

»Du machst mich ganz eifersüchtig«, sagte Jeremy und küsste Sylvias Haar. Sylvia kitzelte ihn unter dem Kinn.

Jeremys grüne Augen weiteten sich. »Glaubt ihr, der Kerl hat schon mal jemanden umgebracht?«

»Mit Sicherheit«, antwortete Sylvia. »Als ich ihn das eine Mal in seinem Haus in Evansville besucht habe, waren da diese Handwerker. Es waren zwei, doch statt der typischen Handwerkerkleidung trugen sie Anzug und Krawatte, während sie den Keller mit Beton ausgossen. Darunter war Erde, sonst nichts. Zumindest nichts, was nicht schon längst verbuddelt worden war ...« Ihr Blick bohrte sich in Roux' Rücken, als wollte sie ihn herausfordern, herüberzukommen und ihr zu widersprechen, aber er drehte sich nicht in ihre Richtung, obwohl Ivy überzeugt war, dass er sie längst gesehen hatte.

»Über die Bostoner Mafia würde ich wahnsinnig gern mal einen Film machen«, sagte Jeremy. »Wenn ich mir doch nur irgendwie Zugang verschaffen könnte – zum Boss. Glaubst du, der Typ würde mit mir reden? Mir ein Interview geben?«

»Das bezweifle ich, mein Süßer«, sagte Sylvia. Sie fächelte sich mit den Händen Luft zu. »Lass uns rausgehen. Ich werde bei lebendigem Leibe gekocht.«

* * *

Ivy hatte das Gefühl, sie müsse in Bewegung bleiben, wie ein Hai, der in dem Moment sterben würde, in dem er sich ausruhte. Ihr fiel ein, dass Gideon auf dem Podest nach ihr Ausschau hielt, wo sie mit Liana getanzt hatte. Wie lange war es her, dass er zur Toilette gegangen war? Sie kehrte zur Tanzfläche zurück, aber Liana war fort. Stattdessen hatte eine Schar von Frauen in den kostenlosen Badeanzügen ihren Platz eingenommen, ausgelassen, barfuß, die Haare nass vom Poolwasser.

Gideon war nicht zu sehen. Sie drängte sich zu einer Ecke des Raumes durch, dann zur nächsten, um sich den Anschein von Zielstrebigkeit zu verleihen. Sie entdeckte Andrea mit dem dürren jungen Mann von vorhin auf einem der aufblasbaren Sofas. Er saß im Schneidersitz da und sah aus wie Andreas kleiner Bruder oder Teenager-Sohn. Eine fleischige Frau mit lavendelfarbenem Haar prallte gegen Ivy. Sie fingen ein Gespräch über die Gefahren von Indoor-Pools an. Die Frau streckte ihr ihren Gras-Vaporizer entgegen. Ivy nahm zwei tiefe Züge, dann gab sie ihn zurück. »Ich liebe Ihre Haare. Meine Mitbewohnerin würde Sie einen ›stürmischen Winter‹ nennen.« Die Frau grinste. »Kommen Sie.« Ivy folgte ihr ins Treppenhaus. Sie nahmen Stufe um Stufe und hielten sich dabei an dem schmiedeeisernen Geländer fest, das in endlosen Spiralen unter der Glaskuppel in die Höhe führte. »Ivy, Mädchen!«, dröhnte eine Männerstimme über ihren Köpfen. Dave Finley stand in einem orangeroten Anzug auf dem obersten Absatz, den Hemdskragen geöffnet, unter dem seine sommersprossige Altmännerhaut zum Vorschein kam.

»Ich freue mich, dich zu sehen, meine Liebe! Ich habe dir noch gar nicht zu eurer Verlobung gratuliert.«

Hatte er doch, und zwar mehrfach, aber sie bedankte sich trotzdem und warf einen Blick über die Schulter. Die Frau mit den lavendelfarbenen Haaren war nicht mehr da.

»Hast du Gideon gesehen?«, fragte sie.

»Ich habe Gideon letzten Sommer gesagt: ›Du hast dir ein Einhorn geschnappt, Gideon. Eine Frau mit Schönheit, Köpfchen *und* gesundem Menschenverstand. Eine absolute Rarität.‹« Er zielte mit einer gelben Spielzeugpistole, die mit Seifenblasen schoss, auf Ivys Haare.

»Hör auf!«, rief sie und atmete eine Seifenblase ein.

Er drückte immer wieder ab.

»Aufhören!«

Dave packte sie und presste seinen Mund auf ihren. »Wie schön du bist«, stieß er atemlos hervor, als er sich von ihr löste. »Ich habe eine Suite im achten Stock, wenn du eine kleine Führung möchtest.«

»Du bist so betrunken!« Ivy lachte und versuchte, das Ganze als Scherz abzutun. »Hast du die Federboa von deiner Frau gesehen? Einfach fabelhaft!«

»Was?«

»Man weiß nicht, ob sie aus Fell oder Federn ist. Heutzutage tragen die Leute kaum noch Pelz, weil sie behaupten, das sei unmenschlich. Wie dem auch sei: Liana sieht aus wie ein prächtiger Pfau. Der lange, schlanke Hals, die seidigen Haare …«

Wie erwartet, konnte Dave in betrunkenem Zustand keine gesprächige Frau ertragen, deshalb unterbrach er Ivy, indem er seine Pistole in Richtung Glasdach abfeuerte und den Namen seiner Frau rief.

Ivy floh. Endlich erreichte sie das Dach. Dort saßen Gideon und Tom auf gepolsterten Liegestühlen unter einem Heizstrahler. »Ich habe dich überall gesucht«, sagte sie außer Atem und hatte das Gefühl, jeden Moment in hysterisches Gelächter auszubrechen.

»Du solltest mir dankbar sein, Ivy«, sagte Tom. »Ich habe deinen Verlobten soeben vor einer Gruppe hungriger Cougars gerettet. Wir konnten gerade noch entkommen.«

»*Vielen Dank,* Tom. Danke, dass du Gideon immer rettest. Du bist so ein *Held.*«

Gideon bewegte die Lippen, aber sie konnte sich nicht auf

das konzentrieren, was er sagte. Ein Rauschen füllte ihre Ohren, wie Wind, der über eine Graswiese strich.

»Ich kann dich hier oben nicht hören«, sagte sie und gestikulierte mit den Händen. »Können wir woanders reden?«

Gideon stand auf und nahm ihren Arm. »Lass uns reingehen.« Er führte sie in den Wartebereich für die Toiletten. »Geht es dir gut?«

Sie erwiderte, sie habe wohl einen Drink zu viel gehabt und fühle sich ein bisschen beschwipst. Hinter Gideon tauchte eine dunkelhaarige Gestalt auf. Ivys Herz setzte einen Schlag aus, doch es war nur eine der Angestellten mit einem Armvoll Handtücher, die voller Flecken waren – Ivy tippte auf Kool-Aid-Brause.

»Komm, wir spritzen dir etwas Wasser ins Gesicht«, schlug Gideon vor. Als sie sich nicht rührte, führte er sie persönlich in die Damentoilette.

»Ich bin Dave im Treppenhaus begegnet«, sagte sie.

»Ja, ich war auch schon bei ihm. Er ist ziemlich betrunken.«

»Wusstest du, dass er eine Suite im achten Stock hat?«

»Wirklich? Das muss nett sein.«

Er weiß es, dachte Ivy, als sie in Gideons ausdrucksloses Gesicht blickte. Er weiß es, und er will es mir nicht sagen. »Komm her.« Sie schob Gideon in eine der Kabinen und schloss die Tür ab. Er war eher verwirrt als überwältigt; dann, als er begriff, was sie von ihm wollte, entgleisten seine Gesichtszüge. Er nahm ihre Hände und drückte sie an seine Lippen. Aber sie wollte keine Zärtlichkeit. Sie machte sich los, kniete sich vor ihn, zog ihm die Hose herunter und nahm ihn in den Mund. Sie war absichtlich grob, angemacht und gleichzeitig abgestoßen von seinem schwammigen Glied, das hart wurde und gegen ihre Zunge drückte. Seine Hände auf ihrem Kopf waren warm und fühlten sich an wie eine Krone. Eine Minute später richtete sie sich auf. Den Rücken gegen die Kabinenwand gedrückt, schlang sie ein Bein um seine Hüfte und führte ihn in sich hinein. Sie bewegten sich im Gleichtakt, mit kleinen, sanften Bewegungen, dann konnte sie nicht länger an sich halten und stellte den Fuß auf den Toilettensitz. Er rutschte aus ihr heraus. Sie versuchte erneut, aber als sie darum kämpfte, ihn wieder in sich hineinzube-kommen, stieß Gideon sich den Ellbogen an der Wand und gab einen leisen Schrei von sich. »Nehmt euch ein Zimmer, das ist ja *ekelhaft*«, sagte eine Frau in der Nachbarkabine. Gideon erstarrte. Er wurde blass und presste voller Scham die Lippen zusammen. Ivy sah ihren Verlobten wie aus wei-ter Ferne an. Seine Beschämung kam ihr traurig vor. Sie war traurig, weil er sich schämte, traurig, weil sie diejenige war, die ihn in diese Verlegenheit gebracht hatte.

Ohne ein Wort zu sagen, zog er seine Hose hoch. Sie strich ihr Kleid glatt. Wie Diebe, die sich getrennt voneinander aus dem Staub machten, schlichen sie sich zurück auf die Party und mischten sich unter die anonyme Menge.

18

»Warum bist du gestern Abend hingegangen?«

»Ich war eingeladen.«

»Von wem?«

»Vom Bürgermeister höchstpersönlich. Eine golden gerahmte Einladung, überbracht auf einem Silbertablett. Möchtest du sie sehen?«

»Deshalb bist du nicht hingegangen.«

Roux spreizte die Hände, als wolle er sagen: *Ertappt.* »Du hast recht. Ich wollte dich in deinem natürlichen Lebensraum beobachten. In deinem Nuttenkleid. Wie du auf dem Tisch tanzt. Wie dir die Spucke im Mund zusammenläuft beim Anblick all der reichen Männer. Wirf ein Lasso aus und fang dir einen. Haben sie dir ein paar Scheinchen in deine Unterwäsche gesteckt? … Oh, warte. Du hattest ja gar keine an.« Er grinste, aber seine Augen blickten grausam und kein bisschen amüsiert.

»Das nennt man ein Podest«, sagte Ivy.

»Was?«

»Ich habe nicht auf einem Tisch getanzt.«

Roux lachte ungläubig. »War Gideon eigentlich auch dort?«

»Ja.«

»Was für ein Waschlappen.«

»Du bist ja ganz grün vor Neid«, stellte Ivy freudig überrascht fest. »Oder gar vor Eifersucht? Egal. Auf alle Fälle erinnerst du mich an ein schmutziges grünes Känguru.«

»Nenn mich nicht so.«

Sie zündete sich eine Zigarette an, wobei sie sich bewusst Zeit ließ, und blies ihm den Rauch direkt in die Augen. »Warum nicht?«, fragte sie. »Mehr bist du doch nicht mit all deinem schmutzigen Geld und den golden gerahmten Einladungen vom *Bürgermeister* der Stadt des Verbrechens. Ein schmutziges grünes Känguru.«

Er verpasste ihr einen Schlag mit der flachen Hand. Einen dicken Klatscher auf die linke Wange. Ivys Kopf schnellte zur Seite. Die Zigarette fiel aus ihrer Hand und rollte aufs Kissen. Sie tastete mit der Hand nach ihrer Wange. Die Haut war warm und klebrig, der Schmerz zunächst nicht spürbar, dann heftig.

Sie stürzte sich auf ihn, die Arme erhoben, und versuchte, ihm in die Haare zu greifen. Sie kämpfte wie ein Tier, die Augen zusammengekniffen, blind um sich schlagend, stumm, bis auf das abgehackte Schnaufen, das aus ihren Nasenlöchern drang. Roux packte ihre Hände und drückte sie an ihre Seiten. Sie versuchte, ihn in den Arm zu beißen. Er stieß sie mit dem Gesicht nach unten aufs Bett. Sie trat mit den Beinen in die Luft. »Es reicht!«, brüllte er.

Als er merkte, dass sie nicht länger kämpfte, ließ er sie langsam los. Der Sauerstoff kehrte in ihre Lungen zurück. Ivy keuchte verlegen. Sie wollte sich aufsetzen, reagieren, aber sie konnte keinen Muskel bewegen. Über das Donnern ihres galoppierenden Herzens hinweg hörte sie die Uhr im Wohnzimmer ticken.

Roux' Gesicht schob sich in ihr Blickfeld. »Alles in Ordnung?«

»Bleib weg von mir.«

»Sieh nur«, sagte er in aggressivem Ton und wandte ihr

sein Profil zu. »Ich blute.« Er blutete tatsächlich. Sie sah die Wunde an seiner Wange, zwei parallele Schwünge, wie Skispuren, die er mit einer Hand bedeckte, damit das Blut nicht auf die Laken tropfte.

Er griff nach ihrer Hand, doch als er sah, wie sie zurückzuckte, hielt er inne. »Ich hole dir etwas Eis«, sagte er ausdruckslos und verschwand in der Küche.

Sie hörte ihn im Kühlschrank kramen, Schranktüren wurden geöffnet und wieder geschlossen. Was war da gerade passiert? Gab es einen Ratgeber, wie man sich verhielt, wenn der Geliebte einen schlug? Was würde Sylvia tun?

Für einen Moment blieb sie liegen, dann packte sie eine morbide Neugier, und sie stand auf und trat vor den großen Spiegel am Eingang, um sich darin zu betrachten. Auf ihrer linken Gesichtshälfte leuchteten rosa Flecken, Wimperntusche und Lippenstift waren total verschmiert. Sie versuchte, ihre Haare mit den Fingern zu kämmen, aber ihre Finger waren zu steif. Sie sah aus wie eine geschändete Frau. Wie eine geschundene Frau. Im Grunde war es das Gleiche.

Roux kam mit einem Eisbeutel aus der Küche. Er hatte das Blut abgewischt, und nun sahen die Kratzer und das daumennagelgroße Stück Kopfhaut, wo sie ihm ein Haarbüschel ausgerissen hatte, weiß und geraffelt aus wie Tofu. Ihre Augen begegneten sich im Spiegel; beide verharrten für eine Sekunde und betrachteten dieses Porträt mutwilliger Zerstörung. Die mitleidlosen grauen Augen, die jede ihrer Bewegungen verfolgten, schienen zu sagen, sie habe es verdient, es tue ihm nicht leid, er würde es wieder tun und vielleicht sogar Schlimmeres.

Sylvia würde sich kühl und gleichgültig geben, entschied Ivy und rief sich vor Augen, wie Gideons Schwester geradezu mechanisch das Gesicht gewahrt hatte, als Roux sie vor ihrer ganzen Familie abservierte. Vielleicht war Roux, nicht Sylvia, wie sie zunächst vermutet hatte, für die Schwankungen in ihrer Beziehung verantwortlich gewesen. Roux, der ohne Vater aufgewachsen war und keine anderen Mittel kannte als Gewalt.

Ivy ging ins Wohnzimmer. Roux folgte ihr.

»Möchtest du einen Film sehen?«, fragte er, als er merkte, dass sie zum Fernseher blickte. Dabei hatte sie nur versucht, ihr eigenes Spiegelbild zu erkennen.

»Okay.«

Roux dimmte die Lichter und startete einen französischen Film, den sie schon einmal gesehen hatten, über ein Mädchen, das aus Langeweile zur Prostituierten wird und ungewollt ihren siebzig Jahre alten Kunden beim Sex umbringt. Ungefähr bei der Hälfte des Films schob Roux die Hand unter ihr Shirt und umfasste ihre Brust. Sie hatten Sex auf dem Sofa, schnell, drängend, ohne Vorspiel. Die Flammen des Gaskamins zuckten über seinen nackten Körper, erhellten seine marmorweiße Haut, die mächtige Brust, den Körper, der so viel größer war als ihr eigener. Wenn er wollte, könnte er sie zerbrechen, Knochen um Knochen. Er könnte sie bewusstlos schlagen, sie mit seinem Kissen ersticken, ihren Schädel gegen die Wand schmettern. Er hatte die Macht, all dies zu tun, und ihr fehlte die Kraft, ihn aufzuhalten. Er nahm ihr Bein und legte es über seine Taille. Sie fielen auf den Fußboden. »Ich liebe dich«, flüsterte er und biss in ihren Hals. Sie grub ihre Fingernägel in seine fleischigen Schenkel, die glitschig waren vor Schweiß, bis er vor Schmerz und Lust stöhnte. Als sie fertig waren, rollte er von ihr herunter. Seite an Seite blieben sie auf dem Boden liegen, ein gutes Stück voneinander entfernt, keuchend, den Blick zur Decke gerichtet. Im Hintergrund lief der Titelsong. Ivy drehte den Kopf zum Fernseher und sah die letzte Szene – die feingliedrige, jungfräuliche französische Heldin, die mit ihrem toten Liebhaber im Bett lag und eine Zigarette rauchte, während vor dem Haus Polizeiwagen hielten. Dann wurde der Bildschirm schwarz. Roux und sie sahen sich oft ausländische Filme wie diesen an. Die ungewohnte Sprache, die abgeklärten Charaktere, die Darstellung von Sex als emotionsloser Akt – all das deprimierte sie, trotzdem fand sie die Filme auf gewisse Weise tröstlich. Sie spiegelten mehr oder weniger ihre eigene Realität wider.

Nach einer Tracht Prügel von ihrer Mutter hatte Ivy zumindest damit rechnen können, für ein paar Tage in Ruhe gelassen zu werden. Wenn die Schläge besonders heftig ausgefallen waren, kochte Nan Ivys Lieblingsgerichte und erlaubte ihr, vor den Hausaufgaben fernzusehen. Nan rechtfertigte oder entschuldigte sich nie. Roux' Schuldgefühle hingegen machten ihn zornig. Er wollte, dass Ivy genau wusste, warum er sich so verhalten, warum er sie geschlagen hatte, warum er so sauer geworden war – und zwar nur, weil er sie liebte. Das hatte er ihr bei ihrem hitzigen Liebesspiel gestanden, doch für Ivy zählte das nicht – wie alles, was man beim Sex sagte. Allerdings implizierte sein Geständnis eine bis dato nicht gekannte männliche Besitzgier. Er hatte sie nie zuvor umworben, hatte nie versucht, ihr Freund zu sein, doch nun waren seine romantischen Avancen unerbittlich.

Am Morgen nach ihrer Auseinandersetzung wurde Ivy ein FedEx-Paket ohne Absender zugestellt. Darin befand sich eine schwarze Samtschatulle mit Ohrringen, geformt wie Origami-Kraniche, in der Größe eines Fingerhuts. Die Linie des Schnabels, der rechte Winkel der Flügel, die flache Ebene, die seine Schwanzfedern bildeten, ließen darauf schließen, dass sich der Vogel bereit machte, sich in die Lüfte zu schwingen. Sie wusste sofort, wer sie ihr geschickt hatte. Was sie beängstigte, war die Frage, wie Roux an ihre Adresse gekommen war. Sie blickte hinaus auf die andere Straßenseite, wo die Männer mit den SUVs an der gewohnten Stelle standen und rauchten. Sie hatte sie mehrfach ins Haus gehen und wieder herauskommen sehen. Vermutlich betrieben sie von dort aus irgendein Geschäft. Jetzt fragte sie sich, ob Shen recht gehabt hatte, als er sie »Gangster« nannte. Und wenn sie tatsächlich Gangster waren, was hatten sie mit Roux zu tun? Sie zog die Vorhänge zu.

Roux rief sie in der folgenden Woche jeden Tag an und fragte, ob sie sich sehen könnten. Zunächst ging sie dran und entschuldigte sich, sie habe ihre Periode, sei schon verabredet oder habe Probleme mit ihrem Wagen. Er unterstellte ihr zu lügen – *Du bist verdammt krank, weißt du das?* Sie warf ihm vor, ein unzivilisierter Frauenhasser zu sein. Schließlich verlangte sie, dass er aufhörte, sie anzurufen, und als er sich weigerte, drohte sie ihm, seine Nummer zu blockieren. »Mach nur, du wirst schon sehen, was dann passiert«, erwiderte er eisig.

Sie versetzte die Kranichohrringe, die er ihr geschenkt hatte, in einem Pfandhaus. Mit dem Geld suchte sie eine exklusive Boutique in Back Bay auf und kaufte sich ein Cocktailkleid aus rosa Organza, Lackleder-Stilettos von Ralph Li-Ping und eine Kroko-Clutch. Dieses Outfit würde sie bei der Hochzeit von Tom und Marybeth tragen – ein Event, dem sie monatelang voller Furcht entgegengeblickt hatte. Nun freute sie sich darauf, weil es bedeutete, von Roux wegzukommen. Jetzt, da er ihre Adresse kannte, lebte sie in ständiger Sorge, er könne auf ihrer Schwelle auftauchen, wenn Andrea zu Hause war, oder – noch desaströser – wenn Gideon bei ihr war. Die Stadt selbst schien immer enger zu werden, bedrückte sie, feindselig mit ihrem Lärm, den Bohrern der Baustellen, den Polizeisirenen. Jeden Abend strich sie einen weiteren Tag in ihrem Kalender aus. Der zweiundzwanzigste Mai, ihr Hochzeitstag, war mit einem roten Herz umrahmt. Nur noch zweiundsiebzig Tage, sagte sie sich und wiederholte die Worte gebetsmühlenartig: zweiundsiebzig Tage, zweiundsiebzig Tage, zweiundsiebzig Tage.

Am Morgen ihrer Ankunft regnete es auf Kauai, doch am frühen Nachmittag bei der Zeremonie strahlte die Sonne durch die Buntglasfenster der St. Mary's Cathedral. Neben Ivy auf der dunken Kirschholzbank saß Marybeths Tante, deren Ranch in New Hampshire sie im vergangenen Jahr besucht hatten. Sie stieß wiederholt gegen Ivys Ellbogen, als sie ihren Schminkspiegel hob, um ihr Gesicht mit mandelfarbenem Bronzer zu pudern. »Bist du eigentlich mit der Braut oder mit dem Bräutigam befreundet?«, flüsterte sie, und beinahe hätte Ivy geantwortet: *Weder noch*. Ihr Verlobter sei der Trauzeuge des Bräutigams, beeilte sie sich stattdessen zu erklären. »Der attraktive Blonde?«, fragte die Tante. Ivy nickte voller Stolz. Gideon stand zusammen mit den anderen Trauzeugen am Altar. Er sah in der Tat umwerfend aus in seinem maßgeschneiderten grauen Anzug, die Hände ernst vor dem Körper verschränkt. Er sah definitiv besser aus als der Bräutigam, der seinen Smoking trug wie eine Zwangsjacke, die Arme starr an die Seiten gepresst.

Während Ivy darauf wartete, dass Marybeth durchs Portal schritt, spürte sie, wie ihr Handy mit einem leisen Summen in der Clutch vibrierte. Marybeths Tante rückte ihr Hörgerät zurecht und sah sich nach der Geräuschquelle um. Der Organist fing an, Mendelssohns *Hochzeitsmarsch* zu spielen. Die Menge erhob sich. Ivy folgte mit einer Sekunde Verspätung, da sie erst noch ihr Handy zum Schweigen brachte. Ein freudiges Raunen ging durchs Kirchenschiff. Von Kopf bis Fuß in Spitze und Perlen gekleidet, sah Marybeth aus wie einem präraffaelitischen Gemälde entsprungen. Ihr flammend rotes Haar fiel ihr in Wellen unter dem anderthalb Meter langen elfenbeinfarbenen Seidentüllschleier über die Schultern – die Krönung von tausend Stunden chinesischer Handarbeit, der diese Kaskaden feinster, gestickter Blüten zu verdanken waren. Ihr Vater, ein fröhlich wirkender Mann mit runden, sehr eng zusammenstehenden blauen Augen, führte sie zum Alter. Schon jetzt liefen ihm die Tränen übers Gesicht bis zum Hemdkragen, der seinen fetten Hals einschnürte. Es hieß, Töchter zögen es vor, Männer zu heiraten, die wie ihre Väter waren, und Ivy konnte sich sehr gut vorstellen, dass Tom in zwanzig Jahren denselben fetten Hals, dieselben geröteten, sommersprossigen Wangen hatte. Allerdings würde das Alter Tom nicht fröhlicher machen. Er war einer der unglücklichsten Menschen, denen Ivy je begegnet war. Dennoch konnte sie kein Mitleid mit ihm empfinden. Doch anders als bei Andrea, Austin oder sogar Roux drückte sich seine Unzufriedenheit in Bosheit aus. Er verspürte das Bedürfnis, andere zu verletzen. Auf gewisse Weise waren Tom Cross und Nan Lin gleich.

Ivy hatte Marybeth einmal gefragt, was an Tom sie anfangs zu ihm hingezogen hatte. Sie hatte geantwortet: »Er hasst dumme Frauen, laute Frauen, kokette Frauen, dicke Frauen, katholische Frauen, jüdische Frauen, Frauen, die schnarchen, Frauen, die nicht trinkfest sind ... Verstehst du, worauf ich hinauswill? Ich dachte: Zumindest muss ich mir keine Sorgen machen, dass er mit irgendeiner Tussi durchbrennt, ganz im Gegenteil. Du solltest mal den Stapel mit Diskriminierungsbeschwerden von seinen Sekretärinnen sehen. Als er mich immer wieder einlud, mit ihm auszugehen, dachte ich, ich müsse etwas ganz Besonderes sein. Und so beschloss ich, ihm eine Chance zu geben. Ich habe mich immer gefragt: Warum ich? Ich nehme an, ich heirate ihn, um es herauszufinden.« Ivy kamen genau diese Worte in den Sinn, als sie zusah, wie Marybeth glückstaumelnd den Mittelgang entlangschwebte. Was für eine Motivation, jemanden zu heiraten. Andererseits heirateten viele Menschen aus weit weniger triftigen Gründen.

Die Zeremonie war langatmig – die Prozession hatte bereits stattgefunden, als Ivy und Gideon in der St. Mary's Cathedral eintrafen –, und nun mussten sie noch die Bibellesungen, den Austausch der Gelübde, den Austausch der Ringe, ein weiteres Gebet, den Ehesegen, weitere Gebete und Lieder über sich ergehen lassen. Wenn Ivy nicht Gideon anschaute, sah sie zu Toms Vater hinüber, dessen tiefer Bariton am lautesten beim *Ave Maria* durch die Kirche hallte. Während der Messe schloss er die Augen und bewegte unablässig lautlos die Lippen; ab und zu gestikulierte er in Richtung Decke, als würde er ein unsichtbares Orchester dirigieren. Als er beim Hochzeitsempfang seine Rede hielt, sprach Cross senior über die Gottesergebenheit seines Sohnes, seinen Glauben an die Institution der heiligen Ehe und seine Erwartung, dass Tom ein führendes Mitglied seiner Gemeinde bleibe. Kein einziges Mal erwähnte Cross senior Marybeth, die längst ihren Champagner getrunken hatte und nun die Eiswürfel aus ihrem leeren Wasserglas kaute.

»Das war wundervoll«, flüsterte Ivy Gideon zu, als alle klatschten.

»Es war schön«, gab Gideon zurück, ohne zu lächeln.

Anschließend hielt Gideon seine Trauzeugenrede – eine kurze, humorvolle Ansprache, gefüllt mit lustigen Geschichten über Toms spezielle Charaktereigenschaften. Gegen Ende erinnerte Toms Gesicht an eine verschrumpelte Aprikose. Ivy dachte, er würde ein paar Tränen vergießen, aber das tat er nicht. Die Gäste lachten. Klatschten. Stießen auf das Brautpaar an.

Sobald Gideon seinen Platz eingenommen hatte, brachten Kellner mit weißen Handschuhen die Vorspeisen auf vorgewärmten Goldtellern. Zeitgenössische amerikanische Speisen mit hawaiianischer Raffinesse. Die Portionen waren winzig und durch das exotische Beiwerk eindrucksvoll zur Geltung gebracht: smaragdgrüne Zweige, leuchtend fuchsiafarbene Spiralen, ein Häuflein unnatürlich wasserblauer Perlen – »Flüssigstickstoff«, erklärte jemand seinem Tischnachbarn. Nach dem Essen tummelten sich die jüngeren Gäste auf der provisorischen Tanzfläche im Sand, umgeben von Fackeln, während eine siebenköpfige Band spielte, die sich durch rockige Versionen traditioneller Balladen arbeitete. Der Star der Show war die hawaiianische Pahu-Trommel, gespielt von einer gedrungenen Hawaiianerin, die einen Bastrock trug, einen Kokosnuss-BH, der ihre üppigen Brüste bedeckte, und eine rosa-weiße Blumenkette. Es wirkte fast so, als habe sie im Internet nachgelesen, wie sie einen »authentischen« Eindruck erwecken konnte.

Ivy ging zur Toilette. Sie bekam Kopfweh, vermutlich weil sie zu viel durcheinandergetrunken hatte, und der Schmerz wurde bei jedem Trommelschlag heftiger. Als sie zurückkam, reichte ihr Gideon ihre Clutch. »Dein Handy summt die ganze Zeit«, sagte er. »Ich habe mir Sorgen gemacht, dass es sich um einen Notfall handeln könnte, also habe ich nachgesehen, wer da ständig anruft. Jemand namens Kang Ru.«

Ivy wurde fast ohnmächtig vor Schreck. Wie hatte sie nur so idiotisch sein können? »Einer meiner alten Freunde vom College«, sagte sie rasch und nahm das Telefon aus der kleinen Handtasche. Zwölf Anrufe in Abwesenheit. Sie sprach ein stummes Dankgebet, dass Roux nicht der Typ für Textnachrichten war. »Ich rufe ihn später zurück«, sagte sie und stellte das Handy aus. »Lass uns tanzen.«

Sie gesellten sich zu den anderen auf die Tanzfläche. Gideon zog sein Jackett aus. Darunter trug er eine hellgraue Weste mit seidigen schwarzen Knöpfen. Ivy legte lose die Arme um seinen Hals. Sie wiegten sich langsam, Stirn an Stirn. So nahe waren sie einander zuletzt in der Toilettenkabine im Gonford gewesen. Auch das zählte zu den Dingen, über die sie niemals sprachen – genau wie ihr Punktestand bei der Aufnahmeprüfung, Ted Speyers erste Frau oder Dave Finleys Liebeleien. Menschen wie Roux und Nan dachten, es sei Liebe, wenn man seine Meinung sagte – auf die nachdrücklichste, unverblümteste Weise, je unverblümter, desto liebevoller –, aber Ivy war lange genug mit Gideon zusammen, um zu verstehen, dass feinfühliges Schweigen und Zurückhaltung, die sorgfältige Destillation der eigenen unschicklichen Gedanken, die liebe- und respektvollste Geste war, die man seinem Partner zeigen konnte. Früher einmal hatte sie seine sorgfältige Kontrolliertheit als beunruhigend empfunden, jetzt empfand sie

sie nicht nur als bewundernswert, sondern als heroisch. Jeder konnte aus Wut um sich schlagen, doch man musste schon ein besonderer Mann sein, um seiner Verlobten zu erklären: »Ich mag alles an dir«, und sein Leben der Aufrechterhaltung dieses Prinzips zu verschreiben.

Eine Gruppe Cousins von Toms Seite kam und zog Gideon von ihr weg, um ein Foto zu machen. Ivy sah, wie sich Marybeths Tante auf der Tanzfläche drehte. Ivy ging zu ihr, nahm ihre welken Hände in die eigenen und fing an, einen Jig zu tanzen. Durch die Terrassentüren hörte sie Gegröle: »Ex und hopp! Ex und hopp! Ex und hopp!«, und sie sah, wie Gideon den Kopf in den Nacken legte. Sie ließ den Blick über die Tische schweifen, doch außer der Braut und dem Bräutigam kannte sie niemanden. Diese alte, weißhaarige Frau, die nach Mandeln duftete, war hier ihre einzige Freundin.

Vier Songs später kam Gideon zurück, zweifelsohne unsicher auf den Beinen. Er hielt zwei Gläser Champagner in den Händen und verschüttete ein wenig, als er ihr eins davon reichte.

»Gideon, du bist betrunken!« Sie hätte nie gedacht, dass sie das einmal erleben würde.

Gideon rieb sich das Gesicht. »Ich habe ein paar Kurze getrunken. Tom hat mich dazu gezwungen. Ich weiß gar nicht mehr, wie viele.«

Ein Paar mit aufeinander abgestimmten lila-weißen Blumenketten tanzte auf sie zu und tippte Gideon auf die Schulter. Die beiden hießen Nettie und Hilton und kamen aus Ann Arbor. Als Gideon Ivy vorstellte, schüttelten ihr beide mit festem Druck und demselben spröden Lächeln die Hand. Das war etwas, was Ivy schon den ganzen Abend über aufgefallen war: Die Paare auf der Hochzeit von Tom und Marybeth

Cross ähnelten einander in ihrem Sprachmuster, der Hautfarbe und ihrem Temperament, wenn auch nicht unbedingt im Aussehen.

Nan pflegte Folgendes über das *qìzhì* zu sagen: »Diese Frau hat das beste *qìzhì* von all ihren Geschwistern«, oder: »Man kann sich kein gutes *qìzhì* kaufen, ganz gleich, wie reich man ist.« Damit meinte Nan, dass das angeborene Naturell etwas war, das man nicht lernen oder imitieren konnte – eine Art Aura, die man unbewusst verströmte. Ivy wusste nicht, ob Paare das gleiche *qìzhì* entwickeln konnten – so wie man die gleiche Vorliebe für exotische Früchte entwickelte –, oder ob sie bewusst Partner mit gleichem *qìzhì* anstrebten, so wie sich der attraktivste Mann und die attraktivste Frau in einem Raum instinktiv zueinander hingezogen fühlten. Sie fragte sich, ob ihr und Gideons *qìzhì* übereinstimmten – oder sahen die Leute sie als ein Paar, das nicht zusammenpasste?

Ein ehemaliger Grove-Absolvent kam, um sich von Gideon zu verabschieden. Ivy musste an die Mädchen ihrer Jugend denken. Wie die Gesichter aus einem Bilderbuch sah sie die anmutigen Satterfield-Zwillinge mit den blonden, gewellten Haaren vor sich und Liza Johnson mit ihrer sahnigen Haut, den vollen Lippen und den Katzenaugen, nur dass sie ihr jetzt nicht vorkamen wie vierzehnjährige Mädchen, sondern wie erwachsene Frauen, die in der Lage waren, in Ivy genau die Einsamkeit und Verlegenheit hervorzurufen, die sie während ihrer gesamten Jugend empfunden hatte.

»Seid ihr eigentlich noch mit Nikki und Violet befreundet?«, fragte sie Gideon. »Und was ist mit Liza Johnson? War sie nicht eine Zeit lang mit Tom zusammen?«

Gideons Augen weiteten sich. »Ja, natürlich – du weißt es noch gar nicht.«

»Was weiß ich nicht?«

»Sie sind tot.«

»Wer ist tot?«, fragte Ivy begriffsstutzig.

»Nikki und Liza.«

»*Was? Wieso?*«

Gideon hörte auf, mit dem Fuß zu wippen. »Es ist kurz vor dem Highschool-Abschluss passiert. Ein Schwertransporter kam aus dem Nichts und hat ihren Wagen seitlich erfasst. Jordan – Jordy, er muss hier irgendwo sein – saß am Steuer. Chris war auch dabei. Sie waren auf dem Weg zu Panera. Die Jungs haben es geschafft, aber die Mädchen ...« Er umfasste ihre Schulter. »Tut mir leid, ich dachte, jeder wüsste das ... Die ganze Stadt ist zur Beerdigung gekommen. Nikki lag in einem offenen Sarg, aber Lizas Gesicht war zu arg entstellt ... Erinnerst du dich an Nikkis langes blondes Haar? Es war in Zöpfen um ihren Kopf geflochten. Bevor sie den Sarg schlossen, um ihn in die Erde hinabzulassen, legte ihr Violet eine Blume auf den Scheitel. Sie sah aus wie ein Engel ... Entschuldige, das war morbid. Warst du eng mit den Mädchen befreundet?«

»Nein«, sagte Ivy. »Ich kannte sie kaum ... Das ist so traurig.« Sie hatte das Gefühl, als würden kleine, eisige Füße über ihr Herz trippeln. Noch vor ein paar Sekunden war sie neidisch auf die beiden eingebildeten Rivalinnen gewesen, und nun erfuhr sie, dass sie tot waren. Seit Jahren schon, ohne jeden Grund.

»Was ist mit Una Kim?«, fragte sie. »Was ist aus Una geworden?«

»Wer ist Una?«

Ivy schüttelte den Kopf. »Egal.«

Gideon musterte sie mit schräg gelegtem Kopf. »Du bist

ein netter Mensch. Einer der nettesten Menschen, denen ich jemals begegnet bin.«

»Ich bin gar nicht nett«, widersprach sie und wandte sich ab.

»Nun, da bin ich anderer Meinung.« Er zauste ihr Haar, eine Geste, die sich so zärtlich, so beschützend, so *brüderlich* anfühlte, dass sie den Impuls verspürte, ihm alles zu erzählen. Ihrem starken, würdevollen Gideon, der sie niemals verletzen oder enttäuschen würde, der immer genau wusste, was zu sagen war und dessen Wohlwollen vielleicht ihre eigenen Fehler und ihre Verderbtheit wettmachen würde. Sie würde ihm sagen, dass sie ihn liebte, schon immer geliebt hatte, dass er ihr Idol gewesen war und dass Kindheitsidole für immer Bestand hatten. Sie war einsam und traurig, und sie wollte … wollte …

»Mir ist nicht gut«, sagte Gideon unvermittelt. Er drückte sich eine Hand auf den Magen, trat einen Schritt zurück und erbrach sein Abendessen über ihre Lackleder-Stilettos von Ralph Li-Ping.

Am nächsten Morgen war Gideon alles andere als in guter Form. Er entschuldigte sich umständlich für sein schlechtes Benehmen und bestand darauf, dass er ihr die Schuhe ersetzte, sobald sie nach Boston zurückgekehrt waren (sie hatte die vollgekotzten Stilettos weggeworfen, weil der Gestank zu intensiv war, um sie in ihren Rollkoffer zu packen). Anschließend hatte er zwei Ibuprofen mit einer Flasche Perrier hinuntergespült und während des gesamten Rückflugs geschlafen.

Nach der Landung in Logan hatte er sie zum Abschied geküsst und war mit dem Taxi direkt ins Büro gefahren, als wollte er Buße tun. Ivy wartete, bis der Wagen um die

Ecke gebogen war, dann sprang auch sie in ein Taxi. »Astor Towers, bitte. Ecke Summer Street und Hawley.« Sie schaltete ihr Handy ein und rief Roux an.

Sie hatte damit gerechnet, dass er nach dem ersten Klingeln dranging, dass er atemlos auf ihren Anruf gewartet hatte, doch tatsächlich wurde ihr Anruf zweimal an die Mailbox weitergeleitet. Sie wollte den Fahrer gerade bitten, den Zielort zu ändern, als Roux beim dritten Versuch endlich abnahm.

»Wo warst du?«, blaffte er.

»In Hawaii.«

»Du hast keine Zeit, mit mir eine Spritztour zu machen, aber du hast verflucht noch mal Zeit, nach Hawaii zu fliegen?«

»Ich bin auf dem Weg zu dir«, sagte sie.

Wolkenfetzen hingen am Himmel wie zottelige graue Schafe. Aus dem Fenster sah sie eine Frau in einem dicken Wintermantel neben einem Teenager mit einer bauchfreien Jeansjacke. März und April waren in Boston eine seltsame Zwischenzeit, in der die Leute krank wurden, weil an einem Tag die Sonne schien und am nächsten ein Schneesturm tobte. Sie warf einen Blick auf ihren Handykalender. Noch neunundsechzig Tage.

»Hier ist es gut«, sagte sie zu dem Taxifahrer, der anhielt und sie vor dem Blumenladen zwei Blocks vor den Astor Towers rausließ. Mit großer Sorgfalt wählte sie einen Stiel nach dem anderen, während die Besitzerin des Ladens die Namen jeder Blume verkündete, als wären sie die Namen ihrer Kinder: Freesie, Prärie-Enzian, weiße Santini-Chrysantheme, Hellerkraut, Eukalyptus, Klebsamen.

»Neunundsechzig sechsundachtzig, bitte.«

Ivy zog einen Hunderter aus ihrer Brieftasche. Es war Roux' Geld, das Geld, das sie ihm gestohlen hatte und das sie jetzt dazu benutzte, um ihm zum Trost Blumen zu kaufen.

Noch bevor sie auf die Klingel drücken konnte, öffnete er schon die Tür. »Ich habe dich ins Gebäude gehen sehen«, sagte er matt, eine Zigarette zwischen den gesprungenen Lippen. Sie drückte sich an ihm vorbei und nahm den vertrauten, unangenehmen Geruch eines Katers wahr, außerdem etwas Fremdes, Wohlriechendes. Roux' Oberkörper war nackt, und anstelle einer Hose trug er ausgerechnet eine blaue OP-Schürze. Die Enden der Baumwollkordel hingen ihm bis auf die Oberschenkel.

»Wo hast du die denn her?«

Er schaute an sich hinab. »Aus dem Krankenhaus.«

»Du warst im *Krankenhaus*?«

»Nein.«

»Wem gehört das Ding dann?«

Er zuckte die Achseln.

Und dann verstand Ivy den Grund für seinen merkwürdigen, derangierten Auftritt. Sie hatte gedacht, der fremde Duft stamme von den Blumen, doch jetzt wurde ihr klar, dass der Geruch nicht blumig, sondern synthetisch und eindeutig weiblich war, wie der Geruch in der Kosmetikabteilung eines Kaufhauses.

»Wilde Nacht gehabt?«, fragte sie.

»Warum hast du meine Anrufe nicht beantwortet?«

»Wie heißt sie?«

Er gab keine Antwort.

»Ich nehme an, du hast sie nicht gefragt. Und ich komme zu dir, um dich zu trösten!« Sie streckte ihm die Blumen entgegen. Er nahm sie nicht. »Lass uns damit aufhören, Roux«, sagte sie. »Das ist nicht mehr lustig. Ich heirate in neunundsechzig Tagen, und auch du hast dich offensichtlich neu orientiert. Lass uns Klartext reden.«

Er betrachtete sie mit übernächtigten Augen. »Jetzt beruhige dich erst mal.«

»Ich bin ruhig.« Sie legte die Blumen auf den Couchtisch und ging in die Küche, um eine Vase mit Wasser zu füllen. Er folgte ihr.

»Ich war letzte Nacht betrunken.«

»Du bist immer betrunken.«

»Ich möchte mich so früh am Morgen nicht streiten.«

»Das ist kein Streit. Das ist ein Abschied.«

Er öffnete den Kühlschrank und schenkte sich ein Glas Orangensaft ein, das er mit großen Schlucken leerte. Etwas Saft lief ihm aus den Mundwinkeln.

Sie konnte nicht glauben, dass sie diesen Mann jemals attraktiv gefunden hatte.

»Ich meine es ernst«, fügte sie hinzu. »Ich möchte dich nicht wiedersehen und auch nichts mehr von dir hören. Es ist vorbei. Ich bin hergekommen, um dir das persönlich mitzuteilen. Um unserer Freundschaft willen.«

Er wischte sich mit dem Handrücken die Lippen ab. »*Unsere Freundschaft?* Dann sind wir also wieder dabei. Wann hörst du endlich auf zu *lügen* ...«

»Du *wusstest*, dass ich Gideon heiraten werde ...«

»Ich dachte, du würdest ihn verlassen!«

Ivy riss fassungslos den Mund auf, dann schloss sie ihn wieder. »Habe ich das jemals gesagt?«, brachte sie schließlich hervor.

Roux nickte. »Letzten Sommer. Im Cottage der Speyers.«

»Das war, bevor ich mich verlobt habe.«

»Du bist einen Monat danach zu mir gekommen. Konntest dich nicht von mir fernhalten. Du hasst dein Leben. Du lästerst über die Speyers, über ihre scheinheiligen Freunde. Du wolltest, dass ich dich *rette*.«

»Das ist doch lächerlich«, blaffte sie. »Ich habe nie etwas anderes von dir verlangt als Sex. Ich dachte, wir wären uns in diesem Punkt einig.«

Er beäugte sie voller Bedauern. »Du bestrafst mich. Wegen neulich.«

Sie verneinte mit einem ungeduldigen Kopfschütteln. »Sei nicht albern. Ich wollte von Anfang an die Sache zwischen uns vor meiner Hochzeit beenden.« An Roux' sturem Blick konnte sie erkennen, dass sie nicht zu ihm durchdrang. Nie log eine Frau raffinierter, als wenn sie einem Mann, der ihr nicht glaubte, die Wahrheit sagte. Frustriert wandte sie sich zur Spüle und ließ Wasser in die Vase laufen.

»Sag Gideon, dass du ihn verlässt, sonst sage ich es ihm.«

Sie drehte den Hahn zu. »Was hast du gesagt?«

»Du hast mich sehr wohl verstanden.«

Für einen Moment nahm sie ihn nicht ernst. Und dann doch. Ein unglaublicher Zorn stieg in ihr auf, der Zorn eines Kapitäns im Angesicht einer Meuterei. Sie konnte Gewalt tolerieren, nicht aber Missachtung.

»Wenn du das tust«, sagte sie, »ist es aus zwischen uns. Dann werde ich dich hassen. Ich werde dich *hassen*.«

»Ach«, sagte Roux. »Ich dachte, es wäre bereits aus zwischen uns.« Ihr Zorn hatte ihn wiederbelebt. Hatte ihm den Eindruck verliehen, er habe die Oberhand.

»Ich sage dir, wie das läuft: Du heiratest, und ich schleiche mich wie ein Hund mit eingezogenem Schwanz davon. Sobald es dir langweilig wird, die brave Ehefrau zu spielen, rufst du mich an. Derselbe Scheiß, immer und immer wieder. Hör auf, dir etwas vorzumachen über diese beschissene Scheinehe!«

Ivy trat zwei Schritte auf ihn zu, streckte den Arm aus und ließ die Vase fallen.

»Was zum ...«

Glasscherben schlitterten über den Küchenboden. Roux, barfuß, sprang zurück. Seine Augen glühten wie zwei rote Kohlen in seinem bleichen Gesicht. »Bist du verrückt geworden?«

Sie antwortete nicht. Man hörte das klackernde Geräusch von Eiswürfeln, die in den Eiswürfelspender fielen. »Willst du mich wieder schlagen?«, fragte sie.

Roux schüttelte leise fluchend den Kopf. Ivy kam der Gedanke, dass sie später in Gideons Büro vorbeischauen und ihm von seinem Lieblingsgriechen etwas zu essen mitbringen könnte. Er würde vermutlich die ganze Nacht durcharbeiten. Es stand eine große Konferenz mit irgendeinem wichtigen Minister in Costa Rica an. Roux war auf die Knie gegangen und sammelte die Scherben mit einer Handvoll Servietten ein. Scherben auf dem Küchenboden, das war Roux' Welt. Sinnvolle Arbeit, effiziente Aufgaben, Entscheidungen, die auf Logik und klar definierten Zielen basierten, das war Gideons Welt, die Welt, die er mitnahm, wohin er auch ging, eine Welt, die immun war gegen das Schmuddelige, das Triviale, das Gewalttätige, das Schändliche, das Arme. Und diese Welt versuchte Roux, ihr wegzunehmen.

Er schimpfte noch immer, zweifelsohne nichts als Drohungen, als brauchte sie eine strenge, liebevolle Hand, die sie zur Vernunft brachte. Wie die meisten Männer liebte er ihre Leidenschaft, wenn er der Grund dafür war, doch ihre eigene

Leidenschaft, die nichts mit ihm zu tun hatte, tat er als töricht ab. Nichts, was sie jetzt sagte, würde ihn dazu bringen, sie ernst zu nehmen. Das konnte er sich gar nicht leisten.

Ivy kam ein Gedanke. »Wenn du meine Ehe ruinierst«, warf sie ein, »ruiniere ich dein Leben. Ich weiß, dass die Morettis zur Mafia gehören. Ich wende mich an die Polizei, ans FBI.«

Er fing tatsächlich an zu grinsen. »*Mafia?* Ivy, du hast keinen blassen Schimmer, was ich tue.«

»Alles Geld ist rückverfolgbar, ob virtuell oder real.« Das hatte Sylvia während Daves Party anlässlich des Start-up-Börsengangs behauptet, als sie mit Jeremy über die Arbeitsmethoden der Mafia diskutierte.

Roux' Lächeln gefror.

Ivy versuchte, einen Volltreffer zu landen. »Ich sage gegen dich aus. Ich weiß von dem Haus in Evansville. Dem Zementboden in deinem Keller. Den Casinos, den umfunktionierten Lagerhallen.« Sie warf sämtliche Begriffe in den Raum, die sie je im Zusammenhang mit der Mafia gehört hatte: *Zeugenaussage, Familie, Hehlerei, Unterschlagung, Glücksspiel* … Sie sah, wie sich sein Körper versteifte. Er löste die verschränkten Arme, streckte Halt suchend die Finger in die Luft. Der Mund konnte lügen, der Körper nicht.

Roux beugte sich vor. »Hast du je eine Pistole aus der Nähe gesehen?« Er sah den Schlag kommen und packte ihr Handgelenk. Ihre Augen begegneten sich.

»Du ekelst mich an«, sagte sie. »Du bist ein Tier. Schlimmer als ein Tier. Du bist ein – ein Krimineller.«

»Ich bin ein Spieler«, entgegnete er knapp, dann drehte er ihr den Rücken zu und ging zum Sofa. Sie folgte ihm unwillig. Lange Zeit starrte er auf den Balkon. Sie hatte Angst, das

Schweigen zu brechen, da ihm gerade eben die Erleuchtung zu kommen schien, dass sie die Wahrheit sagte.

»Wollen wir wetten?«, fragte er schließlich. »Ich erzähle Gideon von unserer Affäre. Wenn er dich trotzdem heiratet, gebe ich dir die Hälfte meines Vermögens.«

Ivy konnte sich das Lachen nicht verkneifen. Sie hätte es kommen sehen müssen. Bei Roux kam es schlussendlich immer auf den Preis an.

Er deutete auf das Schlafzimmer. »Denkst du, ich hätte nicht bemerkt, dass du mich bestiehlst? Wer würde dich noch akzeptieren, Ivy, wenn er dein wahres Ich kennen würde? Du lässt dich durchs Leben treiben, orientierungslos, kannst dich weder für eine Karriere noch für einen Mann entscheiden. Du hast doch keine Ahnung, was du willst!«

»Hörst du dir eigentlich selbst zu?« Ivy explodierte. »Mein *wahres Ich*? Du – kennst – mich – nicht. Wir haben uns ein ganzes Jahrzehnt nicht gesehen.«

»Menschen ändern sich nicht.«

»Ach, hör doch auf, verdammt!«

Roux schlenderte zur Tür und öffnete sie. »Es nervt.«

Ihr Gesicht verzog sich: Kontrolle war ein Nullsummenspiel zwischen ihnen: Einer musste sie dem anderen entziehen.

»Zwei Wochen«, sagte er und stellte den Fuß in die Tür. »Sollte ich dann herausfinden, dass du dem ach so edlen Gideon noch immer nichts erzählt hast, werde ich mit ihm reden. Mein Angebot steht. Wenn du es ihm sagst und ...«

»Roux!«

»*Wenn du es ihm sagst* und er verzeiht dir, dann habe ich mich getäuscht und zahle gern. Sollte er dir *nicht* verzeihen, nun, dann wird dir mein Geld vermutlich nicht mehr ganz so schmutzig erscheinen.«

»Du bist so ein …«

»Raus.«

»Fick dich.«

»Raus.«

Sie bückte sich, zog einen Schuh aus und schleuderte ihn mit aller Kraft nach ihm. Der Absatz traf die Wand neben seiner linken Schulter und hinterließ einen dunklen Fleck in der Größe eines Vierteldollars.

»Das passt schon eher zu dir«, sagte er. »Du bist ehrlicher, wenn du wütend bist.«

Sie stürzte sich auf ihn, aber er parierte. Er warf sie im wahrsten Sinne des Wortes in den Flur hinaus und versperrte ihr mit seinen stählernen Armen den Weg zurück ins Apartment. Ihrer Würde beraubt, bedachte Ivy ihn mit allen möglichen Schimpfwörtern, beleidigte seine Mutter, behauptete, er sei von niederer Geburt, nannte ihn korrupt und verdorben und warf ihm seine abstoßenden Angewohnheiten, seine Feigheit sowie seinen Mangel an Integrität vor. Auf diese letzte Kränkung reagierte Roux, indem er seine Brieftasche zückte und eine Handvoll zerknüllter Dollarnoten auf sie herabregnen ließ. »Da hast du deine Integrität«, knurrte er und knallte die Tür zu.

Sex war eine Art Krankheit, stellte Ivy fest, und die Krankheit begann und endete mit Roux. Vielleicht hatte der religiöse Fanatismus von Toms Vater eine gewisse Logik, wenn er einen ehrlichen, gerechten Gott anbetete, der einen niemals betrog. Sie fragte sich, ob eine solche Ergebenheit von reiner Willenskraft oder etwas anderem herrührte – einem tiefen Geheimnis des Lebens, das ihr unbekannt war. Ihr ganzes Leben lang hatte sie Geheimnisse gehabt. Sie hatten sie aufrecht gehalten wie Stützen auf Treibsand – ohne wäre sie längst untergegangen, ein weiteres von Sylvias Schafen, das darauf wartete, zur Schlachtbank geführt zu werden. Sie hatte das Gefühl, dass sie die Kontrolle über ihr Leben übernehmen musste. Aber wie? *Ich bin diejenige, die mein Leben kontrolliert, oder nicht?,* fragte sie sich selbst.

Diese Gedanken gingen ihr durch den Kopf, unablässig, ohne Anfang oder Ende. Sie bat Gideon, sich von ihr fernzuhalten. Sie habe sich erkältet und wolle nicht, dass er sich vor der wichtigen Konferenz bei ihr ansteckte. Anschließend schluckte sie all ihren Stolz herunter und rief Roux an. Betteln war ebenfalls eine Form der Kontrollübernahme. Sie flehte ihn an, die Sinnlosigkeit seiner Forderung einzusehen. Es würde nichts ändern, behauptete sie, er verletze damit lediglich unschuldige Menschen. »Bezieht sich das auf Gideon oder auf dich?«, wollte Roux wissen. »In meinen Augen bist du nämlich alles andere als unschuldig.«

»Hör mir zu!«, rief Ivy. »Hör mir doch einfach mal zu!«

Danach ging er nicht mehr ans Telefon, wenn sie anrief.

In der erdrückenden nachmittäglichen Stille ihres Schlafzimmers wanderten ihre Augen zu einem anderen Tag auf dem Kalender – dem Datum, das Roux ihr als Ultimatum gesetzt hatte, unmarkiert, doch mit einem großen, schwarzen X in ihr Gehirn geätzt. Bis dahin musste sie Gideon ihre Affäre beichten. Noch zwölf Tage ... elf ... zehn ...

Sie bekam eine E-Mail von einer Hochschulreferentin – einer von Lianas Freundinnen. Zu dem entgegenkommenden Preis von achttausend Dollar bot sie ihr an, sie in einem wöchentlichen Online-Kurs auf die Jura-Aufnahmeprüfung vorzubereiten. Ivy antwortete halbherzig, sie werde darüber nachdenken, aber dann löschte sie versehentlich die Mail der Referentin. Inmitten einer solchen Krise zu lernen, erschien ihr so absurd, wie in einem brennenden Haus Brot zu toasten. Sie schlich sich in die Astor Towers und klopfte an Roux' Tür – »Verdammt, ich weiß, dass du da drin bist!« –, aber er machte nicht auf. Ganz gleich, wie lange sie wartete oder wie fest sie ihr Ohr gegen das Türblatt drückte – sie hörte nichts. Aberwitzige Pläne kamen ihr in den Sinn, befeuert vom Schlafmangel. Gideon und sie könnten von der Bildfläche verschwinden und ohne Computer oder Telefone leben, sodass Roux sie nicht finden konnte. Sie könnte ihrer beider Tod vortäuschen. Sie könnte sich ans FBI wenden und sich ins Zeugenschutzprogramm aufnehmen lassen, wenn sie im Gegenzug Informationen über Roux und die Morettis lieferte. Aber selbst wenn Roux im Gefängnis saß, wären sie nicht sicher, nicht bei den heutigen technischen Möglichkeiten. Ihre Hoffnung, Roux umzustimmen, schwand, stattdessen stiegen Rachegedanken in ihr auf. Wie würde sie ihn danach bestrafen? Teeren und federn. Chinesische Wasserfolter. Mit einer Machete auf seine kostbaren Autos losgehen – oder doch nicht, die ließen sich zu leicht ersetzen. *Danach*. Was für ein schreckliches Wort. Immer wieder stellte sie sich die Kluft zwischen dem Vorher und dem Nachher vor, wenn sie Gideon ihre Affäre gestanden hatte. Wie würde er reagieren? Sie malte sich aus, wie er wütend wurde, wie er sie eine Schlampe, eine Hure, eine sittenlose Frau schimpfte und schrie, dass er sie hasste, dass er sie nie wiedersehen wollte. Dann wiederum stellte sie sich vor, dass er am Boden zerstört war – er hätte ihr niemals zugetraut, dass sie in der Lage war, ihm solchen Schmerz zuzufügen, dass er ihr niemals verzeihen würde und sich wünschte, sie wären einander nie begegnet. Das letzte Szenario – das, welches sie nachts wach hielt und dafür sorgte, dass sie sich ruhelos auf der Matratze wälzte – zeigte einen gleichgültigen Gideon. *Ich habe dich niemals richtig geliebt. Du bist nicht das Mädchen, für das ich dich gehalten habe.*

Eines Abends kam ihr der Gedanke, dass sie die Kontrolle über ihr Leben zurückgewinnen konnte, wenn sie aufhörte zu rauchen. Seit sie sich mit vierzehn die erste Zigarette in Roux' Schlafzimmer angesteckt hatte, hatte sie es nie länger als eine Woche ohne ausgehalten. Sie entschied sich für einen kalten Entzug. Ihren Willen über ihr körperliches Verlangen zu stellen. Sie fing an, durch die Straßen zu streifen. An jeder Ecke, in jeder Straße, vor jeder Bar, jedem Club und jedem Café sah sie rauchende Menschen – eine eingeschworene Gemeinschaft, der sie nicht länger angehörte. Ohne nachzudenken, ging sie auf einen alten Mann mit Kochschürze und Sleeve-Tattoo zu und schnorrte ihn um eine Zigarette an. Er steckte seine in den Mund und zog eine Schachtel Lucky Strikes aus der Gesäßtasche. Die entschlossene Art und Weise, wie er sein Feuerzeug anknipste und die Flamme mit der Hand vor dem Wind abschirmte, kam ihr vor wie die größte Freundlichkeit, die man ihr jemals entgegengebracht hatte. Kaum dass sie den Stummel in einen Gulli geworfen hatte, kaufte sie sich auch schon ihre eigene Packung Lucky Strikes. Sie geiferte förmlich, ihre Hände zitterten, ihre Pupillen weiteten sich. Auf dem Weg nach Hause rauchte sie die halbe Schachtel, eine Zigarette nach der anderen, überwältigt von wunderbarem Vergessen. Als die Schachtel leer war, rief sie Roux an. Er ging nicht dran. Sie hatte nichts anderes erwartet, hatte sie es doch nicht einmal geschafft, das Rauchen aufzugeben. Morgen, dachte sie. Morgen höre ich auf.

Um zwei Uhr morgens kam Andrea von ihrem Date nach

Hause und traf Ivy *Solitär* spielend im Wohnzimmer an, eine leere Flasche Rotwein umgekippt auf dem Teppich. Andrea schnupperte am Flaschenhals und schnitt eine Grimasse. »Ist das der Wein, mit dem ich letzte Woche Bœuf bourguignon gemacht habe?« Ivy zuckte die Achseln. Vielleicht trübte der Alkohol ihre Sinne, aber Andrea strahlte eine lustvolle Lebendigkeit aus, ihr Haar war locker gewellt, und sie stellte ihren Körper nicht mit der üblichen Selbstsicherheit zur Schau, sondern mit einer sinnlichen Leichtigkeit, wie sie mit einem vergnüglichen Abend vor dem Kamin, reichlich Wein und Sex bis zum Morgengrauen einherging – Sex, den Ivy nie wieder mit irgendwem haben würde.

»Er hat mich heute gefragt, woher man eigentlich weiß, ob man den richtigen Partner gefunden hat«, sagte Andrea.

»Und wer ist *er*?«, erkundigte sich Ivy zerstreut. Sie war gerade dabei zu überlegen, ob sie einen der Gangster dafür bezahlen sollte, dass er vor den Astor Towers Posten bezog und ihr Bescheid gab, wenn Roux das Gebäude verließ, damit sie ihm auflauern konnte.

»Der Typ, mit dem ich mich treffe. Norman.«

»Ich komme nicht mehr mit bei deiner Männerparade«, sagte Ivy.

Andrea, zu beschwingt, um beleidigt zu sein, war nur allzu bereit, Ivy lang und breit von Norman zu erzählen, was sie wahrscheinlich schon hundertmal getan hatte. Sie hatten sich auf Dave Finleys Swingbox-Party kennengelernt. Norman spielte irgendeine wichtige Rolle bei dem umjubelten Start-up-Unternehmen, bla, bla, bla, er war ja so romantisch, sie hatte noch nie so für jemanden empfunden … Ob Ivy fand, dass sie es zu schnell angehen ließen, oder ob sie auch der Meinung war, wenn es sich richtig anfühlte, dann war es auch richtig … Sie legte ihre Wange an Ivys Schulter. »Ich möchte so gern Kinder haben«, flüsterte sie gequält …

Ivy zwang sich, die Augen zu öffnen, die ihr unweigerlich zugefallen waren. Sie fühlte, wie die Haut auf ihrer Schulter feucht wurde.

Am nächsten Morgen schreckte sie schweißbedeckt aus einem Albtraum hoch. Wieder einmal. Sie war auf dem Sofa eingeschlafen. Andrea hatte sie mit dem Plaid zugedeckt. Auf dem Couchtisch lagen Pokerkarten, perfekt ausgebreitet zu einem Fächer, bis auf die Herz-Dame, die am Rand des Tisches lag, in kleine Fetzen gerissen. Hatte sie das getan? Sie erinnerte sich vage daran, dass sie nicht aufhören konnte, ihre Hände zu bewegen, die Karten zu mischen, ihre Nägel zu lackieren und an ihrer Nagelhaut zu zupfen, bis sie blutete. Sie ging ins Bad und betrachtete sich im Spiegel – ein grausiger Anblick, der durch das grelle Licht noch unerträglicher wurde: Ein weißes, aufgedunsenes Gesicht blickte ihr entgegen, die Augenlider gerötet, die Lippen geschwollen. Auf ihrem Kinn wuchs ein riesiger Pickel. Sie warf einen Blick auf ihr Handy und stellte fest, dass es bereits drei Uhr nachmittags war.

Sie konnte sich nicht erinnern, wann sie zuletzt etwas gegessen hatte. Der nagende Schmerz in ihrem Magen breitete sich plötzlich bis in ihren Kopf aus. Sie krümmte sich übers Waschbecken. Anschließend ging sie in die Küche und kramte eine Dosensuppe und eine abgelaufene Packung Austerncracker aus der Schublade mit den Speisekarten der Lieferdienste hervor. In letzter Zeit schmeckte das Essen seltsam – blechern und irgendwie nach Sardellen. Ihre Zähne waren schmerzempfindlich. Vorsichtig kaute sie die Cracker, und als sie sich anschließend die Zähne putzte, bekam sie Zahnfleischbluten, das erst aufhörte, als sie sich Wattebällchen in den Mund stopfte.

Gideon kam am Samstagabend vorbei, oder war es Sonntag? Ivy zog ihr Handy unter dem Kissen hervor und spähte verstohlen aufs Display. Es war Sonntag. Noch eine Woche. Sieben Tage. Einhundertachtundsechzig Stunden. Vielleicht konnte sie Roux anflehen, ihr mehr Zeit zu geben, behaupten, sie sei krank. Bestimmt gestand er ihr wenigstens das zu.

Draußen hagelte es. Der Wetterbericht hatte eine weitere Kaltfront von Norden angekündigt, die ganze Woche über sollten schwere Schneestürme aufziehen. Der Wetteransager war in letzter Zeit ihre einzige Gesellschaft gewesen; stundenlang redete er mit seiner monotonen, beruhigenden Stimme auf sie ein, während er eine Warnung nach der anderen herausgab: starke Bewölkung ... schlechte Sicht ... Tiefstwerte um minus zehn Grad mit eisigen Böen ...

Gideons Stirn war tief gefurcht.

»Entschuldige?«, fragte Ivy.

»Ich fragte, ob es dir besser geht.«

»Ja.«

»Das sieht aus, als würde es ganz schön jucken.«

Ivy bedeckte den Ausschlag an ihren Handgelenken mit den Ärmeln ihres Bademantels.

»Was ist passiert?«

»Eine allergische Reaktion auf ein Armband«, log sie.

»Mir ist neulich so etwas Ähnliches an deinem Hals aufgefallen.«

Ivys Herz machte einen Satz. Sie hatte gedacht, sie hätte sämtliche Spuren ihrer körperlichen Auseinandersetzung mit Roux überschminkt. Hatte Gideon trotz des Concealers etwas bemerkt? War sie nicht sorgfältig genug gewesen? Doch sein aufmerksames, gleichmütiges Gesicht verriet nichts.

»Hast du genug gegessen? Du siehst dünn aus.« Er schnupperte. »Feiert euer Nachbar eine Grillparty? Es riecht so angebrannt.«

»Ich glaube, Andrea hat vorhin etwas gekocht.«

»Warst du mal beim Arzt? Du fühlst dich etwas fiebrig an.«

»Nein.«

»Vielleicht brauchst du ein Antibiotikum, um mit dieser Erkältung fertigzuwerden.«

»Ich habe doch gesagt, es geht mir gut!« Als sie sah, wie er zurückwich, bereute sie ihren Ton und fügte leise hinzu: »Ich habe kein Fieber. Sobald ich merke, dass ich Temperatur bekomme, suche ich einen Arzt auf, versprochen. Und jetzt erzähl mir von deinem Tag.«

Gideon fing an zu berichten. Sofort schweifte ihre Aufmerksamkeit ab, und sie betrachtete sein Gesicht. Wie wundervoll symmetrisch es war, absolut perfekt. Im Geiste fuhr sie über die aristokratischen Brauen und den Nasenrücken, streifte mit unsichtbaren Fingern seine langen, braunen Wimpern, das spitze Kinn, die geschwungene Einbuchtung an seiner Oberlippe ... und stellte erschrocken fest, dass sie sich seine Züge einprägte, um sich später daran erinnern zu können.

Stille breitete sich aus. Gideon sah sie an. Ivy stellte fest, dass er auf eine Antwort wartete.

»Soll ich dich lieber schlafen lassen?«, fragte er leise.

Sie schloss die Augen. Wollte sie schlafen? Ja, sie wollte schlafen, und wenn sie wieder aufwachte, sollte Roux Roman wenn möglich tot sein.

»Ich fühle mich gar nicht wohl bei dem Gedanken, dich während der nächsten zwei Wochen allein zu lassen.«

Sie riss die Augen auf. »Warte, wohin fährst du?«

Er lächelte betrübt. »Ich nehme an, es ist furchtbar langweilig, mir zuzuhören, wenn ich die ganze Zeit über die Arbeit rede.«

Ivy senkte schuldbewusst den Blick.

»Du weißt doch, ich bin mit dem Team für zwei Wochen in Costa Rica.«

»Ja, richtig … Hast du dort Handyempfang?« Wenn Roux versuchte, ihn zu kontaktieren, konnte er womöglich gar nicht ans Telefon gehen.

Gideon versicherte ihr, dass er international Empfang hatte, außerdem verfüge das Ressort über Glasfaser-Internet, sodass sie keine Probleme haben dürfte, ihn zu erreichen.

Ivy fing an, mit den Zähnen zu klappern. Ihr prokrastinationsbedingter Stupor wich adrenalinbefeuerter Panik. Gideon würde für zwei Wochen außer Landes sein. Bis nach Ablauf von Roux' Ultimatum. Wenn sie ihm ihre Affäre mit Roux persönlich beichten wollte, würde sie jetzt die Karten auf den Tisch legen müssen. Sie fühlte sich wie der Road Runner aus der beliebten Zeichentrickserie, der plötzlich vor dem Abgrund stand.

»He – was ist denn los?«, fragte Gideon, der spürte, wie aufgeregt sie war. »Das liegt doch nicht nur daran, dass du krank bist. Was hast du?« Ihr Kinn zitterte. »Sag es mir, Schatz.« Es war das erste Mal, dass er sie so nannte. Ivys Herz schmerzte vor Verzweiflung. Ihr blieb keine Zeit mehr, sie musste es ihm sagen. Sie versuchte zu sprechen, schnappte aber nur angestrengt nach Luft.

»Geht es um die Hochzeit? Hat Mom zu vehement das Ruder an sich gerissen?«

»Nein«, presste Ivy hervor, »daran liegt es nicht.« *Das Ru-*

der an sich reißen. Wie sehr würde sie diese altmodische Aus-
drucksweise vermissen! »Es liegt an mir. Ich habe ...« Ihre
Zunge klebte am Gaumen fest. Sie griff nach ihrem Wasserglas und leerte es in einem Zug, während sie innerlich um
Mut betete. »Erinnerst du dich an letzten Sommer? Seit wir
aus Cattahasset zurückgekehrt sind, habe ich mich irgendwie
verwirrt und einsam gefühlt. Also habe ich ...«

»Ich höre.«

»Ich ...«

»Hast du mich betrogen?«

Ivy zuckte zurück wie ein Kind, das zu nah ans Feuer geriet. »*Wie bitte?* Warum sagst du das?«

»Egal«, machte er hastig einen Rückzieher und tätschelte
ihr Knie. »Schlechter Scherz. Was wolltest du wegen Cattahasset sagen?«

Die unerwartete Direktheit von Gideons Frage hatte sie
völlig aus der Bahn geworfen.

»Ich wollte nur sagen ...« Sie griff nach dem erstbesten
Gedanken, der ihr in den Sinn kam. »Ich werde die Aufnahmeprüfung nicht wiederholen. Ich möchte nicht länger Anwältin werden.«

Es entstand eine nahezu komische Pause, als beide Ivys
Worte gleichermaßen überrascht auf sich wirken ließen.
Konnte er hören, wie ihr Herz verräterisch gegen ihren Brust-
korb hämmerte?

Gideon verschränkte die Arme, so wie er es immer tat,
wenn ein ernstes Gespräch anstand. »Tatsächlich? Was hat
zu diesem Sinneswandel geführt?«

Erleichtert, dass sie endlich reden konnte, schüttete Ivy Gideon ihr Herz aus. Sie behauptete, sie habe sich selbst etwas
vorgemacht, sie glaube nicht, dass sie für die Juristerei ge-

schaffen sei, die viele Arbeit, den ermüdenden Stoff, den mörderischen Wettbewerb.

»Dann möchtest du also wieder als Lehrerin arbeiten?«

Sie zögerte und versuchte, seinem Gesichtsausdruck zu entnehmen, ob das für ihn akzeptabel war. »Ähm … nein.«

»Was möchtest du dann tun?«

»Ich würde gern …« Sie war *müde*, verdammt noch mal, am liebsten würde sie gar nichts tun. Sie rieb sich die schmerzenden Augen. »Um ehrlich zu sein, hat mich das noch nie jemand gefragt. Ich habe den Lehrberuf gewählt, um nicht Medizin studieren zu müssen. Meine Eltern wollten, dass ich Ärztin werde. Sie hatten schreckliche Angst, dass ich keinen Job finden oder keine gute Partie machen würde.«

»Was hat denn die Ehe damit zu tun?«

Ach, Gideon. Wie konnte sie erwarten, dass er das verstand, und wie sehr sie ihn dafür liebte, dass er es nicht tat! »Du bist nicht sauer auf mich?«, fragte sie kleinlaut.

»Weil du keine Anwältin werden möchtest?« Er legte die Stirn in Falten. »Warum in aller Welt sollte ich sauer auf dich sein? Du kannst tun, was immer dich glücklich macht … Und *das* hat dich die ganze Zeit über gequält? Ich bin doch kein Unmensch … Für mich ist es okay, wenn du weder Anwältin noch Lehrerin sein möchtest. Du bist klug und einfallsreich« – Ivy zuckte zusammen –, »warum nimmst du dir nicht einfach die Zeit, die du brauchst, um herauszufinden, was du wirklich gern mit deinem Leben anfangen möchtest?«

»Aber das Timing …« Sie verstummte verlegen, weil sie es nicht über sich brachte, ihm zu sagen, dass das Geld, das ihre Eltern ihr für die Miete und die Hochzeit gegeben hatten, zur Neige ging und sie Nan und Shen unmöglich um mehr bitten konnte. Blieb nur noch, Roux' Angebot anzunehmen, doch in dem Fall würde sie Gideon verlieren, und was nützte ihr das Geld dann noch? Geld, Geld, immer das verfluchte Geld, dieser tollwütige, hartnäckige Köter, der sich von Beginn ihres Lebens an in ihre Ferse verbissen hatte und sie einfach nicht vorankommen ließ.

»Wenn wir erst einmal verheiratet sind, ziehen wir zusammen, dann musst du dir zumindest keine Sorgen wegen der Miete machen«, sagte Gideon, der auf seine taktvolle Art ihre Gedanken gelesen hatte.

Wenn wir erst einmal verheiratet sind ... Hätte ein Messer auf dem Nachttisch gelegen, hätte sie es genommen und sich hier und jetzt ins Herz gestoßen – der Schmerz wäre in etwa ihren Gewissensbissen gleichgekommen.

Gideon strich ihr in sanften, kreisenden Bewegungen über den Rücken, als würde er ein scheues Pferd beruhigen. »Bitte sprich in Zukunft gleich mit mir«, sagte er. »Es gibt nichts, was wir nicht gemeinsam durchstehen können.« Sie nickte kraftlos. »Das wäre dann ja geklärt.« Er griff nach ihrem leeren Glas. »Orangensaft, Tee oder Wasser?«

»Tee, bitte.«

Als er weg war, beschloss Ivy, dass ihr keine andere Wahl blieb, als sich umzubringen. Wenn junge Menschen starben, blieb ihre Liebe rein und unvergänglich. Die Leute gingen zur Beerdigung und sagten ergreifende Dinge. Nannten sie Engel. Sie konnte Gideons Engel sein. Vielleicht würde Roux sich aus Reue ebenfalls töten. Das Einzige, was Ivy mit absoluter Gewissheit wusste, war, dass sie lieber dem Tod ins Auge blicken würde, als Gideons Vertrauen zu missbrauchen. Was zum Teufel war das für ein Geräusch ...

Ihr Handy summte. Sowohl hoffend als auch fürchtend, es könnte Roux sein, warf sie einen Blick auf die Anruferken-

nung. Es war Nan. Ivy ignorierte das Summen. Nan rief dreimal nacheinander an. Ivy wollte den Anruf gerade zum vierten Mal ablehnen, als ihr plötzlich der Gedanke kam, Roux
könnte Nan kontaktiert haben. Sie ging dran.

»Es passt mir gerade nicht so gut, Mama. Ich liege mit einer
Erkältung im Bett ... Hallo?«

Sie hörte Stimmengewirr, begleitet von einem Piepsen.
Dann: »Hallo? Hallo? Hier spricht Mama. Kannst du mich
verstehen? Grandma ist im Krankenhaus. Du solltest her-
kommen.«

19

Meifeng war in der Dusche ausgerutscht und hatte sich die Hüfte gebrochen. »Es geht ihr gut«, sagte Nan, »aber sie braucht eine neue Hüfte.«

Gideon bestand darauf, dass er Ivy nach Clarksville brachte. »Du bist die ganze Woche lang krank gewesen«, sagte er mit Nachdruck, und außerdem spielt dein Auto verrückt. Ganz zu schweigen davon, dass jede Menge Schnee vorhergesagt ist.«

»Aber Costa Rica …«

»Bis dahin ist noch genügend Zeit.«

Der erwartete Schneesturm, der sich über dem Atlantik zusammenbraute, hatte Boston noch nicht erreicht, aber Ivy konnte die schneidende Kälte riechen, als sie irgendwo nördlich von New York das Beifahrerfenster hinunterließ. »Mir wird übel«, sagte sie zu Gideon, der sofort reagierte und rechts ranfuhr. Sie öffnete die Wagentür und erbrach sich. Als es ihr etwas besser ging, spülte sie sich den Mund mit Wasser aus, und Gideon setzte die Fahrt fort.

Um kurz nach Mitternacht trafen sie am Presbyterian Hospital ein. Hier in New Jersey hatte sich nichts geändert: dieselben Schlaglöcher auf der Route 1, der Geruch nach Kuhdung, die flachen Ladenzeilen, der Rauch über den Fabriken von Elizabeth.

Sie trafen Nan vor dem Aufzug im vierten Stock. Ihr Gesicht wirkte um Jahre gealtert, zwei graue Haarsträhnen standen von ihrem Kopf ab wie blasse Strohhalme, grüne Adern pulsierten unter ihrer bleichen Haut. Gideons Anwesenheit schien sie zu verwirren. Immer wieder berührte sie ihren Hals, wenn sie ins Chinesische wechselte, und warf einen Blick über die Schulter auf Shen, als erwarte sie, dass er ihre unbeholfenen Erklärungen in fließendes Englisch übersetzte. »Grandma ist gerade aus dem OP gekommen«, teilte Nan Ivy mit. »Sie steht noch unter Narkose, aber du kannst zu ihr. Es darf immer nur eine Person mit ihr im Raum sein.« Gideon zog sich taktvoll zurück, um Kaffee zu besorgen. Ivy betrat das Krankenzimmer. Meifeng schlief, einen Sauerstoffschlauch in der Nase. Ihre gesprungenen Lippen waren leicht geöffnet. Gelegentlich gaben die Geräte, die an ihren Armen befestigt waren, seltsame, piepsende Geräusche von sich, aber es eilten keine Schwestern herein. Das Herz, dieses wundersame Herz, schlug weiter.

Sie hielt die trockene Hand ihrer Großmutter, bis Nan den Kopf zur Tür hereinsteckte und mit übertriebener Panik verkündete: »Der Doktor ist da, komm schnell! Ach, ausgerechnet jetzt musste dein Baba zur Toilette. Sein empfindlicher Magen, du weißt schon …« Ivy trat auf den Flur hinaus, um für ihre Mutter zu übersetzen. Der Oberarzt teilte ihr mit, es sei alles glattgegangen, ein Routineeingriff. Dann setzte er zu einer detaillierten, umständlichen medizinischen Erklärung an, der keine der beiden Frauen folgen konnte. Nan zupfte immer wieder an Ivys Hand – »Was sagt er? Was sagt er?« –, und Ivy bedeutete ihrer Mutter, still zu sein. »Er sagt, sie wird wieder … Lass mich doch bitte zuhören …« In der Tat machte Ivy den Eindruck, sie würde aufmerksam zuhören, doch gleich nach ihrer Erleichterung darüber, dass es Meifeng bald besser ginge, machte sich die stille Erkenntnis breit, dass der Arzt jung war und gut aussah. Mit seinem lockigen hellbraunen Haar und dem Kinngrübchen sah er aus wie Superman. Einen Schritt hinter ihm stand in einer respektvollen Reihe eine Entourage aus Krankenschwestern, Assistenzärzten und Studenten. Überall, wo Menschen zusammenkamen, ließ sich eine Art Nahrungskette erkennen – irgendwer stand immer an der Spitze.

Die blaue OP-Kluft erinnerte sie an die Schürze, die Roux getragen hatte. Ivy versuchte, sich Roux hier im Presbyterian Hospital vorzustellen, als Chirurg, der sie mit beruhigender Stimme über Meifengs Zustand informierte. Nan wäre begeistert, wenn sie Roux heiratete. »Mein Schwiegersohn ist Chirurg«, würde sie vor ihren Schwestern prahlen. Nach den Operationen würde Ivy ihm die Schultern massieren, sie würde Spendensammlungen für das Krankenhaus organisieren wie Liana Finley, und Roux' dankbare Patienten würden ihnen Geschenkkörbe nach Hause liefern lassen. Diese schöne Vorstellung hob für eine Sekunde Ivys Stimmung. Dann sickerte bei ihr die Erkenntnis durch, dass Roux kein Arzt war. Für ihn war die OP-Schürze nicht mehr gewesen als eine Verkleidung. Roux hatte noch nicht einmal einen Highschool-Abschluss. Seine Mutter war in der Wohnung gestorben, die ihr verheirateter Liebhaber bezahlt hatte. Roux heilte nicht – Roux tat anderen Menschen Gewalt an.

Sie merkte, dass ihr wieder übel wurde, aber in ihr war nichts mehr, was sie hätte erbrechen können.

»In Anbetracht ihres Alters«, schloss der Arzt, »müssen wir sie mehrere Tage stationär überwachen. Keine Sorge – wir tun alles, damit sie so schnell wie möglich nach Hause kann. Je länger sie bleibt, desto größer ist das Risiko, dass sie sich eine Infektion zuzieht … Ich sehe sie mir nur kurz an …« Er betrat Meifengs Krankenzimmer und führte eine oberflächliche Untersuchung durch, während sich sein Gefolge an der Tür drängte und jedes Wort mitschrieb, das er sagte. Kurz darauf zog sich die Horde von Weißkitteln, angeführt vom Blaukittel, zurück wie das Meer beim Umschwung der Gezeiten und hinterließ eine Leere, die bei Ivy keine Erleichterung hervorrief, sondern vielmehr das Gefühl, nichts weiter tun zu können. Nan fragte Ivy, ob sie und Gideon schon etwas gegessen hätten.

»Nein ... wir sind nach deinem Anruf direkt losgefahren.«

Nan schnalzte besorgt mit der Zunge. »Ihr zwei solltet zu uns nach Hause fahren und euch die Reste von gestern aufwärmen.«

Ivy sagte, Gideon habe vor, sofort nach Boston zurückzukehren, da er morgen einen frühen Flug erwischen müsse.

»Hin und zurück, ohne sich zwischendurch auszuruhen. Ist er denn nicht müde? Was, wenn er einschläft und einen Unfall baut?«

Ivy widersprach nicht. Sie war erschöpft, obwohl sie nichts getan hatte. Sie hatte die ganze Woche über nichts getan. Wie zermürbend Nichtstun war!

Nan entdeckte Shen, der durch den Gang zu ihnen eilte. Ihr Gesichtsausdruck wechselte so schnell von Sorge zu Ve/ärgerung, dass Ivy meinte, einen Hieb mit der Peitsche versetzt zu bekommen. »*Wo warst du so lange?*«

Auch Gideon kehrte zurück. »Es tut mir leid, dass ich direkt wieder los muss, aber du weißt ja ...«, sagte er und reichte Ivy einen Becher Kaffee.

Mit derselben beeindruckenden Geschwindigkeit, mit der es sich eben verzogen hatte, glättete sich Nans Gesicht, und sie setzte ein mütterliches Lächeln auf. In gebrochenem Englisch dankte sie Gideon, dass er die lange Fahrt auf sich genommen hatte, und entschuldigte sich für die Mühe. Sie bat ihn, langsam zu fahren und Bescheid zu geben, sobald er in Boston angekommen sei.

»Ich rufe dich morgen an, um mich zu erkundigen, wie die Dinge stehen«, flüsterte Gideon Ivy ins Ohr.

»Ich liebe dich«, wisperte sie voller Schmerz. Er küsste sie, schüttelte Shen die Hand, anschließend küsste er Nan auf die Wange. Nan errötete, wieder legte sie unsicher die Hand an den Hals.

Sie blieben alle stehen, bis sich die Aufzugtür vor Gideons lächelndem Gesicht geschlossen hatte.

»Er ist ein guter Mann«, sagte Shen.

»Sehr zuverlässig«, pflichtete Nan ihm bei.

Ivy berührte ihre Augen. Sie waren feucht. Nan beäugte ihre Tochter misstrauisch. »Geh und hol uns ein Wasser«, trug sie Shen auf.

»Sie hat doch schon Kaffee.«

»*Ich* möchte ein Wasser. Wir sind im Wartezimmer.« Sie führte Ivy den Gang entlang. Kaum waren sie allein in dem Raum, fragte Nan: »Was ist los mit dir?«

Ivy sackte auf einen Plastikstuhl und griff nach einer Box mit Papiertaschentüchern, die auf einem klapprigen Beistelltisch stand. Sie fühlte sich, als wäre sie in einem ihrer grauenhaften Albträume gefangen. Vor sechs Stunden hatte sie noch in ihrem Bett in Boston gelegen, nun saß sie hier, mit ihrer Mutter im Wartezimmer des Presbyterian Hospital, während ihre Großmutter in einem der Krankenzimmer mit Sauerstoff versorgt wurde. Sie warf einen Blick auf den kleinen Fernseher in der Ecke, in dem eine stumm gestellte Late-Night-Talkshow lief.

»Du siehst ja noch schlimmer aus als Austin«, stellte Nan mit ernstem Ton fest. »In deinem Gesicht ist gar keine Farbe mehr. Versuchst du etwa, abzunehmen?«

»Ich bleibe über Nacht bei Grandma«, erwiderte Ivy anstelle einer Antwort. »Warum fährst du nicht mit Baba nach Hause?«

Nans Gesicht wurde weich. »Grandma kommt schon wieder auf die Beine. Amerikanische Krankenschwestern sind ausgesprochen fähig. Wir kommen gleich morgen früh wieder. Weinst du deswegen?«

»Ich weiß es nicht.«

»Hast du dich mit Gideon gestritten? Behandelt er dich schlecht?«

»Was? Nein. Wir streiten uns nicht.«

Obwohl sie allein im Zimmer waren, senkte Nan die Stimme. »Steckt eine andere Frau dahinter? Du kannst es Mama sagen.«

Ivy wurde noch bleicher. Nicht zum ersten Mal fragte sie sich, aus welchen verqueren Tiefen die Gedanken ihrer Mutter sprudelten.

»*A-ya,* bist du immer noch so dünnhäutig? Sitz gerade!« Vorwurfsvoll versetzte Nan Ivy einen Schlag auf den Rücken. »Du siehst aus, als hättest du einen Buckel. Glaub ja nicht, du könntest nach der Hochzeit plötzlich hässlich werden.«

»Ich werde nicht heiraten.«

»Was redest du da? Wieso nicht?«

»Gideon wird die Hochzeit absagen.«

Nans Augenbrauen wanderten bis zum Haaransatz. Nach kurzem Schweigen sagte sie: »Was hast du getan?«

»Vielleicht kann ich dir nicht einmal das Geld für die Hochzeit zurückgeben.«

»Pah, Geld. Wen kümmert das schon?«

Ivy lachte hohl und wies ihre Mutter darauf hin, dass Nan sich gerade eben über die Kosten für Meifengs Krankenhausaufenthalt beschwert hatte.

»Das sind zwei völlig verschiedene Dinge.« Sie nahm Ivy den Kugelschreiber weg, mit dem sie spielte. »Erfolg lässt sich nicht allein am Geld festmachen. Es ist die Erziehung eines Mannes, die zählt. Die Tugend, die durch seine Adern fließt. Das kann man mit Geld nicht kaufen.«

»Ach, um Himmels willen«, stöhnte Ivy. »Nicht schon wieder dieser *qìzhì*-Unsinn.« Sie holte sich ihren Kugelschreiber zurück und stieß ihn klickend gegen ihre Handfläche.

»Eine gute Ehe besteht aus mehr als nur Liebe«, fuhr Nan fort, ohne Ivy zuzuhören. »Nur ein Narr würde etwas anderes behaupten. Reiche Leute sind nicht dumm. Unterschätz deinen Mann nicht. Er ist ambitioniert, das sage ich dir. Nur jemand, der große Pläne hat, ist so vorsichtig wie er. Er geht äußerst bedacht vor und behält jeden von uns ganz genau im Auge, um herauszufinden, wie wir in sein Leben passen. Manchmal sehe ich, wie er dich anschaut. Wie er abzuschätzen versucht, ob du ihn auf seinem Weg unterstützen kannst.«

»Auf seinem Weg *wohin*?«

Nan tat ihre Worte mit einer wedelnden Handbewegung ab. »Männer reden nur selten. Sie handeln. Erinnerst du dich an den Sohn von Tante Pings Freundin, Kevin Zhao?«

»Nein.«

»Erinnert sich dein Dickschädel eigentlich an irgendetwas? Kevin ist der Junge, der uns im letzten Jahr nach Boston begleitet hat, weil er dich kennenlernen wollte.«

»Ach ja?«

In Nans Stimme schwang Stolz mit, als sie verkündete,

Kevin sei jetzt mit einem Mädchen aus Yunnan verheiratet. »Mit einer Balletttänzerin. Er hat gerade sein Medizinstudium abgeschlossen und eine Stelle im Krankenhaus angetreten. Sie haben ein Haus gekauft, mitten in Clarksville, und dabei ist er erst neunundzwanzig.« Sie schüttelte wehmütig den Kopf. »Baba und ich mussten die vierzig überschreiten, bevor wir unser erstes Haus kaufen konnten. Er schickt den Eltern seiner Frau Geld … Was hat Gideon für dich getan? Du bittest Baba um Geld, weil du deinem zukünftigen Ehemann nicht traust. Er hätte dir zumindest anbieten können, dich während deines Jurastudiums zu unterstützen.«

»Er hat es mir angeboten.« Das stimmte im Grunde.

»Tatsächlich?«

»Aber ich habe meine Meinung geändert. Ich möchte nicht länger Jura studieren.«

Nan wirkte nicht im Mindesten überrascht. »In China gibt es ein Sprichwort: *Mann und Frau sind wie Vögel im Wald – wenn es brenzlig wird, ergreifen sie getrennt die Flucht.*«

»Das klingt ja optimistisch«, sagte Ivy. »Hast du das von Grandma gelernt?«

»Weißt du, was das Geheimnis einer beständigen Ehe ist?«

»Getrennte Schlafzimmer?«

Nan dachte ernsthaft einen Moment lang über Ivys Vorschlag nach. »Nein«, sagte sie dann und fuhr gleich darauf fort: »Vor Baba war ich in einen jungen Mann aus meinem Dorf verliebt. Grandma hat dir die Geschichte erzählt, oder?« Als Ivy den Blick senkte, weil sie sich an die Zeit auf der Highschool erinnerte, als sie geschrien hatte: *Du bist damals zusammen mit deinem Freund in China gestorben. Wir sind bloß deine Ersatzfamilie!,* fragte Nan arglistig: »Was genau hat sie dir erzählt?«

Ivy war zu verlegen, um auf intime Details einzugehen – bei der Vorstellung, mit ihrer Mutter über irgendwelche romantischen oder gar sexuellen Themen zu sprechen, wurde ihr heiß vor Scham –, deshalb fasste sie das Wesentliche aus Meifengs Erzählung zusammen: »Sie hat gesagt, sie hat dich gezwungen, dich von dem Jungen zu trennen, indem sie dich zu deiner Tante geschickt hat. Du hast ihr nie verziehen. Dein Freund wurde in ein Arbeitslager gesteckt, wo er ums Leben kam … Man hat ihn wegen einer Süßkartoffel umgebracht.« Dieses letzte Detail hatte sich als Quell zahlreicher Albträume erwiesen.

Nan runzelte die Stirn. »*Das* hat sie also die ganze Zeit über behauptet. Selbst nach all den Jahren kann meine eigene Mutter mich noch immer nicht verstehen.« Ivy schnaubte, doch die Ironie entging Nan. »Die Wahrheit ist«, fuhr Nan fort, »dass ich ihn eine Zeit lang geliebt habe – Anming Wu. Aber es war nicht so, wie meine Mutter dachte.«

»Ich habe mir nie viel aus Äußerlichkeiten gemacht, aber man hat mir mein ganzes Leben lang gesagt, ich sei hübsch. Auch ich hatte Vorstellungen, was ich im Leben anstrebte. Du musst wissen, wie die Zeiten damals waren: Jeder, den wir kannten, wurde abtransportiert. Verwandte zeigten Verwandte an. Nachbarn verwandelten sich in Spione. Die Wus waren eine korrupte Familie. Sie bestachen Beamte in Peking, damit sie ihr *qipao*-Geschäft behalten durften. Anming dachte, das mache ihn immun gegen die Gefahren seiner Herkunft. Er prahlte weiter mit seinem Geld, als wäre es eine kugelsichere Weste. Ich war jung. Ich ließ mich von seinen Versprechungen von einer Zukunft blenden, ich würde die *taitai* seiner Familie sein und ein unbeschwertes Leben führen. Oh, ich verliebte mich wirklich in ihn, zumindest in die Version, die er mir von sich präsentierte.

Eines Abends nach dem Schulfest waren wir allein in der Umkleide, und er hat sich auf mich gestürzt. Ich habe versucht, ihn abzuschütteln, aber er war stark und ließ sich nicht abhalten. Ich redete mir ein, das sei schon in Ordnung, schließlich liebte er mich und würde das Richtige tun. Ich war zu dumm zu begreifen, dass dies nicht der erste Schritt zu einem Heiratsantrag war. Anschließend wartete ich darauf, dass er mir seine Liebe schwor und mich bat, seine Frau zu werden. Ich wartete monatelang. Eines Tages – ich war auf dem Heimweg von der Fabrik, in der ich arbeitete – sah ich ihn hinter einem Baum mit einem anderen Mädchen von der Schule. Er hatte die Hand unter ihre Bluse gesteckt. Zum ersten Mal sah ich ihn so, wie er war. Ich begriff, dass er mich benutzt hatte. Er hatte nie die Absicht gehabt, mich zu heiraten – warum auch? Meine Eltern waren arme Bauern, ohne Geld oder Beziehungen, und sie mussten vier Töchter durchbringen. Ich hatte seiner Familie nichts zu bieten.

Ich war außer mir vor Angst. Eine andere junge Frau aus dem Dorf war fortgebracht worden, weil man sie mit einem Mann in den Reisfeldern erwischt hatte. Die Kunde ihrer Schande verbreitete sich über drei Provinzen. Ihr Vater – der Dorfmetzger – verlor all seine Kunden, ihre Mutter beging Selbstmord. Ich fürchtete, dieses Schicksal würde mich ebenfalls ereilen, und dann wäre nicht nur meine Zukunft ruiniert, sondern auch die meiner Schwestern. Hinzu kam, dass Anming eine große Klappe hatte – er prahlte mit den Geheimnissen seiner Familie, mit ihrem Geld, ihren Beziehungen zur Regierung. Ich musste ihn loswerden. Tagelang zerbrach ich mir den Kopf, und endlich fand ich eine Lösung.

Am Dorfrand lebte eine überzeugte Kommunistin namens Mu Xiao. Sie war eine fanatische Mao-Anhängerin, die sich unbedingt beweisen wollte, um innerhalb der Partei aufzusteigen. In einem anonymen Brief schrieb ich ihr alles, was mir Anming über seine korrupte Familie erzählt hatte: welche Beamten die Wus bestochen hatten, wie viel Geld sie unter den Bodendielen versteckten, dass sie mit dem rechten Flügel sympathisierten – einfach alles. Mu Xiao benutzte den Brief, um die Verhaftung der Familie zu erwirken und sich einen höheren Posten zu sichern. Die Wus wurden ins Gefängnis gesteckt – die Regierungsbeamten, mit denen sie Absprachen getroffen hatten, wurden exekutiert –, und sämtliche Kinder, einschließlich Anming, aufs Land geschickt. Man kann sagen, dass ich allein die Wus auf dem Gewissen habe. Wer weiß? Wäre da nicht mein Brief gewesen, hätten sie womöglich bis nach der Revolution unter dem Schutz der korrupten Regierungsbeamten gestanden. Es tat mir leid, als ich hörte, dass er tot war. Ich weinte bitterlich und betete noch Monate nach seinem Tod für meine Seele. Aber wenn nötig, hätte ich es wieder getan.

Ungefähr zu jener Zeit wurde ich auf einen Jungen im Dorf meiner Tante aufmerksam, von dem ich wusste, dass er sich nach mir verzehrte. Er war nicht der attraktivste Mann, aber er war klug und stammte aus einer langen Reihe von Gelehrten. Seine Mutter war Krankenschwester, sein Vater der Leiter eines Krankenhauses. Ich mochte Shen Lin auf Anhieb. Er redete nicht viel, aber er war zuverlässig. Eines Tages kam er zur Fabrik und schenkte mir ein hart gekochtes Ei. Zunächst verfluchte ich ihn deswegen. Ich sagte ihm, je mehr ich äße, desto hungriger würde ich, und er erwiderte, das sei schon in Ordnung, weil er mir alle Eier schenken würde, die ich essen könnte, so viele ich wollte. Ich wollte zwanzig Eier. Am nächsten Tag brachte er mir eine Tüte, in der sich zwanzig Eier befanden. Bei meiner Mutter behauptete ich, ich hätte die Tüte auf der Straße gefunden.

Viele Mädchen mochten Shen oder seinen familiären Hintergrund, doch er würdigte sie kaum eines Blickes. Er hatte die Gerüchte gehört, ich würde einen Toten lieben, doch das brachte ihn seltsamerweise dazu, mich noch mehr zu begehren.

Ich holte Erkundigungen über ihn ein und fand heraus, dass die Lins für zwei Dinge bekannt waren: ihre unbeugsame Arbeitsmoral und ihre Schwäche fürs Glücksspiel. Sie würden sich zu Tode arbeiten, um etwas zu erreichen, nur um es aus einer Laune heraus wieder zu verspielen. Shen war auf dem Weg, Arzt im örtlichen Krankenhaus zu werden, und ich hatte Xing Chang satt, hatte meine Schwestern satt, und am meisten hatte ich meine Mutter satt, die die Wus ihr ganzes Leben lang verehrt, ihnen die Füße geküsst hatte und um ihre Kinder herumscharwenzelt war. Ich wollte weg von all dem, und am meisten von ihr.

Als Shen mir eines Tages auf der Straße begegnete, achtete ich darauf, dass er mich zu meiner Freundin sagen hörte, wie sehr ich mir wünschte, China zu verlassen und nach Amerika zu gehen. Wie sehr ich mir wünschte, es gäbe einen Mann, der Ambitionen hatte, im Ausland zu leben. Kurz darauf kamen mir Gerüchte zu Ohren, Shen habe seinem Vater mitgeteilt, er wolle nicht Arzt werden, sondern den TOEFL-Test machen. Nachdem er bestanden hatte, kam er zu mir nach Hause und machte mir einen Antrag. Ich zierte mich ein wenig, dann nahm ich an.

Du hast mich oft gefragt, wie es dazu kam, dass dein Vater

und ich geheiratet haben. Nun kennst du die Antwort. Wir haben geheiratet, weil ich es so wollte. Wäre ich dümmer gewesen, hätte dein Vater mich niemals beachtet. Doch ich witterte meine Chance und legte mir eine Geschichte zurecht – selbst wenn sie nicht der Wahrheit entsprach. Man muss einem Mann etwas geben, wofür es sich zu kämpfen lohnt. Das ist das Geheimnis einer beständigen Ehe.«

Nan hörte auf zu reden. Ivy starrte sprachlos vor sich hin und bohrte den Kugelschreiber noch tiefer in ihre Handfläche.

Meifeng hatte ihr einst eine Gutenachtgeschichte von einem Frosch erzählt, der in einem alten Brunnen lebte. Der Frosch war in dem kalten, dunklen Brunnen zur Welt gekommen, alles, was er von der Welt draußen kannte, war das strahlend helle Licht hoch über ihm, womit die Sonne gemeint war. Eines Tages flog ein Vogel in den Brunnen hinunter und sagte zu dem Frosch: »Komm rauf in die Welt, dort ist es hell und warm.« Der Frosch lachte den Vogel aus, weil er dachte, das, was er kannte, der Brunnen, wäre die ganze Welt. Ivy verstand, dass sie dieser Frosch gewesen war. Sie hatte ihr Leid für einzigartig gehalten, spezifisch für ihre Familie, die besonderen Umstände, dabei war sie bloß eines von vielen verzweifelten Mädchen, die von schönen Dingen träumten, genau wie Nan in ihrem Alter geträumt haben musste. Nan, die wie Ivy dafür gekämpft hatte, ihrer Realität zu entfliehen. Sie hatte gegen alles gekämpft, was ihr Leben ausmachte, und das nicht nur, um zu entkommen, sondern auch, um sich entfalten zu können.

»Ich gebe zu, ich war zunächst enttäuscht, als ich erfuhr, dass du keinen Chinesen heiratest«, sagte Nan. »Aber du hattest schon immer deinen eigenen Kopf. Keine Sorge – deine

Familie wird dich nicht enttäuschen. Wir möchten dir keine Steine in den Weg legen.« Nans Stimme brach. Ivy begriff, dass ihre Mutter annahm, die Lins wären der Grund dafür, dass Gideon die Hochzeit absagte.

»Hör endlich auf damit!« Nan riss Ivy den Kugelschreiber aus der Hand, hielt sie fest und zeichnete mit den Fingerspitzen das Netz aus Rillen nach.

»Mach dir nicht die Hände kaputt. Du hattest immer schöne Hände. Sieh mal, du hast eine lange Lebenslinie.« Sie fuhr über die unterste Rille. »Eine gebrochene Liebeslinie. Eine schwache Wohlstandslinie. Das ist das, womit du auf die Welt gekommen bist.« Sie schloss Ivys Finger zu einer Faust. »Du weißt, wie wir deinen Namen ausgewählt haben? Auf Chinesisch bedeutet Jiyuan ›sein Glück versuchen‹. Du darfst jetzt nicht nachlassen. Reiß dich zusammen. Also – was wirst du wegen der Hochzeit unternehmen?«

Es war halb drei morgens, als Ivy den Fuß in ihr altes Zimmer in Clarksville setzte. Alles war noch genau so, wie sie es zurückgelassen hatte, als sie mit dem Schwur aufs College gegangen war, nie mehr zurückzukehren. Ihre alten Sachen lagen ordentlich zusammengefaltet in den Kommodenschubladen – kastenförmige T-Shirts mit vergilbtem Kragen, glänzende Kostüme aus ihrer Zeit bei der Theatergruppe, Gummiflipflops und Leinenturnschuhe in einem Pappkarton. In der untersten Schreibtischschublade entdeckte sie ihr altes *Der Babysitter-Club*-Sammelalbum, in das sie ausgeschnittene Bilder von dünnen weißen Mädchen mit Zahnspangen geklebt und so getan hatte, als wären sie ihre Freundinnen.

Sie strich mit einem Finger über das gerahmte Foto auf ihrem Nachttisch – sie und Austin, die in viel zu großen Winteranoraks an der Bushaltestelle standen – und stellte fest, dass kein Staubkorn daran klebte. Auch die Plastikuhr und der kleine Glashund auf ihrem Schreibtisch waren staubfrei. Meifeng hatte ihr den Hund geschenkt, als sie aufs College gegangen war. 1982 war nach dem chinesischen Horoskop das Jahr des Wasserhundes, Ivys Tierkreiszeichen. Wasserhunde waren mutig, selbstbezogen und eigennützig. »Du bist mutig, selbstbezogen und eigennützig«, hatte Meifeng ihr immer wieder gesagt.

Da Meifeng seit ihrer Zeit als *ayi* Probleme mit den Knien hatte, führte Nan den Haushalt der Lins. Ivy stellte sich ihre Mutter vor, die mit dem gestreiften Trockentuch, das sie immer benutzte und über der Plastikschüssel ausschüttelte, in der Ivy einst ihr Tagebuch vernichtet hatte, die Möbel entstaubte, die Uhr und den Glashund. Zorn stieg in ihr auf. Sie machte Nan Vorwürfe. Nur dumme Menschen waren so fleißig, ein Zimmer zu putzen, das niemand bewohnte. Was hatte ihr ihre Mutter während ihrer Kindheit unablässig eingetrichtert? Ivy vermutete, dass selbst Nan sich nicht mehr daran erinnerte.

Am nächsten Morgen warf sie aus reiner Gewohnheit einen Blick auf ihr Handy, um nachzusehen, ob irgendwelche Anrufe von Roux eingegangen waren, doch nur Gideon hatte eine Textnachricht geschickt, in der er sich nach Meifeng erkundigte. *Sechs Tage bis zum Ablauf des Ultimatums,* hämmerte Ivys Herz, *sechs Tage.*

Während Nan das Frühstück zubereitete, zeigte Shen Ivy die Verbesserungen, die sie am Haus vorgenommen hatten: den mehrstöckigen Kronleuchter, der aussah wie eine umgedrehte Hochzeitstorte; die aufwendigen Deckenleisten, die verdächtig an die in Teds und Poppys Stadthaus erinnerten; die Terrasse im Hof mit den glatten Steinfliesen, die sie an der Stelle gebaut hatten, an der früher der Hühnerstall gewesen war; die Reihe von Buchsbäumen, kugelrund geschnitten wie Lollis. Ivy musste zugeben, dass das Haus, das sie als heruntergekommenes Loch in Erinnerung hatte, eine enorme Aufwertung erfahren hatte und – durfte sie es wagen, das zu behaupten? – ziemlich geschmackvoll wirkte. Die Art Haus, auf die sie als Heranwachsende stolz gewesen wäre. Die Art Haus, die Austin womöglich hätte retten können.

Ivy hatte ihren Bruder noch immer nicht zu Gesicht bekommen. Als sie aus dem Krankenhaus zurückgekehrt war, hatte sie Licht unter seiner Tür bemerkt, doch er hatte nicht auf ihr Klopfen reagiert. Am Morgen hatte sie erneut geklopft – vergeblich. Als Ivy sich beim Frühstück nach ihm erkundigte, fiel Nans Gesicht in sich zusammen, als hätte man eine Klammer gelöst, die ihre Züge an Ort und Stelle gehalten hatte.

»Dein Bruder geht nicht mehr zur Arbeit.«

»Warum nicht?«, fragte Ivy mit sinkendem Mut. Hatte sie nicht erst vor Kurzem gehört, er würde sich prächtig machen?

»Vor zwei Wochen hat er den Wecker überhört und ist zu spät gekommen, was ihm einen Tadel seines Vorgesetzten einbrachte. Am nächsten Morgen ist das Gleiche passiert. Er wollte nicht aufstehen. Baba war der Meinung, er müsse trotzdem zur Arbeit fahren und sich den Konsequenzen stellen, aber Austin weigerte sich. Angeblich fühlte er sich nicht wohl. Seitdem hat er sein Zimmer nicht mehr verlassen. Baba musste an seiner Stelle eine E-Mail schicken und die Kündigung einreichen mit der Begründung, er müsse sich auf die Schule konzentrieren.« Nan seufzte und reichte Ivy ein heißes, gedämpftes Teigtäschchen, mit Schweinefleisch gefüllt. »Was sollen wir tun? Er wird wohl nie erwachsen. Wieso sind meine Kinder beide so labil?«

Jetzt wusste Ivy, warum sie all die Jahre über nicht nach Clarksville zurückgekehrt war. Das Zuhause war eine Last, die man nicht mehr loswurde, sobald man wieder in seiner Umlaufbahn war. »Begleitet er uns zu Grandma?«, fragte sie.

»Wir haben ihn gestern schon gefragt«, antwortete Shen kopfschüttelnd und schlang seinen Reisbrei in sich hinein. »Angeblich kann er das nicht. Ich habe keine Ahnung, warum. Immerhin ist sie seine Großmutter, diejenige, die ihn großgezogen hat, sein eigen Fleisch und Blut. Was stimmt nicht mit dem Jungen? Wir hätten ihn zur Army schicken sollen. Er wurde nie gemaßregelt, das ist das Problem.«

»Das ist wohl kaum das Problem«, sagte Ivy und knallte ihre Stäbchen auf den Tisch. Ihre Eltern widersprachen nicht.

Schweigend fuhren sie zum Krankenhaus. Meifeng war wach, als sie eintrafen – und schlecht gelaunt. Sie hatte Hunger, das Krankenhausessen schmeckte wie verdorbene Milch, sie wollte Nudeln essen, richtigen Tee trinken, nicht dieses fade Lipton-Zeug, sie wollte in ihrem eigenen Bett liegen und nicht neben ihrer Bettnachbarin, die in einem fort vor sich hin brabbelte, sie hätte eine Verabredung zum Mah-Jongg bei Xiaoxing. Als sie Ivy unwirsch anfuhr: »Es braucht also eine Nahtoderfahrung, damit du mich besuchen kommst«, beschloss Ivy, das Angebot ihres Vaters, ihr das neue Lagerhaus zu zeigen, anzunehmen. Auf der Fahrt zum Krankenhaus war Shen zweimal darauf zu sprechen gekommen, was bedeutete, dass er förmlich darauf brannte.

»Sag Mimi, sie soll der Frau, die die Uhr gekauft hat, eine E-Mail schicken«, rief Nan ihnen nach. »Es gibt *keine Rückerstattung*!«

»Wer ist Mimi?«, fragte Ivy, als sie im Wagen saßen.

»Unsere Angestellte«, sagte Shen.

»Ihr habt *Angestellte*?«

Shen antwortete nicht. Nach einer Weile fragte er: »Wann hast du angefangen zu rauchen?«

Ivy bestritt, dass sie rauchte.

»Ich habe dich gestern Nacht auf der Terrasse gesehen.«

»Das kommt nur ab und zu vor. Der Stress mit den Hochzeitsvorbereitungen …«

Shen reichte ihr die Schachtel Marlboro, die er immer in der Jackentasche hatte. Ivy nahm sie und warf dem Fremden neben ihr einen neugierig-schüchternen Blick zu, ihrem Vater, der ihr eine Zigarette anbot. Wahrscheinlich hatten sie ihr Leben lang nicht mehr als ein paar Hundert Worte gewechselt. Was wusste sie anderes über Shen Lin als das, was Nan und Meifeng ihr erzählt hatten? Welche Identität hatte er, wenn es nicht um die ging, die ihm die Familie aufgedrückt hatte? Sie bemerkte den grauen Bartschatten unter seinem geschwungenen Kinn; die Lippen, zwischen denen die Zigarette klemmte, waren dünn und violett. Sie konnte sich keine Welt vorstellen, in der es als glänzende Errungenschaft galt, ihn zu heiraten, doch Nan hatte genau das getan. Hätte sie sich anders entschieden, wäre Ivy heute vermutlich in Chongqing, würde in der kleinen Wohnung neben Jojo leben und in Yingyings Laden arbeiten. In China heirateten die Mädchen jung, mit Anfang zwanzig, und sie wäre vermutlich keine Ausnahme gewesen. Wahrscheinlich hätte sie bereits ein Kind. Wegen Chinas Ein-Kind-Politik wäre Austin aller Wahrscheinlichkeit nach niemals geboren worden.

»Erinnerst du dich noch, was du zu mir gesagt hast, als ich aufs College gegangen bin?«, fragte sie. »Du hast gesagt, dass ich immer Menschen finden werde, die besser sind als ich.

»Das habe ich gesagt?«

Sie merkte, dass sie anfing zu zittern. »Wie konntest du so etwas zu deiner eigenen Tochter sagen? Hattest du keine Angst, ich würde Probleme mit meinem Selbstwertgefühl bekommen? Warum denkst du, dass alle anderen besser sind als wir? *Warum?*«

Shen schnippte die Asche aus dem Fenster. »Ich kann an meinen Worten nichts Falsches finden. Du bist zu einer unabhängigen Frau herangewachsen. Hast gelernt, bescheiden zu sein. Das Leben hat dich mit einem guten Ehemann und angesehenen Schwiegereltern belohnt. Was willst du mehr?«

Ivys Zorn verwandelte sich in eine Mischung aus Abscheu und Entrüstung. Sie würde diesem schlichten, unbeirrbaren Mann niemals verständlich machen können, dass das zerbrechliche Innere einer Frau auf Millionen schwer zu durchschauender Blicke und unbedachter Bemerkungen anderer beruhte. Das war Identität. Der Wunsch nach einer anderen Identität hatte Nan dazu gebracht, einen Mann zu ruinieren und einen anderen zu heiraten.

»Egal«, sagte sie zynisch. »Du glaubst es ja doch nicht, auch nicht, wenn ich es dir verrate.«

»Wir sind da«, sagte Shen.

Er hielt vor einem weiß getünchten Eckgebäude an einer baumbestandenen Straße. Auf beiden Straßenseiten befanden sich Gemeinschaftsgebäude, auf identischen Schildern standen die Namen von Zahnärzten und Anwaltskanzleien. »Das ist das Büro unserer Buchhaltung.« Er deutete auf eines der Schilder. »Praktisch, nicht wahr?«

Das Lagerhaus war nach hinten heraus sehr viel geräumiger, als es zunächst den Anschein hatte. Es war ein hoher Bau mit frisch gestrichenen Fenstern und hohen Stahlregalen mit Einlegeböden, in denen Pappkartons mit sechsstelligen Zahlencodes lagerten. Die oberen Regale konnte man über Schiebeleitern erreichen. Hinten gab es einen Bereich mit alten Möbeln, allesamt in Folie eingeschweißt. Shen erklärte Ivy, Nan und er würden sie in großen Mengen bei Nachlassverkäufen erwerben. Er zeigte Ivy die Glasvitrinen mit Schmuck, die Ölgemälde in vergoldeten Rahmen, das große Büro mit schweren Mahagonimöbeln und zwei riesigen Monitoren, einem Laserdrucker und Stapel um Stapel zusammengelegter Pappkartons. Eine junge Asiatin in hautenger Jeans und weißem Rollkragenpullover saß tippend auf dem Ledersessel am Schreibtisch. Als sie Shen sah, sprang sie auf und sagte auf Chinesisch: »Es sind schon drei E-Mails wegen des Sony eingegangen …« Da entdeckte sie Ivy. »Ich habe schon viel von dir gehört«, sagte sie errötend.

»Hoffentlich nur Gutes«, erwiderte Ivy.

Das Mädchen strahlte. »Du solltest mal hören, wie *taitai* prahlt! Die Sache mit Grandma tut mir so leid. *Taitai* sagt, sie kommt wieder in Ordnung. Ich bin ja so erleichtert! Übrigens: Glückwunsch!«

»Wozu?«

»Zu deiner Verlobung.«

»Oh! Danke.«

»Ich habe mir neulich ein Kleid gekauft – ich kann deine Hochzeit kaum erwarten! *Taitai* sagt, es kommen zweihundert Gäste, und der Vater deines Verlobten sei Senator gewesen … Ich habe Fotos von euch beiden gesehen. Dein Verlobter sieht so gut aus, ein bisschen wie Brad Pitt … Ich habe gehört, ihr habt Urlaub auf Hawaii gemacht. Wie romantisch!«

Bis heute Morgen hatte Ivy nicht gewusst, dass dieses Mädchen, Mimi, überhaupt existierte, dabei wusste es alles über sie und Gideon, war zu Ivys Hochzeit eingeladen und nannte Meifeng »Grandma«.

Shen bat Mimi, Ivy den Bereich zu zeigen, wo die Dinge fotografiert und katalogisiert wurden. Sie gingen in einen kleinen Raum, in dem eine schicke Stativkamera vor einer Wand mit einem Greenscreen stand. »*Taitai* würde am liebsten die ganze Nacht durcharbeiten«, vertraute Mimi Ivy an. »Dein Dad hat Überwachungskameras eingebaut, damit sie sich sicher fühlt, wenn sie allein hier ist. Siehst du?« Sie deutete auf einen kleinen Monitor, auf dem mehrere Ausgänge und Gehwege zu sehen waren. »*Taitai* hat einen Blick für den richtigen Winkel. Sie weiß, wie sie die Gegenstände platzieren muss, damit sie auf den Fotos nagelneu aussehen. Sie hat einen wundervollen Geschmack, so elegant! Euer Haus ist ja so erlesen eingerichtet.«

Ivy wusste, dass Mimi sie beeindrucken wollte, indem sie betonte, wie nahe sie den Lins stand, weshalb sie sich instinktiv zurückhielt. Sie verzog die Lippen zu einem halbherzigen Lächeln und richtete den Blick auf eine unbestimmte Stelle links neben Mimis Ohrläppchen. Anscheinend habe ich von Sylvia gelernt, dachte sie.

»Langsam werde ich hungrig«, sagte sie zu Shen, als sie zu ihm zurückkehrten.

»Sollen wir uns auf dem Weg zum Krankenhaus Hamburger holen?«

»Ich habe euch gestern etwas zu essen in die Küche gestellt«, schaltete sich Mimi eifrig ein. »Allerdings nichts Besonderes«, ruderte sie errötend zurück.

»Mimi ist eine großartige Köchin«, lobte Shen. »Sie bringt uns oft etwas zum Abendessen vorbei. Deine Mom und ich kommen meistens sehr spät nach Hause, gegen Mitternacht, und sie kennt deine Mutter – Nan hat nie gern gekocht. Sie hat mittlerweile nicht mal Zeit für den Haushalt.«

»Wer kümmert sich dann darum?«, fragte Ivy frei heraus.

»Eine von den Frauen aus der Mah-Jongg-Gruppe deiner Großmutter kommt einmal in der Woche zum Putzen. Wir bezahlen ihr zwanzig Dollar die Stunde, und wenn sie fertig ist, bleibt sie zum Tee.«

Dann konnten sich die Lins neben einer Angestellten und einem Buchhalter also auch noch eine Haushälterin leisten. Eine Fremde, nicht Nan, hätte Ivys Glashund abgestaubt. Ivy dachte an die Designerkleidung, die ihre Familie an Thanksgiving getragen hatte, eine protzige Zurschaustellung von Reichtum, die die Speyers hatte beeindrucken sollen. Zumindest hatte Ivy das angenommen, und sie war entsetzt gewesen. Die neue Garderobe, das aufpolierte, kaum wiederzuerkennende Haus, die Kreditkarte, die Austin so selbstverständlich benutzte, die Schecks, die Nan Ivy geschickt hatte, damit sie ihre Miete und die Hochzeit bezahlen konnte – all das diente nicht dazu, das Gesicht zu wahren, wie Ivy vermutet hatte, sondern spiegelte das reale Leben ihrer Eltern wider.

Mimi umarmte Ivy, als sie sich verabschiedeten. »Du bist noch viel hübscher als auf den Fotos«, sagte sie.

An ihrer wehmütigen Stimme erkannte Ivy, dass Mimi sich auf gewisse Weise in ihre Familie verliebt hatte – und damit auch in sie.

Aus Shen und Nan waren Geschäftsleute mit einem gewissen Vermögen und Einfluss geworden – die Lüge, die Ivy die ganze Zeit über verbreitet hatte, entpuppte sich nun als Wahrheit.

Immer noch nichts von Roux. Seltsam, wie man sich an alles gewöhnen konnte. Die blinde Panik war verschwunden, geblieben war eine dumpfe Distanziertheit. Keine Resignation, eher eine Art Aufbruchstimmung. Ein Gefühl, das sie gut kannte. Sie hatte es zum ersten Mal mit vierzehn verspürt, als sie mit dem orangengroßen blauen Fleck auf der Stirn an Roux' Fenster geklopft hatte.

Meifeng wurde am Dienstagmorgen entlassen. Zur Feier des Tages hatte Nan beim örtlichen Sichuan-Restaurant ein Festmahl mit allen Lieblingsspeisen der Lins bestellt: geschmorte Schweinerippchen mit Süßkartoffeln; kalte Aubergine, eingelegt mit Knoblauch und frischen Chilischoten; marinierte Rinderzunge; kleine ovale Scheiben Klebreiskuchen, glänzend vor Öl, auf einem Bett aus Lauch. Austin beugte sich dem Druck der gesamten Familie und kam ebenfalls zum Abendessen herunter. Er machte sich die Mühe, zu duschen und sich zu rasieren, und erschien in einem Nadelstreifenanzug mit Seidenkrawatte bei Tisch, als würde ihn die Kleidung in einen anderen Zustand versetzen. Noch nie hatte Ivy eine solche Kraftlosigkeit erlebt. Nan lächelte hoffnungsvoll, und Shen machte Ivy mit warmer Stimme darauf aufmerksam, wie viel Gewicht Austin verloren hatte. Niemand ließ eine Bemerkung darüber fallen, dass es eher unpraktisch war, im besten Anzug ölige Speisen zu sich zu nehmen.

Shen trank zu viel. Nan schaufelte Fleisch in die Reisschälchen ihrer Kinder. Mit anderen Worten: Nichts hatte sich geändert. Zumindest oberflächlich betrachtet. Doch Ivy entging nicht, dass ihr Vater teuren Alkohol trank, kein gewöhnliches Bier, und Nan eine feine Goldkette über ihrem Rollkragenpullover trug. Nan hatte sich früher nie etwas aus Schmuck gemacht. Die neue, Schmuck tragende Nan bestellte sich achtzig Dollar teure Mahlzeiten ins Haus, anstatt Meifeng dafür zu schelten, dass sie Austin ein Happy Meal bei McDonald's kaufte. Am Kühlschrank hingen jede Menge Flyer von chinesischen Restaurants, was darauf schließen ließ, dass der heutige Abend keine Ausnahme war. Was für ein Luxus. Vielleicht wären Austin und sie zu anderen Persönlichkeiten herangereift, wären sie mit achtzig Dollar teuren Mahlzeiten vom Lieferdienst aufgewachsen. Vielleicht. Vielleicht nicht. Wer konnte schon sagen, was einen Menschen ausmachte. Ivy wünschte, sie wüsste es.

Sie brachte kaum einen Bissen hinunter. Sie sah, wie Shen über etwas lachte, was Nan sagte. Als Nan sich über Kopfschmerzen beklagte, stand er auf und holte ihr ein Glas Wasser. Sie schnauzten einander wegen verschiedener Missstände aus der Vergangenheit an, nicht ernsthaft, sondern vielmehr so, als sprächen sie gar nicht mit dem anderen, sondern in einer erweiterten Form mit sich selbst. Ivy fragte sich, ob sie und Gideon jemals diese intime Sprache der Ehe erlernen würden. Würden sie sich wegen der Wäsche und der Zubereitung der Mahlzeiten streiten, würden sie voreinander pinkeln, darüber diskutieren, wohin die nächste Urlaubsreise gehen sollte? Sie konnte sich ein solches Leben mit Gideon nicht vorstellen. Das Glück mit ihm hatte sie stets an ein impressionistisches Gemälde erinnert – man musste zurücktreten, um es gebührend zu würdigen. Ihre Ehe – wenn sie denn tatsächlich heiraten sollten – würde sein wie die Pfingstrosen in der Wasserschale in Ivys Zimmer in Finn Oaks: ruhig, elegant, ungetrübt von Zwietracht. Was machte es schon, wenn sie nie die Form von Vertrautheit erfuhr, die sie bei ihren Eltern erlebte? Eine solche Art von Liebe hatte sie sich ohnehin nie gewünscht. Sie hatte stets das Pittoreske gewollt, das Heroische.

Gideon sagte, das Treffen mit dem Gesundheitsminister von Costa Rica sei gut gelaufen. Sie würden am Freitag bei einem formellen Abendessen einen Scheck erhalten. Er erkundigte sich nach Meifengs Genesung.

»Sie gibt schon wieder Vollgas«, sagte Ivy. »Sie hat mehr gegessen als wir alle zusammen und sich beschwert, dass sie keinen Alkohol trinken darf.«

»Ich hoffe, ich bin mit achtzig genauso munter.«

»Siebenundachtzig.«

»Wow.«

Im Hintergrund hörte Ivy eine Männerstimme, und Gideon wandte sich kurz vom Telefon ab, um eine Antwort zu geben. Ivy fühlte sich stets einsam, wenn sie in Gideons Hintergrund eine lebhafte Geräuschkulisse bemerkte. Er schien auch ohne sie immer beschäftigt zu sein – ihre Telefonleitung dagegen war immer frei.

»Wie ist es so in Costa Rica?«, fragte sie.

»Feucht. Die Stechmücken fressen uns bei lebendigem Leibe. Einem unserer Ingenieure war die ganze Nacht lang schlecht vom Abendessen.«

»Möchtest du deine Rede mit mir üben?«

»Wenn es dir nichts ausmacht ...«

»Ganz und gar nicht.«

Sie wartete, während er seinen Computer holte. Als er zurückkehrte, lag sie quer auf dem Bett, die Augen geschlossen, und ließ sich von dem beruhigenden Klang seiner Stimme umspülen wie von einem warmen Bad. Nan behauptete, das Geheimnis der Ehe bestehe darin, dass man einem Mann etwas gab, wofür er kämpfen musste. Aber Gideon war nicht Shen Lin. Er war weder ein Kämpfer noch ein Spieler, und er würde niemals glauben, dass ihn eine Frau, die neben ihm mit einem anderen Mann zusammen gewesen war, von ganzem Herzen liebte. Eine Frau, deren Liebe sogar noch reiner war, gerade *weil* sie mit einem anderen Mann zusammen gewesen war, um ihm ihre eigene Verderbtheit zu ersparen. Noch fünf Tage. In fünf Tagen lief Roux' Ultimatum ab. Ivy versuchte sich die Zukunft vorzustellen, die sie in fünf Tagen erwartete. Eine Zukunft ohne Gideon. Für sie so unvorstellbar wie eine unendliche Wüste, die sie ziellos durchstreifte und in der flirrenden Hitze zwischen goldenen Palästen und üppigen Palmen hin und her wanderte, die es gar nicht gab.

An jenem Abend kroch sie zu Meifeng ins Bett. Sie wollte einfach nur still daliegen und ihre Wunden lecken, wie eine kranke Katze. Meifeng war überrascht, aber sie freute sich. »Tritt mich bloß nicht«, warnte sie. »Nicht, dass ich mir noch die andere Hüfte breche.«

Ivy fragte, ob der Sturz sehr wehgetan habe.

»Ganz ordentlich sogar. Ich habe um Hilfe gerufen, aber Shen war nicht zu Hause, nur deine Mutter. Sie hat mich auf dem Rücken zum Wagen geschleppt und ins Krankenhaus gefahren.« Meifeng seufzte. »Nan ist keine junge Frau mehr. So viel Kraft hätte ich ihr gar nicht zugetraut. Es ist gut, Kinder zu haben, Baobao. Sie sind deine Altersversicherung.«

»Ich möchte keine Kinder«, sagte Ivy.

»Um die Liebe von Eltern zu verstehen, muss man selbst Kinder haben.«

»Das ist zu riskant. Man weiß doch nie, was für ein Monster man zur Welt bringt!« Ivy wusste inzwischen, welches Blut in ihren Adern floss. Es war keins, das man weitergeben sollte.

»Monster! Was für eine dumme Vorstellung ist das denn?

Wer soll sich um dich kümmern, wenn du in der Dusche ausrutscht und keine Kinder hast?«

»Eine häusliche Pflegekraft. Pflegerinnen erwarten nichts von einem. Man bezahlt sie, damit sie ihren Job machen. Das ist sauber und anständig.«

Meifeng schnaubte. »Mit dir kann man nicht reden, wenn du so bist.« Sie griff nach der Teetasse auf ihrem Nachttisch und zuckte leicht zusammen. »Du hattest schon immer seltsame Vorstellungen, Kinder betreffend. Erinnerst du dich, als du ins Bett gemacht hast, weil du dieses kleine Gespenstermädchen gesehen hast? Du hast mich angefleht, das Licht anzulassen.«

»Ich hatte mir *Der Exorzist* angesehen.« Ivy lachte, dann schauderte sie. »Ich dachte, der Teufel, der von dem Mädchen Besitz ergriffen hatte, würde aus dem Fernseher springen und in mich fahren.« Wie erstarrt hatte sie als Achtjährige im Wohnzimmer gekauert und darauf gewartet, dass die schwarze Seele sie in ein rasendes Monsterkind verwandelte.

»Ich habe das Licht nicht angelassen, weil ich das für eine zu große Stromverschwendung hielt«, sagte Meifeng. »Ich habe es immer bereut, dass ich dich in jener Nacht nicht getröstet habe, und ich stelle mir immer wieder vor, wie verängstigt du gewesen sein musst, dass du sogar ins Bett gemacht hast. Es ist seltsam, alt zu sein. All die kleinen Dinge, die man bedauert, halten einen nachts wach.«

Ivy schmiegte ihren Kopf beruhigend an Meifengs Schulter. Für einen Moment schwiegen sie beide, dann murmelte Ivy: »Glaubst du, dass die schlimmen Dinge, die wir getan haben, uns irgendwann heimsuchen?«

»Das kann ich nicht behaupten. Ich habe viele schlimme Dinge getan. Für einige davon bin ich bestraft worden, aber im Großen und Ganzen hatte ich ein gutes Leben.« Ivy spürte, dass Meifeng die Achseln zuckte. »Frag mich noch einmal, wenn ich tot bin. Vielleicht erfolgt die Strafe ja im nächsten Leben.«

»Was für schlimme Dinge hast du denn getan?«

»Ha! Frag lieber, was ich nicht getan habe!« Sie fing an, mit grimmiger Stimme ihre Sünden aufzuzählen, wobei ein Hauch von Stolz mitschwang – zumindest Meifeng hatte sich nicht sehr verändert, sie war immer noch die Großmutter, die Ivy aus ihrer Kindheit kannte. Nach wie vor glaubte sie fest daran, dass ihre Missetaten nur eine andere Form von Überleben waren, eine Methode, die Oberhand über eine Welt zu gewinnen, die sie stets zu unterdrücken versucht hatte.

Den ganzen Tag lang waren Ivys Gedanken wie ein Bussard um etwas gekreist, das sie noch nicht recht einordnen konnte. Sie dachte an Roux, an die Pistole. Sie dachte an Nans Vergangenheit, an Shens Stoizismus und Ignoranz, an Mimi, die Angestellte, die Nan und Shen vermutlich eine sehr viel bessere Tochter war als Ivy, und an Austins eleganten Anzug, an die Familie und Geld und Fehler in der Vergangenheit – und an Gideon. Am meisten dachte sie an Gideon.

»Hast du jemals jemanden umgebracht?«, unterbrach sie Meifengs nostalgischen Monolog.

»Einmal«, sagte Meifeng und zog die Decke um ihre Hüften.

Ivy erstarrte. »Das hast du mir nie erzählt.«

»Es war, als dein Großvater und ich gerade mit unserer Farm anfingen. Deine Mutter war noch nicht auf der Welt, nur Hong. Ein Dieb drang in unser Haus ein, wahrscheinlich auf der Suche nach Geld oder etwas zu essen. Es war so dunkel, dass ich kaum die Hand vor Augen sehen konnte. Ich hörte ihn in der Küche rumoren. Ich konnte ihn auch riechen. Er gab ein gurgelndes Geräusch von sich, und als ich ihn anschrie, er solle abhauen, ging er auf mich los. Ich habe ihn mit unserem Tranchiermesser erstochen.«

»Er ist gestorben?«

»Dein Großvater hat ihn mit dem Fuhrwerk zu dem kleinen Hügel in der Nähe unseres Hauses gekarrt. Dort haben wir ihn begraben.«

»Hat irgendwer nach ihm gesucht?«

»Er war ein Obdachloser. Niemand wusste, dass er überhaupt existierte.«

Die plötzliche Erregung, die Ivy durchfuhr, erschreckte sie. Um ihre innere Bewegtheit zu überspielen, fragte sie ernst: »Hast du dich nicht schlecht gefühlt? Immerhin hast du einen Menschen *getötet*!«

Meifeng lachte finster in sich hinein. »In China bedeutet ein einzelnes Menschenleben nichts. Ich habe Hunderte Menschen sterben sehen – Kinder, Alte, Frauen. Sie sind einfach vor Hunger umgefallen oder weil sie krank waren. Und dann sind wir an ihren Leichen vorbeigegangen, bis irgendwer auf die Idee gekommen ist, sie aus dem Weg zu schaffen, damit niemand darauftritt. Meine Schwester starb, während sie auf dem Klo saß. Meine beste Freundin starb, als ein Gemüsehändler ihr einen Schlag auf den Kopf verpasste – sie hatte bemerkt, dass ein Yuan Wechselgeld fehlte. Das Leben ist wie ein Fluss. Schlussendlich fließt es dorthin, wo es hinfließen muss, nicht dorthin, wo man es haben möchte.« Sie seufzte. »Mein Bein tut weh. Lass uns schlafen.«

20

Am nächsten Morgen setzte Nan Ivy am Bahnhof ab. Der Himmel war düster und bewölkt. Sie schwiegen während der Fahrt, doch als Ivy aus dem Wagen stieg, fragte Nan plötzlich, ob Ivy mit Gideons Mutter über Austin sprechen könne. »Sag ihr, dass er eine schwere Grippe hatte … Vielleicht kannst du sie überzeugen, mit ihrem Verwandten zu reden, damit er deinem Bruder eine zweite Chance in seiner Firma gibt.« Ivy fand, dass ihre Mutter mehr denn je aussah wie Meifeng. Doch während sie im Gesicht ihrer Großmutter immer nur Stärke und in dem ihrer Mutter stets Schwäche gesehen hatte, stellte sie nun fest, dass das Gegenteil der Fall war. Meifeng war schwach. Sie war stets von der Angst getrieben gewesen. Nan war stark und hart. Ihre Antriebsfeder war Gier.

»Austin ist deprimiert«, sagte Ivy.

»Wie bitte?«

»Er hat eine Depression. Das ist eine Krankheit. Er braucht keinen Job oder eine weitere Schule oder irgendeinen von deinen Zeitplänen. Er braucht einen Psychologen. Hör auf, so zu tun, als wäre er blutarm oder von schwacher körperlicher Konstitution, oder was immer ihr euch ständig einredet.«

Eine Myriade von Emotionen flackerte über Nans Gesicht, bevor sie sich schließlich mit stoischem Zynismus begnügte, die bevorzugte Rüstung von Millionen chinesischer Immigranten.

»Was hat er für einen Grund, deprimiert zu sein? Wir sind alle deprimiert. *Ich* bin deprimiert.«

»Nein, bist du nicht.«

Nan fuhr sich mit der Zunge über die Lippen. »Was haben wir nur falsch gemacht? Wir haben doch immer unser Bestes gegeben!«

»Manchmal kann man es eben nicht ändern.« Als sich Nans Augen röteten, fügte Ivy hinzu: »Es ist nicht deine Schuld.« Ein leises Quietschen verkündete die Einfahrt des Zuges. »Ich muss los.« Ivy ging den Bahnsteig entlang, stieg in einen Waggon und setzte sich auf den ersten freien Platz. Aus dem Fenster sah sie Nans silbernen Van noch immer auf dem Parkplatz stehen, so glänzend wie an dem Tag, an dem sie ihn gekauft hatte. Der Zug fuhr los, und kurz darauf sah Ivy nur noch ihr eigenes bleiches Spiegelbild in der Fensterscheibe.

Sie hatten eine Stunde Aufenthalt in Connecticut. Regen prasselte seitlich gegen die Fenster, gefolgt von trommelndem Hagel. Ivy legte ihr Buch beiseite und schickte Roux eine einzige Textnachricht: *Meine Großmutter ist im Krankenhaus, ruf mich an.* Sie betete, dass die vergangene Woche seine Entschlossenheit gemindert hatte – jetzt waren es nur noch vier Tage bis zum Ablauf des Ultimatums.

Als sie zu Hause eintraf, senkte sich bereits die Abenddämmerung herab. In der Küche trank Andrea Tee mit einem weibisch wirkenden jungen Mann. Der Mann hatte etwas an sich, das ihr bekannt vorkam; in seinem verwaschenen grauen Sweatshirt, der braunen Cordhose und der Brille mit dem schwarzen Gestell auf der Himmelfahrtsnase hätte er einer von Gideons Angestellten sein können. Er stellte sich als Norman vor.

»Ich habe dich auf der Party gesehen«, sagte er.

»Auf welcher Party?« Ivy setzte sich auf einen der Küchenstühle.

»Auf der Party für Swingbox.«

»Was soll das sein?«

»Oh, oh. Wir sind ein Filehosting-Dienst …«

»Im Gonford, Ivy«, sagte Andrea kichernd. »Norman und ich waren den ganzen Abend zusammen.«

»Ja, richtig.« Ivy nickte. »Dein neuer Freund.« Der Mann im gelben T-Shirt, der Andrea den ganzen Abend über gefolgt war wie eine formbare Luftballonschlange, die man an ihrem Steiß befestigt hatte.

Norman trank seinen Tee aus und ging nach oben, um von Andreas Computer einen Videoanruf zu machen – »nur ein kurzes Interview mit TechCrunch«, teilte er ihnen leicht verlegen mit.

»Wir fliegen nächsten Monat nach Peru – Machu Picchu«, flüsterte Andrea und drückte mit beiden Händen Ivys Unterarm, als wäre er ein Massageball.

»Du *musst* mit mir shoppen gehen. Ich bin so froh, dass ihr zwei euch endlich kennengelernt habt. Ich glaube, er macht mir auf der Reise einen Heiratsantrag! O mein Gott, ich kann nicht glauben, dass ich das laut ausgesprochen habe … *pssst*!« Andrea kicherte aufgeregt. »Entschuldige, ich dachte, ich hätte ihn die Treppe runterkommen hören. Kaum zu fassen, wie schnell sich die Dinge entwickelt haben! Als er sich bei der Party an mich herangemacht hat, dachte ich: ›Der ist ja gar nicht mein Typ‹, aber dann haben wir uns unterhalten – er ist *so* klug –, und ich habe erkannt, wie viel wir gemeinsam haben …«

»Ich mache mir ein Sandwich«, sagte Ivy und stand auf. »Möchtest du auch eins?«

Andrea zuckte die Achseln. »Ich werde es zwar hinterher bereuen, aber ja, mach mir auch eins.«

Ivy verteilte Marshmallow-Creme und Erdnussbutter auf vier Scheiben Weißbrot. Es war nicht das kalorienreduzierte, das Andrea normalerweise kaufte, aber das verriet sie ihr nicht.

Sie drehte sich um und streckte Andrea das Sandwich entgegen. Plötzlich saßen zwei Andreas am Tisch.

»Hallo? Ivy?«

Ivy blinzelte. Die doppelte Andrea verschwand. »Ich glaube, ich brüte irgendetwas aus. Ich werde diese Woche wohl vorsichtshalber im Bett bleiben. Könntest du dafür sorgen, dass ich nicht gestört werde? Ich möchte mich richtig auskurieren.«

Andrea versprach, aufzupassen und ihr auf dem Rückweg von der Arbeit eine Nudelsuppe von ihrem Lieblingsvietnamesen Pho Le mitzubringen. In einem Moment der Zuneigung beugte Ivy sich vor und strich mit den Fingern über Andreas Wange. »Ich würde *dich* heiraten, wenn ich könnte«, sagte sie.

Andrea lachte, dann fing sie an, Ivy eine weitere Geschichte über Norman und sich zu erzählen. Sie waren zusammen in einem Rave-Club gewesen und hatten zusammen Acid eingeschmissen – Drogen senkten wirklich die Hemmschwelle –, und Ivy hatte ja so recht, man musste einem Mann beibringen, wie er einen zu behandeln hatte.

Es war anstrengend zu sehen, wie sich jemand so sehr um ganz gewöhnliche Dinge bemühte. Andrea wollte gewollt werden, wollte wertgeschätzt werden, wollte jemanden haben, der zu ihr sagte: *Ich kümmere mich um dich.* »Ich bin diejenige, die sich um *dich* kümmert«, sagte Andrea, und Ivy stellte fest, dass sie laut gesprochen hatte. Andrea leckte sich die Marshmallow-Creme aus den Mundwinkeln und senkte die Stimme. Ivy war sich sicher, dass nun ein Geständnis folgen würde, das Andrea für besonders geheim hielt, auch wenn es in Wirklichkeit einfach nur belanglos war.

»Ich wusste nicht einmal, wer er ist, als ich ihn kennengelernt habe ...«

»Wer ist der denn?«

»Der Gründer von Swingbox.«

Etwas machte klick in Ivys Kopf. »Warte – die Firma, die an die Börse gegangen ist. Der Milliardärsgründer?«

»Er hasst diesen *Times*-Artikel«, sagte Andrea stolz, nahm sich einen Löffel und aß die Erdnussbutter direkt aus dem Glas.

Norman kehrte von seinem Anruf zurück. Er zog seinen Stuhl näher an den von Andrea, dann setzte er sich und legte einen Arm um ihre Schultern. Beide grinsten voller Vorfreude, als warteten sie darauf, dass Ivy *Cheese* sagte und ein Foto machte. Sie entschuldigte sich und zog sich in ihr Zimmer zurück. Kurz darauf hörte sie die beiden die Treppe hinaufschleichen. Sie lag auf dem Bett und wartete. Es dauerte nicht lange, und sie hörte das rhythmische Quietschen der Matratze, das Wummern des Bettkopfteils, das gegen die Wand stieß, und das unterdrückte Stöhnen einer Frau – Geräusche der Leidenschaft, die Ivy einst mit Geräuschen der Liebe verwechselt hatte. Vielleicht war es auch beides. Liebe. Leidenschaft.

Und Geld.

Es lag vielleicht an den Haaren und der Cordhose, dass Andreas neuer Freund Ivy an Daniel Sullivan erinnerte.

Sie dachte daran, wie sie angenommen hatte, er wolle ihr auf ihrer großen Reise nach Vermont einen Heiratsantrag machen, doch stattdessen hatte er ihr erklärt, dass er sie sich nicht als Ehefrau vorstellen konnte, da sie »zu verhalten« sei und er nie wisse, was sie wirklich dachte. Daniel war der einzige Mann, den sie je um Liebe angefleht hatte, und vielleicht hatte sie bei ihm das einzige Mal wirklichen Liebeskummer empfunden. Trotzdem hatte er ihr nicht getraut. Sie hatte gedacht, er wollte ihr einen Heiratsantrag machen, und er hatte sie abserviert. Sie hatte gedacht, Gideon würde sie abservieren, und er hatte ihr einen Heiratsantrag gemacht. Warum also sollte Andrea nicht mit ihrem neuen Milliardär nach Machu Picchu reisen?

Am Anfang ihrer Beziehung hatte Daniel sie zu einem Wanderwochenende in den White Mountains in New Hampshire eingeladen. Sie waren sechs Stunden lang gewandert, bis ihre Fersen blutig waren und ihre Zehen in den Wollsocken Blasen hatten. Sie hatte sich nicht beschwert, da sie eifrig versuchte, ihn zu beeindrucken, indem sie so tat, als würde sie seine Hobbys teilen. Andrea würde bald genug erkennen, dass all der Schweiß, all das Blut, das Frauen vergossen, fast immer vergebens waren.

Den Pfad, dem sie an jenem Tag folgten, hatte Daniel bei einer seiner einsamen Bergtouren angelegt. Ivy sah ihn immer noch genau vor sich, weil sie ihn sich gründlich eingeprägt hatte für den Fall, dass sie ihn aus den Augen verlor. Es gab weit und breit weder Handyempfang noch eine Försterei. Der Pfad führte in scharfen Serpentinen steil bergauf und war streckenweise rutschig vor Moos, aber Daniel hatte ihr versichert, dass sich die Anstrengung wegen des spektakulären Ausblicks absolut lohnte. Er sollte recht behalten. Als sie vom Gipfel aus den Himmel betrachtete, fand sie, dass er das Schönste war, was sie jemals gesehen hatte.

Beim Abstieg hatte Daniel damit geprahlt, dass nur abenteuerlustige Wanderer ein solches Terrain bezwingen konnten. »Weißt du eigentlich, wie viele Menschen in diesen Bergen ums Leben kommen?« Er zählte ihr die Gefahren auf, von denen sie umgeben waren: Schlangen und Bären, Ertrinken beim Durchqueren des Flusses, ein einziger Fehltritt, und es ginge hinab in die Tiefe. Damals war ihr der Gedanke gekommen, dass er ihrem Leben scheinbar keinen allzu großen Wert beimaß, wenn er sie hierherschleppte, ohne irgendwelche Vorsichtsmaßnahmen für ihre Sicherheit getroffen zu haben. Dennoch empfand sie im Nachhinein nichts als Dankbarkeit, dass sie diese Erfahrung hatte machen dürfen. Gefahr schuf oft einzigartige Gelegenheiten, das hatte Daniel gewusst.

In jener Nacht wurden die Hagelkörner, die gegen Ivys Schlafzimmerfenster prasselten, im Traum zu Daniels Wanderschuhen, die ihr voran über den schmalen, regennassen Pfad schritten. Die Sohlen waren schlammverkrustet, auch seine grauen Wandersocken waren voller Schlammspritzer. Wieder sah sie den gelben Staub hinter einer Biegung vor sich; kleine Wildblumen, die aus dem Unterholz lugten; die versteckte Ebene auf dem Felsvorsprung; das V-förmige Flussbett in der Talsohle gut dreißig Meter unter ihnen, gesäumt von zerklüfteten Gesteinsbrocken und Felsnadeln. Wenn man dort hinunterstürzte, würde man nie wieder nach oben gelangen.

* * *

Sie wachte mit dem Geschmack von Schlamm im Mund auf. In ihrem Zimmer war es so dunkel, dass sie dachte, es wäre noch Nacht, doch als sie das Licht anmachte und einen Blick auf ihre Handyuhr warf, stellte sie fest, dass es schon nach Mittag war. Sie rief die Wettervorhersage für die kommende Woche auf. Es sollte eisig kalt werden. *Noch drei Tage,* hämmerte ihr Herz. Sie rief Roux an. Da sie nicht damit rechnete, dass er dranging, schwang sie die Beine aus dem Bett, um ins Bad zu gehen und sich fertig zu machen. Anschließend wollte sie zu den Astor Towers fahren und wieder einmal an seine Tür klopfen. Sein knappes, gleichgültiges »Hallo?« traf sie völlig unvorbereitet. Ihr fiel die Kinnlade herunter. Es gelang ihr nicht, auch nur ein Wort hervorzustoßen, bis sie ihn sagen hörte: »Komm ja nicht auf falsche Ideen. Ich möchte nur wissen, wie es deiner Großmutter geht.«

»Meiner Großmutter?«

»Du hast mir eine Nachricht geschickt, dass sie im Krankenhaus liegt. Was ist passiert?«

»Oh!« Seine Sorge um Meifeng rührte Ivy, und mit zugeschnürter Kehle berichtete sie ihm von der Operation.

»Ich bin froh, dass es nichts noch Ernsteres war«, sagte er.

»Habe ich dir schon von dem neuen Lagerhaus meiner Eltern erzählt?« Ohne seine Antwort abzuwarten, fing sie an, in munterem Ton über das Unternehmen der Lins zu schwafeln, wie jemand, der sich plötzlich auf einer Bühne wiederfindet und weiß, dass er zu Tode gesteinigt wird, sollte es ihm nicht gelingen, das Publikum bei Laune zu halten.

»Dann gehören sie jetzt also zur angesehenen Mittelschicht«, stellte Roux fest. »Genau das hast du dir doch immer gewünscht.«

»Vermutlich.«

»Schön. Ich freue mich für dich.«

»Roux?«

»Was?«

Die Aggressivität, die in seinem »Was?« mitschwang, ließ sie einen Rückzieher machen. Sie schluckte die Frage hinunter, wie es nun mit seiner lächerlichen Erpressung weitergehen sollte. Stattdessen entschlüpften ihr die Worte: »Wir haben nie die Reise gemacht, von der wir geredet haben«, als hätten sie ihr die ganze Zeit über auf der Zunge gelegen und nur darauf gewartet, bis ihr Widerstand und die vergeblichen Gebete von ihr abfielen wie die letzten toten Blätter von einem morschen Ast.

Es folgte eine lange Pause. Dann: »Du meinst die Reise, die *ich* mit dir machen wollte. Du hast mich lediglich mit Ausreden bombardiert.«

»Wie wäre es am Sonntag?«, fragte sie. »Hast du am Sonntag Zeit?« Der Sonntag war der letzte Tag des Ultimatums, was sicher nicht nur ihr bewusst war.

»Kommt darauf an, wohin wir fahren«, erwiderte er grimmig.

»Das ist eine Überraschung. Ich möchte dir etwas zeigen.«

Sogar sein Atmen klang missmutig. »Wenn du glaubst ...«

»Komm, sag Ja. Bitte.«

»Das ändert nichts.«

»Ich weiß.

»Gut.«

Ivy fing am ganzen Körper an zu zittern. Die Bedeutung des Augenblicks machte sie benommen; sie hatte das Gefühl, die Kontrolle zu verlieren und gleichzeitig über absolute Macht zu verfügen.

»Glaub mir«, sagte sie. »Das ändert alles. Der Ort ist die Fahrt wert, das verspreche ich dir.«

Er erkundigte sich, ob sie fahren würde.

»Mein Wagen hat keinen Allradantrieb. Würdest du mich abholen? Zieh dich warm an. Und bring eine Flasche von deinem besten Whisky mit.«

»Wofür?«

»Ich möchte mit dir feiern.« Sie kniff die Augen fest zusammen.

Am Freitag schneite es. Weiße Flocken überzogen die Newbury Street mit einer weichen Decke. In der Ferne vernahm sie das Heulen von Sirenen. Der Klang von Menschen, die um ihr Leben rangen, während andere herbeieilten, um sie zu retten. Ivy ging weiter, taub vor Kälte. Der Himmel über ihr war düster, leer und endlos weit.

Sie kaufte ihre übliche Packung Lucky Strike, dann ging sie in einen kleinen Supermarkt mit Apotheke, wo sie Erkältungsmedikamente, ein Sechserpack Energy-Drinks, Sauerteigbrezeln im Angebot und eine kleine Flasche Nagellack besorgte, der sich »Lodernde Flammen« nannte. Neben dem Supermarkt befand sich ein eleganter Friseursalon mit roten, samtgepolsterten Stühlen und glänzenden weißen Marmorböden. Plötzlich erschien ihr nichts wichtiger als ein neuer Haarschnitt. Sie betrat den Salon. In der übermäßig parfümierten Luft hing der Geruch von synthetischen Chemikalien. Die Stylistinnen, in schwarzen Lederjeans und schwarzen Doc Martens, waren weitaus attraktiver als die Kundinnen, die auf den Stühlen saßen.

»Was wollen wir denn heute machen?«, fragte die Stylistin und ließ die Finger durch Ivys schlaffe schwarze Locken gleiten, die ihr bis zur Brust reichten. Sie hatte die Haare seit vier Tagen nicht mehr gewaschen.

Beide betrachteten dasselbe Spiegelbild, die Stylistin mit professionellem Blick, Ivy mit tiefster Abscheu. Sie hatte das Gesicht, das ihr entgegenschaute, so satt: die harte Sachlichkeit der braunschwarzen Augen, die einst runden Wangen, eingesunken zu zwei Halbmonden, der runzelige, blutleere Mund – der Mund einer Raucherin, der sie locker ein Jahrzehnt älter machte.

»Ich möchte eine Veränderung«, sagte sie und musterte das glatte platinblonde Haar der Stylistin. Die Stylistin war eine Asiatin, trotzdem hatte sie platinblonde Haare, denn niemand hatte ihr eingeredet, dass das nicht möglich war. Die Haare glänzten nahezu anmaßend. »Ich möchte *Ihre* Haarfarbe haben«, sagte Ivy. »Exakt denselben Ton.«

Die Stylistin rieb Ivys Haar zwischen Daumen und Zeigefinger. »Sind das unbehandelte Haare?«

»Ja.«

»Könnte schwierig werden.« Sie erklärte Ivy die Probleme beim Aufhellen von schwarzen Haaren. Sie würde bleichen müssen, mehrere Male, wozu sie mehrere Sitzungen brauchten …

»Nein, es müsste in einer Sitzung erledigt sein.«

»Dann würde ich Ihnen abraten. Das greift die Haarstruktur zu sehr an.«

»Aber es wäre möglich?«

»Möglich schon, aber …«

»Dann tun Sie es.«

Sechs Stunden später stolzierte Ivy aus dem Salon. Sie erkannte sich selbst nicht wieder. Ihre Haare hatten die Farbe von Weizen oder aschigem Flachs, was ihre Gesichtszüge irgendwie markanter erscheinen ließ. Ihre Haut spannte sich fein und durchscheinend über den zarten Knochen, ihre Augen wirkten riesig. Die Stylistin hatte sogar ihre Augenbrauen in einem nussigen Braun gefärbt. Ivy gefiel es. Sie sah aus wie eine Außerirdische – nicht ganz Asiatin, nicht ganz weiß, irgendetwas in der Mitte, ein Mischlingsmädchen oder eine seltsame Laune der Natur. Sie stellte sich vor, was Meifeng und Nan sagen würden, wenn sie sie jetzt sehen könnten. Vielleicht hatte sie sich hässlich gemacht, sich auf irreparable Weise entstellt. Austin war deprimiert und Ivy entstellt. *Es ist nicht deine Schuld*, hatte sie am Bahnhof zu Nan gesagt, doch eigentlich nur, damit sich ihre Mutter besser fühlte. Jetzt wusste Ivy, dass es die Wahrheit war. Haare ließen sich reparieren, doch ihr Bedürfnis, zu zerstören, zu entkommen, sich neu zu erschaffen, zeigte eine dunkle Seite an ihr, die ihr selbst Meifeng und Nan mit vereinten Kräften nicht hatten austreiben können.

Gideon schickte ihr per E-Mail einen Clip, den sein Mitarbeiter aufgenommen hatte und der ihn und Roland beim Entgegennehmen des Schecks zeigte. Die Bühne hinter ihnen war in fluoreszierendes grünes Licht getaucht. Eine alte Frau in einem paillettenbesetzten, bodenlangen Kleid trat ans Stehpult und sprach über den Einfluss, den Gideons Firma auf ihr Land nahm. Anschließend ging sie zu Roland, um ihm die Hand zu schütteln, stolperte über ein Kabel und geriet ins Taumeln. Gideon fing sie auf und machte einen Scherz, um die Stimmung aufzulockern. Ivy spürte, dass er es genoss, ganz in seinem Element zu sein und sich für eine Sache einzusetzen, die nichts mit ihm zu tun, sondern einen rein altruistischen Grund hatte. Es gab Menschen auf dieser

Welt, die so geboren waren: altruistisch. Nicht jeder erstach einen Obdachlosen, der in seinem Haus nach etwas zu essen suchte. Als Gideon ans Mikrofon trat, um seine Rede zu halten, hörte Ivy ein erwartungsvolles Raunen im Publikum, als beugten sich alle Anwesenden vor und holten gleichzeitig Luft. Gideon sprach davon, Einfluss auf das Leben anderer nehmen zu wollen, die Veränderung herbeizuführen, die die Welt sehen wollte, von Freundlichkeit, Demut und Hoffnung. Seine Stimme wurde leidenschaftlich, als er auf die Arbeit einging, die seine Firma verrichtete, um das Leben von den Ärmsten der Armen zu verbessern. Alle lauschten wie gebannt. Auch Ivy. Als er nach ungefähr der Hälfte seiner Rede einen Schluck Wasser nahm, schwenkte der Mitarbeiter, der das Video aufnahm, aufs Publikum. Dunkelhäutige Männer in Smokings und vollbusige Frauen mit perfekten, blonden Strähnchen saßen an runden Tischen, die mit Silberbesteck und Champagnerflöten gedeckt waren. Ab und an fing die Kamera ein funkelndes Schmuckstück oder leuchtend rot geschminkte Lippen ein; eine Frau tupfte sich mit ihrer Leinenserviette die Augen ab. Die Kamera schwenkte zurück auf Gideon. Sie hatte sich nie weiter von ihm entfernt gefühlt als jetzt, da sie ihn auf ihrem Laptopmonitor betrachtete – und gleichzeitig hatte sie sich noch nie so sehr zu ihm hingezogen gefühlt. Sie tastete nach dem Saphir an ihrem Ringfinger und sah ihn vor sich, wie er frisch geduscht aus dem Badezimmer kam und seine muskulösen Arme in das mit seinem Monogramm versehene Pyjamahemd schob. Es war diese schwer definierbare Kluft zwischen Vertrautheit und Bewunderung, Intimität und Rätselhaftigkeit, die Ivy die größte Lust bereitete.

Am Samstagmorgen sah sie, dass jemand seinen Wagen auf ihrem Parkplatz vor dem Haus abgestellt hatte. Es war ein schwarzer Audi, bedeckt mit einer dünnen Schneeschicht. Sie fragte sie, ob bei einem ihrer Nachbarn plötzlich der Reichtum ausgebrochen war – vielleicht hatten die Gangster von gegenüber eine Belohnung von ihrem Boss erhalten –, doch in erster Linie war sie sauer, weil nun ihr Parkplatz besetzt war.

Als sie hinausging, um die Post zu holen, entdeckte sie einen Luftpolsterumschlag, auf dem in dicken schwarzen Buchstaben ihr Name stand. Kein Absender. Sie riss den Umschlag auf. Zwei identische Schlüssel glitten heraus. Sonst nichts. Ihre Augen wanderten zu dem Audi. Sie rannte ins Haus und zog ihr Handy unter dem Kopfkissen hervor. Eine neue Nachricht. Sie war von Roux: *Du fährst.*

Sonntag. Sie wachte auf und rief als Erstes die Wettervorhersage auf ihrem Handy auf. Es sollte gegen fünfzehn Uhr anfangen zu schneien. Schneewahrscheinlichkeit: hundert Prozent.

Es war noch dunkel, der Mond ein schwaches Wasserzeichen an einem aschfarbenen Himmel, verschleiert von blassen Wolken, die den angekündigten Schnee bringen sollten. Sie hörte die Rohre ächzen, als Andrea die Dusche anstellte. Zwanzig Minuten später sprang ihre Mitbewohnerin die Treppe hinunter. Die Haustür wurde geöffnet und fiel wieder zu, dann war alles still.

Ivy wurde aktiv. Sie schlüpfte in die Sachen, die sich sich am Abend zuvor zurechtgelegt hatte: schwarze Jogginghose, alte Wanderstiefel, mehrere Schichten Thermokleidung, eine Red-Sox-Cap, die sie aus dem Garderobenschrank gefischt hatte. Sie ließ Licht und Heizung an, verließ das Haus und schloss die Tür hinter sich ab. Die eisige Luft schnitt in ihre

unbedeckte Haut, als sie zum Wagen rannte, auf die Fernent-
riegelung drückte und auf die von der Kälte spröden Leder-
sitze des Audis glitt.

Sie hatte keine Ahnung von Autos, aber sie wusste, dass
das hier ein besonders schönes Stück war. Der Sitz passte sich
perfekt ihrer Rückenkontur an; sie musste nur leicht aufs Gas
tippen, und schon beschleunigte der Wagen mühelos auf hundert. Das Gefühl, in einem so teuren Auto durch eine men-
schenleere Stadt zu fahren, beobachtet von wunderschön gekleideten Schaufensterpuppen, die ihr aus den noch dunklen
Fenstern der Geschäfte nachstarrten, verlieh Ivy ein Gefühl
von Sorglosigkeit und Freiheit. Rechts und links neben der
breiten Straße ragten Wolkenkratzer auf. Fast konnte man
meinen, die ganze Erde sei nur für sie allein da. Roux behauptete, Autos seien eine reine Männerdomäne, weshalb
man Frauen niemals in die Nähe teurer Wagen kommen lassen dürfe, schon gar keine Asiatinnen. Als Beifahrerin, ja. Als
Fahrerin, nein. Trotzdem hatte er ihr diesen Audi vor die Tür
gestellt. Das war sein Olivenzweig.

Als sie die Astor Towers erreichte, machte der Diner gegenüber gerade auf. Sie schaltete das Warnblinklicht an und tex-
tete Roux, dass sie draußen auf ihn wartete. Minuten später
kam er in einer lockeren Baumwollhose und einer braunen
Fleece-Jacke aus der Lobby. Sie konnte nicht sagen, in welcher Stimmung er war, als er ein letztes Mal an seiner Zigarette zog, bevor er sie in den Rinnstein schnippte und in den
Wagen stieg.

Sie hatte eine locker-flockige Begrüßung geplant, doch er
sparte ihr die Mühe, indem er in Gelächter ausbrach und die
Hand nach ihren Haarspitzen ausstreckte. »Was ist denn mit
dir passiert?«

»Gefällt es dir?«

»Was war vorher falsch daran?«

»Du weißt, dass ich meine Haare immer gehasst habe.«

»Du siehst aus wie ein Albino. Oder ein radioaktiver Mutant.«

»Meinetwegen.« Sie lächelte charmant und strich ihm übers Kinn. »Du hast dich rasiert.«

»Ja.«

Sie küssten sich.

»Danke, dass du dich vor drei Uhr morgens für mich aus dem Bett gequält hast«, murmelte sie.

Er legte ihr die Finger auf den Hinterkopf und drückte zärtlich seine Stirn gegen ihre. So verharrten sie für eine Sekunde.

Wie fühlte sich das an?, fragte sich Ivy. Angst, Verwirrung, zärtlicher Hass – all das zusammen, vermischt mit dem Gefühl zunehmender Gefahr. Ivy dachte an eine Geisel, die sich bemüht, ihrem Entführer zu gefallen. Doch wer war der Entführer, wer die Geisel?

»Nun?«, fragte Roux, als er sie freigab. »Wie gefällt dir der Wagen?« Er betrachtete die Schaltung, öffnete das Handschuhfach und versetzte dem Armaturenbrett einen väterlichen Klaps.

»Er ist wunderschön«, sagte Ivy. »Danke, dass ich ihn fahren darf.«

»Du kannst ihn haben.«

»*Im Ernst?*«

»Du beschwerst dich doch immer über deine Klapperkiste.«

»Bei meiner Vorgeschichte werde ich den hier im Nullkommanichts ruinieren.« Plötzlich kam ihr ein entsetzlicher Gedanke. »Ist er etwa unter *meinem* Namen zugelassen?«

Roux' Augen musterten sie sardonisch. Offenbar missverstand er ihr Entsetzen als kindlichen Übermut. »Natürlich nicht, schließlich habe *ich* ihn gekauft, doch wenn dir das so viel bedeutet, melde ich ihn auf deinen Namen um ...«

»Nein!« Sie grinste verlegen. Die Erleichterung machte sie forsch und übereifrig. »Machen wir uns auf den Weg.« Sie setzte den Blinker. Roux schnallte sich an.

»Wohin genau fahren wir eigentlich?«, fragte er, als sie die Auffahrt zum Freeway nahm.

»Zum Wandern.«

Er runzelte die Stirn. »Ist das nicht irgendwie die falsche Jahreszeit?«

»Ich hatte dir gesagt, du sollst dich warm anziehen. Wir müssen uns ein bisschen beeilen. Es soll nachher schneien.«

Er lehnte sich zurück, fummelte am Radio herum und ließ die Fenster herunter, um zu rauchen. Der Wind wehte ihm die strubbeligen schwarzen Haare in die Augen. Er sah weniger aus wie ein attraktiver Mann in einem Sportwagen als wie ein Schauspieler, der vorgab, ein attraktiver Mann in einem Sportwagen zu sein. Auch sie hatte den Eindruck, sich in einer Szene aus einem alten Film zu bewegen, vielleicht in der letzten Einstellung kurz vor dem Abspann, in der das Paar aus der Stadt heraus- und mit dem Fluchtwagen in einen Tunnel rast. Genau das ist dieser Audi, dachte Ivy. Ein Fluchtwagen.

Die Seitenstreifen der Route 93 waren braun vor Schneematsch und Eis. Gelegentlich sahen sie den Kadaver eines Rehs oder Nagetiers am Straßenrand liegen, halb vergraben unter dem frischen Schnee. Mit jeder Meile, die sie sich weiter von Boston entfernten, nahm die Außentemperatur ab. Das Radio fing an zu rauschen, weshalb sie es ausstellten und dem monotonen Brummen des Motors lauschten. Der Audi schien von allein zu fahren. Er reagierte auf die leichteste Berührung und geriet selbst bei Schlaglöchern nicht ins Holpern. Roux nahm ihre rechte Hand und hielt sie lose in seinem Schoß, während sie mit der anderen Hand lenkte.

Die Straße wurde schmal und kurvig und führte schließlich steil ansteigend um den Berg herum. Die Luft wurde dünner. Sie blickten auf violette Berge und braune Reihen von Baumkronen. Seit dreißig Minuten hatten sie kein Auto mehr überholt.

»Ganz schön kalt heute«, sagte Roux und fuhr das Fenster hoch. »Bist du sicher, dass du wandern gehen möchtest? Wir könnten doch auch einfach dort einkehren und für heute Feierabend machen.« Er deutete auf eine Werbetafel, die ein Restaurant – die Red Wingz Sports Bar & Grill – anpries: *Nehmen Sie die nächste Ausfahrt Richtung Stocksfield.* Trotz seines Appetits auf alles, was in seinen Augen für Luxus stand, liebte Roux Orte wie diesen: Raststätten, Casino-Restaurants, Hotdog-Stände. In dieser Hinsicht war er sehr amerikanisch. Sie passten zu ihm, so wie Boote zu Gideon passten und Rosengärten zu Liana Finley. »Ich möchte dir diese ganz bestimmte Stelle zeigen«, beharrte Ivy, »und zwar heute.«

Zehn Minuten später hielt sie am Straßenrand an. Hier befand sich ein kleiner Aussichtspunkt, an dem die Beifahrer gern bei heruntergelassenem Fenster ein Foto schossen. Im Sommer konnten Touristen einer Reihe von rutschigen Stufen zu einem kleinen Wasserfall folgen, der den Berg hinabrieselte. Natürlich war er um diese Jahreszeit zugefroren. »Hier ist es«, sagte sie und stellte den Motor ab.

Roux ließ die absolute Abgeschiedenheit dieses Fleckchens Erde auf sich wirken. Die wenigen Bäume um sie herum waren kahl und voller Eiszapfen, die Luft roch nach Kiefern, Frost und nassem Asphalt. »Ich hätte nie gedacht, dass du der Outdoor-Typ bist«, sagte er und rieb sich kräftig die Arme.

»Ich bin bloß abergläubisch. Ich wollte, dass es hier passiert.«

Er stellte nicht die naheliegende Frage: Dass was hier passiert? Seit er ihr ins Gesicht geschlagen hatte, schien er ihre Unaufrichtigkeit mit Diskretion zu verwechseln.

»Wo fängt der Wanderweg an?«, fragte er.

»Es gibt keinen Wanderweg.«

»Kennst du die Strecke?«

»Ich bin schon einmal hier gewesen.«

»Mit Gideon?«

Sie zuckte zusammen. »Nein.«

Nachdem sie sich etwa eine halbe Meile von dem geparkten Wagen entfernt hatten, blieben sie an einer unscheinbaren Kreuzung stehen. Ivy holte ihre handgezeichnete Karte hervor und tippte auf einen bestimmten Punkt. »Da ist es.«

»Geh du voran«, sagte Roux und verzog die Lippen zu einem resignierten Lächeln.

Sie begannen mit dem Aufstieg.

Ivy trug drei wärmende Kleidungsschichten unter ihrem Mantel, er hatte unter der Fleece-Jacke nur eine Baumwollstrickjacke an. »Gib mir dein Handy und deine Brieftasche«, sagte sie. »Ich verstaue sie in meinem Rucksack, dann kannst du die Hände in die Taschen stecken.«

Sie gingen weiter, langsam, denn sie waren beide Raucher und schlecht in Form. Manchmal wurde es Ivy schwindlig, helle Sternchen tanzten vor ihren Augen, und sie blieb stehen, um einen Schluck Wasser zu trinken. Für einen Moment teilten sich die Wolken, die Sonne kam heraus und brannte ihnen in den Nacken. Ab und an öffnete sie den Kragen, um etwas von der Hitze entweichen zu lassen, die sich unter ihrem Thermohemd staute, dann wiederum steckte sie die Hände vor lauter Kälte unter die Achseln.

»Sind wir bald da?«, fragte Roux, zog die Fleece-Jacke aus und band sie um seine Taille. Die erste Etappe der Wanderung war steil und unwegsam. An manchen Stellen mussten sie um schneebedeckte Felsbrocken herumklettern oder stolperten über auf dem Boden liegende Äste. Ihre Wanderschuhe waren robust und hatten Profil, aber Roux trug bloß dünne Wildlederschuhe. Er stampfte mit den Füßen auf einen Felsbrocken, um den Schnee abzuschütteln, der sich an seinen Knöcheln angesammelt hatte.

»Möchtest du meine Handschuhe haben?«, fragte sie.

»Alles okay, danke.«

Sie nahm seine Hände zwischen ihre und blies in die Mulde, um sie mit ihrem Atem zu wärmen. Hätte sie ihm doch gesagt, dass er Handschuhe anziehen sollte!

»Hasst du mich, Ivy?«, fragte er.

»Warum sollte ich dich hassen?«

»Für das, wozu ich dich gezwungen habe.«

»Lass uns später darüber reden«, sagte sie eilig und zog ihre Hände weg. »Wir haben schon fast die Hälfte geschafft.«

Ihr Atem wurde flach, während eines besonders steilen Anstiegs manchmal begleitet von keuchenden Geräuschen. Der Pfad, den Daniel angelegt hatte, war mit kleinen, roten, dreieckigen Schildern gekennzeichnet, die er an die Bäume getackert hatte. Ivy verlor sie für einen Moment aus den Augen und geriet in Panik. Was, wenn sie den Felsvorsprung nicht finden würde? Während Roux auf einem umgestürzten Baumstamm eine Rast einlegte, machte sie sich auf die Suche nach den Markierungen. Eine kräftige Böe teilte die schneebedeckten Zweige der umstehenden Bäume und gab den Blick frei auf ein rotes Dreieck, keine fünfzehn Meter von ihr entfernt.

»Puh!«, sagte sie keuchend, als sie zu ihm zurückkehrte, und schlug sich eine behandschuhte Hand auf die Brust. »Ich dachte schon, wir hätten uns verlaufen.«

»Ich vertraue dir«, erwiderte Roux schlicht.

Endlich öffnete sich zur ihrer Linken eine Lichtung, ein ebener Felsvorsprung, der einen schier endlosen Blick auf die Berge bot. Hier gab es keinerlei Anzeichen von Technologie oder Straßen oder der Zivilisation im Allgemeinen. Die schier unermessliche Stille fühlte sich prähistorisch an, als wären sie die ersten Menschen, die diesen Flecken Erde betraten und mit menschlichen Stimmen füllten.

»Sind wir da?«, wollte Roux wissen.

»Fast. Wir müssen noch ungefähr eine halbe Meile zurücklegen. Aber ich dachte, dies wäre ein guter Platz für unser Mittagessen.«

Für einen Moment bewunderten sie die Aussicht. Dann breitete Roux eine Fleece-Decke auf den Felsen aus, von denen der Wind den Schnee geweht hatte, und Ivy packte das Essen aus ihrem Rucksack: Sandwiches mit Erdnussbutter und Marshmallow-Creme, eine Thermoskanne mit Kaffee, Studentenfutter. Roux nahm den Whisky heraus – eine bernsteinfarbene Flasche Dalmore, Jahrgang 1942. Er öffnete sie und füllte den Whisky in eine Lederfeldflasche um, um sie zuerst probieren zu lassen. »Mein Gott.« Ivy schnappte nach Luft und schlug sich auf die Brust.

Während sie aßen, erzählte ihr Roux die Geschichte des Dalmore-Whiskys. Er hatte ihn bei der Auktion eines schottischen Lords erstanden, der auch sein Schloss versteigerte, in dessen riesigen Kellergewölben der Dalmore jahrzehntelang gelagert hatte. »Aber was zum Teufel sollte ich mit einem zerfallenden Gemäuer anfangen? Da habe ich lieber zehn von diesen Flaschen erworben. Exquisit, nicht wahr?« Roux' Wangen waren gerötet, die Augen lebhaft und entspannt. Ivy schlug vor, noch einen Schluck zu nehmen – »Das hält die Kälte ab«, behauptete sie. Sie zupfte die Rinde von ihrem Sandwich, grub ein kleines Loch in den Boden und versenkte die Krümel darin.

»Was machst du da?«

»Nichts. Ich bin nur nervös.« Roux gab ihr stets das Beste vom Besten: Whisky, Schmuck, einen Wagen. Er würde ihr wahrscheinlich sogar dieses verfluchte Schloss kaufen, wenn sie ihn darum bat. »Wie laufen die Geschäfte?«, fragte sie.

»Ich habe letzte Woche einen Waschsalon in Roxbury eröffnet.

»Aufregend.«

Er bemerkte ihren Tonfall und erwiderte trocken: »Was glaubst du – wie viel bringt so ein Waschsalon ein?«

»Hunderttausend im Jahr?«

»Ein einziger Salon kann bis zu einer Million einfahren.«

»Dann sollte ich meinem Vater vorschlagen, dass er auch einen aufmacht«, sagte Ivy, nur halb im Scherz. Als er dann jedoch anfing, die Zahlen für die Erstinvestition herunterzurattern, fuhr sie ihm genervt über den Mund: »Warum bist du eigentlich derart versessen aufs Geldmachen? Bist du nicht längst Millionär?«

»Na und?«

»Wann ist es genug?« Das war keine rhetorische Frage – sie wollte es wirklich wissen. Aber Roux zuckte nur die Achseln.

»Keine Ahnung.« Er blickte mit dem grüblerischen Gesichtsausdruck in die Ferne, den er immer dann aufsetzte, wenn er an seine tote Mutter dachte.

»Was hast du vor?«, hakte sie nach. »Willst du für den Rest deines Lebens für die Morettis arbeiten?«

Roux schaute ihr prüfend ins Gesicht. »Stört dich das?«

»Ganz und gar nicht.« Sie sah ihm direkt in die Augen. »Du kennst mich – wann habe ich mich jemals um Dinge wie Gesetzestreue geschert?« Sie tat so, als würde sie einen weiteren Schluck aus der Feldflasche nehmen.

»Komm her«, sagte Roux zärtlich.

Ivy setzte sich zwischen seine Knie. Er schlang die Arme um ihre Taille, und sie lehnte sich gegen seine Brust. Durch die Schichten von Kleidung hindurch konnte sie seinen Herzschlag spüren. Seine Haare kitzelten ihre Wangen. Mit sanfter, vom Alkohol rauer Stimme flüsterte er ihr Versprechungen ins Ohr: Sie würden heiraten, er würde sein Geld nehmen und ihnen einen gemeinsamen Neuanfang ermöglichen, irgendwo weit weg von den Morettis, vielleicht in Asien. Er würde sich um sie kümmern, um ihre Familie, um die Zukunft ihrer Kinder, er würde ihr nie mehr wehtun – all jene Versprechungen, die ein angetrunkener Mann machte, wenn er einem seine größten Herzenswünsche offenbarte. »Du kennst mich«, beeilte er sich zu versichern, als hätte er ihre unausgesprochenen Zweifel gehört, »du *weißt*, dass ich immer Wort halte.«

»Hast du mir nicht einmal gesagt, du wärst nicht der Typ zum Heiraten?«

Er lachte, seufzte, lachte erneut. »Ich kann mich echt darauf verlassen, dass du dich an jeden Scheiß erinnerst, den ich jemals von mir gegeben habe.«

Ivy entspannte sich in seinen starken Armen, die sie umschlangen wie Ketten, und blickte hinauf in den weiß gestreiften Himmel mit der schwachen Sonne. Nie wieder würde sie körperliche Kraft mit Stärke verwechseln.

»Roux«, sagte sie. »Was würdest du tun, wenn ich dir sage, dass ich Gideon von uns erzählt habe und er mir verziehen hat? Dass wir nach wie vor heiraten wollen?«

»Das ist ausgeschlossen.«

»Wie kannst du dir da so sicher sein?«

Der Griff um ihre Taille wurde fester. »Sieh doch nur, wie er dich behandelt! Er hält dich immer noch für das kleine Mädchen, das während der Schulzeit in ihn verliebt war. Du bist ihm wahrscheinlich hinterhergelaufen und hast versucht, ihm die Schuhe zu binden. Das ist es, was er von dir will – eine Ehefrau, die ihm für den Rest seines Lebens die Schuhe zubindet.« Er drehte ihren Kopf zu sich, bis sie ihn ansah. »Vielleicht war ich etwas grob, als ich dir letzten Sommer im Strandhaus all diese schlimmen Dinge an den Kopf geworfen habe. Aber es war wichtig, dass du sie hörst. Die Speyers sind eine Mogelpackung.« Ivy setzte zu einer verächtlichen Bemerkung an, aber Roux erklärte mit Nachdruck: »Merk dir meine Worte: In der Familie ist keiner ehrlich. Ich habe schon Betrüger gesehen, die ehrlicher waren als sie. Gideon sieht aus, als würde er jedes Mal einen Leistenbruch bekommen, sobald ihm jemand eine persönliche Frage stellt. Und Ted und Poppy? Sie sind immer so schwungvoll und *nervös* … Nein, Ivy, das ist kein Charme, das ist eine perverse Art der Vertuschung. Sie verbergen etwas.«

»Und Sylvia? Was verbirgt sie?«

»Sylvia ist die Schlimmste von allen. Sie hat nie einen Finger für irgendwas krumm gemacht. Es war für sie selbstverständlich, dass ich all ihre Urlaube und ihre Flugtickets bezahle, die Hotels und Villen für sie buche. Als wäre es ihr Geburtsrecht, alles hinten reingeschoben zu bekommen. Sie ist ihr ganzes Leben mit diesem *Charme* durchgekommen, den du so bewunderst – oh, sie konnte charmant sein, wenn sie wollte, aber sie war auch verwöhnt und durchgeknallt.« Er löste einen Arm von ihrer Taille, um nach der Feldflasche zu greifen. »Warum tun Frauen so was?«

»Was?«

»Dieses ständige Hin und Her, das ist doch verrückt! Einen Tag ist sie verletzt, weil ich ihr nichts von meiner Kindheit in Rumänien erzählt habe, am nächsten Tag will sie mir weismachen, dass ich mich in Amerika anpassen muss. Behauptet, ich hätte Komplexe.« Er schauderte. »Die ganze Zeit über dachte ich, sie würde mich betrügen, aber ich konnte es nicht beweisen.«

»Du hast sie also nie bei etwas erwischt …?«

»Nein, das war nur so ein Gefühl. All die Musiker und Schauspieler und Schriftsteller – ich konnte nie sagen, ob sie tatsächlich ihre Freunde waren oder Menschen, die sie wahllos auf der Straße aufgelesen hatte. Manchmal hatte ich den Eindruck, Sylvia wollte mich reinlegen.«

»Reinlegen? Inwiefern?«

Roux zuckte die Achseln. »Keine Ahnung. Vielleicht ging es ihr ums Geld. Am Ende geht es immer uns Geld.«

»Aber sagen wir mal, Gideon hätte mir vergeben«, wiederholte Ivy. Sie fröstelte im kalten Wind. »Was würdest du tun?«

»In so einer Welt leben wir aber nicht«, erwiderte er kühl und reichte ihr die Feldflasche, aber sie schüttelte den Kopf.

»Und wenn, dann hätte ich dich niemals derart in die Ecke drängen müssen. Wir wären längst zusammen. Anstatt auf diesem eisigen Berg zu hocken, würden wir in meinem Bett liegen. Uns in der Badewanne aalen. Du würdest mein Apartment neu einrichten.«

Ivy sah es vor sich: das Bett, die Badewanne, den Neuanfang. Kinder. Asien. Die Leichtigkeit, die sie in ihrer ersten gemeinsamen Nacht auf Poppys Himmelbett in Cattahasset empfunden hatte, kehrte nun zu ihr zurück und sang ihre eindringliche, unwiderstehliche Melodie.

»Sag mir die Wahrheit«, verlangte er und drehte ihr Kinn so, dass sie ihm in die Augen sehen musste. »Hast du es ihm schon gesagt? Denn wenn nicht, wird diese grandiose Geste meine Meinung nicht ändern.«

»Ich habe ihm von uns erzählt«, sagte sie. »Wir haben uns getrennt.«

Er zuckte zurück. »Du lügst.«

»Ich liebe dich.« Sie lächelte zärtlich, mit der Sanftheit einer Mutter.

Roux senkte den Kopf. Er küsste ihren Hals, dort, wo sich unter der Haut der Pulsschlag abzeichnete. Der kratzende Schmerz in ihrem Hals und ihre trockenen, brennenden Augen zeigten ihr, dass ihre Worte nicht gelogen waren. Er war Roux, und sie war Ivy. Wer auf der Welt würde je verstehen, was das bedeutete?

Sie dachte, auch er wäre von Emotionen überwältigt, doch als sie sich umdrehte und ihn anschaute, stellte sie fest, dass das leichte Zittern, das sie spürte, Lachen war. Seine harten Augen waren von dem klaren Grau eines zugefrorenen Sees. Tautropfen glitzerten auf der Oberfläche, unter der die Tiefen einer unterirdischen Welt auf sie lauerten.

»Lass uns gehen«, sagte er und stand auf.

Ivy regte sich nicht. Ein Gefühl der Trauer ergriff sie. »Sollen wir wirklich noch weiterwandern?«, fragte sie. »Die Temperatur fällt, und es soll bald schneien.«

»Wovon redest du? Immerhin sind wir die ganze Strecke bis hierher gelatscht!«

»Lass uns einfach zurückgehen, Roux. Ich will nicht mehr.«

»Du Faulpelz.« Er zog sie hoch. »Ich habe meinen toten Punkt überwunden. Komm, ich trage den Rucksack.« Pfeifend rollte er die Decke zusammen.

»Lass uns bitte umkehren!«

Erstaunt hielt er inne und blickte in ihr starres, verängstigtes Gesicht, dann sagte er sanft: »Es war dir doch so wichtig, mir diese ganz besondere Stelle zu zeigen. Ich habe nie an Omen geglaubt, aber ich denke, wir zwei sollen heute hier sein. Ich kann es nicht erklären. Ich möchte mit *dir* hier sein. Damit wir uns immer an heute erinnern. Verstehst du das?«

Sie konnte nur nicken, war so erschöpft von ihrem Ausbruch, dass sie kein Wort mehr hervorbrachte. Er drückte ihre Hand.

Ivy nahm ihm die Picknickdecke ab und verstaute sie im Rucksack. Es würde genau so sein, wie Roux es sagte, redete sie sich ein. Sie würden nur bis zu ihrer ganz bestimmten Stelle gehen. Die Realität war so, wie man sie sich machte. Das hatte Gideon ihr vermittelt. »Es geht jetzt ein Stück bergab«, sagte sie und führte ihn zur Felskante. »Pass auf, wo du hintrittst.«

Ihr ganzes Leben lang hatte sie nach etwas gesucht, was sie nicht benennen konnte. War es Liebe? Wohlstand? Schönheit? Nichts dieser Dinge traf es genau. Was sie suchte, war

Frieden. Den Frieden, etwas zu besitzen, das ihr niemand wegnehmen konnte. Hatte sie in ihrem Leben je auch nur für eine einzige Minute Frieden empfunden? Sie hatte es satt, um die unschuldsvolle Unkompliziertheit, die altmodische Menschen wie die Speyers verkörperten, zu kämpfen oder um die so selbstverständliche, mühelose Eleganz von Sunrin – Eigenschaften, die ihr bei anderen so natürlich erschienen, denen sie jedoch nur mit schlauer Berechnung nachzueifern vermochte. »Ich bin es leid, es unablässig zu versuchen. Mehr als alles andere sehne ich mich danach, mich auszuruhen.«

»Wie ausruhen?«, wollte Roux wissen.

Sie bahnten sich einen Weg zwischen den Felsen hindurch nach unten, während sie versuchten, auf dem gefrorenen Schnee Halt zu finden.

»Ausruhen in dem Wissen, dass ich den Gipfel erreicht habe«, antwortete Ivy. An seiner schneidenden Stimme, die von den großen Gesteinsbrocken widerhallte, hörte sie, wie gereizt er war.

»Ivy. Es. Gibt. Keinen. Gipfel. Wir hocken alle zusammen in dieser Hölle. Der Frieden, den du suchst, existiert nicht.«

Sie erreichten die etwa einen Meter breite Felshöhle an der Seite des Berges. Der Felsvorsprung über ihnen und die großen Felsbrocken versperrten ihnen die Sicht auf den Himmel. Hier war es sogar noch kälter als auf der ebenen Fläche, auf der sie vorhin gewesen waren. Mit identischen Bewegungen – ein Schritt nach vorn, die Hälse vorgereckt – starrten sie hinunter in die enge Schlucht. Ivy spürte, wie ihr schwindelig wurde. Eilig lehnte sie sich mit dem Rücken gegen die Felswand, um ihre wackeligen Beine unter Kontrolle zu bringen. Sie hatte Höhenangst. Fast musste sie lachen, so absurd war das. Ihre Arme zitterten.

»Die Höhle sieht aus, als wäre sie von Menschen gemacht, findest du nicht?«

»Die göttliche Natur«, sagte Roux. »Woraus besteht das Ganze hier?«

»Gefrorenes Sediment, nehme ich an. Der Felsvorsprung, auf dem wir zu Mittag gegessen haben, schützt diese Ecke vor dem Wetter.«

»Wie hast du die Stelle entdeckt?«

»Ein Ex-Freund, der sich einbildete, ein echter Naturbursche zu sein. Er ist auf dem Felsvorsprung über uns ausgerutscht und glücklicherweise hier gelandet, anstatt unten in der Talsohle.«

Roux stieß einen Pfiff aus. »Da hat er echt Glück gehabt. Wenn du hier runterfällst, kannst du nicht mehr raufklettern.«

»Niemand würde einen finden«, wisperte Ivy. »Es sind nicht einmal offizielle Wanderwege in der Nähe.« Sie blickte auf das schmale Flussbett gut zweihundert Meter unter ihnen, das sich durch das kegelförmige Tal schlängelte. Die Felswände waren glatt und vereist, spitze, gezackte Felsnadeln ragten in einen Himmel, den sie doch nie erreichen würden.

»Ich verstehe das nicht!«, schrie sie plötzlich und wirbelte herum, um Roux mit schmerzerfüllten Augen anzusehen. »Ich verstehe nicht, warum du mich liebst. Wir wären unglücklich zusammen, würden uns die ganze Zeit über streiten. Du würdest mich betrügen. Ich würde dich bestehlen. Wir wären grauenvolle Eltern. Wir würden einen schrecklichen, sinnlosen Tod sterben. Du hast gesagt, Menschen würden sich nicht ändern, und das trifft auf uns zwei genauso zu.« Wenn er eine Version ihrer Zukunft gemalt hatte, malte sie deren Schattenseite. Sie flehte ihn an, zu verstehen, ihr beizupflichten, weil ihr keine andere Möglichkeit einfiel, sie beide zu retten. Doch selbst in ihrer Panik machte sich in ihr ein leises Stimmchen bemerkbar, das sich über ihre eigene Theatralik amüsierte: Du weißt ganz genau, dass du kein einziges Wort von dem, was du da sagst, ernst meinst; du versuchst doch bloß, deinen Kopf aus der Schlinge zu ziehen, wie immer, du empfindest nichts, du bist ein selbstsüchtiges Monster …

»Du hast einfach nur Angst«, sagte Roux mit rauer Stimme. »Als ich ein Kind war, dachte ich, ich könnte mein Schicksal kontrollieren. Tun, was immer ich wollte, sobald ich es zu Geld gebracht hatte. Jetzt dagegen bin ich überzeugt, dass uns das Leben, das wir führen, schon vor langer Zeit vorherbestimmt wurde. Alles, was bislang passiert ist, die Art und Weise, wie wir uns wiedergetroffen haben – fühlt sich das nicht an wie vorprogrammiert?«

»Ach, ich weiß nicht. Ich weiß gar nichts mehr!« Ivy schüttelte heftig den Kopf und fing an zu weinen, ein hicksendes, würgendes Schluchzen, aber ausnahmsweise schämte sie sich nicht dafür. Die Weite der Berge, die beklemmende Stille, das Pfeifen des Windes rückten alles in weite Ferne, als würde sie es aus einem Flugzeug heraus betrachten, Tausende Meter über dem Boden. Sie war gleichzeitig in dem Flugzeug und auf der Felskante, sowohl Beobachter als auch Beteiligter an ihrem eigenen unbedeutenden Leben.

Aber sie wusste es doch. Es war *ihr* Leben. Was machte es schon, ob es unbedeutend war oder belanglos, es gehörte *ihr*.

Roux streichelte ihren Hinterkopf, der an seiner Brust lag, und murmelte tröstende Worte. Sie konnte die Vibrationen seiner Stimme hören, die bis zu ihren Knochen vordrangen – ein beruhigendes Gefühl. So schnell, wie sie gekommen waren, versiegten die Tränen wieder; ihre Gedanken kehrten an diesen stillen Ort zurück. *Das Leben ist wie ein Fluss. Schlussendlich fließt es dorthin, wo es hinfließen muss, nicht dorthin, wo man es haben möchte.*

Sie schaute auf. Er umschloss ihr Gesicht mit einer Hand. Wischte ihr mit dem Daumen über die Augen. Roux …

»Wenn man sich an den Rand der Kante stellt, die Augen schließt und laut einen Wunsch ruft, geht er vielleicht in Erfüllung«, überlegte sie.

»Das bezweifle ich«, sagte er.

»Warte, ich probiere es aus.« Sie machte einen Schritt nach vorn.

»Sei vorsichtig!«

Ein weiterer Schritt in Richtung Abgrund. Ihre Zehen erreichten den Rand des Felsens. Noch ein kleines Stück weiter, und sie würde fallen.

Ivy öffnete den Mund. Sie schrie das Erstbeste, was ihr in den Sinn kam. *»Ich wünschte, ich wäre ein Engel!«* Ihre Stimme hallte von den Felswänden wider und kam wie ein Bumerang zu ihr zurück: *Ennn-gggelll!*

Sie hörte Roux hinter sich lachen. Sein Gelächter vermischte sich mit dem Echo. »Da muss schon ein Wunder geschehen«, sagte er.

»Du bist dran.« Sie trat zurück und drückte sich mit dem Rücken gegen die Felswand. Ihr Herz pochte so heftig, dass sie das Gefühl hatte, von dem rasenden Hämmern erschlagen zu werden. Doch ihr Kopf war absolut klar.

Roux trat vor. Er blickte in die Schlucht hinunter. Die Zeit verlangsamte sich.

»Warte, Roux.«

Er drehte sich um. »Wieso?«

»Ich habe mich nie bei dir bedankt.«

»Wofür?«

»Dafür, dass du mich liebst.«

Sie würde sich bis an den Rest ihres Lebens an das Lächeln erinnern, das auf seine Lippen trat. Ihre Ohren rauschten. Roux wandte das Gesicht dem Abgrund zu, schloss die Augen (wie sehr sie diese graublauen Augen vermissen würde!), trat bis an den Rand ...

»Ich wünsche mir ...«

Sie streckte die Hände aus und stieß ihn mit aller Kraft in die Tiefe.

Teil 5

21

Er gab kein Geräusch von sich. Er schrie nicht. Die Arme und Beine ruderten für den Bruchteil einer Sekunde durch die Luft, dann prallte Roux gegen den Hang und hüpfte und rollte in Richtung Talsohle. Sie hörte das dumpfe Geräusch, das sein langer, schlaksiger Körper machte, wenn er auf dem Fels aufschlug. Als er ungefähr drei Viertel der Strecke zurückgelegt hatte, verfing sich seine Fleece-Jacke an einer gezackten Kante. Roux blieb liegen, die Glieder in seltsamen Winkeln vom Körper abgespreizt wie ein chinesischer Zirkusakrobat. Sein Kopf baumelte viel zu nah neben der Schulter. Sie sah das Blut auf der Felswand, eine schwache rote Markierung, die an die Wegweiser erinnerte, die Roux in dieses abgeschiedene, eisige Tal geführt hatten, in das sich kaum eine Menschenseele verirrte, seinem Tod entgegen.

Sie wartete fünf Minuten, um sicherzugehen, dass er sich nicht bewegte. Wenn er jetzt noch lebte, würde er definitiv bald an Unterkühlung sterben. Wanderer kamen andauernd auf unmarkierten Wegen zu Tode. Es war ein Unfall. Ein tragischer Unfall. Tragisch. Tragödie. Eine Unfalltragödie. Mit Mühe setzte Ivy sich in Bewegung und kletterte zurück auf die Ebene auf dem Felsvorsprung, wo sie gerade noch mit Roux den Dalmore-Whisky getrunken und Liebesschwüre geflüstert hatte – eine Erinnerung, die sich binnen Sekunden in einen obskuren Traum verwandelte, aus dem sie langsam erwachte in dem Bewusstsein, dass der Mann, dessen stählerne Arme sie umschlossen hatten, ein Fremder war.

Warum bin ich hier?, fragte sie sich selbst, stolperte über einen Ast und schnitt sich die Handfläche auf. Zwei Tropfen Blut fielen in den Schnee wie eine spitzblättrige Blume, eine leuchtend rote, spitzblättrige Blume, an deren Namen sie sich nicht erinnern konnte, genauso wenig wie daran, wo sie sie gesehen hatte – wahrscheinlich auf der Hochzeit von Tom und Marybeth Cross. *Ein tragischer Unfall.* Ohne es zu merken, hatte sie zu rennen begonnen. Schlitternd und stolpernd hastete sie durch den Schnee wie ein verwundetes Tier, dessen einzig verbliebener Instinkt es dazu trieb, sich in der schützenden Dunkelheit seiner Höhle zu verkriechen. *Ein tragischer Unfall.* Sie wiederholte diesen Satz auf dem ganzen Weg zur Hauptstraße.

Mittlerweile hatte es zu schneien begonnen. Dicke Flocken rieselten vom Himmel und bedeckten jeden ihrer Schritte mit einer frischen weißen Decke. Die Dämmerung senkte sich herab, als sie die Schotterstraße erreichte, wo sie den Audi abgestellt hatte. Die Scheiben waren gefroren, auf dem Dach lagen gut zwei Zentimeter Schnee. Sie stieg ein und stellte die Standheizung an. Ohne darauf zu warten, dass es warm wurde, zog sie sich bis auf die Unterwäsche aus und schlüpfte in das Outfit, das sie am Morgen eingepackt hatte: graue Jogginghose, Flanellhemd, ein altes, graues College-Sweatshirt, frische Socken, Lammfellstiefel und ein dick gefütterter Gänsedaunenparka, der ihr bis über die Knie reichte. Als es im Wageninnern wärmer wurde, löste sich ihre Anspannung, das Kinn wurde lockerer, und ihre Zähne begannen unkontrolliert zu klappern. Sie zog die Socken aus und stellte fest, dass ihre Füße grotesk verfärbt und formlos waren – weiße

Fleischklötze, blutleer und ohne jegliche Spannung, als wären sie aus Gummi. Sie entdeckte mehrere blaue Flecken an Armen und Beinen, als wäre sie gestürzt. Die Haut an ihren Fußknöcheln war aufgeschürft, die Knöchel geschwollen, so dass sie vor Schmerz zusammenzuckte, als sie ihre Lammfellstiefel schnürte. Als sie damit fertig war, zog sie ein Paar neue Wildlederhandschuhe an und wischte damit das Lenkrad, die Gangschaltung und die Armaturen ab. Sie suchte jeden noch so kleinen Spalt nach verirrten Haaren ab; glücklicherweise ließ sich das Platinblond auf den schwarzen Ledersitzen leicht erkennen. Erst als sie sicher sein konnte, dass sie nichts übersehen hatte, stieg sie aus, schloss den Wagen ab, hängte sich den Rucksack über eine Schulter und wanderte los.

Bis nach Stocksfield brauchte man zu Fuß etwa fünfundachtzig Minuten. Außer dem Red Wingz, der Sportbar mit Grill-Restaurant, die Roux auf der Hinfahrt so gern aufgesucht hätte, gab es noch eine weitere Attraktion für Besucher: eine Bushaltestelle. Von dort aus fuhr der Concord-Bus täglich um 17.20 Uhr zur South Station. Wenn ihre Berechnungen stimmten, kam sie dort etwa eine Stunde vorher an.

Sie hatte befürchtet, dass vorbeifahrende Fahrzeuge anhalten könnten, um sie zu fragen, ob sie mitfahren wollte, doch es herrschte fast kein Verkehr, und keiner der Fahrer schien sie überhaupt wahrzunehmen. Nach zwanzig Minuten hatte sie einen gleichmäßigen Rhythmus gefunden, lief wie in Trance, ohne die Kälte noch länger zu spüren. Gelegentlich wurde sie von dem Gefühl ergriffen, dass etwas fehlte, wie das eine Mal, als sie ihre Handtasche im Restaurant vergessen hatte. Sie blieb stehen und zerbrach sich den Kopf, ging noch einmal sämtliche Details durch. Brieftasche. Handy.

Auto. Kleidung. Leiche. Schnee. Erst als sie sich sicher war, dass sie nichts außer Acht gelassen hatte, setzte sie sich wieder in Bewegung. Sie fühlte sich leer und einsam und gefühllos. So ähnlich musste es im Mutterleib sein, umgeben von Fruchtwasser, die Außenwelt ein seltsamer, fremder Ort, mit dem sie nicht in Kontakt kam.

Bald bemerkte sie die ersten Zeichen der Zivilisation. Der Verkehr wurde dichter, der zweispurige Highway mündete in eine Ortsstraße, die Crest Lane, Passanten warteten vor der Fußgängerampel. Als sie klein war, hatte sie Angst vor dem Schülerlotsen gehabt. Was für ein albernes Mädchen sie doch gewesen war! Sie war so müde. Außerdem gingen ihr die Zigaretten aus.

Als sie endlich die Stadt erreichte – ein schmutziges, mit Graffiti besprühtes Schild begrüßte die Besucher: WILLKOMMEN IN STOCKSFIELD – HEIMAT DER ERSTEN SCHENKE –, bog sie auf die Hauptstraße ab und entdeckte eine Filiale von Dunkin' Donuts. Sie warf einen Blick auf ihr Handy. Es war 16.20 Uhr, in genau einer Stunde würde der Bus abfahren. Sie wunderte sich über ihre eigene Pünktlichkeit. Sie betrat die Donut-Filiale, bestellte ein halbes Dutzend Donuts und einen großen Kaffee, zog sich in eine Sitznische zurück, von der aus sie den leeren Parkplatz überblicken konnte, und schlang alles mit Heißhunger in sich hinein. Die Donuts schmeckten köstlich.

Ein Officer betrat das Lokal. Ivy duckte sich so hastig, dass sie ihren Kaffee umstieß. Brühend heiße Flüssigkeit drang durch die dichten Fasern ihrer Jogginghose und setzte ihre Beine in Brand. Sie schnappte sich ihren Rucksack und flüchtete in den Waschraum. Sie hatte kaum die Tür hinter sich geschlossen, als sie sich auch schon in die Toilette erbrach –

einen kunterbunten Brei aus unverdautem rosa Zuckerguss mit regenbogenfarbenen Streuseln –, bis am Ende nur noch eine dünne gelbe Flüssigkeit kam. Sie setzte sich auf den kalten Fußboden und steckte den Kopf zwischen die Knie. Sekunden verstrichen, vielleicht Minuten. Ein wehklagender Laut ließ sie zusammenzucken. Er kam aus ihrer eigenen Kehle.

Als der Brechreiz aufhörte, war es 17.02 Uhr. Vorsichtig öffnete sie die Tür und spähte in den Ladenbereich. Der Polizist war weg. Sie spülte sich den Mund aus und verließ den Waschraum. Vor dem riesigen Müllcontainer hinter dem Dunkin' Donuts blieb sie stehen, öffnete ihren Rucksack und nahm die Plastiktüte heraus, in die sie ihre Wanderschuhe, die Thermounterwäsche, die Fleece-Jacke, Handschuhe, Wollsocken und die Autoschlüssel gesteckt hatte, und warf sie hinein. Auch die Überreste von Roux' Handy steckten darin. Sie hatte es mit einem großen Metallstück, das auf dem Randstreifen des Highways lag, in kleine Stücke zerlegt.

Fünf Minuten, bevor der Bus abfuhr, kam sie an der Haltestelle an. Sie schlief während der gesamten Rückfahrt nach Boston.

Als Andrea an ihre Zimmertür klopfte, um ihr eine extragroße Nudelsuppe mit Rindfleisch vom Vietnamesen zu bringen, war Ivy so schwach und fiebrig, dass Andrea darauf bestand, ins Krankenhaus zu fahren. Die überforderte Nachtschwester, bis über beide Ohren mit Bronchitis-Fällen beschäftigt, warf einen Blick auf Ivy und wies Andrea an, sie in die Notaufnahme zu bringen.

Nachdem eine ganze Horde von Weißkitteln stundenlang Blut abgenommen, Urintests gemacht, ihren geschwollenen

Magen abgetastet und ihr kalte Stethoskope auf die Brust und den Rücken gedrückt hatte – alle mit demselben starren Ausdruck zerstreuter Verwirrung und Besorgnis –, erkundigte sich schließlich eine milchgesichtige Krankenschwester nach Ivys Essgewohnheiten. »Haben Sie während der letzten sechs Monate Obst oder Gemüse zu sich genommen?«, wollte sie wissen. Als Ivy sagte, sie könne sich nicht erinnern, wandte sie sich an Andrea. »Sie sind die Mitbewohnerin. Was isst sie?« Zum Glück konnte Andrea, wie alle vom Essen besessenen chronischen Diäthalterinnen, jeden Bissen aufzählen, den Ivy in den letzten Wochen in ihren kleinen Mund gesteckt hatte: Instant-Ramen, Frühstücksfleisch aus der Dose, trockene Cracker, Brot, Erdnussbutter, Marshmallow-Creme, gelegentlich etwas Gebäck oder Schokolade, gekochte Nudeln, Alkohol, noch mehr Alkohol, Limonade, Kaffee. Alles in winzigen Mengen, abgesehen vom Alkohol.

»Lassen Sie mich raten«, sagte die Krankenschwester. »Sie raucht auch?«

Andrea nickte eifrig. »Ständig. Das zügelt ihren Appetit. Sie heiratet in zwei Monaten.«

Eine Stunde später hatte sich eine ansehnliche Anzahl von Ärzten um Ivys Krankenbett versammelt, um voller unterdrückter Belustigung und Verwunderung nach der Verrückten zu sehen, der es gelungen war, sich in der heutigen Zeit Skorbut zuzuziehen, die heimtückische Vitaminmangelkrankheit, unter der früher die Seeleute gelitten hatten.

Andrea kehrte mit einer Tüte voll Obst vom Laden um die Ecke ins Krankenhaus zurück: fünf Orangen, drei Äpfel, dunkle Weintrauben und ein Granatapfel, den sie mit einem Schälmesser zerteilte. »Ich habe Gideon angerufen und ihm erzählt, was passiert ist«, sagte sie. »Ich soll dir ausrichten, dass er einen früheren Rückflug nimmt.«

Als Ivy gegessen hatte, blähte sich ihr Bauch auf wie der einer Schwangeren im letzten Drittel. Sie verbrachte die ganze Nacht auf der Toilette, da ihr Körper die Ballaststoffe nicht mehr gewöhnt war. Am nächsten Morgen schwollen ihr Bauch und ihre Knöchel ab, der Schnitt in ihrer Hand bildete eine Kruste. Zusätzlich zu einer vitaminreichen Ernährung verschrieb man ihr Vitamin C: hundert Milligramm pro Tag, drei Monate lang, dann durfte sie das Krankenhaus verlassen.

Wieder zu Hause, erkannte sie kaum ihr Gesicht im Badezimmerspiegel. Es war ein verängstigtes Gesicht, das Gesicht einer Geisteskranken, wie sie es einst in einem japanischen Horrorfilm gesehen hatte. An ihrem Hals war ein langer Kratzer, als hätte jemand die Klauen nach ihr ausgestreckt. Sie knibbelte an dem feinen Schorf, bis die Wunde zu bluten begann.

Am nächsten Morgen bekam sie Besuch von Gideon. »Du hast dir die Haare gefärbt!«, bemerkte er erstaunt und stellte eine Einkaufstasche voller verschiedener Fruchtsäfte auf ihrem Nachttisch ab.

»Sieht das nicht umwerfend aus?«, rief Andrea begeistert.

»*Sie* sieht umwerfend aus, wie immer«, sagte Gideon in munterem Ton, der offenbar seine Besorgnis überspielen sollte. Er küsste sie auf die eingefallene Wange.

Von nun an kam er jeden Abend vorbei, um ihr Poppys selbst gekochte Mahlzeiten zu bringen: gebratenen Blumenkohl, Schweinekoteletts, Wok-Gerichte mit Hoisin-Soße – »Sie hat sich ein chinesisches Kochbuch gekauft«, erklärte Gideon –, außerdem frisches Obst: Pampelmuse, Pflaumen, unreife Kiwis, hart wie Äpfel.

»Du musst mich nicht jeden Tag besuchen«, sagte Ivy. »Es geht mir gut, wirklich.« Es ging ihr tatsächlich besser, es ging ihr sogar fantastisch, was ihren geistigen Zustand betraf. Ihre Muskeln waren nach wie vor schwach und verkümmert, doch die Schlappheit war verschwunden. Sie fühlte sich angenehm wach, genau wie nach der zweiten Tasse Kaffee am Morgen. Da sie nichts zu tun hatte, außer zu essen und wieder zu Kräften zu kommen, fing sie an, einen Schal für Gideon zu stricken. Ihre Gedanken kreisten um dieses Projekt wie Baumwolle um eine Spindel und verliehen ihren wiedererwachenden, ins Leere laufenden Kräften einen Sinn. Nachdem sie mit dem Schal fertig war, kaufte sie sich eine Kamera und fing an, Fotos zu machen. Sie fotografierte gern Winkel – Fenster, Türrahmen, Buchrücken. Doch am häufigsten fotografierte sie sich selbst. Sie war immer schon eitel gewesen, hatte an keinem Spiegel, keiner reflektierenden Oberfläche vorbeigehen können, ohne einen Blick hineinzuwerfen, doch jetzt nahm die Beschäftigung mit ihrem Äußeren wahrhaft narzisstische Ausmaße an; sie konnte nicht aufhören, sich selbst zu betrachten, dreißig Mal am Tag, im Badezimmer, durch die Linse der Kamera, auf ihrem Laptopmonitor. Sie empfand keine Freude mehr an ihrem Aussehen, weil sie sich nicht länger schön fand, und doch faszinierte sie diese neue Hässlichkeit. Es war die Hässlichkeit einer nackten Frau, ohne den Panzer aus Make-up oder gekünsteltem Zynismus, als wäre die weiße, durchscheinende Haut, die sich über ihren hohen Wangenknochen spannte, das Einzige, was ihre Seele vom Fleisch trennte. Die maskenhaften Augen, die ihr von den Polaroids entgegenblickten, gehörten nicht ihr selbst.

Ihr Geburtstag kam. Sie wurde achtundzwanzig, blickte

der dreißig entgegen, die sich wie ein Abgrund vor ihr auftat – das beängstigende Jahrzehnt, in dem die Oberflächlichkeiten ein Ende fanden. Sie hatte sich noch nie so sehr danach gesehnt, oberflächliche Dinge zu tun wie jetzt: Sie wollte Disney World besuchen, ihre alte Schuluniform von der Grove tragen, Lutscher essen, vor Begeisterung in die Hände klatschen, wenn man ihr ein hübsch verpacktes Geschenk mit Schleifchen machte.

Gideon backte ihr einen Stapel Blaubeer-Schokosplitter-Pfannkuchen zum Frühstück. Obendrauf platzierte er eine einzelne rosa-weiß-gestreifte Kerze: »Wünsch dir etwas.« Sie blies die Kerze aus, ohne sich etwas zu wünschen.

Nach dem Frühstück durchstreiften sie sein altes Revier in Cambridge. Gideon kaufte sich zwei Kugeln Minzschokolade bei J. P. Licks. Anschließend gingen sie zum Turm des Lowell House und läuteten die Glocken, wobei sie einander nostalgische Geschichten aus ihrer College-Zeit erzählten. Vom Glockenturm aus blickte man auf einen schneebedeckten Hof und die steilen Dächer der umstehenden Backsteingebäude, wo Gruppen von Studenten durch die Drehtüren eilten. Der Campus machte auf Ivy den Eindruck einer Miniaturwelt, aber die Kälte, der Wind und die Höhe bewirkten das unerträgliche Gefühl eines Déjà-vus. Eilig stieg sie die Stufen hinunter. Beim Abendessen überreichte ihr Gideon ein in Seidenpapier eingeschlagenes Buch. »Nur eine Kleinigkeit …« Es war ein Tagebuch, gebunden in Kalbsleder, so weich, dass Ivys Finger den braunen Einband eindrückten, als sie es in die Hand nahm. Unten rechts war ihr Name eingraviert. »Du musst dir im Moment über viele Dinge klar werden«, sagte Gideon, »daher dachte ich, es würde dir helfen, deine Gedanken niederzuschreiben.«

Ivy streckte die Hand über den Tisch und umschloss seine Finger.

»Heute war …« Sie verstummte und setzte erneut an. »Ich bin so froh, dass ich dich habe.«

»Bald sind wir verheiratet.«

»Ja.«

»Wie fühlst du dich?«

»Wunderbar. Fantastisch. Ich kann es kaum erwarten, vor den Altar zu treten.«

Er schien etwas sagen zu wollen, doch er zögerte.

»Was ist mit dir?«, fragte Ivy.

»Mir geht es genauso«, erwiderte er und drückte ihre Finger. Erneutes Zögern. »Ich möchte nur, dass du dir ganz sicher bist«, fügte er nach einem kurzen Moment hinzu. »Es ging alles so schnell, und ich finde, dies ist ein guter Zeitpunkt, um Atem zu holen. Noch einmal in uns zu gehen.«

Ivys feine Ohren hörten den Zweifel in seiner Stimme – er, nicht sie, musste in sich gehen, um sich ganz sicher zu sein. Sie reagierte darauf, indem sie sich noch mehr an ihn klammerte: Sie übernachtete bei ihm, bereitete ihm das Frühstück zu, wartete nach der Arbeit mit Wein und liebevoll bestückten Käsetellern auf ihn. Sie war verzweifelt, hatte ihre Raffinesse eingebüßt, die Fähigkeit zur Subtilität. Anscheinend konnte sie ihre Sünden nicht länger verbergen – weshalb Gideon die Hochzeit hinterfragte. Eines Nachts wachte sie auf, weil sie meinte, einen Schrei gehört zu haben. Ihr Atem ging stoßweise. Die kleine Nachttischlampe brannte; Gideon saß neben ihr im Bett und arbeitete an seinem Laptop.

»Habe ich dich geweckt?«, fragte er entschuldigend.

»Nein.« Sie ballte ihre zitternden Finger unter der Bettdecke mit dem edlen Leinenbezug zur Faust.

»Du hast im Schlaf geredet.«

Ivy erstarrte. »Was habe ich denn gesagt?«

»Irgendetwas über Katzen. Es war niedlich.«

Sie ahmte ein Miauen nach, die Nervosität färbte ihre Wangen rosig. Sie lachten, dann wandte er sich wieder seinem Laptop zu.

Am nächsten Tag suchte Ivy einen Schlafspezialisten auf.

»Ich leide an einer Albtraumstörung«, teilte sie ihm mit und ratterte die Symptome herunter, die sie im Internet recherchiert hatte. Der Arzt verschrieb ihr zweihundert Milligramm Trazodon, ein Mittel gegen Depressionen und Schlafstörungen. Um sicherzugehen, verdoppelte Ivy die Dosis. Sie hörte ganz auf zu träumen, aber der Nachteil war, dass die Zeit nun mit der Geschwindigkeit von Melassesirup verging, der an einer Fensterscheibe heruntertropfte. Sie mochte das Haus nicht mehr verlassen, ließ sich die Zeitung und Lebensmittel in Gideons Apartment liefern und bestellte in seinem Namen Wein bei einem Online-Händler.

Drei Wochen später stieß sie auf einen Zeitungsartikel im *Boston Globe.* »VERMISSTER WANDERER BEI TRAGISCHEM STURZ UMS LEBEN GEKOMMEN.« Sie schnappte nach Luft und überflog die Seiten.

Roux Roman, ein dreißigjähriger Gastronom, war beim Wandern im südlichen Teil der White Mountains von einer Felskante in den Abgrund gestürzt. Man hatte ein zugefrorenes Auto am Straßenrand entdeckt. Als der Audi zwei Tage später immer noch dort stand, ohne dass der Fahrer zurückgekehrt war, hatte der Räumdienst die Polizei gerufen. Die Officers fuhren zu der zum Wagen gehörenden Wohnadresse, trafen jedoch niemanden an. Vermutlich befand sich der Fahrer noch irgendwo in den Bergen und hatte es nicht zu seinem Fahrzeug zurück geschafft. Man entsandte einen Suchtrupp, doch der Schnee hatte alle Spuren verwischt. Erst nach Einsetzen der Schneeschmelze hatte ein fünfzigjähriger Mann aus New Hampshire die Absturzstelle entdeckt. Er gab an, dass sein Hund am Rand eines Felsvorsprungs stehen geblieben sei und gebellt habe, worauf der Mann neugierig wurde und einen Blick in die Tiefe warf. Dabei entdeckte er auf einer Felskante ein Stück unterhalb des Vorsprungs eine leere Flasche Whisky und eine Brieftasche. Er informierte die Park Ranger, die beides bargen und den in der Brieftasche befindlichen Führerschein dem Besitzer des Audis zuordnen konnten. Daraufhin seilten sie sich an der Felswand ab und entdeckten den gefrorenen Leichnam von Roux Roman.

»Hast du das von Roux gehört?«, fragte Sylvia. Tränen glitzerten in ihren Bienenwabenaugen, die Ränder waren rot und geschwollen, was ihrem spitzen Gesicht eine kindliche Unschuld verlieh. »Ich kann es nicht glauben – ich kann es nicht glauben …«

»Sib … Atme erst einmal tief durch, und dann erzähl mir, was passiert ist.«

Sylvia schleuderte ihrem Bruder die Zeitung in sein besorgtes Gesicht. Ivy und Gideon schlugen sie auf und überflogen die Seiten. »O nein!«, rief Ivy entsetzt, als sie die entsprechende Stelle gefunden hatten. »Das ist ja grauenvoll!«

Gideon ging zu seiner Schwester und zog sie an sich. Sylvia ballte die Hände zu Fäusten und weinte sich an seiner Brust aus.

»Ich verstehe das nicht! Warum ist er *wandern* gegangen?

Er hasst wandern. Er hasst es, das Haus zu verlassen. Ich kann es einfach nicht glauben ...«

Gideon tröstete Sylvia und bedeutete Ivy, ihm die Box mit Kleenextüchern vom Beistelltisch zu reichen. Der schmerzhafte Druck in ihrer Brust verriet Ivy, dass sie litt, aber anders als früher, als sie das enge Band zwischen den Speyer-Geschwistern beinahe in den Wahnsinn getrieben hatte, wurde ihr Schmerz nun zur Nebensache. Sylvias Schmerz war akut, Ivys chronisch. Menschen gewöhnten sich an chronischen Schmerz.

»Und du hast ihn noch vor ein paar Wochen gesehen?«, fragte Gideon seine Schwester.

Ivy ließ die Taschentücher fallen.

»Wir sind uns bei einer Kunstausstellung über den Weg gelaufen«, schluchzte Sylvia. »Ich habe ihn *ignoriert*. Er s-s-sah *grauenhaft* aus. Es war eine Frau bei ihm ...«

Gideon schaute Ivy an. Sie konnte nicht atmen. Gideon *wusste es*. Seine Augen waren voller Vorwürfe ... voller Hass!

Er legte den Kopf schräg. Wandte den Blick nicht von ihr. Sein Mund bewegte sich, aber es kam kein Wort über ihre Lippen. Es dauerte eine Sekunde, bis Ivy realisierte, dass er ihr »*Taschentücher!*« zuraunte und mit dem Kinn in Richtung der Kleenexbox auf Sylvias Teppich deutete.

Ivy spürte, wie ihr der kalte Schweiß ausbrach. Sie bückte sich und zog mit zitternden Fingern die Taschentücher heraus.

»Wie geht es *dir*?«, fragte Gideon dreißig Minuten später auf der Heimfahrt.

»Ich fühle mich ein bisschen benommen«, antwortete sie. »Wahrscheinlich habe ich etwas zu viel Wein getrunken.«

»Ich meinte, wegen Roux. Du musst doch ziemlich aufgelöst sein.«

»Oh, ja. Was für ein tragischer Unfall.«

»Immerhin habt ihr euch sehr nahegestanden« – Ivy zuckte zusammen –, »als ihr jung wart«, beendete Gideon seinen Satz und brachte den Wagen vor einer Kreuzung zum Stehen. Seine Augen leuchteten rot im Licht der Ampel.

Roux' Beerdigung fand an einem Mittwoch statt. Es nieselte, die Bäume fingen gerade an zu knospen, die Luft auf dem Friedhof roch nach Frühling – nasse Erde, Würmer und Gras. Als Ivy eintraf, war die Beisetzung bereits im Gange. Es waren nur wenige Leute gekommen, nicht mehr als zwanzig, hauptsächlich Italiener, außerdem zwei blasshäutige Männer, die sich in einer Sprache unterhielten, die in Ivys Ohren nach Polnisch klang. Außer Ivy waren nur drei Frauen da, alle über fünfzig, alle gleich gekleidet: knielanger Wollrock mit schwarzen Strümpfen, Rollkragenpullover mit silberner Brosche auf der linken Brust.

Ivy wusste, dass es dumm von ihr war, hierherzukommen. Doch seit dem Zeitungsartikel über Roux' Tod hatte sie den Eindruck, ein Damm wäre gebrochen und sie könne an nichts anderes mehr denken als an ihn. Roux, wie er nackt in seiner Wohnung Orangensaft trank. Roux in Finn Oaks, die Füße auf die Bank im Bootsheck gestemmt, einen Arm über die Augen gelegt. Roux in der Badewanne, die Haut rosa wie Flusskiesel. Roux' dunkle Locken, die ihm über ein Auge fielen, die Grübchen, wenn er sich vorbeugte, um sich eine Zigarette anzuzünden. Sein Leichnam, den sie in den White Mountains zurückgelassen hatte und dem sie nicht mehr Bedeutung beimaß als den Kadavern, die sie auf der Hinfahrt am Straßenrand hatte liegen sehen. Das war nicht Roux. Zumindest nicht ihre Erinnerung an ihn. Doch während des vergangenen Monats waren ihre tiefgefrorenen Gefühle langsam aufgetaut, und ihr wurde bewusst, dass Roux wirklich tot war. Sie kam sich vor wie in einem schlechten Traum. Es war, als wäre er tatsächlich bei einem Wanderunfall ums Leben gekommen, ein tragisches Ereignis, das nichts mit ihr zu tun hatte, und sie wäre nur hier bei seinem Begräbnis, um ihre Freundschaft zu betrauern, genau wie all die anderen Trauergäste.

Sein Leichnam war verbrannt und die Asche in eine silberne Urne gefüllt worden. Als die Urne in die Erde hinabgelassen wurde, flog ein Krähenschwarm von einer nahegelegenen Stromleitung auf; das Geflatter und die traurigen Schreie klangen in Ivys Ohren wie eine Anklage. Sie wähnte sich relativ gut versteckt unter einer ausladenden Eiche, deren niedrige Äste wie Fingerknöchel den Boden streiften, doch ein Mann schaute immer wieder zu ihr hinüber. Als er seine Sonnenbrille abnahm, erkannte Ivy Ernesto Moretti, mittlerweile ein unförmiger Mann Anfang dreißig mit einer langen Hakennase, tiefliegenden Augen und schlaffen schwarzen Haaren. Sie zog sich weiter in den Baumschatten zurück.

Der Geistliche sprach ein paar Worte, dann traten die Trauergäste einer nach dem anderen vor und warfen kleine Schaufeln voll Erde in die Urnengrube. Die Friedhofsarbeiter begannen das Loch zu füllen. Als der Boden wieder glatt war, hatte sich der leichte Niesel in Dauerregen verwandelt.

»Entschuldige? Bist du Ivy?« Plötzlich war Ernestos griesgrämiges Gesicht direkt vor ihr. Sie hatte sich zu sehr auf die Arbeiter konzentriert.

Das Blut schoss in Ivys Wangen. »Ich … nein.« Sie machte einen Schritt zurück.

»Hast du Lust, eine Tasse Kaffee zu trinken?«

Bevor sie ablehnen konnte, hatte Ernesto sie am Ellbogen gefasst und führte sie zu einem schwarzen Mercedes, der um die Ecke parkte. Ivys Absatz verfing sich in einem Gulliloch. »Pass auf«, sagte Ernesto und schloss seine fleischige Hand fester um ihren Ellbogen.

Er weiß alles, dachte Ivy. Dann fiel die Furcht von ihr ab. Sie konnte endlich aufgeben, denn in Gegenwart eines Menschen, der sie durchschaut hatte, musste sie nicht länger etwas vortäuschen.

Sie stiegen hinten ein.

Der Fahrer fuhr um die Ecke zu einem Starbucks.

Ivy und Ernesto bestellten, dann nahmen sie einander gegenüber in einer Nische Platz und warteten darauf, dass der andere zu sprechen anfing. Die Barista rief Ivys Namen auf. Ivy stand auf und holte ihre Getränke. Vorsichtig stellte sie einen Espresso vor Ernesto ab.

»Roux hat mir von dir erzählt«, sagte Ernesto nach einer Weile.

Ivy nickte schweigend.

Ernesto zog ein kleines, in braunes Papier eingeschlagenes Päckchen aus seiner Tasche.

»Öffne es, wenn du zu Hause bist«, sagte er. »Solltest du jemals etwas brauchen, ich habe dir meine Nummer notiert. Ruf einfach an.«

»Was ist das?«, fragte Ivy.

»Mach es zu Hause auf.«

Sie starrten einander an – sie verwirrt, er auf gewisse Weise erwartungsvoll.

»Danke«, sagte sie schließlich.

»Du bist das kleine Mädchen aus Fox Hill, stimmt's?«

»Entschuldige?«

»Ich vergesse niemals ein Gesicht. Du und Roux habt in unserem alten Viertel immer zusammengesteckt.« Sämtliche Falten in Ernestos Gesicht schienen mit ihm zu lächeln.

»Ich denke schon«, sagte Ivy leise. Ihre Kehle schnürte sich zusammen vor Trauer. Sie wartete.

»Weißt du, wie er gestorben ist?«, fragte Ernesto.

»Ich ... ich habe darüber in der Zeitung gelesen.«

»Glaubst du das?«

»Du?«, flüsterte sie.

Ernesto seufzte, ein tiefes, rasselndes Geräusch, das direkt aus den Tiefen seines vorgewölbten Bauches zu kommen schien. »Das ist doch nichts als abgefuckte Scheiße. Armes Schwein.« Er stand auf. Sein Blick scannte das Starbucks so gründlich, als suche er nach Bomben.

Ivy merkte, dass das Gespräch für ihn beendet war. Sie war so verblüfft, dass sie ebenfalls aufsprang. Die Gummisohlen ihrer Turnschuhe quietschten auf dem Linoleum.

»Warte!«, rief sie atemlos.

Ernesto drehte sich um.

Ihr kam die absurde Idee, ganz einfach mit der Wahrheit herauszuplatzen – dass sie es gewesen war, *sie*.

»Roux hat auch von dir gesprochen«, stieß sie stattdessen hervor. »Er hat gesagt, deine Familie habe ihn damals unterstützt. Er hat mir von seiner Mom und deinem Dad erzählt ...«

Ernesto zuckte die Achseln. »Mein alter Herr ist tot«, erwiderte er kurz angebunden. Dann schwang die Tür auf, und der Regen verschluckte seine nächsten Worte. Sie konnte sehen, wie sich sein Mund bewegte – die breiten Lippen, die nikotinfleckigen Zähne –, aber das Surren von Reifen auf dem Asphalt und das Heulen des Windes waren lauter als seine Stimme. Er verließ die Starbucks-Filiale. Hinter ihm fiel die Tür mit einem lauten Knall zu.

Ivy ging nach Hause und öffnete das Päckchen. Ein Buch war darin. Von dem Hochglanz-Cover blickte ihr irgendein Großunternehmer mit seinem strahlend weißen Lächeln entgegen. Sie klappte es auf und stieß einen überraschten Laut aus. In der Mitte der Seiten war ein Loch, in dem ein nagelneuer Stapel Hundert-Dollar-Noten steckte, fast sechs Zentimeter dick, dazu eine handgeschriebene Notiz mit einer Telefonnummer: *Ruf mich an, wenn du mehr brauchst.* Die kindliche Schrift war die gleiche wie die auf dem Umschlag mit den Audi-Schlüsseln.

Sie hastete zum Fenster und zog die Vorhänge zu, dann warf sie sich mit dem Gesicht nach unten aufs Bett. Sie machte sich nicht die Mühe, das Geld zu zählen. Beobachtete er sie, sogar jetzt? Nein. Ich bin allein. Der Schmerz kam plötzlich, heiß, quälend. Sie schlug den Kopf gegen die Bettkante, einmal, zweimal. Ich bin allein, Roux.

Wann immer sie unbeabsichtigt Gideons Blick begegnete – wenn sie von ihrem Steak aufsah, aus dem Bad kam oder er ohne Vorwarnung von seinem Laptop aufschaute –, verspürte Ivy einen Ruck, als hätte sie sich zu weit auf ihrem Stuhl zurückgelehnt. Angst stach ihr in die Schläfen, ihr Herz machte einen Satz, als wollte es aus ihrem Brustkorb springen. Sie spürte, wie Zweifel und Unsicherheit in ihm aufflackerten, genau wie er spürte, dass sie ein Geheimnis vor ihm verbarg.

Eines Morgens wachte sie auf und stellte fest, dass es Mai war. Die Sonne schien, das beständige Tropfen des schmelzenden Schnees auf ihrer Fensterbank klang in ihren Ohren nach Hoffnung. Gideon brachte ihr einen Geflügelsalat mit Sesam vorbei und eine große Packung Erdbeeren. »Die ersten der Saison«, sagte er. Ivy stellte fest, dass er die Stiele der Erdbeeren herausgeschnitten hatte, genau wie die kleinen braunen Knubbel, die sie nicht mochte.

»Ich ... ich weiß auch nicht, warum ich weinen muss«, sagte sie, als Gideon sie umarmte. »Oje, ich ruiniere deinen schönen Pullover ... Es tut mir so leid ...«

»Wir müssen nichts überstürzen«, sagte er und strich ihr tröstend übers Haar. »Wenn du irgendwelche Zweifel hegst ...«

Sie musste ihn förmlich anflehen, an ihren Heiratsplänen festzuhalten, indem sie ihm immer wieder stammelnd versicherte, dass es nicht an der bevorstehenden Hochzeit lag, dass sie ihn liebte und heiraten wollte, dass sie einfach nur sentimental war, dass ihre Großmutter alt wurde, dass der *Druck* ungeheuer groß war ...

»Aber genau das sage ich doch.« Gideon fasste sie bei den Schultern. Seine Lippen waren bleich, seine Augen enthielten eine unaussprechliche Botschaft, von der er sich wünschte, sie würde sie verstehen. »Es sollte keinen Druck geben. Noch können wir zurückrudern, uns Zeit nehmen, um herauszufinden, was wir wirklich wollen, was *du* wirklich willst. Ich möchte nicht, dass du etwas bereust ...«

»Liebst du mich nicht mehr?«, flüsterte sie. Er wusste es. *Er wusste es.*

»Ich liebe ich«, widersprach er, »natürlich liebe ich dich.« Trotzdem wollte er, dass sie sich sicher war. Er fühle sich manchmal schuldig, weil ...

Sie küsste ihn, damit er aufhörte, von Schuld und anderen

lächerlichen Dingen zu sprechen, von denen er nichts verstand.

Immerhin war danach nicht länger die Rede davon, die Hochzeit zu verschieben.

Von Zeit zu Zeit, wenn Gideon nicht wusste, dass sie ihn beobachtete, bemerkte sie auf seinem Gesicht denselben unglücklichen, hin- und hergerissenen Ausdruck, der ihr sagte, dass sie ihre permanente Paranoia nicht gut genug verbarg. Sie war ständig auf der Hut vor sich selbst, betrachtete ihr Gesicht jeden Morgen mit dem Misstrauen, das jemand gegenüber einem feindlichen Spion hegt, der sich als Freund ausgibt. Sie fühlte, dass sie zu allem fähig war – vielleicht würde sie das Lenkrad verreißen und in den Charles River rasen, vielleicht würde sie sich eigenhändig im Schlaf erwürgen. Wenn sie doch nur bis zur Hochzeit durchhalten würde, dann könnte sie wieder atmen. All ihre frühere, hoffnungsvolle Lebendigkeit aus der Anfangszeit mit Gideon würde zurückkehren, und es wäre wieder so wie damals, als die Stadt nach Wein und Blumen duftete und die unzerstörbare Gewissheit, am Leben zu sein, so gegenwärtig war wie ihr eigener Herzschlag.

22

Man hatte den Musikraum in der St. Stephen's Chapel zur Damengarderobe umfunktioniert. Die Instrumente waren entfernt und durch einen Zweisitzer und mehrere Sessel ersetzt worden; neben dem offenen Fenster stand ein riesiger antiker Spiegel in einem leicht schrägen Winkel, der Ivys Hochzeitskleid in seiner ganzen schillernden, ausladenden Pracht einfing. Um halb zwölf drängten sich die Lins hinein. Der Spiegel erweckte den Eindruck, als würde sich ein ganzes Dutzend Chinesen im Zimmer aufhalten, die allesamt um die Aufmerksamkeit der Braut buhlten.

Nan bestand darauf, dass Ivy das Kleid noch einmal anprobierte. »Deine Schneiderin ist nicht gut«, urteilte sie über die erfahrene Fachkraft aus New York, die die Änderungen vorgenommen hatte. »Auf dem Foto, das du mir geschickt hast, sah es aus, als würde dir das Kleid von der Brust rutschen.« Sie musterte Ivys Brüste und schüttelte den Kopf. »Du wirst dich mit dem Stillen genauso schwertun wie ich.«

Ivy zog ihr Hochzeitskleid an, da sie nicht wollte, dass Nan noch länger nörgelte. Es hatte so viel Stoff: schichtenweise Tüll und Seide und Spitzenstickerei. Es war ihr nicht gelungen, das Gewicht wieder zuzulegen, das sie verloren hatte, weshalb ihre Schulterblätter aus dem Rücken herausragten wie gestutzte Flügel. Ihre Arme waren weiß und knochig, ihr Gesicht ein spitzes Dreieck. Sie hatte sich die Haare wieder schwarz gefärbt, für die Fotos. Die dicken Strähnen, die ihren Kopf nach hinten zogen, waren das einzig Voluminöse an ihr, und selbst die waren unecht, aufgepeppt mit vierzig Extensions.

Sie trat hinter dem Vorhang der Umkleide hervor.

»Zieh die Schuhe an«, befahl Meifeng.

Nach vielem Stupsen und Zwicken kamen Nan und Meifeng überein, dass die Taille noch einen weiteren Zentimeter abgenäht werden musste.

»Spielt ein einziger Zentimeter denn wirklich eine Rolle?«, fragte Ivy.

»Jetzt mecker nicht«, tadelte Meifeng.

»Ich mache das«, beschloss Nan.

»*Laura* macht das«, widersprach Ivy. »Keine Sorge, sie hat heute ihre Nähmaschine mitgebracht.«

Nan wischte mit einem Taschentuch, das sie scheinbar aus dem Nichts zutage gefördert hatte, Ivys Mundwinkel ab. Sie fragte Ivy, ob sie einen Schluck Wasser trinken wolle, dann vergaß sie ihr Angebot, weil sie sich darauf konzentrierte, einen losen Faden am Saum zu befestigen.

Shen und Austin kehrten in die Garderobe zurück. »Wow, wunderschön«, sagte Shen. Austin sagte: »Du siehst hübsch aus«, und reichte ihr eine Margerite, die er von einem der Sträucher vor der Kirche gepflückt hatte. Ivy steckte sie kurz entschlossen hinters Ohr. Nan nahm sie weg und warf sie auf den Tisch.

»Hast du schon deine Medizin genommen?«, fragte sie streng.

»Nein, das habe ich vergessen«, sagte Austin und verließ den Raum, um eine Flasche Wasser aufzutreiben, mit der er seine »Glückspillen«, wie Shen das Antidepressivum nannte, hinunterspülte.

»Probier das andere Kleid an«, sagte Meifeng zu Ivy. Sie meinte das Kleid, das Ivy beim Empfang tragen würde, einen hochgeschlossenen rot-goldenen Seiden-*qipao*, den Meifeng für Ivy in China hatte maßschneidern lassen. Die Schachtel, in der er eingetroffen war, war so groß wie ein Sarg. Es war tatsächlich Poppys Vorschlag gewesen, dass Ivy ein traditionelles chinesisches Kleidungsstück für den Empfang wählen solle. Es war ein Kompromiss, auf den sie sich geeinigt hatten, weil Ivy darauf bestand, dass es keine Show und auch keine chinesische Zeremonie geben sollte. Nan hatte sie nur ausdruckslos angesehen, als Ivy sie fragte, welche Hochzeitsrituale ihre Vorfahren gepflegt hatten.

»Sie haben die Papiere unterschrieben und sind ins Restaurant gegangen«, sagte Nan.

»Dann hat es also keine Drachentänze gegeben oder Teezeremonien?«, hakte Ivy nach.

Nan brach in schallendes Gelächter aus.

Als Meifeng Ivy im *qipao* sah, musste sie sich hinsetzen. »Sieh nur, wie aufgeregt ich bin«, sagte sie mit betrübtem Lächeln. »Wie albern von mir! Ich muss nur gerade daran denken, wie dein Großvater und ich geheiratet haben. Wir konnten es uns kaum leisten, unsere Familien auf ein paar Nudeln einzuladen. Trotzdem hatte ich damals genau das gleiche Gefühl.«

Draußen hörte Ivy die Stimme ihrer Hochzeitsplanerin, die die Lieferanten hierhin und dorthin schickte.

»Wir müssen los«, sagte Shen und warf einen Blick auf die Uhr. Die Lins würden mit Ted und Poppy in dem berühmten Restaurant des Millennium Hotels zu Mittag speisen. Ivy hatte zuvor mitbekommen, dass ihre Eltern überlegten, wie sie am besten die Rechnung an sich reißen konnten, falls die Speyers darauf bestehen sollten zu bezahlen – was sie, wie

Ivy wusste, nicht tun würden. Sie hatte vor langer Zeit von Sunrin gelernt, dass nicht alle Formen von Reichtum gleich waren, und die Form von Wohlstand, die Ted und Poppy manifestierten, war wie ihre Geburt – allgegenwärtig und doch unsichtbar. Niemand konnte sie je greifen, genauso wenig wie sehen oder einen Beweis dafür finden, dass sie überhaupt existierte, doch wer würde behaupten, dass sie *nicht* reich waren, wie Meifeng oft schimpfte, nur weil ihnen ihr Stadthaus nicht gehörte und sie sich die Reparaturarbeiten an dem alten Sommerhaus nicht leisten konnten?

»Sag es ihr jetzt«, flüsterte Nan Shen zu.

»Später«, wehrte Shen ab.

»Später ist keine Zeit dafür«, beharrte Nan ungeduldig. »Sag es ihr einfach. Es wird sie glücklich machen.«

»Was soll er mir sagen?«, wollte Ivy wissen.

»Deine Mama und ich möchten dich und Gideon bei eurem ersten Hauskauf unterstützen«, sagte Shen. »Das ist unser Hochzeitsgeschenk.«

»Aber ihr bezahlt doch schon das Fest«, wandte Ivy rasch ein. »Das ist genug.«

»Es ist nicht genug. Wenn ihr so weit seid, wendet ihr euch an uns.« Shen klopfte ihr auf die Schulter, dann eilte er zur Tür hinaus. Sein Nacken über dem Kragen seines frischen, weißen Anzughemds war tiefrosa.

Nan warf einen letzten Blick auf ihr Spiegelbild. »Wie sehe ich aus?«, fragte sie schüchtern.

»Sehr gut«, sagte Ivy. »Du siehst sehr hübsch aus.«

»Wer wirkt jünger, ich oder Gideons Mutter?«

»Du.«

Nan kicherte verlegen und rief Shen nach: »Hast du gehört, was deine Tochter gesagt hat? Sie hat gesagt …«

Auf dem Weg nach draußen drückte Austin Ivy fest an sich. »Ich habe Gideon gehasst«, gab er zu. »Ich fand ihn so furchtbar arrogant.«

»Und jetzt?«, fragte Ivy.

»So schlimm ist er gar nicht.«

Meifeng war die Letzte. Sie umschloss Ivys Hand mit ihren Händen.

»Denk dran, dass du immer nach Hause kommen kannst.«

Nach Hause ... nach Hause ... nach Hause! Ivys Lippen verzogen sich zu einem verwirrten, zittrigen Lächeln.

»Du bist ein gutes Mädchen«, sagte Meifeng. »Jetzt kann Grandma glücklich sterben.«

Endlich war die erschöpfende Prozession vorüber, und Ivy war Gott sei Dank wieder allein. Sie ließ sich auf einen Stuhl fallen und wartete auf das, was als Nächstes kommen würde. Sie wusste nicht, was es war, aber sie war sich sicher, dass irgendwer auftauchen und ihr Anweisungen erteilen würde. So würde ihr Leben von nun an sein. Bei dem Gedanken empfand sie große Erleichterung. Als nach zehn Minuten noch immer niemand zu ihr kam, wurde das Nichtstun plötzlich unerträglich, und sie beschloss, sich nach draußen zu schleichen, um eine letzte Zigarette zu rauchen. Seit sie das Krankenhaus verlassen hatte, hatte sie fast gar nicht mehr geraucht. Die Vorstellung, jetzt aufzuhören, erschien ihr nicht schwieriger, als auf ein Gericht zu verzichten, das sie ohnehin nicht besonders mochte.

Sie schlenderte in den kleinen Garten, ein paar Meter von der Kirche entfernt. Da sie nicht damit rechnete, irgendwem zu begegnen, hatte sie sich nicht die Mühe gemacht, etwas anderes anzuziehen als ihren Morgenmantel und die Hotelpantoffeln, doch plötzlich hörte sie vertraute Stimmen unter einer Trauerweide. Gideon und seine Trauzeugen sollten eigentlich eine Runde Golf spielen, bevor sie sich um drei Uhr für die kirchliche Zeremonie bereit machten, doch als Ivy näher kam, sah sie Gideon und Tom unter den tief hängenden Zweigen stehen, ins Gespräch vertieft, die Köpfe so eng zusammengesteckt, dass sie sich beinahe berührten.

»Hallo!«, rief sie.

Gideon und Tom blickten gleichzeitig auf und blinzelten in die Mittagssonne. Ivy stieg der beißende Geruch von Alkohol in die Nase. Eilig vergewisserte sich, dass Tom die Ursache dafür war. Sein blasses Gesicht war fleckig, ein feiner Schweißfilm glänzte auf seiner Oberlippe. In einer Hand hielt er ein Weinglas. Gideon hatte kein Weinglas, aber auch er war blass. Er lehnte am Stamm der Trauerweide, reglos, wachsam, mit einer Ruhe, die Ivy irgendwie unnatürlich vorkam.

Sie tat so, als würde sie auf ihre Uhr blicken. »Mein Gott, Tom, es ist doch noch nicht einmal Mittag.«

Tom reagierte nicht.

»Wo ist Roland?«, fragte sie und sah sich nach Gideons Kompagnon um.

»Er holt den Golfwagen«, sagte Gideon. »Jemand hat ihn heute Morgen genommen, ohne zu wissen, dass wir ihn reserviert haben.«

»Du sollst mich eigentlich noch gar nicht sehen«, sagte Ivy plötzlich und tastete nach ihrer Frisur. »Das bringt Unglück.«

»Soll ich die Augen schließen?«, bot Gideon an.

»Zu spät.«

»Hast du eine Zigarette für mich?«, fragte Tom, den Blick auf die Schachtel Camel geheftet, die Ivy in der Hand hielt. Ihr Morgenmantel hatte keine Taschen.

»Die gehören mir nicht«, sagte Ivy. Das stimmte. Sie gehörten Roux.

»Rauchst du oft?«, fragte Gideon höflich.

Ivy blinzelte überrascht. »Nein. Nicht oft.« Sie warf Tom die ganze Schachtel zu. Es gelang ihm kaum, sie zu fangen.

»Nur zu«, sagte Tom, streckte ihr die offene Packung entgegen und ließ sein Feuerzeug aufflammen.

Ivy zögerte. Sie sah Gideon an, aber er betrachtete wie gebannt den Springbrunnen auf dem Rasen. Ach, zum Teufel … Sie nahm eine Zigarette. Eine leichte Brise kitzelte ihren Nacken. Sie lauschte dem entfernten Geräusch eines Rasenmähers, dem Vogelgezwitscher und dem Plätschern des Amorbrunnens, in dessen Mitte der römische Liebesgott Wasser aus einem großen Krug ins Becken goss. Angenehme, gesittete Geräusche, stellvertretend für das angenehme, gesittete Leben, das sie erwartete.

»Wenn ich dieses Plätschern höre, muss ich pinkeln«, sagte Tom ausdruckslos. Weder Ivy noch Gideon machten sich die Mühe, etwas zu erwidern.

Ivy trat von einem Bein aufs andere. Das Schweigen zog sie in die Länge. Sie fühlte sich, als wären sie, Tom und Gideon späte Gäste bei einer ausgeuferten Party – müde und ohne jeden Schwung und doch nicht bereit, als Erste zu gehen.

»Ich muss wirklich pinkeln.« Tom drückte seine halb gerauchte Zigarette am Stamm der Trauerweide aus und warf sie ins Gras. Es dauerte eine Weile, dann straffte er die Schultern und sagte: »Nun, Giddy. Es war eine gute Zeit. Wir sehen uns, ihr Turteltäubchen.« Er umfasste Gideons Oberarm mit jener kraftvollen Geste, die Machos anstelle einer Umarmung machen.

»Warte, T-T-T-Tom«, sagte Gideon. Tom drehte sich um. »Sieh zu, dass du nüchtern wirst, Kumpel.«

Tom salutierte und setzte ein gutmütiges Grinsen auf, das ihn fast wieder in den gut aussehenden Jungen von früher verwandelte. Ivy blickte ihm nach und sah, wie er in die kleine Kirche schlenderte. Sie drehte sich zu Gideon um, ein mitfühlendes Lächeln auf dem Gesicht, als wären sie gleichermaßen erleichtert, einen lästigen Freund abgeschüttelt zu haben, doch die Worte, die sie hatte sagen wollen, blieben ihr in der Kehle stecken. Gideons Augen waren noch immer auf Toms Rücken geheftet. Er atmete schwer, sein Mund war verzerrt, die Stirn in so tiefe Falten gelegt, dass man nicht sagen konnte, ob aus Schmerz oder … Verzweiflung? Einen solchen Ausdruck hatte sie noch nie in seinem Gesicht gesehen.

Als er bemerkte, dass sie ihn ansah, glätteten sich seine Züge, als hätte eine unsichtbare Hand darüber gestrichen. »Wie gefällt es deinen Eltern in Cattahasset?« Er lächelte angestrengt.

Anscheinend brachte sie eine Antwort zustande, denn er nickte und lächelte weiter, und sie erwiderte sein Lächeln. Sie waren beide derart in ihrer eigenen Scharade gefangen, dass sie genauso gut zwei Taubstumme hätten sein können, die sich gegenseitig imitierten.

Gideons Stottern, das weiche T, als er Toms Namen gestammelt hatte, hallte in ihrem Kopf wider. *T-T-T-Tom.* Der ängstliche Ausdruck auf seinem Gesicht, als er Tom nachschaute, war nicht zu übersehen gewesen, genauso wenig wie Toms Hand, die Gideons Arm umfasste – der seltsam übertriebene tragische Abschied. Doch warum musste es überhaupt einen tragischen Abschied geben? Gideon heiratete doch nur … Trotzdem wirkte er nicht glücklich, sondern gequält – anders konnte man den Ausdruck auf seinem Gesicht nicht bezeichnen –, weil er Tom nicht verlassen wollte. Er wollte, dass Tom blieb, weil … weil Gideon in Tom verliebt war.

Und Tom in Gideon.

Ihr stockte der Atem. Eine Million Bilder schossen ihr durch den Kopf. Es musste doch Hinweise gegeben haben! Ja, jetzt fielen ihr zahlreiche Vorfälle ein. Brotkrumen, die sichtbar wurden, wenn sie durch die Augen eines Vogels blickte. Sie hatte es nicht gewusst, weil sie sich nicht die Mühe gemacht hatte, genauer hinzusehen. Sie hatte an Gideons Integrität geglaubt, an seinen noblen Charakter, seine feinen Manieren und seine Tapferkeit, die herzzerreißend gewesen war, wenn es um seine Impotenz ging – doch selbst dieser Makel, dass ihm das animalische Verlangen so vieler anderer Männer fehlte, hatte nur seine Unschuld bestärkt.

Doch sie hatte sich getäuscht, und zwar gründlich. Der Schatten auf Gideons und ihrer Beziehung gehörte nicht Roux, sondern Tom. Das war von Anfang an so gewesen.

Was sollte sie jetzt tun?

»Da ist Roland«, sagte Gideon und nickte in Richtung des grünen Golfwagens, der langsam den Hügel hinauf kam.

»Ich gehe jetzt rein«, hörte Ivy sich sagen. Sie wiederholte Toms Abschiedsgruß: »Wir sehen uns.« Gideons Lippen auf ihrer Wange fühlten sich heiß und trocken an. Langsam ging sie zurück in Richtung Kirche, die Zigarette noch immer in der Hand. Die glühende Asche verbrannte ihre Finger, aber sie spürte es nicht.

Ivy lag auf dem Zweisitzer, den Blick auf die Uhr geheftet, und sah zu, wie die Minuten verstrichen. Warum hatte

Gideon sie gebeten, sie zu heiraten? Was wollte er von ihr? Sie konnte die Hochzeit noch immer absagen, dachte sie lustlos. Ein Taxi nach Hause nehmen. Aber sie regte sich nicht.

Um zwei Uhr traf Andrea ein, einen überwältigenden Parfumduft verströmend, über und über mit Einkaufstaschen beladen. »Ivy, du zerdrückst deine Extensions!«, kreischte sie entsetzt und ließ die Taschen fallen. Ivy öffnete die Augen. Sie fragte sich, ob sie eingeschlafen war.

»Hast du schon etwas gegessen?«, wollte Andrea wissen, bückte sich und nahm eine große Packung gemischte Sashimi sowie zwei Flaschen grünen Tee aus einer der Einkaufstaschen. Gleich nachdem sie mit einem Achtkaräter am Finger aus Machu Picchu zurückgekehrt war, hatte Andrea mit ihrer Brautkleid-Diät begonnen: nur Fisch und Algen. Außerdem joggte sie täglich fünf Meilen durch den Boston-Common-Park.

Ivy griff gehorsam nach ihren Stäbchen. Der Geschmack des rohen, öligen Fischs in ihrem Mund drehte ihr den Magen um. Sie spuckte den Lachs in eine Serviette und wandte sich ruckartig zu Andrea um. »Glaubst du, ein schwuler Mann kann Frauen lieben?«

»Norman *ist* nicht schwul.« Andrea, die zu viel Wasabi genommen hatte, wischte sich die Tränen aus den Augen. »Ich weiß, dass das alle denken, weil er so aussieht – er wird *ständig* in Schwulenbars angemacht –, aber glaub mir, er ist quasi homophob.« Andrea hielt kurz inne, dann fuhr sie fort: »Nein, das stimmt nicht. Er ist nicht homophob – ach, du weißt schon, was ich meine.«

Ivy starrte wieder auf den tickenden Minutenzeiger.

Sylvia stürmte in ausgefransten Shorts und Nietenstiefeletten zur Tür herein und begrüßte Ivy leicht verwirrt, als sei sie mehr oder weniger versehentlich hier gelandet. Sie warf sich in einen Sessel.

»Mom möchte, dass ich dir das hier gebe.« Sie zog eine kleine silberne Tiara aus ihrer Handtasche. »Das ist einer ihrer typischen Last-Minute-Einfälle. Sie hat sich heute Morgen eine geschlagene Stunde lang Babyfotos von Gideon angeschaut und schrecklich geweint.«

Andrea schnappte begeistert nach Luft und erkundigte sich, ob die Fotos beim Empfang ausliegen würden.

»Nein, ich denke nicht.« Sylvia schüttelte den Kopf und lächelte eigenartig.

»Wir haben uns auf der Swingbox-Party kennengelernt«, setzte Andrea nach. »Du warst mit Jeremy dort, oder?«

»Verrätst du mir noch einmal deinen Namen?«, bat Sylvia.

»Andrea.«

»Du bist mit Norman Moorefield verlobt.«

Andrea sah aus, als würde sie jeden Augenblick vor lauter Glück sterben.

»Andrea, könntest du bitte mal nachsehen, ob du irgendwo einen Flaschenkühler und etwas Eis findest? Irgendwo in dieser Kirche gibt es eine Küche …«

»Wofür?«

»Für den Champagner dort drüben.«

Nachdem Andrea gegangen war, deutete Ivy auf das Sushi.

»Danke«, sagte Sylvia und griff zu. »Ich liebe diesen Ort.«

»Du wusstest es die ganze Zeit, oder?«, fragte Ivy, die absichtlich wartete, bis Sylvia mit dem Essen beschäftigt war.

»Was wusste ich?«

»Das mit Gideon und Tom.«

»Was ist mit ihnen?«

Ivy war beeindruckt. Sylvia hatte nicht einmal aufgehört

zu kauen, so nahtlos gelang ihr der Übergang von Freundlichkeit zu Kampf. Vielleicht war Kampf auch ihr normaler Existenzmodus. Ihr ungerührtes Gesicht verriet nichts als die kaltblütige Härte eines Menschen, der es gewohnt war, die Bluffs anderer zu durchschauen und zu gewinnen.

»Du hast es gewusst«, sagte Ivy mit einem leisen Seufzen und ließ sich zurücksacken, den Arm über die Stirn gelegt. Sie sah sich selbst aus der Vogelperspektive. *Dame auf einer Chaiselongue, der Ohnmacht nahe,* würde der Titel eines entsprechenden Gemäldes lauten. Sie riss sich zusammen. Sie war schon so weit gekommen.

Im Zimmer herrschte Stille, abgesehen von den leisen, flachen Atemgeräuschen. Sie konnte förmlich die Rädchen hören, die sich in Sylvias Kopf drehten.

»Hast du mich deshalb auf ihn angesetzt?«, fragte Ivy, mehr an sich selbst gewandt als an Sylvia. »Du hast mir deine Familie so aggressiv verkauft. Du wusstest, was ich hören wollte. Ich habe mich immer gefragt, warum du mich mit Gideon verkuppelt hast, obwohl du mich ganz offensichtlich hasst. Das ganze Gerede, wie *perfekt* ich für ihn sei …« Sie verstummte, schockiert über den Schmerz in ihrer Brust. Die blaublütigen Vorstellungen von Liebe und Familie, denen sie so anhing, waren für Tom und Gideon Fesseln, die sie im Gleichschritt zum Takt eines patriarchalischen Gebieters marschieren ließen. Beinahe hätte sie Mitleid empfunden. Dass Gideon Tom liebte, schmerzte sie weniger als die Tatsache, dass Sylvia sie zum Narren gehalten hatte. Sie fragte sich, wie es dazu hatte kommen können.

»Ich habe keine Ahnung, was du zu wissen glaubst«, sagte Sylvia schließlich und legte die Stäbchen zur Seite. »Ich hasse dich nicht. Im Gegenteil, ich bewundere dich sogar. Die

Art und Weise, wie es dir gelingt, Gideon aus der Reserve zu locken, ohne ihn zu erdrücken – eine feine Grenze, an der viele andere gescheitert sind.«

»Ihn aus der Reserve zu locken …«, wiederholte Ivy. »Warum sollte ich das tun? Weil er mich *aus Liebe* auf Distanz hält? Weil das ein *Schutzmechanismus* ist?« Bis zu diesem Moment war ihr gar nicht bewusst gewesen, wie sehr sie sich auf Sylvias Erklärungen verlassen hatte. Sie hatte gezögert, als sie sich anfangs um Gideon bemüht hatte, doch Sylvia hatte ihr versichert, dass die Zurückhaltung, die sie bei ihm spürte, nicht wirklich ein Problem war, sondern ganz normal. Gideon, so hatte Sylvia behauptet, verhielt sich angeblich nur so, weil Ivy etwas Besonderes für ihn war.

»Ich brauche einen Drink«, sagte sie in einem Anflug von Panik.

Sylvia stand auf, öffnete eine Flasche Champagner und schenkte Ivy ein großes Glas ein.

»Hier – runter damit. Werd mir ja nicht ohnmächtig. Ich kann keine Erste Hilfe.«

Ivy trank und trank. Es war gar kein Champagner, sondern irgendein süßer Brandy, rau und feurig. »Hast du all seine Verflossenen für ihn ausgesucht?«, fragte sie heiser und wischte sich den Mund mit dem Handrücken ab.

Sylvia musterte sie abschätzig mit einem Blick, den sie sich gewöhnlich für hysterische Frauen wie Andrea vorbehielt.

»Warum ich?«, fragte Ivy.

»Du und Gideon – ihr seid *perfekt* füreinander«, antwortete Sylvia nach einer Weile. »Er braucht eine Frau wie dich, damit er sich nützlich fühlen kann. Er sehnt sich danach, verehrt zu werden wie ein Held. Und du willst einen Helden.« Ivy zuckte zusammen. »Jetzt kommt der springende

485

Punkt«, fuhr Sylvia scharfsichtig fort. »Er wird dich niemals verlassen. Welcher andere Mann da draußen bietet dir eine derartige Beständigkeit? Sicher, oftmals geht es gut. Für einen Monat. Für ein Jahr. Aber für ein ganzes Leben? *Du* kennst dich aus. Es gibt einen Grund, warum andere Männer dich langweilen, während du weiterhin in Gideon vernarrt bist. Du spürst seine eiserne Entschlossenheit. Du willst mit ihm Schluss machen, aber du kannst nicht.«

Trotz ihres brodelnden Zorns verspürte Ivy einen Anflug von Bewunderung. Sie hätte der egoistischen Sylvia niemals zugetraut, einen solchen Kampf zugunsten eines anderen Menschen zu führen. Hatte sie selbst je etwas nur halb so Heldenhaftes für Austin getan?

»Hatte er wirklich andere Freundinnen?«, wollte sie wissen. Das schien ihr plötzlich die wichtigste Frage auf der ganzen Welt zu sein.

»Selbstverständlich. Er war kein Mönch, bevor er dich kennengelernt hat, ganz gleich, was Poppy denkt.«

»Waren sie glücklich?«

»Woher soll ich das wissen?«

»Soll ich ihn verlassen?«

Sylvias Blick schweifte über sie hinweg wie eine kalte Meeresbrise. »Warum? Was hat er deiner Ansicht nach getan? Suchen wir ihn und reden darüber.«

Das Entsetzen folgte unmittelbar und war überwältigend. Ivy hatte das Gefühl, sie wäre zu allem fähig, sogar jemanden umzubringen, nur um dieses Gespräch zu vermeiden. Das war Sylvias letzter Trumpf. Gideons Schwester wusste, dass Ivy das nicht über sich brachte. Es nicht aussprechen konnte. Sylvia wusste um die Macht sozialer Verhaltensweisen. Kannte den unantastbaren Schweigekodex, der dafür sorgte, dass Skandale über Generationen hinweg unter den leinengedeckten Esstisch gekehrt wurden.

Außerdem hatte Ivy nichts *wirklich* Außergewöhnliches bemerkt … Sylvia hatte recht: Was warf sie Gideon vor? Er hatte nur Toms Namen gerufen, was zu einem Moment blinden Entsetzens draußen auf dem Rasen bei der Trauerweide geführt hatte, andererseits stand sie unter enormem Stress wegen der Medikamente, ihres Alkoholkonsums und der Paranoia, Gideon würde sie verlassen. Womöglich hatte ihr Verstand nach einem Grund gesucht, Gideon zu verlassen. Menschen sabotierten sich ständig selbst. Und im jungfräulichen Licht des frühen Nachmittags im Musikzimmer der St. Stephen's Chapel spürte Ivy, wie sich ihre Zweifel zu Dornen auswuchsen, die die Knospen ihrer früheren Gewissheit durchbohrten, während Sylvia vor dem großen Spiegel gelassen ihren Lippenstift nachzog, als wäre die Situation so belanglos, dass es sich nicht lohnte, ihr ihre volle Aufmerksamkeit zu schenken.

Sylvia tupfte sich mit der Spitze ihres Ringfingers die Lippen ab. »Dann hast du also vor, Gideon am Altar stehen zu lassen?«

»Nein!«

Die Antwort ging Ivy mit einem Nachdruck über die Lippen, der beide überraschte.

Sylvia warf ihr im Spiegel einen Blick zu. Ihre harten, bernsteinfarbenen Augen funkelten triumphierend.

»Gideons Vergangenheit ist mir egal«, sagte Ivy, nahm Austins Margerite vom Tisch und drehte sie zwischen den Fingern. »Wir haben alle unsere Geheimnisse. Wichtig ist nur, dass wir einander lieben.« Das entsprach der Wahrheit. Sie liebte Gideon. Er liebte sie. Und da waren das weiße, wogende Kleid,

487

das am Spiegel hing, und der glänzende *qipao*, der Meifeng zu Tränen gerührt hatte. In ein paar Stunden sollten zweihundert Gäste eintreffen und einen unvergesslichen Abend verbringen. Sie dachte an die Tiara, die Poppy ihr vermacht hatte; an die jährlichen Urlaube, die sie in Cattahasset erwarteten; das Haus, das Shen ihnen kaufen würde, sobald sie bereit waren ... *Denk daran, dass du immer nach Hause kommen kannst* ... Das stimmte. Selbst wenn die Welt auseinanderbrach, sie konnte jederzeit nach Hause zurückkehren.

Eine wundervolle Ruhe nahm von Ivys Herz Besitz. Endlich begriff sie, dass sie etwas besaß, was ihr niemand nehmen konnte – ihre Familie. Die belastende, unzerbrechliche, immerwährende, unsentimentale Rückendeckung der eigenen Familie. Sie würde die neue Macht und Stärke der Lins benutzen, um ihren Schwiegereltern zum ersten Mal als Gleichgestellte gegenüberzutreten. Sie hatte sogar flüchtig den echten Gideon zu sehen bekommen – was hatte sie jetzt noch zu befürchten? Und vielleicht ... vielleicht hatte auch er ihr wahres Ich erkannt ... So oder so, sie würde es nie erfahren, denn er würde sich nie wieder einen Ausrutscher leisten, also war es egal. An ihre Ehe würden keine Bedingungen geknüpft sein, nur gegenseitige Akzeptanz und Bewunderung, ungetrübt von Belanglosigkeiten wie Erwartungen. Sie würde sich nie wieder von anderen etwas vorschreiben lassen.

Sie legte eine Hand aufs Herz, als wollte sie sich ihres eigenen Entschlusses versichern, ihrer Existenz. Wie kräftig es schlug! Dann ging sie zu Sylvia und umfasste ihre Taille.

»Ich bin so froh, dass wir diese Unterhaltung geführt haben«, sagte sie leise. »Ich bewundere dich ebenfalls. Du nimmst dir, was du willst, ohne irgendwen um Erlaubnis zu fragen ... Wusstest du, dass Roux dich eine ›Mogelpackung‹

genannt hat?« Ihre Augen begegneten sich im Spiegel. Ivy steckte die Margerite hinter Sylvias Ohr. »Ich habe ihm nicht geglaubt, weil du so *schön* bist. Ich hoffe, dieses Gespräch bleibt unter uns – ich möchte nicht, dass Gideon denkt, ich hätte bei meiner Entscheidung gewankt. *Liebe* Sibbie, wir sind jetzt Schwestern.« Sie spürte, wie Sylvias Brustkorb unter ihrer feuchten Handfläche zu zittern begann.

Endlich war ihre Zukunft gekommen und entfaltete sich vor ihr wie ein sonnenbeschienener Pfad voller Blumen und Grün. Ivy war sich der Gäste, der Musik, der vielen Lichter und Blumen, all der Dinge um sie herum gar nicht bewusst, von denen sie naiverweise angenommen hatte, sie würden den Zauber einer Hochzeit ausmachen. Die Magie kam aus ihrem Innern. Sie hatte nur Augen für Gideon … Gideon, der aufrecht vor dem Altar stand, Gideon, der lächelte, Gideon, der sie mit einem Ausdruck ansah, auf den sie ihr ganzes Leben gewartet hatte und der sich auf ihrem eigenen Gesicht widerspiegelte.

Es war der Ausdruck von Frieden, das schwer fassbare Gefühl, das sie gesucht hatte, dass sie gemeinsam gesucht hatten …

Ivy trat vor den Altar und schaute nicht zurück.

Dank

Ich danke meiner wundervollen Agentin Jenni Ferrari-Adler, die von Anfang an an mich geglaubt hat. Du hast mir all das ermöglicht; dir zu begegnen, war mein Glück und *yuánfèn*, dich auf dieser Reise bei mir zu haben, ist mein Schicksal.

Ich bin meiner Lektorin Marysue Rucci so dankbar dafür, dass sie die akribischste Leserin und leidenschaftlichste Mitstreiterin ist. Du hast gesagt, ein Autor bekomme nur einmal die Chance auf ein Debüt, und Gott sei Dank hast du meins begleitet. *Die kleinen Lügen der Ivy Lin* wäre nicht das Buch, das es heute ist, wären da nicht deine unzähligen Gedankenblitze, deine Geduld und deine Überzeugtheit von der Geschichte gewesen. Außerdem möchte ich dem gesamten Team von Simon & Schuster danken, ganz besonders Zack Knoll, Hana Park, Maggie Southard Gladstone und Elizabeth Breeden. Ihr habt diesen nahtlosen Prozess ermöglicht und mich voller Herzlichkeit und Ermutigung willkommen geheißen.

Danke meinen beiden ungestümen, liebevollen Familien: dem Ye- und dem Yang-Clan. Ich danke meinen Eltern dafür, dass sie mir das Gefühl geben, brillant zu sein, und mich unterstützen; meinem Bruder Derek Ye, dass er mein lebenslanger Leibwächter, liebster Essensbegleiter und unerschütterlicher Verbündeter ist; meinem *yéye*, dass er mich auf seinem Schoß in den Zauber von Geschichten eingeweiht hat, und meiner Familie aus Chongqing, dass sie mich während so vieler heißer, magischer Sommer verwöhnt hat. Mein Dank gilt auch meiner Schwiegermutter Helen Fan, die der Inbegriff von Klasse, Anmut und Stärke ist. Ich hoffe, dass ich zumindest eine halb so gute Frau bin wie du.

Ich hätte es nicht bis hierher geschafft ohne den weisen Rat von Glen David Gold, die frühe Ermutigung und klugen Änderungen von Josh Ferris oder die tollen Schreibgemeinschaften in Tin House, Sackett Street, 92nd Street Y, die Writers Grotto, den Squaw Valley Writers Workshop und die Slice Literary Writers' Conference. Diese Institutionen sind Lebensadern für jeden angehenden Schriftsteller und überaus wertvolle Angebote.

Danke, Stephen Hogsten, Tiffany Jin, Michelle Yang und Emily Yang, dass ihr das Buch in seinen frühen Stadien gelesen und mir wohlwollendes Feedback gegeben habt. Mein Dank gilt den zahlreichen Freunden, die mich von Beginn an unterstützt haben, indem sie mich bei ihnen zu Hause und während unserer kontinentübergreifenden Besuche schreiben ließen: Aneesh Devi, Joosung Kim, Hayang Lee, Rich Lem, Angela Wu. Für immer dankbar bin ich Lucy Tan, ebenfalls eine INFJ-Persönlichkeit, Gleichgesinnteste aller Gleichgesinnten. Ich hätte niemals den Mut gefunden, diesen Roman zu schreiben, hätte ich nicht dein bahnbrechendes Beispiel vor Augen gehabt, deinen ehrlichen Rat und dein schriftstellerisches Mitgefühl – ich werde immer auf deiner Seite sein.

Schließlich danke ich Alex Yang, bester Freund, bester Ehemann, bester Mitstreiter. All das aufzuführen, was du für mich und dieses Buch getan hast, ist schier unmöglich. Du wirst immer der erste Leser sein und auch der letzte. Mein Zuhause ist dort, wo du bist.

Jennie Fields –
Die Unteilbarkeit
der Liebe

Roman

Eine mutige Wissenschaftlerin. Und ein gefährliches Geheimnis, das für immer ihr Schicksal bestimmt.

Chicago 1950: Die mutige und hochtalentierte Wissenschaftlerin Rosalind ist eine der wenigen Frauen, die im Zweiten Weltkrieg am Bau der Atombombe beteiligt waren. Doch die unvorstellbaren Auswirkungen ihrer Arbeit brachen ihr damals das Herz – ebenso wie die Trennung von ihrer großen Liebe, ihrem Kollegen Thomas. Jahre später hat sie sich ein neues Leben aufgebaut, aber da steht Thomas plötzlich wieder vor ihrer Tür. Warum? Was will er? Gleichzeitig kommt das FBI auf Rosalind zu: Der attraktive Agent Charlie verlangt, dass sie ihm geheime Informationen über Thomas besorgt. Denn das FBI hält Thomas für einen Spion. Rosalind muss sich ein für alle Mal entscheiden, auf wessen Seite sie steht. Sie liebt Thomas noch immer, doch auch zu Charlie fühlt sie sich hingezogen …

Die Jahre
des Maulwurfs

Roman
Auch als E-Book erhältlich

Von der Tragik, aber auch der Komik des Aufwachsens in der tiefen Provinz

Die Erzählerin weiß nicht, ob ein Fest oder eine Beerdigung sie erwartet, als sie nach vielen Jahren in ihr Heimatdorf zurückfährt. Im Gepäck hat sie nur den ausgestopften Maulwurf Herrn Klotho – das Einzige, was geblieben ist von ihrer wundersamen Freundin Tanja, mit der sie vor über dreißig Jahren das Abenteuer des Erwachsenwerdens antrat. Tanja, die Rebellische, die mutig und mühelos alle Grenzen im Dorf überschritt und die Kinder zu bizarren Unternehmungen anstiftete. In der Erinnerung wird noch einmal die gemeinsame Kindheit lebendig, und die Erzählerin versteht plötzlich, weshalb ihre Freundin damals so plötzlich verschwunden ist. Mit großem literarischem Gespür und kraftvollen Bildern erzählt Kerstin Brune von zwei ungleichen Freundinnen. Ein Buch voller Skurrilität und Weisheit, Humor und Poesie.

»Ein bildgewaltiger Roman über eine ganz besondere Freundschaft.« *Passauer Neue Presse*